Unicorn

独角兽书系

异重庆

红土地　黄泥塝　鲤鱼池　龙头寺

四重奏

萧星寒 著

重庆出版社

图书在版编目（CIP）数据
异重庆四重奏 / 萧星寒著. -- 重庆 : 重庆出版社,
2025. 6. -- ISBN 978-7-229-20294-1
Ⅰ. I247.5
中国国家版本馆CIP数据核字第20252A9Q49号

异重庆四重奏
YI CHONGQING SICHONGZOU
萧星寒　著

责任编辑:唐弋淄　崔明睿
装帧设计:谢颖设计工作室
插图设计:雷斯璐
责任校对:杨　婧
排版设计:池胜祥

重庆出版社 出版
重庆市南岸区南滨路162号1幢　邮政编码:400061　http://www.cqph.com
重庆市鹏程印务有限公司 印刷
重庆出版社有限责任公司 发行
邮购电话:023-61520656

开本 890mm×1240mm　1/32　印张:15　字数:440千
2025年6月第1版　2025年6月第1次印刷
ISBN 978-7-229-20294-1
定价:88.00元

如有印装质量问题,请向重庆出版社有限责任公司调换:023-61520678

目录

Contents

红土地

1

“在地洞坍塌时死掉，并不可怕。岩石掉落下来，嘭，你惨叫着，身上一疼，眼前一黑，死了。死了就什么都不知道了。不知道害怕，不知道饥饿，不知道黑暗。可怕的是，地洞坍塌了，你的同伴都死了，你却侥幸活着。也许受了伤，也可能没有，这不重要。你会觉得自己是幸运的。与死相比，至少你还有活下去的希望，不是吗？其实不是，真的。你在黑暗中挖掘，拼尽全力，挖呀掘呀，想要找一条出路。但你忘了一件重要的事情。”

“什么事情？”

“方向。在坍塌的地洞里，你根本不知道往哪一个方向挖才能回到红土地。”

“为什么？”问完我就知道我问了一个奇蠢无比的问题。

“为什么为什么，为什么不动动你的脑子？”果然，老梁的讥讽来得毫不留情，“你置身于一个坍塌的地洞里，空间很小，仅仅能容下你一个人的身体，也许连翻身都办不到。四周漆黑一片，没有一丝光可供你判断方向。你被岩石砸得头晕眼花，你甚至不知道哪边是上，哪边是下，你要如何判断往哪个方向挖才能逃出生天？”

但是在那种情况下，除了找个方向拼命挖，我还能干什么呢？难道躺在原处等死吗？我一边思忖一边用电筒指向前方的地洞。昏黄的光在漆黑的地洞里射得并不远，我听见在遥远的电筒光照射不到的某个地方，有水滴持续掉落的声音。“老梁，警戒线到了。”我伺机转换话题，“往回走吗？”

老梁也不说话，用行动回答了我的问题，我赶紧转身跟上。两束电筒光在地洞四处来回扫射，伴着我们匆匆的脚步和细微的喘息声。

走了一段路，老梁说："把电筒关了，节约用电。"

我依言关了电筒，挂到腰间的皮带上。黑暗顿时从四周如浓稠的岩浆一般涌了过来。我紧盯着老梁的电筒光照亮的地方，跟在他后面，亦步亦趋，不敢有丝毫的懈怠。这里的地洞不比红土地那边的主洞，只是草草挖好，没有经过打磨，地下和洞壁一样凹凸不平。部分地方还有深浅不一的积水，一不小心就会踩上，跌倒。

回去的路还有很远，我向老梁提出问题："我们巡逻是为了鼠族。可鼠族到底长什么样儿？我还没有见过。"我忽然发现这句话有漏洞，赶紧补上，"我是说，没有见过活着的鼠族，只在保安队的宣传栏里见过他们的画像。"

"你这孩子的好奇心还挺重啊。"

"我不是孩子了。"我辩解道，"我已经十八岁了。"

"十八岁，很大吗？"老梁毫无顾忌地哈哈大笑，语意中有某种揶揄，或者说暗示，"你没有见过的东西多了。"

我觉得脸皮发烫，仿佛被火灼烧一般。这大概就是书上说的害羞吧。按照书上的说法，这个时候我的脸应该红得像苹果。虽然我从没见过真的苹果，只从书上和大人嘴里得知，那是一种挂在树上、颜色艳丽、滋味鲜美的水果。吃过它的人都啧啧赞叹，然而我出生在红土地，还没有机会品尝苹果的滋味。但我为什么会脸皮发烫呢？是因为那揶揄让我想到了什么不该想到的东西吗？

为了化解尴尬，我定了定神，转而说道："听说几天前保安队在离红土地不远的地洞里发现了一个鼠族部落，就把他们全部歼灭了。"

"你听谁说的？"

我忽然紧张起来："大家都在说。"

老梁重重地叹了口气，把滑落至胸前的长发挪到脑后。"你这孩子还真是审慎。不过要在这地下世界继续活下去，不审慎是不行的。"他摇了摇头，"你说的那个消息，是真的。"

老梁的儿子梁清扬在保安队里任职，可能有一些内部消息。我赶紧追问：“这么大的事儿，怎么没有见到宣传栏报道啊？”

“那个鼠族部落有七十多个成员，工鼠就有四五十个。为了歼灭他们，保安队也折损了三十多个人。”

“啊，一半的保安队没了！”我轻轻感叹了一声，继而压低声音问，“那梁大哥……没事儿吧？”

“受了点儿轻伤，没什么大事。我叫他别当什么保安，有危险，他偏不听。唉，儿子大了，不听话呀。”老梁晃晃电筒，似乎要把这不愉快给晃掉，“赵市长非常生气，不认为这是胜利，而是巨大的耻辱，所以就没有报道。今天让数十个巡逻小组外出，并且严令要走到最远的警戒线，就是因为保安队人手不够。”

鼠族。我抬眼环顾，他们似乎就在身后的黑暗里潜伏着，默然不语，伺机扑出，撕咬并吞食我的肉和骨头。危险的感觉如同雪地里呜咽的风在我心间萦绕。不，不是萦绕，而是堆积，堆积成高高的山。我下意识地捏紧了手里的工兵铲，似乎这样就能把危险铲除干净。但没有用，那感觉还在，像无数条毒蛇盘踞在我的心窝里，死活不肯离开。

2

“我们走了多久了？”看到前方出现了红土地的亮光，我问。

老梁抬起手腕，拿电筒光照了照那块机械表。“从出发到现在，四个多小时。怎么，累了？”

我轻“嗯”一声。脚后跟疼得厉害，小腿肚也有要抽筋的感觉。“那表不会出错吧？”

“哪会？”老梁关掉电筒，“前两天我才去十号站台的大钟那里对过，不会错。”

在红土地，有表的人不多，拥有一块地上世界制造的机械表，是身份和地位的象征，哪怕它走得不准也是如此。“我还以为走了七八个小时呢。”我感叹道。

“在黑暗中走路，人的感觉会出错，本来是很短的一段时间，感觉上却非常漫长。”老梁说着，已经走出了黑暗的地洞。

我眨眨眼睛，手里握紧工兵铲，跟着他走进了红土地的光里。

“红土地”是地下世界的中心。整个地下世界，只有这里最为宽阔，也只有这里永远是灯火通明。无数的彩灯铺展在各处，将这里照得像光的天堂。据老一辈讲，这里数十年前是一座叫“红土地”的地铁站，包括了六号线和十号线两个线路，前者距离地面六十多米，后者距离地面九十多米。现在我和老梁到的地方，就是红土地十号线的站台。

虽然对于什么叫地铁、什么叫地铁站、什么叫六号线和十号线，年轻一辈都不甚了然，但我们至少知道，在千阳之战中，地上世界被彻底毁灭，红土地则因为距离地面甚远，侥幸保存下来，并成为幸存者聚居之地。

我听老一辈讲过战争发生之前，红土地地铁站人潮涌动的样子。但那是我无法想象的画面。因为在多数时间里，红土地都像此时此刻一样，空空荡荡，没有多少人在活动。

“我去保安队那里报到，然后就直接回家。”老梁说，“蘑菇房就交给你了。”

“放心吧。”我努力露出真诚的笑脸。

“把工兵铲拿好，千万别掉了。”老梁挥挥手，自顾自地从一个地洞离开。我恨不得立刻躺下，但还是拖着疲惫的身子，往前走了几步，转向一条长长的金属步道（有人叫它扶梯，但我不知道它为什么叫这么一个古怪的名字），缓步上去，再拐弯，向上，拐弯，向上，抵达红土地六号线站台——蘑菇房就在这里了。

金属包裹的木质大门上，挂着一把生锈的锁。借着外面的灯光，我拿钥匙把锁捅开，取下锁，推开门，一股浓浓的蘑菇味儿扑面而来。这味儿我闻了至少八年，有时觉得欣喜，有时却因为太过熟悉而觉得厌恶。当然，大多数时间里，蘑菇味儿就是蘑菇味儿，不代表什么。

我打开日光灯，看向屋内。这屋子原本是一家小型超市，现在货架上整整齐齐摆放的，是一个个鼓鼓囊囊的塑料袋。袋口那里，一堆堆蘑菇正争先恐后地挤出来，长势良好，看来用不了几天，就又可以采摘了。

我把工兵铲放回工具箱，又把电筒的充电头插上。蘑菇房是红土地稳定的食物来源之一，其重要性，用蘑菇房创建者老梁的话讲，“略低于市长办公室，但与配电房、养鸡场、保安队等部门基本持平”，所以可以肆无忌惮地用电。

我把灯关了，一心只想睡觉。在货架旁边，有一张折叠床，在长时间行走之后，一头倒在床上的感觉简直就像坠入天堂。

然而我刚闭上眼睛，耳朵里就传来一个诡异的声音。有人来偷蘑菇呢？我心中一惊，一边盘算着怎样用最快的速度去拿工兵铲，一边厉声问道：“谁？谁在那里？”

无人回答。

我翻身而起，几步跨到工具箱边，拔出了工兵铲——那是屋里唯一可以称之为武器的东西。那声音还在，窸窸窣窣，仿佛某种啮齿动物在啃咬木头。难道是老鼠？在地下世界，老鼠可比人活得滋润。如果是老鼠，那就没什么可怕的了，反而可能是一顿肉食……我已经走到电筒充电的地方，顺手抽出电筒，猛地打开，亮光直指发出声音的地方。

没有看见老鼠，我只看见一个赤裸的小孩蜷缩在货架边，嘤嘤哭泣。“你是谁？你怎么进来的？”我习惯性地问。以前确实有人饿得受不了，进来偷蘑菇，这样的事情已经发生过好几次了。但这次，似乎有些不同。

这是一个瘦削的孩子，浑身不着寸缕，脑袋光滑如卵石。在电筒光的照射下，他的小眼睛忽闪着畏惧与渴求的光芒，楚楚可怜。我心中一动。八年前，我的父母在一次地洞坍塌事故中丧生，举目无亲的我也曾有这样的经历……

我把手伸向他。他迟疑着，也伸出手。在接触我手的一瞬间，我以为他会闪电般地缩回去，然后转头逃走。但他没有。虽然仍旧哆哆嗦嗦，他却在片刻的迟疑之后稳稳地握住了我的手。好冷。握着我的手，仿佛是一块冻结了千年的寒冰。我不由得打了一个寒战。

“我去给你拿衣服。”我说，“你不能光着身子到处跑。”

我松开那孩子的手，去到门外，将几天前挂在那里透气的衣服取下来，又回到屋里交给那孩子。他茫然地看着我，似乎不知道该怎么办。“穿上。”衣服又旧又破，我解释说，“没有多的，只有将就了。总比不穿强。”我没有说假话。老一辈说，地上世界人人都能穿花花绿绿的各种款式的衣服，但在红土地，衣服是奢侈品，每个人的衣服来来去去就那么一两件，穿旧穿破，直到穿烂。

那孩子直起身子。他比我想象的要高，只比我矮半个头。也就是说，他的年龄很可能比我预估的要大。他拿起衣服，还是不知道该怎么办。我只好上前，帮他穿。

“没有穿过衣服吗？”

他不说话，好奇地牵着衣领看。

“叫什么名字？”我又问。

他定定地看着我，好像不明白我的意思。

“就是称呼，就是别人怎么叫你。”我开始担心这少年的智力。红土地的人大部分我都认识。不认识他的唯一原因只可能是他是从别的地下世界过来的。在红土地之外，也有其他的人类幸存者在生活。我听说，从其他地下世界来的人，因为太长时间一个人在黑暗里摸索，不但失了明，失去了说话能力，而且智力上也大大受损，几乎与白痴无异。“老鼠都比他们聪明。”芭比酒吧冯老板这样评价。

少年努力张开嘴，吐出了两个模糊的字音。

“你说什么？”

他又说了一遍。

这次我勉强听清楚了：“你叫罗飞？”

他忙不迭地点头。

我又问："今年几岁？"

罗飞摇头。

"不知道，还是不肯说？"

他继续摇头。

"你从哪里来？"

他还是摇头。

我有些不耐烦："饿吗？"

"饿。"

这个回答的声音响亮又清晰。

我还有一些粮食储备。没有犹豫，我径直去取了两块豆饼，给了罗飞。看着他把豆饼囫囵吞下，我的胃也有些抽动。巡逻回来，我也没有吃东西，但只能强忍着，因为食物有限，饿一顿、饱一顿是经常的事情。"所有不为下一顿着想的人，都已经死了。"这是小时候我爸爸告诉我的，在我饿得不行，偷吃了一块薯片的时候。

我咽了咽唾沫，用手掌抵住胃所在的位置，这样，它的抽动也没有那么剧烈了。这是我很小就发现的秘密。"我去睡了。"我张大嘴巴，打了一个大大的呵欠。睡觉，也是抵御饥饿的好方法。我走到折叠床边，躺了上去。"不想走的话，就在那边的大床去睡吧。大床是老梁的，别弄脏了。弄脏了他要骂人的。"我把薄薄的被子拉到下巴边，"还有，明天我得去保安队，报告你的存在，这样，可以多分我一份口粮。"

我闭上眼睛，很快睡着了。

也不知道过了多久，我隐隐约约察觉，有人躺到了我的身边。我没有睁开眼睛，心底已然明了，那是罗飞。他的手和脚都是冷的，整个身体都是冷的。靠上来的时候，他浑身剧烈地颤抖着，我能感受到他的寒冷，还有恐惧。我没有吱声，只是往旁边挪了挪。折叠床发出咯吱咯吱的声音。他靠了上来，伸手揽住了我的手臂。我没有尖叫，照说我该尖叫的，但不知为何，那个时候我觉得无所谓了，便任由那手带来的寒意在我的体侧徘徊。

也许是因为我太累了，不想说话，不想睁开眼睛，也不想动一下脑子？

罗飞那只手，还有他的身体，渐渐变得温热。

我闭着眼睛，继续酣睡。

3

一声浑厚而持续的军号声在远处嘹亮地响起，然后陆陆续续有人开始活动。各种声音，不受阻碍地涌进耳朵里，我闭着眼睛勉强又睡了一会儿，但终究睡不着了，只得翻身坐起来。罗飞还在梦里，光秃秃的脑袋没有一丝毛发，泛着某种诱人的潮红。我一时兴起，拿指尖摸了摸他的额头。暖暖的，不似昨天那样冷，皮肤非常细腻，不像我这般粗糙。

我的触摸惊醒了他。罗飞睁开眼睛，斜乜了我一眼，一句话不说，又闭上了眼睛继续睡。

我下了床，左右无事，于是决定去保安处。刚才那阵军号声就是从保安处发出来的。地下世界本无所谓白天黑夜，但老一辈总觉得不按照白天黑夜来过，那日子就不正常。

路过宣传栏的时候，我停下来，仔细看了一会儿。我能识字全拜我爸爸所赐。出生后不久，爸爸就固执地教我认字，到他死的时候，我已经能独立阅读了。在他死之后，阅读成了我极为重要的消磨时光的方式。今天的宣传栏，大半都在讲前几天的鼠族歼灭战。看来赵市长也知道这事儿瞒不过去了，还不如公开的好。

过程很详细，战事很惨烈。并非事先规划好的战斗，而是一次计划之外的遭遇引发的。在战斗中，保安队队长刘海龙勇敢地用突击步枪干掉了至少六只工鼠。鼠族用尖牙还有利爪进行还击。他们的双臂经常挖洞，极其有力，爪子比砍刀还要锋利，刺破人的肚子就像砍刀刺破塑料桶那样容易。在刘队长打死鼠族女王之后，所有工鼠变得无比疯狂，给保安队造成了极大的威胁。文章提到了好几位牺牲者的名字，有的在与鼠族的正面作战中死去，有的为了从鼠族嘴里拯救同伴而死，有的死在了鼠族制造的地洞塌陷之中。文章最后，号召红土地的全体居民团结起来，保卫我们共同的家园。“干死鼠族!!!”以三个惊叹号结束了全文。

正文后边附上了鼠族的资料图。这张资料图是很久以前绘制的，每隔一段时间就会张贴出来。对它我已经非常熟悉。有画，有文字。鼠族的肖像图画得很潦草，勉强可以看出与人有几分相似，个子矮小，长相猥琐，光秃秃的脑袋上非常别扭地长了几根长长的头发。文字也很简洁，大意是说，鼠族是女王制，社会分成三个等级：女王是他们的最高领袖，往下是七八只雄鼠，再往下，是五六十只甚至上百只没有雌雄之分的工鼠。

“还没有看够吗?”一个声音传来，“这些资料早就过时了。”那人从宣传栏另一边转了出来，是保安队的宣传干事孟楼。他比我大好几岁，我曾经找他借过书看，也算是熟人。他长了一张白净的脸，头发和胡子都精心修剪过，在红土地，算是喜欢收拾打扮的头号人物了。

“孟哥，你参加了这次对鼠族的歼灭战?”我问，“鼠族长什么样？跟我说说嘛。”

“至少比这儿画的要高大、丰满一些。”孟楼伸出手指在鼠族女王画像的胸前敲击了两下。画上的所有鼠族都是赤身裸体，女王也不例外，胸前那对乳房跟她矮小的身材比起来，格外惹眼。他的手指又从女王下方的几只雄鼠画像上画过。寥寥几笔，在那些雄鼠的胯下夸张地勾勒出某种器官。“女王还要负责生孩子，不停地生。”孟楼说，“雄鼠最幸福。什么也不用做，每天只需要和女王相亲相爱，就一切安好。所有的工作，都归下边这些工鼠。相亲相爱，你知道那是什么意思吗?”

“我当然知道。不就是那什么嘛。”我不甘示弱，但那几个词在嘴边徘徊，终究说不出口。

“到底是啥？”孟楼嘿嘿笑着，促狭之意非常明显。见我不回答，孟楼推了我一把。“小艾，让开，再让开。”

我挪了两下位置。孟楼取出一张纸条，寻思了一会儿，把纸条贴在了宣传栏的边沿上。纸条上的信息很简单，任命梁清扬为保安队副队长，并号召16岁以上的居民加入保安队，为保卫红土地作出自己的贡献。

梁大哥高升了。看来我得准备一份礼物去恭喜他。孟楼贴好纸条，正要离开，我伸手拦住了他。他是宣传干事，人口登记也归他管。我把罗飞的事儿给他大略说了一下。“新人？”孟楼瞪大了眼睛，怔怔地看着我，似乎想说出拒绝的话，但最后说出口的，却是欢迎，“也好，正缺人手。刘队长正为这事儿犯愁。多大？十二三岁？太小了，太小了。要不这样？你教他种蘑菇，他学会了你就可以到保安队这边来干宣传工作了！你认识字嘛。”

这事儿孟楼之前提过一两回，我没有同意。“刘队长离不开你啊，孟哥。”我说，“况且，我也不能夺你的位置啊。”

“你来搞宣传，我可以向刘队长申请，去管粮食分配嘛。就这么定了，好不？”

我含糊地应诺了一声，孟楼高兴地拍拍我的肩膀。“一会儿去领口粮的时候，你可以多领一份。还有，想看什么书，到我那儿去借，哥的书架，随时为你开放着。”

我转回蘑菇房。在离房门不远的地方，我看见蘑菇房里的日光灯亮着，听见屋里传出一连串的声音，心中大骇。不得不承认，把一个刚认识不久、只知道名字的人单独留在蘑菇房，是非常不审慎的行为。我肯定是脑子抽了，才会这么做。要是罗飞干了什么蠢事，等待我的只有死路一条。我三步并作两步，撞开房门，高喊着“你干什么”，冲进屋里。

罗飞站在货架中间，一手拿着一把白嫩嫩的蘑菇，另一只手捏着收割蘑菇用的一把小刀，愣愣地看着我，一脸无辜的样子。他脚边的塑料桶里，已经装了大半桶刚摘下的蘑菇。

“还没有成熟，你收什么！”我怒吼道。

“熟了。”罗飞说，声音介于幼稚与成熟之间，莫名地好听。他扬起手中的蘑菇给我看。我瞄了一眼，根据我的经验，那蘑菇确实已经成熟，可以收割了。可是，睡觉之前我不是查看过吗？当时那些蘑菇至少还要三天才能完全成熟啊。

“还真是熟了。”我狐疑地打量着罗飞。他只是浅浅地笑了笑，把手中的蘑菇放进塑料水桶，然后继续收割。我去工具箱里取出另一把小刀，也欢快地收起蘑菇来。判断一朵蘑菇是否成熟，再用小刀将它割下来，这活儿我已经干了八年，就算闭着眼睛也能完成。罗飞的动作本来很慢，但他凝神看我收蘑菇，又问了几个细节之后，他收蘑菇的速度很快赶上了我。

“挺能干的嘛。”我直起身子，在收蘑菇的间隙，这样说道。也许在不久的将来，他就能取代我，管理好蘑菇房的一切，而我……难道我真的想去保安队当宣传干事？

罗飞隔着货架，给了我一个甜甜的微笑。那微笑里，羞涩与骄傲并存，骄傲的成分似乎还多一点。笑完，他立刻低下头，继续收蘑菇。我顺眼望去，正好看到一滴血掉落到白蘑菇上，分外夺目。“你受伤了！”我惊呼着，跨过货架，来到罗飞身边。

此刻，罗飞把右手举到眼前，好奇地端详着。右手食指上，被小刀割开的伤口正往外涌着红色的液体。他似乎不明白发生了什么。

“你被小刀割伤了，你不知道吗？”我责备道。

罗飞摇着头：“不知道。”

“不疼吗？”

“不疼。”

“你这个傻孩子。”

血还在往外渗，我顾不得许多，低下头，张开嘴，把罗飞的食指包进嘴里。一丝温热带着咸味的感觉在口腔里扩散，旋即消失。这是我妈妈教给我的对付小伤口的办法。“没有创可贴，只能这样了。”妈妈在吮吸我受伤的手指时，曾经这样对我说。

“谢谢你。”罗飞说。

听着这话，我的心感觉到一阵莫名的悸动。

这时，房门被推开了，老梁的身影出现在门口。

4

我赶紧吐出罗飞的食指，尴尬地叫了一声：“老梁，你来啦。”

老梁在那里站了一小会儿，挪步进来。脚步有几分踉跄，面色有几分潮红，这说明他已经去过芭比酒吧了。“你不用解释。”他嘟囔着说，“我什么都没有看见。你们继续，继续。”

我丢了一个眼神给罗飞，让他赶紧收蘑菇。但他没有动。我正要开口说话，却见他薄薄的嘴唇翕动了几下。虽然没有发出声音，但我立刻猜出了他的意思：塑料桶已经装满了，再收，就不知道该把蘑菇往哪里放了。看着老梁走到他那张大床边，我凑近罗飞，悄声问道：“蘑菇房里多了一个人，老梁好像并不奇怪啊？”罗飞抿嘴回答：“你出去的时候，梁大叔已经来过了。”所以老梁才有空闲去芭比酒吧？我这么想着，忽然嗅到一丝淡淡的香气。房间里本来充斥着蘑菇的气味，但这一丝香气居然突破了蘑菇味儿的包围，进到了我的鼻腔里。它那么柔弱，那么甜美，那么令人心旷神怡，一种莫名的情愫在心中升腾。我贪婪地深吸了一下，那香气却又泯然无踪，就像之前的感受完全是错觉。

我错愕又惊讶，但罗飞停留在嘴角那抹淡淡的笑意似乎明白了我的感受。我心中惶惑，撇开罗飞，走向老梁：“恭喜你啊老梁，梁大哥当上保安队副队长了。”

老梁躺在床上，看也不看我一眼。“那又怎么样？不就是个副队长嘛。又不能离开这个耗子洞。”

“怎么？在芭比酒吧里又听到了什么坏消息？”我问。如果说宣传栏是官方机构发布命令的地方，那芭比酒吧就是红土地的地下消息中转站。两者的区别无比明显：宣传栏里总是好消息，而芭比酒吧传出来的，基本上都是坏消息。

“参加地面探险队的一个志愿者告诉我，他们刚到洞口，还没有出去，盖革计数器就开始嗡嗡地乱响。队长吓坏了，怕外边的核辐射太厉害，于是宣布放弃外出探险，就这么一无所获地打道回府了。我觉得，他们根本就不想出去。”

“嗡嗡乱响，嗡嗡乱响，说不定是盖革计数器坏掉了呢？”我替老梁把话说完，又皱起了眉头，“不对啊，我怎么记得前两天的宣传栏才说，志愿者报名结束，正在组建地面探险队。这探险队怎么就回来了呢？”

“你这日子也是过得糊涂。组建探险队至少是半个月之前的事情了。”

“哦？”我用怀疑的目光看着老梁。*不可能啊，我怎么记得是两天前呢？难道这半个月的记忆都丢失了？*

老梁腾地坐起来，怒气冲冲，转眼之间又叹了口气，躺了回去：“年年都说今年就能出洞，就能回到地面，沐浴在阳光下，奔跑在微风里，结果年年都失望。我已经老了，不知道还能不能活到出去的那一天。”

离开红土地，回到地上，一直是老梁的心愿。梁大哥却不支持他，就因为这个，老梁经常和儿子吵架。两人的关系一直不好。我有一些怀疑，这事与我有关。我父母过世后，很多人照顾过我，但老梁是照顾时间最久的。他几乎算是我的养父，尽管我向来没心没肺地叫他老梁。梁大哥很少正眼看我，似乎嫌我夺走了父亲对他的爱，但他从来没有明说过，我也就无从判断自己的揣测是对还是错。此刻，听到老梁这般灰心丧气，我正踌躇着要如何安慰他，罗飞忽然插嘴问道：“为什么一定要出去呢？”

老梁望着面前的空气，喃喃自语道：“你们这些在耗子洞里出生的孩子啊，没有见过阳光，没有见过月亮，没有见过蓝天和白云，没有见过河流山川，甚至没有痛痛快快洗过一次热水澡，当然不知道外面有多美好。你们呀，等见过地上世界的老家伙都死光了，大概就不会想着要出去了，只会一心一意在这耗子洞里待上千年万年了。”

我在一本书上读过这样一句话：人一老就变成哲学家了。我在这句话后边补充一句：人一喝酒就变成万能哲学家了。老梁现在就是这个样子。他说的什么阳光什么雨露我统统没有见过，无从去想象，更无从去体会他此刻极度的失落与怅惘。

“既然地上世界那么美好，你们又是怎么失去它的呢?”罗飞问。

这问题十分尖锐，我有些嗔怪罗飞不懂事，却又望着老梁，期待他的回答。

“我怎么知道！又不是我干的。”老梁气呼呼地说。他似乎从来没有思考过这个问题，罗飞问起，促使他想了好一会儿。“要怪就怪那些当官的，为了保住权位，他们下了命令。小老百姓，多可怜啊！跟着倒霉。还要怪那些科学家，发明什么不好，要去发明核武器！然后，轰，轰，轰，世界就毁灭了。一帮蠢货。”

这时，敲门声响了起来。门本来开着，有个娇小的身影站在门边，用敲门的动作宣告她的到来与礼貌。“梁大叔，”燕子姐说，“梁队长叫我给您送这一周的口粮，顺便把新收的蘑菇带回仓库。”

我赶紧过去，接下燕子姐手里拎着的塑料桶，沉沉的，比上次重多了。不过，上次还是我自己送蘑菇过去，再把我和老梁的口粮领回来，而这一次，燕子姐主动送上门，倒是破天荒头一次。显然，这一转变，关键全在梁（副）队长身上。不过，这么言语燕子姐似乎有失公平。红土地的人都知道，燕子姐为人热情，待人诚恳，对谁都礼貌有加，连我这样不起眼的小角色都经常受到她的照顾。在背后说她趋炎附势，是不对的。

罗飞很知趣，主动把装满蘑菇的塑料桶提到了燕子姐跟前。

“你就是那个新来的吧？挺俊秀的。这个光头尤其可爱。”燕子姐伸出手，想要刮罗飞的鼻梁，但罗飞很快地退后半步，避开了与燕子姐的身体接触，整张脸，甚至光光的后脑勺，都泛起一片潮红。“哟哟哟，害羞了。”燕子姐哈哈大笑，弯腰拎起塑料桶，“这次蘑菇房收成不错，应该记上一功。你们知道吗？养鸡场那边出事儿了，鸡又被咬死了两只，以后再想吃鸡蛋，可就难上加难啰。”

我问：“谁干的？鼠族吗？”

“不是鼠族，是老鼠，真正的老鼠。”

“抓到老鼠，就有肉吃了。”

“天还没有黑，你就开始做梦啦。”燕子姐保持着脸上的笑容，“梁大叔，您家里那份口粮，梁队长已经帮您领了。您放心。我先走了。再见。”

她礼貌地冲我和罗飞挥挥手，提着塑料桶走了。因为塑料桶太重，她双手提得很吃力，几乎半弓着身子，时不时地还要停下来休息，揉揉因为用力过多而酸痛的手指。我有些想过去帮她，但到底没有付诸行动。

我掀开燕子姐送来的水桶盖子，里面有米，有盐，有一把豆芽，有一个拳头大的土豆。有半包豆饼和薯片，四瓶矿泉水，还有两个鸡蛋。“哇，好丰盛。”我惊叹道，“今天终于又可以吃饱了。”上一次吃饱是什么时候的事情呢？是上一次领口粮的时候吗？我不记得了。

“井底之蛙。”对我的惊叹，老梁评价道。

“那咬死的鸡到哪儿去了呢？”罗飞在思考别的问题。

“还用问，当然是市长和保安队队长享用了。”老梁回答。

我很想问，那保安队副队长有没有分享美味呢？但我到底忍住了，没有问出这样的蠢问题。谁料，罗飞忽然问道：“你们说的那个市长，是红土地的最高领导人吧？他生了几个孩子？”

“一个。”我回答。

“两个。”老梁说，“市长本来有两个孩子，大的那个死于当年的鼠族叛乱。现在这个，是后来生的。”

“两个？”罗飞犹豫了一下，“这么少，他是怎么当上市长的？”

我瞪了他一眼，纳闷他竟然会问出这么奇怪的问题。生孩子的数量，跟当市长之间，有什么必然的联系吗？

“鼠族，还有鼠族叛乱是怎么一回事呢？”罗飞继续问。

“鼠族这个‘鼠’字，可不是老鼠的鼠，而是裸鼹鼠的鼠。”老梁说。

“裸鼹鼠？那是什么？”我和罗飞异口同声地问。这种意料之外的同步让我有几分尴尬，斜眼去看罗飞，他却没有在意，只是专心地看着老梁，期待他的答案。

“一种浑身光溜溜的小动物，生活在非洲的地底下，视力很差，几乎是瞎子，但有立体听觉和立体嗅觉，在完全无光的地洞里，也行动自如。奇怪的是，它们的触觉超级发达，却没有痛觉，被割伤了也不知道疼。还有它们是哺乳动物，血却是冷的，和蛇、虾、鱼一样。最叫人意外的是，裸鼹鼠的社会是女王制，这在整个动物界都是极其罕见的。有人曾经非常详细地告诉过我……”说到这里，老梁忽然意味深长地看了我一眼，似乎有什么话想对我说，却又自行止住，说道：“算了，不说这些了，做饭做饭。在芭比酒吧里光喝酒了，什么都没有吃，早就饿得前胸贴后背了。”

老梁抱出电饭锅和电炒锅，我和罗飞在一旁打下手，花了两个小时，终于做好了一桌美味。三个人酣畅淋漓地饱餐了一顿。吃饭的时候，我刻意说起裸鼹鼠，但老梁没有兴趣继续讲，支支吾吾让人疑惑，又不能强迫他说，只好不了了之。

饭后，老梁躺上大床，不久就鼾声如雷。“午休”，他是这样说的。“早上”“中午”“下午”“黄昏”“半夜”，他总是看着他的那块表，陈述着时间的流逝，并且严格按照时间安排自己的作息。

长期跟着老梁，我也习惯了，何时吃饭，何时睡觉，何时工作，都有一个定数。我躺上折叠床，罗飞跟着过来。我想了想，没有拒绝。开始有些莫名地兴奋，怎么也睡不着，后来一丝香气飘进我的脑海里。我感到难以描述的温暖，很快进入无梦的酣睡之中，如同一只全身无毛的小动物。

5

不照顾蘑菇的时候，我便带着罗飞四处瞎逛。我给罗飞介绍红土地的每一个山洞，每一条隧道。每一个见到罗飞的人都对他光溜溜的脑袋感兴趣。他不但没有头发，也没有眉毛和胡子，干净得像被什么仔细剃过一样，跟缺少工具、须发潦草的其他人比起来，他是如此与众不同。刚开始他还很羞赧，拒绝所有人的触摸，多认识一些日子，他也学着用脆脆的声音回应那些玩笑，然而还是拒绝触摸。不过，我是个例外。每次我摸他的光头时，他都轻言浅笑，从不躲避。我问过罗飞是从什么地方逃过来的，他似乎不愿意回忆在那里的生活，每一次都闪烁其词。多问几次，他甚至有些生气，我也就不再追问了。毕竟，每一个人都有权拥有自己的秘密。谁又能说，他能够毫无顾忌地把所有的秘密都袒露出来呢？

有一次，在远离红土地的一处人工开掘的坑道里，罗飞发现了一行字。“写的什么？”他指着那里问。

和其他年轻人一样，罗飞不认识字。在这件事上，我又是个例外。

我蹲下，用电筒光照着那行字，一边对没有电筒也能发现那里有字的罗飞表示佩服，一边仔细辨别，一字一顿地读了出来：“在冷战发展到最高峰时，我们没有死于核战；当我们以为核战不可能发生的时候，核战发生了。”

这句没头没脑的话，歪歪扭扭地刻在靠近地面的墙壁上。我模拟了一下，发现只有躺到地上，才能把字刻在那儿。也就是说，刻字的人即使不是快死了，至少也身受重伤。

罗飞躺到我身边：“什么意思，这话？”

“不知道。”我说着伸出手去摸摸刻字的岩石，莫名地想象这些石头坍塌下来的情形，“老梁告诉我，要是山洞坍塌，没有在第一时间死掉，也会因为迷失方向、找不到出路而死掉。”

“为什么会迷失方向呢？”罗飞很奇怪地看着我，“找到方向不是很容易的事情吗？”

起初我有几分疑惑，但想到罗飞曾经从很远的地方逃过来，总得有点儿特殊的本领才行吧，心里也就释然了。“嗯，对你来说，找到方向很容易。然而对大多数人来说，不是这样的。”我说，“很多人在没有坍塌的地洞里也会迷路。这样的事情已经发生过很多次了。对他们来说，红土地和它周边的隧道是一个迷宫般复杂的存在。”

但罗飞的表情依然是难以置信。“你呢？你的方向感如何？”

“只能说一般吧。”我说，“我迷过好几次路，有一次差点没走回红土地，死在一个地洞的尽头了。”

“下一次我跟你一块儿去，保证你不会迷路。”

“嗯。”我高兴地点头答应。

有事情可做的日子过得飞快。转眼间，又一批蘑菇收获了。燕子姐来取蘑菇的时候，罗飞提出了一个意外的要求，要一桶干净的水。干净的水在红土地可是稀罕玩意儿，比大米还要珍贵。燕子姐犹豫了片刻，最终还是答应了。我问罗飞，要水来干什么。他笑而不语，说不久我就会知道，然后他乐呵呵地跟着燕子姐提水去了。

十号站台那边传来连续的铃声。这是市长大人要开会的意思。我赶过去的时候，十号站台已经来了数十个人，有的站，有的坐，三三两两，议论纷纷。保安们戴着褪色的红袖章，手持警棍，也有拿着砍刀和钢叉的，在四处巡逻，维持秩序。其中有十多个保安，大约是新招的，手里什么都没有拿，只是四处转悠着。梁副队长笔直地站在宣传栏旁边，肩上挂着一支步枪，腰间绑着匕首，看上去煞是威风。我想过去打一声招呼，却被宣传干事孟楼拉住了手臂。

“嘿嘿，往哪儿跑？”孟楼说，“上次给你说的事情，你到底办没有？”

“起码等我把罗飞教会了再说嘛。你知道的，红土地的人，都等着吃蘑菇。”我辩解道。实际上，种蘑菇、照顾蘑菇、收割蘑菇，都不是什么难事，罗飞早就学会了。只是这段时间里，我根本没有想起孟楼要我去保安队当宣传干事的事儿。

孟楼没有松手。“你那小友挺漂亮的，舍不得走啊！”

这样的玩笑话最近我已经听得太多。我推开孟楼的手，尽量控制自己的怒意：“别瞎说。”

孟楼急切地说：“刘队长已经答应我了。你赶紧地，到保安队来报名。”

这时，我看见老梁在人群中冲我招手，我急忙撇下孟楼，急匆匆地跑到他跟前。“孟楼跟你说什么呢？”老梁劈头问。

他脸色不好看，多半遇到了什么不顺心的事情。我可不敢说实话，于是含糊地回答：“就是打了声招呼，让我去他那儿借书。”

老梁说：“以后离孟楼远点儿，别看他表面斯斯文文，背地里却坏得头顶流脓、脚下生疮。”

我“嗯嗯”点头，然后把话题扯到了其他地方。

越来越多的人从四处的地洞里钻出来，十号站台渐渐装不下了。有人抱怨着，要离开，却被保安队拦住了。双方先是在语言上发生冲突，然后是在肢体上发生冲突。要离开的人骂骂咧咧，最终还是回到人群之中，继续等待市长的大驾。

当站台上那台大钟的数字显示为10的时候，赵市长终于粉墨登场。他穿着整套笔挺的灰色西装，打着领带，头发也精心修剪过，只可惜皮鞋皱皱巴巴，鞋尖全都塌陷了。保安队队长刘海龙陪在赵市长身后，戴着发亮的钢盔。他在之前的鼠族歼灭战中受了伤，右手臂上还缠着几圈扎眼的绷带。

赵市长走到红土地十号站台的一处台阶上，挥手示意在场的数百人安静。一开始还很闹，刘海龙怒吼了几声，威胁要把不肯闭嘴的人砍死，现场这才安静下来。

我指着刘海龙的手臂轻声问：“那是什么？”

老梁答道：“文身。文的是一条张牙舞爪的龙。”

我正想再问，赵市长拿出无线话筒，声音从广播中持续扩出来，与亲耳听赵市长说话相比，这声音有种莫名的不真实感：

“我知道，在场的各位父老乡亲、兄弟姐妹，你们的日子都过得很苦。你们当中的很多人，都想离开红土地，离开这个地下世界，回到地上那个阳光灿烂的世界去。我也想。和大家一样，我也是在地上出生的人，怎么可能不想回到地上啊！可是，外面的世界太危险了，到处都是可怕的核辐射。核辐射有多危险，在场的各位父老乡亲、兄弟姐妹，你们不是不知道。它无孔不入，即使穿上全套防护服，它也会杀死你。被核辐射辐射过的人，肉从骨头上一块一块往下掉，肉掉完了你只剩下骨架，也就死了。即使当时不死，几个月后，几年之后，你也会得上癌症，撑上几个月，慢慢地极其痛苦地死去。以我们现在的状况，根本出不去。所以呢，请大家再忍忍，明年，明年我们再组织地面探险队，再想办法出去。”

赵市长话音刚落，立刻有人喊道：“你就是不想出去。”

这人姓王，长得极为敦实，是个电工，大家都叫他王电工。王电工对红土地的重要性不言而喻。平日里，大家都说，红土地可以没有赵市长，但不可以没有王电工。这是彻彻底底的实话，如果没有王电工的精心维护，红土地的电力系统，包括发电机在内的一切设备，早就报废了，而没有电力系统的红土地，将永远陷于黑暗之中。王电工为人朴素，甚至有些木讷，不怎么爱说话，但一开口，不管说什么，都会得到大家的认可。此时，他说出了反对意见，一石激起千层浪，现场立即呈现出群情激愤、波翻浪涌之态。各种反对意见宛如雀跃的浪花一般，在人海中起伏跳荡。

“光会说漂亮话。”

“口惠而实不至。”

“留在这里他还能继续享受特殊待遇。”

“当官的都是这样想的。”

这一回，刘海龙队长声嘶力竭地吼了好几次，才让现场再次安静下来。不得不承认，刘队长天生一副好嗓门，你以为他的声音只能这么大了，下一声又大了许多。当然，现场安静下来，也得归功于数十名保安的勤奋工作。

赵市长继续侃侃而谈："别忘了还有鼠族。鼠族是我们天生的仇敌，与我们不共戴天。二十年前，鼠族发动叛乱，杀死了我们数万人。在场的父老乡亲、兄弟姐妹，你们都有亲人或者朋友死于那场叛乱。我的儿子，我的第一个孩子就死于那场鼠族叛乱。这个血海深仇，我，我们不能忘，也不敢忘。然而，无数的事实告诉我们，单独的一个人，是一粒沙子，一缕微风，一滴坠落的水，没有丝毫力量可言，只有团结起来，将无数的沙子、微风和水滴团结成一个整体，我们才能获得沙尘暴一般横扫一切的力量，到那个时候，我们就能彻底打败鼠族，过上真正幸福的日子。"

"鼠族不是被歼灭了吗？"问话的是芭比酒吧的冯老板。

"被歼灭的只是鼠族的一个部落。从这段时间的巡逻情况来看，我们周围至少还潜伏着八个鼠族部落，上千个鼠族成员在暗地里虎视眈眈，随时可能对红土地发动袭击。"

这话又在人群里激起波澜，但这一回大家都低声议论，脸上写满了恐惧。

老梁在我背后轻声说："罗飞问，市长靠什么维持他的统治。我现在知道答案了。"

"是什么？"

"希望和恐惧。"

我心中豁然开朗。是的，就是这样。有一天出洞，是希望；鼠族来袭，是恐惧。

老梁大声说道："鼠族还不是赵市长你一手造成的。"

周围一下子安静了。各种目光都投射到老梁身上，有疑惑，有愤怒，有赞许，也有幸灾乐祸。

"老梁，你没有喝醉吧？"赵市长悻悻地说，转而大声道，"这是谣言。我已经在多个公开场合，拍着胸脯，用我的人格我的良知还有我的儿子保证，我与鼠族，没有任何关系。谁再敢说鼠族是我制造出来的，我就对谁不客气。"

刘海龙站出来，大声喊着"散会散会"。人群就由各个地洞溪水一般流走了。我转身看着老梁，本来想要问问他那话到底是什么意思，但梁清扬过来，把老梁拉走了。看样子，他们父子俩会有一番动情的促膝长谈。

回到蘑菇房，罗飞迎了出来。“已经准备好了。”他说。

“什么？什么准备好了？”我不解地问。

他的回答很肯定：“洗澡。”

我心下惊喜。罗飞向燕子姐要水的时候，我曾经猜过他的用途，但没有敢往洗澡这个方向想。“会不会太奢侈呢？这可是市长级的待遇。”我问。

罗飞已经反手把门关上，笑嘻嘻地指着电饭锅的方向。我过去把锅里的水倒进水桶，又提着水桶来到厕所，脱下衣裤，开始洗澡。

最初的感觉并不特别好，但随着热水的浸润与污垢的减少，我逐渐体会到洗澡的妙处。罗飞坐在床边，静静地又似乎热切地看着。

“你洗过了吗？”我想起了这个问题。

“洗过了。”他说，又重复了一次。

水并不多，节约着洗，也只能说勉勉强强洗了个全身；但用某本书上的描写“就像换了个人似的”，来描述我此时的状态，丝毫不夸张。

水用完了，我擦干净水渍，正要穿裤子，却被人按住了肩膀。扭头一看，是罗飞。“你干吗……”我话刚出口，立刻停住，目瞪口呆。

罗飞站在那儿，一丝不挂，身体的线条非常柔美。这不是关键，关键是他（或者她？）的胸前有明显的两处小丘一般的隆起。我再白痴也知道那是什么。那是女性的乳房啊！

“你你……你是女的？”我结结巴巴地说。

罗飞没有说话，只是定定地看着我，眼睛里燃烧着某种渴望。我踌躇着，不知该如何应对，生理上的反应却是直接而昂扬。她（或者他？）浅浅一笑，眼波流转间，抓住了我的手，把我导引到她的胸前。

我的手触到她的乳房，心中一阵狂跳。那颗脆弱又坚强的心脏，似乎要从胸腔里跳出来，一口气跳进空气里。她的乳房小巧而结实，柔软而富有弹性。我忍不住捏了又捏。她低吟一声，张开双臂，抱住了我。我感觉她浑身燥热，宛如一团炽热的野火，要将周遭的一切烧尽。我的每一寸肌肤都变得敏感，随随便便的触碰，都能蹭出无数耀目的火花。

“不，这不对。”我的声音在唇齿间游荡。

“没有什么不对。”她说，“亲我。”

我低下头，亲吻她的脸颊和脖颈，笨拙而又盲目。

嘤咛之声从她的唇齿里次第溢出，在蘑菇房里轻轻回荡。

她骤然伸手，嬉笑着，将我推倒在折叠床上。在我抗议之前，她已经跨坐到我身上，俨然一位不可一世的女王。我身体的一部分毫无阻滞地进入她的身体，刹那间，从未体验过的温暖死死地包裹住了我。我咬紧牙关，不让自己叫出声来，旋即伸手扶住她结实的正在上上下下的臀，用手势告诉她不能操之过急。但她并没有听从，而是握住我的手腕，将我的手移开，同时身体的起伏更加剧烈。我仰望着她赤裸的身子，小小的乳房有节奏地跳荡，急促而低沉的“嗯呃”一声更甚一声，顿觉浑身炽热，如同被扔到岸上的鱼儿一般，不受控制地挺动，让自己更深更猛地进入她的身体。于是，一切都变得不可遏制，因而更加妙不可言与淋漓尽致。

事后，我揽着她的腰肢，轻唤她的名字：“罗飞？”

“嗯。”她侧身躺着。

“我们认识多久了？”

“不知道。”

“我记得第一次见你的时候，你就是光着身子的。”

“是啊。要不是你，我可能早就死了。”

“可我记得，你当时胸部是平的，跟男人一样。”

“怎么？不喜欢我现在的样子？”

“不是……”

“自己白痴。每天和我睡在一起，都没有注意到我身体的变化。”

我抚弄了一下她的乳房：“这发育得也太快了吧？”

“蠢货。”她笑着骂道，“难道你见过其他女人的发育？”

这个问题的答案显然是否定的。然而……我忽然间明白过来：“罗飞，罗菲？你是草字头的菲，不是飞翔的飞！”

我感觉她的脑袋动了动。“这两个字有什么区别吗？”

“草字头的菲指花草等茂盛芳香。”

“那我就用这个菲字。”

“你今年多大？”

“不知道。很重要吗？”

并不重要，我这样想，在这个地下世界里，很多曾经重要的东西都已经不再重要。那现在最为重要的东西是什么呢？这时，罗菲坐起身来，抿嘴笑道：“要不要再来一次？”

6

红土地不光指红土地六号地铁站和十号地铁站，还包括天然溶洞、地下车库、隧道、防空洞、地下停车场、地下超市等在内的地下世界。据老一辈讲，红土地所在的城市以大山夹大江著称，由于地形和历史的原因，有比别的城市多得多的地下建筑。现在从红土地出发，可以抵达的大部分地方，是千阳之战前用先进的工程机械挖掘出来的，剩下的一小部分是战后逃到地下世界的幸存者在数十年时间里千辛万苦挖出来的。

在红土地，有一个地方很特别，那就是芭比酒吧。所有生活必需品都由赵市长和他领导的分配小组集中管理，只有酒例外。芭比酒吧的老板姓冯，不知怎么找到了大量的酒，然后开了酒吧，让大家用自己的生活必需品换酒来喝。传说冯老板找到了一个很大的酒窖，但他从来没有承认过，每次提及酒的来源就呵呵一笑。酒吧本来没有名字，赵市长也没有批准它开业，只因为它的门上张贴了一幅画，画上是一个娇小秀美的金发女孩，长着成年女人才会有的硕大乳房，老一辈人说她是芭比女郎，于是酒吧就顺理成章地被叫作芭比酒吧。

我带罗菲去过芭比酒吧后，她就迷恋上了那里。有事儿没事儿，都往那里跑。说来奇怪，罗飞变成罗菲之后，几乎没有人质疑，毫无芥蒂地接受了这件事，仿佛之前他们都知道，只有我这个白痴蒙在鼓里。燕子姐特意送了两条珍藏的漂亮裙子过来，并在最短的时间里认了罗菲为妹妹。“啊，小艾，你也是有福之人，要记得珍惜。”她也没有忘记打趣我。

在芭比酒吧里，能遇见各种人，也能听见各种事。老话说，“酒后吐真言”，虽不全对，但你至少能在芭比酒吧里听到滔滔不绝的话语。有对地上生活的回忆（蓝蓝的天上白云飘，白云下面马儿跑），有对丑恶过去的痛诉（既然我们已经按下了核弹发射键，那就证明我们是一个失败的物种，没有任何资格要求重回地面），有对现实生活的抨击（你们知道赵光庭，我们亲爱的市长大人，今天吃了什么吗？小鸡炖蘑菇，还放了味精），有深入的哲学思辨（人类有一种迷思，认为我们该对地球上发生的一切负责。这实在是一种前所未有的自大），有对美好生活的向往（回到地面，我要做的第一件事就是跳进清凌凌的河里，痛痛快快地洗一个澡，哪怕马上就被核辐射死掉），诸如此类，无法一一列举。

初听还颇为感动，多听几次就麻木了。所有的控诉与指摘，都停留在语言上，从来没有落实到行动中去。久而久之，我也就不再热衷于到芭比酒吧听他们海阔天空地吹牛了。罗菲不一样，她对此乐此不疲；每一次单独去酒吧，她都收获满满的样子。我问她，她也不作正面回答。我注意到，这段时间里，她似乎换了一个人，以前的羞赧全都消失了，现在的她，能够与每一个人谈笑风生。这到底是好事还是坏事，我不敢肯定。

蘑菇收获的日子又到了。老梁连着好几天都没有到蘑菇房。我也没有看见罗菲，就到芭比酒吧去找她。

酒吧的门关着，芭比女郎在画里俯视着每一个过往的人。我敲了敲门，里面有人透过小窗看了我一眼，放我进了屋。酒吧里目前没有几个人，所以我一眼就看见了罗菲，她穿着燕子姐送她的那条浅蓝色裙子，光光的脑袋，在彩灯的照射下，有着难以描述的美。还有孟楼。孟楼的手明明白白地钩在罗菲脖子上。他似乎说了一句什么笑话，罗菲咯咯地笑着，宛如乱颤的花枝，又好像欢快的乳鸽。

我怒从心起，一种原始的本能抓住了我，我用尽最大的力气才克制住动手的冲动，低低地吼了一声："罗菲！"

罗菲转过头，看向我："你来啦。孟楼讲了一个故事，笑死我了。"

这时，孟楼已经缩回了钩住罗菲脖子的手。"就是个老笑话。"他说。

"葡萄架，哈哈哈。"罗菲说着，笑得前仰后合。

我不知道葡萄架有什么好笑的，快步走向吧台。"来一杯。"我对冯老板说。

冯老板大腹便便，笑容可掬。"这杯我请客。"他把一杯啤酒交到我手上。我端着杯子，看了一小会儿杯子里汩汩冒着的气泡，然后举起杯子，让那带着凉意的啤酒顺着喉管一路向下，冲进空荡荡的胃里。

"艾星雨，你是不是准备打他？"罗菲指着孟楼，脸上的笑意勾魂摄魄，"我看出来了，你在嫉妒。不不不，不是嫉妒，我用错词了。应该说，你的占有欲在燃烧，燃烧，对了，就是这个词。你觉得我是你的，别的男人就不该碰我，是吗？"

我看着她，眼神迷离，似乎不认识她。她变得极其……陌生。

"别呀，我没有说你做错了。燃烧，让你的愤怒之火燃烧得更剧烈吧。"罗菲把头转向孟楼，"上。"

孟楼闻言，放下杯子，走向我。这个头顶流脓、脚底生疮的浑蛋！怒火彻底控制了我，我猛地一拳，打在他脸上。孟楼没有后退，一拳擂在我的胸前。我顿觉肋下火烧火燎一样疼。我咬牙还击，我想我龇牙咧嘴的样子一定很可怕。孟楼胆怯地后退两步，酒吧里的人发出哄笑，似乎楼顶都会被这声浪掀翻。王电工劝孟楼收手，冯老板狡笑着鼓励孟楼继续，还有一个不知道名字的家伙冲我比画“杀”的手势。

孟楼犹豫了片刻，扑上来抱住了我。这并非什么打斗的标准动作。我一时半会儿没有挣脱他的束缚，而他的本意是把我掀翻在地，我挪动脚步不让他得逞。我们两个就像两条相互撕咬的狗一样，围着对方转圈。我力气稍大一点儿，多转两圈之后，我瞅准一个空当，双手用力，分开孟楼抱住我的手，并在两个人身体分开的瞬间，一脚踢出，正中他的腹部。他惨叫着倒退几步，捂住自己的肚子倒在了地上。

冯老板跳出吧台，到孟楼边上查看了一番，得出结论：“没事儿，死不了。喝一杯就好。”

围观的人逐渐散去。我喘了几口粗气，看着冯老板把孟楼扶起来。孟楼低着头，表情深沉，难以描述。之前他来找过我，谈起去保安队的事儿，被我一口拒绝，当时他也是这样一副死鱼一般的表情。

罗菲过来，亲热地挽住我的手臂。“真棒。”她说，“我们回去吧。”

一路上，罗菲就挂在我的肩膀上，仿佛她是我身体的一部分。我也乐得她这样向所有人宣示她与我的关系。刚进蘑菇房房门，罗菲就迫不及待地说：“我要你，现在就要，要你的全部。”她松开挽住我的手臂，满脸堆笑，后退着走向属于老梁的那张大床。一边退，一边脱掉淡蓝色连衣裙，等她退到大床时，已经一丝不挂。

她粉色的身体如此光洁亮丽，就连胯下也没有一丝毛发。我狠狠地吞了一口唾沫，全身的欲念都集中在一点上，坚硬如铁。

她爬上床，双手支撑着身体，像条小狗一样趴在床上。这条“小狗”有着颀长的双腿和丰盈而不夸张、大小正合适的乳房。她将高高翘起的臀部对着我，调皮地晃了两晃，同时偏头斜视着我，酡红的脸上写满真切的渴望。

我还能怎么办？我只能响应女王的召唤。

高潮来得毫无悬念。我在罗菲高高低低的吟唱声里，猛烈地释放自己，一次又一次。

片刻的欢愉之后，我从精神到肉体都委顿下来。我喘着粗气，离开罗菲，坐到床边。罗菲从背后抱住我。“你是魔鬼吗？”她在我耳边说。这也是我想问她的问题。我咕哝了一声，聊作回答。

这时，响起了敲门声。我有些庆幸刚才进门时顺手关了门，不然被人看见刚才的一幕，不知多尴尬。我穿上衣服，看着罗菲也穿上了，这才开门。

保安队新任副队长梁清扬站在门前，面色深沉如水。孟楼在他旁边，脸上还有我留下的拳印。另外还有四个拿着警棍的保安站在他们身后。

“怎么？”我说，“浩浩荡荡来替孟楼报仇？”

“不是。有其他事情。”梁清扬说，“你被捕了，还有罗菲。”

“为什么？我们干了什么？”

梁清扬没有回答，挥一挥手，两名保安挤过来，就往屋里闯。我张开手臂，护住大门，同时喊道：“罗菲，快跑！他们要抓你！”

刚刚喊完，我肚子上挨了一棍，脑袋上又挨了一棍，旋即眼前一黑，跌倒在地。

7

醒来之后的第一感觉是头疼，仿佛那警棍还嵌在后脑勺上。

我勉力睁眼，可周围还是一片漆黑，下一秒，光线才如潮水般涌入我的眼帘。太过猛烈，我不得不再次闭上眼睛。隐隐约约中，我看见拿电筒照我脸的人是孟楼。

“把电筒关了。”一个声音说。

察觉眼前的光芒消失，我再次睁开眼睛，随即有人猛力揪着我的头发，强迫我坐了起来。这间小屋子没有亮灯，外间大屋子的灯光从梁清扬的背后照进来，使我只能看见他的轮廓，看不清他的面目。我发现我坐在一张铁椅子上，两只手被分别用绳子绑在椅子的两个把手上，脚也是如此。我和梁清扬隔着一张长桌子。揪我头发的年轻保安松开手，退到了一边。我舔舔干裂的嘴唇，清清淤塞的喉咙，说：“我要喝水。”

孟楼说：“你要搞清楚，你现在是犯罪嫌疑人。不老实交代问题，当心我们打死你。”

梁清扬喝住孟楼：“我们是红土地的保安。”他非常刻意地扬了扬手，我勉强看见他右手捏着一把小刀，左手握着一个比拳头略小的圆滚滚的东西。他叫了我的名字，然后问道：“吃过苹果吗？”

原来那个圆滚滚的东西就是传说中的苹果。“没有。”我回答。

梁清扬说：“别说喝水，给你吃你从来没有吃过的苹果都可以。只要你把你知道的，一五一十告诉我，没有任何问题。”

梁清扬用拇指和食指捏紧小刀，小心翼翼地划破苹果的表皮，又调整位置，让左手里的苹果旋转起来，小刀与之配合，于是一条细长的苹果皮就与苹果分离开来。一种从未闻过的甜香在空气中弥漫。这就是苹果的味道吗？“梁大哥，你想要我说什么？”我忍着胃的抽动，问道。

“不要叫我梁大哥。这里是保安队，没有什么大哥。”梁清扬说，“罗菲。我想知道罗菲的一切。”

“她？她怎么啦？她干什么啦？她的事，你们不是都知道吗？”

“别装……”

“孟干事！”梁副队长继续削苹果，“告诉小艾，你的怀疑，你怀疑罗菲是什么。”

孟楼说：“罗菲刚出现的时候，我就对她有所怀疑。当她从男孩变成女孩的时候，我的怀疑就更深了。就在不久之前，在芭比酒吧，我终于敢肯定我的怀疑是正确的。”

“你怀疑什么？孟楼，别唧唧歪歪的，把话说清楚。”我说，“梁副队长，孟楼想要我到保安队当宣传干事，他好去当仓库保管，分管粮食，被我严词拒绝。他怀恨在心，就对我打击报复，诬告我。谁都知道，粮食分配是个肥差，现在归你管，他是要抢你的权啊。”

“这事我知道。”梁副队长停了一下，将削下的苹果皮整齐地码放在桌子中间，然后继续削苹果，“孟楼，你继续说。”

“我怀疑罗菲是……不，我肯定罗菲是鼠族的成员，一只工鼠。”

“那不可能！孟楼你血口喷人！”我大叫起来，心底的愤怒与恐慌齐齐涌动，排山倒海一般，“罗菲，怎么可能是鼠族？她和宣传栏里的鼠族完全不同！”

孟楼说：“我告诉过你，宣传栏上的鼠族资料大部分是错误的。至于为什么要用错误的资料进行宣传，我并不知道。那份资料是我前任的前任编写的。他为什么要这么做，是真不知道，还是刻意篡改，已经无从考证。根据我的研究，鼠族在样貌上与人类的差距并不大。罗菲就是典型例子。”

“为什么说罗菲是鼠族？”我抓住问题的关键问。

“在芭比酒吧里，为了罗菲，我和你打了一架。也可以美其名曰：决斗。你还记得吧？可是，像我这样理性的人，怎么会为了一个女人而与人打架呢？事后，我反复回忆当时的情景。其他都很正常，只有在罗菲对我说‘上’的时候，我脑子突然蒙了，别的什么想法都没有，满脑子的念头只有一个，那就是把你的脑浆打出来。为什么会这样？想来想去，结论只有一个：我被操控了。”

孟楼说的感受当时我也有。可是，为了女人，男人，甚至所有的雄性，不都是要竞争一番的吗？这怎么能说是受了操控呢？“酒喝多了吧？”我问。

“事实上，当时我只喝了半杯酒。”孟楼继续说，“我怀疑罗菲是鼠族，自然有我的理由。我知道你们都不知道的资料。还记得我说过的鼠族社会构成吗？”

“记得。”我说，“女王高高在上，七八只雄鼠作为她的后宫，只管交配，下面是数十只工鼠，一心一意工作，全心全力侍奉女王和她的后宫。工鼠没有雌雄之分，也就没有生育能力，可你刚才说罗菲是工鼠？”

孟楼点头说道：“说工鼠没有雌雄之分并不准确，更准确的说法是，工鼠永远处于未成年的童稚状态，就像青春期之前的孩子。工鼠的发育被鼠族女王分泌的某种外激素给压制住了。但，如果鼠族女王去世，这些工鼠被压制的发育就会迅速重启。想必这一个过程，你已经亲眼见到了。更匪夷所思的是，工鼠的性别实际上处于待定状态，变成雄性还是雌性，取决于它在发育时遇到的是雄性，还是雌性。也就是说，罗菲，可能是男的，也可能是女的，只是因为遇到你，才变成了女的。”

“这不可能！你骗人！”我竭力否认。可是，一些曲曲折折的往事纷纷跳上心头：冰冷的手、异样的香气、迅速隆起的胸部、黑暗中“看”得见东西、割伤却不知道疼痛的手指……没有前因后果，只有最惊悚最离奇最可怖的片段。有些当初就觉得疑惑，有些现在才回想起是疑点，如今都串接在一起，向我有力地证明，孟楼没有说假话。

“没有什么不可能。以前的人们还认为自己可以永远在地面耀武扬威呢。现在呢？”孟楼微微一笑，得意地说，“保安队最近不是歼灭了一支鼠族部落吗？我猜，罗菲就是那支鼠族部落的一只工鼠，侥幸逃脱，然后遇见了你，它就变成了她，成为下一任鼠族女王。鼠族女王活着的唯一目的，就是找男人交配，生下成百上千的小鼠，重建她消失的鼠族部落。实现这个宏伟目标的关键，是鼠族女王能分泌一种特殊的外激素，让男人乖乖地俯首称臣。我在芭比酒吧的所作所为，尤其是和你打的那一架，就是罗菲操控的结果。我还好，虽然被你踢的那一脚现在还疼得厉害，但也仅仅是打了一架。你不同。哈哈，我很想知道，和一只老鼠上床是什么样的感受呢？”

我想生气，想把拳头印到他那张斯文的脸上，可绳子束缚着我。

我也恨，恨得牙根直痒，但恨谁呢？罗菲，还是我自己？我曾经在罗菲身上闻到过某种异样的香气，那就是某种外激素吗？我和罗菲不管不顾，抵死缠绵，是外激素在起作用吗？我现在的一切言行，都是被罗菲的外激素操控的结果吗？

梁清扬将削好的苹果一分为二，二分为四，然后取了一瓣儿，递给孟楼。“很好。从小艾的表情看，你说的都是真的。辛苦了。”他说，“你可以把这件事告诉赵市长和刘队长，并且告诉他们，我一定会把罗菲逮捕归案的。”

孟楼拿着那四分之一个苹果，伸出舌头舔了一下，一边露出志得意满的笑容，一边意味深长地看着我，带着明显的挑衅，然后转身，脚步轻快地走了出去。

“你也是。”梁清扬对我身后那个保安说，“吃瓣儿苹果，去做先前安排的事情。”那个保安很年轻，应该是最近才加入保安队的。刚才揪我的头发，用的劲儿真大。从梁副队长手里接过苹果后，他丢进嘴里，囫囵吞了下去，旋即小跑着出了这间小屋子。

“就剩下我们两个了。”梁清扬没有看我，而是看着手里的半个苹果。

我吞了一口唾沫，饥渴的感觉愈加强烈：“照你刚才的说法，你们没有抓住罗菲？”

“确实没有。她比你厉害，打伤了我两个人，强行跳出窗子，跑了。”梁清扬取下四分之一个苹果，塞进自己嘴里。只听得一声脆响，汁液四溅，甜香散逸出来，我深吸一口，跟随着那丝丝缕缕的香气，盘旋着飘上了天空……“想吃吗？”梁清扬的话打断了我的幻想，“很好吃的。”

我低下头，不去看梁清扬和他的苹果。这不重要，至少不是现在最重要的事情。

一阵“咯吱咯吱”的声音之后，梁清扬终于开口说话：“说句实话，你想让我抓住罗菲吗？这不是一件很难的事情。”我茫茫然不知如何回答。但显然，他一开始就没有打算听我的说法。“对于这个问题，我的答案比你肯定得多。抓住罗菲，不过能够再一次证明，我是一个能干实事儿的。但对于红土地目前的格局没有丝毫改变。”他说着，用食指敲了敲桌子，“我不想做这样的事情。”

8

我思忖了片刻。这是一个逃生的机会，但也可能是一个致命的陷阱。然而我还有别的选择吗？“你想做什么？”我问。

梁清扬没有回答我的问题。“我知道一些孟楼和你们所有人都不知道的事情，比如鼠族的真正来历。”

“鼠族到底是怎么来的？”我很配合地问道。

“鼠族的鼠，指的是裸鼹鼠，不是老鼠。”梁清扬说，“鼠族之母，那个一手制造出鼠族的人，名字早已成为禁忌，为多数人所遗忘。唯一可以肯定的是她的性别，女性，所以，在下面的故事里我将称呼她为‘女博士’。”

千阳之战中，这座以山多而著名的城市至少挨了四枚核弹的攻击。最初涌进红土地的幸存者到底有多少，早就无法统计，有人说两万，也有人说五万，甚至有人说十万。据说幸存者中有个副市长，是最大的官，顺理成章地当上了红土地的最高领导人。不管红土地人口有多少，把最高领导人称为市长，就是从那个时候固定下来的。当时的境遇虽然悲惨，但擦干眼泪和血迹之后，绝大多数幸存者都相信，用不了多久，他们就能离开这个拥挤不堪的地方，重返地面。“最多八年”，他们相互传着这句话。为什么是八年呢？谁也没有解释。

女博士是最早意识到地下生活可能要持续很久的人之一。她本是一所大学的教授，主要研究表观遗传学的应用。事有凑巧，女博士的实验室建在一个古老的防空洞里，与红土地地铁站只有一墙之隔。时年，女博士三十出头，正是年富力强、最有创造力的时候。

战前，表观遗传学是新兴的热门学科，她正在为一系列研究课题忙得不可开交，突如其来的战争，打乱了她的一切。来到红土地，她非常焦虑，比她周围的所有人加起来还要焦虑。

有一天，在一条拥挤不堪的地洞里，女博士小心翼翼地在人海里穿行。有个提着笼子的人几乎与她撞在一起。相互说过“对不起”后，女博士注意到笼子里有五六只红扑扑、光秃秃、龇着两瓣儿大牙的小动物。

“这是什么？”女博士问，“某种变异的老鼠吗？”

“不是，是裸鼹鼠。”那个带笼子的人说，“裸鼹形鼠才是科学的称呼。只是，大家都习惯叫它裸鼹鼠了。”

带着宠物躲到地下世界的人可不多见，现在又听见这种较真的说法，女博士不由得会心一笑。“好丑的小家伙。”女博士仔细看着笼子里的裸鼹鼠。

“丑得有滋有味嘛。”养裸鼹鼠的人并不以为忤，“你可别小瞧了它们，本事可大着哩。”

在女博士提问之前，他已经开始滔滔不绝地讲起来。

“它们在缺氧的环境中也能存活很久。在完全没有氧气的情况下，裸鼹鼠能够屏住呼吸长达18分钟。

“裸鼹鼠体内含有高分子量的透明质酸，其含量是人类或其他鼠类的5倍以上。这种透明质酸又称玻尿酸，能够抑制癌细胞的疯狂复制。

“裸鼹鼠的DNA修复能力极强，而且伴侣蛋白含量高，这种蛋白能避免其他蛋白出现折叠错误。因此，裸鼹鼠不会随年龄增长而出现身体机能的退化。它们不会衰老，即使年龄很大了，外貌和大脑组织都能保持年轻的状态，并且终身拥有繁殖能力。

“它们的平均寿命是多数鼠类的10倍，最长的可以活过30年。等比例换算成人类的话，就是人均700岁，个别能活到1000岁。”

女博士总结道：“不怕缺氧、不得癌症、不会衰老、寿命还长，堪称超级怪物啊。”

养裸鼹鼠的人说："这些都不算什么，裸鼹鼠还是世界上罕见的真社会性哺乳动物。"

女博士知道什么是真社会性动物，像蜜蜂、蚂蚁、白蚁，都是，社会分工在基因上就决定了的，然而哺乳动物……"具体说说。"女博士兴致盎然。

养裸鼹鼠的人侧过身子，让另外几个人从他旁边挤过去，嘴里继续唠叨着："裸鼹鼠的社会分为三个等级：一只女王，几只雄鼠，数十到数百只工鼠。裸鼹鼠执行严格的女王制，在动物中是非常罕见的。你可以把它们的女王看作是武则天、叶卡捷琳娜或者克里奥佩特拉，但显而易见，后者对属下的掌控能力远远不及前者。整个裸鼹鼠部落只有女王有生育能力，一次能生七八只，并且很快就能进行下一次生育，充分保证了裸鼹鼠的繁殖速率。而且，生下来的小裸鼹鼠，是具有繁殖能力的雄鼠，还是没有繁殖能力、只知道工作的工鼠，是由女王分泌的乳汁决定的。显然，雄鼠和工鼠的数量有一个基本固定的比值。"

"嗯，确实和蜜蜂相似。"女博士想了想，又问，"可为什么会是女王制呢？"

那个人说："裸鼹鼠生活在东非的地底下，以各种植物的地下块茎和根为主食。它们用巨大的门牙和锋利的前爪挖掘隧道，它们的隧道四通八达，可以长达十几公里。相比它们的体形，这些地下隧道的规模就好比我们建造的超级地下城市。"

女博士点点头，思绪有些飘飞。很多人从她身边匆匆走过，她无视他们的存在。

"地下洞穴的广阔与不可预知性，使裸鼹鼠很难找到交配的对象。一旦找到，它们就要终身在一起。这也是它们建立女王制的重要原因。同时，在地下，块茎和根都可遇而不可求，单靠一只裸鼹鼠或者几只裸鼹鼠，挖洞去找，很可能洞还没有挖好，就已经先饿死了。挖洞可是个体力活，所耗费的能量比行走高出3500倍之多。一群裸鼹鼠去挖洞，找到食物的可能性就大得多。在分配食物方面，它们执行严格的共享制度。虽然不能保证每一次每一只裸鼹鼠都能吃得饱饱的，但至少不会在孤单中轻易饿死。”

“这能解释群居行为，可不能解释女王制。”女博士指出漏洞。

“演化也有偶然性，尤其是生物的行为和社会构成模式。对裸鼹鼠而言，为了生存下去，它们以群体为单位进行自然选择，所有个体都选择了群体利益最大化，因为在地下这个极端环境里，群体内部竞争获得的利益，远不如群体与群体之间竞争获得的利益大。也许裸鼹鼠们尝试过别的社群结构，也许一开始它们就选择的是女王制，这个问题的答案已经湮没在历史的灰烬里，无从考证。但我相信一点，能够存活繁衍至今，起码说明这种生活方式与社会结构有可取之处。”

女博士惊奇地望着那人，被他的这一席话所震撼。

那人继续说，语气越来越有所敬畏：“女王用一种外激素使雄鼠服服帖帖，用另一种外激素压制工鼠的发育，使它们的生殖器永远停留在童稚状态，不会起什么反抗之心。很可怕，是吧？然而，用人的伦理和道德来看待动物的行为，毫无意义。女王制保证了裸鼹鼠种群的生存与繁衍，是自然演化的结果，没什么不好。你说是吗?”

那个人说着，忽然停下来，眼望四周，感慨了一句：“裸鼹鼠可比现在的我们，更适合地下生活。”

就是最后一句话，点燃了女博士的冲动。她为自己的焦虑和人类的未来找到了一条全新的出路，那就是以裸鼹鼠的生理结构、行为模式与社会制度为蓝本，用基因驱动技术，对现存人类进行全方位的改造。这被称为“裸鼹鼠计划”。

女博士回到几近荒废的实验室，重新开始研究。她从幸存者中招募了助手和志愿者。她对这些人说：“人类从树上下来，从古猿演化为类人猿再进一步演化为人类，并不是自愿的，更不是谁事先计划好的。恰恰相反。真实情况是，当时世界气候骤变，导致东非的森林消失，古猿不得不从生活了数千万年的树上下来。下了树，到了地上，猿就不是猿，而是人了。现在，另一场人为制造的灾难导致我们离开地表，来到这暗无天日的地下。在地洞里想要完全延续地上的生活是不可能的了。而裸鼹鼠，为我们的未来提供了榜样。

“与第一批下树的猿相比，我们有两点优势。第一，我们至少知道，裸鼹鼠的身体结构、生活方式与社会制度是适合在地底生活的。我们可以少走很多弯路。裸鼹鼠与人类93%的基因相同，这使得裸鼹鼠计划天然就具备可行性。第二，借助表观遗传学和基因驱动技术，人类将在一两代人的时间里，完全适应地下生活，而不需要花费数百万年的漫长岁月去慢慢演化。这是人工演化的效率，也是科技的力量。是的，我始终相信，是科技的力量摧毁了地上世界，但能拯救人类、使人类能够继续生存的，也唯有科技。”

9

讲到这里，梁清扬忽然停住了：“你相信女博士的这种说法吗？”

“什么？”我一时没有反应过来。

“女博士对科技的看法。”

“我不知道。实际上，我没有想过这个问题。她说的也许是对的，也许是错的。谁知道呢？”

“你燕子姐姐说你心重，什么都想得太多，还真是。”

“你说的这些，有些我了解，但有不少我都不知道。什么是表观遗传学？什么是基因驱动技术？”

“我也不知道。我只是在复述我爸爸的话，还有查到的历史资料。”

“好吧。无知的人不止我一个。”我微微叹了一口气，“后来怎么样了呢？”

梁清扬说：“因为有之前的数个课题作为底子，研究进展十分顺利，三个月后就出成果了。从裸鼹鼠身上提取的基因片段被复制到一种针剂里，这种针剂自带基因驱动药物。这种药物原本是一种叫埃博拉的烈性病毒，经过一番精心改造，病毒只剩下了极强的传染力，致病性完全消失了。注射进人体后，埃博拉病毒迅速将基因片段传染到全身的每一个细胞，替换掉细胞里原来的基因片段，于是裸鼹鼠与人类的混血种就诞生了。”

我有些茫然地望着梁清扬。

“不要看我，我也不知道这段话是什么意思。资料上说，这是表观遗传学与基因驱动技术的完美结合。”梁清扬说。

“就跟听天书一样。”

“也可以说是魔法。”梁清扬说，“过程虽然难懂，结果却很容易理解。虽然裸鼹鼠计划有失败的案例，但最终，有十二个参与实验的志愿者成功地转化为鼠族。”

“把带病毒的针剂注射进自己的血管，还是需要莫大的勇气吧。”

“只要有足够多的好处就行。”梁清扬说，“根据研究日志，注射针剂后，志愿者的新陈代谢迅速下降到原来的30%。如此一来，他们只需要吃一点点食物，就能维持很久的生存。饥饿的感觉从此与他们没有什么关系了。”

这确实是一个巨大的好处，尤其是在缺少食物的地下世界。是的，即使在物资丰富的地面，也有很多人因为种种原因而做出愚蠢至极的选择。我从书上读到过很多这样的故事。那么，到了一切秩序土崩瓦解的地下，为了能够生存下去，无论多么危险的事情都会有人愿意去做！何况变成鼠族后还有那么多诱人的好处！“你的故事还没有讲完。”我说，“在女博士制造出混血鼠族之后，又发生了什么事情?”

“一场灾难。”梁清扬说。

女博士制造出鼠族的消息不胫而走，在红土地悄然而极其迅速地流传。一部分人对于成为鼠族，充满了期望。仅仅是一点点东西就能吃饱肚子，这一条就足以让人动心。不会得癌症，就足以使很多人下定决心变成鼠族。当时，因为核辐射，癌症的发病率超过正常值的几十倍，而地下世界又没有相应的医疗设备和合格的医护人员。近乎所有的癌症患者都只是在活着等死。至于女王制度，至于从基因上决定一个鼠族的社会阶层，这些都是可以接受的代价。当然啦，无须解释，大部分男人都想当雄鼠，而成为永远长不大的工鼠，其实也不是那么可怕的事情。“没有性的觉醒，就没有性的困扰与烦恼。整天嘻嘻哈哈，忙忙碌碌，不也很好吗？比现在这个要死不活的憋屈样子，不是好多了吗？”有人这样说。

然而，还是有很大一部分人持怀疑态度。成为老鼠？光想想这几个字，就让他们心惊胆战。不管怎么跟他们解释，裸鼹鼠和老鼠不是一回事情，但他们依然固执地用老鼠来描述鼠族人。“我们是人，不是什么老鼠。人，懂吗？有人的尊严，人的执念，人的气质，人的文化。老鼠有吗？但凡还有一丁点儿人的骄傲，就不可能去转化成为老鼠!”他们四处宣扬自己的观点，并疯狂攻击裸鼹鼠计划的支持者。他们认为，有一个阴谋正在发生，那就是有人要蓄意消灭所有幸存者，“亡国灭种，用鼠族取而代之”。

红土地的核战幸存者很快分为三派：支持派、反对派，还有观望派。三方势力争论不休，但大体还停留在口头辩论上，没有诉诸武力。这在拥挤不堪又缺衣少食的地下世界里，其实是非常难得的事情。然而一句谣言的出现，打破了这个微妙的平衡。“市长下令，在所有人的食物中悄悄添加了鼠药，要把大家都变成听话的鼠族。”这个谣言或者说未经证实的消息引发了大面积的恐慌。即便是那些鼠族支持者，忽然间得知自己已经吃过“鼠药”，就要变成“鼠人”了，也心下大骇，乱了方寸。

地下世界蓄积已久的紧张、仇恨、怨愤一下子爆发出来。谁也不知道是谁最先动的手。从争吵到动手到厮杀到所有人都卷入这场暴乱之中，不过短短几分钟的时间，结果却非常惨烈，基因实验室被彻底砸毁，数千人死于这场暴乱。

“死者中包括女博士吗？”我问。

“女博士和七个鼠族死于动乱之中。”

“也就是说，当时有五个鼠族逃出去了。就是这逃出去的五个鼠族创建了我们现在看到的鼠族部落?”

梁清扬点点头。“其实，现在到底有多少个鼠族部落，各个部落的规模有多大，我们并不清楚。当时，鼠族暴乱中，就有很多人，因为害怕屠杀，也跟着鼠族逃了。而鼠族和人类之间，据我所知，还没有生殖隔离。”

“鼠族暴乱，哪有什么鼠族暴乱?”我把注意力集中在眼前的对话上，尽量不去想别的事情，“明明是那条谣言引发的。”

“是的，那条谣言。我问过那场暴乱的幸存者，他们都不知道是谁散布的那条消息。最后是我爸爸告诉我，是现任市长赵光庭。当时，赵光庭是市长的常务秘书，以善于写官样文章著名。我父亲说，他亲耳听见了赵光庭偷偷传播那条谣言。以赵光庭的身份，他说出的话，很多人会相信，不加任何思考，毫不犹豫地就接受了。”

“赵光庭为什么要这么做?”

“你看他在暴乱之后得到了什么就知道原因了。前任市长死于暴乱。赵光庭在暴乱中组织有力，表现出卓越的领导才能，被推举为新一任市长，一直做到现在。”

“我记得老梁说过，赵光庭是鼠族的制造者。”

“女博士刚开始研究裸鼹鼠的时候，曾经去找当时的市长寻求帮助。接待她的是常务秘书赵光庭。听说了女博士的裸鼹鼠计划后，赵光庭表示出极大的兴趣。他尽力说服了市长，并在此后的一段时间里，对女博士的研究极为关心，从人力到物力，提供了大量的不可替代的支持。我爸爸说，没有他，裸鼹鼠计划就不可能成功，说他一手缔造了鼠族，不算太过夸张。”

“然而，后来又是他，用一则简简单单的谣言，彻底摧毁了裸鼹鼠计划。”我说，“他是真的坏，还是真的认为裸鼹鼠计划有害?”

“我不知道。”梁清扬说。

这时，我的肚子很不争气地响了起来。梁清扬站起身，绕过桌子，来到我跟前。他把最后那四分之一的苹果塞进了我嘴里。我狼狈地囫囵吞下，全然不觉得吃了什么了不起的东西。

“还记得最近出去的那支地面探险队吗？”梁清扬开启了新的话题。

“走到洞口就退回来的那支？我记得。”

“我就是那支探险队的队长。”梁清扬说，“正如你猜测的那样，盖革计数器是坏的，一工作就嗡嗡乱叫，不管有没有核辐射。出发之前，赵市长找到我，要我弄坏盖革计数器。”

“为什么？他为什么要这么做？”

“你没有听说过吗，那些关于赵光庭的谣言？大部分是真的。尤其是关于他舍不得放弃权力的那一部分。他知道，一旦离开红土地，他的统治将土崩瓦解，不会再有任何人听他的。权力亦如毒品，啜饮过它的滋味的人，都不舍得放弃。所以我打算做一件事情。”

“什么事？”我问。

“我要推翻赵光庭的统治，我要告诉大家真相，我要带领所有人走出红土地，回到地面，开始全新的生活。”梁清扬目光灼灼，伸手掌住我的肩膀，“你愿意站在我这边吗？你愿意帮助我完成我的使命吗？”

“我愿意。”我答道，没有丝毫的犹豫。

梁清扬嘿嘿一笑：“很好。天虹，你可以进来了。”

刚才出去的那个年轻保安端着餐盘走进来。他将餐盘放到我面前，又将捆住我的绳子一一解开。摆脱束缚后，我立刻扑到餐盘上，狼吞虎咽。

短短几分钟，餐盘里的饭菜大半进了我的肚子，我吃饭的动作慢下来。一个念头跳进我的脑海：罗菲这个时候在做什么？吃饱饭了吗？“我有一个疑惑。先前孟楼说，罗菲操控了他的行动，那你怎么知道我现在的言行不是受了罗菲的操控，随时可能背叛你？”

梁清扬说：“鼠族女王用外激素统御雄鼠和工鼠，而外激素的作用范围和时间都是有限的。我相信你此时此刻并没有受到罗菲的影响。”

我心中微微一跳。我此时此刻对罗菲的思念是出自我自个儿的真实想法？我把餐盘里的最后几粒饭夹进嘴里，然后把餐盘轻轻推开。“说吧，要我做什么？”

“在那之前，我想先告诉你一个秘密。刚才的故事里，有一个养裸鼹鼠的人。你知道这个人吗？”

我摇摇头，表示不知道。

梁清扬说：“他是你的父亲。”

我无声地张大了嘴巴。我的惊讶难以言表。

“而且，”他继续说，“我有充分的证据表明，你父母的死与赵光庭有直接联系。”

10

十号站台的铃声持续响起。陆陆续续有人从四面八方的隧洞里钻出来，汇集到十号站台的四处。我手里握着梁清扬给我的无线话筒，藏身在一堆彩灯后面，看着人群越聚越多。

“谁？谁在乱摁铃？”刘海龙骂骂咧咧地从治安室跳了出来，手臂上还缠着绷带。好几个保安提着警棍跟了出来，但数量比预计的少得多，机会难得。

我清了清嗓子，对着话筒吹了一口气：“我。”

广播系统把我的声音轻松地传递到十号站台每一个人的耳朵里。

“你是谁？”刘海龙四处张望，同时示意他的手下，四下搜索。

我的位置很高，能够清楚地看见下面的一举一动。我看见梁清扬的人摆着维持秩序的架势走进人群之中。我表演的时间到了。

“还有人记得千阳之战吗？就是那场把我们从地面驱赶到地下的战争？是谁最先摁下核弹按钮的呢？已经没有人说得清楚了，然而牵一发而动全身，第一枚核弹射出之后，世界各地立刻作出激烈的反应。那些深埋地下的核导弹基地打开了发射井，在公路和铁路上驰骋的机动核导弹发射车竖起了发射架，在空中翱翔的战略轰炸机输入了核武器发射密码，在大海深处游弋的战略核潜艇点燃了潜射核导弹的发动机，都一股脑地把核导弹按照预定方案发射出去。所以说，这不是什么意外，而是一场蓄谋已久的自戕，毫不夸张。”

人群刚开始还有些纷纷扰扰，我多说几句之后，都安静下来。虽然还有茫然之色，但心底的某种情绪，已经被我调动起来了。市长赵光庭出现在刘海龙身边，刘海龙低头向他解释着什么。我继续说：

“然而，一切并没有因为千阳之战的结束而结束，被迫来到地下的我们并没有停止自戕行为。二十年前的那场被认为是鼠族引发的暴乱，大家还记得吗？没有人知道是谁最先动的手，已经无从查证，但结果是如此残酷与赤裸。一开始，还有明确的派系之分，裸鼹鼠计划的支持者、反对者，还有中间派。谁支持，谁反对，谁观望，在之前的大辩论已然悄然分裂。支持者杀反对者，反对者杀支持者，中间派杀支持者也杀反对者，也同时被支持者和反对者杀。然后，随着暴乱的继续，派系界限逐渐泯灭，本派系中那些不够坚定不够积极不够狂热的人，也成为屠杀对象。到最后阶段，在暴怒、仇恨和恐惧的支配下，屠杀向身边的每一个人蔓延。没有核弹，我们用砍刀、木棍、石块、拳头和牙齿，照样彼此杀了个痛快。二十年前，在红土地，就在这里，惨叫，追逐，混战，血肉横飞，核战的幸存者纷纷倒下。整个红土地的人口锐减了至少70%。70%啊！”

说到这里，我停住了，好让听众们消化刚才提到的海量信息。

赵光庭在下边大喊：“我知道你是谁，你是那个种蘑菇的。我不知道你要干什么，但我要你马上滚出来，别在背地里装神弄鬼。你不自己出来，等我的人把你抓出来，我要你好看！”

“我们把那场暴乱叫作鼠族暴乱，说得好像是鼠族干的。其实不是，鼠族只是借口。他们也是暴乱的受害者，而所有的屠杀，都是人干的。赵光庭赵市长，”按照梁清扬的计划，我继续说，“有一个问题我想问你。所有的证据都指向一件事情，你是二十年前那场暴乱的始作俑者，你用了一个彻头彻尾的谣言，引发了那场暴乱。你说市长悄悄地把鼠药放进食物里，要在大家都不知情的情况下，把所有人都变成鼠族。大家听了这个谣言，相信了，害怕了，然后就失去控制，发生了暴乱。我想问的是，为什么？为什么你要编造那个谣言？”

“为什么？我为什么要回答你的问题？”

“就是这场暴乱，形成了现在红土地的生活格局与社会秩序。我，还有在场的每一个人，都有资格问一个为什么。”我不由得加重了语气。梁清扬叮嘱过，要狠，态度要坚决，语气要不容置疑，要充分相信，真理和正义，还有良知站在我们这边。我继续讲：“赵市长，请你回答刚才这个问题。连回答问题的勇气都没有，你还有什么资格做这个所谓的市长？”

下边有人跟着鼓噪起来。也许是梁清扬安排的，也许不是，就是几个爱起哄、平时对赵市长又有所不满的人。王电工站在人群边上，一脸高深的微笑，倒让人意外。刘海龙干号了几嗓子，现场才稍微安静了些。赵市长阴沉着脸，大声说：“我儿子就死于那场鼠族暴乱，我至今伤心欲绝。我是暴乱的受害者。而在场的各位父老乡亲、兄弟姐妹，你们其实都是那场暴乱的受益者。你们没有资格，更没有权利指责我。”

对于这个回答，我颇为意外，就没有打断赵市长的自我辩护。

“二十年前，我是市长的常务秘书，负责分配食物，在很多人眼里，那是个美差。但我其实非常痛苦。真的。因为我在分配食物的过程中，知道了一个巨大的秘密。当时的食物储备只能供所有人再吃五天，即使削减每一个人的口粮，削减到最低水平，也最多够坚持十五天。我能想到的办法就是削减人口，大量削减。所以我有意识地引发了那场暴乱，鼠族只是由头，只是引线，只是导火索。肯定有人会说我残忍，我承认。但人都是要死的，或早或晚，不是死于暴乱，就是死于饥饿，有什么区别吗？”

“怎么没有区别？”我愤怒地问。

“事实上，在行动之前，我向当时的市长汇报过粮食的情况。那个老奸巨猾的家伙，他暗示我可以想办法削减人口。我一时冲动，说出了那个计划，老家伙没有明确指示，没有说可以，也没有说不可以，只是转身离开，把一个烂摊子留给了我。那个老浑蛋，他为什么不阻止我，不反对我，不把我抓起来以免我去干坏事？除了照计划进行，我还能怎么办？在当时的情况下，没有我，也会有其他人来执行这个计划。”

我一时语塞。

“还有，老有人造谣，说我是鼠族的制造者，这完全是污蔑。我确实去实验室参观过，但那是我作为领导的职责。有人在红土地搞非法试验，我不该去看看吗？裸鼹鼠计划，是叫这个名字吧？跳过了动物试验阶段，说是客观条件不允许，直接进入人体试验阶段，这真的对吗？尽管有无数的志愿者争先恐后地参与。但这真的对吗？

“还有，你们都看到了成功的案例，但你们没有看到失败的案例。我看见了。那些失败者，没有变成裸鼹鼠，反而感染上了埃博拉病毒，在很短的时间内，所有的内脏器官都变成了赤红色的液体，最后在剧烈的呕吐中死去。死状极惨。失败率高达40%。你们以为裸鼹鼠计划可以拯救你们吗？你凭什么认为你会成为那成功的60%？失败的可能性永远存在！

“我说在场的各位都是那场暴乱的受益者可不是假话。你们之中，一半经历过那场暴乱，当时粮食之匮乏，你们应该深有体会。你们有别的解决方案吗？去冒40%的死亡风险，转化为裸鼹鼠吗？说句实话，没有暴乱，你们活不到现在。你们之中的另一半，包括现在拿着话筒，在暗地里叽叽歪歪搞阴谋论的那位，都是暴乱之后才出生在红土地的，你们有什么资格品评你们未曾经历过的事情？同样的，没有那场暴乱，也不会有你们的存在。”

赵光庭市长不愧为老资格的政客，这一段演讲下来，虽然其中的话语并非毫无破绽，强词夺理与偷换概念之处甚多，但与我的高谈阔论相比，似乎更贴近现场诸人的心声。他说完后现场异常安静。

可以看出端倪。局势正在往有利于赵市长的方向发展。我略为思忖，推开遮蔽我的彩灯，从藏身之处走了出来。“说得真好，”我讥讽道，“千阳之战，你是受害者。鼠族暴乱，你也是受害者。你能活到现在，还真不容易啊。”

“终于现身了，种蘑菇的。”赵市长说，“就凭你，搞不出这么大的动静，说，在幕后指使你的人是谁？”

“赵光庭，我还有一个问题要问你。”我怒目圆睁，语气格外狰狞，“你，八年前，为什么要杀死我的父母？”

“那是意外！”赵光庭脸上显出一丝恐慌，“抓住他。”他向刘海龙发布命令，后者立刻气势汹汹地冲我奔过来，却忽然摔倒在地，跌了个狗啃泥。刘海龙骂骂咧咧地爬起来，一支步枪抵在了他的腰眼上。“听小艾把话说完。”步枪的主人梁清扬一字一顿地说。刘海龙顿时不敢作声。

喧哗瞬间席卷了整个现场，刹那间又归于平静。众人注视着我，等待我的进一步行动。我好整以暇，缓步走向赵市长。“不要以为我当时只有十岁，就什么都不知道。虽然当时我只看到了一些片段，有些事情还不理解，但我长大了，知道了更多的事情，把一切碎片拼接在一起，就了解了事情的全貌。你，赵光庭赵市长，觊觎我母亲的美貌，本想利用你的权势得到她，却被我母亲严词拒绝。你恼羞成怒，意图强奸，又被我父亲撞见，归于失败。最后，在你的指使下，刘海龙刘队长安排手下，制造了那场意外。我的父亲和母亲，死在了那个坍塌的地洞里。你说，我说的是不是真的？”

“你瞎说。”赵市长声嘶力竭地说，“你有什么证据？再瞎说，我打死你。”

我倒不怕赵市长的威胁。天虹早就悄悄站在了赵市长的身边，这个时候拿砍刀在他脖子附近比画了一下，赵市长立刻缩了脖子，不再说话。

“刘海龙，你说。”梁清扬大声问道，“不说实话，我一枪打死你。”

刘海龙眼珠子转了两圈，似乎在求助。看见手下都离得远远的，他叹了口气，说："是，是市长下的令。我，我也是被逼无奈啊。"

我已经走到市长跟前，站在离他不足一米远的地方。我从未在如此近的地方看过市长，只见此时的市长，满脸发白，直冒冷汗。没有爪牙和帮凶，他也不过是一个被岁月碾压过的老头子。我曾经在他身上感受到的权威如今已经荡然无存。他就像毒蛇蜕下的皮，苍白，瑟缩，令人恶心。

天虹把他手里的砍刀递到了我手里。那意思再明白不过了。杀了他！杀了赵光庭！杀了这个害死我父母的元凶！"血亲复仇。你是第一受害人，最有资格这样做。"梁清扬在行动之前这样对我说，"台下的那些人，对千阳之战的起因和经过不感兴趣，对鼠族暴乱的真相不感兴趣，但对血亲复仇一定感兴趣。"

我握紧砍刀，手指因为用力而微微痉挛。"杀了他。"天虹在我耳边低语。我还在犹疑，不知道如何出手，毕竟我没有受过这样的训练。这时，天虹从后方将我的手肘一推，那砍刀立刻前冲，深深地扎进了赵市长的胸腹之间。

11

赵市长倒退两步，以不敢相信的目光瞅瞅我，又瞅瞅胸前的刀柄，这才惨叫着倒下，倒在台阶上。一时半会儿还死不了，鲜血伴随着他的哀号和抽搐，先是喷射，后是汩汩流出，最终他躺在那里，不再动弹。两只浑浊的眼睛半睁着，好像仍不相信自己辛辛苦苦经营这么多年，怎么忽然间一切就土崩瓦解了呢。

"为什么？"我总算清醒过来，转向天虹，"事先不是说好，解除他的市长职务就行了吗？"

"除恶务尽，不留后患。"天虹这样回应，"梁队长说的。"

一股愤怒混杂着恐惧在我胸中涌起。我的目光越过不知所措的人群，望向数步之外的整件事的主谋。梁清扬依然平端着步枪指向刘海龙，刘海龙的嚣张跋扈早已不知踪影，只剩一个颤巍巍的躯壳。他胳膊上文的那条面目狰狞的龙，此刻显得特别可笑。

人群中不知道是谁大喊了一句：“杀人啦，艾星雨把赵市长杀死啦！”这霹雳一般的喊叫顿时将现场不知所措的人群唤醒，刚才他们还面面相觑，宛如只有脑袋能动的雕像，现在忽然间活过来，走动，奔跑，回避，号叫，啼哭，议论，谩骂，疑惑……一时之间，整个现场宛如一锅沸腾的水，一片涌动的海。

梁队长大喊着什么。隔得太远，周围又闹，我只能猜测是“安静”两个字。他连续喊了好几次，没人照着他说的做。然后他扣动了扳机，枪声骤起，在红土地四处回荡。刘海龙应声倒下。子弹从正面击中了他，削掉了他的大半个脑袋，血肉、碎骨与脑浆喷溅了一地。这下子，闹嚷嚷的现场立时安静下来。

“我说——安静！”后面两个字格外清晰，环顾四周，梁清扬又命令道，“给我话筒。”

天虹从我手中拿过话筒，走向梁清扬。看着天虹离去的背影，我有种深深的屈辱感。我被利用了，我被抛弃了，我成了一枚任人摆布的棋子。

梁清扬拿过话筒：“赵光庭死有余辜，有什么大惊小怪的。你们早就想干掉他，不是吗？只是不敢动手罢了。你们之中，有谁，背地里没有骂过赵光庭，现在就可以站出来，指着所有人的鼻子，骂一声‘叛徒’？”

没有哪个蠢货会在这个时候站出来。

“赵光庭坏事做尽，他的死是咎由自取。”下了这个结论之后，梁清扬清了清嗓子，继续说，“他死了，他的帮凶刘海龙也死了，一了百了。而我们这些还活着的人，还要继续在这暗无天日的红土地生活，你们愿意吗？我想没有人愿意。我将带领大家离开这里，回到阳光灿烂的……”

就在这时，燕子姐慌慌张张从人群背后跑过来。在距离梁清扬七八步远的地方，只听见她气喘吁吁地喊道：“孟楼带着一队保安，占领了食品仓库！”这突如其来的消息打断了梁清扬的演讲。他愣了小半晌，捏着话筒没有说话，直到燕子姐跨步向前，牵住了他的手，恰如其分地宣示了自己与他不一般的关系，他才说道：“慌什么？天虹，你带几个人过去看看，到底发生了什么事情。”

天虹点了四名保安的名字，都是些刚刚加入保安队的新人。梁清扬又在天虹耳边叮嘱了几句，我猜是“一定要不惜一切代价夺回粮食仓库”之类的话。我很清楚，所有人都清楚，粮食仓库对于红土地的重要性。粮食仓库堪称红土地的战略枢纽，谁控制了粮食仓库，谁就可以控制整个红土地。然而，孟楼是怎么想到此时去占领粮食仓库的？难道他知道今天我们会行动？护卫赵光庭和刘海龙的保安比平时要少，我算是知道他们去哪里了。

天虹带着四名保安匆匆离开十号站台。梁清扬松开燕子姐抓住他的手，继续演讲。燕子姐满脸凄惶地站在梁清扬背后，摇摇欲坠。我知道有些事在我的视野之外悄然发生过了，然而我……我不得不收敛心神，将注意力集中到梁清扬的演讲上。之前我已经听他讲过，此刻听来却格外空泛。不外乎他不会享用特权，会公平地对待每一个人，他希望带领大家走出这个阴森可怖的地下世界，回到渴望已久的地面，我们梦寐以求的故乡，这是所有人不约而同的梦想……

广场边上忽然传来喧哗声。我极目远眺，看见那条隧道入口，有一群人正鱼贯而出。前几名都是手持警棍和砍刀的保安，第六个人是脸庞白净的孟楼，刚刚出去的天虹跟在他的身后。谁都看得出天虹的立场发生了转变。“螳螂捕蝉，黄雀在后”，孟楼此刻的笑意正好诠释了这个成语的全部内涵与外延。

“天虹，你过来！”梁清扬脸色有些难堪。

天虹摇着头，不说话。他的背叛，显然不是现在，而是在很久以前。那孟楼趁我们对付赵光庭和刘海龙的时候，带人占领粮食仓库的行动就可以解释了。

“不要以为梁清扬是什么千载难逢的好人。我也告诉大家一个秘密吧。”孟楼走进人群之中，边走边说，“梁清扬在带领地面探险队回红土地的途中，遇到鼠族部落的围攻。他派人求救，保安队与鼠族一场血战，虽然歼灭了整个鼠族，但保安队也折损了大半。这个事情相信大家都记忆犹新吧。然而，这事儿从一开始就是阴谋。探险队遭遇鼠族部落，根本不是巧合，而是梁清扬事先知道那里有鼠族部落，刻意把探险队带过去的。目的很简单，借鼠族之手，干掉一半保安队，削弱赵市长的实力，为他今天搞政变创造必要条件。”

我惊讶地“哦”了一声，周围也是一片讶异惊叹之声。地面考察与歼灭鼠族原本是独立的两件事，现在却如此血腥地联系在了一起，的确出乎意料。然而冥冥之中我又似乎觉得，这样一个结果也不是特别意外。

梁清扬说：“孟楼，你血口喷人。你说这些，有证据吗？”

“这话听上去有几分熟悉。”这时，孟楼已经走到了梁清扬的跟前。他的十来个手下站到了他的身后，呈扇形拱卫着他。他志得意满地笑笑：“对哦，先前艾星雨说，赵光庭害死了他的父母，赵光庭要证据，他才肯去死。现在，轮到你说，要我拿出证据，你才肯去死。可笑。局势变化怎么就这么快呢？”

燕子姐勒着梁清扬的胳膊，惊惶的表情难以言表。事情确实变化得太快。由于天虹的背叛，梁清扬不知道他的手下还有几个是可靠的。我猜他此刻孤家寡人的感受一定非常强烈。

“我一定会带领大家回到地面！”梁清扬说。

这句没头没脑没滋没味的话引发了孟楼的大笑。他笑得前仰后合，眼泪都快掉下来了。良久，他才止住笑。“回地面干吗？去接受核辐射吗？我们还回得去吗？”

梁清扬脸色惨白，勉力说道：“地面的核辐射早就没了。毕竟千阳之战已经过去三十多年了。地面早就安全了。这些年里，赵光庭欺骗了所有人。”

“也只是可能。你并不能证明，地面已经安全了。”孟楼说，“最关键的是，我们为什么要出去冒险？这里有吃有喝，条件确实艰苦点儿，但毕竟活得好好的啊。为什么要去冒险？就为了你那酒鬼老爹虚无缥缈的地上之梦？在我看来，这里，此时此地，就是最好的，根本没有必要去冒险。大家说是不是啊？”

孟楼“这里就是最好”的说法让我震惊。这里，红土地，明明有诸多不好的地方，他为什么认为这里就是最好的呢？然而，我看见周围包括天虹在内有不少人点起了头，说明支持孟楼这种说法的人不在少数。

我大声说：“不对，孟楼你说得不对。这里，并不好。连洗个热水澡都办不到，你能把这样的生活叫作好吗？”

“小艾，艾星雨，”孟楼看着我，语重心长地说，“你让梁清扬利用了，你不知道吗？你父母的事情是我告诉梁清扬的，没想到这个阴谋家居然利用你去对付赵光庭。”

“赵光庭死有余辜。”我把先前梁清扬说过的话重复了一遍。

“我不和你讨论这事儿。”孟楼转向梁清扬，“眼下的局势已经很明显了，梁清扬，你要么降，要么死，没有别的路可选。投降，我保证不杀你，还有你老婆。别看你有枪，可枪里有多少发子弹呢？多到能把在场的每一个人都打死，就像你打死刘海龙一样？”

梁清扬的脸色变得极其难看，一阵红，一阵黑，一阵白，显出心潮难平。“下不了决心吗？”孟楼不耐烦地说，“那我帮你下好了。”他把手举到半空，挥了挥，就像指挥千军万马的将军一般，向跃跃欲试的保安们指出了进攻的方向……

就在这时，某个地方传来难以形容的呜呜。在我分辨出这呜呜是什么之前，站台的所有灯全部熄灭，整个红土地顿时陷入全面的黑暗之中。枪声响起，有人惨叫，又有人大呼“打死他”，纷乱的脚步声在四周回荡。突如其来的黑暗让我无所适从。我后退两步，靠到墙上。奔涌的人群从我身边杂沓而过。如果不是我闪避得及时，很可能已经被踩死。我的心儿怦怦跳，惊惧笼罩着我的全副身心。

黑暗中，有一只手捉住了我的胳膊，我急忙甩开，然而没有甩掉。那只手很冷，但抓得很稳，很紧。一个熟悉又陌生的声音对我说："跟我来。"

那是罗菲的声音，那是罗菲的手。

12

黑暗中，仓皇中，混乱的人群中，我的脚步踉跄，一路跌跌撞撞。但抓着我的那只手一直没有松开。我在罗菲的牵引下奔逃，时而快，时而慢，时而上，时而下。不时有人在近旁跌倒，惨叫与惊呼之声不绝于耳。

也不知道踉跄了多久，周围都安静下来，我想我们已经奔逃到远离红土地的地方，四周只剩下我和罗菲的脚步声——不，只有我一个人沉重的脚步声与呼吸声。罗菲脚步轻捷，犹如小猫，根本没有声音。又奔逃了一段时间，罗菲才停下来："星雨，这里安全了。你先藏在这里。"她按着我的肩膀，示意我坐下。

我不肯，倔强地站着，同时抓住她的手不放："你要去哪里？"

她说："去找人。"

"这么黑，你看得见？"

"不，我看不见。但我听得见，嗅得见，比眼睛看到的，更为清晰。"

"立体听觉，立体嗅觉。这么说，孟楼说的都是真的了？"我的心往下沉，缓缓松开了握住罗菲的手。

"什么？孟楼说什么了？"

"他说你原本是鼠族的一员，一只工鼠，没有雌雄之分。你的部落被保安队歼灭，你逃出来，遇到我，然后才发育……发育成你现在的样子。"我揉了揉太阳穴，就地坐下，以解放我酸软无力的腿。

"按照你们的说法，确实是这样。但从鼠族的角度来讲，却是另外一回事。"我感觉到罗菲在我身旁坐下，但她没有继续往下说。"怎么？不出去了？"沉默良久，我终于提出了一个问题。罗菲答道：

“十号站台的电力已经恢复，没有黑暗的掩护，我出去只会被抓住，干不了别的事情。”我不知道这里距离站台有多远，也不知道罗菲是怎么知道站台电力恢复了，我也不想知道。我想知道另外的事情：“那么……”我舔了舔干涸的嘴唇，“好吧，你说，说说鼠族的事。”

罗菲说，声音前所未有地愤怒又压抑：“我们部落的主巢穴遇到意外，坍塌了。女王下令，长途迁徙，寻找新的主巢穴。途中，我们停下来休息。就在我们睡得正香的时候，你们的人，保安队来了。他们先杀死了我们设在外围的哨兵，摸进了女王所在的寝宫。女王第一个被杀死，这引发了整个部落的混乱与疯狂，还有彻底的崩溃。如果女王在，以鼠族的团结一致，被歼灭的一定是保安队，然而，然而……我只身逃出，但我永远记得那些保安可怖的面容。我们什么都没有做，只是在那儿睡觉！”

我记得在宣传栏上读到的内容，现在又从另一个角度了解了事情的经过。谁对谁错？谁是谁非？在这个故事里，我又扮演了什么样的角色？罗菲呢？我想回答这些问题，但脑子钝化，宛如岩石。浓稠的倦意从脊椎蔓延至全身，眼睛在几次合上又睁开之后，我躺平了身子。“我累了。”我嘀咕着，“我睡了。”地下冰冷而坚硬，但并没有阻止我向睡神投降。

在睁开眼睛之前，我已经醒了很久。这种半睡半醒的状态持续了多久，无法知晓。也不知过了多久，我心生厌倦，便睁开了眼睛。四周仍是一片驱不散的黑暗。罗菲睡在我身后，靠得很紧，一只手搭在我的腰间，就像在蘑菇房的折叠床上一样。我翻了个身，面对着罗菲。她稍稍调整了一下位置，没有醒，也可能是在装睡。我不在乎，试探着伸出手去摸她的鼻梁和脸颊。黑暗中，她的脑袋忽然动了一下，下一秒我的手指就被她的牙齿轻轻咬住。

“你的味道很特别。”罗菲慢慢地说，斟酌着字词，“甜，很平和的甜，不腻不浓，然而非常持久。甜里略微带一点酸，不多不少，恰到好处，没有喧宾夺主，抢过甜的风头。尝过之后，又有一点点苦涩隐藏其中，令人回味无穷。”

被人这么描述，我不禁“扑哧”一声笑了。“说得我像个苹果似的。”我说着，从侧面抱住了罗菲，“你这个妖孽。”她乖乖地躺在我的臂弯里，被我轻轻抱着，没有说话，也没有别的动作。我觉得周围的空气都变得香甜，那无边无际的黑暗也变得可爱。我享受着这一刻的宁静与温馨。沉醉其中，不愿醒来。

一丝欲念在我心中生起。我抚摸着罗菲光滑的后背，在她耳边说：“我喜欢你。我爱你。”罗菲轻声回答，声音之轻，几不可闻：“我也是。”一种浓浓的暖意从我心底漾起，闪电般传遍全身，使每一个细胞都在温热的海洋里欢唱。

“又用外激素对付我？”

“没有啦。”罗菲俏皮地说，“明明是你，浑身散发着诱人的香气。”

我的手指在罗菲的肌肤上游走。我看不见，但能感受到她身体的变化。她的身体如此敏感，就像真是水做的一般。不过，这水又藏着火，温热而宜人。她抬起靠近我的那条腿，搁在我的腰上，使我得以轻松地进入她的身体。

整个过程，缓慢而悠长，同时安静、甜蜜又芬芳。直到最后一刻迸发之时，我才允许自己喊叫：“我爱你，爱你。”

我们拥抱在一起，很久很久。真希望就这样继续下去，世界末日来了我也不在乎。但一个新的疑惑又在我脑海里现形：为什么我对罗菲如此迷恋？难道是因为……因为我也是鼠族？毕竟，毕竟我爸爸是启发了女博士的那一个人啊。

我刚想说话，罗菲的脑袋忽然扬起。“有人过来了。”她补充了一句，“不是我的人。”然后，她起身，离开了我。

我坐起身，失落与惆怅同时撞击着我。

我知道我知道，我知道，所有的温馨与浪漫都将消失无踪。残酷的现实会把我刚才体验到的一切磨成齑粉。我不想知道在我睡着的这段时间里，红土地发生了些什么；不想知道有多少人死于黑暗中的屠杀；不想知道孟楼和梁清扬，哪一方从这场暴乱中胜出：我不想知道这些问题的答案。最为关键的是，罗菲的真实身份已经暴露，接下来会发生些什么，我更不想知道。

“在这里等我，艾星雨。”罗菲的声音从不远处传来，“我爱你，永远爱你。”

远处传来纷乱的脚步声和说话声，几束电筒光在黑暗中乱刺。至少有六个人，其中一个是天虹，那个背叛了梁清扬、加入孟楼阵营的年轻人。“仔细搜。”天虹的声音冷漠又严厉，“必须抓住鼠族女王，还有那个种蘑菇的。要是他们逃了，会生出一支鼠族部落来祸害我们。”

我在地上摸索了一番，找到了一块拳头大小的石头，拿着站了起来。“我在这里。”我高声喊道，“来啊，过来抓我啊。”

电筒光纷纷朝我这边射过来。我眯缝着眼睛，把刚才的话又大喊了一遍。我希望在他们抓住我的时候，罗菲可以趁机逃跑。突然，前方出现了罗菲的身影。她挡在了那群保安和我之间。所有的电筒光都照射着她，她不着寸缕，皮肤发着粉红的光，将一切的秘密呈现在众人的目光里。

我震惊地看见她脚步轻捷，修长的大腿有力地踏动，浑圆的臀部与完美的腰身随之扭动，丰腴的乳房颤得人心脏狂跳。“妖女，你要干什么?”一个保安喊道。罗菲轻舒双臂，上下扇动，摆了一个飞翔的姿势。她已经走进六名保安的队形之中。

“抓住她。”天虹说，“不要被她迷惑了。”

“我爱你们。”罗菲咯咯地笑着，“我爱你们所有人。”

变故就在这个时候发生了。一名保安突然举起警棍敲打在前方那名保安的脖子上。“你干什么?”后者怒喝一声，毫不犹豫地将手里的钢叉刺向同伴的肚子。天虹退后半步，避开了面前那名保安突然挥出的拳头，却被一把电筒砸中了额头。他狂吼了一句，挥动砍刀，削中了拿电筒砸他的那名保安的脖子。砍刀卡在了那人的脖子里，红艳艳的血喷射而出。天虹试着拔出砍刀，另一名保安从背后用钢叉刺中了他。他惨叫着倒下，偷袭他的保安没有停手，扑上去继续刺，直到一根警棍准确而疯狂地敲在他的后脑勺上。旋即警棍被丢弃，它的主人喘着粗气，轰然倒下，肚子上有一个拳头大的血窟窿。

我目瞪口呆地看着。几把电筒在混战中各有去处，有的坏掉了，有的则躺在地上，照射着曾经的主人。六个人，或者说，六具尸体， 以各种不正常的姿势，堆叠交缠码放在一起。从变故发生，到一切结束，不到十秒的时间。赤裸的罗菲站在尸体中间，脸上露出了甚是满意的微笑。

这微笑却叫我心生寒意。“你干了什么？”刚说完我就意识到自己问了一个蠢问题。因为我知道问题的答案。能让一群男人忽然之间自相残杀，除了鼠族女王的某种外激素，还能是什么？

电筒光熄灭，世界重回黑暗。

好黑，好冷。

13

“接下来你打算做什么？”

“去芭比酒吧，有几个人在那里等我。我的人。”

“然后呢？”

“离开这里，去寻找宜居的主巢穴，创建新的鼠族部落。这是我铭刻在基因里的使命。”

“我呢？”

“你跟着我，一起去啊。”

“和众多雄鼠一起去吗？”

“是啊。”罗菲说，“跟我在一起，迟早有一天，你也会变成鼠族的一员。比起纯粹的人类，我们鼠族更适应地下生活。你会喜欢上这种生活的。”

对话进行到这里，已经无法再继续。我选择沉默。然后，趁罗菲去芭比酒吧的空当，我离开了她。逃跑，是的，我逃跑了。在保安的尸体上，我捡到了三支完好的电筒。这三支电筒可以支撑我走很远，远远地离开红土地，远远地离开所有人。我并不知道自己要去哪里，只是沿着一条山洞往前走，往前走。我脑子里一片空白，什么也不敢想，什么也不能想。遇到岔路，随便选一个。走，走就好。哪怕是在原地兜圈子，也不能停下来。

也不知道过了多久，我听见附近忽然传来密集的脚步声，赶紧熄了电筒，藏了起来。二十来个衣衫褴褛的人在电筒光的指引下，慢慢走了过来。队伍中有两副担架。梁清扬和燕子姐都在队伍里，一前一后走着。梁清扬肩上挂着那把步枪，额角上的伤口简单处理过。他的神情相当沮丧，一直低着头，看着自己不停前移的脚尖。

这时，抬第一副担架的人忽然脚下打滑，好不容易才稳住，没有将担架倾倒。梁清扬下令原地休息，自己跑到担架旁，蹲下，掀开床单看了看里面的人。啊，是老梁。他脸上没有一丝血色，显然受了很重的伤。我赶紧从藏身之处跑了出来，有人想拦我，但被燕子姐制止了。我奔到老梁跟前。他躺在担架上，闭着眼睛，似乎还有呼吸。我握住他的手，还有明显的温度。

“他是为了救我。”梁清扬有些哽咽。

“灯熄了之后，又发生了什么？”我问。

“我不想说。”梁清扬说完，转身离开。

燕子姐走过来。“小艾。”她叫我的昵称，神色比梁清扬平静，“孟楼获得了全面胜利。跟我们走的，就这些人了。”

也就是说，红土地将维持它原有的运转方式，除了市长从赵光庭换成了孟楼。“就这样？”

“就这样。”

黑暗中的屠杀，是谁也不愿意提及的话题。千阳之战到底是怎么一回事，我无从想象，然而，黑暗中的屠杀，我是可以想象的。一幅画面闪过，带来一阵忙乱的心悸，我急忙止住。

老梁忽然动了动。“星雨？星雨来了吗？”他的声音苍老而又无力。

“是我，我来了。”我眼里噙着泪。

“星雨，我的儿子梁清扬利用你对付赵光庭，我代他说声对不起。我反对他的很多做法，然而这一次，我没有制止他。”

“没什么的。赵光庭死有余辜。”

“罗菲呢？你没有和罗菲在一起吗？”

我不知道如何回答这个问题，只好含糊地说：“在，在的。”

老梁说：“当年，我也是裸鼹鼠计划的志愿者之一。可最后关头，我退缩了。现在想起来，也不知道当初的选择是对还是错。女博士说，因为知道裸鼹鼠的存在，我们的地下生活可以少走很多弯路。女博士虽然知识渊博，她却不知道，有些弯路是必须走的。没有走过那些弯路，你不会知道那是弯路，走过了你才明了，哦，那是弯路。没有人能够代替你去走那些弯路。”

我点点头，压抑住想哭的冲动：“你的意思我明白。”然而我依然有疑惑：老梁的意思是地下生活是人类走的弯路吗？还是说，女博士设计并制造出鼠族是人类走的弯路？老梁继续说：“星雨，你知道年轻最大的好处是什么吗？是你还可以选择，还有一个充满未知的未来在等着你。”

我并没有从这句话中得到安慰，但我还是点头，表示同意这种说法。“老梁，我有一个问题想问。”我说，“我是鼠族吗？我爸爸是给了鼠族之母灵感的那一个人。我，是鼠族吗？”

“不是。”老梁气若游丝，“你是在暴乱之后两年出生的。你妈妈不支持裸鼹鼠计划。”

这个答案让我略微有些安慰，却又有些遗憾。我不知道为什么会有这么复杂的情绪，照理说不应该啊。我应该为我是纯粹的人而高兴才对。然而，我并没有真正地发自内心地高兴。

“我人生的最后一个希望。”老梁轻咳了两声，继续说，声音越来越低，需要凝神倾听，才能听见，“我出生在地面，我也希望死在那里。”

“不，不要说什么死不死的丧气话。”梁清扬抢道，“我会把你和大家都带回地面。”

“好啊。”老梁勉力露了一个笑脸，合上了眼睛。

我大惊失色，正要问话，燕子姐却在一旁说：“只是失血过多，暂时昏迷。”

“还是很危险啊。”

“没有办法，没有输血设备。”燕子姐为难地说。

“接下来你们打算怎么办？”

梁清扬再一次抢答：“刚才不是说了吗，离开地下，回到地面。”

他曾经是地面探险队的队长，知道出去的路很正常，但是……“出去的洞口不是这个方向吧？”

“不是。”梁清扬肯定了我的结论，“我们要去的，是另外一个洞口。距离红土地有好几十公里，原本是另外一个地铁站的出口。几个月前，我外出探险，在隧道里迷失了方向，一直往前走，无意中发现的。知道这条路的人，应该只有我一个。”

“外面安全吗？”

“还记得那苹果吗？是我出了洞口，在街边的树上摘下来的。当时摘了一口袋。你吃的是其中一个。”

这不但可以解释苹果的来历，或许还能解释另一个问题：梁清扬原本是反对回到地面的，为这，他和老梁吵了好几次，父子关系一直不好。然而，当他发现出去的洞口后，梁清扬完全改变想法了。同时用新鲜的苹果和外出的路来招揽手下，不失为一种有效的手段。尤其是对那些渴望离开红土地的人而言。这种做法，足以培养出自己的势力，并可能改变红土地的社会格局。

“可是，这并不能证明外面安全了。”我边思忖边说，“在地下生活得太久，我们并不知道正常的苹果是什么样子。”

“你说得对。我父亲就说那苹果比记忆中的要小得多，但他也说不清楚，这么小的苹果是因为核辐射变小了，还是因为这个品种的苹果本就这么小。”梁清扬指了指另外一副担架，王电工坐在担架旁边冲我憨厚地笑着，“所以我准备了一些仪器，盖革计数器，还有两套防辐射服，希望能派上用场。”

“跟我们一起走吧。”燕子姐在一旁发出邀请。

我正要答复，就听见有人惊呼：“鼠族!”

14

梁清扬把肩上的步枪取下来，平端在手里。其他人也纷纷去抓武器，警棍、钢叉、砍刀、木棒、石块，有什么拿什么。所有的电筒齐齐指向发出声音的地方。

七八个人出现在那里，为首的是罗菲，还是裸着身子，一丝不挂，丰腴的乳房随着脚步上下跳荡。她身后跟着七个男人，粗粗剃掉头发，跟先前的形象形成鲜明的对比。有我认识的，也有我不认识的，都因为裸着身子，显出强烈的陌生感，要盯着看好一会儿才能想起他们的名字。芭比酒吧大腹便便的冯老板也在其中。这画面太过诡异，以至于这边的所有人，连同我在内，都变成了哑巴，没有发出一点儿声音。

梁清扬最先清醒过来，猛拍了一下步枪：“站住，原地别动。再动我就开枪啦!”

罗菲没有停，健步向前，凝神望着梁清扬。“是你，就是你，指引保安队偷袭女王寝宫，杀死了我的女王，导致整个部落崩溃，数十名族人惨遭屠杀。”

“怎么，你要报仇吗?”梁清扬暴躁地回答。

罗菲没有答话，带着手下继续往前走。我周围的人都紧张起来，握紧了手中的武器。一场生死搏杀在所难免。虽然我们这边人多得多，但看过罗菲用一点点外激素就让六名保安自相残杀之后，我知道，这种人数上的优势毫无意义。

“罗菲，我是你燕子姐。你不记得我了吗?”燕子姐怯怯地喊了一声。

“记得。”罗菲说，“谢谢你的裙子，可惜我用不上了。”

“你是要把这里的所有人全部杀死才甘心吗?”我吼道。

“不，不是的。”罗菲答道，“我只要他死。”

话音刚落，我就看见梁清扬脸颊变得扭曲，仿佛有双无形的手在揉搓。下一秒他调转步枪的枪口，对准自己的下巴，因为枪身太长而动作怪异。我知道他要干什么，猛扑过去，一掌劈在步枪上。这一劈力度之大，使得整支枪往下转了半圈。然而，梁清扬还是扣动了扳机，子弹击中他的左脚脚背。他惨叫着，想强力支撑，却没有成功，终究还是哀号着侧身倒下。

燕子姐急忙奔过来，检查梁清扬的伤情。她能做的有限，而我——我知道我必须救梁清扬，哪怕他设计了那么多阴谋。他是老梁的亲生儿子，还有，他知道出去的路。我对着罗菲怒目而视。“够了，住手，罗菲。有什么事情冲我来。我知道，我背叛了你，这让你很生气，不是吗?”

“艾星雨。”罗菲叫着我的名字，抬起赤裸的手臂，用食指稳稳地指向我，“你为什么逃走，我知道，无须过多的解释。循着你留下的气味，追到这里，是想告诉你一件事情。在我的一生里，你对我有着特别的意义。我爱你，毋庸置疑。”

我僵立在原处，浑身冻结一般，不知如何说话。

“我爱你，也爱他们。”她指了指她身后的那些男人，“我对你的爱，不会因为他们而有所减损；我对他们的爱，也不会因为你的存在而有所偏私。作为女王，我是绝对公平的。这一点，你们人类从来没有做到过。我也知道，这不符合你学到的伦理和道德，但那些地面生活形成的规范已经不适应地下生活。坚持从两千年前的历史中寻找力量的人，终究会被历史所淘汰。世界已经改变。你必须做出改变，才能更好地在这地下生活下去。”

“是吗。”我强装淡定地说，内心却无比恐慌。罗菲说的话并非毫无道理，而且……而且这话听起来有种莫名的熟悉感与亲切感。

在梁清扬讲的故事里，我的父亲，那个养裸鼹鼠的人，就对女博士，后来的鼠族之母，说过类似的话。那，如果我父亲在场，他会对我说些什么呢？他说，用人类的伦理道德去看待裸鼹鼠的行为是没有意义的，真的没有意义吗？那用裸鼹鼠的行为来指导和规范人类的生活又有意义吗？

“我找到你，是想再给你一个机会。”罗菲说，“跟我走，去地下深处，好好生活。不管你想要什么，我都可以满足。”她用手指在自己的小腹上——我曾经抚摸过的地方——画了一个大大的圈。“我会为你生一大堆孩子。”

我嗫嚅着，说不出话来。

“你想延续人类文明之光吗？没有问题，你认识字，你可以教孩子们，教我生下的所有孩子，读书认字，告诉他们人类是如何愚蠢地失去了地面。鼠族之母曾经说过，鼠族才是人类文明的延续。而你，可以为此作出重大的贡献，在鼠族历史上永远刻下你光辉灿烂的名字。”

鬼使神差一般，我朝着罗菲的方向迈了两步。

“小艾！”燕子姐叫我，我回头瞥了她一眼，看见她蹲在梁清扬身边，握着梁清扬的手，而梁清扬掌着她的肩膀。他中弹的脚还在往外面慢慢流血，即使不死，也会落下终身的残疾，但他脸上保持着某种会心而愉悦的笑。

我收回目光，也收敛心神，盯着自己的脚尖。

我想我明白了为什么在我知道我不是鼠族之后我会遗憾了。因为如果我是鼠族的话，会使我的选择变得容易。然而我是人，在人群中长大。老梁总是说我做事审慎，其实不是审慎，我只是很难做出选择而已。就像现在。

两条路摆在我面前。

一条路是跟着燕子姐和梁清扬，重返地面，去那未知之地，重建人类文明。

另一条路是跟着罗菲和她的雄鼠们，去往地底深处，像裸鼹鼠那样永永远远地生活在地下。

其实还有一条路，那就是回到红土地，回到孟楼“这里就是最好”的治理下，老老实实当个种蘑菇的，但不知为什么，我没有把这条路列入选项，予以考虑。我把它抹去了，就像抹去破碎的蜘蛛网。在我脑子里，只有两条路在竞争：回到地面，还是深入地下？

很久以前，老梁告诉我，在坍塌的地洞里，人难以找到正确的方向。你以为是正确的方向，却可能把你导向死路；你以为是错误的方向，却可能在峰回路转之后，导引你走上金光大道。我此时的感觉，就像置身于坍塌的地洞之中，无数的岩石和碎屑压在我身上，令我呼吸不能，动弹不得。千年万年，只要时间足够长，我就会变成坚硬的化石，供后世凭吊研究。

然而，此时此刻，留给我的时间并不多。不管多么艰难，我必须遵从我的内心，做出自己的选择。

黄泥塝

1

高高的围墙顶端立着一圈圈盘绕的铁丝网。透过铁丝网，可以望见晨曦微露时清冷的天空，还有黑黢黢的一眼望不到尽头的山脉。山的那边有什么？天的那边有什么？和黄泥塝一样，还是截然不同的景象？我情不自禁地这样想。

“姜珂！珂儿！快点儿！”麦桐在后边呼唤我的名字，语气焦灼，“要迟到啦！”

我答应着，贪婪地深吸了两口清冷的带着香甜气息的空气——秋天已经到了——把布做的面具戴好，调整了一下位置，保证口鼻都被遮住，然后转身，跟上麦桐的步伐，一起沿着曲曲折折的石阶向食堂走去。

戴着黑布面具的高段教官谷一洲在食堂门口站得笔直，双手背在身后，就像一柄磨得雪亮的长枪。“没有迟到。还好还好。”麦桐对我低声说。对于迟到这件事情，麦桐有着深入骨髓的恐惧。灰布面具上，她大大的眼睛忽闪忽闪着，诉说着她的心事。

谷教官先用眼睛瞪视了我们三秒，仿佛在责问我们到得为什么这么晚，继而用熟练的手势告诉我们：安静！洗手！保持1米距离！吃饭时全程止语！不要说话！

谷教官不是不会说话，而是在带头执行“吃饭时全程止语”的规定。麦桐使劲儿点头，打着手势说：对不起，我知道。我也有样学样，打了同样的手势。不在这个时候认错，就没有早饭吃。我倒是无所谓，但不能拖累麦桐啊。要不是因为我坚持要去围墙那里，她才不会迟到。一般情况下，麦桐会是第一个到食堂的学生。“我总是饿。”她这样说过很多次。谁不是呢？要是不饿，谁愿意这么早就起床，往食堂赶啊！我也不止一次地抱怨过：当初是谁把宿舍与食堂设计得那么远？近一点儿不好吗？

谷教官又用他碎玻璃一般的眼睛凝视了我们好几秒，确认我们认识到自己的错误，确认我们按照他的要求做了——从打手势到去水槽里洗手——这才转身走进食堂。我和麦桐跟在他身后，快步跑向各自的位置。此时，食堂的数排长条凳上，规规矩矩地坐着一百多名高段学生，都戴着灰布面具，安静得就像没有活人似的。我们的到来，在人群里引发了一阵涟漪，但也很快消失在谷教官轻轻的咳嗽声里。

对同学们的表现，谷教官甚是满意。他把左臂举起，用力砍下，宛如指挥千军万马的大将，而同学们把手合拢在胸前，做成一个心形，嘴唇微动，快速默念《就餐经》，对于赐予我们食物的一切人和物表示感谢，旋即向眼前的早餐发起了冲锋。

“大家赶紧吃。”在我们吃饭的时候，谷教官背着手在长条凳之间逡巡，朗声说道，“今天是个特别的日子，上午冯总监要来巡视高段的经典诵读情况。同学们要做好准备，把我们的精气神全都展示出来，展示给冯总监看。我们要让冯总监看到，经过这一段时间的学习，我们的进步有多大！”

谷教官在食堂里公然违反“吃饭时全程止语”的规定，也不是一次两次了。同学们私下里也嘲笑过，不过也只是私下里，谁也不敢当着他的面儿说。谁让他是教官，而我们是十五六岁的学生呢！

早餐一如既往地少，美其名曰营养粥，不过是稀饭里加了几粒玉米粒。按照同桌彭浩翔的说法，今秋玉米遭了虫灾，收成远不如往年，往后稀饭里很可能连玉米粒都找不到了。“所以，有多少先吃多少吧。”他装出悲天悯人的表情，被同学们一阵嘲笑。

草草吃过早餐，我们列队，保持着一米距离，在谷教官的催促声里，从食堂出发，穿过回廊，穿过草坪，穿过矮树丛，爬上高耸入云的石阶，回到了位于教学楼三楼的高段教室。在另外一条路上，中段的学生在他们教官的带领下，前往食堂。往天，我们高段都是最后一批吃饭的，今天之所以例外，就是因为冯总监要来巡视我们读《封城经》的情况。

谷教官解释过，冯总监叫冯钰汐，是黄泥磅仅次于大老板的大人物。“非常有本事。”谷教官这样评价，“连我都怕她。”谷教官所说的本事，指的是读背《封城经》。据说，冯总监能全文背诵《封城经》，每一个字的发音，每一个标点符号的停顿，都不会错。

每个学生的桌子上都摆放着一本《封城经》，是上一届学生用过的。年深日久，这些《封城经》到我们手里的时候，已经破烂不堪。书页泛黄，书角颇多折痕，还有不少狗啃一般的缺损。

我坐在麦桐的前面，正欲找她说话，顺便发几句牢骚，讲几句怪话，刚一扭头，就被谷教官发现了：“姜珂！坐好，注意你的言行，不要传播负能量！”

我赶紧拿起《封城经》，跟着全班乌拉乌拉地读起来。趁谷教官注意力在别处，我冲他的背影做了一个鄙视的手势，身后传来麦桐低到极致的笑声。

读了小半本《封城经》后，冯钰汐总监进来了。她个子不高，戴着经过精心设计的红色面具，两只眼睛黑得发紫，不大，却能聚光，专注地看一个人时，能把人看得心底发毛。后边这件事我之所以知道，是因为我曾经被她专注地看过。

谷教官乐呵呵地说：“冯总监来巡视，大家欢迎！请冯总监发表重要讲话，大家热烈欢迎。”

在热烈的掌声里，冯总监走上讲台，眼望台下，说：“同学们，在很远的地方，我就听到了我们高段的读经声，整齐划一，而且非常洪亮，声音大得呀，仿佛要把整栋教学楼都震垮一样。这就是我一直强调的正能量，我们每一个人，用心读经，读出正能量，所有的正能量汇聚在一起，同频共振，凝结成强大的能量场，凶猛如流帕病毒，恐怖如飞天翼族，也无法伤害我们分毫！”

这些话，从小到大，我不知道听了多少遍。冯总监说了上句，我能接出下一句来，比全文背诵《封城经》容易多了。

冯总监继续讲："几天前，我身体有些不舒服，整个人蔫蔫的，就像被抽走了魂儿似的。但我还要工作，于是我开始读经。读着读着，我忽然感觉体内涌出一股热力，就像升起了一颗熊熊燃烧的太阳。我开始冒汗，浑身冒汗。那热力在我体内四处流转，先前的不舒服完全消失了。我感觉精神百倍。这就是《封城经》的力量，有点儿不可思议是吧？但确实是我的亲身经历。真的，我特别喜欢看到你们认真读经的场景。看到《封城经》在下一代那里得到了传承，我觉得自己所做的一切，我的辛苦与努力，我的奉献与牺牲都值了。"

好吧，类似的语句我也听冯总监讲过好几十次了。我拿眼角余光看向其他同学，他们坐得无比端正，即使听冯总监讲过，态度依然如谷教官平时教导的那样积极而认真。我也只能腹诽，不敢造次。因为一旦捣乱，受惩罚的，不是我，而是整个高段。

按照惯例，接下来冯总监会邀请一两位同学上台分享他们的读经故事，但今天没有，讲完"我的奉献与牺牲都值了"后，她结束了这次演讲。为什么呢？或许就如谷教官所说，今天是个特别的日子。

用激烈而整齐的掌声送走冯总监，谷教官招呼我们翻开《封城经》，念道："头正，肩平，背直，左手压书，右手指字，《封城经》第一章。流帕病毒不可怕，就怕人们不听话。只要听话待在家，我们一定打败它……"

2

今天确实是一个特殊的日子，要放一个月一次的归宿假。学生可以离开学校，回到自己家里，跟家人团聚。

告别麦桐，走在回家的路上，看着远处在绿色丛林里时隐时现的围墙，我的心情并不算好。

那围墙三米多高，用黑灰色的空心砖头砌成，上边还有一圈直径1米的铁丝网，几乎没人可以爬出去。大部分围墙砌在平地上，小部分围墙砌在河道、峡谷和峭壁上。有时候，我会盯着峭壁上的那段围墙琢磨：这墙当初是怎么砌上去的？为什么会砌在这里？往外边再砌一点儿有什么不好吗？

有了围墙，世界就分成了两部分。围墙以外叫外边。围墙以内叫黄泥塝。黄泥塝是一个很大的区域，小山、丛林、湖泊、峡谷、平坝，植被很茂密，还有各种建筑矗立其中。有人说，流帕瘟疫暴发前，这里是一所非常知名的大学，但是不是真的，谁也说不清楚。

紧贴着围墙内侧，有一条石板路。沿着石板路走一圈，要12个小时。我只是听说，没有亲自走过。东南西北，各有一座大门，其中北门最大。有四支巡逻队，每天按照钟点，从四座大门出发，沿着围墙，花3个小时，巡逻到下一座大门。他们的任务，一个是阻止外边的危险进来，一个是阻止黄泥塝的人出去，还有就是维修破损的围墙。

我生在黄泥塝，长在黄泥塝。十五年了，我还没有走出过这围墙，去黄泥塝以外的地方望一望。

所有高段、中段和低段的学生，都和我一样。

黄泥塝虽然大，但对一个人来说，还是太小了。十五年里，我跑遍了黄泥塝的每一个犄角旮旯，这里的一切，都叫我熟悉到发腻。

很久以前，三岁或者四岁，我不记得了。我因为不能翻过围墙去外边玩耍而痛哭流涕。我爸爸姜云福只是默默地站在我身边，看着我哭得昏天黑地。预测到继续哭下去不会有别的结果，我停止了这一个在爸爸看来无比幼稚的举动。他说过，哭只能增加问题，不能解决任何问题。

我揉揉鼻子，问："为什么不能出去？"

爸爸回答："有墙。"

这样的回答显然不能让任何人满意，我继续问："为什么要有墙？是因为墙外有什么吗？"

沉默半晌，爸爸答道："墙外有翼族。"

记忆中，这是我第一次听见翼族的名讳。在此之前也可能听过，不过我不记得了。"翼族？翼族是什么？"

"他们曾经是人。"爸爸说，语气很低，语速很慢，仿佛他一下子老了三十岁，"后来，发生了流帕瘟疫，为了继续活下去，他们把自己变成了蝙蝠。"

我在爸爸的一本书上看到过蝙蝠的照片，所以并不害怕，反而有一丝难以抑制的莫名的兴奋，"那种尖头尖脑的浑身茸毛的长着肉翅的小怪物？"

"是的。蝙蝠身上携带着数百种病毒，每一种都能致人死命，其中大部分，在条件成熟时，能引发流帕这种大规模的瘟疫。蝙蝠的体质特殊，携带着数百种病毒却不会发病，而一旦接触到它们，我们则会发病，在很短的时间里，很痛苦地死去。"

我揣摩着爸爸的话。"你的意思是……翼族也是这样？"

爸爸说："所以，我们建起这高高的围墙，把他们隔绝在黄泥塝的外边。"

"可是，"我指着那高高的冰冷的围墙说，"翼族不是会飞吗？这围墙挡得住他们？"

"这个问题，我不知道答案。你也不要再问了，而且，除了我，你不能拿这个问题去问任何人。"

"为什么呀？"

"长大了你就明白了。"爸爸深深地叹了口气，不再说话。

这句话后来我听过很多次，似乎"长大了"是一剂良药，只要"长大了"，很多问题就迎刃而解，甚至不存在了。比如，为什么不能问围墙能不能挡住翼族这个问题，在其他小伙伴因此遭遇了惩罚后，我就不敢问了。事实上，越是长大，我不能回答以及知道答案但是不能理解的问题反而越多，只是不敢问，把问题藏在心底，期待"长得更大"的时候能够得到回答。

后来，我多次在日落之后的黄泥塝上空看见过蝙蝠们鬼魅一般的身影。有人说它们在捕食，但捕食什么，又说不出来。有人说，这是本地的小蝙蝠，不是导致流帕瘟疫的那种大蝙蝠，“这是会飞的小老鼠，那是会飞的大狐狸”，但没有人能证明。也有人建议，把那些蝙蝠打下来，至少把它们赶走，“别让它们在这儿耀武扬威，散播病毒”，但没有谁真正动手，因为大家都不知道要怎么做，并且都非常恐惧，希望别人去做——用爸爸的话说，这种恐惧是印刻在每一个人灵魂深处的。

但有一点很奇怪，自始至终，我都只在书上看到过翼族，从人们的嘴里听说过翼族，却没有在现实里见到过翼族。一个都不曾见到。

我一边胡思乱想，一边踩在石板路上，从白云湖边走过。这湖是黄泥塝里最大的，其他的都只能算是池塘。天色向晚，湖面稍暗，能隐约看见另一侧已经枯萎泛黄的大片荷叶。湖边的小山，以前种着大片的柳树和南竹，早就开垦成了层层梯田，用来种水稻。这件事发生在我9岁的时候，印象非常深刻。

我家在黄泥塝西边的一栋孤零零的小楼上。和我家一起住的，还有十几家人，非常热闹。也可以说，非常拥挤，非常嘈杂。爸爸站在石阶顶端一棵黄葛树的阴影里等我。我看不清他的面容，只能隐约看到他佝偻的身形，像一道拙劣的剪影。他看见我了，象征性地轻咳了一声，旋即转身离去。我三步并作两步，跨过了最后的十几级石阶。但爸爸继续往前走，头也不回。

隔壁刘婶叉着腰站在她家门前：“哟，珂儿回来啦？又长高啦！都长成大姑娘啦！”

我没有理会她的怪腔怪调，只是走。

刘婶继续阴阳怪气地说：“哎哟哟，不理我！姜云福，瞧瞧你把女儿都宠成什么样了！”

爸爸继续走在前面，自顾自地低头，同样没有回应。我们都知道，只要回应了刘婶一句，她就会拉着你的手，说上老半天的车轱辘话。我走在爸爸后边，刻意保持了一段距离，仿佛我和他之间，有一堵无形但却真实存在的会移动的墙。

上了四楼，进了家门，爸爸坐到饭桌旁，拿起碗筷，旁若无人地吃起来。桌上有三个小菜一个汤，在黄泥塝，这已经算是奢侈的晚餐了。比起学校里的集体伙食，简直是一个在天上，一个在地下。在我的记忆里，爸爸最初是不会做菜的，他的厨艺是在一次次失败中磨炼出来的。我也坐到桌边，拿起碗筷，在沉默中吃起来。

爸爸宠过我，这是事实。但那是小时候的事情了。我越长大，与爸爸越是疏远，越是陌生。现在，他对我来说，只是一个沉默寡言的阴郁中年男人。我曾经拼了命地讨好他，想要赢得他的欢心与笑脸。自然，我的这一番努力可耻地失败了。我思虑了很久，只想到一个可能，那就是我越长越像我妈。

不止一个人说我越长越像我妈，用他们的话说，我就像是我妈妈脱的壳，连爸爸也这样说过。照镜子的时候，我无数次端详着我的镜像，同时用手指在额头、鼻梁、嘴唇、脸颊和下巴上轻轻摩挲，想象这副稚嫩的面容老去二十岁会是个什么样子。那是不是就是我妈妈的模样？我的模样跟爸爸相差很远，无论是总体轮廓还是局部特征。即使撇去性别的原因，这种差距还是非常明显的，明显得让我一度怀疑，我不是爸爸亲生的。但这种怀疑，也只能是怀疑，没有证据。因为我没有见过妈妈，那个最能证明这一点的人。

“我妈呢？”我问道，在我最多6岁的时候，“为什么别人都有妈，我没有？”

爸爸回答：“你妈妈……她离开了。”

“离开？你是说她出了围墙，离开了黄泥塝吗？那她去了哪里？她为什么要丢下我？不带我一块儿出去？”

我沉浸在自己的问题里，很久以后才回想起，爸爸当时的脸色是那样呆滞、阴郁与凝重，仿佛全世界的大山都压在他一个人的身上。类似的对话后来还发生过很多次，基本上都以爸爸石头一般的沉默，有时是黑火一般的愤怒，作为结束。时间流逝，我越长越大，越来越像我妈，爸爸也变得越来越郁郁寡欢。

为什么我长得像我妈，爸爸就会疏远我呢？我想不明白。我试着从爸爸的一言一行里寻找他爱我的证据。有时，证据不足，他不爱我的结论就像是春天里的小草，在心里乱拱一气。有时，结论就像十五的月亮挂在九天之上那样明显，他还是爱着我的，只是不说。比如现在，在我回家之前，他早早便把饭菜精心烹好。

我夹起两根放了猪油的土豆条，把这份爸爸对我沉默的爱，就着煤油灯昏黄的光，和饭一起，塞进我空空的嘴里，流进我辘辘多时的饥肠里。

3

"姜珂！姜珂！"麦桐在楼下叫我，"我哥他们回来了！"

我答应着，撇下窗前呆坐的爸爸，火急火燎地冲下楼。

"那个人怎么在和蚂蚁说话?"麦桐问。

"那是赵叔，正常。"我回答，"打我认识他，他就这样。在疯人院里，赵叔算正常人。"

我俩快步急行，去往大门。

自我懂事起，黄泥塝就四门紧闭，禁止出入，除了狩猎队。

每个月的1号，黄泥塝会打开大门，让全副武装的狩猎队到外边去。外边危险重重，有豺狼虎豹，最可怕的是，有浑身是毒的翼族。离开围墙的庇护，狩猎队要冒着生命危险，去狩猎动物，去采集果实，去大荒之地捡拾废物。每次狩猎队回来，都是黄泥塝的节日。他们会带回来很多黄泥塝没有的东西，供我们使用。

在所有人的口中，狩猎队是黄泥塝的英雄。彭浩翔，还有好些男生都说过，他们的理想就是毕业后加入狩猎队。我也说自己想加入狩猎队，但他们都嘲笑我，说我想入非非，"狩猎队就没有女的"。我专门气他们，说我不但要进狩猎队，还要当狩猎队的队长。

麦桐的哥哥麦兆辉是现任狩猎队队长，是麦桐的骄傲。

我和麦桐抵达东门的时候，狩猎队的入城仪式即将开始。仪式由巡逻队队长蔡焕晶主持。他是一个面色阴沉、满脸胡子的中年人。说实话，我不喜欢他，说话总是端着队长的架子，拿腔拿调，远不如麦兆辉那般亲切自然。

城门上方的哨楼里，一名巡逻队队员敲响了铜锣。一声，二声，三声。锣声铿锵悠扬，告诉城墙下围观的我们，外边的狩猎队已经列队完毕，等待进入黄泥塝。

按照一项古老的规定，狩猎队回来，不能马上进入黄泥塝，而是要在门外的帐篷区住满24小时。据老人们讲，以前要求住满14天，可是，住满14天，会带来一系列的问题，比如他们采集的果实会烂掉，捕获的动物会死掉，于是时间一再缩短，最后只要求住满1天即可。“这种对仪式感的妥协，与《封城经》倡导的一以贯之的精神相抵触，”麦桐的哥哥麦兆辉曾经这样评价过，“却也是无可奈何的事情。”

蔡焕晶站在城门上方，冲下边喊道：“流帕瘟疫还没有结束，都把面具戴上，不要挤成一堆，人与人之间保持1米的距离。”

麦桐松开了抓住我胳膊的手，往后边挪了两步。我反手去拉她，她又退了半步，避开了，还用眼神示意我服从蔡队长的安排。她就是这样的乖乖女，别人要她做什么，她就做什么。不光是她，还有我身边其他的人，都不由自主地摸摸面具，看看它还在不在，再左瞅瞅，右看看，是不是与旁人保持了足够的距离。我们都知道，如果我们不按照蔡队长说的做，他就不会命人打开城门，放狩猎队进来。

“流帕瘟疫还没有结束。谁敢宣布疫情结束，出了问题就要谁负这个责。”蔡队长说，“我可不敢。”说完这句话，他又眯缝着眼审视下边。城墙下的人就又调整了一下位置，彼此的距离更远了一些，蔡队长这才满意地挥手，锣声再一次响起，入城仪式进入第二步。

两名巡逻队队员用尽全身力气，扳动铰链，大铁链子哗哗地响起来，但城门就是不升起来。城门下的人都想笑，但都强忍着。只有我扑哧一声笑出来，给严肃的入城仪式增添了几分不和谐。一名队员上前查看，然后转身，去取了一碗黑乎乎的油，倒进铰链箱里。然后，又来了两名队员，四个人一起扳动，厚厚的城门这才缓缓升起。

现任狩猎队队长麦兆辉第一个走进来。他身材瘦高，面容俊秀，举手投足间，有一种无法言说的魅力。

“哥哥!”麦桐压低了声音说。

“麦兆辉！往这边看!”我恶作剧地大喊，“你妹妹叫你呢！你听见了吗?”

周围响起一片不厚道的笑声。

城门那边，有巡逻队的十名队员，戴着巡逻队专用的红蓝两色的面具，分两列站立，每人手执竹筒做的水枪，在狩猎队从队列中间走过时，向他们身上喷射白云湖的水。当然，只是象征性的，不会喷得队员们浑身湿透。据说，这项仪式叫作“过水门”，历史非常悠久。谷教官在课堂上反复讲过：向归来的狩猎者喷水，一是洗涤，洗去尘埃，洗去辛苦；二是祝贺，祝贺他们从满是危险的外边胜利归来；三是表示欢迎和感谢，欢迎他们，感谢他们为黄泥塝带回我们所急需的食物、药品等物资。

麦兆辉第一个走出水门。一个男孩抱着一只天鹅，走上前去。下台阶时，那个男孩少数了一级，最后一步差点儿摔倒在地。如果不是麦兆辉及时上前，扶住了他，他肯定会摔一个狗啃泥。

男孩小脸憋得通红，但紧抱着天鹅的手没有松开。要知道，给归来的狩猎队队长献上天鹅，是入城仪式中极为重要的一环，只有学院里表现特别突出的孩子才有资格。这是一项极为光荣的任务。同样的，要是在入城仪式中出现岔子，所要遭受的惩罚也是极其重的。

男孩双膝跪下，郑重地将天鹅献给麦兆辉。麦兆辉一只手抱住天鹅，另一只手摸过天鹅的脖颈，一直摸到翅膀下。“正常!”他朗声对所有人说，“额温正常，腋温正常，体温正常!”然后，他用力将天鹅抛向空中。

这只肥硕的天鹅奋力拍打着翅膀，就像陷进沼泽的人一样挥舞双手。几乎所有人都以为它会掉落到地上时，它飞了起来。飞得不高，也就比柳树高一点儿，但确实是在飞。虽然每一个月都会被捉来放飞，但它依然不习惯这种奇怪的起飞方式。它用奋力拍击来宣泄自己的不满，翅膀与空气摩擦的声音清晰可闻。

我的视线被天鹅牵引着，看它在微蓝的天空里，飞过柳树林，飞过南竹林，飞向小山那边的白云湖，不由得想：要是我也能飞，那该多好啊！

放飞天鹅是入城仪式的最后一步。等天鹅落到白云湖里，入城仪式结束，在场的人就各自忙碌起来。

三十名狩猎者带着大包小包的东西，穿过水门，走到另一边的空地上，将此次外出狩猎所得尽数放下。巡逻队负责登记，将它们分门别类，收入黄泥塝的集体库房，然后再分发下去。

“死兔子一只！”

“麻油半瓶！”

“阿莫西林胶囊一盒！”

“皮鞋一只！”

巡逻队一边高喊，一边登记，再加上狩猎队与巡逻队都是熟人，彼此打着招呼，开着玩笑，现场好不热闹。狩猎队的家人和朋友也挤过去，与久别的亲人激动地拥抱。我看见蔡焕晶从城楼上下来，瞅着完全忽视了保持1米距离的现场，阴沉着脸，宛如暴雨之前乌云密布的天空。这时，麦桐拉住我的手，一口气跑到了麦兆辉的跟前。平时她的力气可没有这么大。

“哥哥，哥哥！你可回来啦！”麦桐忙不迭地说。

“麦兆辉，这趟出去狩猎，有没有遇到翼族啊？”我问。别人都叫麦队长，麦桐叫他哥哥，我偏不——我偏偏要叫他的名字。“翼族到底长什么样？是不是尖嘴猴腮、浑身毛乎乎的？他们真的长着肉做的翅膀？他们会飞吗？”

麦兆辉摇头，脸色有些凝重。“姜珂，按照《封城经》的规定，在外边的见闻，我们狩猎队是不能讲给你听的。”

我盯着麦兆辉深黑色的眼睛，固执地说：“你只管点头，或者摇头。表示有，或者没有。点头摇头都不算说。”

麦兆辉既没有摇头，也没有点头，而是对从另一边走过来的蔡焕晶说：“蔡队长，我需要立刻见到大老板，有重要的事情向他汇报。”

在我们聊天的时候，蔡焕晶已经制止了物品登记现场的喧嚣，但他的脸色丝毫没有雨过天晴的迹象。“很重要吗？”他问，鼻音重得仿佛在否定一切。

“非常重要。”麦兆辉说，“关系到整个黄泥塝的生死存亡。”

“哦。”蔡队长伸手挠了挠下巴，然后说，“我先汇报给大老板，等候大老板的安排。这可能需要两……”

麦兆辉打断了蔡队长的话：“我需要立刻见到大老板。”

“规矩。麦队长，你应该知道，大老板非常重视规矩，任何事情，都必须按照规矩来。你这么做，是坏了规矩。”

麦兆辉说：“由此造成的一切后果由我麦兆辉一力承担。”

蔡焕晶的视线从我身上滑到麦桐身上：“就为麦队长破例一次。”

麦兆辉让麦桐先回家，等他办完事立刻赶回去，吃她煮的土豆泥。“七天没有吃了，怪想的。”他挥了挥手，转身跟着蔡焕晶走向大老板所在的大楼。

我和麦桐在那儿玩了一会儿，主要是看那些巡逻队登记狩猎队带回来的物品。“比上一个月的少，”我评价道，“而且没有新的。我记得，上一个月，他们带回来一包味精，还有一袋盐。”麦桐的心思不在这里，一副魂不守舍的样子。没过多久，她就说要回去煮土豆泥，头也不回地离开了。

厚厚的城门已经关上，不管外边有什么，都已经看不见了。我想到城楼上去望一望外边，同以前一样，被巡逻队的队员赶了下来。百无聊赖中，我找了个没人在意的墙角，坐下，双手捧着脸，望着远处柳树与南竹掩映下忙忙碌碌的人群，觉得什么事都没有意思。

也不知道坐了多久，一股寒气从屁股底下升起，直入我的五脏六腑。我双手撑地，帮助自己站起来，旋即感觉脑袋一阵晕眩，右侧太阳穴隐隐作痛。我暗叫一声“不好”，根据我十多年的人生经验，我肯定是生病了。

4

我独自走在上学的路上。

天色比蔡焕晶的脸还要阴沉，看不见太阳，缭绕的雾气遮蔽了大部分天空，稍远的地方模糊不清。世界因此变得很大，大得没有边际，大得不可捉摸；也变得很小，小得仿佛只有我一个人置身其中。我所看到的，听到的，闻到的，就是这个世界的全部。我伸一伸手，任由秋风在指掌间滑过，就算是我抚摸过了全世界。我伸出细长的舌头，舔了舔微凉的带着某种金属气息的空气，这就算我已经尝过了整个世界的味道。

这种感觉真好。我不禁加快了脚步，想要把这种愉悦留住。如果我有翅膀，一定会飞起来。飞上天，飞过围墙，飞出黄泥塝，飞……

我看见了前面那只肥硕的天鹅。它在湖边的草坪上踱了几步，忽然间张开宽大的翅膀，使劲儿扇动几下，就在我以为它要起飞的时候，它又收拢了翅膀，一副慵懒的样子，仿佛写满了“我就是玩，我就是不飞”的字句。我一时兴起，跳进草坪，双臂如翅膀一般展开，一边扇动，一边大喊着：“我要你飞！要你飞！飞！飞！飞！”天鹅被我吓了一跳，惊慌不已，但还是不飞，徒劳地扑腾着翅膀，一边嘎嘎地叫着，一边迈动着两只蹼脚，向白云湖那边飞快地逃去。我紧追了几步，它狼狈地跳入湖里，激起一阵恐慌的水花。等我追到湖边，它已经在距离我两米远的湖面上。它肯定知道我追不上它了，所以一改先前的恐慌，回头望了我一眼，眼神里充满藐视与嘲弄，旋即两只蹼脚悠闲地划动，向着白云湖深处枯萎的荷花丛游去。

“迟早把你煮了吃！”我说。说完自个儿咯咯咯地笑起来，也不知道哪里好笑。

“笑什么笑！”一个语带厌弃的声音说，“小疯子。”

我扭头去看，只见一个身着白色衣裙的干事站在我身后。她皱着眉，好像闻到了什么特别难闻的气味，随时会捏着鼻子跑开的样子。“你，过来，跟我走，”她说，“总管大人要见你。把你的面具戴上，丑死了。”

惊疑中，我戴上了面具。冯总监在七八个干事、秘书和护卫的簇拥下，站在白云湖边的一个小山坡上。我拖着脚步，一步一挪地走过去。

“你在追天鹅。我看见了，不要否认。”冯总监冷着脸，语带责备，跟课堂上和气的她判若两人，“为什么追？”

“好玩呗。”

“把头抬起来，手放身体两边，身体不要晃动。”冯总监盯着我看，看得我心底发毛，“《封城经》汇集了古代圣贤的大智慧，我们要从小立志做圣人，做贤人，优雅地过日子。《封城经》言，不雅有四：吃饭说话，是为不雅；穿衣裸露，是为不雅；住处混杂，是为不雅；行路趔趄，是为不雅。”

“《封城经》也没有说不准追天鹅啊。”我双手一摊，这样说道。

“放肆！”冯总监旁边的一名干事喝道，“敢用这样的语气跟总管大人讲话！”然后其余几名干事与秘书七嘴八舌地说：“大胆！”“还不道歉！”“太放肆了！”“必须给她一个终生难忘的教训！”

四名护卫中，两名摆出看热闹不嫌事大的表情，两名则搓了搓手，摆出随时听从命令，把我拿下的架势。

我撇撇嘴，没有说话。什么时候该闭嘴，我是知道的。不然，也没有可能活到现在。但要我道歉，呵呵。用赵叔的话讲，照我的臭脾气，坟头草早三尺高了。“这是有坟的情况下，”赵叔说，“要是没有坟……那就是另外一回事了。”

冯总监举起一只手，制止了周围人的鼓噪。“你追天鹅，也是不雅。”冯总监语气陡变，“我是不是见过你？”

“我读高段，谷一洲教官那个班的，您到班上来搞过讲座。”

面具之上，冯总监的眼神越发地凝重：“你住哪里？”

“18号楼。”我老老实实回答。

“就是疯人院。”先前来叫我的那名干事补充道。

“你多大？今年多少岁？”

“15岁。”

“你姓姜？”

“我叫姜珂。”

“你父亲是姜云福？”

“是的，我爸爸叫姜云福。不过，很多人都叫他老疯子。”

“你住哪里？”

这个问题冯总监已经问过了，我也回答过了，但既然冯总监再一次问起，我也只能配合她一下：“我住在18号楼，那里也被人叫作疯人院。”

“疯人院。”冯总监咂摸着这个词语，好像它有什么了不起的深意。“挺好的。”她的脸忽然抽动了几下，一般情况下，我把这种抽动理解为“笑”。“你可以走了。”她说，“没事了。”

我转身跑向教学楼，进到高段教室。谷一洲在组织同学们读《封城经》第258章：

> 射不主皮，为力不同科，古之道也。
> 色斯举矣，翔而后集。
> 唯之与阿，相去几何？善之与恶，相去若何？
> 今日不雨，明日不雨，即有死蚌！

我扫视了一圈，没有看见麦桐。从不迟到的麦桐今天是怎么啦？

谷教官已经在用他刺刀一般的目光瞪我了。我故意走到教室后边，再转回到我在教室前面的座位，然后捧起《封城经》，假装像麦桐那样认真读书。嘴巴一翕一合，实则没有发出声音，心里琢磨着麦桐为什么会迟到。是因为她的哥哥麦兆辉？

读了好一阵子，谷教官做了暂停的手势："下边我请几位同学来分享他们读经的体会。有主动举手的吗？"

张舒雅第一个把手举得端端正正的。她说，她很长一段时间都失眠，每晚在床上，辗转反侧，就是睡不着。睡着了也很容易惊醒，虫鸣鼠咬，风吹草动，甚至心脏跳动的声音，都会使她从梦中醒来。眼睛闭着，但大脑一阵一阵轰鸣，根本睡不着。认真读经之后，每晚都睡得香香的，脑壳一沾枕头眼皮就会合上，总是一觉睡到天亮，失眠的烦恼早就丢到九霄云外去了。

谷教官表扬了张舒雅，说她读经读得深刻，还有自己独到的体悟，要班上的同学都向她学习。"还有谁？"谷教官又问，"没有我就点名了。"

没有人举手，谷教官点了彭浩翔的名字。

彭浩翔站起来说，读《封城经》改善了他和母亲的关系。以前他和母亲的关系非常紧张。他嫌母亲唠叨，啥事都管；母亲气他不懂事，啥事都不听她的。气性上来，生活在同一个屋檐下的母子俩，曾经三个月互相不说一句话。读经之后，他开始理解母亲的苦心与不易，于是做出了人生里一个重要的决定：再也不惹母亲生气了。

谷一洲点头道："这确实是一个很重要的决定。我建议，不能只是你一个人读经，在家里，你还要和母亲一起读经。母子俩一起读，事半功倍，效果肯定比你一个人读要好得多。"

其实，彭浩翔与他母亲的这个故事，他已经分享过很多次。细节上略有不同，比如，上一次他和母亲互相不说话的时间是半年，但总体上没有什么变化。"再也不惹母亲生气了"，是他发言的标志性结尾。事实上，全班同学都知道，就在上一个周末，彭浩翔还和他母亲为了面具几天清洁一次的问题狠狠地吵了一架，现在正处于互相不说话的冷战期。什么时候结束，还是个未知数。

“还有谁?”谷一洲又问。还是没有人举手，教室里安静得令人尴尬。他扫视一圈，最后把目光停在我脸上。“姜珂。”他唤了我的名字，“你来。”

我慢腾腾地站起来：“谷教官，麦桐怎么没来？她请假了吗?”

“不关你的事。”谷教官说，“分享你的读经体验。”

“没什么新鲜的体验。”

“听说上个周末你生病了。”

谷一洲这是在暗示我生病了是读经读好的。但问题是……“谷教官，你怎么知道我生病啦?”

“你爸爸给你请了三天病假。你都三天没有到学校了。”

这不可能……我不可能在家里躺了三天！我记得看完回城仪式，回到家里我就一头栽倒在床上，浑身发抖，头痛欲裂，然后疲倦感席卷全身，我很快就睡着了。醒来就是今天早上。嗯，中途应该醒过……有我勉力睁开眼睛看见爸爸的记忆片段……可是……

“你的病，是读经读好的吧?”

“不是。”我摇头，坚定地说，“爸爸带着我跑了一个小时，病就好了。”

“没有读经?”

“没有。我爸说了，读经他妈的没用。”

“粗鲁!”谷教官大声说，好像声音越大，他说的话就越有力量，“这是对《封城经》的极大亵渎!”

“本来就是。”我也大声说。

“你，滚，滚出教室，去办公室站着!”谷教官铁青着脸，命令道。

我丢下《封城经》，快步走出教室，沿着走廊，走向教师办公室。这条路我很熟悉，熟悉得闭着眼睛也能找到。教学楼的位置很高，望得很远。这时大半个黄泥塝都淹没在秋天浓郁的晨雾里，天色比先前亮了一些。东边，山与云交织的地方，露出小半边太阳，照得下方一片明亮通透的艳红。我痴痴地望着那边，忽然看到山间起伏的围墙有些异样，心下又惊又喜。四周无人，我调转方向，下了楼，向着那段围墙所在的山岭跑去。

5

一股莫名的兴奋支撑着我。我快速奔跑着，双手绷得笔直，就像两把锋利的刀。心脏前所未有地激烈跳动，宛如一把锐利的金属锤子，一次又一次地敲击着我薄薄的前胸与后背。呼吸声越发急促，传到耳朵里，放大成了一声声惊天动地的雷鸣。两天前，我去城门看狩猎队的入城仪式，发了病，四肢冰凉，头疼不已。爸爸就是带着我这样跑的。“跑跑就好。”他难得地对我说话。但说这话的时候，他背向着我，在前面领路，并没有看着我的眼睛。

跑过几座起伏的山丘，上上，下下，终于抵达了我先前看到的那段异常的围墙。这段围墙建在松树林中间，把原本连成一片的松树林一分为二，小半在围墙里，大半在围墙外。此刻，围墙的一角坍塌了，出现了一个大洞。

透过大洞，我看见了外边松树林茂密的枝叶。那深得无法形容的绿诱惑着我。四周无人，今天的巡逻队还没有走到这里。我伸手抹了一把额头上的汗，猫腰钻出大洞，生平第一次离开了黄泥塝。

这里的松树比黄泥塝的松树更加苍老，也更加高大遒劲。空气中弥漫着松节油的淡淡香气，深吸一口，整个肺连同整个人都变得通透而柔软。脚下软软的，仔细一看，才发现那是铺了厚厚的一层松针。

我摘下面具，把脸暴露在空气中，继续走，漫无目的，但内心充满无尽的欢喜。同学们正在教室里，在谷一洲的指导下，背诵不知道背诵了多少次的《封城经》，而我，却在这松树林里，呼吸着新鲜的空气。打破禁忌，不受约束，满心愉悦，这种感觉真好。

几只深黑色的大蚂蚁在松针的地毯上寻找食物或者划定边界。松树与松树之间的空隙上悬挂着大半张蛛网，一只腹部有鲜艳条纹的蜘蛛正在忙着最后的收尾工作。不时有阵阵悦耳的鸟鸣传来，不知道在哪里，有时在左边，有时在右边，浓密的枝叶遮住了它们的身影。只在它们扑棱棱地飞离枝头，到天空巡游一番，再落回树丛的间隙，能短暂地瞥见它们斑斓的身影。

很快，我找到了外边跟黄泥塝最大的不同。那就是青苔。在黄泥塝里，所有的地方，每一条路，每一级石阶，每一栋楼房，经过精心打扫与修葺，没有一丁点儿的青苔。据说，这是大老板的要求。"青苔真讨厌。"他对总管说，总管对秘书说，秘书对干事说，干事对队长说，队长对队员说。于是，日复一日，年复一年，黄泥塝的男女老少展开清除青苔运动，直到整个黄泥塝成为没有青苔的地方。看着眼前，平地上，山坡上，岩石上，甚至大树身上，到处都是肆意生长的青苔，我不禁疑惑：这么有生命力的东西，为什么大老板会讨厌它？

我走到一处斜坡边上，那边有一条淙淙流淌的小溪。我走上斜坡，准备去小溪边洗一把脸，脚下一滑，跌坐在一片青苔丛中。难道大老板也在青苔上摔过跤，所以跟青苔结下了仇怨？这个想法虽然幼稚，但非常有趣，我不由得哈哈大笑起来。

"你傻的吗？"

这突如其来的声音吓了我一大跳。我赶紧扯住身边的杂草，从长满青苔的斜坡上站起身来。

一个男生半蹲在小溪边望着我。他的年龄应该比我大一些，穿着一件样式古怪的衣服，没有戴面具。

"你也是……出来的？"我把"逃"字吞进了肚子。

他皮肤黝黑，面部线条很柔和，有一双黑白分明的眼睛。他向我伸出来手，我假装没有看见，不接受他的帮助，自己奋力踩着青苔，三步并作两步，走到他跟前。他个子好高，起码比我高出一个头。脸上还有水渍，显然是刚刚就着溪水，洗过脸。但这张脸，我没有见过。我不认识这个人。

我蹲下身子，双手捧起溪水，往脸上泼，又用双手在脸上抹了几下，把汗水与溪水一起擦干净。

自始至终，这个男生都傻愣愣地看着我。

我又捧了溪水来喝，心中已经确定，这个男生肯定不是黄泥塝的，那他是从哪儿来的？难道是……翼族？我心跳加快，问："你是谁？我从来没有见过你。"

"我叫郑少凯，你可以叫我阿凯。"男生说，"我妈就是这样叫我的。"

"我又不是你妈。"

"我不是这个意思，我、我……"

"你们也是妈生的吗？"

"是啊，不然呢……"

"你住哪里？"

"江边，我是说，我住在……"

"不是山洞？"

"谁住山洞？"

"诶，你的翅膀呢？"

"什么翅膀？"

"肉做的翅膀。跟鸟儿不同，鸟儿的翅膀是羽毛做的，可漂亮了。是蝙蝠那一种，肉做的！你是不是藏起来了？"

"哪有翅膀？"

"给我看看。"

"没有，我没有翅膀，肉做的、羽毛做的，都没有。"

我端详了片刻，阿凯确实没有翅膀，他那件薄薄的衣服也藏不住什么东西。这是怎么一回事呢？我一边想一边说："唔，我明白了，你没有翅膀，说明你是残疾，所以呢，就被翼族驱逐出来了，逃到了这里。我猜得对不对？快说我猜对了。"

激动中，我一把抓住了阿凯的手。

他的手，好冷！就像握着一块冰，我心中微凛。

“你好冷啊！”我说。

“你好瘦啊！”阿凯说，惊讶之情溢于言表。

“你生病啦？”

“没有，我没有生病。”

阿凯把手从我的握持中抽走。他似乎对生病这件事很忌讳。哼，我暗想，翼族浑身是病毒，我都没有怕呢，你怕什么？

“我叫姜珂。有人叫我珂儿，我不喜欢别人这么叫我。”

“为什么？”

“不知道，就是不喜欢。”

“我叫你阿珂，怎么样？”

“阿珂？还行吧。”

“阿珂。”

“诶。我今年15岁。你呢，阿凯？”

“我18岁。阿珂。”

“诶，你有什么话就直说，我不喜欢吞吞吐吐的。”

“阿珂，能带我去你家吗？”

哈哈，我就知道，我猜对了，阿凯因为残疾，被翼族驱逐，所以无家可归了。“没有问题。”我故意说，“不过，你身上带病毒了吗？尤其是流帕病毒。有病毒的话我可不敢把你带回黄泥塝。”

一听我说这话，阿凯脸色骤变，双膝晃动，几乎就要夺路而逃。我赶紧拉住他的胳膊：“别急别急，吓唬你的。你还能逃到哪儿去呢？跟我走，我不嫌弃你，跟我回家。”

“刚才你说……回哪里？”

“黄泥塝啊，我家。”我朝黄泥塝的方向指了指，“在山的那边，不算太远。”

惊疑中，阿凯似乎松了一口气。

回去的路上，我跟青苔说再见，跟老松树说再见，跟蚂蚁和蜘蛛说再见，跟淙淙的溪水说再见，跟忽飞忽落的漂亮鸟儿说再见。

红彤彤的太阳升到了半空，雾气已经消散，整个世界，天和地，山和树，都沐浴在温暖的阳光里。阿凯默默走在我身后，亦步亦趋，但始终保持着1米的距离。

我很喜欢现在的感觉。我想，如果能一直这样走下去，那该多好啊！

阿凯忽然问：“你们这儿也叫黄泥塝？”

“什么叫‘也叫’？这儿就叫黄泥塝啊。”我指着前方松树林里的围墙，“喏，围墙里边的，就是黄泥塝。”

“可是……为什么叫黄泥塝呢？”

关于这里为什么叫作黄泥塝，其实是没有确定答案的。一种说法是这儿历史上就叫黄泥塝，大老板带着最初那一批瘟疫难民逃到这里的时候，已经逃了很久，原地休息时，扒开荒草，看见巨石上深深刻着“黄泥塝”三个红色大字，立刻福至心灵，决定就此住下，不再东奔西走；一种说法是，这儿是大老板用一磅黄泥从当地人那里交换来的，本来写作“黄泥磅”，但后来不知道被什么人错误地写成了黄泥塝，以讹传讹，错误的写法反而流传下来，从黄泥磅到黄泥塝，这之间到底发生了什么，没有人说得清楚；还有一种说法是这儿本来不叫黄泥塝，叫别的名字，流帕瘟疫发生时，大老板在一家名叫黄泥塝的医院做领导，当社会秩序彻底崩溃后，大老板带着医院的全体医护人员和一部分病人逃到了大山深处，建起了高高耸立的围墙，把流帕瘟疫隔绝在围墙之外，然后发布了《封城经》，又用那座医院的名字命名了这里。

我把三种说法都讲了一遍，阿凯耸耸肩：“都挺有意思。”

这时我们已经走到了围墙附近。我钻出来的大洞还在，看来巡逻队还没有来得及修补。但问题是……我戴上面具，问阿凯：“你的面具呢？”

“什么面具？”阿凯反问。我指了指遮住我口鼻的那块布。他疑惑地说：“我们那儿管这个叫‘口罩’。”我暗骂自己白痴，阿凯是翼族，没有面具是正常的，但把面具叫作口罩，又是怎么回事？还好，我一般随身携带着两个面具，这是谷一洲教官的要求。“丢了一个，还有一个。”我把备用的面具递给阿凯：“戴上，不然，进去就会被发现。”

阿凯接过面具，犹豫着：“你是说，从这个洞钻进去？”

“难道你想从大门堂堂正正地进去，还敲锣打鼓，给你搞一个规模空前的入城仪式？”我说，“能进去，不被巡逻队抓住，就是你的运气顶天啦！”

这时，围墙里边忽然传来凌乱的脚步声。我赶紧拉了阿凯藏身到了近旁的茅草丛里。

6

草很深，微微有些枯黄，足以遮蔽我跟阿凯。透过草与草之间的缝隙，我看见大洞内侧出现了两名巡逻队队员的身影，一高一矮。

矮个子说：“一个洞？”

高个子解释：“昨晚下了雨。”

“补上？”

“你来补。别看就这么一个洞，要补得补大半天呢。累死个人。”

“上报，让下一班的来补？”

“你是傻子吗？报上去，蔡焕晶不还得下令让我们来补？”

“不补，又不上报？”矮个子迟疑着，“不怕蔡队长知道，狠狠处罚吗？”

“蔡焕晶这两天忙得飞起，哪有时间管我们？”

“可是……”

“多一事不如少一事，只要不让蔡焕晶看到，就没有事。”高个子朝旁边指了指，“喏，把那个拖过来。”

矮个子离开了我的视野，过了一会儿，他拖着三四根松树枝回来，并按照高个子的吩咐，用松树枝遮住了围墙上的洞。“瞧，没有洞，你没有看见，我也没有看见。谁都没有看见。”高个子的洋洋自得溢于言表。

等两名巡逻队队员走远，脚步声消失了好一会儿，我才从茅草丛里坐起来。“运气不错，我是说我运气不错，”我说，“遇到两个不负责任的巡逻队员。要是他们负责任，把洞堵上，我们就回不了黄泥塝了呢。”

“你是从里边偷偷跑出来的？”阿凯在我后边问。

“不然，你以为我为什么会在上课时间出现在围墙外边呢？”

“你们也要上课吗？”

“傻的吧你！当然要上课了。”我反问道，“难道翼族孩子不上课，天天疯玩？最起码，你们要学飞吧！飞行难不难呢？飞起来是什么感受呢？会不会害怕？在天上看地上是什么样子呢？咳，我问你干吗，你又没有翅膀。”

阿凯无所谓地笑笑：“那你们学什么？”

“《封城经》。”我用力把挡住洞口的松树枝推开，钻了进去，“你到底进不进来？”

阿凯踌躇着，犹豫着，心事重重地摸了摸后脑勺，还是猫了腰，钻了进来。这个家伙，做事拖拖拉拉的，我心中嘀咕着，把松树枝拖回原处。阿凯有样学样，从旁边拖来更多的松树枝遮掩洞口。“瞧，没有洞，你没有看见，我也没有看见。谁都没有看见。”他模仿高个子的腔调说。

“不傻嘛。”我使劲儿捶了他的肩膀，“传说翼族都是傻瓜，脑筋不好使。幸好你不是。”

阿凯白了我一眼，没有说什么。

黄泥塝虽大，但多一个人，还是很容易被查出来，而一旦阿凯暴露了真实身份，等待他的将是非常可怕的事情。我忽然间犯了难，有些后悔一时冲动，把一个无辜的翼族少年带回对翼族极端仇视的黄泥塝。然而，都已经进来了，难道又把他驱逐出去，听凭他在大山里流浪？反正这种事情我做不出来。我眼珠子一转，一个主意跳进脑海里。假如黄泥塝里只有一个地方可以接纳阿凯，那一定是人称“疯人院”的18号楼。

带着阿凯来到18号楼比想象中容易，让18号楼的居民们接受阿凯的到来更是容易。我告诉他们，阿凯是我的同学，因为反对读《封城经》，被学校开除了，家里人也宣布解除与他的关系。“他能来的地方，也就是我们这儿了。”最后我强调说。

“可怜的娃儿。”

“穿这么奇怪？”

“好胖啊！”

“是不是珂儿的男朋友？”

他们一边评头论足，一边打扫出一间屋子，供阿凯住。好几次阿凯脸色微变，欲言又止。幸而在来的路上，我已经告诉了他疯人院的情况。“赵叔、刘婶、宋伯、书生秦、唐瞎子、小明哥，他们的毛病一模一样——无比碎嘴。”我这样叮嘱，“跟他们相处，原则只有一条。他们说什么你都忍着。”

看起来，阿凯还是很听我的话的。

午饭我和阿凯在刘婶屋里吃的。下午我也没有去学校。这也不是我第一次逃学。我知道谷一洲会生气，但不会到处找我。“黄泥塝就那么大，你还能跑哪儿去？”这是谷一洲的原话。最多明天去上学时，被谷一洲狠狠地训斥一顿。

唐瞎子对谷一洲的评价很刻薄，他说谷一洲只是黄泥塝这个大机器上的一根连接杆，只会笨拙地按照上边的意思捅来捅去。小明哥说唐瞎子的比喻不正确，属于胡说八道。“你动动脑筋，好好想一想。”他说，“不信你问书生秦。”书生秦则摇头晃脑地说：“动脑筋，动什么脑筋？古人有大智慧，能历时千年流传至今的，肯定都是无比正确的。你不需要思考，只需要接受就好。你的那一点点思考，能比得上古人积淀千年的智慧？”几个“疯子”心领神会，一起发出放肆的笑声，屋里屋外充满了快活的气氛。

“他们在说啥？”阿凯把我拉到一边，悄声问，“哪里好笑呢？”

“书生秦说的，是总管多次说过的。”我解释说，“他们在嘲讽呢。这帮人，都是《封城经》的反对者。你不懂。”

“那个小明哥，看上去不年轻啊？”

“他秃顶，看上去很老，比我爸爸还老。”我解释，“不过，他自认为是这几个人中最年轻的，坚持要我叫他哥，因为这样显得他年轻。你又不懂了吧。”

阿凯耸耸肩：“你们一直说的《封城经》，到底是什么？”

这个问题问得我一愣，一时之间竟找不到简短又准确的话来定义《封城经》。虽然和黄泥塝的所有小孩一样，我从小就在读《封城经》，但多达365章的《封城经》到底是什么呢？

“要不，背一段来听听？”阿凯建议。

我听从了他的建议，背了《封城经》第1章：

流帕病毒不可怕，就怕人们不听话。
只要听话待在家，我们一定打败它。
亲戚邻里少串门，见屏如面情也真。
外出坚持戴面具，你好我好大家好。
勤通风、勤洗手，待在家里别乱走。
不走亲、不访友，以后感情更长久。

阿凯的表情甚是奇怪，又好气又好笑，但他强忍着，说：“还有吗？”

我又背了一段：“道可道，非常道。名可名，非常名。无名天地之始，有名万物之母。故常无欲，以观其妙；常有欲，以观其徼。此两者同出而异名，同谓之玄，玄之又玄，众妙之门。”

“不不不，你背错了。”阿凯终于没有忍住，“《道德经》的开头不是这样。”

“《道德经》是什么？”

“无知少女。”阿凯说。

“我是少女没有错。但无知……谁无知啦！那不是你吗？”

“《道德经》是一本古书，相传由两千年前战国时期的老子所著。”

战国？老子？这些都是我所不知道的陌生词语。我强忍着没问，怕阿凯说我是“无知少女”。“那个你读的什么经是怎么写的？”我说，“背一段来听听。”

“道，可道也，非恒道也。名，可名也，非恒名也。无名，万物之始也；有名，万物之母也。故恒无欲也，以观其妙；恒有欲也，以观其所徼。两者同出，异名同谓。玄之又玄，众妙之门。”

阿凯背得挺熟练的。然而他背的《道德经》跟《封城经》有什么关系呢？为什么有如此多的相同之处，又有如此多的不同之处呢？这意味着什么呢？“其实我很想知道，这个‘道’，到底是什么意思。”我自言自语道。

阿凯不解地问：“你们老师没有讲吗？”

我使劲儿摇摇头。“教官从来不讲意思，只要我们读，我们背。”

“黄泥塝内，明令禁止教官讲经中词句的意思，何也？”我曾经听总管亲自讲过，也曾经听谷一洲复述过，“《封城经》乃是先贤智慧之集大成者，没有谁，能够完全正确地理解它的全部意思。大老板也说，经书常读常新，每读一遍，都会有新的感悟。哪一个教官对《封城经》的理解能够超过大老板？而教官讲错一句的意思，会耽误孩子一辈子。所以，教官只教内容，不进行讲解。孩子只需读，只需背诵，自然会领悟它的意思。读书百遍，其义自见。拿上《封城经》，别多想，先读上一百遍。我们要相信孩子的领悟能力。今日不懂，明日会懂；今年不懂，明年会懂；幼时不懂，成年后自然会懂。为何要你讲？胶柱鼓瑟，焚琴煮鹤，直令佛头着粪。”

我没能把这段话复述给阿凯听，因为我的肚子忽然咕咕叫起来。

“饿了？”阿凯奇怪地问，“好像才吃饭没有多久啊？”

我双手一摊，表示无可奈何。我总是很饿。我问过小伙伴了，他们都是这样的。“这很正常。”麦桐对我说，“年年秋天都这样。你还没有习惯吗？”我回答道：“饥饿这种事，没法习惯。”我自己知道，不但秋天是这样，一年四季，三百六十五天，我都是在饥肠辘辘中度过的。

我离开阿凯，去家里找吃的。翻箱倒柜，也只找到两个煮熟的土豆。我拿了土豆，回到阿凯的住处，递了一个给他，自己捧着土豆，贪婪地吃起来。“你怎么不吃？”吃土豆的间隙，我问。

“我不饿。”他说，然后在我吃完手里的那一个土豆之后，递还给了我。我也不客气，接过就开始三嘴两嘴地啃。“这么能吃，人还是这么瘦。”他说着，伸手摸了摸我的额头，“呀，好烫！是不是发烧了？”

“你才发烧了呢。”我不服气，腾出一只手去摸阿凯的额头：“呀，好冷！是不是发病了？”

就在这时，我瞥见一个身影闪入门内，旋即又退回去，在门前驻足。那是我爸爸，他今天下班的时间比平时要早。“姜珂！”他喊了一嗓子，随后快步离开了。我赶紧冲出去，结果也只看到他重重关上的门。

刘婶在对面呵呵地笑着。

我问：“我爸爸这是怎么啦？”

刘婶说：“他怕你这棵精心养大的白菜被新来的猪拱了。”

“没有的事儿。”我说着，回头冲阿凯挥一挥手，转身回到自己家。幸好门只是虚掩着，一推就开，爸爸在门里板着一张老脸，就像全世界都欠他一样。

“又逃学呢？”

“嗯。”

“那人是谁？”

“一个同学。”

“和他一起逃学的？”

“嗯。”

爸爸重重地叹了一口气。我正想解释，他先开口：“你知道吗，麦桐和她哥哥麦兆辉一起被抓起来了。”

7

被一并抓起来的，还有麦桐的父母和她九岁的弟弟麦迪。麦桐一家五口人都被抓了起来。巡逻队贴出告示，只简单地说，麦家违反了《封城经》的禁令，“予以缉捕”。清晨，我在疯人院附近的木牌上看到了告示。告示上，麦桐的名字格外刺眼，就像一把刀，闪着寒光。我想看，又不敢看，于是低下头，走向学校。边走边琢磨：麦桐是我最好的朋友，也是唯一的朋友。我能为她做点儿什么呢？一股热流在我的背心涌起，使我在这个微凉的秋日早晨浑身沁出薄薄的一层汗。

还在走廊上，我就听见谷一洲在教室里咆哮：“为何会有流帕瘟疫？皆是因为不尊重、不懂得古人的智慧，不明白、不接受古代先贤的人与自然和谐相处的深刻道理，肆意妄为，放纵欲望，索取无度，从而招致自然的可怕报复。流帕瘟疫乃是大自然报复人类的武器，亦如多年以前的大洪水……”

他真是在咆哮，声嘶力竭，仿佛想把教学楼震垮。这话他说了没有三万遍，也有三千遍，熟悉得就像自己的左右手。但这次，我听出了一些不同的东西。

他在害怕。

他在害怕，所以竭力用怒吼来掩盖和宣泄。

他在害怕什么？

低段教室和中段教室也传来教官的厉声训斥，内容大同小异，腔调则是一水儿的高亢，好像声音越大，就越能把他们所说的话，灌进我们的耳朵和脑子里。

他们在害怕什么？我不明白。

越是不明白，我越爱琢磨。爸爸说过，瞎琢磨比不琢磨好。我一直觉得这话挺有道理。

我在同学们的注视下，大大咧咧地走进教室，照例又是最后一个。哪怕是在学校宿舍里住，我也会是最后一个进教室，何况今天我还是从疯人院一路玩过来的。

谷一洲的目光从我身上滑过，然后挪移到了别处，就像没有见到我一样。这是好事。看来，要么是他忘记了昨天我冲撞与逃学的事情，要么是他还记得可不想再在这件事情上浪费时间，因为他认定我已经是不可拯救的对象，抑或是有别的更重要的事情需要他现在做，根本没有时间搭理我。我想，第三种可能性最大。

带着恐慌的压抑情绪在学校里蔓延。下课时间，我看见谷一洲跟几个教官躲在教学楼的一角，焦灼地讨论着什么，就像一群蚂蚁聚在一起开会。距离太远，听不见他们谈论的内容，他们的焦灼、惶恐与局促从内心深处满满地溢出，在空气中如同浑浊的晨雾一般弥漫，我感觉得清清楚楚。

又上课了。新一节课又在谷教官的咒骂与侮辱声中开始，他一点儿也没有《封城经》所要求的谦谦君子的样子。说到君子，我觉得我这辈子就见过一个，那就是麦兆辉。我回头望望麦桐空空的位置。她现在怎么样呢？我不由得怅然，脑海里浮现出她欲言又止的样子。

一声锐利无比的尖啸突然在教室里响起。所有人都不约而同地捂住了耳朵。我捂住耳朵的同时，睁大了眼睛寻找发出声音的地方，很快判断出是教室前方一个黑色小匣子。

“广播。”谷一洲松开捂住耳朵的手，这样说道，好像这两个字就能解释一切似的。

第二次尖啸出现，然后是第三次、第四次，一次比一次弱。随即，一个沙哑的声音从黑色小匣子里传出来：“黄泥塝的各位居民，冯总监将通过广播系统，对全体居民发表重要讲话。大家掌声欢迎。这是一个历史性的时刻。大家的掌声再热烈一点儿。”

这声音似乎是蔡焕晶的，但我不敢肯定。也可能是冯总监的某个手下。她身边总是围绕着一大群人。跟着谷一洲和全班同学，我象征性地鼓了几下掌。在几个心跳的时间后，冯总监的声音从黑色小匣子里传出来，比先前那一个声音容易分辨。

“黄泥塝的家人们，”冯总监说，“我在广播室里给大家讲话。我先讲一讲我读经的体验。”

冯总监说，读经的好处可多了。以前，她在自己家里，非常痛苦，经常为一些琐碎的事生气。一生气，心里边就会一阵一阵地疼，就像被谁揪住了心脏。自从跟着院长读《封城经》以来，她生气的次数越来越少，而且整个人的精气神全都变了。讲老实话，她在年轻的时候，虽然也跟着读《封城经》，但内心深处并不真的相信它，对它的作用是持怀疑态度的。后来，发生了一件奇妙的事情，让她真正体会到了读经的好处，于是就跟着院长读，全心全意地读，读经的好处也体会得越来越多。

“现在啊，我整个人都充满了正能量，走路都比以前快了。我不再生气，不再抱怨，不再牵牵绊绊，我接受并且感谢万能的宇宙赐予我的一切。”

这个故事，冯总监此前已经讲过很多次，并不新鲜。或许她认为，只要讲的次数多了，就能把经书里的内容灌输进我们的耳朵和脑子里。但我有不同的看法。对这种重复重复再重复的做法，我只觉得厌烦，只想要早点儿结束这一切。

记得“我接受并且感谢万能的宇宙赐予我的一切”是她结束演讲的标志性句子。但这句话里的“一切”，包括流帕病毒吗？我一边听，一边胡思乱想：爸爸说，世界上有一种人，不打草稿也能滔滔不绝地讲上五六个小时。无疑，这是一种本事，冯总监有这种本事，而我爸爸肯定没有。至于我，看心情……麦桐说过，我想说话的时候，就跟漏水的管子似的，止都止不住。

然而，这一次，冯总监没有就此结束。她继续讲道：“正因为如此，我特别不能容忍对《封城经》的亵渎。世上的认知有很多很多。有正知正见，有错知错见。不要因为别人说你错了，你就认为自己错了。要坚持正知正见，摒弃错知错见。什么叫错知错见？凡是《封城经》没有记载的，凡是与《封城经》相抵触的，凡是违背《封城经》的，皆为错知错见。”

亵渎《封城经》？我注意到了，麦桐一家被捕的罪名就是这个。可麦桐这样的乖乖女怎么会亵渎《封城经》呢？

“黄泥塝的家人们，现在是一个特殊的历史时期。你们肯定听说了很多流言，各种说法，那都是谣言，是错知错见，不要相信它们。要相信《封城经》的力量，要相信狩猎队与巡逻队维护黄泥塝秩序的决心，要有与邪恶势力斗争到底的勇气。”

“她说了些啥？”彭浩翔小声问。这也是我的疑问。听上去冯总监拉拉杂杂说了很多，但具体而言，我却不知道她到底说了些啥。于是，我竖起耳朵听同学们的回答。

“麦兆辉。”张舒雅说。

马上有人补充：“都说麦队长这次出去狩猎，遇到了翼族！”

翼族？我的心跳瞬间加快了。

“安静！安静！”谷一洲咆哮两声，“还没有完呢！”

确实没有完。在教室的一片嘈杂声里，我听见了蔡焕晶说的半句话，然后出现了一个我无比熟悉的声音。麦桐在广播里说：“我宣布，与麦兆辉脱离关系。他不再是我哥哥，我不再是他妹妹。他是黄泥塝的罪人，会得到应有的惩罚。”

麦桐与她哥哥麦兆辉的关系之好，全黄泥塝都知道。这是怎么啦？发生了什么事情？我环顾教室，同学们也都张大了嘴巴，仿佛被丢到地上的鲤鱼，眼神诧异地望向彼此。教室里陷入了乱葬岗一般的死寂。

接下去，麦兆辉的爸爸和妈妈，还有他那个七岁的弟弟，先后发声，宣布与麦兆辉脱离关系。

蔡焕晶习惯性地总结了几句，然后广播结束于一片杂音之中。

“发生了什么事情？”我把心里话说了出来。教室里顿时热闹起来。各种话语纷至沓来，如同狭窄的池子里拥挤的鱼群，纷纷跃出水面，起落间溅起无数的水花："翼族到底长什么样?""他们真的会飞吗?""我听说狩猎队里已经有人生病了。""好可怕。""不是说已经死了吗?""啊!""麦兆辉对此负全责。""那为什么要把麦桐，还有他们一家都抓起来?""狩猎队回城那天，我也去迎接了，会不会也染上病呢?""不会不会，有面具。"……

谷一洲拿着一块戒尺，使劲儿敲打着讲台，力道之大，好像讲台是他不共戴天的杀父仇人，他恨不得把讲台碎尸万段。饶是如此，教室还是用了好几分钟才安静下来，进入正常的教学状态。

"《封城经》第298章，今日不雨，明日不雨，预备——起。"

我心不在焉地跟着读，假装自己是一个好学生。但人在教室里，在位置上，一半的心在麦桐身上，另一半的心在那个翼族少年阿凯身上。

8

中午吃饭之前，我计划着逃跑。最初的计划，是在去食堂的路上，偷偷溜走。但一想到这样会饿肚子，就放弃了。还是吃完午饭，回宿舍的途中偷偷溜走比较好。打定主意，我那颗忐忑的心才稍稍安定下来。

逃跑计划实施得非常顺利。在同学们列队走回宿舍时，我瞅准空当，在一丛黑美人蕉的掩护下，再一次逃离了学校。

18号楼离学校其实很近。事实上，黄泥塝不大，所有的学生离学校都不远。但学校依然要求所有的学生周一到周六在集体宿舍住。据说，这是大老板立下的规矩，"为了尊重传统"。而我对集体宿舍没有任何好感。怎么说呢？入住集体宿舍的第一天起，我就被人为地孤立起来，因为我是从疯人院出来的孩子。除了麦桐，别人都把我当"小疯子"看待，当面贬损，背后嘲笑，谁都不跟我玩。

太阳高高挂在天上，洒下缕缕阳光，照得黄泥塝一片炽热，竟隐隐有夏日的感觉。我没来由地一阵心悸。路过白云湖，那两只肥硕的天鹅正无忧无虑地在荷花的枯槁之中游动。

进到疯人院，敲响阿凯房间的门。开门的却是赵叔。“哟，小疯子又逃学啦！”赵叔说，“逃学好，那个封什么经，没啥子好学的。不如去看蚂蚁搬家。”

说着，他侧着身子，以一个奇怪的姿势从我身边挤了出去。阿凯站在门后冲我傻笑。我进了门，顺手把门掩上：“他都跟你说了些什么？你没有暴露吧？我叮嘱过你的，千万别暴露真实身份。”

阿凯回答：“没有没有。赵叔似乎把我当成了倾诉对象，滔滔不绝地说了一通他的蚂蚁。”

“还好，还好。”我夸张地捂住胸口，假装按住强劲的心跳。这动作半真半假，倒真能体现我此时此刻的心情。“再说一遍，除了我，你不能告诉任何人，你不是黄泥塝的，你是从外边来的。”

阿凯点了点头。“不过，赵叔反复提到的翼族是怎么回事？记得昨天，你也说过翅膀什么的。我不明白。”

“简单。”我坐到床沿上，把黄泥塝里边关于翼族的说法讲给他听，没讲几句他就咯咯咯地笑起来。我向来不喜欢别人打断我讲话，于是嘟上了嘴，不再发声。

“知道我为什么笑吗？在我们那里，也有一个传说，大山深处有一座云巅之城，城里住着蝠人——蝙蝠的蝠，不是幸福的福。”阿凯说。

“什么蝠人？”我忍不住问道。

阿凯一边比画，一边说：传说里，蝠人不穿衣服，全身长着短短的茸毛。尖头尖脑，就像蝙蝠那样，有一对大大的耳朵，满嘴都是尖利的细小牙齿。蝠人有两只胳膊，两条腿，手和脚都是老鹰一样的利爪，走路一蹿一蹿地，身子总是佝偻着。背上有一对窄小的肉翅，样子和黑妖狐蝠差不多，勉强能飞一段距离。不过，也有人赌咒发誓说，蝠人的飞，只是在树与树之间滑翔，只能叫在枝叶间死命扑腾，连麻雀都比不上，更不要说，像鸿雁那样在蓝天上自由飞翔。

这种说法好熟悉。我不由得瞪大了眼睛。

“蝠人白天睡觉，晚上出来活动。眼睛不好，清一色的近视眼，只能看到眼睛前边一厘米的东西。耳朵却特别灵光，数十平方千米范围内的声音都能听得一清二楚。”阿凯看了我一眼，见我没有反对，继续讲，“睡觉的时候，蝠人不是睡在床上——要是睡床上，会晕床——而是用脚爪倒挂在房梁上，也有说是倒挂在阴冷潮湿的山洞里。到了寒冷的冬天，蝠人还会集体冬眠，数以千计的蝠人密密麻麻地挂在一起，几个月不吃不喝，呼呼大睡。所以，秋天的时候，蝠人会胡吃海塞，把自己吃得胖胖的——想一想就觉得又有趣又可怕。”

阿凯看着我，眨巴着眼睛，露出促狭的表情：“我还听说，食物给身体提供的能量是有限的，供应给了大脑，就不能供应给翅膀，供应给了翅膀，就不能供应给大脑——所以，蝠人倒是长了翅膀会飞，但脑袋会变得痴痴傻傻的，就像有时候的你！”

“你这不是变着法儿说我蠢吗？”我跳起来，在他脑门上狠狠地敲击了一下。

“别打我，我也是听说，听说，引用……哎呀！”

我揪住他的前臂，使劲儿拧了好几下。“别人说了你就信，也不知道动动你的猪脑子，想想是不是真的？”我大声呵斥，用以掩饰内心极度的恐慌。

“说真的，见到你的时候，我一直认为你是蝠人！”

“你才是蝠人，你们全家都是蝠人！”我终于没有忍住，跳起来，围着阿凯，边说边转圈，边说边做出夸张的动作，“你看我长茸毛了吗？你看这是老鹰一样的利爪吗？你看我这耳朵，是不是很大，比你大很多？你看我后背，有肉做的翅膀吗？我还想有翅膀呢，那样的话，我就能飞过这围墙，飞上这天空，远远地离开黄泥塝，去湖的那边，山的那边，看看这世界到底是什么样子。”

“离开黄泥塝？”阿凯又笑起来，“去看外面的世界？”

“你笑什么呢?”

“你知道我住的地方叫什么吗?”

“叫什么？我记得你说过，你住在江边。”

“我说我住在江边，不完全对。我住的地方，离长江还有半个小时的路程，不过，说出它的名字来，你一定会尖叫。”

“快说，别卖关子。”

“也叫黄泥塝。”

“这不可能……”我目瞪口呆，但是，联想到黄泥塝这个名字的第三种来历……传说往往包含了一部分事实，唐晴子曾经这样说过。“那么，你是怎样找到这儿来的?”沉吟片刻后，我问出来这样一个问题。

“很简单啊，我和我妈吵了一架。她老是不准我做这样，不准我做那样，烦都烦死了。我一生气，就离家出走了。”

“然后上山，在山上瞎转悠，就遇到了我?”

“也不完全是瞎转悠。”阿凯解释说。

四天前，黄泥塝的一队人马上山，采伐树木，为冬天的到来做准备。其中一个人离开了大部队，迷了路，独自在大山大谷里瞎转悠。“这个人是我叔叔。”阿凯有些自豪地强调。也不知道转悠了多久，六七个小时总有的吧，他遇到了一队陌生人。“叔叔告诉我，那群陌生人穿着古怪，手里拿着原始的武器。”阿凯说，“他们的口音很古怪，有着浓重的方言，夹杂着陌生的词汇。留心倾听，结合语境进行分析，连蒙带猜，大部分能懂，少部分佶屈聱牙，实在不能理解，只好放弃。陌生人的首领说他姓麦，别人都叫他麦队长。”

“麦兆辉率领的狩猎队!”

“麦队长说他们住在山顶的城市里，可把我叔叔吓坏了，以为对方是传说中带毒的蝠人。当时的场面一度异常紧张，搏杀随时可能发生。你可以想象当时的情景。”

不用阿凯说，我已经在想象了：一个服饰奇怪的人，在密集的森林里，突然遭遇一群穿着不同的陌生人。在他的认知里，这些山上下来的家伙就是浑身带毒的蝠人；而在这群人的认知里，这个山下上来的家伙才是浑身带毒的翼族。一场血战一触即发，不杀个血流成河、尸横遍野绝不会结束……

“幸好我叔叔是一个勇敢的人。他大胆地高举双手，表明身份，说明来意，使对方放下了武器。随后双方坐下来攀谈，彼此交流，加深了印象。”阿凯继续说，“我叔叔对麦队长的印象挺好的。回黄泥塝后，我叔叔把这一切都告诉了我。”

“所以，你离家出走，上了山，一路直奔黄泥塝而来。”

“是的。”阿凯说，“然后就在小溪边遇见了你。”

“我就说嘛。”小明哥推开虚掩的房门，大剌剌地走了进来，“这小子肯定不是黄泥塝的人，是从外边来的。”

“是我最先怀疑的。”赵叔从小明哥身边挤了进来，也不管小明哥如何对着他龇牙咧嘴。

在他俩身后，刘婶、宋伯、书生秦、唐瞎子等人鱼贯而入。他们迈着各种步伐，脸色异常兴奋，仿佛走上了某个供他们尽情表演的舞台。

9

“疯人院”的这六位的到来，顿时使本就不大的屋子更加逼仄。要搁平时，这六位早就吵起来了，然后在一番激烈的不知所谓的辩论后，各自宣布胜利，旋即离场。尤其是宋伯，据说他有严重的幽闭恐惧症，一进到狭窄的地方，就会精神失常。但此时此刻，他们都或凭或立，围着阿凯，还有我。

“你们要干吗？”我问，并没有胆怯——类似的事情我又不是没有经历过，“集体审判吗？”

“把这小子吊起来，大卸八块。”唐瞎子说。

“按照《封城经》，得千刀万剐。”书生秦说。

“《封城经》里哪有这一条？”刘婶反对，“书生秦，你引经据典又不严谨了。”

“别吓唬小孩子了。”宋伯抬手制止了他们的胡闹，转而对阿凯说：“孩子，外边现在怎么样了？这是我们目前最想知道的事情。”

“流帕瘟疫现在怎么样了？”赵叔追问。

我的目光从他们脸上扫过，发现他们并无恶意，就对阿凯说：“我也想知道。比如流帕瘟疫，比如黄泥塝，比如蝠人。”

阿凯瞅瞅我，又瞅瞅宋伯的满头银发，说：“我是在瘟疫结束后出生的。我对流帕瘟疫的大多数认知，都来自我爷爷。我爷爷说，流帕瘟疫摧毁了曾经的一切。他亲身经历了流帕瘟疫的全过程。”

“流帕瘟疫的具体过程因为太过惨烈，平时爷爷不愿意过多提及。只有在喝了二两白酒后，他才会老泪纵横，陷入对往事的回忆中。他说流帕瘟疫太厉害了，医生和护士太不容易了。他说，所有的医护人员都是顶天立地的英雄。即使在社会秩序完全崩毁的那十年时间里，医护人员，还有很多人，政府、警察、军队，也没有忘记自己的职责。”

“是的。”刘婶似乎被勾起了什么回忆，忽然流下眼泪来。宋伯拍拍她的肩膀，微微叹气，却没有说出什么安慰的话。或许，他觉得没有什么话可以安慰刘婶吧。

“流帕瘟疫的起源查清楚了吗？”宋伯问。

“没有。”阿凯说，“我是说，我不知道，有很多种说法，我不知道哪一种是真的。”

宋伯对流帕瘟疫的起源特别着迷。他曾经多次地向我描述过一个场景：那一年春夏之交，南方发生了一场森林大火，这样的大火在当地司空见惯，消防局只是照例发布了警告，甚至都没有准备去扑灭。大火在一个星期后蔓延到一个硕大的山洞，山洞里栖息着的蝙蝠受到惊吓，成群结队地飞往附近唯一没有着火的地方——人类居住的城市。它们在城市上空盘旋，黑压压的，宛如雷阵雨之前遮住天空的乌云。它们四处寻找食物，吃掉一切能够果腹的东西，从虫子到花粉到果实。它们飞过的地方，排下如雷阵雨一般的粪便。离开了传统的栖息地，它们的日子过得格外艰难。有的蝙蝠死于撞上玻璃窗，有的蝙蝠死于同车辆的撞击，更多的蝙蝠死于饥饿。它们的尸体掉得到处都是。早上，人们起床，打开窗，推开门，只看见窗台上、门廊外，一只只死掉的蝙蝠，很多身体都是残缺的，不由得怀疑自己是不是穿越到了某部名为《蝙蝠》的怪兽恐怖片里。

正是因为蝙蝠与人类之间这种大规模的非正常接触，给了包括流帕病毒在内的诸多病毒从蝙蝠传染到人类的更多机会。更多的变异也在宿主改变的过程中发生。流帕病毒原本是一种以接触性传染为主要传播方式的病毒，在此之前，曾在世界各地有过零星的暴发，以死亡率超高而著称。但在这一次传染中，流帕病毒不知在什么地方获得了流感病毒的基因片段，传播方式几乎是在一夜之间变异为呼吸道传染。

从接触性传染到呼吸道传染，这种传播方式的剧烈改变在病毒演化史上极其罕见，但并非完全不可能，对病毒那少得可怜的基因而言，改变是非常容易的。不容易的是，流帕病毒的这种改变，正好撞到了人类社会的软肋上。

后来的研究表明，流帕病毒最先在南方的几座城市暴发。一个月后，流帕瘟疫开始借助现代交通工具，向全世界蔓延……最终彻底摧毁了人类社会。

宋伯不像赵叔，说话总是非常严肃，词汇也很丰富，描述极富感染力。我时常想象蝙蝠成群结队飞过，又噼里啪啦掉落一地的场景。这场景如此真实，又如此恐怖，却又有着无与伦比的魔力，令我忍不住不想它。

宋伯叹了口气，自言自语地道："关于流帕瘟疫的起源，当年没有确切的答案，如今时过境迁，资料严重缺失，更是无法考证，只有一些在流传的过程中不断变化，有添油加醋，有望文生义，有褒贬互换，有语意流转，最后留存下来的，是既汪洋恣肆又虚无缥缈的种种传说。我们就不要再纠结了。"

我提出了自己的问题："你说你那儿也叫黄泥塝？"

阿凯点头："对。黄泥塝是一个小镇，附近还有红土地、龙头寺、五里店等小镇，都是流帕瘟疫结束后重建的。听我爷爷说，有的是在原来的地方，有的只是借用了原来的名字，地方早就不是原来的地方了。"

"那就是我们原来住的地方啊！"小明哥叹息道，"也是我们现在这个黄泥塝名字的来历。"

赵叔举起手，在半空中画了一个圈，问："也就是说，外边已经恢复正常了？你们还戴面具，啊呸，口罩吗？"

"早就不戴了。"阿凯想了想，补充道，"特殊情况下会戴。我爷爷说，流帕瘟疫最高峰一过，各个地方的重建工作立刻就提上了议事日程。"

唐瞎子抢道："阿弥陀佛！"

阿凯说："虽然远没有达到瘟疫暴发前的水平，但跟流帕瘟疫最为疯狂的那几年相比，至少恢复了五分之一。"

我不解地问："五分之一是什么？"

"百分之二十。"

我还是不理解，疑惑地望着阿凯。

阿凯伸出手掌，手指一根根展开。"假如流帕瘟疫之前的水平是五根手指。"他说着，猛地收指成拳，"流帕瘟疫一来，毁掉了五根手指。"又把最小的那一根手指用力伸直。"现在，经过十多年的努力，我们那儿，已经长出来一根手指。"

"我明白了。"我说，"那我们这儿恢复到几根手指了呢？"

阿凯收回尾指，咧开嘴，哂然一笑，表情非常欠揍。

宋伯轻咳了一声："那么蝠人呢？你刚才提到的蝠人是怎么回事？"

我对这个问题也非常感兴趣，于是凝神看着阿凯："快说快说！"

阿凯耸耸肩，说："和你讲的翼族差不多。"他说，很久以前，流帕瘟疫全球暴发时，有一个著名科学家提出一个解决方案，使用基因驱动技术，把人变成蝙蝠，这样，人就能和蝙蝠一样，携带病毒，却不会发病。实验本身取得了完全的成功，然而却遭到了反对者的抵制和破坏。反对者认为这种邪恶的技术把人变成蝙蝠，是对人的亵渎，必须维护人的尊严。在一些人的煽动下，数以千计的反对者攻击了实验室，袭击了参与实验的科学家与志愿者。只有一小部分实验的参与者逃出来，逃进了大山深处。他们建造了云巅之城，用高高的围墙，把自己与世界隔绝开来。这些逃难者的后裔，就是蝠人。

“有趣。”我看看阿凯，又看看宋伯，“围墙里的，说外边的是翼族；围墙外的，说里面的是蝠人。到底哪种说法是对的啊？”

10

六个疯子你看看我，我看看你，谁也不开口，宛如六尊会动的大理石像。

“你们倒是说句话啊！”我急了。

“别看我，我不知道。”小明哥说，“我老糊涂了。”

“难得，”我揶揄道，“难得小明哥会承认自己老。”小明哥的年龄只比宋伯小一些，却从不承认，一直让我叫他哥。用赵叔的话说，他喜欢“装嫩”，好几十岁的人了，言行举止跟十几岁的少年差不多。小明哥也说，会在内心深处给自己留一个少年的位置。

“这个问题，一时半会儿说不清楚。”老成持重的宋伯说。

“问你爸。”站在最边上的书生秦突然说。

“我爸爸知道？”

所有人的目光都集中到了书生秦的身上。“他说得清楚。”书生秦迎着众人的目光，喃喃道。“你喝多啦！”赵叔斥道。刘婶翻着白眼，一连串的咒骂如同潮水一般脱口而出。上骂天，下骂地，中间骂空气，顺带也把书生秦骂了个狗血淋头。书生秦捂着腮帮子，也着眼睛不回话。

据说，书生秦在流帕瘟疫之前是个烈酒爱好者。当瘟疫来袭，世界崩毁后，粮食根本不够吃，根本不可能有多余的粮食用来酿酒。没有酒可喝，他就疯狂地迷恋上“嚼”，把一切能嚼的不能嚼的东西都塞进嘴里起劲儿地嚼，“以满足肚子里那只酒乌龟的需要”。结果把一嘴牙齿嚼得稀烂，经常捂着腮帮子喊牙疼。

瞅准刘婶说话的空当，我发出一声长长的尖啸，立刻让她住了口。我“小疯子”的绰号可不是白取的。我知道，他们想用插科打诨回避我的问题，我必须让他们回到正道上来。“唐瞎子，你说，”我点名道姓，毫不客气，“为什么我爸爸会知道翼族或者蝠人的秘密?”

唐瞎子习惯性地扶了扶眼镜框，缩了缩脖子，说：“我是个瞎子，我什么都看不见。”

“看不见不等于不知道，别糊弄我。我不是三岁小孩子了。”我透过空空的眼镜框，看向她鼓凸而浑浊的眼睛，只看见一片虚无。

事实上，唐瞎子并不是真的瞎子。她只是高度近视，而眼镜能够帮助她看清楚东西。后来，流帕瘟疫暴发，在逃难的过程中，两块眼镜片摔得粉碎，只剩下空空的眼镜框。但她醒着的每一分钟，依然戴着眼镜框。眼镜框并不能解决她高度近视的问题，因为高度近视，她做什么事都靠摸，撞过无数次，也跌倒过无数次。既然如此，那为什么要一直戴眼镜框呢？我想过，也问过，除了“她又瞎又疯”之外，没有得到别的答案。

唐瞎子抓抓额前花白的刘海，手上的指甲格外长，慢吞吞地说：“我什么都不知道。”

我又想施展尖啸绝技，却被阿凯拍了拍肩膀，止住了。“太吓人了。”他说，“想不到你这么瘦小，肺活量却这么大。再叫的话，我耳膜都要被你叫穿了。”

我气鼓鼓地说：“他们不回答我的问题。”

阿凯说：“你还不明白吗？他们不想回答，你再叫也没有用。不如，让我来问吧。”

我知道他说的是真的，就气呼呼地退开，把位置让给了阿凯。

阿凯说：“各位长辈，看年龄，你们和我爷爷一般大，应该知道很多我和阿珂不知道的事情。我刚才一一回答了你们的问题，现在，我只有一个问题想问你们。”

宋伯道：“孩子，你问。”

阿凯问：“《封城经》是怎么一回事？”

“这个问题的答案我们知道。”宋伯回答，“《封城经》是我们几个一起写的。”

“不对。这种说法不对。”书生秦出言反驳。

“不是我们写的。”刘婶也附和。

宋伯连忙说：“对，对，不是我们写的。我说错了。”

我忍不住插嘴：“到底是怎么一回事？”

宋伯陷入了回忆：“那时我们刚到这里。有一天，大老板找到我们几个，说逃亡的路上，书籍——人类文明的象征，丢失甚多，而他找到了一台完好无损的印刷机，要我们把自己记得的知识默写下来，因为我们几个算是进入黄泥塝的这群人里知识水平最高的。大老板强调说古文尤其重要，然后将所有文字资料分门别类，汇编成册，印刷出来，再教给下一代，以便延续文明。即使龟缩在黄泥塝的我们最终死绝，也能留下点儿东西，让后世研究，知道我们曾经文明过，知道这个文明曾经是多么辉煌。毫无疑问，这是一件事关全人类的大事，所以我们几个非常积极地参与，每天关在屋子里，写啊写，写了很多很多，再交给大老板领导的一个小组去集中处理。”

一旁的赵叔补充道：“我们是带着神圣的使命感去做这件事情的。我们把我们学过的，还记得的一切知识都默写出来，涉及的范围之广，程度之深，内容之全，连我们自己都很吃惊。”

“我记得当时的情况。”书生秦插话，“不可否认，因为是默写，难免会出错。我承认，《道德经》是我默写的，漏掉了好多段落。”

“我默写了《论语》，没有写全。”

“我也默写了《论语》，最后出现在《封城经》上的，一半是我的，一半是他的。”

“我对《中庸》的部分负责。我少默写了至少五段。当初只是一时好奇，去看《中庸》的原文到底是啥，背得不认真，那时根本没有想到有一天会要我把《中庸》全文默写下来，供人学习。”

“我也没有想到。《鹬蚌相争》《守株待兔》《揠苗助长》，是我自己编的。实在不记得原文是什么样子了。”

“我倒是把《梦游天姥吟留别》全文默写出来了，可不知道为什么，如此经典的作品《封城经》却没有选上它？”

“这就是问题之所在，”宋伯说，“我们期待的可以流传给后世的《百科知识全书》自始至终都没有出现，出现的却是《封城经》。《封城经》卷帙浩繁，有365章之多，然而只有古文，剔除了物理、化学、天文、生物、地理，也剔除了音乐、绘画、舞蹈、雕塑、摄影。最为关键的是，大老板拿《封城经》做了黄泥塝唯一的教材。”

唐晴子说：“直到今天，我依然认为大老板当时的说法是对的。保存和延续人类文明的火种，那是往大了说；往小了说，一大群人，被束缚在黄泥塝的围墙之内，无处可去，必须让大家有事可做，精神上必须有依托，否则迟早出事，而《封城经》就是大老板为大家找的事，找的精神上的依托。黄泥塝的三千人，能在流帕瘟疫之后，存活到现在，没有在自相残杀中走向灭绝，《封城经》发挥了至关重要的作用。”

刘婶说：“我还是旗帜鲜明地反对大老板的做法。当时反对，现在反对，将来还会反对。他奶奶的熊。”

书生秦说：“但使龙城飞将在，从此君王不早朝。”

我难得地沉默了。他们说的话远远超出了我的认知范畴。我听不懂这帮疯疯癫癫的家伙说的话。

宋伯说：“或许《封城经》最初确实有它独特的价值，但你看现在的黄泥塝，还有现在的我们。唉。”

小明哥接过话头："我们就像那白云湖里的肥天鹅，只要每个星期，有干事按时送生活物资过来，我们就不再去想过去，不去想蓝天，更不会去想未来。"

赵叔撇撇嘴："我们明明是猪，哪里像天鹅呢？我们拉了一泡屎在这猪圈里，然后在屎里吃喝拉撒睡，过得不亦乐乎。"

他们齐齐发出一声叹息。

"说这些有用吗？"这一个冷漠的声音自门外传来。

循声望去，透过正在转头的疯子们，我看见了我爸爸。他穿着一身洗得发白的袍子，背着手，伫立在房门外。也不知在那儿站了多久。他脸色铁青，好像全世界都欠他的。"这些问题都纠缠了好几十年呢，你们还没有答案吗？"他说。

赵叔反问："老姜头，你有吗？"

姜云福说："麦兆辉被当众处死了，在大门那里，就在刚才。"

11

路边新贴了一张告示，有几个人围在那下边看。我也挤进人群里去看热闹。告示上写着：巡逻队窦×与江×工作不力，糊弄领导，"鞭刑三十，以儆效尤"。

一个看告示的人啧啧赞道："真狠啊！"他模仿了几下挥舞鞭子的动作，仿佛他就是那个行刑人，接着说："三十下，人早就没了。"

又有人好奇地打听："他俩到底做了啥？这上面也说得模模糊糊的。"

"我听说，"另一个人压低了声音，用那种"只有我了解一切，你们都是无知小辈"的语气说，"那两个家伙，巡逻的时候发现围墙上有一个大洞，没有维修，也没有报告，只是拖了几根松树枝把大洞遮住了。谁想被后边的巡逻队发现了。"

原来这个窦×与江×就是我曾经见过的高个子和矮个子。我赶紧离开，耳边传来那些人的议论声：“你说，他们怎么这么蠢呢？就不怕会被发现吗？”“蠢，真蠢，顾头不顾腚的蠢货。”“能糊弄就糊弄呗，都一样。”“我觉得吧，以他们的智商，很可能想不到那么久远的事情。”“翼族会不会从大洞里钻进来？我担心……”“担心个屁啊，翼族会飞，不需要大洞也能进来……”“万一他们飞进来就会……”“……他们已经飞进来了……”

我走得飞快，仿佛这样就能把那些可怕的话语以及这恼人的一切彻底抛掉。然而，无论我走得多快，烦恼都跟随着我，如影随形。最无奈的是，无论我走得多快，我都不可能飞起来。于是我放慢了脚步，像天鹅那样伸长了脖子，竭尽全力望向围墙之外的地方。

远处，浅绿与深绿交织的山脉起伏错落，层峦叠嶂，被一团团、一缕缕、一丝丝或浓或淡的白色雾气所遮挡、覆盖。东边群山的上方，火红的太阳已经升起，被一大片山一样的云挡着，它自云隙间平直地射下一大片耀眼的光芒，把雾气上空的一大片区域照得通透闪亮。目之所及，以雾气为界，其下朦朦胧胧，其上熠熠发光，宛如两个世界。

要是能飞到云层之上那该多好……我知道我又在想入非非了。然而现实中的我……

昨天下午，我爸爸带回来麦兆辉被处死的消息，就像给疯人们施了定身咒。他们僵立在原处，神情惊人地一致，震惊之余夹杂了浓浓的无可奈何。小明哥打破僵局，第一个走出屋外。宋伯鼻子抽搐了两下，道：“都散了吧。”于是，他们都转身离开。

我耳闻目睹了这一切，觉得不可思议：刚刚他们还义愤填膺，滔滔不绝，为什么听到麦兆辉的消息却一句话都不说呢？“你们怎么这就走了？”我着急地说，“还有很多问题呢？”

刘婶边走边说：“我做饭去了。”

“阿凯？”

阿凯耸耸肩，表示无能为力。

“爸？”

我爸爸侧过身子，让几个疯人走过，然后看了我一眼。“回家。”说完，他头也不回地走了。

没办法。我叮嘱阿凯不要乱跑，不要出疯人院，“被巡逻队抓住问题就大了”，旋即也出门去追爸爸。

一进屋，我就迫不及待地问道：“他们说你知道翼族的秘密。”

姜云福脸色依然铁青着：“他们是疯子。”

“你为什么不告诉我？”

“我不知道。”

“他们说你知道。”

“疯子的话你也相信？”

“我已经长大了。”

“那又怎么样？”

“我要知道一切，你有太多的事瞒着我。小时候你总是说，等我长大了就会明白，但你什么都不告诉我，我怎么能明白？”

“老疯子的话你也相信？”

“我妈为什么要离开我们？”

“闭嘴！”

“她到底去了哪里？”

“闭嘴！”

“你到底还对我隐瞒了些什么？”

“我叫你闭嘴！”

姜云福突然暴怒起来，右手展开，举到半空，狠狠扇下。他的指尖从我的鼻尖前面不到半根手指的地方滑过，他的手掌带起的风从我脸上吹过。我就像真的被掌掴了一样，尖叫着夺路而逃。姜云福在我身后，没有劝阻，没有呵斥，也没有拉住我的手不让我离开。

出了门，我先去找阿凯。

小屋里空空的，阿凯不在。

我太天真了。我以为阿凯答应我不会离开疯人院，就一定能做到。然而，一个会离家出走的人，怎么会老老实实地待在屋子里，整天不出门呢?

那我去找谁呢?赵叔,刘婶,还是小明哥?我一时茫然,跑出了疯人院。路旁的那棵黄葛树还在老地方等我。我手脚并用,猴子一般三下两下爬到黄葛树分杈的地方。我松开手,站立起来,双手展开,沿着其中较为粗大平直的一根树枝,走了很长一段距离。一直走到树枝尽头的大片叶丛里。蹲坐在叶丛里可以毫不费劲地看到很远的地方。最大的好处是我可以俯瞰下边经过的每一个人,而他们却看不见我。对他们来说,我就像隐身了一般,而俯瞰则让我有身在空中的感觉。我一直都喜欢这种感觉。

我蹲坐在叶丛里,直到暮色四合,直到饥肠辘辘。

饥饿的感觉很不好受。

肠子和胃,还有舌头,一起轰鸣,告诉我:饭点到了。

还能怎么办?我下了黄葛树,回到疯人院,回到家。爸爸已经做好了饭菜,见我进屋,也不说话,自顾自地端起碗吃起来。我也不客气,坐到自己的位置上,也不说话,端起碗狼吞虎咽起来。刘婶曾经说我太瘦了,没有什么储备,所以特别不耐饿,一直要我多吃点儿。我觉得她说得有道理。

饭吃完,菜吃完,我搁下筷子,问:“明天做什么?”

“读书。”爸爸斩钉截铁地说。

所以,我现在走在去学校的路上。

斜上方的石阶上突然出现一个人。心神恍惚中,我晃眼看见是冯总监身边的一个干事,就是上次我追天鹅后找到我的那一个,依稀记得她姓蒋。我赶紧蹲下,熟练地钻进一片绿植。我不知道我在惧怕什么,反正,此时把自己藏起来是最本能的反应。

蒋干事走到绿植前方,站定,脸色淡漠。晨曦照在她的额前,透着淡淡的金色。

我屏息凝神,连心跳都慢了下来,生怕她发现我的存在。

不一会儿,谷一洲从教学楼方向跑了过来,看见蒋干事,谄媚地咧嘴一笑,小步快跑着,往这边跑过来。

蒋干事淡漠的脸上堆出笑容："谷一洲教官吗？先恭喜你了。"旋即收敛了笑容，平静的脸上只剩严肃，道："跪下，传总管口谕。"

谷一洲连忙跪下，脸色从愕然到惶恐。

蒋干事拉长了声音说："查，谷一洲克己奉公，忠心耿耿，向来勤勤恳恳，任劳任怨，特任命谷一洲为狩猎队队长，为黄泥塝的家人们全心全意服务。"

这事儿肯定超出了谷一洲的预期。我看见他肩膀都颤抖起来。

"再次恭喜谷教官，不，现在应该叫你谷队长了。"蒋干事说。她的脸色变得和蔼可亲。如果赵叔在现场，一定会说，此人擅长变脸，不当演员可惜了，如此天赋异禀，稍加努力，成一代影后没有任何问题。

"起来吧。"蒋干事命令道。

但谷一洲双腿发软，起不来。蒋干事笑着把他扶起来。"总管大人还让我告诉你几句话。"蒋干事一边扶一边说，"狩猎队和巡逻队一样，是黄泥塝安定团结、幸福绵长的重要力量。把这么重要的职位交给你，是对你的信任，更是对你的考验，是总管大人赐予你的福报。想不想把握这个机会，能不能完成这个任务，实现多大的福报，全看谷队长愿意与否。"

"我愿意。"谷一洲挣扎着说，声音虽然还在颤动，但这显然是他内心的兴奋造成的了，"这个机会，我等待得太久了。"

"那就好。"蒋干事说，"愿你与巡逻队蔡队长精诚合作，共同维护黄泥塝。眼下，黄泥塝风雨欲来，谷队长要做的事情有很多很多。"

谷一洲说："请您转告冯总监，我一定全力以赴，决不辜负冯总监赐予我的福报。"

蒋干事说："谷队长，你上任后的第一件事，就是从狩猎队中挑选五名忠心又能干的队员，送到总管身边，作为贴身保镖。"

谷一洲谷队长道："保证完成任务。"

待他俩走远，我才敢拍打着胸口，张嘴呼吸，大口喘气，然后钻出绿植，沿着长长的石阶，跑向教学楼。谷一洲不在，张舒雅像往常一样在负责维持纪律，同学们也像往常一样齐声读着《封城经》。但我已经不一样了，我知道《封城经》是怎么来的了，我知道谷一洲去当狩猎队队长了，我还知道，麦兆辉死了。是的，“麦兆辉死了”，我突然间明白了这句话的意思。死了，就是离开了，就是永远不会回来了，就像我妈妈那样。我站在教室门口，看着他们像往常那样读书，没人讨论麦兆辉，没人关注他突如其来的背叛与死刑。这不正常——麦兆辉可是很多同学心中的英雄啊！

“麦兆辉死了，你们不知道吗？”我大喊，声音盖过了他们的读书声。

“安静！”张舒雅试图和我比赛谁的声音大。

“麦兆辉死啦！”我又喊。

“小疯子，谷教官不在，你不要捣乱。”张舒雅换了一个策略，“等谷教官回来，有你受的。”

“那可是麦兆辉！麦桐的哥哥！我们的英雄！”

“他是叛徒！告示里说了，他亵渎了《封城经》，他就该死！”张舒雅秀气的面庞因为激动而泛着红晕，“你亵渎了《封城经》，总有一天，你也会付出代价！”

我没有理她。然而，同学们都捧着《封城经》，侧着头，从书的缝隙，怔怔地看向我，就像围观一个关在笼子里的小疯子。这诡异的画面令我一下子失去了勇气，嘴上不依不饶地诅咒了两句，任由两只脚把我带到自己的位置。

12

整个上午，我们都在上自习。没人告诉我们谷一洲为什么没来。我也没有告诉他们谷一洲的去向。没有必要，我的沉默，宛如湖底的石头。直到接近午饭时间，教室里的气氛才活跃起来，同学们纷纷回忆昨天中午吃的那一份泡萝卜，追问它到底是怎么做出来的，讨论今天中午会不会还有。

我们排队进入食堂，不无惊喜地发现，泡萝卜还在，但桌边多了一个人。这人肥头大耳，偏小的衣服勒得他浑身鼓凸。他是学校食堂的主厨，我们都见过他，经常在我们大快朵颐的时候，问我们饭菜是不是好吃。如果得到“好吃”的回答，他就会满意地走开；如果回答“不好吃”，他会从方方面面进行解释，直到这个同学改口说好吃为止。但这次不同。主厨走到长条桌边，弯下腰，眯缝着眼睛看着泡萝卜和我们的饭碗，压低了沙哑的声音，说：“泡萝卜虽然好吃，但不能多吃。吃多了对你们的身体不好。”说完，他直起身子，双手在皱巴巴的围裙上使劲儿擦了几下，然后走向下一桌，把刚才的动作和话语又机械地重复了一遍。

这种场景透着深深的无法用言语描述的诡异。离开食堂很久之后，这诡异感还沉沉地盘踞在我的心上。

饭后，回到教室，我看见麦桐坐在她的位置上。面具上方的双眼微红，应该是刚哭过。我赶紧跑过去，问她情况。麦桐不理我，自顾自地看着搁在桌子上的手。翻来覆去地看，就像掌纹里隐藏着天地间所有的秘密。周围的同学多了起来，我知道再问也问不出个所以然，就先放弃了追问。

下午，终于有教官接手我们班的课了。居然是食堂的那个大厨。这是学校没人了吗？大厨挺直了身子，踱着四方步，走进教室，沙哑着声音说：“以前你们执行什么样的班规我不管，我来之后，一律按照我的要求来，并且严格执行。”

张舒雅代表全班发言，表示愿意竭尽全力，配合大厨教官的工作。最后领着全班喊了口号。对于这个表态，大厨教官甚是满意。我没有跟着喊口号，心里想着谷一洲去接手狩猎队会不会是同样的情形。回头瞄了一眼麦桐，她的眼圈更红了。

下课时间，我瞅准时机，把麦桐堵在了厕所里。

“到底发生了什么事情？”

“我不能说！”

“告诉我。我们不是最好的朋友吗？”

麦桐杵在原处，沉吟不语。我瞅瞅四周，留给我的时间并不多。“麦队长这次出去狩猎，是不是遇到了外边的人？外边的人并不是可怕的翼族，而是和我们一样的人，对不对？”

麦桐不答反问：“你怎么知道？”

“你先别管这个！”我盯着麦桐的眼睛说，“后来呢？回到黄泥塝后，又发生了什么？”

麦桐双手互扣，指节被勒得发白。迟疑了片刻，她颤抖着说：“我哥要求面见大老板，告诉他这件事。冯总监不允。我哥坚持，与冯总监发生了……言语及肢体冲突。冯总监命令警卫抓了我哥。后来，巡逻队闯进来，把我们全家都抓了。他们……他们要我当众宣布和我哥脱离关系……我，我太害怕了……”

就这？我不解地问：“怎么可能？就因为言语及肢体冲突……”

“冯总监是这样说的。”

“我也遇到了外边的人。”

“什么……”

“我还把他带进来了。”

“你疯啦！”

“我才没有疯呢……”

这时，有几个女生嘻嘻哈哈地进了厕所，我无奈地停住了嘴，而麦桐则趁机一低眉一侧身，迫不及待地从我身边如逃跑的泥鳅一般挤了出去。

此后我再也没有与麦桐单独交流过。本来是有机会的，但麦桐没有配合，白白浪费了。我敏感地察觉到，她不想和我交流。整个下午，她都像一只热锅上的褐蚂蚁，焦躁不安。

连带我也焦躁不安起来。

我隐隐约约觉得，在离我不远的地方，有什么重要的事情正在发生，而我却捉摸不透是什么。我一次又一次地透过窗户往外眺望，黛绿色的远山在围墙之外绵延起伏，仿佛是永恒的存在。此时此刻，只有它能给予我足够的慰藉。

恍恍惚惚中，大厨教官大腹便便地走上讲台，环视教室，待所有人都知趣地安静下来，这才宣布："各位同学，因为出现了新的疫情，经大老板批准，学校将从现在开始放假。"

这突如其来的消息让教室先窒息了片刻，旋即爆发出一阵山呼海啸般的欢呼。

大厨教官拿手掌猛拍讲台，扯着沙哑的嗓门吼道："什么时候复学，等候学校的通知。收拾好你们的东西，教室里的，宿舍里的，什么都不要留下。回家后可不是让你们玩的，接着背诵《封城经》。还有，新的班规，也要背诵……回来后我要一个一个地检查背诵情况！"

男生们已经迫不及待地冲出了教室，我混在其中，第一个回了女生宿舍，胡乱拿了几样东西，然后拼了命似的往家里赶。

唐瞎子正一步一挪地走过黄葛树。我从她身边跑过，她推了推眼镜框，喊道："珂儿！"

我回以真心实意的三个字："放假啦！"

"放假？"

"疫情，暴发疫情啦！"

"什么疫情？啊……"

对呀！可大厨教官没有说！我愣了愣神，又使劲儿甩头，一连串话语宛如弹珠一般滚落出来："管他什么疫情！反正放假啦！不用去学校读书啦！"

说话间，我已经跑进18号楼，又噔噔噔上了台阶，到了二楼走廊，高喊："放假啦放假啦！"接着我猛地推开房门，却见一屋子人，黑压压的，都回首望着我。

疯人院的所有人，除了唐瞎子，都在我家里，整整齐齐的。包括我爸爸。这是一件咄咄怪事。我爸爸这个时间应该在上班。他是疯人院里唯一准点上班的人。十多年来，雷打不动。此时此刻，他怎么会在家里?

“怎么啦?疯人院里开大会吗?”我问，试图打破目前的尴尬。

爸爸处于人群中间，隔着宋伯和小明哥望向我。“放假?”他问道，面沉似铁，“因为疫情吗?看来，事情比我们想象的要严重。”

“肯定的。”刘婶说，“狩猎队、生产队、巡逻队、清洁队，都有人患病。有传言，已经死了好几个了。”

我心底“咯噔”一声响，一股热流自后背涌起。“是那个……流帕瘟疫吗?”我问，声音微微颤抖。这怪不得我。从小到大，关于流帕瘟疫的故事我听过不计其数。对流帕瘟疫的恐惧是刻在我内心深处的。

赵叔说他感染过流帕病毒。总是发烧，高烧不退，吃什么药都退不下来。喉咙痛得厉害，就像几千年没有喝过水，然而不管怎么喝水都不能缓解症状。呼吸急促，仿佛空气只在喉管里打转，根本没有进入肺里。同时伴随着间歇性的咳嗽，剧烈得宛如把肺都咳进了空气里。头晕、头痛持续不断，就像直接把酒精灌进了脑壳里，然后用三五根铁棍在脑浆子里搅啊搅。你会恨不得用筷子把耳朵眼戳穿，让脑浆子溅射出来，只要这样能止住那无边的疼痛。不只是头痛，全身的每一块肌肉都痛，无法遏制，轻轻的触碰或者挪动，也会带来被汽车碾压的感觉。“而这些，只是流帕瘟疫的初期症状。”赵叔最后说，“好些人连初期都没有熬过，就死了。”

此时，没人回答我的问题。我的喉咙仿佛被无形的手掐住了，空气凝滞起来。“赵叔?”我艰难地喊道。

赵叔看看我爸爸，又看看宋伯，说：“不，不是，不是你说的那个。”

平时是个话痨的赵叔竟然不敢说出那四个字，也太不可思议了。我还要追问，爸爸已经接过话头，说：“不是流帕瘟疫，我怀疑是白鼻子综合征。”

“什么白鼻子?那是什么?”

爸爸说：“一种名叫毁灭地丝霉菌的真菌引起的感染。”

“什么意思？”爸爸这句话的每一个字我都听得懂，但合起来是什么意思，我就不知道了。我能感受到的，是那一个陌生名词带来的森森寒意。

“你们快过来！”身后突然传来唐睦子的声音，“阿凯，阿凯病啦！”

我们这一群人立刻蜂拥向阿凯的房间。

阿凯躺在床上，面色蜡黄。唐睦子摸着他的额头，说：“发烧了。”

“阿凯？”我呼唤他的名字。

阿凯勉力睁开眼睛，瞅了我一眼，又闭上了眼睛。“头疼，疼死我了。”他的呼吸声异常沉重，好像喉咙里塞满了黏稠的泥巴。

“是那个吗？”书生秦问，声音颤得比我厉害。

“对。”唐睦子说，“不用怀疑，就是流帕瘟疫。”

“怎么可能？刚才不是说是什么白鼻子综合征吗？”

“阿凯是从黄泥塝外边来的……”

我霍地明白了什么。“阿凯！”我扑向阿凯，却被小明哥一把抓住。“别去！”他吼道，“危险！”我拼命挣扎，可小明哥的手劲儿很大。“放她过去。”爸爸说，“没事的，没事的。”

就在这时，外边传来一个熟悉的声音：“里边的人听着！”

我所在的位置正好靠近窗户。透过窗户，我俯身下望，看见狩猎队穿着制服，戴着精致的面具，手里拿着长枪、短棍和弓箭，排着整齐的队伍，立在黄葛树下。

谷一洲用他破锣一般的嗓子喊道：“里边的人听着，交出翼族，立刻交出翼族！否则，杀无赦！”

13

谷一洲谷队长命人向疯人院发射了三支弩箭，18号楼就集体投降了。

“我不要死在这里。”唐瞎子第一个高举双手走了出去。

“你们说，她是真瞎吗?”赵叔咂咂嘴，“选择性瞎而已。”

小明哥说：“我还想多活几年。我可挡不住弩箭。”

在赵叔和小明哥磨叽的时候，书生秦捂着腮帮子，一言不发，紧跟着唐瞎子出去投降了。他对谷一洲说：“事不关己，关我屁事。”

宋伯冷哼一声，和刘婶一起下了楼。刘婶破天荒地没有咒骂。

我看看爸爸，又看看床上躺着的阿凯，目光焦灼。是我把他带进黄泥塝的，我要为他的现状负责：“我们……”爸爸挥手打断了我的话，说：“我们这里没有治疗流帕瘟疫的药物。”

我瞄了一眼插在窗棂上的那一支弩箭，跟着爸爸下楼，来到黄葛树下。与此同时，四名狩猎队队员抬着一副担架上了楼。“你们注意点儿，”我冲他们喊，“阿凯得病了！那个病!”然后我才意识到自己不该瞎喊的。

宋伯正气呼呼地对谷一洲说：“我要见大老板。”

“绑起来。”谷一洲没有搭理他，而是下了新的命令，“统统绑起来。”

过来几名狩猎队队员，拿出缠在腰间的麻绳，不由分说地把疯人院的几个人绑了起来。刘婶终于没有忍住，发出一连串高亢而尖厉的咒骂，书生秦则引用了《封城经》里边的几句话来讽刺狩猎队，但都没能阻止狩猎队的行动。宋伯反复强调“要面见大老板，我是他哥哥”，也没能使他免于被捆绑的待遇。

爸爸伸出双手，默默接受了捆绑。这使我对他的鄙夷又暗中增加了几分。当一名狩猎队队员拿着麻绳走向我时，我大声呼喊谷一洲的名字，并且威胁要把他偷鸡摸狗的事情全讲出来。这位今天才接替麦兆辉成为狩猎队队长的教官终于不耐烦了：“小孩子就算了。还在犹豫什么！进入下一步。赶紧的。”他朝着18号楼指了指，说话的腔调和在学校时一样。

抓住我胳膊的那名队员骂骂咧咧地松开了手，转身跑向18号楼。

同时跑过去的，还有八名队员。他们手里各举着一根木棍，木棍顶端缠着布条，空气中飘起一股刺鼻的油味。我知道这是火把，晚上走夜路用的。但问题是，现在只是黄昏，还没有天黑……

这时，阿凯被四名队员用担架抬下楼。我的注意力集中到担架上，阿凯被捂得严严实实的，我担心他不能正常呼吸。等我把注意力转向谷一洲，想要提醒他时，却见谷一洲高举左手，如大刀一般砍下。这动作我无比熟悉，每次班上安排了什么事情，比如把教室清洁做三遍，他就会做这个动作，以示决心。那么现在谷一洲是安排了什么事情？

18号楼那边，狩猎队队员高擎着的九根火把燃了起来，晚风一吹，在昏暗的光线里，火焰鬼魅一般摇曳不定。

“你们要干啥子？”书生秦龇着一口烂牙吼道。

谷一洲再一次高举左手，如大刀一般砍下。九名队员齐齐挥动胳膊，将火把扔进了疯人院。

我惊得瞠目结舌，甚至忘了喊叫，眼睁睁地看着那些火把点燃了各个房间。窗户冒出滚滚浓烟，冲向暗淡的灰蓝色天空。火焰啪啪作响，从一楼蹿到二楼，然后是三楼，整个疯人院变成了一根大号的火把，把黄泥塝这一带照得分外明亮。

空气中充塞着刺鼻的气味。我看见疯人们都沉默不语，火光映照在他们苍老的脸上，把他们脸上的每一道皱纹、每一个斑点、岁月留下的每一道痕迹都照得一清二楚。他们死一般沉默。在他们的沉默中，他们——还有我——住了多年的疯人院在越来越猛烈的火焰里战栗着，坍塌着，消融着。

“好了，传染源消灭了。”谷一洲说，火光在他脸上跳跃，映照出他眉眼间掩饰不住的欣喜，“接下来该你们了。”

要烧我们？我不由得瞪大了眼睛。

谷一洲慢悠悠地说：“隔离。”

狩猎队把我们送回了学校——不久前我才刚离开的地方。好吧，在学校放假后，他们已经把宿舍楼改造为疫病隔离区。小明哥指出，隔离区的改造很不合格，这里不对，那里也不对，根本起不到隔离的效果。赵叔耸了耸肩："疯人院都没了，你还想怎样？有住处就不错了。"

两人一组，他们被送进了宿舍。轮到我和爸爸时，我对谷一洲说："我要……我要照顾阿凯！就是那个生病的翼族！流帕瘟疫！他需要照顾，我不照顾，就是你们的人来照顾。"

"你不怕？"

"不怕。要传染早就传染上了。"

谷一洲踌躇了片刻，估计确实是找不到队员来照顾阿凯，于是点头同意了我的要求。我快步离开，假装没有看见爸爸焦灼、内疚又失望的眼神。他没有出声或者出手阻拦，我倒是一点儿也不奇怪。但如果爸爸反对，我要怎么对他说呢？

阿凯被单独隔离在一间六人宿舍。我进宿舍后，他对我的到来感到意外，我也没有解释什么。事实上，我并不知道要如何照顾一个病人，尤其是一个流帕瘟疫的患者。只是和他待在一起，我感觉安心而已。

晚饭比预期的时间晚，我已经饿得不行了。阿凯的精神头比先前好多了，于是从床上坐起来一边吃一边闲聊。

"阿凯，你对黄泥塝有什么印象？"

"说真话吗？"

"这不废话吗？我要想听假话为啥要问你？"

"时光在这里停住了脚步，岁月在这里拨转了马头。一切就此沉寂。"

"说人话！说我听得懂的人话！"

"风景确实不错，但拐一个弯，就能闻到令人难堪的异味。所有房子都破烂不堪，好像随时都会倒塌一样。你们这衣服，能叫衣服吗？叫布条还差不多。还有这饭菜，数量不多，还特别难吃。"

"瞎说！"

"还有你们的武器，弩箭居然就是最厉害的远程武器。笑死我了。”

我把眼睛瞪得溜圆：“照样能把你射死！”

“不信就算了。”

看着阿凯一本正经的样子，我知道他说的不是假话。“阿凯，你都出来好几天了，你就不怕你妈担心？”我心里不舒服，故意问。赵叔管我这种专戳人心窝子的说法叫“哪壶不开提哪壶”。

阿凯吸了吸鼻子：“我就是要她担心。”

“真的吗？你们母子关系听上去很差呀。”

“也不完全是啦！《桃花源记》读过吗？”

“没有。”

“一篇古文，说一个渔夫发现一个与世隔绝的地方，那里‘土地平旷，屋舍俨然’‘阡陌交通，鸡犬相闻’‘黄发垂髫，并怡然自乐’。听了云巅之城的传说，我一直以为云巅之城就是这样的地方。”

“来了这里之后，是不是有点儿失望啊？”

阿凯闭了闭眼睛：“说实话，不是有点儿失望，而是非常失望。”

我没有想出反驳阿凯的话来，于是调整话题：“你的那个黄泥塝又如何？说来听听。”

“别的先不说，先说我妈炒的小白菜，那可是有盐有味，好看又好吃。比这个不知道好吃多少倍。你去我家，我一定让我妈给你炒几个拿手的灵魂菜。我妈常说，炒菜不用心，炒出来的菜是没有灵魂的。”

“我爸说，不把菜吃完，对不起菜为此献出的生命。哈，有异曲同工之妙。对了，一直听你说你妈，你爸呢？”

“我爸呀，几年前出了事故……”

说到这里，阿凯开始剧烈咳嗽。我伸手，温柔地摸摸他的额头，不像前几次那样冷了。“不怕。”我说，“我生病的时候，我爸都会带我跑几圈，身体发热，病就好了。你的身体已经热起来了。”

阿凯勉力挤出一个笑容：“我累了，想睡了。”他躺回床上，很快睡着了。我把剩下的饭菜吃完，又把碗筷交还给门外的狩猎队队员，回头看看熟睡中的阿凯，期望他明早起来病就好了，然后才爬到另一张床上，和衣睡下。梦里有熊熊燃烧的大火，还有爸爸焦灼、内疚而又失望的眼神。谷一洲的声音在烈焰中回荡："烧，烧死他们！"我浑身灼痛，却没有醒来，只是翻了一个身，继续做梦。

我被一阵嘈杂至极的争吵声惊醒。我起身，轻轻将房门推开一条缝隙。外边走廊上密密麻麻站了两队人马。一边是戴着红袖章的狩猎队，一边是戴着蓝袖章的巡逻队。两队人马正在互相咒骂，不过用词极其低级，几句短语来回重复，和刘婶变着花样的骂法相比，相形见绌。

巡逻队队长蔡焕晶分开人群，走到两队人马的中间。他竖起一根食指，朝身后晃了晃，巡逻队队员立刻住了嘴。"我的人已经停了。"蔡焕晶挑衅地说，"你们也该停了。"

狩猎队队长谷一洲叫了好几声，才让狩猎队队员安静下来。

"您越权了，谷教官，不对，现在应该叫您谷大队长。您瞧我这狗记性，都忘了今天是谷教官就任狩猎队大队长的第二天。"蔡焕晶说，"恭喜谷大队长，贺喜谷大队长，新官上任第一天就烧了一把大火，烧得那个旺啊，大半个黄泥塝都看见了。然而，我不得不提醒谷大队长，围墙以内的事情，归巡逻队管。围墙以外的，才是您的管辖范围。在这方面，我的记性好着呢。懂？"

谷一洲说："我奉冯总监的命令抓捕并隔离疯人院一干人等。"

蔡焕晶说："您还是没有懂啊！围墙以内的黄泥塝，归我管。围墙以外的广阔世界，归您管。"

"那是冯总监的命令……"

蔡焕晶抢道："我收到情报，东南方向有不明势力在活动，怀疑是翼族。为了黄泥塝家人们的安全，大老板命令狩猎队全体出动，前往东南方向100公里处，查明真相。懂？"

"为什么大老板不直接下命令给我？"

"你是不相信我，还是不相信大老板？"

谷一洲明显犹豫了片刻："那这里……"

“这里交给巡逻队。”

“行。我们走。”谷一洲带头离开，其余狩猎队队员稍稍迟疑了一下，也跟着走了。

在此之前，我就听说过狩猎队与巡逻队不和的传闻，但并没有意识到他们的对立已经严重到可以毫无顾忌地展示给所有人看的地步。

目送狩猎队离开，蔡焕晶似乎松了一口气。“带他们进来。”他命令道。在猜出“他们”是谁之前，我已经看到了他们鱼贯而入。长长的队伍，有五十多人，男女老少，都没有戴面具。同时看到这么多人的面孔暴露在空气之中，我还真有点儿不习惯。不用医生诊断，我也知道，他们都是病人，脚步蹒跚，神情萎靡，仿佛风一吹就会倒下，碎成一摊烂泥。他们鼻梁和鼻子周围密布着白色斑点，有的像梨花，有的像梅花，朵朵触目惊心。

最叫我震撼的是，麦桐也无力地走在病人的队列之中。

14

“麦桐！”我推开房门，不管不顾地冲向麦桐。

“别过来！”麦桐喊，声音里带着哭腔，“我生病了！”

“我不怕！”

“会传染给你的！”

一名巡逻队队员过来拦我。我扒住那人拦我的胳膊就要咬，身后传来爸爸的声音：“姜珂！”我已经咬下去了。那人疼得尖叫一声，使劲儿一推，把我推倒在地。“小疯子！”他吼道，“再咬就把你的牙全敲下来！”

爸爸过来，把我从地板上拉起来，又勒住我的胳膊，不让我去踢那人。“去叫蔡焕晶过来。”爸爸说，“就说我找他，有很重要的事情要告诉他。”

麦桐已经随着病人队列消失在拐角处。她幽怨的眼神泛着红光，显然刚刚哭过。我扒开爸爸的手，气鼓鼓地走到一边，不理他。

蔡焕晶一边安排手下做事，一边踱步到了跟前，他很有礼貌地说：“姜博士，找我有何吩咐？”

“我不是博士，没有博士学位。”

“您的学识和成就，早就超过博士了。”蔡焕晶说，“没有你，就没有黄泥塝现在的一切。”

爸爸露出一丝苦笑，继而说道：“蔡队长，你也是从流帕瘟疫过来的人，应该知道这种形式的隔离不但完全没有效果，反而容易造成新的感染。”

蔡焕晶说：“我对传染病没有研究。”

“这些人患的是白鼻子综合征，由毁灭地丝霉菌引起的感染。”爸爸耐心地解释，“像这样，把白鼻子病患聚在一起，不分病情轻重，不但病患之间会二次感染，就连你们巡逻队也会被感染。我担心……”

“讲到这里我不得不打断您，”蔡焕晶说，“当初注射神农针剂的时候，您不是保证过，我们再也不会得任何病了吗？”

神农针剂？这词语好陌生，我不由得竖起了耳朵。

“是大老板保证的，不是我。”我爸爸纠正道，“而且那也不是神农针剂。”

“大老板保证，跟您保证，有什么区别吗？”

“我不会那样说的。那样说，夸大了药效，与事实严重不符。”爸爸顿了顿，“那种针剂提升的是免疫力，对病毒和细菌有效，对真菌引起的感染却是无效的。面具也没有用。这些布做的面具，反复清洗过，根本挡不住传染病。”

“那怎么办？”蔡焕晶明显紧张起来，伸手摸了摸面具。

爸爸说：“蔡队长，你现在要做的，应该是把病患按照病情的轻重，分成若干组，互相隔离，然后再说治疗的事情。”

这时，一名巡逻队队员跑过来。“队长，队长，那边出事儿了，大事。您赶紧过去!”他气喘吁吁地喊。

蔡焕晶对我爸爸点点头。“着什么急!”他对那名队员说,“没有礼貌的家伙。”然后离开了。

我拿手指指着爸爸:“姜云福,你过来,我有话问你。”不高兴的时候,我就会叫爸爸的名字。我转身回屋,没有顺手把门关上。阿凯还在睡觉,面色潮红,呼吸很乱。

爸爸进了屋,我面向他,靠坐在床上。“说吧,神农针剂是怎么一回事。”我开门见山地说,“不管黄泥塝以外是翼族,还是黄泥塝以内是蝠人,都和某种针剂有关,是不是就是这个针剂?”

爸爸沉默着,跟我每一次询问时一样。“告诉我,姜云福。你不说,我永远不知道真相是什么。”我忍不住喊着。

“翼族和蝠人,两个传说,都和一个叫作蝙蝠博士的邪恶科学家有关。这位科学家发明了一种针剂,把人变成了蝙蝠,使这部分人在流帕瘟疫的狂潮中存活下来,却也因此被其他人排斥。”爸爸顿了一下,“我就是传说中的那个蝙蝠博士。”

什么?我差点儿叫出声,但到底忍住了。如果我叫出声,爸爸会因认为我无法接受这样的真相而拒绝讲出全部的故事。“跟蝙蝠有关吗?”我用提问来掩饰惊讶。

“蝙蝠最大的特点是什么?”爸爸自问自答,“是会飞。”

蝙蝠是唯一会飞的哺乳动物。为了能飞,蝙蝠的全身上下都进行了适应性演化。飞行的能量消耗是非常大的,这使得蝙蝠的体温高于哺乳动物的平均水平。从人类的角度看,蝙蝠一直在发烧。在这种情况下,寄生在蝙蝠身上的各种病毒无法正常生活与繁衍,也就无法对蝙蝠的细胞和器官造成破坏,因此,蝙蝠身上即使携带很多病毒,病毒也不会使蝙蝠生病。

“这个道理你懂吗?”

“嗯,懂。”

“当然,体温升高,只是蝙蝠为了飞行的适应性演化之一,不是全部。它的免疫系统还有很多与众不同的地方。所谓拉姆达针剂,其实是受了蝙蝠的启示，把人的免疫系统加以升级改造，进而实现携带病毒而不发病的目的。”

“改造的只是免疫系统，不是人的全部？”

“对，只是免疫系统。”

基因驱动技术在当时已经是非常成熟的技术了，最难的其实是伦理方面的问题。因为涉及对人体的改造，基因驱动技术的应用研究一直被限制得死死的。然而，流帕瘟疫来袭，社会秩序一夜之间土崩瓦解，所有可能的解决方案，不管曾经多么激进甚至荒谬，这个时候都被允许讨论和研究。

“实际上，在流帕瘟疫暴发之前，我就在做类似的研究，只是因为我所在的医院不看好拉姆达针剂的市场前景，所以进展极其缓慢。”这家医院位于黄泥塝，就以黄泥塝的名字命名，是一家全国性医药集团的分支机构，类似的分支机构在全国有数百家。医院有附属研究所，名字取得高大上，对外的广告宣传也很厉害，其实就是招募了一些医学名人来装点门面，平时抄抄论文，上上论坛，发明一些高深莫测的新词来糊弄媒体和病人，最高成就就是仿制别人发明的新药……“本科毕业后，我慕名去了黄泥塝医院基因与遗传应用研究所，目睹了这一切——扯远了。”爸爸说，“回到流帕瘟疫。”

随着传播范围在全世界的扩大，感染人数的增多，流帕病毒变异的次数也越来越多，进而在不同地区演化出不同版本的变异毒株。按照惯例，科学家们用希腊字母给这些变异毒株命名，从阿尔法到德尔塔再到拉姆达，接着从西格玛再到欧米伽。很快，24个希腊字母都不够用了，新一代变异毒株继续登场，于是又在希腊字母后边加上了罗马数字：贝塔Ⅰ、艾普西隆Ⅱ、卡帕Ⅲ、奥密克戎Ⅳ……

爸爸扳着手指数流帕病毒变异毒株名字的情景，缓慢而沉重，因为每一个名字背后，都代表着数以千万计的非正常死亡。他叹息着继续说：“每一种变异毒株都有自己的特点：有的加强了传染性，有的强化了毒性，有的隐蔽性得到了增强，有的出现了显著的抗药性，有的毒性虽然下降了却能突破刚刚研制出来的流帕疫苗的防御，使患者很容易染上别的传染病……

“基因驱动技术对流帕病毒的一种变异株——拉姆达——进行了彻底的改造。与原始株相比，拉姆达的传染力强了几百倍，毒性却弱了几百倍。改造后的拉姆达进入人体后，能迅速分裂繁殖，占领免疫系统的每一个细胞，然后按照我事先的设定，对每一个细胞进行改造，最终使这个人的免疫系统整个变得和蝙蝠的类似，从而和蝙蝠一样，即使身上携带了流帕病毒，或者别的病毒，也不会发病。

“必须承认，正是流帕瘟疫的反复流行，促使拉姆达针剂研发成功。可以说，没有流帕病毒，就没有拉姆达针剂。当然，也跟大老板对我的全力支持有关。在听我分析了研究前景后，大老板决定赌上研究所的全部人力与物力，研究拉姆达针剂。所幸，我最终研发成功了。”

然而，一期实验刚刚做完，数据还在处理中，流帕瘟疫又来了，局势变得分外危险。大老板决定，不等二期、更不要说三期了，立刻给全院的医护人员注射拉姆达针剂。“在我得知以前，大老板就已经给自己注射了。”爸爸说。

“真勇敢。”

“也许吧。但也可能是他被流帕瘟疫吓住了。”

大老板向来作风强悍，要求全院上下，令行禁止。他容不下一丝一毫的反对声音。有了大老板的以身作则，拉姆达针剂在全院的注射异常顺利，其结果也是异常明显。在不知道是第几次的流帕瘟疫大流行中，黄泥塝医院是唯一安全的岛屿。无数人蜂拥而来，倾家荡产也要注射拉姆达针剂。大老板可高兴了，把拉姆达针剂改名叫神农针剂，下令医院附属的针剂生产线24小时不停歇地制造，但还是不能满足越来越多的注射需求。“为什么如此急迫呢？人家真金白银地投进来，可不是为了慈善，而是为了增值，为了利润。这是资本最底层的逻辑。”

“这话是赵叔说的吧。”我插话道，“他总是这么一针见血。”

爸爸没有否认，接着往下讲：新的问题很快出现。因为没有做完二期、三期实验，拉姆达针剂是不完备的，包括剂量在内的各种指标都没有优化，因此注射拉姆达针剂的副作用频频发生。同时，关于拉姆达针剂最恶毒的传言也在这个时候开始泛滥成灾。

我说："注射拉姆达针剂会变成蝙蝠。"

"对。很多人并不具备基本的生物学与医学常识，对这种半真半假的传言毫无抵抗力。不管我怎么解释，他们就是无法理解，拉姆达针剂不是蝙蝠针剂，注射拉姆达针剂不会变成蝙蝠。传言反而越来越离奇，其中一种说法是，正是我把蝙蝠身上的流帕病毒投放到人群之中，制造了这一场流帕瘟疫。"爸爸深吸了一口气，继续说，"我为什么要这么做呢？因为瘟疫发生后，我再发明出蝙蝠针剂——我真是无比讨厌这个词语——就能拯救世界，实现我成为救世主的夙愿。他们发现我读初中的时候，写过一篇文章，说我的人生理想是'挽狂澜于既倒，扶大厦之将倾'。至少，我可以发一笔横财。他们又说，我小时候家里很穷，穷怕了，所以拼命读书想要摆脱原生家庭的影响，所以内心深处铭刻着对于金钱的无限渴望，所以不择手段谋取财富哪怕是牺牲全人类也在所不惜。我可……"

15

我爸爸骂了一句粗话。我很少听爸爸说粗话。爸爸说了粗话，只能说明，除了用粗话，他已经没有别的方式来表达自己的愤怒了。时隔二十年，我依然能感觉到爸爸对那种说法的愤怒，还有深入骨髓的无可奈何。

"他们给我取了很多侮辱性极强的绰号。最普通的一个是称我为'蝙蝠博士'，丝毫不在乎我并没有博士学历。他们还编造了很多我没有说过的话，没有做过的事。在他们嘴里，我成了十恶不赦的罪人，是要被钉在历史的耻辱柱上，生生世世受诅咒与唾骂的那种大罪。对此，我感到非常奇怪。你赵叔说，这是因为在流帕瘟疫的强大压力下，他们需要一个具体而微的仇恨对象。他们拿肉眼看不见的流帕病毒没有办法，然而对一个声名鹊起的年轻科学家造谣生事，却可以宣泄他们无边的恐惧。”

“班上的同学也给我取了不少绰号。”我说，“我不在乎。我不在乎他们就伤害不了我。”

爸爸伸手摸摸我的额头：“确实是这样。”

谣言在流传，怒火在聚集。终于有一天，在一些中坚分子的鼓动下，他们冲进了黄泥塝医院，进行了一番肆无忌惮的打砸抢。不少医护人员受了伤，导致医院的正常工作无法进行。听闻还有更大的冲击在后边，大老板做出了一个艰难的决定：逃离黄泥塝医院。

“我们出发了，医护人员加上一部分愿意跟我们走的病人，数千人，扶老携幼，拖家带口，队伍浩浩荡荡。中途有人离开，也有人半道加入。我们走啊走，不知道往哪里走，也不知道还要走多久，盲目，混乱，没有目标，没有计划，最后终于走到了这里。这里原本是一所医科大学，流帕瘟疫中，学生都回了家，整个大学被废弃了，只有几个保安还在坚守岗位。”

“原来这里是所大学啊！”我灵机一动，“爸爸，是你带大家过来的?”

“嗯，我就是在这里读的大学本科，也确实是我把大家带到这里来的。我们说服了保安，放我们进去。一番观察后，大老板决定不再逃难，就在这里定居。我们都疲了，倦了，也提不出新的建议来，就都同意了。”

医科大学刚刚进行了大规模扩建，把周围的一大片山地都囊括进来，面积比之前增加了三分之二。然而，还没有来得及招生，流帕瘟疫就来了。这所医科大学里有住处，有各种完善的设施，又在山顶，有高高的围墙，几乎算得上是与世隔绝，是这乱世之中非常理想的避难之地。大老板把这里命名为“黄泥塝”，说是做人不能忘本，不能忘记来的地方。“……最初这里有六七百人，后来又陆续有人加入进来，总人数增加到接近三千人。这已经是黄泥塝所能承载的人口极限了。在大老板的指挥下，黄泥塝进行了全面的改造，围墙加高了，大门加固了，颁布了第一版《封城经》，先后组建了巡逻队与狩猎队，还有生产队，制定了积分制度。”爸爸最后说道，“又经过数十年的时间，黄泥塝最终变成了今天的样子。”

往事滔滔，超出了我的人生阅历。我咂摸着爸爸的话：“我是在黄泥塝出生的？”

“《封城经》颁布不久，我遇到了你妈妈。后来，就有了你。”

一如既往，爸爸不愿意谈妈妈的事情。他的这两句话跟不说没有区别。我看着爸爸低垂的脸，转而问道：“疯人院的几位都是黄泥塝医院的吧？”

“对。”

“你们都注射过拉姆达针剂？”

“对。”

“我呢？我注射了吗？”

“注射了的。第一代拉姆达针剂还不具有遗传性，新生的孩子必须注射拉姆达针剂，对自身的免疫系统进行全方位的改造，才能具有对病毒的广泛性适应。”爸爸说，“正是在你要不要注射拉姆达针剂的问题上，我与你妈妈产生了巨大的分歧。她坚决反对，而我认为你必须注射，多次冲突之后，她选择了离开。”

“理由呢？妈妈反对我注射拉姆达针剂的理由是什么？她应该也注射了的吧？”

“你妈妈也注射了。”爸爸陷入了沉思，“她说，注射了拉姆达针剂后，她总是感觉身体起了她不能理解的变化。她感觉自己的身体变成了另外一个人，就像原生的灵魂迁移到炙热而陌生的身体里。她把这称为‘异化’。她无法接受，整天惶恐不安，生活得极其痛苦。她不想你小小年纪就经历这些。”

我心中一痛，宛如被利刃穿透：妈妈是爱我的。“爸爸，你的理由呢？”我问，“为什么坚持要为我注射拉姆达针剂？”

“黄泥塝的每一个人，都注射了拉姆达针剂，每一个人也都是大量病毒携带者，除了流帕病毒，还可能有马尔堡病毒、埃博拉病毒、亨德拉病毒、汉坦病毒、拉沙病毒、狂犬病毒……每一种都能使你在极端痛苦中死去。黄泥塝里边并没有完善的医疗体系，生了病是得不到救治的。你想象这样一幅场景：你行走在人群里，你接触到的每一个人，都是移动的病毒库，就你不是——你觉得，凭你原始的免疫系统，能够活到现在？”

“不能。”我几乎打了一个寒噤。爸爸也是爱我的。能够明确这一点，我还是很高兴的。但还是有疑惑困扰着我。“爸爸，注射拉姆达针剂真的不会变成蝙蝠吗？”我再一次问。

“你为什么操心这个？”爸爸说，“惧怕变成蝙蝠？”

“倒不是怕，变成蝙蝠，长上翅膀，能飞上天去，就是……蝙蝠太丑了。真的，太丑了。要是变成同样会飞的天鹅，那我一百个愿意。”

“蝙蝠是个大家族，其中也有按照人类的审美来说，非常漂亮的种类。”爸爸似乎意识到这样说有什么不对，赶紧打住。

“全黄泥塝的人都注射了拉姆达针剂？”

“对。”

“那我们就是阿凯说的蝠人？”

“注射拉姆达针剂的副作用肯定有，并且因为个体差异，副作用的症状与程度也各不相同，但肯定不会变成蝙蝠。”

“比如说，特别容易饿？”

“对。蝙蝠要维持高于一般哺乳动物的体温，其代价就是新陈代谢的速度和效率也高。而且，要飞，太肥也不行……”

“你在说肥天鹅吗？”我说，“还有，明明是我们注射了拉姆达针剂，为什么我们说外边的人才是注射了针剂的翼族？”

“这个事情说起来很复杂。”

爸爸一边回忆一边回答：“当时，几千人刚刚进入黄泥塝，根本就没有秩序可言。除了原来医院的，还有很多其他地方的，人员构成非常复杂，谁也不服谁。物资稀缺，常常为一丁点儿东西大打出手。不能出去，关在这个狭小的世界里，整天无所事事，多余的时间和精力无处消耗，于是拉帮结派，逗猫惹狗，打架斗殴。再加上各种流帕瘟疫后遗症……原有秩序土崩瓦解，一个由陌生人组成的新秩序尚未建立。大老板说，必须行动起来，否则，黄泥塝迟早毁灭。”

我插嘴道：“所以有了《封城经》。我知道，《封城经》是疯人院里的这几位集体创作的。”

“你怎么知道？”

“宋伯、赵叔他们告诉我的。”

爸爸点点头：“巡逻队和狩猎队，还有生产队，也是在那个时候建立起来的。同时，关于外边的人类已经变成翼族的说法，也悄悄流行起来。不知道是谁第一个这样说的。反正，这个说法先是暗地里传，你说我说，然后在公众场合集体讨论，并最终进入了《封城经》，成为唯一的版本。这是一件我至今没有想明白的事情。拉姆达针剂注射进了每一个黄泥塝人的血管里，他们怎么就能忘记这个事实，空口白牙说是黄泥塝以外的人注射了拉姆达针剂，并且变成了可怕的翼族？他们不但这样说，还这样信了。我怎么解释，怎么反对，都没有用，反而被从上到下，集体排挤，被迫住进了疯人院。”

“你就是在疯人院遇见我妈妈的？”

“嗯。当时你妈妈刚刚进入黄泥塝，感染了流帕病毒，是我给她注射的拉姆达针剂。我怀疑你妈妈的那种感受，也是拉姆达针剂的副作用之一。但无论如何，第一代拉姆达针剂不会让人变成蝙蝠。”爸爸自顾自地说，“相信我，珂儿，不用担心这个。我现在担心的是他。”

爸爸转向阿凯。我看着阿凯，有些忧心地说：“爸爸，能给阿凯注射拉姆达针剂吗？你刚才说过，我们这些在黄泥塝出生的孩子，也注射了拉姆达针剂。”

“其实当我得知阿凯是从外边来的之后，我就想给他注射拉姆达针剂。”爸爸说，“但我犹豫了。我不知道他会在这里待多久，他发病的速度也比我预想的快。最重要的是，他的族人会如何看待他注射了拉姆达针剂这件事。很有可能，他再也回不去了。”

“回不去就回不去。”

“不要替别人做决定。”爸爸呵斥道，“刚才蔡队长说，东南方向有不明势力在活动，我怀疑那是阿凯的家人或族人。阿凯离家出走好几天了，他的家人一定在到处找他。阿凯的事情处理不好，会引发黄泥塝里边与外边的激烈冲突。”

激烈冲突？这事是我没有想到的。不过爸爸说得对，“不要替别人做决定”，我就非常讨厌别人替我做决定。书生秦说过，马儿不喝水，强按头；水仙不开花，强扭下。“这样吧，”我说，“等阿凯醒了，我问他愿不愿意。他愿意就给他注射拉姆达针剂，然后跑两圈，病就好了。我想，他一定是愿意的。他要不愿意，我也会说服他。”

“你这孩子……”爸爸摇摇头。

“还有麦桐那边，她患的什么什么征……”

“白鼻子综合征。”

“到底是什么病啊？能治好吗？”

“我怀疑是毁灭地丝霉菌引发的感染，但是不是真的，需要研究之后才能得出结论。”爸爸审慎地说，“吃了早饭我就去研究大楼。”

研究大楼是爸爸工作的地方，我听他说过，位于黄泥塝西北角。每天他都会去研究大楼上班，雷打不动。但不知道为什么，我竟然从来没有想过爸爸每天到研究大楼去干什么。想一想，其实也很简单，黄泥塝新出生的小孩都需要注射拉姆达针剂，而二十年前制造的拉姆达针剂，不可能一直使用，只能是新造出来。这也能解释为什么黄泥塝人都对我爸爸尊重有加，即使在他们叫他“老疯子”的时候。诶，准确地说，我除外。“爸爸真厉害！”我说，冲爸爸竖起大拇指。

爸爸笑了笑：“怎么还没有送早饭来？我饿了。”

“我也饿了。”

“我出去叫巡逻队早点儿把饭送过来。巡逻队不如狩猎队靠谱啊。”说着，爸爸走出房间。

我摸摸阿凯的额头，好烫。他嘴里发出一连串模糊不清的声音，像是无意识的梦话，又像是不受控制的呻吟。他翻了一个身，我以为他醒来了，却只是换了一个姿势，继续睡觉。想到刚才爸爸说的话，我并不特别担心。然而，麦桐那边……我蹑手蹑脚走到窗户边，打开它，翻了出去。

16

宿舍窗外是斜坡上的小花园，没有巡逻队看守。我一边琢磨麦桐可能在哪里，一边从篱笆的缝隙挤了出去。这篱笆由不知名的灌木修剪而成，比我还高。密实的枝叶刮擦着我的前胸和后背，令我很不舒服。但我心下一横，不管不顾，强行突破了篱笆的阻碍，却迎头撞上了什么。

“嗨，小疯子，往哪里跑?”是一名精瘦的巡逻队队员。

“要你管!”

“去找麦桐吧?”他笑眯眯的眼神里隐藏着什么，尖尖的下巴仿佛锥子，“告诉你一个小秘密，你的朋友麦桐干了一件坏事。”

“什么坏事?”

“麦桐向蔡队长告发了疯人院，说疯人院里藏了一个翼族!”

“这不可能！你骗我!”

“我骗你干吗。”尖下巴保持着脸上的微笑，只是眼窝更深了。

阿凯的事我告诉过麦桐。然而——

与我非常向往黄泥塝外面的世界截然不同，麦桐对围墙以外的世界充满恐惧。她不止一次地告诉过我，那道高高的围墙之外堆满了可怕的病毒，只要走出围墙，那山一般高的病毒就会倾倒下来，流沙似的将她彻底掩埋。哪怕是围墙出现一道缝隙，那些“一听名字就不是什么好东西”的病毒也会随风进入，在她脸上、身上恶狠一般狠狠地咬上一口，连皮带肉咬去一大块。

换言之，仅仅因为这害怕——她一直都是胆小鬼——麦桐去举报是完全可能的。可是——

“你干吗要告诉我这个秘密？”

“好玩呗。”尖下巴的笑容愈发诡异，“还去找麦桐吗？”

“要你管！”我再次甩出这句话，气鼓鼓地走出小花园，转到通往宿舍楼大门的甬道上，然后从大门大大方方地走了进去。

大门前站着四名手持短棍的巡逻队员，面露疑惑，拦住了我。“这里是隔离区，闲人禁止出入。”其中一个四方脸拿腔拿调地说。

“我不是闲人。我就住里边。我是从里边跑出来的，浑身都是病毒。现在我想回去，你们拦我，是不是想染上流帕瘟疫啊？”

四个人齐齐露出惊骇的表情，四方脸故作镇静：“嘿，你这家伙，嚣张啥！当心我一棍子敲死你！”

我赌气地说：“你敲啊，我把脑袋搁这儿，随便你敲！敲出脑浆子来能喷你一身！”

“嘿，你这家伙……”

这时，从大门里边传来一个声音：“姜珂，姜珂，别跑了！可算找到你了，赶紧回去，回屋里去，你爸急死了。快、快、快。愣着干吗，放她进来！她是姜博士的女儿！”

我在四个人的围观中施施然地走进了宿舍大门。

刚才替我说话的也是巡逻队的，看袖章，至少是个小队长。他冲我露出讨好的神情，我不理会他，自顾自地走向先前住的六人宿舍。

还没有进门，我就嚷嚷上了：“气死我了。是麦桐，是麦桐出卖了阿凯。我恨死她了。”爸爸站在宿舍中间，奇怪地看着我，手里端着餐盘，餐盘里是早餐。我毫不犹豫地抢过来一杯水，一口气咕咚咕咚全喝下，然后把杯子重重搁回餐盘，又顺势抹去嘴角的水渍。“我恨死她了。”

“怎么啦？”

我转向阿凯，睡梦中的阿凯面色潮红，身体微微颤抖。“我把阿凯的事情告诉过麦桐，谁知道她却举报了。我真蠢。麦桐连哥哥都能举报，我怎么能相信她呢？”

爸爸说：“麦桐没有举报麦兆辉，不要随意捏造别人没有做过的事情，更不要随意给人扣帽子。”

我拿起餐盘里的馒头，一边狠狠地咬一边恨恨地说：“她非常害怕外边的翼族，而阿凯是黄泥塝外边来的，是翼族，在她看来，是非常危险的，然后就跑到蔡焕晶那儿举报了。”

“可是来疯人院抓人的，是狩猎队。”

“有区别吗？”

“有区别，而且区别很大。”爸爸说，“你想想，巡逻队今天早上才来接管这里，可以说是姗姗来迟，为什么？”

“是因为巡逻队速度太慢！”

“也可能是因为狩猎队另有消息来源。”

我愣住了：进黄泥塝后，阿凯可没有老老实实地藏在疯人院里，他出去到处跑的时间不算少，很可能早就被别人发现了，然而……那个精瘦的巡逻队队员为什么撒谎呢？

“是麦桐告诉你她举报了阿凯的？”

“不是。是我出去时遇到的一个巡逻队队员说的。”说这话的时候，我脑子里浮现出尖下巴诡异的笑容。

“麦桐什么时候举报的？”

“他没说……”电光石火之间，我忽然从尖下巴诡异的笑容里读出了隐藏极深的“促狭”而不是“捉弄”两个字。他没有撒谎，麦桐确实向巡逻队举报了，但狩猎队先从冯总监那里得到了命令；他之所以告诉我这个秘密，纯粹是因为恶作剧，看两个朋友决裂，他很高兴。这黄泥塝里就没有一个好人……我一边思虑，一边把手里的馒头吃完，又拿来第二个。“你怎么不吃？”不等爸爸回答，我继续说，“等我吃饱了，我得去质问麦桐，为什么出卖朋友。”

“阿凯是你的朋友，不是麦桐的。麦桐根本不认识阿凯。你知道吗，珂儿?”爸爸迟疑着，还是把那句话说了出来，“你刚才的神情，真的很像你妈妈。”

“少拿我妈来忽悠我。我是我，她是她。”啃完两个馒头，我又口渴了，东看看西看看，到处找水喝，嘴上却没有闲着，“不过，麦桐的事情先放一边。现在最重要的事情是把阿凯叫醒，他要吃早饭，我还有问题想问他。阿凯，阿凯。郑少凯!”

阿凯勉力睁开了重重的眼皮，茫茫然望了我一眼，瞳孔不受控制地收缩几下，似乎受不了照进宿舍的强光，又似乎想不起我是谁来。他焦灼地思索着，却没有得到任何答案，空洞的眼神让我看了很不舒服。他的呼吸骤然急促起来，平躺的胸腹部剧烈地耸动，一次又一次，手脚以奇怪的姿势扭曲着。

“他这是怎么啦?”

“进第二阶段了，好快。”爸爸说着，上前一手摁住阿凯的下巴。

“你干什么呢?”

“阻止他咬伤自己的舌头，他发癫痫了。你也来，摁住他的脚，不要让他从床上掉下来。”

我挤到爸爸身边，依言摁住阿凯的脚脖子。他无意识地抽动着，脚脖子冰冷而僵硬，像扭动的石头一般想要从我的手掌中逃开。我不由得使上了更大的劲儿。

爸爸抬头告诉我，随着流帕病毒在神经系统安营扎寨，超量繁殖，病情愈发严重，就会进入第二阶段。患者开始嗜睡，急性呼吸窘迫，罹患非典型性肺炎，大脑意识出现明显混乱，时间感和空间感都出现问题，听不懂话，无法配合医护人员进行治疗。

“然后呢?”我焦灼的目光盯在阿凯身上。

爸爸说，如果得不到有效治疗，病情很快会进入第三阶段，也就是最后一个阶段。患者会发生严重的脑炎和癫痫，癫痫的发作频率越来越高，程度越来越深，进而在24至48小时内陷入深度昏迷，直至脑部严重损毁，先于身体其他器官死亡。很多疾病大抵是身体的其他部位先死亡，大脑最后死亡。所以，医学上把脑死亡作为死亡的鉴定标准，但流帕瘟疫恰好相反。

阿凯的身体停止了抽搐，眼睛缓缓闭上，嘴里模模糊糊地嘀咕着什么，可能是妈妈，也可能是别的什么，旋即陷入昏睡。

爸爸松开摁住阿凯的手："我不是搞临床的，只是见他们这么做过。唐姐才是这方面的行家。"

我也松开了手："唐瞎子以前是做什么的？"

"她是传染科的护士长。"

"刘婶呢？"

"前台接待。脾气好的时候世界第一温柔，脾气差的时候宇宙第一暴躁。"

"阿凯现在怎么样呢？"

"暂时缓过劲儿了。"

"病毒真可怕。从昨天到今天，阿凯看上去完全是两个人。"

"这是因为流帕病毒具有嗜气管、支气管向性及嗜膜间质和外膜向性，而且具有嗜内皮向性和嗜神经细胞性，进入人体后，会先后造成循环系统、呼吸系统和神经系统的全方位损毁。"

"说人话。"我翻着白眼说，爸爸说了一大堆名词，我就记住了一个，"什么叫嗜神经细胞性？"

"嗜是喜欢、擅长的意思。嗜神经细胞性，是说流帕病毒具有专门攻击神经系统的特性。"爸爸饶有兴致地解释说。大脑本身有一套保护自己的机制，叫作"血脑屏障"，简单地说，就是对进出大脑的血液有单独的特别严格的免疫机制，能把一般的病毒和细菌阻挡在大脑之外。但流帕病毒偏偏是能透过"血脑屏障"进入大脑的少数病毒之一。因为"血脑屏障"的存在，一般的药物又很难通过传统的注射方式经由血管的运输进入大脑，这就使得流帕瘟疫的治疗特别困难。

说实话，爸爸说的这些，我也只是明白了一部分。但听爸爸滔滔不绝地说这些，我觉得是一种享受，他也应该有同样的感受。从昨晚到今天，爸爸对我说的话，比之前一年的还多呢。

“流帕瘟疫的死亡率极高，从40%到75%不等，具体数据取决于当地的检测与医疗救助能力。在某些偏远的地方，流帕瘟疫的死亡率高达90%，十个病人九个会死，极少数地方，死亡率达到了100%，没有一个患者能够活下来。”爸爸说，“麻烦的是，侥幸存活的病人，约20%会留下神经性后遗症，包括持续惊厥和人格改变。在超过15%的患者身上观察到持续的神经功能障碍，还有少数人康复后又会罹患迟发性脑炎，再受一次苦。”

“疯人院的疯人们是不是都得过流帕瘟疫，后来被你的拉姆达针剂治好了？”

爸爸点头：“他们所谓的疯，都是双重的，既是生理上的，也是心理上的。”

“这黄泥塝里就没一个正常人。阿凯治好后是不是也会疯啊？不管了，爸爸，赶紧给阿凯注射拉姆达针剂！”

爸爸盯着我的眼神很奇怪，就像我鼻子上开了一朵花：“你生病了。”

我不由得悚然：“没有啊。”

“你刚才挠了好几次鼻子，又挠了好几次后背。”

“没有。”我猛地收回正在挠后背的手，“可能是因为秋天皮肤干燥……”

爸爸肯定地说：“你感染了毁灭地丝霉菌。”

17

也不知道是因为对未知疾病的恐惧，还是因为爸爸说出那几个字的淡定态度，我突然间火冒三丈：“感染了又怎么样？最多就是死！谁不会死！让我去死好啦！”

“我不是那个意思。”

“那你是什么意思？”

爸爸一下子呆住了，满眼的惶惑："当年你妈也是这样说的。"

我虚张了嘴，却没有发出声音。当年我妈也是这样说的？冥冥之中，某种无形但有质的锁链，穿过辽远而寂静的时空，发出清脆的金属撞击声，将我和从未谋面的妈妈联系了起来。当年我妈也是这样说的……

"砰砰砰"，隔壁传来猛烈的敲门声。爸爸宛如受惊的天鹅一般昂起头："出什么事了？"在我望向宿舍门时，已经有一名巡逻队队员探首进来，嗷嗷叫着："戒严了，戒严了，赶紧回自己的房间去。"语气之激烈，前所未有，我猜一定是出了什么事，而且是大事。爸爸重复了刚才的问题，那队员鼓起死鱼一样的眼睛，狠狠地骂出了一连串低俗无比的脏话。在这一连串脏话中，夹杂了几个我熟悉的词语，前后连起来，我霍地明白了死鱼眼要表达的意思：唐瞎子死了！小明哥也死了！麻烦大了！

"蔡焕晶呢？我要见他。"爸爸说着，急匆匆地往宿舍外边走，又回头对我说，"在这儿待着，哪儿也别去。阿凯需要你。"

爸爸急匆匆地离去，把我和阿凯留在学生宿舍里。死鱼眼随手"砰"地关上宿舍的门，把我和阿凯与世界隔绝。阿凯在昏睡中抽搐了两下，脸色愈加难看。我呼唤他的名字，他没有醒来。流帕病毒正在他体内肆无忌惮地攻城略地。他的身体，变成了某种柔软的皮囊，其中盛放的生命力，宛如圣洁的水，正以肉眼可见的高速流失。原本年轻的他变得枯槁、干瘪、陌生，并因此而异常可怕。

我狠狠地用右手挠了挠左手后背，挠得皮肤泛出一道道暗红色的痕迹，仿佛春天里生产队翻过的梯田。一种莫名的恨意在我心里犹如春草一般滋生，一边把细密的根向内深深扎进心底，一边让密实的茎叶向外生长，牢牢地占据从心到肺到喉管再到舌头的全部器官……这种恨意我并不陌生，甚至异常熟悉。这是对姜云福的恨……他就不该在这个时候离开我！

阿凯突然哼哼唧唧起来。一时之间我以为他癫痫又要发作，手足无措，他却已经翻身坐起来，拿袖口抹去嘴角的涎水，对我露齿一笑："饿！我好饿！"

知道饿是好事情。宿舍门被反锁了。我猛力敲门，唤来一名络腮胡巡逻队队员。经过小队长的允许，络腮胡送来了阿凯的早餐，我又趁机打听疯人院几个人的消息，他隔着门啰啰唆唆地讲出了他知道的一切。

天亮后，宋伯强烈要求见自己的弟弟，但遭到了巡逻队的粗暴拒绝。几个疯人跟巡逻队发生了肢体冲突，推推搡搡中，唐瞎子的眼镜框掉到地上，被人踩碎，她顿时发了疯一般咬起人来。一名队员用力一推，将她推下了石阶。她滚落十级石阶，当场死去。小明哥愤怒至极，向着巡逻队猛扑过去，却被一名队员一棍子敲在后脑勺上，倒地后口吐鲜血而死，连遗言都没有一句。

"怪只怪宋伯，仗着自己是大老板的哥哥，就不顾巡逻队的颜面，强行往外闯。他也不想想，十多年了，他在疯人院里住着，大老板有没有去看过他！"络腮胡不解地说，"小明哥也很奇怪，平日里见他和和气气的，跟唐瞎子关系也不算特别好，为什么唐瞎子一死，他就真的疯了呢？结果把自己的命也搭了进去。"

对于络腮胡的疑问，我也没有答案；唐瞎子和小明哥就这么死了，"死"又是怎么一回事呢？"还有几个人呢？"我追问道，"现在怎么样呢？"

络腮胡说："他们被巡逻队控制住了，在等候大老板发落。"

"会怎么处理他们？"

"不知道。"络腮胡说，"可能和麦兆辉一样，也可能大老板会顾念和宋伯的兄弟之情，放他一马。"

"和麦兆辉一样？那就是处死……"

络腮胡不置可否地哼哼两声。

"谷一洲呢？"

"他呀，出去了，带着他的狩猎队，去找翼族了。"络腮胡转身离开，"真找到了，还不知道是谁死呢。"

显然这话有隐藏的意思，我正在琢磨，外面传来小队长的声音：

“瞎说什么呢？吃饱了没事儿干吗？”络腮胡叫我把阿凯的餐盘递给他，其他的事情不肯再说，我的琢磨却没有停下来。打我记事以来，巡逻队队长一直是蔡焕晶，而狩猎队队长至少换了四个，其中三个死于外出狩猎，一个被处死。狩猎队冒着生命危险外出猎取、收集黄泥塝所需的各种物资，这不是瞎说的。同时，狩猎队猎取、收集的物资归巡逻队管理，包括贮藏和分配，尤其是分配。我听过不少的故事，其中的猫腻多着呢。所以，一直以来都有“狩猎队得了名誉，而巡逻队得了实惠”的说法在黄泥塝流传。谷一洲接手狩猎队的时间不过一天，这是他第一次带队出去，照蔡焕晶的说法，还是去搜寻“翼族”，要是出什么事情回不来，不也是很正常的事情吗？

“阿珂。”

“什么？”

我沉迷于自己的琢磨之中，几乎忘了阿凯的存在。

“我想洗澡。”他解释说，“出了一身汗，臭死了。”

“你没事儿了？”我伸手摸摸郑少凯的额头，黏黏的，有温度，不像先前那样冷了。

“没事儿了。”他说，声音还透着疲倦。

这又是一件咄咄怪事，刚刚他还在生死线上徘徊呢。虽然不知道什么原因，但他好起来总归是一件好事。我指了指厕所的方向。“喏，那里可以洗澡。”我说，“其实我也想洗。你先洗，我再洗。别想歪了。”

阿凯带着歉意地浅浅微笑，洗澡去了，留下我继续琢磨。我不无惊讶地发现我挺喜欢琢磨。事实上，琢磨出这些弯弯绕里面的门道，也不是什么难事。难道我天生就适合干这个？

一整天，爸爸都没有再现身。爸爸去哪儿了呢？我不想琢磨这个问题。洗过澡，皮肤瘙痒的麻烦似乎解决了。看来，爸爸说我感染的结论是错误的。我得当面质问他，为什么吓唬我。可他消失了。爸爸去哪儿了呢？

午饭和晚饭都是由络腮胡送来的。除了饭菜，他不肯再跟我说别的话。生命力又回到了阿凯身上，虽然还是被深深的疲倦感困扰，但至少能正常说话，而不是如同死人一般长时间昏睡不醒。阿凯给我讲了他那个黄泥塝的很多趣闻：到长江边去散步，看叔叔网鱼，江面辽阔，江风浩荡，令人飘飘欲仙；跟着妈妈去一个叫观音桥的地方买东西，那里既没有观音，也没有桥；过重阳节的时候，一家人聚在一起热热闹闹地吃火锅……都是我没有见识过的新奇玩意儿。什么叫网鱼？什么叫买东西？什么叫吃火锅？我不停地发问，同时用我有限的想象填补阿凯捉襟见肘的回答。我对火锅的兴趣最大。但我想象不出桌子中间有一口锅，锅里辣椒、花椒和牛油翻滚的样子，想象不出桌边数十种蔬菜和肉类等着被丢进锅里煮的情形，想象不出一家几口围坐在锅边、在蒸腾的热气之中言笑晏晏其乐融融的画面。

“等到了春天，我带你去放风筝，”阿凯忽然握住我的手，神采飞扬地说，“我会做大大的鲤鱼风筝。”

“我不会。”

“我教你啊！”阿凯又说，“现在是秋天，我带你去……”

我没有抽回手，任由他握着。我看着他清晰的轮廓与漆黑的眼睛，不肯移开。这是一种奇妙的感受，我未曾体验过。好久之后我才意识到，自己脸上一直保持着那种叫作“微笑”的表情。

我无意中提到了谷一洲的去向。阿凯怀疑所谓东南方向的“翼族”，是他叔叔带队上山来找他，然而给小队长讲了他也只表示会报告给蔡队长。“蔡队长忙着呢。”他说。言下之意是没时间或者没心情管这些鸡毛蒜皮的事情。

天色向晚。我趴在窗台上看夕阳的余晖被浓黑的云吞噬。巡逻队在窗台外侧钉了几根木条，防止我们翻窗逃跑。那几根讨厌的木条把远山和天空切割成几大块，害我看不到落日的全貌。但天确实是不可阻挡地黑下来了。

“砰砰砰”，又是敲门声。“戴上面具，出来！”巡逻队不容置疑的命令声此起彼伏。小队长一进来，就命人把我和阿凯绑起来。我拼命挣扎，还差点儿咬到一名队员的胳膊，可惜还是被他们摁住，双臂朝后反绑了起来。我语无伦次地大骂。“我是在保护你。”小队长凑近我的耳朵说，“姜博士救过我。”说完他拿一团布塞住了我的嘴，又给我戴上一张黑色的面具。

络腮胡负责押送我。他也戴上了巡逻队专用面具。我们一起出了宿舍楼，四处都有人擎着火把走动。我很快判断出，不管从哪个方向来，所有人都走向了学校的大操场。

远远的，隔着一座小山，已经能听见操场上齐声诵读的《封城经》。前面人头攒动，只有脚步声在暗夜里嚓嚓作响。还没有到操场的人自觉加入了《封城经》的诵读之中。《封城经》的诵读声如浪涛一般来回荡漾，令我也忍不住跟着哼哼。在火把照射下，我看见了彭浩翔爸爸带领的生产队，也看见了张舒雅妈妈带领的清洁队。在另外一条山脊上，在巡逻队的护卫下，一队白鼻子综合征患者鱼贯而行。我在其中找到了麦桐低垂的身影。这个时候他们就不怕传染了吗？我不禁疑惑。

沿着石阶往下，拐了一个弯，我们来到操场正对着主席台的位置，站好。阿凯在我身边，看上去紧张又兴奋。操场上站满了人，根据各自的归属站成了方阵。大厨教官在教官队伍里，正兴高采烈地诵读着《封城经》。我怀疑黄泥塝的所有人都到了操场。麦桐他们在操场附近的斜坡上站成整齐的方阵。这似乎是一个人齐了的信号。主席台前方的六堆篝火被点燃，熊熊的火焰冲上半空，把大半个操场照得热烈又灿烂。我站在人群里东张西望，看着他们继续诵读《封城经》，想想《封城经》混乱不堪的来历，觉得十分荒谬，十分可笑。

18

光影晃动中，主席台上传来一阵锣响，宛如按下了停止键，全场诵读《封城经》的声音戛然而止。一个人离开簇拥着她的人群，在篝火的映照下走上了主席台。她站定，站在了主席台的中央，摘下了精致的红色面具，露出精致的小脸。

“黄泥塝的家人们，我一再强调过，现在是一个特殊的困难时期。越是困难时期，越是要相信《封城经》的力量，要相信狩猎队与巡逻队维护黄泥塝秩序的决心。”

冯总监的声音经由广播系统扩大，传到在场每一个人的耳朵里。她的语气渐重，任何一个人都能感受到其中的怒气。“好戏开始了。”小队长对我低声耳语，和络腮胡等队员一起，将我和阿凯推搡着送到了主席台下。

“我亲爱的家人们，黄泥塝的所有家人，我也一再强调过，我特别不能容忍对《封城经》的亵渎。世上的认知有很多很多。有正知正见，有错知错见。要坚持正知正见，摒弃错知错见。凡是《封城经》没有记载的，凡是与《封城经》相抵触的，凡是违背《封城经》的，皆为错知错见。”冯总监特意顿了一下，扫视四周，就像千年女王扫视她的国土一般，“《封城经》上说，翼族曾经是人类的一员，但他们在流帕瘟疫中，选择了背叛，变成了恐怖至极的蝙蝠。”

《封城经》里其实没有这种说法，但冯总监一提到翼族，我的心就怦怦乱跳。一种不祥的预感在我心底生成。我想高呼“不是这样的，事情不是这样的”，但嘴被堵着，舌头乱动几下，却只发出一连串无意义的呜呜声。

“翼族是我们不共戴天的死敌，他们面目丑陋，他们散播病毒，他们带来瘟疫和死亡。”冯总监继续说，“我们用围墙把他们隔绝在外边，围墙保护了我们。然而，就在几天前，一个翼族，一只蝙蝠，进到了黄泥塝，来到了我们身边。他就在那里！”

此话一出，犹如在平静的湖面上丢下一块山一样大的石头，顿时掀起滔天巨浪。络腮胡面露狠意，一把扯掉了阿凯的面具。阿凯的脸没有一丝血色，在摇曳的篝火里显得那样苍白而惶恐。

“这张陌生的脸，你们可曾见过？他是来自黄泥塝外的翼族！”

冯总监移动手臂，又指向远处山坡麦桐他们所在的方向，“那边那群人，全都是被他感染的。”

阿凯也意识到了危险，奋力挣扎，却被络腮胡狠狠踢了两脚。

我也又惊又怒。小队长摁住了我的肩膀，狠狠地给了我两耳光。“老实点儿，”他低吼道，“要怪就怪你把这个祸害带进了黄泥塝。”

我脸上火辣辣地疼，仿佛篝火直接烧到了我脸上。但小队长的耳光让我从躁动中冷静下来。这是一种奇怪的冷静，不是因为内疚，不是因为害怕，也不是因为想出了拯救阿凯的办法，而是一种无能为力时淡然接受的、更接近于冷漠的安静。

我才15岁，我能有什么办法扭转眼下正在上演的惨剧呢？

“我们要怎么处理他？”总监自问自答，说出了我预感到的那三个字，“绞死他！”

没有人领头，操场上数千人爆发出此起彼伏的吼叫：“绞死他！绞死他！绞死他！”

篝火燃起的时候，我就注意到了主席台左前方那个奇怪的架子。现在，所有人的目光都集中在那里。火光映照下，我分辨出那是一个我在图画书上见过的绞刑台，很有可能下午才刚搭好。五名总监的保镖走上绞刑台，负手而立，摆出了刽子手的架势。

络腮胡把阿凯推向绞刑台。阿凯如同被丢上岸的鱼，狠命抗拒，可毫无办法。一名刽子手过来协助络腮胡，三下两下把阿凯拖上绞刑台。在挣扎中，阿凯吐出了嘴里的布团，嗷嗷乱叫，然而无济于事。一根绳索套到他脖子上，刽子手在他背后用力一推，他像只扎手扎脚的猴子，滑落到绞刑台下。空气中还残留着他的叫声，但他的脖颈已经断裂，他的手脚已经不再动弹。

夜风吹过，他的衣袂翻飞，然而他的身体，并没有像他说的风筝那样迎风而起，直上苍茫的夜空。

我想，此时的他比我的心还要冷。

“黄泥塝的家人们，可怕的翼族已经接受了惩治，死亡是他们唯一的归宿。”冯总监继续说，“但是，在这个翼族进入黄泥塝后，有一伙人不但不报告，反而收留了他，庇护了他。你们说，要如何惩治这些黄泥塝的叛徒?”

起初操场一片寂静，数千人谁都不言不语，只有夜风呼呼，火把猎猎，篝火熊熊。冯总监身后的一名干事率先发话：“杀，杀了他们!”然后这话就像最烈性的传染病一般，迅速传染开来。几十个人、几百个人、几千个人，越来越多的人，齐声呐喊：“杀，杀了他们!”

冯总监满意地扫视着下方。不知道为什么，我感觉她望到了我。时间很短，但她的视线确实在我脸上停留了。她扬了扬手，等呐喊声停息，她大声说道：“传大老板口谕，宋世雄、赵天明、刘霞、秦关四人亵渎《封城经》，容留翼族，证据确凿，罪无可恕，着即刻处以绞刑，以儆效尤。”

主席台的另一边，人群自动分出一条路，四个疯人被巡逻队押着，出现在众人的视野里。

宋伯是第一个。看上去宋伯还气定神闲，走上绞刑台就像走向疯人院外的黄葛树。当刽子手把绳索套到他脖子上时，他闭上了眼睛。自始至终，他没有说一句话。我唯一听见的，是他从绞刑台上跌落、随风送来的颈骨拉断的声音。

刘婶是第二个。她的绰号叫“好人”，指的是她热衷于把她喜欢的东西以“为你好”的名义强行推销给你。然而，论起骂人的功夫来，刘婶说第二，没有人敢说是第一。她颤颤巍巍地走上绞刑台。隔着那么远的距离，我也能看到她双腿一直在哆嗦。刽子手把绳索套到她脖子上，再一把将她推出绞刑台。在半空中，她只来得及骂了三句脏话，就不再动弹。

“千里黄云白日曛，李白乘舟将欲行。”书生秦一边吟诗一边走上绞刑台。“劝君更尽一杯酒，与尔同销万古愁。”这些诗句我没有学过，但听起来有种气势磅礴的感觉。赵叔老说书生秦的脑子被酒精烧坏了，神经全部短路，说话颠三倒四是常有的事。有一次书生秦说“林黛玉倒拔垂杨柳，关云长三打白骨精”，即使以我有限的知识我也知道他在胡说八道，就问他："白骨精是谁？关云长为什么要打她？"但书生秦只是哈哈大笑，也不解释。当绳索套到他的脖子上时，书生秦狂放地念道："三杯通大道，万物任虚舟。"他望向半空，嘴唇咧开，露出一口糟烂的牙齿："要是能再来一杯，那该多好啊！可惜了啊。"不等刽子手推，他自己跳下了绞刑台。

第四个是赵叔。他被刽子手推着，走上绞刑台，脚步有些趔趄。他抬头看着风中的绳索，又看看挂在半空中的三具尸体，抽吸两下，咂咂嘴，却没有说什么。疯人院中的几个疯人，属赵叔跟我最亲，我的疯言疯语，一多半都是跟他学的。那他此刻会说些什么？我想不出来。也许会想起麦兆辉被处死后，他说过的那段话？杀人也要有仪式感。简简单单地杀掉，没有价值——也不是没有价值，只是说，价值少了很多。当时我问他为什么要当众处死麦兆辉，他这样回答，难得的认真。有仪式感地杀掉，杀掉的不仅仅是违反规定的那一个人，最为关键的是，可以警醒还活着的人——你现在是活着，但随时可能被绑上，送到绞刑架上处死。生或死，只有一根绳子的距离，绳子的这头是你的脖子，绳子的另一头——他郑重地朝黄葛树上方的天空指了指——由上面控制着。

半空里又传来一声颈骨断裂的声音。断裂的，仿佛是我的颈骨。我深深地埋下头，呼吸急促，不忍再看。

"遇事反求诸己。出了任何事，先从自身找原因。"冯总监说，"这几个人用生命作为代价，告诉了我们一个事实：《封城经》神圣不可侵犯，任何怀疑都是对《封城经》的亵渎。黄泥塝的家人们，请牢牢记住这个事实。"

数千人站立的操场寂静无声，仿佛空无一人。

六堆熊熊燃烧的篝火猛烈地舔着空气，发出毕毕剥剥的声音。

我奋力昂起头，于光影流转中，看见众人千篇一律的畏惧神情，看见绞刑台上悬挂着的四个疯人和一个少年的尸体在夜风中微微晃动。

"庙小妖风大。"书生秦说，"蜗角争输赢。"

头草都已经长了很高了。我们不知道，但这个女人知道。冯总监，是你说，还是我说？我看还是我来揭开黄泥塝有史以来最大的秘密吧。

“我很久没有见到大老板了。每一次觐见，都被总监大人阻拦。所有的命令，都由总监大人发出。我很奇怪，但没敢多想。几天前，狩猎队队长麦兆辉狩猎归来，说是有重大发现，必须面见大老板。后面的事情大家都知道，麦兆辉被绞死了，冯总监下的令，罪名是亵渎《封城经》。但这根本不可能。

“麦兆辉是多么崇高的英雄啊！对黄泥塝和大老板的忠诚是有目共睹的。怎么可能亵渎《封城经》呢？我更加疑惑，就暗地里进行调查。最初的结果是麦兆辉与冯总监发生了肢体冲突。我还是不信，不信麦兆辉有这么愚蠢。我要知道真相。在抹去了肢体冲突这个有人故意安排的假消息后，我终于查出一个惊人的事实：麦兆辉在强行觐见大老板的过程中，发现大老板已经死了大半年了！

“从各个渠道汇总来的消息都告诉我一个事实：大老板已经去世。说实话，当时的我比你们现在震惊多了。经过反复确认，我终于晓得在今年春天，大老板患上了一种神秘的传染病。他年纪已经不小了，患病之后又没有得到及时的治疗，所以，很快就全身溃烂而死，死的时候身上没有一块完整的地方，太惨了。听到这个消息时，我的那个心啊疼得跟拿小刀扎似的。然而，这个狠心的女人出于不可告人的目的，派两个干事将大老板秘密埋葬，又处死了这两个干事。随后，她继续以大老板的名义，发号施令，统管黄泥塝，俨然武则天再世。冯钰汐冯大人，我可有说错一句话？”

大老板我只远远地见过几次，印象中是一个秃顶的胖子。黄泥塝人都很瘦，所以看见胖子是一件稀罕事。那几次他都是到学校视察，挺着肚子，迈着重步，被教官们孩童一般的笑脸包围着，而学生们站成整齐的方阵，严肃地高呼口号，其情形与此时此刻的操场如出一辙。

“亲爱的黄泥塝的家人们，我们最尊敬的大老板确实已经去世。

之所以向家人们隐瞒这个消息，是为了家人们好。”冯总监缓缓说道，语气一如既往地平静。我隐约觉得，这种平静里夹杂着不安，内里却是洞悉一切的心理。“家人们，我知道你们尊敬大老板，爱戴大老板，我怕你们知道大老板去世的消息，受不了。黄泥塝不能没有大老板。大老板对于黄泥塝的重要性不需要我多讲，大家都懂。大老板一旦没了，群龙无首的黄泥塝就将陷入无边的混乱之中。我一个女流之辈，能怎么办？大老板临死的时候，握住我的手，要我替他把黄泥塝管好，不能让他一生的心血毁于一旦。我能怎么办？只好隐瞒大老板没了的消息，独自承担起护卫黄泥塝的所有工作。你们都知道，我有多爱大老板；我有多爱大老板，大老板的离去给我造成的痛苦就有多大。亲爱的黄泥塝的家人们，我忍受着常人无法忍受的巨大痛苦，为大家服务，如今却遭小人污蔑，说我居心叵测，说我大权独揽。我容易吗？”

冯总监的这一番话说得情真意切，对主席台下的听众造成了不小的冲击。我甚至看见人群中有开始抹眼泪的。我必须承认，其中也有几句话打动了我，如果不是布团堵住了我的嘴，我很可能会哽咽几声。

“讲得不错，以情动人，比我会讲多了。讲真的，我都差点儿掉眼泪。”蔡焕晶的反击不可谓不及时，“如果不是你一边口口声声讲着黄泥塝的家人们，一边却毫不留情地处死了这几位黄泥塝的元老，黄泥塝创建之前，他们就和大老板在一起工作。他们还是《封城经》的作者。而你，为什么急吼吼地要把他们还有我处死呢？”

“他们容留了翼族，给黄泥塝带来了万分的危险，不该死吗？”冯总监不客气地说，“你去问问山坡上那些病人，问他们想不想要那些疯人死。要是我，我会毫不犹豫地回答：他们该死，该死一万次！”

“你撒谎了。你这个撒谎成性的家伙。”蔡焕晶抓住机会，并且为自己能抓住机会而略显兴奋，“山坡上的那些病人，得的根本不是流帕瘟疫。你撒谎了。今天我才从姜云福博士那里得知，这种疾病叫作白鼻子综合征，是一种由什么真菌引起的传染病。名字太长，我没有记住。姜博士，叫什么来着？”

姜云福勉为其难地回答：“毁灭地丝霉菌。”

“谢谢姜博士。毁灭地丝霉菌，一听名字就不是什么好东西。这种病……算了，我说不清楚。”蔡焕晶挠挠后脑勺，“还是让姜博士来说吧，说这个，他是权威，在场的没有人比他更懂。”

姜云福向前挪了半步，站定之后，身体左右摇晃。我知道这是他紧张的表现。正如他所说，他不擅长在众人面前演讲。那是一种他不具备的本事。每一次迫不得已的演讲，他都必须克服发自内心的恐惧。他清了清干涩的嗓子，眼睛迷惘地望向前方的虚空，声音如风中的蜻蜓翅膀一样微微颤抖。“大家好，我是姜云福，拉姆达针剂的发明人。”他说，“你们暗地里叫我蝙蝠博士。那边山坡上的病人，根据我对他们的观察，我怀疑他们患的是白鼻子综合征，这是一种由毁灭地丝霉菌引发的真菌感染。”

讲到这里的时候，我明显感觉到姜云福的演讲恐惧消失了，他的身体依然在不安地摇晃，但声音不再颤抖，一种难得的自信从字句中溢出来，因为现在所讲的，正是他所擅长的。按照蔡焕晶的说法，在这个领域，他是权威，他在里边，如鱼得水。

爸爸解释道：毁灭地丝霉菌以前只感染体温较低的蝙蝠，使蝙蝠患上白鼻子综合征。感染本身不会致命，但会引起难以抑制的瘙痒和局部的溃烂。所谓的白鼻子，其实就是鼻子部位的溃烂。蝙蝠冬眠时，会因为这瘙痒和溃烂而频繁醒来，无法入眠，并因此消耗过多的脂肪储备，于是在冬眠中活活饿死。即使熬到了来年春天，也会因为翅膀出现了溃烂，无法飞翔，无法外出捕食，只能在山洞里等死。

我听得极为认真。可怜的麦桐，她那么爱美，能接受一个鼻子溃烂的自己吗？

“说重点。”蔡焕晶流露出明显的不满，“现在不是长篇大论的时候。”

“让他说，他不把前因后果都说出来他心里不舒服。”冯总监嘲讽道，“你让他上台来不就是干这个的嘛。”

“患上白鼻子综合征的蝙蝠是饿死的，也是累死的。”姜云福继续说，“数以百万计的蝙蝠死于毁灭地丝霉菌的感染，有的族群甚至整个都消失了。对人来说，即使在流帕瘟疫暴发之前，医学体系最为发达与完善的时候，真菌感染也是难以治疗的，更何况蝙蝠并没有医学体系。它们只有它们独特的免疫系统。”

说到这里，姜云福深吸了一口气，但并没有停下来：“但在流帕瘟疫暴发之前，并没有人感染毁灭地丝霉菌的报道。而现在，毁灭地丝霉菌能感染人了，所以我有一个怀疑……不过，关于这一点，只是我的猜测，需要研究才能得出正确的结论。”

“你怀疑什么，姜博士？”我身边的小队长扯着嗓子喊。

在姜云福说话之前，我已经猜到了答案。“蝙蝠独特的免疫系统使它们能够携带大量致命的病毒而不发病，实现了与病毒的共存，然而同样的免疫系统，却挡不住真菌，甚至会使真菌感染更为容易。”姜云福说，“在注射了拉姆达针剂——大老板喜欢叫它神农针剂——之后，人的免疫系统变得跟蝙蝠一样，从而在流帕瘟疫中存活下来。但我万万没有想到，原本只感染蝙蝠的毁灭地丝霉菌也因此可以感染人了。”

现场再次出现了轻微的骚动，却保持了奇怪的安静。也许是因为很多人听了，却没有听懂。我想，关于拉姆达针剂，他们之中还有很多人不知道呢。

“这还不是最可怕的。”蔡焕晶说，“姜博士，大老板得的什么病？”

“综合各方面的消息，我认为大老板也是得的白鼻子综合征。”姜云福说，“他很可能是黄泥塝里患上此病的第一人。”

“也就是说，在那个刚刚被吊死的翼族少年进来之前，白鼻子就已经在黄泥塝悄悄流行大半年了。”蔡焕晶说，“我，还有在场的所有人，所有的黄泥塝人，可能都已经感染了毁灭地丝霉菌！”

他抬手奋力向旁边一指："而这一切都是因为这个人隐瞒了大老板的病情和死讯!"

20

冯总监这时异常冷静："蔡焕晶，你的这个指控太严重了。大家还记得在进黄泥塝之前，蔡焕晶是干什么的吗？不过是停车场收费的小保安。进了黄泥塝，当了二十多年碌碌无为的巡逻队队长，犯下无数人憎恶的错误。现在是想置我于死地，然后取代我，担任总监甚至是大老板吗？"

冯总监的反击极好。先是贬低蔡焕晶，唤起大家对他与巡逻队的反感。考虑到巡逻队在黄泥塝的名声，这是很容易的事情。然而最致命的是最后那个问题。倘若蔡焕晶说"是"，那么从他的动机出发，大家就会怀疑他所说的这一切的真实性。但蔡焕晶并没有上当，而是说："我想要的是真相。同时要求惩处造成这一切的人。"

"真相，好，我给你。"冯总监说，"亲爱的黄泥塝家人们，这一切都是因为姜云福，他要报复我。多年以前，我离开了他，他怀恨在心，今天终于找到了报复的机会。他说的，都是假话。"

周围传来一阵喘息。如同后脑勺上挨了一记足以致命的重锤，我眼前一黑，但努力站稳了脚跟，努力睁开眼睛去看主席台上的那个女人。这就是我妈？我妈长这个样子？我和她一起生活在黄泥塝，也见过好多次，但十几年里我竟然不知道？

"放开她，让她上来。"那个女人说。

蔡焕晶点了点头，小队长在我后背上拉拽了一下，捆住我的绳子一下子松开。我三下两下扔掉绳子，就像那是可怕的蛇，又从嘴里把布团胡乱扯出来，狠狠地扔到地上，还踩了两脚。我喘息几下，然后发出汽笛一般的长啸，把我心中郁积已久的无边的怒气和怨气，无边的恐惧与恨意，统统宣泄出来，直到喉咙生疼，肺里再无一丝空气。随即在万众瞩目之下，我走上了主席台，脚步趔趄，就像走在深深的流沙里。

“爸，是真的吗?”我问，“我妈不是叫王亦可吗?”

爸爸嘴角抽搐两下，缓缓地说：“她是你妈，珂儿。”

她说：“珂儿，过来。让妈妈好好看看你。你这个‘珂’字，就来自我的名字，我以前叫王亦可。王和可，加起来就是珂。珂儿，过来，让妈妈抱抱你。”

“别过去。”爸爸说。

她以前叫王亦可，离开我和爸爸改名叫冯钰汐，这种与过去一刀两断的态度，我还能说什么呢？但她是我妈呀……我站在爸爸和妈妈之间，彷徨无措。

“姜云福，你好狠心。”冯钰汐，或者说王亦可，这个自称是我妈的人说，“第一次见到你的时候，我以为你是拯救了我们的英雄。”

“我不是英雄，我说过很多次了。”

“我疯狂地爱上了你。”

姜云福显然没有在大庭广众之下讨论这种事情的心理准备。他张皇失措，踌躇不安，宛如一只被剥了皮的兔子。我看见他的眼角跳动着，嘴角抽搐着。“我现在知道，你爱的不是我，爱的是我那个所谓的英雄光环。”他有些结结巴巴地说。

“没错，你的英雄光环吸引了我，迷惑了我，让我迷失了自己。然而结婚后，尤其是珂儿出生后，我不无惊讶地发现，褪下英雄光环的你，优柔寡断，呆板无趣，没用而且自私。”

爸爸惊讶地反问：“我自私?”

妈妈的反驳来得迅速而有力：“不是吗？我生女儿的时候，你在哪里？你在研究大楼里鼓捣你那些破烂!”

这话在人群中激起的反应不亚于在白云湖里丢下一颗巨石。蔡焕晶双手抱在胸前，饶有兴致地看着这场颇为意外的“演出”。我则在姜云福和王亦可的脸上来回审视，迷惑不已。

“那不是因为珂儿的出生提前了吗?”姜云福尴尬地说。

“你就没有一点儿错？”

“我什么时候说我没有错呢！”

“……算了，说起来都是老皇历了。还纠结这些事情没有任何意思。当年都没有扯清楚，时过境迁，现在更不可能说明白。总之，那件事后，我认识了你的真面目，还找回了我自己。”

“然后就离开了我和珂儿，去跟随大老板，寻找你的幸福去了。”

“我有我的生活目标，不是你的影子。我错了吗？”

“你没错，没错。错的是我。我没有能够提供你想要的东西。”

在“反求诸己”这件事情上，爸爸显然做得更好。而且，他们这一番狗血的对话，也不是我想听的。“我只想知道一件事情，别的我都不想知道，”我插话道，“为什么要离开我？那个时候我还是个婴儿。”

“很难跟一个孩子说清楚。”王亦可看着我，眼里反射着篝火摇曳不定的光，“在进入黄泥塝以前，我感染了流帕瘟疫，已是晚期，没有任何救治，只能等死。我觉得我已经死了，姜云福用那个神农针剂救活的，是另外一个人，只是凑巧，那个人也叫王亦可。”

又是那一套——“等你长大了自然会知道”。“我已经不是孩子了。”我说。

“我知道，你15岁了，是个大人了。”王亦可说，“那天早上，你在白云湖边追天鹅，我看见你的身影，有种难以言表的熟悉感，就叫你过来问话，然后就知道你是我的女儿了。你不知道我当时是多么震惊，又是多么难过。我多想拥你入怀，多想抱你痛哭。你不知道我是多么想你啊，珂儿。”

“我不知道。”

“我的女儿，妈妈当年离开你，也是迫不得已。你会原谅妈妈的，是吗？珂儿，从现在开始，我会好好疼你，爱你，把欠你的都补上……”

我的心皱成一团乱麻，各种滋味在其中乱窜，酸甜苦辣咸，没个定准。爸爸叹息一声，喊道：“亦可。”其中饱含的深情谁都听得出来。一旁的蔡焕晶立刻着急起来。“一直以来，那个女人都在利用你，姜云福，你还不明白？”他说，“当年她利用你，把你当跳板，一下子跳到了大老板那里，你不要忘了。”

此话一出，我立刻醒悟。在蔡焕晶和姜云福的联盟中，姜云福是最强的一环，他能够证实蔡焕晶所说的一切；也是最弱的一环，他优柔寡断，甚至没有一定要拿下王亦可的决心。显而易见，只要姜云福改口，联盟自然土崩瓦解，对王亦可而言，眼下的巨大危机也就不复存在。至于我，则是攻下姜云福的关键因素，所以她才对我这么“好”。一念至此，我心冷如冰。

局势再一次被蔡焕晶控制，他对此颇为得意。“让我猜猜你为什么要在这个时候说这些。这些事情，黄泥塝的人知道的不多，老一辈的人里，也就疯人院的几位知道，年轻一辈的，大多数都不知道。我原本是打算留到后边用的，而你主动提出来了，这不符合你一贯的……我明白了，你在拖延时间，”蔡焕晶得意扬扬地说，“你在等狩猎队，在等谷一洲。对吗？可惜了，你等不到了。要说蠢，谷一洲是真蠢。他一听我说有翼族出没，就立刻带着狩猎队去寻找翼族，没有丝毫怀疑，对黄泥塝也算是忠勇可嘉，就是蠢了一点儿。”

仿佛是回应蔡焕晶的话，操场上空突然响起一阵呜呜的号角之声。在众人面面相觑的时候，主席台下方，被巡逻队控制住的狩猎队队员率先叫道：“狩猎队！狩猎队回来啦！”

谷一洲意气风发地出现在操场右侧的斜坡上。要不是他穿着狩猎队队长的戎装，要不是在他身后是举着火把的狩猎队，我还以为是谷教官又来巡视同学们做操了。也不算意外，那位姓蒋的干事站在谷队长身边，火光照耀下，一脸的骄傲。

王亦可掩饰不住的兴奋：“巡逻队意图谋反，罪在蔡焕晶，队员投降，可免一死。至于蔡焕晶，你……”

蔡焕晶面露凶相，从腰间抽出一把匕首，两步冲到王亦可跟前，猛力一挥。“停车场收费的小保安是吧？”他狞笑着，“小保安会杀人！”匕首自王亦可颌下划过，但见鲜血如泉水一般喷涌而出。王亦可双手捂住脖子，鲜血从她的指缝间喷出。我不无意外地看着她倒退两步，喉咙发出咯咯的声响，然后倒在主席台上，倒在她自己的血泊里。

我僵立在原地，内心深处某个柔软的部分流淌了片刻，又瞬间冻上。我刚刚拥有了妈妈和她的爱，转眼之间又全部失去。夜风正冷，我遍体生寒。

蔡焕晶高喊："王亦可死啦！总监死啦！"

主席台旁边，四名狩猎队队员奋力反抗，摆脱了巡逻队的控制。其中两名格外神勇，夺了短棍和钢叉，冲上主席台，杀向蔡焕晶。"为总监报仇！"他们喊道，"为总监报仇！"与蔡焕晶杀作一团。

爸爸把我拉到一边，远远地避开这三人的攻击范围。

局势骤变。"为了黄泥塝！冲啊！"即便此时人声鼎沸，我依然分辨出这是谷一洲的声音。狩猎队从各个方向攻进来，弩箭纷纷射出，立刻射倒了好几个巡逻队的。巡逻队都是近战武器，一时之间竟然拿狩猎队的进攻毫无办法。也不知道是谁先动的手，巡逻队转而杀向狩猎队的家属。各个方阵顿时大乱，有的抱头鼠窜，有的哇哇大叫，也有的就近拿起东西疯狂挥舞，砸向靠近自己的一切。

我惶恐地看着这一切，看着这些熟悉又陌生的人，彼此拳脚相加，以命相搏。我的鼻子格外酸涩，不由自主地去捏了捏，阻止它的自行啜泣，入手处却感觉那么陌生，陌生得仿佛鼻子不是我的。

难道是……我豁然明白陌生感的由来。在不经意间，毁灭地丝霉菌已经在我的鼻子周围安营扎寨，并滋生出无数我曾经在麦桐脸上看到的那种可怕的东西。我扯下面具，凄惨地喊了一句："爸爸！"

爸爸脸色煞白，喃喃自语了一句什么脏话，又用手狠狠地揪了几把自己的头发。"跟我走，去研究大楼。"他终于下定了某种决心，拉住我的手，往主席台下冲。

蔡焕晶跟两名狩猎队队员的决战已经分出胜负。一名队员被蔡焕晶刺死，蔡焕晶肩膀受伤，另一名狩猎队队员被冲上主席台来救蔡队长的巡逻队队员从背后捅了一刀。

“姜博士，不要乱跑。”蔡焕晶命令道，“抓住他们!”

爸爸这一次没有犹豫，咬着牙拉着我，在已然变成战场的操场上一边躲避，一边狂奔。我看见小队长满脸是血，高举钢叉，向着一名挡住他去路的白胡子老头猛刺；我听见弩箭破空之声，嗖，尖下巴的巡逻队队员应声倒在他刚刚杀死的两具尸体旁；我闻见空气中越来越浓重的血腥味，就像冻结的胶水，粘在我的鼻孔里，粘在所有活着的与死去的人身上。

远处山坡上，一棵松树被点燃了，附近的竹林也燃了起来。

“为了黄泥塝!”狩猎队喊。

“为了黄泥塝!”巡逻队也喊。

“为了黄泥塝!”生产队和清洁队也这样喊。

爸爸不管这些，拉着我，穿过杀声震天的战场，一路奔向研究大楼。

21

下雨了。

在抵达研究大楼之前，夜空突然落下冰冷刺骨的雨来。操场和操场附近的喊杀声还在耳边，竹林燃起的熊熊大火还在蔓延，但此刻我和爸爸已经远离了那里。

只有血腥味如影随形。

研究大楼我曾经来过。那时我还小，听说这里闹鬼，就怂恿了小伙伴一起来这里捉鬼。当时麦桐吓得哇哇大哭，其实什么都没有看到。后来我知道那是爸爸工作的地方，就再也没来过了。

开了门，里面漆黑一片。爸爸松开我的手，在什么地方摁了一下，墙壁上就有长条形的东西亮起来。

“那是什么?”

“日光灯。”爸爸说，“研究大楼是黄泥塝唯一还有电的地方。”

“电？”

爸爸带着歉意说：“流帕瘟疫之前，还有很多现在看来是奇迹的东西……”

“抓住他们！”门外传来络腮胡的叫嚷。

爸爸止住话头，转身去关门。

在大门关上的瞬间，一柄钢叉捅进了爸爸的肚子。

我赶紧过去扶住爸爸。他疼得面容扭曲，却没有叫出声来。

“怎么办？我该怎么办？”我急切地问，“要拔出来吗？”

爸爸勉力笑笑：“傻孩子，拔出来我就死了。这里不是医院，没有急救设备，连消毒都办不到，更不要说输血了。扶我过去，对，去那边，我们去顶楼实验室。”

我扶着爸爸走到一扇金属门前。他按动数字，金属门打开，里边是一间小屋。“这叫电梯。”爸爸介绍。电梯门关上，然后启动，在我的不安中，轰隆轰隆向上升。

“我该早点儿带你过来的。”爸爸说，“但这里是四级生物实验室，非常危险，不是小孩子能来玩的地方。”

我没有理他。

电梯停在了14层，门开了。爸爸挪动步子，钢叉在他肚子上摇晃。他终于忍不住呻吟了两声。我要去扶他，他抬手拒绝了。“没时间了。”他说。

门外是走廊，我向教学楼所在的方向望去，隔着玻璃，雨水击打在玻璃上，那里一片模糊，只有一些跃动的光点，说明厮杀还在继续。研究大楼下方，聚集了七八个人，又蹦又跳，正在试图进入大楼。

“他们是疯了吗？”

“他们疯了，又没有疯。”

“什么意思？”

赵叔说过：他们说我们是疯人，没错，我们每一个人都是疯人。关在这黄泥塝几平方千米的范围里，几十年不能出去，谁还不是个疯人？但爸爸应该不是这个意思。

爸爸边走边说："因为毁灭地丝霉菌。"

所有的霉菌都和真菌界的其他菌一样，是用细小的、肉眼看不见的孢子来繁殖的。当霉菌大量滋生，向空气喷射大量孢子时，到处都会弥漫着发霉的味道。

我记得阿凯曾经说过，他觉得黄泥塝到处都有一股子霉味，原来不是对黄泥塝的贬低，而是真实的客观描述。

爸爸打开了一扇门，又打开了一扇门，说："实际上，在最自然的环境里，每天进入体内的各种孢子数量多达100亿颗。每一颗孢子都能附着在我们温暖而潮湿的肺部，在那里像藤蔓植物一样生长，带来疾病和痛苦，甚至死亡。幸运的是，我们的免疫系统使我们免于遭受孢子的饱和攻击。"

"直到我们把免疫系统改造成了蝙蝠的。"我跟在爸爸身后，看着眼前陌生的一切。"危险""负压""禁止"，到处都是这样的标语，到处都是电灯，亮得我很不适应。

"对，在主席台上我说的都是真的。"爸爸说，"我最不擅长的就是说谎。"

"很难说这是缺点啊。"

"我说他们疯了，是因为他们正在疯狂地彼此攻击；我说他们没有疯，是因为他们都感染了毁灭地丝霉菌的孢子。这些孢子平时不会发作，但现在恰好遇到了合适的天气，所以大家都躁动不安，又恰好遇到黄泥塝的权力斗争，于是就……"

"这霉菌到底从哪儿来的？"

"我不知道。霉菌本就无处不在。大老板也只凑巧是发病的第一人。"

爸爸叹了口气，又打开了一扇门。"平时进这里，得穿全身性防护服，打开所有的门要花半个小时呢。但今天算了……时间不够了。"爸爸说着，走了进去。

这里应该就是爸爸所说的实验室最核心的区域了。电灯把这里照得像白天，我看见了很多叫不出名字的机器。爸爸走到一个操作台前，坐到一把椅子上。“喏，这就是我每天工作的地方。”他不无骄傲地说。

我眼望四周，耳边响起的是爸爸的絮叨。

爸爸说，在这十多年里，他一直在研究大楼上班。说他一直制造拉姆达针剂，那是不折不扣的谎话。毕竟制造一批，就能管好几年，因为黄泥塝新出生的孩子并不多。更多的时候，到研究大楼只是一种习惯，一种维持他还生活在正常之中的假象，但也可能是他远离人群的一种做法。然而，几个月下来，他发现，无聊才是世间最可怕的事情。它就像黑洞，要将他整个吞噬，连皮带肉，碾压粉碎成不可复原的渣子。他必须找事情来做。最终他决定对拉姆达针剂进行升级，目标是使二代拉姆达针剂具有遗传性，生出的孩子天然地拥有蝙蝠一样的免疫系统。

爸爸说，研究很枯燥，但比无聊强多了。没有团队，所有的事情都只能是他一个人做。研究设备也老是出故障，时不时地罢工，他不得不翻找出说明书，自己学着维修。次数多了，对每一样研究设备他都了如指掌，甚至能在它们坏掉之前做出准确的预判。

研究进展极其缓慢，有时候好几个月无法前进一丝一毫，有时候甚至会出现倒退，无奈把之前做过的实验又重复几遍。幸好没有谁对他的研究工作按照节点进行考评，他的时间似乎是无穷无尽的。

“当然，这是一种错觉。”爸爸说，“与此同时，你一天天长大。每天每月每年都在变化。然而，令我不安的是，你越长越像你妈妈。不只是容貌，还有你的性格。你越来越疯狂，越来越不安于现状。这让我陷入了一种深深的恐慌。我觉得，迟早有一天，你会离开我，就像你妈妈曾经那样，离开我，离开一块不会说话的石头。于是，本就沉默的我，在你面前更加沉默，只好把更多的时间和精力花在研究二代拉姆达针剂上。然后我成功了，比我、比任何人想象的都更加成功。”

我停止逡巡，坐到了爸爸对面。他的脸色很差，嘴角却挂着笑容。“还记得几天前，你发病的事情吗？”他问。

“我去看麦兆辉他们回城，回来就生病了。”那仿佛是一个世纪之前的事情了。

“你病得很严重。在你昏睡的时候，我给你注射了二代拉姆达针剂，你痊愈了。”爸爸看着我，“而且具有了传播二代拉姆达针剂功效的能力。”

“什么意思？”

“阿凯，阿凯染上流帕瘟疫之后，我为什么会同意你去照顾他？因为我知道，在你照顾阿凯的过程中，你身上的二代拉姆达病毒会传给阿凯，他的免疫系统能得到全方位的改造。”

那么，这就是阿凯的病情突然好转的原因了。“可他还是死了。”我说，“他说要带我去放风筝呢。”

爸爸凝视着我，半晌后说：“你会遇到更好的。你才15岁，生活刚刚开始。离开黄泥塝，外边有更广阔的世界。”

说话间，他换了一个坐姿，脸部表情再一次扭曲。

“真不做点儿什么吗？就这么等死吗？”

“没时间了。”爸爸说，“你感染了毁灭地丝霉菌，目前无药可救。唯一能做的是再一次升级，不，不是升级，比升级还要复杂，是变成一种全新的物种。在变异的过程中，毁灭地丝霉菌会因为不能适应新的身体环境而凋亡。”

“你是说变成翼族吗？”我并不惊奇。很多东西，在很久以前就已经注定了。

“我把我最大的秘密告诉你。”爸爸点头，“在研究二代的过程中，我窥见了流帕病毒拉姆达变异株的一个秘密。这个秘密将使三代拉姆达针剂实现多年以前的那则谣言：注射拉姆达针剂的人将变成蝙蝠。当然，这种说法并不准确。准确地说，是让人长出蝙蝠那样的翅膀以及相应的一系列生理性变化，最后出现的会是介于人与蝙蝠之间的新物种。

“原本蝙蝠是一种在树枝间攀爬跳跃的小动物，飞上天空是它们历经数十万到数百万年时间演化的结果。而现在，经由三代拉姆达针剂，这一过程将会被压缩到四个小时以内。显而易见，这变化堪比蛹变蝴蝶，也可以喻为凤凰涅槃，将是快速而激烈，并且是异常痛苦的。因为涉及骨骼迁移、肌肉拉断又合并、旧器官的消失与新器官的生成等等。

“我在电脑上模拟人体注射三代拉姆达针剂后的结果，数以千计，每一次都是完全成功的。然而新的问题出现了：我找不到实验对象。

“直到很久以后，我才意识到，不是找不到实验对象，而是不愿意找。在电脑上模拟是一回事，把三代拉姆达针剂注射到一个活生生的人体内是另外一回事。所以我把实验暂停在了灵长类动物之前的阶段。我曾经拜托麦兆辉外出狩猎时给我带回来几只猴子，可惜这个任务他一直没有完成。

“时光荏苒，很快就到了现在。阿凯来了，麦兆辉被处死，出现了新的疫情，死水一般的黄泥塝突然之间掀起滔天巨浪。此刻，世界上唯一的三代拉姆达针剂就藏在那边的冷柜里。”

我起身走向爸爸所指的方向。

“等等，珂儿。在打开冷柜之前，我希望你先听我把话说完。”

我转回爸爸身边，他更加虚弱。“说吧，把十几年里没有对我说的话，都说出来吧。”我握住他微微颤抖的手，这样说道。

“珂儿，你学会走路的时间比别的孩子要晚，而且走路总是跌跌撞撞，经常摔倒。我清楚地记得，那一次，刚学会走路的你摆动着双臂，在前面跑啊跑，咯咯咯地笑着，细胳膊细腿，好像随时可以飞起来。突然，你跌倒在地，脸朝下。我赶紧跑过去，蹲在你的身边，问你要爸爸抱起来，还是勇敢地自己站起来。你疼得直皱眉，却依然选择了后者。‘我自己起来’，你说，稚嫩的声音有着异乎寻常的坚强。你真的自己站了起来，擦擦嘴角，拍拍衣裳上的灰尘，然后迎着太阳升起的方向，继续跑，继续笑，仿佛不曾摔倒。

“这样的事情后来还发生过很多次，每一次你都选择了自己爬起来。我为什么不把你抱起来？是因为我不爱你吗？不是的。是因为我知道，人的一生很长，会遭遇无数的困难、挫折和危险，我不可能一直替你遮风挡雨，你必须学会自己在狂风暴雨中成长。在这几天中，我很高兴看到你的羽翼日益丰满。

“一切都将改变，一切必将改变。在改变面前，有人害怕，有人阻止，也有人迎接。孩子，你可以做出你的选择了。”

他的手指垂落，把这道选择题、黄泥塝以及广阔的世界留给了我。

我可以选择吗？

22

天亮的时候，雨停了。

我来到顶楼，锐利的脚爪轻捷而稳重。晨曦初露，空气湿冷。我赤裸着身子，第一次展开还很稚嫩的翅膀。它们从我后背生出，是我想象中的模样。我知道，只要我用力跳到空中，拍打着它们，我就能比天鹅飞得更逍遥，飞得更自在。我会飞过松树林，飞过南竹林，飞过教学楼，飞出高高的带铁丝网的围墙，飞到爸爸所说的更为广阔的世界去。

一整个世界在等着我呢。

然而——然而我没有这样做。

我回到14楼，找到爸爸所说的全身性防护服。翅膀收拢来，包住我的身体，穿上宽大的防护服刚刚合适。我穿过一扇又一扇门，走出四级生物实验室。经过走廊的时候，我掀开面罩，看了看玻璃上我的影像。鼻子周围像糖霜一样的东西已经消失，而我的脸，还基本保持了人的模样。对此，我非常满意。

坐电梯，下到一楼大厅。地上爸爸留下的血迹还在，我没有管它，径直推开大门，走出研究大楼。

雨后的黄泥塝潮湿无比。四处都有死尸，有的我认识，有的我不认识。这些都不重要。

有落叶从树枝上飘飞，宛如被遗弃的孩子。风托举着它们，但也只托举了一会儿。它们打着旋儿，掉落到地上，宛如传说中死掉的蝙蝠，散发着朽坏的气息。我捡起一片孤零零的落叶，看它苍凉的颜色，看它血管一样的脉络，看它被雨打风吹与虫咬鼠啃的痕迹，想象着它生前的故事。然后信手一扔，“滚蛋吧你”，尽力将落叶抛向远处。

我听到了呻吟声，从很远的地方传来。我现在的听力比以前不知道好多少倍。我细细地分辨着，从一具又一具被雨水浸湿的尸体边走过。我对尸体不感兴趣。不管他活着的时候是谁，不管在昨晚的混战中，他为何而战，又是为何而死。尸体就是尸体。

而呻吟声意味着这个人还活着。

呻吟声形形色色，细细碎碎，夹杂着各种情绪。我于万千呻吟声中准确地分辨出我要找的那一个。

麦桐藏身于教学楼的地下室，又冷又饿又怕。

看着麦桐，我想：我不要做姜云福，也不要做王亦可。我要做我自己。

于是，我把手伸向瑟瑟发抖的麦桐：“跟我来，我能救你，也能救黄泥塝。但在那之前，你需要打一针，然后再打一针。”

鲤鱼池

起·风起于青萍之末

1

天热得发了疯。从早到晚，太阳都悬在高天之上，刺下一把把亮闪闪的刀，刺得大地热浪滚滚。

已经很多天没有下过雨了，在空气中随便抓一把，都能抓出一连串的火花来。

段楠和程小葵相约到鲤鱼池42号玩。

那里以前是一家颇有名气的汽车厂，后来汽车厂搬走了，留下的厂房荒废了好多年，前几年才改建成打着“艺术公园”幌子的商业中心。不过，也确实是附近老百姓吃喝玩乐的好去处。

黄昏之后，太阳虽下了山，但暑气仍然盘桓大地，如同厚实无比的棉絮，压在大地之上，压得所有人汗水直流，近乎喘不过气来。

在鲤鱼池42号的入口处，浅浅的池子里养了一百多条锦鲤。大小不一，颜色各异，品种极为丰富。段楠和程小葵在池边看了一阵就离开了。锦鲤是他俩的共同爱好，说起锦鲤的几大家族，什么别甲、黄金、秋翠、丹顶、光写等等，都如数家珍。若是平时，他俩起码会看上半个小时，但今天，天实在是太热了，只能放弃。

段楠跟程小葵钻进旁边的一家奶茶店。强劲的空调风吹来，令他俩直呼“舒服”。“空调救我!”他俩异口同声地说。一道简易的玻璃门，将门里门外隔成两个世界。门里是天堂，门外是地狱。段楠点了一杯“幽兰拿铁”，程小葵点了一杯“人间烟火”，找了个空的双人座，面对面坐下。

“热死我了。”

“我担心再这么下去，重庆会在一阵阵剧烈的战栗中，变成水雾，升上天去。”

“不只是重庆，全世界都热，热死了好几千人。”

“极端天气出现得越来越频繁了。”

两人均心中一凛。

接下来，他俩就眼下的热是不是属于极端天气的具体表现、极端天气是不是越来越频繁、是不是人类的活动导致目前的极端天气、现在的极端天气与地球历史上的极端天气是不是一样的、面对极端天气人类能够做些什么、如果明知现阶段的做法有错去修补还是不去修补各有什么样的后果等诸多事关人类与地球的宏大问题充分表达了自己的看法。

“你说这些到底是什么意思？是说人类不该为眼前的极端天气负责吗？你这是不负责任的言论。”

这是一个很严重的指控，两人同时停了下来。

段楠埋头吸了两口“幽兰拿铁”，程小葵歪着脑袋斜斜地仰望窗外的天空。

不远处的屏幕上，正在播放新闻，说四川因为很久没有下雨，各大水电站的发电量骤然下降，好些地方开始限制用电。有定时停电的，也有把大工厂停了，全力保证民生用电的。老百姓都习惯于用电了，一停电，日子忽然间变得艰难起来。

隔壁桌的几个人正在讨论这件事：

“四川是老天爷赏饭吃，水电资源全国第一。不但自己用电便宜，还卖了很多给外省。哪个晓得一不下雨，就变成这个鬼样子——还是老天爷厉害。”

“真是可笑。”

“莫笑别个，重庆还不是差不多。大哥不说二哥。”

“重庆怕还是比四川好点儿哟。”

“我听说，都这样了，四川还在给外省送电。”

“为啥子四川不把电留着自己用？”

“有合同吧？违反了要遭罚几十亿那种？”

“事先怎么没有人想到四川会缺水、缺电呢？”

“又不都是诸葛亮。就算是诸葛亮，也有算错的时候。”

“如果，我是说如果，外省不用电，那这电是不是可以送回四川？”

“不是……你想想，你家水池里的水能通过水管回到水厂吗？”

后边这个类比甚是精妙，段楠和程小葵不由得会心一笑。

“你在想什么？”

“我在想，继续这么热下去，地球上的冰川会不会全部融化？如果地球上的冰川，从南极到北极，全部融化了，陆地全部被海水所淹没，此刻窗外所见，会是怎样一幅情景！”

段楠停下喝奶茶，也歪着脑袋望向窗外。越过鲤鱼池熙熙攘攘的街区，在环绕的青色群山之上，是一整片湛蓝高远的天空。几朵棉絮似的白云无声地飘浮着。

“你知道吗，其实我也在想，水草在身边摇曳，海水漫过头顶，鱼群在湛蓝的天空游过，会是什么样的景象。”

2

水下纪元996年初夏，鲛人与蛟人在观音桥打了一场足以载入各自史册的大仗。

四千名骁勇善战的蛟人战士在“龙头大爷”老炮儿的指挥下，准备向观音桥发起进攻。老炮儿率三千蛟人主攻，“朝天门管事”陌刀和“南纪门管事”闷墩儿各领五百蛟人做预备队。

老炮儿的身材异常高大。上半身是人，肌肉遒劲有力；腰部以下，是一条又长又宽大的鱼尾。背鳍从后背延伸到臀部，像一把漂亮的折扇。身体各处大块大块的黑色鳞片上，均匀地分布着闪电状的红色和白色斑纹，看上去漂亮又凶悍。

三千蛟人弟兄手持骨矛，腰悬蚌刀，已经列队完毕。他们人身鱼尾，背后有鳍。当他们悬浮时，背鳍是收拢的；当他们游动时，背鳍是展开的。背鳍两侧各有一道弧形鳃裂，随着他们的一呼一吸，鳃裂也一开一合。裸露的皮肤有多有少，颜色各不相同；覆盖在皮肤之上的鳞片也有多有少，形状和颜色各不相同。耳廓宛如传说中蛟龙的犄角，眼睛上有透明的白色瞬膜，这些细节给蛟人水下生活带来极大的便利。

蛟人弟兄的注意力都在老炮儿身上。

老炮儿手持鲸骨枪，在蛟人阵列中穿行，一头齐腰白发，随着他的游动狂乱地飞舞。蛟人弟兄中流传着一个说法：列队冲锋时，跟着龙头大爷，永远不会死。他左边弧形鳃裂上，一道陈旧的疤痕非常显眼，那是历年来四处征战留下的无数荣耀之一。蛟人崇尚武力，越是领袖越需要亲自上阵杀敌，越能在蛟人弟兄中建立起独属于自己的权威。

老炮儿来到阵列最前方，俯身望向观音桥。透过浑浊的水体，他看见那座城市露出海底的部分，在成片成片水草的包围之下，显得残破不堪。但老炮儿可不敢掉以轻心。

因为观音桥是鲛人秋翠家族的领地。

现在鲛人有七大家族，秋翠家族是其中实力最强的。近五百年来，都由秋翠家族族长出任鲛人家族联盟盟主一职。观音桥是最古老的水下城市之一，秋翠家族在此经营多年，三分之二的建筑在肉眼看不到的海底之下，攻下它的难度可想而知。然而，攻下观音桥的价值也是无比巨大的。老炮儿心里很明白，此战必须速战速决，如果其他鲛人家族及时来援——尤其是战斗力与蛟人不相上下的别甲鲛人——那么之前为这次战略奇袭所做的种种努力与牺牲就会全部白费。

考虑到即将到来的水荒，一贯自信满满的老炮儿也不禁焦虑起来。

观音桥内，秋翠鲛人们也在疯狂地忙碌着。与蛟人相比，同样是人身鱼尾的她们，个头要小一些，样貌上也相对统一。她们的皮肤大部分是裸露的，没有覆盖鳞片。只在背鳍边上，身体两侧的侧线上，各有一条排列紧密、闪着金属光泽的鳞片，从头部一直延伸到细长的尾部。她们的背部是大片鲜亮的天蓝色，而腹部则分布着艳丽的红色斑纹，这是秋翠鲛人的显著特征。

听到蛟人突然大举来袭的消息，现任秋翠家族族长兼鲛人家族联盟盟主绯秋翠立刻召开家族会议。她先吩咐队长五色秋翠动员更多的秋翠鲛人参与死守观音桥的保卫战，然后叮嘱育婴堂堂主黄秋翠搞好育婴堂、手弩厂和养殖场等地下深宫的保卫工作，最后命令巫罗花秋翠召集信使，向别甲、金银鳞、丹顶、写、衣等鲛人家族请求支援。

“葵神保佑！”绯秋翠对她们说，“情况紧急，不容我多讲，姐妹们，秋翠家族的生死存亡全靠你们了。”

绯秋翠挥一挥手，五色秋翠、黄秋翠和花秋翠甩动尾巴，四散游走，去执行任务。观音桥目前只有秋翠家族的区区一千五百名姐妹可以参与作战，与蛟人的四千战士完全不是一个量级。更何况，蛟人个个膀大腰圆，光是尾巴就比鲛人长出一截。他们从小接受严苛到极点的军事训练，尚未成年就已经凶悍异常。因此，其他鲛人家族的驰援，是守住观音桥的关键。

然而，蛟人跟鲛人作战多年，早就知道信使的存在。那些秋翠家族派出去的信使，又有多少能够突破蛟人的封锁，把观音桥被围的消息传递出去呢？

观音桥外，老炮儿扭动长长的尾巴，转身面向排列得整整齐齐的蛟人阵列。他长吸了一口水，水从后背上的弧形鳃裂排出，发出“呜呜呜”的声音。这是蛟人的战歌。蛟歌声音低沉、绵长、鼓动人心，正是蛟人发起冲锋的号角。

“海底在上！”二十名蛟人卫队也跟着老炮儿吹起了蛟歌。三千蛟人战士随之响应，一时之间，呜呜呜的蛟歌响彻整个扬子海。水从他们的嘴流进去，从后背上的鳃裂流出，无数的水流汇集起来，仿佛扬子海都煮沸了一般。蛟歌一起，蛟人们都兴奋得难以自持，瞬膜之下的眼睛变成了血一般的猩红色，脸颊、脖子和没有覆盖鳞片的前胸也是猩红一片，仿佛他们体内的鲜血奔涌出来。

旋即，蛟人们一边吹着蛟歌，一边排着密集的队形从斜上方向观音桥发起了冲锋。远远看去，就像是一支硕大的骨矛，被巨人掷向海底那座小小的城市。

起初，城墙上没有鲛人的身影，寂静得如同一座死城。待蛟人们冲到一定距离，城墙上突然跃出数百个娇小而矫健的身影。那是负责守卫观音桥的秋翠鲛人。在五色秋翠的指挥下，她们个个手持手弩，向着从斜上方冲过来的蛟人就是一次齐射，冲在最前面的蛟人战士纷纷中箭。

有的蛟人当即死掉，有的还在拼命挣扎，鲜血从伤口和鳃裂汩汩流出，转眼间就染红了一大片水域。

鲛人手弩的厉害之处，蛟人早就领教过无数次。弩箭在很远的地方就可以杀死擅长近战的蛟人。最可恨的是，弩箭箭头上还抹上了水蛇之毒，即使没有射中要害，当时没死，后来也会痛苦地死于水蛇之毒。愤怒中，蛟人战士迅速摆动骨矛一般的尾巴，调整冲锋的方向，整个队伍呈扇形冲向观音桥。

他们嘴巴大张着，吸入血水，血水透过鳃裂向身后猛烈喷射，使他们的游动速度一下子快了两三倍。

3

第一队鲛人的射击已经结束，向后退出，去装填弩箭。第二队补上，继续射击。五色秋翠站在鲛人队伍里指挥，看着从四面八方如沙丁鱼群一般涌来的蛟人，心急如焚。

第二队射完，退后装填弩箭。已装填完毕的第一队上前，占据城墙，向蛟人军团射击。他们的队形如此密集，以至于几乎不用瞄准，就能射中蛟人那健硕的身体。然而，这一轮冲锋，蛟人距离鲛人的城墙已经很近。靠前的蛟人掷出手中的骨矛，这些用大鱼肋骨磨制的兵器，划出一道道弧线，直指观音桥的城墙。

好几名鲛人弩手来不及躲避，被飞来的骨矛刺中，喷涌出大量鲜血，发出几声哀鸣，死了。虽然立刻有弩手补上空位，但弩箭的密集程度却有所降低，这给了进攻方一个机会。第二波蛟人投掷的骨矛与鲛人射出的弩箭相向而行，弩箭射中蛟人，骨矛刺中鲛人，更多的鲜血喷涌出来，更多的生命提前结束。

如此重复两次，蛟人的先头部队已经冲到了观音桥的城墙之上。

绯秋翠也没有指望能在城墙上挡住蛟人军团的进攻，见此情形，她急忙吹出秋翠鲛人才能听懂的歌。只见她的弧形鳃裂一开一合，里面深红色的叶状鳃时隐时现。鳃裂开合之间，悠长的鲛歌已经将族长的命令传递到了战场上每一个鲛人的耳朵里。

鲛人弩手纷纷退出城墙，退到最近的碉堡里。

蛟人如潮水一般占领了观音桥露出海底的部分。没有及时撤出的鲛人都被骨矛一一刺死。有的鲛人身上扎了好几根骨矛。近身作战，蛟人是无敌的，而凶悍的蛟人是不需要俘虏的。

但战斗远没有结束。跟鲛人作战过无数次的老炮儿很清楚这一点。鲛人在体格、体力与体能上，远远比不上神圣的蛟人，但鲛人在制作器物上有天赋，像手弩这种东西，蛟人就造不出来，学也学不会。她们还特别狡猾，知道正面打不过蛟人，就每次都躲起来，借助机关和暗器杀害蛟人战士。看样子现在就是这种情况。

老炮儿在亲兵的护卫下，游过观音桥低矮的城墙，进到城里。

观音桥露出海底的建筑大部分是由石头砌成的圆丘形碉堡。碉堡四周都是射击孔。鲛人弩手就躲在碉堡里，利用射击口向外射出致命的弩箭。有经验的蛟人都会躲着碉堡游动，但碉堡的数量众多，设计时又充分考虑了射击的需求，所以很快又有数量不少的蛟人战士死于弩箭的奇袭之下。

作为蛟人的龙头大爷，老炮儿比一般蛟人聪明多了。他命令亲兵用蚌刀割取观音桥附近的水草。那些水草长在厚实的淤泥里，有七八个蛟人那么高，盘根错节，密密匝匝。割下来的水草被成捆成捆地送到碉堡上方，丢下去，堵住碉堡的射击孔。这一招甚是有效。射击孔被水草堵住，碉堡里的鲛人弩手既无法观察，也无法射击，顿时成了岸滩上的死鱼。

看到计策有效，老炮儿颇为自得，下令所有蛟人战士都去割水草。好些蛟人还木讷着，不明白作战怎么就变成割水草了。但龙头大爷的命令还是要听的，于是，观音桥上的蛟人成群结队地游向城外的水草丛林。

老炮儿又发布命令，让蛟人去拆鲛人的碉堡。这是蛟人擅长的事情。他们寻找碉堡的缝隙，没有缝隙就用骨矛来制造。他们还用水草做成绳子来拖拽碉堡的石头。在反复的戳刺与拖拽中，一些小型碉堡被蛟人打开，藏在里边的鲛人被蛟人拖出来当场刺死。然后，中型碉堡也被陆续攻克。中型碉堡里藏的鲛人数量更多，但根本无法与蛟人正面对抗。

绯秋翠藏身于一座大型碉堡里，焦灼地看着外边发生的一切。她看见狩猎队队长五色秋翠被蛟人从一个中型碉堡里拖了出来，跟其他秋翠鲛人一样，被几骨矛刺死。

中型碉堡下方有密道，通往其他碉堡。蛟人战士发现了这个秘密，立刻冲进密道，顺着密道，进到其他碉堡，展开一边倒的屠杀。这些密道如迷宫一样复杂，其中一些通向大型碉堡，而另一些则通向秋翠家族的地下深宫，那里有秋翠家族的育婴堂、手弩厂和养殖场。

黄秋翠带着少量的秋翠鲛人守在地下深宫的入口。这些守卫，不是育婴堂的嬢嬢，就是手弩厂和养殖场的工人，根本就没有什么战斗力可言。黄秋翠不相信蛟人们攻进来的时候，她们能够守得住。

此时此刻，绯秋翠也没有时间惦记地下深宫。因为她所在的大型碉堡外边已经有蛟人在戳刺和拖拽，而下面的密道里，也传来了不是鲛人的游水声……

就在这时，身处两座碉堡之间的老炮儿突然感觉到了危险。这危险来自……他来不及细想，在本能的驱使下，手中的鲸骨枪向下方猛刺。

却刺了一个空！

他正在疑惑，背后传来水体裂开的声音。他没有扭头，舞动手中的鲸骨枪，向身后狠命一扫。

还是扫了一个空！

海底在上！他明明感应到了敌人的存在。为什么……他一扭头，正好看见一个身材纤细的鲛人悄无声息地自上而下，刺了一刀。那不是刀，比刀更短，应该是匕首，而且它不是磨制的河蚌壳儿，而是由传说中的金属锻造而成。金属匕首本就锋利无比，又是瞄准了老炮儿后背上的旧伤，因此一刺即入，没过刀柄。

剧烈的疼痛令老炮儿忍不住惨叫连连。从未有过的恐惧将他的心神完全淹没。他意识到，这一次恐怕真的是要去木阳城了。

4

海沫一击得手，也不恋战，甩动长尾，钻入旁边被蛟人拆开的碉堡，消失在密道里。在她身后，老炮儿的亲兵惊慌失措地围住了他。

在密道里，海沫兴奋地游着，剪刀似的尾巴上下起伏。她是秋翠家族的一员，还很年轻，甚至可以说是幼稚。从头部到尾部的三条鳞带是浅白色的。她的游动充满了生命的力量。一头乌黑发亮的头发，伴随着她的游动，在水里舒展着、摇曳着。

对于密道，海沫是熟悉的。七弯八拐，无数岔道。好多地方有死去的蛟人和鲛人。海沫从那些尸体旁游过。战斗还没有结束。她游啊游，游到了族长绯秋翠所在的大型碉堡。

“族长，我杀死了他，杀死了蛟人的龙头大爷。”海沫激动地向绯秋翠报信。

“我看见了。”绯秋翠没有看海沫，继续透过射击孔观察外边的情况。与其他秋翠鲛人不同，绯秋翠后背上的斑纹不是天蓝色的，而是和腹部一样的鲜红色。这便是她名字里“绯”的来历。她的鳞片是深黑色的，说明她的岁数已经不小了。

海沫找了一个射击孔去看外边的情况。她一向对族长敬畏有加，这次虽然立下大功，可她还是不敢凑到族长身边。

失去龙头大爷的蛟人战士一时之间竟不知道发生了什么，有的继续割水草，有的继续拆碉堡，但多数都杵在原地，宛如没有背鳍也没有尾巴的木头。他们的眼睛不再猩红，而是变成了沉静的蓝灰色。稍远的地方，七八个亲兵护卫着龙头大爷离开。更远的地方，有一队先前负责策应的蛟人迎上来。看不到龙头大爷的伤情，但海沫相信，那把现在还留在他体内的匕首会让蛟人的龙头大爷不死也重伤。刺那一匕首，她可是用尽了全身的力气。

呜，呜呜，呜呜呜。战歌再一次响起。不过，这一次，吹响战歌的是鲛人。

"葵神保佑!"绯秋翠说，"别甲家族的援军来了！终于来了！观音桥得救了!"

海沫也看见了，别甲家族三姐妹赤别甲、白别甲、黄别甲各率五百别甲鲛人，向蛟人发起了进攻。白别甲通体洁白，躯干和尾部密布深黑色的斑纹；赤别甲通体绯红，深黑色的斑纹在背部分外显眼；黄别甲通体金黄，四处点缀着深黑色的斑点。别甲鲛人是不逊于蛟人的战士，个个体格强健，肌肉发达，手持鱼骨和燧石打造的兵器，即使与蛟人面对面作战也不落下风。

她们杀入蛟人军团。蛟人群龙无首，但作战是他们的本能，立刻挥舞骨矛，又戳又刺，与别甲鲛人混战在一起。一时之间，杀声阵阵，鲜血汩汩，难分胜负。

"金银鳞家族也来了!"海沫汇报她的发现。

在另一个方向，金银鳞家族族长金鳞、巫罗银鳞驱赶数百只电鳐冲进了蛟人军团。这些被金银鳞家族驯化的黑斑双鳍电鳐，身体扁平，有半个鲛人那么长。它们一进入蛟人的队伍中，就开始施展放电绝技。蛟人没有流血，却在一阵阵抽搐中，失去了生命。

"全军出击。"绯秋翠发布命令。

藏在碉堡里边的鲛人弩手纷纷出击，落单的蛟人战士丧命于弩箭之下。

眼见着战况越来越不利于己方，朝天门管事陌刀一方面护卫重伤的龙头大爷离开，一方面对南纪门管事闷墩儿说："立刻撤出战场。"闷墩儿起初还不愿意，想要继续作战。但陌刀坚持，闷墩儿心里一千个不乐意，也不得不通知亲兵，吹起了命令全军撤退的蛟歌。

蛟人军团有序地撤出战场，同时带走了蛟人弟兄的尸体。

秋翠、别甲和金银鳞三大家族合兵一处，又追杀了一阵，这才结束战斗，吹着表示胜利的鲛歌，回到观音桥。鲛歌欢快而短促。

战损统计很快出来了。在这次观音桥保卫战中，秋翠家族牺牲的鲛人超过四百，受伤超过三百，其中重伤一百，狩猎队队长五色秋翠战死，损失不可谓不大。绯秋翠一边安排救治，一边对别甲三姐妹和金银鳞两姊妹表示感谢，并设下盛宴招待她们。"没有你们的及时救援，秋翠家族已经不复存在了。"又对接到消息却拒绝驰援的丹顶家族和写家族进行了严厉的谴责，表示一定会以家族联盟盟主的身份对这两个家族施以惩罚："鲛人力弱，在与蛟人的对抗中，还不能团结一致、齐心协力，只会是死路一条。"

海沫在一旁看着，听着。族长对观音桥保卫战的总结里，没有她的名字，没有提到她处心积虑的策划，稳如泰山的潜伏，对蛟人龙头大爷列缺霹雳般的致命一击。没有，什么都没有。就像这事儿不存在，就像她这个鲛人压根儿就不存在一样。

愤怒之火在海沫体内燃烧起来。

很久以前，海沫还只是小小的婴儿，就敏锐地意识到了自己的与众不同。别的婴儿都是在育婴堂由专门的鲛人负责照管，几十个婴儿在一起生活和学习。她不是。她由珍珠秋翠独自抚养，稍大一些，才送到育婴堂学习。珍珠秋翠让她叫她妈妈。"这是一个非常古老的词汇，可以一直追溯到陆生时代。"珍珠秋翠对海沫说。

然而，别的孩子没有妈妈，她们管育婴堂照顾她们的鲛人叫嬢嬢[①]。嬢嬢也是一个非常古老的词，可以一直追溯到陆生时代。那妈

①嬢嬢：重庆方言，指阿姨。

妈和孃孃有什么本质上的不同呢？小海沫反复追问，尤其是她在被小鲛人欺负之后。她们朝她丢水草和石头，往她身上抹烂泥，骂她是有妈妈的杂种。有时，妈妈会解释："我怀了你，生了你，我就是你妈妈"；有时，妈妈听了她的哭诉，只是皱紧眉头，一言不发；有时，妈妈会异常暴怒，操起身边的家伙就打，打完了又抱着她痛哭。

小海沫越长越大，渐渐知道了更多的事情。她知道了鲛人有七大家族，而她被剥夺了以家族为名的权利；知道了蛟人是鲛人的世仇，最可怕的敌人；知道了曾经有一个陆生时代，那时陆生人用两条腿行走，当陆地毁灭的时候，葵神创造了在水下自由生活的鲛人。葵神保佑鲛人，是鲛人坚定不移的信仰。

但葵神似乎并没有保佑我，小海沫想。

小鲛人们没有放过小海沫。她们对欺负小海沫情有独钟。小海沫试着反击。一挑几不行，就想办法一挑一。面对面硬刚不行，就努力学习功夫。没有谁教海沫水下功夫，海沫只能自己在一次次挨打中自己琢磨。育婴堂的孃孃们在小海沫挨打时，不管不顾，一旦小海沫反击，伤了某个小孩时，她们立刻现身，义愤填膺地指责小海沫天生残暴，并从她身上，一路骂到她那个不知羞耻的妈妈身上。

珍珠秋翠把小海沫送到绯秋翠那里学习。那时绯秋翠还不是族长，但在秋翠家族里的声望日益隆盛。海沫也承认，就是在那两年里，在绯秋翠的指导下，自己的功夫有了一个质的飞跃。怎样调动腰部的力量，背鳍怎样与手臂配合，怎样发挥尾巴的优势，怎样预判对方的行动，怎样把握出手的时机，怎样感知和控制水流，诸如此类的疑惑，都有了明确的答案。

再往后，绯秋翠接任族长，继而成为鲛人家族联盟盟主，忙得不亦乐乎，也就没有时间教海沫功夫了。而海沫也敏锐地察觉，绯秋翠其实是在有意识地疏远自己，就像那两年的悉心指导不存在一样。

不管怎么说，海沫是感激族长的。苦练之下，她的功夫日益精进，自信能单挑任何一个鲛人。即使面对绯秋翠，她也相信自己有能力搏杀一番，不说能赢，至少全身而退是没有问题的。离开绯秋翠，回到珍珠秋翠身边的那一个月里，她打败了一直欺负她的那帮少女，足足三次。最为关键的是，她采取“拉一派、打一派”的战略，分化了那帮本就没有什么凝聚力的少女。看着她们内讧，从口角纷争到拳脚相加，海沫才真正有了大仇得报的兴奋。她们甚至没有向育婴堂的孃孃们告状，因为这个时候她们即将离开育婴堂，参与到秋翠家族的各项工作之中。告状没用了。

海沫依然孤独，没有朋友，只有怪脾气的妈妈。她去找族长，绯秋翠对她不理不睬。她出言挑衅，要和族长决一死战。绯秋翠只是叫卫兵将她赶走。她独自在观音桥各处游动，茕茕孑立，形影相吊，仿佛孤魂野鬼。

这一次，蛟人军团突然来袭，秋翠家族危在旦夕。海沫也参与防守。看着身边的鲛人纷纷死去，她也很恐惧，躲在碉堡里瑟瑟发抖。当蛟人的龙头大爷来到她所在的碉堡附近时，她意识到这是一个巨大的机会。如果能一举击杀龙头大爷，拯救秋翠家族于既倒，那她就是家族的英雄，绯秋翠还会对她不理不睬吗？家族成员还会对她说三道四吗？她这样想了，也这样做了。一击得手，那个满头白发的老炮儿后背上插着她的匕首，被蛟人带走了。毫无疑问，这成为观音桥保卫战的转折点，蛟人败退，鲛人胜出，秋翠家族得救了，然而……

然而绯秋翠还是对海沫不理不睬。

此时此刻，绯秋翠正与别甲三姐妹和金银鳞两姊妹在宴席上谈笑风生。“丹顶家族用毒与治病还是有一手，”赤别甲毫无顾忌地说，“写家族就只是些漂亮而无用的脸蛋儿。”黄别甲和白别甲没有说话，但一脸的不屑足以说明她们的想法。

金银鳞家族的巫罗银鳞扬了扬手里的橡胶手套——这种陆生时代的遗物能在她们挥舞鞭子驱赶电鳐时保护她们不受那电的伤害——骄傲地说：“就让电鳐去教训她们吧，保证她们活蹦乱跳。”

绯秋翠附和道：“好主意。”

族长金鳞反而阻止：“没有这个必要。”

金鳞和银鳞样貌极其相似，连花纹和颜色都很像，只是金鳞的鳞片像钻石，而银鳞的鳞片像珍珠。性格上也正好相反，一个急躁，一个沉稳。

海沫觉得无聊，转身游走。四周都是鲛人姐妹，可她是如此孤独。

珍珠秋翠迎面游来，劈头就问：“海沫，你杀了老炮儿？”

“是啊。”海沫欣喜地回答，“我杀了老炮儿，杀了蛟人的龙头大爷，我拯救了……”

珍珠秋翠厉声打断了她的慷慨陈词：“你知道他是你的谁吗？你都干了些什么呀！”

5

朝天门是蛟人总部所在之地。蛟人有六大门，以朝天门的规模最大。它位于长江水道和嘉陵江水道交汇之处，大部分的建筑在地面之上，据说是按照陆生时代的大型帆船建造的，其建筑主体经历了大洪水的冲击以及近千年海水的浸泡，因蛟人孜孜不倦的修修补补，基本上维持了千年前的原貌，也算是一个奇迹。

龙头大爷回到朝天门就已经不行了。那把金属匕首从后背深深地刺入了他的内脏，所有的急救措施都宣告无效。老炮儿气息奄奄，吩咐陌刀去找圣贤二爷和当家三爷，还有所有的管事到讲茶大堂来：“我有些话需要当着他们的面讲。”

圣贤二爷老飘哭哭啼啼地游进讲茶大堂：“我的炮哥，这是怎么啦？”

当家三爷冷开泰姗姗来迟，来的时候闹出了极大的动静，生怕有蛟人不知道他来了。“我该早点儿来的。”冷开泰号啕着，“我为啥要去管那些杂事呢？大爷，您才是最重要的。冷开泰该死啊。”

朝天门、千厮门、金紫门、南纪门、储奇门和太平门的六位管事在冷开泰之前已经到了讲茶大堂。冷开泰一到，蛟人的领导层就到齐了。

老炮儿眯缝着眼睛，瞅着眼前的一干蛟人，目光从朝天门管事陌刀、千厮门管事龙麻子、金紫门管事离魂、南纪门管事闷墩儿、储奇门管事幺师和太平门管事牛耳大黄脸上一一划过。这些都是蛟人的中坚力量，都是他一手提拔的，他信得过。然而……“我的血已流尽，”老炮儿挥手，止住了老飘无用的安慰，“海底在上，等我话说完，你再唠叨行不行!”

陌刀看见老飘瑟缩了一下，捋了一把颌下的白胡子，但没有出言反对。圣贤二爷由全族推举，由重信守义、豪迈耿直，而且知识丰富、足智多谋的蛟人担任。老飘与老炮儿年龄不相上下，是同时从鲤鱼池出来的。老飘虽然优点很明显，但缺点也很明显，那就是没啥大用。用当家三爷冷开泰的话讲，圣贤，不就是“剩”下的“闲”人吗?

“老飘，去，去把《海底》拿出来。”老炮儿有气无力地说，“你知道在哪里。”

老飘愕然，没有出声，甩动尾巴离开讲茶大堂。不一会儿游了回来，手里拿着一本书。纸张已经泛黄，书页已经脱落，封面上有两个大大的方块字。陌刀认得，正是“海底”两个字，不由得倒吸了一口海水。

老炮儿从老飘手里接过《海底》:“这本《海底》乃是蛟人的至尊宝典。当蛟人的先祖还在陆地上用两条腿行走的时候，就遵照《海底》的规章说话与做事。我们的祖师爷段楠预见到了陆地的沉没，预见到了蛟人迟早会在海底生活，所以早早地编撰了《海底》。世间所有的真理都在其中。陌刀，你说我说得对不对?”

陌刀一时愕然，不知道为什么龙头大爷这个时候要点自己的名。还没有来得及说，一旁的当家三爷冷开泰已经抢道:“大爷说得对。”

多数蛟人都不认字，像龙头大爷、圣贤二爷、当家三爷这种识文断字、能读会写的，是少数中的少数。甚至管事中，也有闷墩儿这样不认识字的。

老炮儿对陌刀说过，《海底》用词佶屈聱牙，用句曲折婉转。有的他大概知道意思。比如，“一尘不染谓之光，直而不曲谓之棍。光者明也，棍者直也，即光明正直之谓也。”这样的句子读着就很舒服。另外一些句子，比如，“人王脚下两堆沙，东门头上草生花。丝线穿针十一口，羊羔美酒是我家”，就算他已经能背诵了，可还是不知道它是什么意思。

“不管意思是什么，你先背下来。”老炮儿当时说，“有用。”

陌刀接着冷开泰的话说道：“大爷说得对。”

他已经猜出冷开泰为什么要抢答了。当家三爷负责族内人事和财务收支，负责安排规划各类事务，工作极为繁复，深得蛟人的信任。他还是清水派的领袖……

“每一任龙头大爷，都手持《海底》，登上龙头大爷之位。”老炮儿对着讲茶大堂的蛟人们说，“谁拥有《海底》，谁就是蛟人的龙头大爷。”

这话在蛟人们心中搅起一阵波澜。老炮儿这是要宣布继承人啊！闷墩儿和离魂都看着冷开泰，幺师与牛耳大黄交换了一个叵测的眼神，龙麻子抬头望了老飘和陌刀一眼。按照《海底》的规定，下一任龙头大爷由上一任龙头大爷指定。那么，继任者会是谁呢？圣贤二爷，还是当家三爷？显然，当家三爷比圣贤二爷合适。

白发老炮儿喘息了片刻，问道：“老飘，我担任龙头大爷多少年了？”

老飘上前，答道：“水下纪元956年，大爷手持《海底》，登上龙头大爷之位。今年是水下纪元996年，正好四十年。”

扬子海浑浑噩噩，光线变化并不明显，全凭圣贤二爷观察水流与动植物的变化，修订历法，确定时间。

“四十年。”老炮儿若有所思，“太久了。太久了。”

自陌刀懂事起，老炮儿就是龙头大爷，带着蛟人战士四处攻城略地，为蛟人带来无限荣光。他也学过历史，知道在老炮儿之前，还有很多任龙头大爷。但毫无疑问，老炮儿，是蛟人历任龙头大爷中最优秀的。他曾无数次跟在老炮儿身后冲锋，眼看着老炮儿的头发从乌黑变成花白再变成雪白。那句“跟着龙头大爷，永远不会死”的话，最早就出自他的口。

老炮儿静默良久，好像是陷入了回忆之中，又好像是打了一阵瞌睡。他睁开惺忪的眼睛，说：“我的血已流尽，无法再担任龙头大爷。大家都听好了，在此，我宣布：在我死后，朝天门管事陌刀继承龙头大爷之位。”

陌刀心中剧烈震动。他从来没有想过，龙头大爷也有战死的一天，蛟人也有失去白发老炮儿的一天。没有白发老炮儿，蛟人可怎么活呀？他更没有想到，老炮儿会选择自己接任龙头大爷。之前不是没有迹象，但事情还是发展得太快，来得太过突然。一时之间，他竟然愣在原地，仿佛被冰水冻住，动弹不得。

“陌刀。”老飘提醒，“刀娃儿！”

陌刀甩动尾巴，游到老炮儿跟前，郑重无比地从龙头大爷手中接过《海底》。“陌刀定不负大爷重托。”陌刀将身体在水里竖直，双手捧《海底》，举过头顶，左右手相交，朝老炮儿拜了三拜。

“冲啊，刀娃儿。”老炮儿微微颔首。

陌刀转身，面对讲茶大堂里的一众蛟人，迎面看见当家三爷恼恨的目光。他不管，自行展示《海底》，然后朗声念道：“岂曰无衣，与子同袍。王于兴师，修我戈矛，与子同仇。”

圣贤二爷带头，全体管事与弟兄，跟着庄严地诵读：“岂曰无衣，与子同袍。王于兴师，修我戈矛，与子同仇。”

如此重复了三次，接任仪式才算结束。回头再看，白发老炮儿已经停止了呼吸。圣贤二爷上前查看，然后宣布：“恭送老炮儿去往木阳城！”《海底》里说，木阳城是蛟人死后会去的地方。众蛟人跟着圣贤二爷齐声颂念：“恭送老炮儿去往木阳城！”

念毕，老飘着手处理老炮儿的尸身，离开了讲茶大堂。

陌刀手持《海底》，正要开口，却传来冷开泰的暴喝：“等等。我有话讲。”

陌刀拱手道："三爷请讲。"同时意识到，这将会是自己接任龙头大爷遇到的第一个大危机。

冷开泰厉声说道："我们尊重老炮儿的临终决定。但你必须杀死那个鲛人杀手，为老炮儿报仇，为蛟人雪恨，我们才会认你这个龙头大爷。"

南纪门管事闷墩儿抢道："支持当家三爷！清水派的才有资格当龙头大爷！"

这口号喊得真不是时候。冷开泰两眼一瞪，闷墩儿还不明白，被金紫门管事离魂摁住，退后半步。但清水派与浑水派的矛盾自此完全暴露出来。

不知道从何时开始，蛟人分作了两派：一派坚持把《海底》作为唯一的信仰，他们自称清水派，意思是祖师爷段楠一脉清水传下来，没有变过；另一派则认为《海底》不过是一本古书，时过境迁，没有必要再严格按照它上面的话来行事了，他们自称浑水派，表达了与清水派对着干的意思。清水派嘲笑浑水派，浑水派是想把水搅浑了再谋取自己的利益；浑水派讥讽清水派，是固守传统的老顽固，不知变通的花岗石。

时至今日，蛟人中的清水派实力还是在浑水派之上。蛟人六大管事里边，比如南纪门管事闷墩儿、金紫门管事离魂，都公开支持清水派，而当家三爷冷开泰则是清水派的领袖。老炮儿活着的时候，还能压制两派，让清水派与浑水派不至于正面冲突。现在，老炮儿一死，又任命属于浑水派的陌刀接任龙头大爷之位，那冷开泰把浑水派与清水派的矛盾公开化，显然是要借助清水派的力量，抢夺龙头大爷之位。必须小心应对。

陌刀沉声道："好。这本就是我必须做的事情。"

冷开泰补充道："陌刀，记住，为老炮儿报仇，你不能借助其他蛟人的力量，你必须亲手杀死那个鲛人。记住咯。"

陌刀拱手道：“蛟人绝不拉稀摆带[①]。请众位弟兄等我的好消息。”

6

海沫不是傻子，之前好多蛛丝马迹呢。此刻听珍珠秋翠这样说，立刻明白过来：“他是……”

“他是你爸爸。”珍珠秋翠说。

这是一个和妈妈一样古老而恐怖的词语。即使之前有蛛丝马迹，海沫此刻依然如同五雷轰顶。“这不可能。你骗我。”她喃喃自语道，“鲛人没有妈妈，也没有爸爸。”

很小的时候，小海沫像所有的鲛人孩子一样，反复思考过一个问题：我是怎么来的。这似乎是智慧生命的一种本能，被视为智慧生命的一种标志。反正，身边游来游去的那些草鱼、鲫鱼、螃蟹和河蚌是不会问这些问题的。

成年鲛人对这个问题的回答非常一致：一边露出明白一切的神情，一边讳莫如深，说什么你长大了自然就知道了。小鲛人在一起玩耍的时候，也会探讨这个问题，但大多是从成年鲛人那里听来的只言片语，加上自己的一些或是美好或是邪恶的想象。小海沫没啥朋友，从小到大，她都被仇视着，孤立着，咒骂着。正因为如此，她才听到了很多别的鲛人没有听过的话。

小鲛人说，你是个杂种，是个野货，是个地地道道的异类；育婴堂的嬷嬷说，鲛人是没有妈妈，也没有爸爸，而你有，你就不该来到这水下。起初，小海沫完全不知道该如何应对这样的咒骂，只觉得委屈，哭个不停。哭是不能解决问题的，鲛人的眼泪一流出来就与水混合在一起，看不出来痕迹。后来海沫听说陆生时代有一个广为流传的说法，说鲛人的眼泪会变成珍珠，另外一种说法是鲛人体内会孕育出珍珠，而珍珠对两脚行走的陆生人来说，是非常值钱

---

①拉稀摆带：重庆方言，指拖泥带水，不干脆，不耿直。

的东西，所以陆生人会捕捉鲛人，要她们在月圆之夜流泪，或者直接剖开她们的身体取出比拳头还大的珍珠。这是多么愚蠢的传说啊，小海沫想。她问："不是说鲛人是由葵神创造的吗？怎么在那之前，就有鲛人的传说呢？"没有谁能解答小海沫的问题，她们只会重复"陆生人干了太多坏事，因而遭到了葵神的惩罚，陆地尽数沉没，而大慈大悲的葵神创造了鲛人，来到扬子海继续生活"这样的车轱辘话。

哭不能解决问题，那就骂。对方怎么骂，小海沫就怎么骂回去。小杂种居然敢还嘴，这还得了啊！于是，小海沫听到了无穷无尽的粗话、脏话与诅咒之话。渐渐地，一个词语频繁地出现在她们的话里：鲤鱼池。跟观音桥、朝天门、龙头寺一样，这是一个地名；但跟观音桥、朝天门、龙头寺不一样的是，鲤鱼池是禁区，禁止任何鲛人进入。衣家族的鲛人战士守护着鲤鱼池，任何靠近的鲛人都会被驱离。

"那么，鲤鱼池就是衣家族的驻地啰？就像观音桥是秋翠家族的领地一样。"小海沫好奇地问。

珍珠秋翠回答："不，不一样。平时衣家族也不能进入鲤鱼池的核心区域，她们守在鲤鱼池外边，不准鲛人或者别的物种进入。除了拜神祭……"

拜神祭？小海沫敏锐地抓住了这个关键词。可惜，不管小海沫怎么问，珍珠秋翠和其他成年鲛人一样，讳莫如深，都不肯再深入地探讨这个问题。

从无穷无尽的粗话、脏话与诅咒之话中，小海沫梳理出一个流程：每到拜神祭，衣家族的守卫会让有资格的成年鲛人进入鲤鱼池；她们会在鲤鱼池里待满三天，然后出来；几个月后，育婴堂的嬷嬷们获准进入鲤鱼池，她们离开鲤鱼池时，都会抱着一个或者两个鲛人婴儿；这些鲛人婴儿由育婴堂负责养大，并教授各种本领。

每一个鲛人都是这么来的，她们强调说。

之所以强调这个，是因为海沫不是这么来的。她们说，海沫是珍珠秋翠怀孕九个月生下来的。她们诅咒这句话里的每一个字。她们说珍珠秋翠怀孕的时候肚子比翻车鱼都大，甚至无法游泳。她们不知道珍珠秋翠是怎么怀上的。有好几种说法，有说珍珠秋翠从大鲸鱼的影子下边游过，有说珍珠秋翠出于好奇吃下了章鱼的卵，有说珍珠秋翠一时兴起亵渎了大慈大悲的葵神……她们也无法解释珍珠秋翠是怎么生出海沫的。珍珠秋翠是独自生出海沫的，没有鲛人目睹过，更没有哪一个鲛人帮助过。她们相信，那一定非常困难，非常痛苦，充满了恐怖的尖叫与恶臭的脓血。她们非常恐惧，用她们所知道的最可怕的字词描述那个过程。

她们说，海沫是水下纪元以来，第一个怀孕生出的婴儿，一个杂种，一个野货，一个地地道道的异类。

后来，小海沫听说了陆生时代的一些传说，忍不住发出疑问："在陆生时代，两脚的陆生人两两婚配，繁殖后代。难道陆生人都是杂种、野货和异类?"她得到的答案千篇一律："所以陆地沉没了，鲛人出世了。"小海沫由此知道，成年鲛人都是些没有脑子的蠢货，比草鱼和鲫鱼还要蠢，而且一有机会就撒谎，从不认为自己有错。

此刻，珍珠秋翠说蛟人的龙头大爷是海沫的爸爸，她的愤怒是多于恐惧的。她愤怒于珍珠秋翠为了抹杀她的功绩，居然毫不犹豫地撒谎了。*哪有什么爸爸？根本就没有爸爸。*

爸爸是什么，海沫是知道的。在陆生时代，两脚的陆生人分为男和女两个性别，配对结婚，生下小孩。小孩管女的叫妈妈，管男的叫爸爸。还有一些别的称呼，母亲、父亲什么的，使用都不如妈妈和爸爸来得普遍。但正如育婴堂的嬢嬢反复强调的那样，鲛人是没有妈妈，也没有爸爸的。海沫从不把珍珠秋翠叫妈妈，现在珍珠秋翠嘴里又冒出一个爸爸来。她首先怀疑珍珠秋翠撒谎了。

她把两只手伸到眼前，尽力张开，透过瞬膜看着它们。纤细，白皙，然而非常有力。她记得一匕首刺进白发老炮儿后背的感觉，是那样兴奋，那样顺畅，那样完美无瑕。就算绯秋翠亲自出手，也未必能够比她做得更好。

在行动之前，海沫只有一个念头。那就是一举击杀蛟人的龙头大爷，这样就可以结束观音桥保卫战，将秋翠家族从灭绝边缘拯救出来，而她可以凭借这一功绩，赢得绯秋翠的认可，赢得秋翠家族乃至整个鲛人家族联盟的尊重。她瞅准了时机，勇敢地潜进，最后忘情一搏——那个时候，龙头大爷的防御是最为薄弱的。她成功了。然而，事实证明她想多了：绯秋翠依然对她不理不睬，现在珍珠秋翠又跑来告诉她，龙头大爷是她的爸爸，她亲手杀死了她的爸爸！

她不由得更加愤怒。

在鲛人中，流传着白发老炮儿的种种事迹。有说他是双手沾满鲛人鲜血的屠夫，有说他是喜欢吃鲛人小孩的恶魔，有说他是杀起蛟人来比杀鲛人还要狠的刽子手。

这样一个蛟人，是她的爸爸？

她无边的愤怒里，又带着无限的恐惧与慌乱。

珍珠秋翠对海沫说："我没有骗你，海沫。"

"那又怎么样！"海沫哀号着，仿佛无数把刀砍进身体，要将她四分五裂。

珍珠秋翠看着海沫，眼神呆滞，转瞬间又流露出些许的温情："我告诉你实情吧。"

珍珠秋翠说，那个时候她和海沫现在一样年轻，对什么都充满了好奇，而且非常冲动。在听说了鲤鱼池的禁忌后，她如百爪挠心，一门心思想去看看鲤鱼池到底是什么样子的，到底有什么不可告人的秘密。"我刚靠近鲤鱼池，就遇见了衣家族的守卫。衣家族个子矮小，但手里的兵器都是金属打造的，异常锋利。"珍珠秋翠说，"我赶紧游开，躲到一条水草遮掩着的岩石缝里。就是在那条石头缝里，我遇见了老炮儿。"

那个时候，老炮儿还不是满头白发，而是青丝缠身。说来也巧，老炮儿也是来鲤鱼池探秘的，遇到衣家族的守卫，便躲进了石头缝里。鲛人与蛟人本是世仇，见面就该杀个你死我活。但在那个特定的环境下，珍珠秋翠和老炮儿没有刀兵相向，而是彼此局促地挤在了一起。

耳鬓厮磨间，一项古老的本能被激发了出来。“然后就有了你。”珍珠秋翠说，“也不是当时就有了你。那之后，我们又见过几次面。偷偷摸摸地。你知道，鲛人和蛟人是世仇，一个鲛人与一个蛟人私下见面，被别的鲛人知道了，会有什么样的后果！后来……再后来，我肚子渐渐大起来。起初大家都嘲笑我吃胖了，而我根本不知道发生了什么。是绯秋翠告诉了我，在我身上发生了什么，她是我为数不多的朋友。作为族长接班人，她接受过特别的教育，知道很多普通鲛人不知道的事情。她要我彻底断绝与老炮儿的往来，这事儿我办到了。她又要我把你拿掉，在你出生之前——而我，思虑了很久，最终还是决定把你生下来。”

海沫激愤地问：“你们犯了错，为啥要我来承担？”

“也不是错……”

海沫更加愤怒。因为自己刚才的说法，就等于承认珍珠秋翠是她的妈妈，白发老炮儿是她的爸爸，而她刚刚亲手杀死了她的爸爸。

就在这时，宴会大厅传来激烈无比的打斗声。

7

等海沫与珍珠秋翠赶到宴会大厅时，喧哗已经停止了。绯秋翠怒气冲冲从她们身边游过，眼神凶得仿佛要杀人。海沫没有见过她这个样子，珍珠秋翠也没有。游过之后，绯秋翠丢下两句话：“家族联盟会议的时候，你去，带上兵器！你也去！”

第一个“你”指的是海沫，第二个“你”则是珍珠秋翠。

听到族长这么说，海沫惊喜中夹杂着怨恨，珍珠秋翠则是惶恐中掩饰不住的惊喜。

关于珍珠秋翠与绯秋翠的故事，海沫可没有少听。珍珠秋翠是她们那一代鲛人中最漂亮的一个，有“鲛人公主”之美称，而绯秋翠则是她们那一代鲛人中功夫最好的一个，有“天下第一”的美誉。至于她们的分分合合，谁对谁错，早就不是三言两语可以描述清楚的了。

海沫所惊喜的，是自己的努力终于被绯秋翠看到了；所怨恨的，是绯秋翠现在才看到。

珍珠秋翠比海沫要稳重得多，向路过的绯秋翠护卫打听刚才宴会大厅里发生了什么。护卫告诉她们，族长建议召开鲛人家族联盟会议，别甲三姐妹同意了，但要求会议在别甲家族的领地龙头寺召开，并强调，如果不在龙头寺召开，别甲家族将不会参加，同时会号召其他家族抵制。“这是赤裸裸的僭越与威胁，族长当然不可能同意。所以就和别甲三姐妹争执起来。赤别甲甚至提出要和族长一比一角斗，真是粗俗不堪的家伙。”护卫说，“就在双方争执不下的时候，金银鳞家族的族长金鳞建议，把会议地点改为大剧院。那是写家族的地盘。与会的家族族长与巫罗们可以看完写家族的表演再开会。那表演真是精彩绝伦，值得一看再看。”

在水下，听觉比视觉更重要。水是声波的绝佳导体，声波在水中的波长是在空气中的五倍，这也意味着声音在水中的传播速度是在空气中的五倍。

陆生人用声带振动发出声音，配合舌头和口腔来说话。而鲛人的声带失去了发声的本领，是供水流向鳃的通道，而两片效率极高的叶状鳃位于胸腔之中，即原来肺叶所在的位置。

尽管没了声带，鲛人们却有更多的发声方法。收缩肌肉，振动鱼鳔，摩擦骨骼，摩擦鱼鳍，摩擦鳃裂，摩擦颌部的牙齿，多种方式组合在一起，构成一个复杂而全面的声音交流模式。一个鲛人就算得上是一支小小的乐队，尤其擅长打击乐。她们能发出呻吟声、口哨声、咯吱声、呼噜声、心跳声、汪汪声、嘀嗒声、笃笃声、叹息声、喳喳声、嗡嗡声、撕裂声、啪啪声、咆哮声、呜呜声、喵喵声、汽笛声……

鲛人能用这些声音表达极为复杂的意思，而写家族是鲛人中在表达方面的佼佼者。用不了几个鲛人，她们就能借助声音、舞蹈和道具，演出各种复杂的话剧、歌剧和舞剧，包括《冰川祭》《瘟疫乱》《悼陆地》《神之战》《核殇》等等，其中最为有名的，是为葵神而写的《葵神颂》。

珍珠秋翠问："所以，族长同意了？"

"同意了。别甲三姐妹也同意了。"

待护卫离开，珍珠秋翠对海沫说："这是一个折中方案。别甲家族对盟主之位觊觎已久，这次观音桥保卫战，我们秋翠家族虽然获胜，却是惨胜，击退了蛟人的进攻，损失也非常大，连狩猎队队长五色秋翠都战死了，实力大减。我甚至怀疑，她们故意拖延出兵的时间，借助蛟人来削弱秋翠家族的实力。金银鳞家族似乎也站在她们那一边。她们两个家族出兵的时间太统一了，说不定是事先商量好了的。葵神保佑，我多么希望这样的事情不是真的，鲛人害鲛人，实在是太可怕了。然而，同意去大剧院开家族联盟会议，族长也是不得已而为之，她一心想要守住家族的实力与地位——现在她心里得多苦呀！"

"那你去安慰她好啦！"海沫说。她对鲛人家族之间的恩怨不感兴趣，在离开珍珠秋翠的时候，脑子里正琢磨着另外一件在她看来更为重要的事情。

*我需要一件称手的兵器，海沫想。*没有兵器在身边，她总觉得差点儿什么，心里惴惴不安。在此之前，她有一把金属做的匕首，锋利无比。如今这把匕首刺入白发老炮儿的后背，被他带回了朝天门。幸而她还清楚地记得她是从哪儿得到了那把匕首。鲤鱼池守卫，衣家族。她们有很多金属打造的兵器。*我得再去一趟鲤鱼池。*

打定主意，海沫去找绯秋翠，表示愿意当信使，去给守卫鲤鱼池的衣家族送信，让她们准时参加在大剧院举行的家族联盟会议。

绯秋翠道："现在不急，会议时间还没有最后敲定。你先到花秋翠那儿报到，登记为信使，然后等候通知。"

"我要去鲤鱼池送信。"

绯秋翠告诉她，已经有信使去鲤鱼池了，问她要不要去大剧院，给写家族送信。"别把事情想简单了，送信只是任务的一部分，更为重要的是，要把我的意思带到位，”绯秋翠说，“秋翠家族面临危机，我们需要其他家族的支持。我希望你能为秋翠家族争取到写家族的支持。退一万步讲，即使写家族不支持秋翠家族，也不要支持野心勃勃的别甲家族。你能完成这个极其重要的任务吗？”

海沫有些失望，撇撇嘴，还是说了一声“保证完成任务”。毕竟，这任务是绯秋翠亲自安排的，很有意义。

8

陌刀接任了龙头大爷之位，又仿佛没有。

他们甚至发明了一个词，叫作“候任”，用来形容陌刀此时的状态。

陌刀担任朝天门管事也已经好几年了，在朝天门里，他是有威信的，说话还是算数的。朝天门弟兄对于自家的管事就任蛟人龙头大爷一事，自然是无比高兴与支持的。但在朝天门之外，情况就有很大的不同了。其他门的蛟人尽管对他毕恭毕敬，叫他“刀爷”，但也仅限于表面上的礼貌。他使唤不动他们，管事不听，普通蛟人也有各式各样的理由委婉地拒绝执行“刀爷”的命令。

最常见的理由是“单刀会要到了，我太忙了”。

祭祀祖师爷段楠的单刀会是蛟人生活中的大事，一年一次。在单刀会到来前三十天，蛟人就开始忙碌。不是每一个蛟人都有资格参加单刀会庆典。蛟人有一套复杂而严密的考核机制，以战功为主，但也涵盖蛟人生活的其他方面。只有通过考核的蛟人，才能前往鲤鱼池参加盛大的单刀会庆典。

单刀会即将到来这件事，逗弄得全体蛟人兴奋无比，个个群情激昂，宛如两军对垒，即将发起集团冲锋。这热烈的气氛，彻底冲淡了白发老炮儿去了木阳城的悲伤。

然而……

同寝的阿飞告诉陌刀，今年的考核比以往任何一次都要严格，而他已经拿到了参加单刀会庆典的资格。陌刀向他表示祝贺。“海底在上，我的第一次。”阿飞兴奋地强调，后背上的鳃裂都翕动起来。

阿飞身材修长，全身都是柔和的白色，松叶状的红色鳞片又呈现出黑色斑纹。这些鳞片没有咄咄逼人的金属光泽，相反平添了几分温柔之美，看起来平和又温顺，而一条矛状的漂亮尾巴在蛟人中也是罕见的。

阿飞这名字是陌刀取的。叫阿飞是因为他游起来就像飞鸟。很久以前的一天夜里，陌刀游到海面，曾经见过几只翅膀长长的鸟儿划过阴霾密布的天空。在他看清楚之前，飞鸟们已经消失得无影无踪。那是属于另一个世界的生灵，不是他可以理解的存在，但对于飞鸟的偏好由此烙印在了陌刀的心底。

陌刀用额头碰了碰阿飞的前额："你还会参加很多次单刀会庆典的。"

阿飞情难自禁，忙不迭地说："会的会的，三爷也是这样说的。"

陌刀不由得展颜一笑。但这笑容来得快，去得也快，因为负责单刀会资格考核的蛟人不是别人，正是当家三爷冷开泰。这件事隐藏着极大的危险。

对于蛟人而言，单刀会是大事，那么，单刀会资格考核就是大事中的大事。从战场上浴血奋战得来的战功，是考核最重要最关键的指标，有时甚至是唯一的决定性因素。

是此，从某种程度上讲——不，实际情况就是如此，陌刀纠正自己的想法——这段时间，冷开泰三爷是蛟人中权力最大的，而不是他自己——名义上的龙头大爷。

他被架空了。

他捋了捋蛟人现在的情况：

圣贤二爷老飘不管事，在鲤鱼池搞他的研究，逍遥又自在。当家三爷冷开泰是清水派的领袖，掌管一切。管事共有六个，朝天门、千厮门是浑水派，金紫门、南纪门是清水派，储奇门、太平门则是中间派，态度暧昧。

陌刀不由得有些怅惋，又有些焦躁。

老炮儿曾经告诉过他，身居高位，拥有权力，是会上瘾的。种种迹象表明，三爷已经上瘾了。这是非常危险的事情。老炮儿一直说，蛟人最大的敌人是蛟人自己。一旦清水派与浑水派决裂，蛟人一分为二，不但实力大减，而且——“而且两派之间随时可能爆发全面内战。用不着鲛人动手，蛟人自己就能把自己杀个精光。”老炮儿说话的时候，神情格外凝重，“要尽可能避免发生这样的事情。”

现在，老炮儿去了木阳城，龙头大爷的重担落到了陌刀的肩膀上。以前陌刀觉得，当龙头大爷颐指气使，不知道多威风，现在才发现，这个大爷不好当啊。

冷开泰让他为白发老炮儿报仇雪恨，干掉那个鲛人杀手，是理所应当的；不准他动用蛟人的力量，这也是说得过去的。但报仇雪恨这种事情，说起来容易，做起来难。首先，得知道那个鲛人杀手是谁，然后把她找出来，接下来就是亲手干掉她。第三步最简单，最难的是第一步。蛟人与鲛人是世仇，除了战场上刀兵相见，其他时候根本没有来往。他又如何得知是哪一个鲛人杀死了白发老炮儿呢？

陌刀犯了愁。

这时，阿飞两臂展开，向后划水，向着远处游去。乍一看，确实像滑翔中的飞鸟。但这一幕……除了在天空，应该在别的什么地方见过。陌刀陷入了沉思，努力抓住大脑里的这一缕火花。他想起来了，确实见过。在很久以前，针对鲛人光写家族的一次突袭中，他见过逃跑的光写鲛人也是这样游泳的。

陌刀很早就注意到了，蛟人与鲛人虽然都有一个“人”字，都自称是陆生人的后裔，说着同样的话，写着同样的字，但在形体上有诸多的不同。尾巴上的区别就很明显。蛟人的尾尖犹如矛头，迅速变小，与两个肩膀形成十字交叉；鲛人的尾尖如同剪刀般叉开，与两个肩膀是平行的。游动时，鲛人上下摆动尾巴，而蛟人则左右摆动尾巴。因此，在很远的地方，仅仅通过泳姿，就能判断出游动过来的是鲛人还是蛟人。

但也有例外。

鲛人一共七大家族，每一个家族都有自己的特色。光写家族是从写家族分裂出去的一个小家族，只有一百年的历史。这个家族的尾巴，与蛟人的尾巴十分接近；光看泳姿的话，会误以为光写鲛人是身体较为孱弱的蛟人。一念至此，陌刀灵光乍现，忽然想到了查出那个鲛人杀手的办法。

他一甩颀长的矛尾，猛吸了一口水，全力游向阿飞，速度快得不可思议。

他一边游，一边想，蛟人与鲛人之间的区别在胸前也很明显。鲛人胸前有两团如小丘一般的凸起，没有覆盖鳞片，淤泥一样柔软，而在同样的部位，蛟人则是平坦而坚硬的，钢铁一般。

阿飞注意到了陌刀的追逐，停下来等他。

陌刀追到阿飞身后，擒住他悠长的尾巴。"我要你做一件事，"陌刀说，"我要你冒充光写家族的鲛人，潜入鲛人之中，去打听到底是哪个鲛人杀死了白发老炮儿。"

阿飞面露惶恐："海底在上，我可以不去吗？好危险的。被鲛人抓住了，肯定是要被万箭穿心的。"

"不行。"陌刀摆出刀爷的面孔，"这是龙头大爷的命令。"

"你还不是真正的龙头大爷呢。"

"等我杀了那个鲛人就是了，"陌刀板起脸，"现在，我至少还是朝天门管事，不能给你下命令吗？"

从鲤鱼池出来的蛟人婴儿都会被送到朝天门进行集中抚养和教育。朝天门不但是蛟人的统治中心，也是蛟人最大且终身的学校。六大管事同时也是朝天门的教官，按照不同的方式，培养战士、农夫、工匠、渔人与杂役等。当蛟人十岁的时候，就需要选定自己一生的职业。这种选定，一方面是看小蛟人的天赋，另一方面，要看六大管事对他们的考评。很明显，后者对结果的影响更大。

陌刀这话说得很重，但阿飞还在犹豫："可是……"

"阿飞，你有变身的本领，混入鲛人之中，是轻而易举的事情。

就当是帮我。事成之后，我一定重重地赏你，让你当朝天门管事，也不是完全不可能。相信我，我一向不拉稀摆带。”陌刀继续威逼利诱，“不去，就剥夺你参加单刀会庆典的资格。”

阿飞轻轻叹了口气，说：“谁叫我是你的同寝呢？我认了。不过，我需要三天时间准备，这变身啊，还真不是说变就能变的。”

9

鲛人家族联盟会议的时间终于确定，海沫高高兴兴地出发了。

大剧院离观音桥不算特别远，属于想起来很近，游起来很远那种距离。海沫以前来过大剧院。这座小城在扬子海诸多海底城市中显得非常特别。它位于一处巨大的斜坡上，一圈一圈的巨型建筑镶嵌在岩石和泥土里。海水从它的上方和四周流过，它岿然不动，如同钢铁堡垒。传说，它在陆生时代就有了，由陆生人用钢筋水泥以及其他鲛人所不知道的材料和技术建造而成。外观像是某种叫作“坦克”的重型兵器，里边的空间极为宽阔，是陆生人欣赏话剧、舞剧与歌剧的地方。陆地沉没，它也跟着被淹没在波涛之下。千百年过去了，它破损过一部分，坍塌过一部分，但主体部分一直存在。写家族把大剧院作为领地之后，对大剧院进行了长达五百年的精心维护和修缮。现在，大剧院依然矗立在它当初建成的地方，依然巍峨壮观，只是在水下数百米而已。

海沫向写家族的门卫说明来意，门卫带她从二楼的窗户游进大剧院。“白写族长正在彩排，”门卫说，“她很讨厌彩排时受到打扰，信使请在此耐心等候。”

海沫倒也不着急，抓住前面的栏杆，俯下身子向斜下方眺望。距离太远，水流波动，看不真切，但能清楚地听见。

彩排的正是《葵神颂》——写家族最为著名的剧目。海沫听见一连串感染力极强的唱段从下方传来：

天不下雨兮停电

连晴高温兮生山火
新老瘟疫兮频发
众生艰难

二氧化碳多兮造温室
这边大雨滂沱兮那边旱
气候变化兮叵测
灾变将至

居安不思危兮怠矣
族群分崩离析兮危哉
冰川融化兮海面升
陆地渐沉

葵神思虑兮涕下
望大洋兮兴叹
基因驱动兮问世
鲛人诞生

水下纪元兮起始
鱼尾替腿兮游泳
双鳃替肺兮自由
葵神保佑

这唱段基本上把陆地沉没与鲛人诞生的全过程描述了一遍。只是缺少细节，而且有好些词语，比如“基因驱动”，海沫根本就不懂。幸而她无须懂，也能懂得唱段所表达的感情：对陆生时代的谴责，对水下纪元的歌颂，对葵神的爱。

海沫对写家族的舞台剧并不感兴趣。说到艺术，她对小时候在育婴堂嬢嬢那里学到的童谣更感兴趣：

陆生人没有尾巴，用两条古怪的腿走路，可笑。

陆生人没有鳞片，日常穿着累赘的衣物遮掩身体，可笑。

陆生人不会游泳，进到水里会很快被淹死，可笑。

陆生人要把食物用一种叫作火的东西煮熟了才能吃，否则就会生病，可笑。

陆生人骄傲自大，贪得无厌，小肚鸡肠，蛮横无理，自私自利，色欲熏天，好吃懒做，把自己的文明弄没了，最可笑。

这里边有种难以言说的幽默。海沫向来是念一次，笑一次。

唱段在把“葵神保佑”重复三遍之后结束。门卫已经下去通报了，白写转身，越过一排排半弧形栏杆，游向海沫所在的地方。她的身材修长，上身丰腴，臀部浑圆，全身雪一样白，背部有黑色斑块交错分布，看上去端庄又典雅。

海沫主动向白写表明身份。“我知道你，你成功刺杀了蛟人的龙头大爷，是鲛人一族的英雄。”白写的声音十分好听，温柔，但有力量，“此次到大剧院来，不知有何贵干。”

海沫把家族联盟会议地点确定为大剧院一事说了一遍，又说要把《葵神颂》准备好，将在会议开始之前，表演给全体与会族长看。“没有问题，”白写躬身道，“这是写家族的荣幸。传承记忆，共享艺术，是葵神赋予写家族的历史使命。”

“我刚才听了一部分，”海沫说，“唱词能不能改改，把秋翠家族是葵神创造的第一个鲛人家族写进去？”

“确实，秋翠家族是一个古老的家族。你们人数众多，擅长功夫，又擅长兵法谋略，战阵冲杀。”白写说，“然而，唱段已有千年历史，不能轻易改变。别甲家族英勇善战，战功卓著，也没有往古老的歌剧里随便添加呀。”

这是故意拿别甲家族来顶秋翠家族。“这么说，你们写家族支持别甲家族啰?”海沫单刀直入，这是她的行事作风。

“写家族人少势弱，没啥战斗力，只想好好演话剧、歌剧和舞剧。谁当盟主，我们是不在乎的，也在乎不了。”白写回答。

“真的吗?”

“真的。”

如果说有哪一个鲛人比秋翠家族更古老，那非写家族莫属了。在秋翠家族崛起之前，写家族长期执掌鲛人家族联盟，数任盟主都出自写家族。但那已经是很久以前的事情了。如今的写家族，在鲛人中只以表演闻名，而她们昔日的辉煌只有一些不靠谱的传说在有意无意间流传。

海沫盯着白写：“那葵神之道呢?我怎么听说，写家族在暗地里宣传葵神之道，你们想复辟吗?”

白写诚惶诚恐地回答：“不敢，只是在排演一些古老的剧目，准备在今年的拜神祭上表演罢了。不知道怎么的，传到秋翠族长耳朵里，就成了写家族想要复辟的谣言了。写家族冤枉啊。”

所谓葵神之道，指的是鲛人与葵神的交流方式。写鲛人自称由葵神亲手缔造，尊贵无比，亦是万千鲛人中，唯一能与葵神直接交流的族群。当初，写家族鼎盛之时，各个鲛人家族的巫罗都出自写家族，家族的各种祭祀活动，都由写家族指派的巫罗安排，而所有鲛人参与的拜神祭，则由写家族族长，通常被唤作“大巫罗”，全权负责。写家族把持鲛人大权的历史长达五百年，直到秋翠家族崛起后，几番征战，才把写家族赶下了神圣的祭坛。写家族指派家族巫罗的权力被废除，各个家族自行任命巫罗。现在，各个家族的巫罗虽然还叫巫罗，负责包括传信、教育、记史等诸多事务，但权势和地位都降到了最低，连那句“葵神保佑”都蜕变成了一句毫无神圣感的感叹语。

海沫不说话，继续盯着白写看。这是绯秋翠教给她的方法。盯着她的眼睛看，眼睛是不会撒谎的，心里想的，不会说出口，但眼睛会出卖心灵，绯秋翠如是说。盯她，盯着她说出所有的实话。

白写更加惶恐："葵神保佑！写家族现在人丁稀薄，能干些什么？我们现在想要表演规模最大的《诸神之战》，都凑不齐那么多演员……我们现在只想演戏。"

"就像现在？"海沫问道，"我听说，像《血祭》这样的老剧，五百多年前在拜神祭上表演过，只是后来被禁止了？"

白写耐心地解释："实际上，现在鲛人所看到的歌剧、舞剧和话剧，都是给葵神准备的，以前只能在拜神祭上看到。凡夫俗子是没有资格看的。至于禁止……我们正在尽力改进。"

"也罢，就不纠结这些旁枝末节了。"海沫说，这也是绯秋翠教她的，"写家族孱弱，夹在大家族之间，左右为难，也是可以理解的。不过，在如今的海底世界，斗争比任何时候都要猛烈，想要左右逢源，独善其身，是不可能的事情。我不指望白写族长立刻作出回答，但我希望，族长做出决定的时候，不要忘了绯秋翠曾经为写家族做过的事情。"

白写深深地叹了一口气，向海沫作了一个揖："信使大人还有什么事情吗？我要下去彩排了，她们还等着我呢。"

海沫摇头，然后看着白写游向斜下方的舞台，随即松开栏杆，向窗外游去。

有鲛人在外边等她。看她出来，那个面容俊美的鲛人笑语嫣然："海沫是吧？我们的大英雄，我等你好久了。出于礼貌，先自我介绍一下，我叫阿飞，来自光写家族。"

10

陌刀在储奇门吃了闭门羹。

储奇门空空荡荡，留守的蛟人告诉他，储奇门管事幺师奉三爷的命令，去攻打鲛人丹顶家族的领地蚂蝗梁了。

这事儿陌刀事先并不知情。"这个时候？"

那蛟人回答道："不瞒刀爷，全都怪单刀会考核，我们管事的分数不够，不得不紧急出动，去赚取战功。鲛人杀得多，战功升得快。”

这事儿似乎说得通，历次召集六大门组成军团外出作战，储奇门都不够积极，分数不够完全是有可能的，但也存有蹊跷。鲛人丹顶家族以制毒和施毒闻名，因为长期与毒相处，她们的肠肠肚肚都有毒，甚至舌头、手指和尾巴都有毒，并不是什么赚取战功的好对象。而且，储奇门与蚂蝗梁之间的距离也颇为遥远。

不过，幺师这个管事吧，个头比闷墩儿还大，黄中带绿的体色也挺好看，就是从内到外都是“刺”，阴阳怪气是出了名的。他谁都瞧不上，什么都反对，说话总是曲里拐弯，把要表达的意思藏在三四层伪装下面。想到不用与他面对面交谈，陌刀竟有几分窃喜。

陌刀又去拜访太平门。白发老炮儿生前曾经告诉过他，统治的艺术不在于消灭了多少敌对势力，而是把敌对势力变成自己可以掌控的力量。其中，极端敌对势力不用争取，因为无法争取，争取极端敌对势力是浪费时间和精力；真正能争取的，是中间势力。他们在浑水派与清水派之间左右横跳，想从中捞取最大的利益。

太平门有一段古老的砖头城墙，城门大开，上书“太平门”三个大字。陌刀不让守卫通报，径直游进城门，来到太平门的讲茶大堂。大堂中间有一张石桌，石桌上有一套古老得可以追溯到陆生时代的茶具。蛟人是不喝茶的，但拥有一套茶具，是身份高贵的象征；而摆上茶具，是继承自陆生时代的一个古老习惯。陌刀将茶盖提起，斜放在茶托上，然后不吭一声矗立在石桌旁。这是记载在《海底》里的茶语，表示他正在等着一个重要人物。

不一刻，太平门管事牛耳大黄带着四位巡风匆匆赶来。他浑身布满明黄的细小鳞片，闪闪发亮。一双眼睛，圆溜溜，红通通，宛如两颗血玛瑙。他还有一对其他鲛人都没有的牛耳朵一样的犄角。“牛耳大黄”这名字是怎么来的，一目了然。

“哎呀呀，刀爷来了，让您久等了！”一见到陌刀，牛耳大黄就忙不迭地说，“怎么不叫手下通报一声，我好准备准备，恭迎候任龙头大爷的大驾光临。”又对四位巡风说：“高君、能臣、大佐、公使，你们四个还不叫大爷？没眼光，没见识，没礼数。”

牛耳大黄这一招甚是巧妙，表面上是批评四位巡风，实际上是向陌刀介绍自己的手下，同时又展示了自己与龙头大爷不寻常的关系。高君、能臣、大佐和公使纷纷口呼“刀爷”，向候任龙头大爷问好。四位巡风，乌、红、茶、绿，各具情态，对陌刀的尊敬倒是出于真心。

在蛟人的组织架构中，管事也被称为“五爷”，管事往下，又设有巡风、纪纲、挂牌、营门等职务，其中巡风相当于副管事，有巡风六爷之称，是各种任务的具体执行者。

陌刀拱手回礼，念道：“龙归龙位，虎归虎台。启眼一看，在座有会过的，有没会过的。会过的重见一礼，没会过的，彼此问候……”

这段话也出自《海底》，是蛟人到别的门寻求帮助时的专门用语。“水紧得很。”牛耳大黄皱着眉说。这个词语表示情况紧急，说明他完全知道陌刀此时前来的目的。

陌刀见向来能言善道的牛耳大黄沉默不语，再一次拱手道：“单刀盛会喜洋洋，龙兄龙弟聚一堂。当家管事请落座，新贵提升排两行。”

管事指的是牛耳大黄，新贵则指的是他的四个巡风。这话同样出自《海底》。蛟人对《海底》的熟悉程度，反映的是他们在蛟人中的地位、经验以及能力。陌刀引用这话，也是在暗示如果牛耳大黄支持自己，那么他和他的亲信都将得到可观的回报。

“也罢。”牛耳大黄深深地鞠了一躬，然后念道：“身家不清滚出去，己事不明快离场。龙头大爷开金口，桃园结义万古扬。”高君、能臣、大佐和公使跟着念道：“万古扬！”配合得天衣无缝。

对这一套仪式，陌刀熟悉到厌倦，但又不得不配合牛耳大黄演出，因为牛耳大黄是所有管事中，最重视仪式感的。

离开太平门后，陌刀盘点了一下，觉得在太平门收获的东西，似乎比在储奇门时多得多。然而，仔细一想，听上去牛耳大黄说了很多，实际上什么都没有承诺。表面客客气气，内里无比溜滑，就像那又会钻又会蹦的泥鳅。归纳起来，牛耳大黄就一个意思：如果你真的登上龙头大爷之位，我定为你扎起[①]，两肋插刀，在所不辞；如果没有……呵呵，就不能怪我了——事情就这么简单。

也是无奈。

陌刀决定去找千厮门管事龙麻子好好聊一聊。

与其他门不同，千厮门虽然叫千厮门，但它的驻地早就不是千厮门了。一次洪灾中，千厮门遭遇了最为严重的损坏，无法修复，而鲤鱼池正好需要蛟人镇守。那个时候还不是朝天门管事的陌刀向老炮儿建议，将千厮门迁到鲤鱼池，并负责那里的保卫工作。在此之前，一直是六大门派蛟人弟兄轮流值守。值守鲤鱼池听上去很威风，甚至能使用鲤鱼池才有的金属兵器，但值守鲤鱼池期间不能随便离开，也就不能参与蛟人的对外征战，战功无法积累，因此并不为普通蛟人所喜欢。陌刀的建议一口气解决了好几个问题，老炮儿欣然应允。于是，千厮门集体搬迁到了鲤鱼池。

龙麻子和千厮门弟兄倒也乐在其中，但陌刀不能坐视不管。

陌刀就任朝天门管事后，曾多次向老炮儿建议，要把养殖螺蛳和采集水藻、磨制兵器以及守卫鲤鱼池等任务也纳入战功考核体系。他说，考虑到很多蛟人因为种种原因，不能亲自上战场赚取战功，但依然为蛟人军团的胜利作出了重大贡献。把这些事务纳入考核也是理所当然的事情。当然，各种事务有大小、轻重之分，如何用分数评价其价值，是一件非常复杂的事情。原则只有一条：与战斗关系越密切，分数越高；反之，分数越低。至于谁密切，谁疏远，还可以进一步讨论。可惜，由于冷开泰的反对——他坚持说战功就是战功，必须到战场上去取得，这是祖师爷规定的、一脉清水传下来的，不能改——这个建议没有被最终采纳，但整个千厮门，还有其他从事日常工作的蛟人，都对陌刀充满了深深的敬意，将他奉为浑

---

①扎起：重庆方言，指支持、撑腰。

水派的领袖。

这次陌刀没能悄无声息地进入鲤鱼池，被哨兵发现了。哨兵告诉陌刀，龙麻子不在。

“也是出去打鲛人了吗？”千斯门负责镇守鲤鱼池，负责鲤鱼池的安全，一般情况是不会出动的。

“不是，我们管事奉二爷的命令，去唐家沱采集标本了。二爷说，唐家沱那边的水体发生了变化，他需要标本来研究。”

圣贤二爷老飘长期住在鲤鱼池，因为这边有一间实验室。谁也说不清楚他在实验室里干了些什么，有很多传说，大多虚无缥缈或者神神叨叨。既然龙麻子不在，那去拜访一下二爷也算是不虚此行。

哨兵把陌刀带到二爷的实验室。那是一间很大很大的房间，被玻璃隔成无数的小房间。小房间里，有的种着珊瑚，有的种着海带，有的养着清洁鱼，有的游着小章鱼；另一些小房间则摆着好些陌生的仪器，都由金属、塑料和玻璃制成。

“刀娃儿来啦。”老飘从一个小房间探出头来，主动问候。

“二爷好。”陌刀问候道，游了过去。

老炮儿的葬礼之后，陌刀就没有见过他。老飘与老炮儿同龄，然后一路打拼，一起走到了蛟人的权力巅峰。老炮儿在前冲锋，老飘在后提供各种支持，他们的配合紧密无间。同时，所有的光芒都集中在老炮儿身上，而老飘就像他的影子，只在幕后默默作着贡献。他们之间从未有过争执。老炮儿提前去了木阳城，老飘无疑是最悲伤的那个。在老炮儿的葬礼上，老飘曾经对陌刀说：“瓦罐不离井上破，将军难免阵前亡。这事一点儿也不意外，迟早会发生。”

陌刀忽然想起，自己其实没有老飘这样的得力助手。阿飞太嫩了，而且……不一定靠得住。

陌刀游到圣贤二爷所在的小房间：“二爷，忙什么呢？白头发又多了。”对于老飘，陌刀有一种无法言说的亲切感。印象中，老飘一直是一个老人；但这么多年过去了，时间似乎定格在了他身上。

“我能忙啥，不就是个剩下的闲人吗？”二爷乐呵呵地说。

“这些是什么呀？”陌刀指的是旁边的小房间。

“上面不是写着吗？”

二爷没有瞎说。小房间里的玻璃缸上分别贴着宽体沙鳅、双斑副沙鳅、小眼薄鳅、短体副鳅和窑滩间吸鳅的名字。“名字不一样，但看上去都一个样子嘛。”

“不是，有区别的。”二爷说。

“有什么用？不就是泥鳅吗？”陌刀没有等二爷回答，指着那些他不认识的仪器，“这些又是什么？”

“都是些老古董，我从各处实验室搜集来的。根本不能用，只是摆设罢了。这些是陆生人制造的仪器，从来没有想过它们能在水下使用。”老飘想了想，又展开新的话题：“陌刀，你可知道，老炮儿为啥冒险发动对观音桥的奇袭？”

“为啥？当时我也觉得奇怪，时机不对，准备得也不充分，贸然去进攻鲛人盟主的领地。”

“因为水荒要来了。”

11

陌刀问：“水荒？什么是水荒？不会是没有水了吧？大爷没有告诉我。二爷你就不要卖关子了，直接告诉我吧。水荒到底是什么？”

“扬子海的水正在变咸。我们生活的这片水域，是扬子海的一角。根据我的估计，扬子海至少有一百个从朝天门到九曲河的世界那么大。而扬子海的水原本很淡。”

扬子海到底有多大呢？陌刀想了想，想不出来，这已经超出了他的生活经验，超出了他的感知范围，进入完全未知的领域。等我正式当了龙头大爷，我一定派蛟人出去看看，扬子海到底有多大。不，我要亲自带队，去探索，去冒险。他这样想着，同时提出了一个他不懂的问题：“淡和咸是什么意思？”

老飘侃侃而谈：“我看过很多古书，因为年代久远，都是些残篇断章，只有只言片语留存下来。淡和咸，跟一种叫作氯化钠的化学元素有关。不要问我什么是氯化钠，也不要问我什么是化学元素。我只知道，氯化钠在水里的含量少，水就淡；含量多，水就咸。”

“水变淡变咸，有什么影响？”

“我们下水的时候，水是淡的。我们，还有我们周围的一切动物和植物，都是在淡水里长大的，非常适应这样的环境。但如果，水在很短的时间里变咸，动植物都无法适应，会大量死去。水还在，水底的动植物全死光了，这就是水荒。我们蛟人吃动物，也吃植物，动植物大量死去，那我们吃什么？会饿死，大量饿死。更何况，我们自己也会因为水变得太咸而患病死去。”

大灾变又要发生了？比当初的陆地沉没还要严重吗？陌刀吞了一口水，问：“水为啥会变咸？有什么办法可以阻止吗？”

“不知道，我不知道。我只知道水正在变咸，只知道水一旦变咸，死的蛟人会比在战场上死的多得多。你应该知道，历史上蛟人有九大门，经历了多次水荒和战乱之后，临江门、东水门和通远门先后消失了。至于为啥水会变咸，我完全不知道，更不要说，如何阻止灾变的发生了。对于这个世界，我们知道的太少了。”

“所以，为了应对水荒，老炮儿发起了对观音桥的奇袭？”

“是的。我刚才给你讲的这些，都告诉过老炮儿。老炮儿想赶在水荒到来之前，彻底消灭鲛人，为蛟人赢得更为广阔的生存空间，这才发动了对观音桥秋翠家族的奇袭。可惜了，天意作弄，鲛人还在，他却去了木阳城。”

确实可惜。陌刀不由得想起那些意气风发的画面：他跟在白发老炮儿身后冲锋，鳃裂鼓动，浑身潮红，那一刻，他真的觉得自己无敌于天下，整个世界都因自己而瑟瑟发抖……

“我知道你今天不是专程来看望我的，是为了疤脸，对吧？”老飘说。

冷开泰原来叫疤脸。还是婴儿的时候，他患上了一种白头白嘴病。这是一种小蛟人才会患的病。患者的头部和嘴圈变成乳白色，嘴唇肿胀，以至于嘴不能张开而呼吸困难。他们的颅顶和眼圈周围会出现红色的斑块，所以叫“红头白嘴病”。据《锦鲤宝典》记载，这种病由纤维黏细菌引发，怎么治疗，《锦鲤宝典》写是写了，可惜是一堆莫名其妙的字符，没有鲛人看得懂。所以，得了红头白嘴病，基本上等于死亡。但他活了下来，只是在脸上留下了一道横过鼻梁的疤痕，于是得名“疤脸”。后来，他跟着老炮儿冲锋陷阵，悍不畏死，又有极强的领导与组织能力，声望与地位在蛟人一族中，从营门到挂牌到纪纲到巡风再到管事，一路直升，直至当上一人之下的当家三爷。他对自己的名字却不甚满意，最终决定将自己的名字从疤脸改为冷开泰。至于为什么叫冷开泰，冷开泰从不解释。

“有蛟人在背地里说，这名字是他自己拍脑袋想出来的。”老飘说，“但据我所知，在遥远的陆生时代，确实有叫冷开泰的。给自己取一个历史人物的名字，展示的是他对冷开泰的极端崇拜，同时也表明了他想掌控一切的雄心壮志。他呀，能力确实强，但野心也确实大。老炮儿去木阳城之前，不知道说过他多少次了。”

老飘告诉陌刀，他和老炮儿认真讨论过很多次，一致认为，当家三爷冷开泰对蛟人是有贡献的。他主持的战功考核方案，确确实实提高了蛟人的组织能力与战斗能力，将蛟人从松散的弟兄会改造成了团结而高效的战斗机器。但在接下来要怎么办的问题上，三位蛟人领袖出现了分歧。老飘认为事情做到这一步就够了，下边的蛟人在考核的高压下，已经喘不过气了，他们发牢骚说，自己迟早被榨干；冷开泰却认为远远不够，下边的蛟人还有时间发牢骚，说明他们的精力旺盛，并没有把所有的时间都用在战功考核上，需要进一步强化战功考核；老炮儿则站在他俩之间，有时两不相帮，有时左右调解，有时凭借龙头大爷的身份，强行压制两人的矛盾。

“如今老炮儿去了木阳城，将龙头大爷之位传给了你，对龙头大爷之位觊觎已久的冷开泰自然不甘心。以冷开泰的行事作风，如果他来当龙头大爷，对蛟人未来的发展定然不利。”老飘说，“刀娃儿，你放心，你是老炮儿指定的接班人，我一定会给你扎起。”

回到朝天门时，陌刀的心情颇为愉快。他收到一封密信。那是阿飞送回来的情报。信里有一个名字，一个地点，一个时间。他把密信撕碎，同时开始盘算，他要在那个时间，赶到那个地点，杀死那个叫作海沫的鲛人。

杀了海沫，他就能正式继任蛟人龙头大爷之位。

冷开泰无法阻止他。

12

家族联盟会议召开在即，各大家族陆续到来，大剧院一刻比一刻热闹。

住在蚂蝗梁的丹顶家族来得极为狼狈。她们的领地刚刚被储奇门的蛟人偷袭，如果不是绯秋翠及时派出秋翠鲛人驰援，丹顶家族很可能已经不复存在了。族长梅花丹顶和四个护卫随身携带着水囊，里边饲养着三种颜色的清洁鱼。

衣家族族长葡萄衣游来了。按照传统，衣家族不参加鲛人家族的政治事务，来开会也只是列席，不发表意见，也不参与表决。她们很清楚自己唯一职责是什么。葡萄衣身材健硕，白底红斑，葡萄色鳞片聚成葡萄状斑纹，宛如密实的铠甲。与其他鲛人身体完全裸露不同，葡萄衣上半身穿着一件不知是什么材料制成的小衣服，将胸部紧紧包裹住，头发、脖子和腰间也有珍珠或者别的宝石做的发簪、项链和腰带。

“真漂亮啊。”珍珠秋翠对海沫说。

海沫不羡慕葡萄衣的身材，也不羡慕她的装饰品，只一味地盯着葡萄衣腰带上悬挂的长剑看。那可是比骨矛、蚌刀、燧石枪和手弩加起来还要厉害的金属兵器。她嫉妒得要死。

珍珠秋翠向葡萄衣致欢迎词，而海沫凑过去，说：“葡萄衣族长，能看看你的剑吗？”

葡萄衣面容严峻，说话却很客气：“你女儿呀，长得真像你。”说着，将手中长剑递给了海沫。

那剑比海沫想象的还要沉重，要不是她手腕及时用力，长剑差一点儿就掉水底了。她贪婪地欣赏起来，还像模像样地比画了几下。剑柄装饰精美，剑身细长，比她的整只胳膊还要长，而且锋利，无须怎么用力，就能刺进敌人的身体里。

“我听说，你杀了蛟人的龙头大爷，是真的吗？”葡萄衣问。

“如果我说是真的，你会把这把长剑送给我吗？”海沫大着胆子问。她太喜欢这把长剑了。用什么词来形容呢？对，称手。对海沫而言，这是一把称手的兵器。

“海沫，别玩了，”珍珠秋翠着急地说，“快把剑还给葡萄衣族长。”

葡萄衣说：“叫海沫，是吧？好名字。等我死了，就把这剑送给你。”

一时之间，海沫无法判断葡萄衣这话是认真的，还是在开玩笑。不过，她还是知道进退的。在珍珠秋翠的逼视下，她将长剑交还给葡萄衣：“族长大人的宝贝，我可不敢要。”

葡萄衣接过长剑，也不多说，游向大剧院。

珍珠秋翠和海沫继续飘浮在大剧院上方，代表秋翠家族迎接来开会的各大家族领袖。银鳞挥舞着鞭子，代表金银鳞家族来了，据说金鳞染上了疾病，身体欠佳。别甲家族三姐妹姗姗来迟，人数却是最多的，十几个随从加亲兵加卫队，浩浩荡荡地开进大剧院，一副“四海八荒唯我独尊”外加“唯恐天下不乱”的样子。

珍珠秋翠盘点了一下：“还差一个家族。”

“光写家族。”海沫回答，“从写家族分裂出去的那一个。”

阿飞给海沫讲过光写家族从写家族分裂出去的故事。分裂之后，光写家族没有固定的领地，就在各大家族的领地来回流浪。光写鲛人能歌善舞，从口技到杂耍再到驯鱼，各种节目多少会一些，混一口饭吃没有问题。问题是写家族对于分裂分子深恶痛绝，恨之入骨，到哪里都想把光写家族赶尽杀绝。

讲这个故事的时候，阿飞表现得特别平静，好像真的只是在讲故事，而不是在讲自己所在家族的悲惨往事。或许是因为时间过于久远吧。“为啥要分裂呢?”海沫问，然后运用从绯秋翠那里学到的家族理论分析了一番，“分裂之后，写家族和光写家族的实力都要减小很多。”

“因为理念不同，追求不同，对这个世界的认知不同。”

“说简单点儿。”

“族长楼兰告诉我，写家族的所有节目里，陆生时代是一个特别悲惨、特别黑暗、特别恐怖的时代。而通过对历史的研究，光写家族发现，悲惨、黑暗和恐怖，并不是陆生时代的全部。”

阿飞兴致勃勃地介绍：

在陆生时代的鼎盛时期，陆生人曾经驯化过数十种动物和植物，建造过面积广阔的城市，城市与城市之间由复杂到极点的道路联通。道路上行驶着以喝油为生的车辆，也有的车辆学会了喝电，以电为动力。到了夜里，城市灯火璀璨，照亮了夜空。“我们根本不知道陆生人是怎么让一座数千万人口的城市发光发亮的。”阿飞说，“我们现在面临的很多问题，陆生人都面对过，也克服过，并且取得了历史性的进步。”

陆生人创造了无与伦比的文明。艺术、哲学、经贸、科学与技术，陆生人往每一个可能的方向探索发展。阿飞继续列举：他们发明了比空气重得多的飞行器，能像鸟儿那样在空中飞行；发明了深潜器，能像蓝鲸一样潜到海底；发明了火箭，把各种飞行器送到了地球轨道上，甚至登上过月球、火星、金星和木星……

阿飞所说的内容已经大大地超出了海沫的认知与想象。“就算你说的是真的，”海沫打断阿飞的滔滔不绝，“为啥这样的文明现在没了?”

阿飞愣住了。这个问题也超出了他的认知与想象。“楼兰没讲。”阿飞摇摇修长的尾巴，“反正……就是……说没就没了。”

海沫想起阿飞那傻不拉叽、活像要为陆生文明的覆灭负责的样子，不由得“扑哧”一声笑出来。

珍珠秋翠瞅了瞅突然绽放出笑容的海沫，道：“说起光写家族，你最好离那个叫阿飞的远一点儿。她油头滑脑的，我觉得信不过，靠不住。”

海沫翻了一个白眼：“要你管！”

那天，阿飞在大剧院外找到海沫，向她详细了解了杀死蛟人龙头大爷的全过程。“越详细越好。”阿飞带着海沫，游到一个僻静之处，一大片苦草和金鱼藻混生的地方，说，“我打算把这件事写成歌剧，名字就叫《海沫刺》。这歌剧里，会有大量的功夫戏，肯定大受欢迎。”感动之余，海沫给阿飞讲述了刺杀白发老炮儿的前因后果。她还没有跟谁这么细致地讲述过，珍珠秋翠没有，绯秋翠也没有。阿飞见缝插针地提出问题，并不断肯定她，让她把最细微的心理活动也讲述了出来。“好。很好。真棒。我会把这句话写进《海沫刺》的唱段里。”阿飞的两只眼睛小而亮，仿佛会发光的宝石，“太厉害了，简直比肩葵神。继续，继续，我喜欢听。”

那天，海沫讲了很多，讲了很久，关键是讲得很快乐。她一度觉得，自己如果不做秋翠家族的战士，而是去做光写家族的说书人，也是不错的。在各个家族的领地流浪，想去哪里就去哪里，想说什么就说什么——就像现在这样——会是多么快乐的事情啊！

“《葵神颂》要开始了。”珍珠秋翠打断了海沫的回忆，“我们进去吧。”

她们摆动手臂，摇动尾巴，一前一后轻盈地游进大剧院。鲛人家族的领袖和她们的伴侣在各自的指定位置，握住栏杆，稳住自己的身体。别甲三姐妹在肆无忌惮地高谈阔论；银鳞在与白写轻声交谈；葡萄衣则手握长剑，默不作声。绯秋翠四处游走，从丹顶家族到别甲家族再到写家族。

舞台上响起一阵鼓声。这鼓声其实是写鲛人中的乐师拍打自己故意鼓胀起来的肚皮发出来的，是演出开始的信号。大剧院顿时安静下来。

白写摆动着长长的尾巴，游到舞台中间。“受鲛人家族联盟盟主绯秋翠的委托，我代表联盟在此欢迎大家来到大剧院。”白写精心打扮过，所有的皮肤和鳞片都绘制了图案。按照写家族的说法，在身体上绘制某种远古图案就能获得某种神秘的力量。当然，白写并不知道，她胸前和身后的图案叠加起来，其实是陆生时代的航空母舰，那像梭子鱼一样的东西，其实是舰载机。“这是一个多事的时节，外有蛟人眈眈相向，内有鲛人家族争斗。我们必须认识到，此时此刻，重温《葵神颂》，知道我们从哪里来，要往哪里去，对于团结鲛人是非常必要的。”

绯秋翠游回属于秋翠家族的位置。

“怎么样?”珍珠秋翠问。

“不好说，”绯秋翠异常疲惫，“都很客气，都不表明态度。”

珍珠秋翠又问：“你担心她们已经在私底下达成了某种协议?”

“对。后边恐怕会有大麻烦。”绯秋翠回答，“这次家族联盟会议，原本有很多重要的事情要做。但我现在担心，一件也做不了。”

海沫听绯秋翠说过，会在这次会议中，再次明确她盟主的身份，惩罚观音桥保卫战中没有驰援的家族，调整今年分配到各族的拜神祭名额等等。但海沫并不关心这些。她的心思在别处。

13

写家族的表演者已经登场。所有鲛人都可以通过扩张或收缩含有黑色颗粒的黑色素细胞，快速地将身体的颜色变深或者变浅。写鲛人是鲛人中颜色变化最为快速与丰富的王者，她们能够完美地控制身体细胞的扩张或收缩，由此获得她们所需要的一切颜色。她们又用狐尾藻、苦草和浮萍的根茎精心制作了道具，把自己打扮成长着两条腿的陆生人，并且假装在干燥的陆地上行走，看上去滑稽又可笑。

她们用这样的方式来表现名为“城市”的上古巨兽：

只见它挣扎着，翻转着，咆哮着，生长着，不顾一切地向着四面八方迅速扩张。看不清楚城市的真实面目，因为被浓重而黏稠的雾霾遮掩着。这样的城市还有数百座，数千座，数万座，每一座都比观音桥加朝天门加鲤鱼池更大，比所有的海底城市加起来还要大。它们贪婪地吞下草原、森林、丘陵和山地，它们不知餍足地吞下沼泽、湿地、河流和雪山，它们吞下钢铁，吞下水泥，吞下砖块，吞下塑料，吞下石油，吞下煤炭，吞下天然气，将自己养得肥肥的。肥到不可思议，肥到无法想象，肥到整个地球都开始颤抖……

在一阵鼓乐齐鸣后，表演者唱道：

碳不中和兮囤积，
碳不达峰兮无解；
自顾自兮人人危，
群不群兮陆将沉。

海沫看得并不专心，她东张西望，好像在寻找什么。这一段唱词是嘲讽陆生人不团结的，明明知道大洪水就要到来，可还是纷争不息，内斗不止。然而，海沫的心思却不在这上面。

第一场唱完，换了一批表演者。乐声忽然一变，节奏更快，带着点儿阴森恐怖——这鼓乐之声也是由写鲛人拍击肚子或者别的身体部位发出的——说明事情变得严重了。随着乐声，鲛人们扭来扭去，表现陆生人在滂沱大雨中茫然、在滔滔洪水中挣扎、在死亡边缘徘徊的情景。唱词在大剧院里回荡：

洪水泛滥兮鱼鳖
禹不出兮始覆
天苍苍兮雨茫茫
风滚滚兮核殇

第二场结束，写家族族长白写独自登上舞台。她穿着陆生人才会穿的白色衣物，戴着陆生人才会戴的眼镜，头发向后高高扎起，她所扮演的角色正是鲛人的创造者——葵神。假如不是那条鱼尾巴露了底，白写真的和传说中的葵神一模一样。她的唱词深情又严肃：

葵神出兮泪阑干
基因驱动兮鲛人降
……

白写没能唱完。海沫看过她们的彩排，知道这句话后边会有一个意味深长的停顿，然后是“葵神保佑”，重复三次。当白写唱到这里开始停顿的时候，一个高亢而悠长的声音恰好在大剧院响起。“演出开始了。”那个声音说。

众鲛人纷纷回头，看见在族长楼兰的带领下，数十名光写家族的成员从大剧院的门和窗游进来。她们一边游，一边唱：

谎话
全是谎话
把真相遮掩
把谎话流传
……

她们一边游，一边从水草编织的大口袋里往外掏东西。那些东西是活物，不用细看，仅仅是闻味道，就知道那些是手臂长的大口鲇。它们有着锋利的牙齿，又饿了好几天，一出大口袋，就四处游动，寻找可口的食物。

护卫们手持兵器，上前阻止。可大口鲇数量太多，数以百计，又黏又滑，护卫们根本阻止不了。很快，整个大剧院到处都是大口鲇。鲛人们在大口鲇的追逐下，四处奔逃，狼狈至极。原有的井然有序，竟在很短的时间里被完全打破了。

海沫见状不由得哈哈大笑。

大口鲇之后，又有八条鳄雀鳝被驱赶进大剧院。这些浑身橄榄绿的鳄雀鳝都已成年，长筒形的身体都在两米以上，前凸的吻部，跟鳄鱼一样，上下颚密布两排匕首般锋利的牙齿，也跟鳄鱼一样。它们带来了更大的混乱。

海沫看见阿飞在一条鳄雀鳝后边，手里挥舞着长鞭，兴奋得全身鳞片都竖了起来。干扰演出，正是阿飞给光写家族出的主意。

海沫转身，在混乱中穿行，小心地避开了所有的鲛人，也避开了大口鲇和鳄雀鳝。绯秋翠在组织人手抵御，别甲三姐妹已经仓皇出逃，银鳞漫无目的地挥舞着长鞭，丹顶家族的清洁鱼被无意中放了出来，食肉鱼们纷纷追逐，一口一个吞掉。现场更加混乱。

光写鲛人还在齐声吟唱："谎言，全是谎言……"

海沫独自游出了喧哗无比的大剧院，去往她一直想去的那个地方。

14

去往鲤鱼池的水路有千万条，陌刀选择了最复杂的那一条。有时顺着水路游动，这样游最省力气；有时逆着水路游动，这样游锻炼身体；有时从几条水路交汇的地方穿过，这样能够迷惑潜在的跟踪者。

水路昼夜不息，沿着固定的方向和速度流动，以长江水道最为浩大，其次是嘉陵江水道。当然，水路也会随着时间推移，发生各种变化。搞清楚水路是如何变化的，是蛟人必须学会的生存之道。

在这方面，陌刀是个中翘楚。他双臂舒展开来，尽力划水。后背上的弧形鳃裂跟着手臂的挥动一开一合。他紧握杀死老炮儿那把金属匕首，他将用这把匕首为老炮儿报仇。他的名字是老炮儿取的。老炮儿后来多次解释为什么给他取这样一个名字："那是陆生时代的一种兵器。很长，很重，威力很大，能一下子将敌人劈成两半，甚至连人带马，劈成烂泥。我希望你成为这样的兵器。"

光线晦暗不明，陌刀在不同水路上自如地切换。一条条灰绿色的山岭，一道道暗黑色的山沟，在他身下划过。他在水里游，宛如一把刀，切进柔软的水里。

山岭上，各种水生植物密集地纠结在一起；山沟里，潜藏着由陆生植物转化而来的水生植物。倘若老飘在他身边，一定能叫出它们的名字。

洪水淹没陆地后，陆生植物遭到了沉重打击，大量地死去，整族整族地灭绝。相比之下，水生植物，不管是挺水类，还是浮水类，抑或是沉水类，都有着先天的优势。大灾变之后，少部分死于环境剧变，大多数活了下来，有一些品种，甚至获得了前所未有的大发展，成了水下的优势种，甚至是一方霸主。

“狐尾藻、光叶眼子菜、黑藻、苦草、小茨藻、金鱼藻、狸藻、角果藻、杉叶藻、水车前、水毛茛、伊乐藻、菹草、浮萍、水葫芦……”老飘曾经扳着手指数道，“名字还是以前的名字，但它们的形态和生活方式都已经发生了巨大的改变，以至于以前的植物学家完全认不出来。”

对于老飘的话，陌刀有时能听懂，有时能听懂一半，有时完全听不懂。老炮儿一再强调，老飘的话听不懂也要听。“为什么呢？因为老飘是我们之中最聪明的那一个。”

前方就是鲤鱼池了。

鲤鱼池是一大片一大片连续的穹顶建筑，露出海底的部分比观音桥和朝天门加起来还要大，都在晦暗的水里暗暗发着磷光。传说中，这些穹顶建筑是陆生时代的产物，但也有传说指出，其中大部分是在陆地沉没前后修建的，有一部分建筑甚至是在大洪水发生很久之后才建造的。

以前参加单刀会的时候，陌刀曾经到过鲤鱼池。和数千名获准参加单刀会的蛟人一起，排着长长的队伍，一个接一个地从一扇小巧的拱门游进鲤鱼池的建筑里。但阿飞给的位置——陌刀默算了一下——正好是在那扇拱门的另一个方向。

作为蛟人的领袖，陌刀知道一些普通蛟人所不知道的秘密。比如，他现在看到的鲤鱼池，实际上不是鲤鱼池的全部，而是鲤鱼池北区。

是的，鲤鱼池被一道电子围栏分割为南区和北区。这电子围栏非常神奇，多数情况下看不见，少数角度可以隐隐约约看到其宛如瀑布的模样，能够阻隔视线，令南区的蛟人看不到北区，北区的鲛人也看不到南区。

是的，鲤鱼池南区属于蛟人，而北区属于鲛人。举行单刀会时，蛟人进入的其实是鲤鱼池南区，千厮门驻守在南区外侧，龙麻子和他的蛟人弟兄也不能随意进入鲤鱼池。而鲛人这边，驻守鲤鱼池北区的是衣家族，照规定，她们也被禁止在拜神祭之外的时间进入鲤鱼池。

电子围栏的范围超乎想象，往上，可以直达起伏不定的海面，往左往右，也各自延伸到肉眼看不见的地方。更糟糕的是，一旦靠电子围栏靠得太近，就会被名为“电”的无形怪物攻击。轻者麻痹，重者昏厥，最为严重的，当场就能去木阳城。这也是蛟鲛两族均把鲤鱼池设为禁区的原因之一。

问题是，蛟鲛两族是世仇，千年以来，在各个地方打了无数的仗，但为什么会平分鲤鱼池？

陌刀脑子里有很多问题。

鲤鱼池位于鲛人的势力范围内，蛟人为什么要跑到鲤鱼池来举行一年一度的单刀会？同一时期，鲛人也会祭拜她们的葵神，是为拜神祭，这是巧合，还是有别的原因？

为什么这个活动要叫单刀会？《海底》里涉及单刀会的就只有一句“单刀盛会喜洋洋，龙兄龙弟聚一堂”。如果是为了祭祀祖师爷，叫段楠会岂不是更好？老飘说，单刀会举办的时间是夏至前后三天，叫夏至节也比叫单刀会好呀。

这里为什么要叫鲤鱼池呢？难道以前是养鲤鱼的地方？问老飘，老飘也只是回答：如今海底城市的名字，都是沿用的陆生时代的，其真正含义现在已经不可考证。而且，时移世易，沧海桑田，不少地名已经不是当初命名的地方了。

老飘的回答就跟没有回答一样。

一连串有规律的划水声从远处传来。陌刀赶紧一甩尾巴，游到一大丛浮萍的根茎下方藏起来。这些浮萍原本很细小，大灾变之后，长得异常繁茂，水面的部分比雨伞还大，而水下的根茎，比胳膊还粗，数量又多，纠缠在一起，藏一两个蛟人完全没有问题。

一大队衣鲛人手持金属兵器，从斜下方游过。

待衣鲛人远去，陌刀游出浮萍的根茎。刚才游过去的衣鲛人数量有点儿多，但这不是陌刀眼下要关心的问题。他打开所有的感觉器官，从听觉到嗅觉到味觉再到电觉，全方位地观察着四周的水流，计算着从大剧院过来，到鲤鱼池这个位置，哪一条水路最为合适。

他找到了，然后找了一处狐尾藻与苦草混生的地方，再一次把自己藏起来。

鲤鱼池的城墙就在附近，那扇拱门跟陌刀曾经见过的一模一样，而那个叫海沫的鲛人，将从下方游过。

陌刀屏息凝神，静静地等待着。

来了。

远远地，一个鲛人游过来。

随着距离的拉近，那个鲛人的面目越来越清晰。

她的背鳍呈现红色，躯干部分被稠密的银质所覆盖，头部和胸部则呈现出温柔的橘子红。红色和银色的搭配庄重又大方，有一种醇厚的艺术感。

陌刀也不得不承认，这个鲛人特别漂亮。然而，漂亮又怎样？她是杀死老炮儿的凶手。他必须杀死她。

陌刀计算着，等待着；等待着，计算着……然后如一道闪电，从藏身之处猛冲出去。“海沫！”他吼出了她的名字。

那鲛人浑身一震，摆出了防御的架势。

陌刀继续喊：“你杀了老炮儿，我要报仇！”

还没有喊完，陌刀举起锋利的匕首，自上而下就是全力一刺。

海沫来不及躲闪，匕首立刻从她前胸刺入……

他得手了。

但……好像哪里不对。

是不是太容易了？老炮儿是百战百胜的龙头大爷，能杀死老炮儿的，即使是暗杀，在功夫上也应该有相当高的造诣啊！可是……海沫刚才的表现，不是来不及躲闪，而是根本没有躲闪，甚至有主动凑上来送死的感觉！

怎么会这样？

鲜血从匕首刺出的创口汩汩流出，向着水面如小小的喷泉一般奔涌。陌刀将匕首抽出，海沫已经停止了挣扎，但在眼睛彻底失去光泽之前，她的眼神是那样地复杂。

复杂到陌刀无法解读。

我干吗要解读一个死鲛人的想法？陌刀这样想着，扯来一把狐尾藻，捆在海沫的腰间。他要把她的尸体拖回朝天门，作为自己杀死了海沫的证据……

“恭喜陌刀，为老炮儿报仇雪恨！”冷开泰的声音从不远处传来。他拨开一大丛狐尾藻，游了出来。在他身后，一边是金紫门管事离魂，浑身鲜艳的深蓝色；一边是南纪门管事闷墩儿，壮实得像是翻车鱼。闷墩儿舞动着手里的两把钉锤，而离魂则举起了鹿角剑。与此同时，二十多名蛟人战士从四面八方游过来，将陌刀团团围住。

15

海沫去鲤鱼池的目的只有一个——取一件称手的金属兵器。水下纪元开启以来，鲛人们失去了冶炼金属的技艺。她们的兵器以及其他装备大多数直接来自动物或是植物，甚至矿石，经过简单加工，杀伤力有限，而奉葵神之命守护鲤鱼池的衣鲛人拥有海底世界罕见的金属兵器。

自从见过金属兵器后，海沫就对这种比骨矛、蚌刀、燧石枪、手弩和鹿角剑厉害得多的兵器念念不忘。她从珍珠秋翠嘴里得知，衣家族有一个仓库，里边摆满了金属兵器，就多次偷偷地前往鲤鱼池。鲛人规定，只有拜神祭方可进入鲤鱼池，若是其他时间进入，则衣鲛人可以不问缘由，立即击杀。海沫多次到鲤鱼池探查，探清楚了兵器仓库的所在，查清楚了衣鲛人的巡逻规律，抓住一个空当，从仓库里偷了一把不起眼的金属匕首。

正是这把金属匕首，助海沫一举击杀了蛟人的龙头大爷老炮儿，保住了观音桥，保住了秋翠家族。

之后，海沫一直计划着再去一趟鲤鱼池，取一把金属兵器。不要别的，就要葡萄衣腰间挂着的那种长剑。当阿飞告诉她，光写家族要在家族联盟会议上“大闹一场”时，她知道自己的机会来了。

“只有大口鲇是不够的，要是加上鳄雀鳝，就更热闹了。”她对阿飞说。

“你就不怕么?”阿飞问。

“怕什么?”海沫没明白过来。

“大口鲇还好说，鳄雀鳝可是凶猛的食肉鱼，你就不怕它们会伤到你的鲛人姐妹?”

“我有什么好怕的。”报复的快感在海沫心底滋生，“她们又没有在乎过我，我为什么要在乎她们?”与此同时，她想得更多的是，这种凶猛的食肉鱼出现在大剧院，会迫使绯秋翠向衣家族求援，这样，鲤鱼池的守卫会减少很多……

当光写家族在族长楼兰的带领下，进入大剧院，一边吟唱，一边释放数百条饥饿的大口鲇以及数条鳄雀鳝，制造出前所未有的混乱时，海沫趁乱离开了大剧院，按照预先设计好的最佳路线，向着鲤鱼池游去。

海沫没有注意到，珍珠秋翠在一片混乱中，发现了她的离开，悄悄地跟上了她。游到一半的时候，海沫发现了紧跟不舍的珍珠秋翠。她想了想，决定躲开珍珠秋翠。珍珠秋翠的唠叨实在是让海沫无法忍受。要是珍珠秋翠知道大口鲇和鳄雀鳝是海沫出的主意，还不知道会唠叨成什么样子呢。

海沫藏身于一丛金鱼藻，看着珍珠秋翠从旁边游过，然后换了一条更为隐蔽的水路，向着鲤鱼池继续前进。她猜测珍珠秋翠发现跟丢了自己，会放弃追踪，回大剧院去。

她不知道自己猜错了。

16

陌刀的目光从离魂移到闷墩儿最后停留在冷开泰身上，知道今日之事断难善了，于是开门见山地说："海底在上，三爷这是想杀了我，自己登上龙头大爷之位？"

冷开泰冷哼一声，道："幺师去了木阳城。"

陌刀不由得愕然。

冷开泰继续说："储奇门的蛟人弟兄去蚂蝗梁攻打丹顶家族，遭到顽强抵抗，损失不小，刚回到储奇门，就遭到了袭击。储奇门上下，从管事幺师到守卫仓库的小兵，所有蛟人弟兄都去了木阳城。"

"谁干的？"

"你还好意思问！不是你还有谁？"冷开泰说，"幺师投靠了我，成为清水派的一员，你就杀了他。你杀死幺师，我可以理解，可你为什么要杀死储奇门上上下下一千多蛟人？"

"怎么可能？我再厉害也不可能杀光储奇门所有的蛟人！"

"龙麻子和他的弟兄也出动了……"

"龙麻子带着弟兄们去采集二爷要的标本……"

闷墩儿按捺不住："跟他废什么话！杀了他！"

离魂已经龇着牙，咧着嘴，恶狠狠地游过来，手里的鹿角剑对准陌刀的胸部就是一刺。陌刀连忙松开抓住狐尾藻的手，任由海沫的尸体被水流带走。他一边记住了那一股水流的方向和速度，相信自己忙完了眼前的一切，可以去将害死老炮儿的罪魁祸首找回来，一边闪电般地避开了离魂的攻击，并顺势反击。

另一边，闷墩儿也两手各提一把钉锤猛攻过来。

钉锤势大力沉，也就闷墩儿这样臂力过人的蛟人可以挥动自如。

他的每一次举高，每一次砸落，都带起一连串的水花。那钉锤是金属制成的，别说砸中，就是碰着、磕着，不死也会重伤。

鹿角剑与钉锤相反，它轻盈而锋利，走的是敏捷路线。离魂瘦弱，看上去病恹恹的，动作却异常灵活。一击不中，立刻改变方向，从完全不同的角度，刺出第二剑，然后是第三剑、第四剑……连绵不绝。

在闷墩儿与离魂的联手攻击下，陌刀丝毫不落下风。一把匕首舞得虎虎生风，上刺闷墩儿，下挡离魂，一时之间，三个蛟人战作一团。

水下格斗与陆地不同，水的阻力远大于空气，如何有效地攻击是个大问题。陆地上的格斗，多数情况下是在一个平面上进行；只有少数高手能够跳到空中，进行立体攻击。而在水里，每一个训练过的蛟人战士都能从四面八方、任意一个角度进行立体攻击。闷墩儿与离魂，因为战功升至管事，自然是水下格斗的顶尖高手。

陌刀从老炮儿那儿学到不少格斗技巧，他自己又从一次又一次的实战中摸索出一整套格斗方法。水下格斗的诀窍概括起来只有一句话：如何利用水流来实施最有效的攻击。

水流既有稳定的一面，又有变化无穷的一面。有时，需要借助水流来加快攻击的速度；有时，需要借助水流来改变身体所处的位置；有时，需要水流来迟滞对手的攻击。

陌刀调动全身感官，一边注意闷墩儿与离魂的联手攻击，或是闪避，或是格挡，一边观察水流的变化，并随之游动于闷墩儿与离魂之间。

陌刀用敏捷来对付闷墩儿的力量，尖利的匕首绝不与钉锤硬碰，总是以刁钻的角度，刺向闷墩儿的手腕或是额头或是长尾，迫使他收回砸落的钉锤，保住自己的身体。

陌刀又用力量来对付离魂的敏捷。这鹿角剑据说由一种叫作鹿的陆生动物额头上的角磨制而成，如今鹿早已和陆地一起消失，它们的角却有一小部分埋藏到了水底，被蛟人挖出来，制成了锋利的兵器。鹿角剑剑尖确实锋利无比，但缺点也很明显，剑身容易破碎。因此，陌刀会刻意用力攻击鹿角剑的剑身。本来匕首比鹿角剑要短上许多，但它由金属制成，而离魂的这把鹿角剑来之不易，自然不肯让陌刀击碎，于是打起来束手束脚，攻击力大打折扣。

在闷墩儿和离魂的围攻下，陌刀手尾并用，上下游动，快如闪电。时而在闷墩儿的头顶，时而在离魂的尾后，刺出匕首；时而在闷墩儿与离魂的中间，险之又险地避开他们的所有攻击。

好像是陌刀在围攻闷墩儿和离魂，而不是闷墩儿和离魂在围攻陌刀。一旁观战的冷开泰不由得皱紧了眉头。

下一轮攻击中，陌刀刺中了闷墩儿左手的手腕。长时间挥舞沉重的钉锤，令闷墩儿的速度慢了许多。他丢下左手的钉锤，但不肯退下，声嘶力竭地呐喊着，继续用右手的钉锤疯狂进攻。

但这进攻自然毫无章法。

陌刀且战且退，轻松地避开了闷墩儿的所有进攻，并在他气力用尽之后发起反击，再一次刺中闷墩儿的尾巴。离魂上前护住闷墩儿，却被陌刀利用水流，拉近了两者的距离，以一种匪夷所思的身体旋转方式，从前方转到他身后，顺手刺进了他后背张开的鳃裂之内。

鳃是蛟人最为脆弱的部位。离魂惊慌失措，全力后撤，忙乱中撞到了闷墩儿身上。闷墩儿两次受伤，也是愤怒至极，竟一把将离魂推开，正好推到追击而来的陌刀跟前。

陌刀毫不手软，一匕首将离魂刺了个透心凉。

冷开泰见状，急忙挥手，下令让剩下的蛟人战士全数参战。“杀了他！”冷开泰也让护卫送上自己的兵器，一把比一般骨矛长得多也大得多的鲸骨枪，带头向陌刀冲去。蛟人崇尚武力，领袖带头冲锋是基本要求，但并不强调公平，能赢最关键。

二十名蛟人齐齐攻向陌刀。他们都是久经沙场的战士，没有一拥而上，而是彼此配合，结成战阵，主攻与佯攻相结合，向陌刀发起一轮又一轮的攻击。

一时之间险象环生。

陌刀且战且退，计划着退到浮萍的根茎里，利用浮萍纠结在一起的巨大根茎，拆解掉蛟人们的集体攻击。

冷开泰瞧出了陌刀的计划，亲自堵住了他的去路。

陌刀躲闪不及，肩膀被鲸骨枪刺中，伤口喷出一股血雾，然后化作一串血泡，汩汩向上。

趁着陌刀力弱，冷开泰发起一连串进攻。

背后忽然传来又轻又快的破水之声。

一名蛟人旋即惨叫着，喷着鲜血，死去。他腹部所中的，分明是鲛人的弩箭。陌刀扭头，看见一个秋翠鲛人手持手弩，一边游动一边快速射击。她的背鳍红得艳丽，从头部到尾部的三条鳞带是浅白色的，躯干部分包裹着稠密的银质，头部和胸部则点缀着温柔的粉红——竟与他先前杀死的鲛人有九分神似。

又有几名蛟人中箭死去，蛟人结下的进攻阵形由此大乱。陌刀压力顿减，但他还来不及高兴，就见弩箭向着自己的面门而来。与此同时，鲤鱼池里边涌出一队衣鲛人，都带着金属打造的兵器，看见蛟人，立刻组队杀将过来。

陌刀观察四周，发现水流再次发生变化，离他最近的一股水流，向着鲤鱼池洞开的拱门涌去。他挡开一名蛟人的攻击，游进那水流，向着拱门快速游去。

那名秋翠鲛人在他身后紧追不舍。

他和她，一前一后，游进了鲤鱼池。

17

隔着一条水沟，海沫目送一队衣鲛人向大剧院方向快速游去。她欣喜地游向鲤鱼池。前方传来打斗声，她隐蔽前进，先看到一群蛟人在围攻一个蛟人，后看到在战场附近，珍珠秋翠那没了生气的尸体——海沫立刻就疯了，举起手弩，不顾一切地向着一群蛟人发起进攻。

弩箭支支命中蛟人，蛟人纷纷毙命，结成的进攻战阵四散开来。

但别的蛟人都不重要，那个被围攻的蛟人还好好地活着。他手里握着她所熟悉的金属匕首，而珍珠秋翠身上独特的伤口，证明他就是杀死珍珠秋翠的凶手。

海沫向着那名蛟人发起了疯狂的进攻。那名蛟人身手颇为矫健，肩部受伤也没有影响他的发挥，不但从容避开了所有的进攻，而且在衣鲛人护卫加入战斗之后，趁乱冲出蛟人的包围，向鲤鱼池的拱门游去。

海沫紧追不舍。

圆弧形拱门在海沫头顶一闪而过。

门楣上刻着两条抽象的锦鲤，一左一右，好似在相互仇视、远离，又好似在彼此转圈、跳舞。

拱门内是被半透明穹顶覆盖的一栋连一栋的建筑，一连串走廊、楼梯和步道将这些建筑连接起来。那蛟人在前快速游动，海沫费尽力气，也只能勉强跟上。只要在任何一个拐弯的地方多耽搁一个心跳的时间，她都会失去他的踪影。而在她身后，衣鲛人的一支十人小队也加入到追逐之中。

衣鲛人追捕她，也追捕那蛟人。

那蛟人竖起的尾巴奋力摇动着，一连串的水泡顺着他的身体往后喷出。忽然，他消失了。无缘无故，毫无征兆。

海沫心急如焚，没有迟疑，没有减速，径直冲向他消失的地方。

身边的水体忽然波动了一下，似乎有什么带着光的东西从她身上流过，令她的每一片鳞片都竖了起来。她打了一个前所未有的寒战，身体不由自主地扭动、屈伸、辗转反侧……然后，水消失了。

她从小到大，一直生活在其中的水莫名其妙地消失了。

她悬浮在半空，无所依存。这让她产生了前所未有的恐慌。

——水怎么就消失了呢？

恐慌中，她看见了那蛟人。他和她一样，也悬浮在半空中，但明显比她镇静，也有可能是因为他先进到这个古怪的地方，所以已经过了恐慌的阶段。而且，衣鲛人护卫似乎没有追进来，这里似乎只有他和她，没有别的生灵。

海沫定了定神，用绯秋翠教给她的呼吸之法，平稳情绪。这里虽然没有水，但并不影响她呼吸。这意味着什么？意味着没有水其实是假象吗？

“我叫陌刀。”那蛟人说，“你是海沫吗？”

“我管你是谁！你杀了我妈妈！我要杀了你！”海沫厉声回答。旋即意识到，这可能是很长一段时间以来她第一次把珍珠秋翠叫作妈妈。在珍珠秋翠死了之后，在珍珠秋翠无法答应的时候。*我小时候是不是无所顾忌地叫过她妈妈呢？她有没有特别高兴地答应过？*

陌刀疑惑地问：“你有妈妈？她是你妈妈？鲛人有妈妈吗？”

海沫没有回答，只是瞪着前方自称陌刀的蛟人。

陌刀体表密布多棱且反光的鳞片，看上去闪闪发亮，仿佛全身嵌满宝石。其中，从背鳍到侧线，四列鳞片排列得整整齐齐，甚是显眼。他的鳞片在红色斑纹上呈现出罕见的金色光泽。

她要记住他的模样，他的声音，他的味道。这样，即使今天不能杀死他，以后也能在千条万条蛟人之中，将他分辨出来，然后杀死他。

旋即，海沫抬起手中的手弩，向陌刀射出最后一支弩箭。

那支弩箭向着陌刀飞去，飞了一半，忽然凭空消失了。

海沫不管，又从腰间取出蚌刀，向陌刀冲杀而去。

但不管她怎样冲，都无法拉近与陌刀的距离。

“这里有古怪。”陌刀说。

话音刚落，就见四周人影幢幢，各种嘈杂的声音潮水一般传入耳中。各种建筑也在晃动、闪烁，犹如阳光照耀下起伏不定的水面。渐渐地，建筑稳定下来，建筑上闪闪烁烁的霓虹灯照亮了一切。晃动的人影也稳定下来，从一团团模模糊糊的影子，固化为一个个身着怪异服饰的陆生人，迈着滑稽的双腿，在地上艰难地行走。

“鲤鱼池。”陌刀说，“这是陆生时代的鲤鱼池。”

海沫不无惊讶地发现自己置身于熙熙攘攘的人群中，自己也长了两条腿，尾巴消失不见了，甚至“穿”上了一件白色短袖衬衣，一条只到膝盖的牛仔裤，还有一双干净的水晶凉鞋。她目眩神迷，心旌荡漾，大为震撼，以至于忘了要向陌刀寻仇。此前，她只在舞台上，看白写她们表演时，见过这样古里古怪的穿着打扮。从来没有想过，有一天自己会穿上同样的衣物。

她看看自己的那两条腿，陌生无比，然而……她动了动脚趾，试着向前走了一步。没有跌倒，也没有前俯后仰，于是又迈了一步，再迈了一步。她没有学过走路，但不知怎么地，她就是知道要如何走路。

这就是开启了生命的本能？

陌刀也“穿”上了衣服，迈步走向前边的一个水池。水池里养着许多颜色鲜亮的鱼。有两个年轻的陆生人，一男一女，坐在水池边，专注地看着水池里拥挤的鱼群。

海沫望向水池，里边张大了嘴等着喂食的鱼群令她有种莫名的熟悉感。

还有莫名的深深的恐慌。

陆生人中的一个，男的，向水池里丢了几粒鱼食。于是，鱼群骚动起来，争着抢着。一时之间，水花翻涌，各种鲜亮的颜色在阳光之下熠熠生辉，流光溢彩，争奇斗艳。

“真漂亮啊！”女的说，“我喜欢，喜欢这些锦鲤。”

锦鲤？就是这些鱼的名字吗？

“你们终于来了，”男的抬起头，冲陌刀和海沫说，“很遗憾，以这种方式与你们见面。我是段楠。”

“祖师爷。”陌刀恭恭敬敬地拱手。

“我是程小葵。”女的很自然地补充道。

海沫打量着她：“葵神？你是葵神？”

这是她第一次意识到葵神是陆生人。在此之前，她和所有鲛人一样，都只看过葵神的半身神像，没有想过她的下半身是怎样的。

是腿，还是尾巴。

“叫什么其实无所谓。”程小葵回应说。

段楠说：“你们现在所处的地方，是虚拟空间。这些，都不是真实的。包括我们。我们只是程序，只是真实的我们的数字分身。扫描数字分身时，我们其实已经很老了；以这样年轻的形象出现说明什么呢？说明我们对年轻时候的自己是多么留恋。”

程小葵说：“其实，我们并不知道你们什么时候能进到这里，进来了解历史的真相。几十年后？几百年后？几千年后？或者永远没有机会进来？谁知道呢。我们只是来告诉你们，我们所知道的历史是怎样的。”

“那么，历史到底是什么？”陌刀问，“请告诉我们。”

这也是海沫想知道的答案，所以她凝神倾听。

承·凤皇翼其承旗兮

18

在南纪门，冷开泰稳住身形，远远地看着下方的蛟人列队从铁肩和铁膀手里领取螺蛳。他们的肤色各异：黑色、茶色、橘黄色、黄绿色……有的鳞片上浮现出黑色斑纹，有的鳞片上浮现出白色斑纹，但此时都是按照战功的积分来排队的。积分越高，位置越靠前；反之，积分越低，位置越靠后。这些桀骜不驯、杀人如麻的战士，这个时候都规规矩矩，温驯得像蠢笨的江豚。对这样的景象，冷开泰很满意。

他是对自己满意。

没有他，就没有蛟人的今天。

他不由得握紧了手中的鲸骨枪。时至今日，以他的地位，已不需要亲自上阵；以他糟糕的身体状况，已不能冲锋陷阵，但他还是习惯于把鲸骨枪带在身边。因为鲸骨枪是老炮儿送给他的兵器。

这鲸骨枪来之不易。老炮儿亲口告诉冷开泰，有一天，不知道从哪里，突然闯来一头硕大无比的怪兽，比两百个蛟人加起来还要大。“我们都吓坏了。”老炮儿说，“还是老飘聪明，他知道那是陆生人所称的长须鲸。原本生活在大洋深处，老飘说它迷了路，所以才误打误撞，来到扬子海。它空有骇人的外表，其实非常虚弱，生了重病。我们杀死了它，但也死了十多个蛟人。鲜血染红了一大片水域。我们用它长得骇人的肋骨，制成了三十把鲸骨枪。这是其中一支，我亲手磨制的，现在送给你，去建功立业，干死鲛人。”

冷开泰听从了龙头大爷的吩咐，无数次用它冲锋陷阵，积累的战功，足以使他年纪轻轻就荣登当家三爷的宝座，与龙头大爷、圣贤二爷一起，成为蛟人最高领袖之一。

那个时候，冷开泰全身披着排列得整整齐齐的鳞片，发出金黄色的光芒。现如今，冷开泰年老了，鳞片不再整齐，不再闪亮，甚至颜色也变成了银灰色，看上去无精打采，一副病恹恹的样子。

不再能如往日一样冲锋陷阵，冷开泰就把所有的时间和精力花在了蛟人的内部管理上。

冷开泰牵头，制订了更详细的战功考核方案，划分了责任，提高了奖励与惩罚的力度；又在老炮儿的支持下，成立了以冷开泰为核心的考核小组，先是对方案进行宣讲，保证每一个门的每一个蛟人都熟悉到能背诵的程度，继而对方案的执行实施全方位的监督，保证方案落到实处。

冷开泰对身边的离魄说：“一个蛟人不过是一只小虾米，一群蛟人不过是一群小虾米，但组织起来的蛟人就是一条所向披靡的蛟龙。而战功考核，就是将蛟人组织起来的具体方法。”

离魄点头称是。离魂去了木阳城后，由离魄接任金紫门管事。跟全身都是深蓝色的离魂相比，离魄的鳞片中央也是深蓝色的，而鳞片的边缘却呈浅蓝色。但他最明显的标志，是少了一条左臂，游起泳来，歪歪斜斜的。

这次，南纪门的养殖场遭到无名瘟疫的破坏，缺了食物，冷开泰亲自给南纪门送食物过来，并且点名要离魄陪同。目的很明显，就是要让南纪门的蛟人认识这位新任管事，并且知道他是冷开泰的心腹。“要做事，还要让人看到，要他们看到你的能力，并且感你的恩。”冷开泰如是说，“目标要远大，但事情要一件一件地做。”

眼下，蛟人还只是蛟，不是龙。如果他冷开泰当上了龙头大爷，在他的治理下，蛟人迟早化蛟为龙，威震四海。事实上，要不是他冷开泰，只会冲锋陷阵的老炮儿根本不可能取得他所宣称的那些成就。

老炮儿年轻的时候叫钢炮，说的是他的嗓门大，脾气急，敢说敢干；后来渐渐混出名声，混出地位，蛟人称他为炮哥，以对弟兄从不拉稀摆带著称；再往后，他靠着战功，靠着声望，一路从营门做到挂牌到纪纲到巡风再做到朝天门管事，大家都开始叫他炮爷；前任龙头大爷病逝前，当众宣布钢炮接任，也是众望所归。此后，在钢炮的带领下，蛟人东征西讨，迅速扩张，屡次击败鲛人，走上了数百年来水下纪元的巅峰。

钢炮年纪大了，头发白了，脾气倒是一点儿也没有改，甚至更加急躁与火爆。老炮儿的叫法也不胫而走。

事实上，老炮儿的叫法正是冷开泰发明的。

这个叫法，一半是嘲讽，一半是揶揄，竟为全体蛟人所接受，倒是大大出乎冷开泰的预料。

这时，食物已经发放完毕。铁肩和铁膀过来，向冷开泰汇报。这两个蛟人样貌奇绝，都如闪闪发光的黑龙，区别在于铁肩的花纹是金色的，而铁膀的花纹是红色的。“你们辛苦了，一旁休息吧。”冷开泰说。对于金紫门的属下，冷开泰向来严厉而不失亲切。

南纪门管事闷墩儿游到冷开泰身边，恭敬地说：“三爷，感谢三爷为南纪门送来食物。”

“闷墩儿，你的伤怎么样了？”

“小伤，早好了。”闷墩儿回答，“有那个家伙的消息吗？”

“不必在意那个家伙，小泥鳅，翻不起浪来。”冷开泰摇头，“今天我过来，是有事情要亲自告诉你。”

“三爷请讲。”

冷开泰说：“去告诉你的弟兄，水荒已经开始了，食物还会继续减少——好好珍惜手里的食物吧。”

闷墩儿瞪大了眼睛。

冷开泰说：“养殖场里的螺蛳和河蚌大量死亡，可不只是南纪门一家。金紫门也遇到了，我们是空着肚子来给你们送粮食的。以前养殖的螺蛳和河蚌也患病，但几个年迈的蛟人都说，从来没有见过螺蛳和河蚌这样的死法。完全找不到生病的原因，说死就死。还没有死的，也是一副病入膏肓、随时会死的样子。”

“二爷怎么说？”闷墩儿迟疑着，还是把那句话说了出来，“二爷是蛟人之中最聪明的那一个。”

“二爷？”冷开泰闷哼一声，“他只知道水变咸了，水荒要来了，要我们做好准备。什么叫做好准备？这话说了跟没说一样。别再说他是蛟人之中最聪明的那一个了。他啥也不知道，跟我们一样。”

“可是，如果真的是水荒……”

冷开泰不想在这种事情上浪费时间，挥手止住了闷墩儿的话头。不就是水荒嘛，没什么大不了的。现在的关键是龙头大爷之位，而水荒正好给了我夺取龙头大爷之位的机会。他把话题扯开：“闷墩儿，你亲自从南纪门里边，挑选出最擅长作战的精壮弟兄，等候我的命令，随时出发作战。”

“要打谁？”闷墩儿疑惑地说，“《海底》规定，单刀会期间禁止打仗。”

“你不想打仗，有人盼着打呢。浑水派。”离魄适时插话，并补充道，“我去过储奇门了，没有见到一个活着的蛟人。养殖场也被洗劫一空，连一个螺蛳或者河蚌都没有留下。你觉得会是谁干的？”

“我知道了。”闷墩儿说，“我会按照三爷的吩咐去办。关键时刻，我闷墩儿绝不拉稀摆带。”

冷开泰摆摆手，让他离开。

对闷墩儿，冷开泰是很放心的。他头脑简单，认定的事情就不会改。假如严格按照《海底》的标准来评选，闷墩儿会是最典型的蛟人。蛟人敬重“忠义”，对蛟人“忠”，对弟兄“义”，而闷墩儿同时有忠肝义胆。

冷开泰不担心闷墩儿，也不担心金紫门。

金紫门是冷开泰起家的地方，他曾经担任过多年金紫门管事。就任当家三爷之后，他也长期住在金紫门。为了金紫门的壮大，他可下了一番功夫。从他培养接班人的事情就可见一斑。离魂死了，离魄上任，毫无问题。离魄后边，还有铁肩；铁肩之后，还有铁膀。相比之下，老炮儿就显得短视，以为自己还能再征战几年，迟迟不公布继任者是谁。直到战场遇刺，危在旦夕，才梦醒了一般，忽然任命一个毛头小伙当龙头大爷。结果呢，自然不能服众。

太平门那边也不用太担心。

在储奇门灭门之后，太平门管事牛耳大黄再也不能骑墙，至少在口头上承诺为三爷扎起。他曾经告诉离魂，只要冷开泰拿到那本祖师爷留下的《海底》，就认冷开泰这个龙头大爷。“老规矩，不能坏。”向来重视仪式感的牛耳大黄如是说，“清水派所追求的，不就是从祖师爷那里一脉相承、清流不染的法统吗？”

没有太平门的支持，我照样能登上龙头大爷之位。冷开泰想，等我登上龙头大爷之位，要做的第一件事情，就是废除这个称号，改叫“舵把子”。什么圣贤二爷、当家三爷统统废掉。一切都由我说了算。水荒有啥可怕的，我是舵把子，自会有忠心耿耿的蛟人为我献上食物，我会活得比谁都长久，都滋润。至于陌刀，不管他此时在哪里，是生是死，都不重要。

19

鲛人陷入了前所未有的混乱之中。

秋翠家族族长绯秋翠病了。在大剧院，由光写家族制造的混乱中，她的肩膀被一条大口鲇咬了一口。当时没事儿，后来却渐渐恶化，伤口怎么也愈合不了，还不断向外流白色与红色混杂的体液。

丹顶家族族长梅花丹顶亲自带着三种清洁鱼到观音桥为绯秋翠治病，也没有取得明显的效果。“这是赤皮病，”梅花丹顶说，面色凝重，“《锦鲤宝典》记载，此病是鲛人受伤后，感染荧光极毛杆菌引起的。患者皮肤大面积发炎充血，鳍条末端腐烂，鳞片大量脱落，特别是鱼体两侧及腹部最明显。”

“还要你说，我们都看出来了。”秋翠家族的巫罗花秋翠性急地说，“关键是，怎么治好盟主的病?”

梅花丹顶摇头：“《锦鲤宝典》上所载的几个药方我们都无法配制。”

花秋翠火冒三丈，要不是绯秋翠制止，估计梅花丹顶已经挨了她的拳头。

梅花丹顶前脚离开，后脚绯秋翠就收到了珍珠秋翠去世的消息。衣家族族长葡萄衣派出信使，送回珍珠秋翠的尸体，同时告诉绯秋翠，海沫进入鲤鱼池后不知所终。

“海沫消失的地方，是葵神指定的禁区，”信使说，“衣鲛人不得进入。”

鲤鱼池是鲛人的禁区。除了拜神祭期间，别的时间任何鲛人都不得进入鲤鱼池，衣鲛人除外。作为族长和盟主，绯秋翠多次参加拜神祭，进入过鲤鱼池，但也仅限于与活动有关的地方，鲤鱼池那么大，还有好些地方她根本没有去过。而海沫去的是禁区中的禁区……珍珠秋翠之死，已经令她无比悲伤，海沫又进到那样一个地方……绯秋翠强打着精神问：“禁区里边到底有什么?”

“禁区。”信使如是回答，“没有鲛人进去过，也没有鲛人出来过。”

绯秋翠刚安排好花秋翠为珍珠秋翠举行降重的葬礼，银鳞就派来信使，要求盟主增加金银鳞家族参加今年拜神祭的名额，理由是丹顶家族减员严重。“还有光写家族，也死了不少。”信使说，“按照往年的习惯，家族成员减少，拜神祭名额也会相应减少。银鳞族长的意思是，减少的名额，最好给金银鳞家族。金银鳞家族这两年发展得快，人口暴涨。”

“秋翠家族也死了不少，要不要把秋翠家族的名额也给金银鳞家族？”

“银鳞族长没有这个意思。”

绯秋翠说：“你刚刚口口声声说银鳞族长、银鳞族长，银鳞明明是巫罗，金鳞呢？”

信使说：“金鳞已然病重，离死不远了。”

又一个意料之外的消息。

“什么病？”

“梅花丹顶族长亲自诊断过了，是黏细菌性烂鳃病。”

绯秋翠听说过这种病，患者的鳃丝一处或者多处腐烂，一开始只是呼吸困难，很快就会无法呼吸，以致死去。这种病的麻烦之处在于，除了呼吸困难，身体上没有别的异常，早期很难发现，一旦发现，离死也就不远了。“银鳞就自封族长了？”绯秋翠调整了一下呼吸，问道。

鲛人七大家族，各自有挑选族长的方式。有格斗的，有辩论的，有前任族长任命的。不管方式如何，最后都需要报请盟主同意，族长才能真正上任。一般情况下，盟主也不会不同意，因为这是家族的内部事务。尽管只是走一个流程，银鳞也不肯，擅自继任，这说明盟主的权威下降得厉害。

信使呵呵一笑：“银鳞族长说了，近日盟主绯秋翠身体有恙，不宜过度操劳。等将来盟主身体好转，银鳞族长会亲自到观音桥登门谢罪。”

银鳞这是赌我会死于这场疾病啊，绯秋翠不无愁怨地想。银鳞向来心高气傲，眼高于顶。金鳞在世，还能压制住她。金鳞一死，银鳞独掌金银鳞家族的大权，确实不好办……不过，原本要在家族联盟会议上商讨拜神祭名额分配的问题，因为光写家族的捣乱，会议取消了。拜神祭名额的分配本就是一年一折腾，麻烦得要死。今年突发的事情多如过江之鲫，而自己又生了重病……只能祈祷葵神保佑了！

下一个来观音桥拜访的鲛人是光写家族现任族长楼兰。

光写鲛人以漂亮著称。在一众漂亮的鲛人之中，楼兰的漂亮也是有目共睹的。她有着纯白如雪的皮肤，还有深宝石红的斑块。红白相间，分外好看。然而，此时的楼兰，与漂亮没有任何关系。她鳞片掉了，尾巴伤了，手臂断了，浑身是伤。

“发生了什么？”绯秋翠问。

“盟主，我错了。”楼兰号啕大哭，“救救光写家族吧！”

随后楼兰断断续续讲出了事情的前因后果：大剧院事件后，光写家族暂时到洪崖洞歇脚。因为刚刚做了一件轰动鲛人的大事，大家都有扬眉吐气之感，格外兴奋。然而灾祸立刻就来了。别甲家族，在别甲三姐妹的带领下，向光写家族发起了进攻。“不能叫进攻，就是赤裸裸的屠杀。”楼兰说，“她们包围了我们，从每一扇门和窗冲进来，见到光写鲛人就杀，连投降都不准，连婴儿都不放过。光写家族没有自己的领地，把洪崖洞当成育婴堂……她们用鱼骨制成的刀和剑是那样锋利，别甲鲛人又是蛟人那样的战士，而光写鲛人都是些流浪艺术家，根本就不会作战。屠杀，就在我眼前展开，光写鲛人纷纷喷着血雾死去，整个洪崖洞都被淹没在光写鲛人的血里。到处都是尸体，到处都是濒死的呼喊。要不是四个鲛人拼死护卫，我也会死在洪崖洞里！”

别甲家族的战斗力绯秋翠是见过的，但对同属鲛人的光写家族进行赤裸裸的屠杀，还是超出了绯秋翠的预想和承受能力。她咬紧牙关，闷然不语。

楼兰继续说，破坏家族联盟会议是光写家族不对，她愿意接受联盟的一切惩罚，参与此事的光写鲛人都应该接受惩罚。然而参与此事的光写鲛人罪不至死，她们只是听从了族长的命令。至于那些没有参与大剧院袭击事件的光写鲛人，更是不该被株连。“我听赤别甲亲口说的，别甲家族对光写家族发出了通缉令，要将潜藏的光写鲛人找出来，统统杀死，一个不剩。”楼兰哭道，“盟主，我求求你了，阻止别甲家族的暴行，救救可怜的光写家族吧！光写家族就要被灭族了!”

绯秋翠一时之间也不知道说什么好。她身心俱疲，无论是体力还是脑力，都在崩溃的边缘。无能为力的感觉令她更加绝望。“你们为什么要袭击大剧院?”沉默良久，绯秋翠问道。

楼兰再一次痛哭：“我的错。我没有分辨是非的能力，误信了阿飞的谗言。阿飞说，要把光写家族知道的历史真相告诉所有鲛人，普通的说教是没有用的，必须采取极端措施才能得到全体鲛人的关注。我听了，我信了，组织了对大剧院的袭击，我错了。我万万没有想到，阿飞竟然是一个伪装者。”

绯秋翠怒问：“你说什么?”

作为盟主，绯秋翠知道不少普通鲛人所不知道的秘密。其中一个，就是蛟人曾经派出“伪装者”，潜入鲛人之中，给鲛人带来了极大的伤害。这些伪装者，原本是蛟人，却能通过某种匪夷所思的方式，在几天的时间里，变成鲛人的模样。他们的胸部会隆起，皮肤和鳞片会改变形状和颜色，甚至尾巴的方向也会由竖变平，然后很轻松地混入鲛人之中，干出诸如窃取情报、暗杀领袖、破坏团结之类的坏事。

因为这事儿太过诡异，太过骇人听闻，历代盟主也是口口相传，没有公开过，即使楼兰是光写家族族长，也应该不知道。

“阿飞是蛟人派来的伪装者。”楼兰道，“光写家族在洪崖洞的消息，也是阿飞出卖给别甲家族的。”

“我是问，你怎么知道存在伪装者?”

楼兰回答：“光写家族的首任族长鸣沙蛇就是一个伪装者。鸣沙蛇在蛟人那边，原本是顺平四爷。他变成鲛人的模样，混入我们这边的写家族，就不愿意再回去了。”

绯秋翠知道鸣沙蛇，但她不知道鸣沙蛇是伪装者：“跟我说说鸣沙蛇。”

“那是一百年前的事情了。传说鸣沙蛇去到鲤鱼池的禁区，才被发现是个少见的伪装者。不过，鸣沙蛇自己并不承认。鸣沙蛇的认知与普通鲛人又有很多不同，经常发生冲突，最后鸣沙蛇率领相信他说法的鲛人，离开写家族，创立了光写家族。”

绯秋翠又沉默了一阵：“跟我说说阿飞，那个伪装者，他在哪里。”

然后她才恍恍惚惚地意识到，她最想知道答案的问题是：海沫在哪里？

20

十岁那年，阿飞的身体发生了一些不可思议的变化——皮肤的颜色、鳞片的形状，还有某些本不该出现的器官，而同样的变化并没有发生在同伴身上。他的心智向来比同龄人早熟，没有在恐慌中泄露自己的秘密，他成功地瞒住了所有同伴，没有让自己成为同伴中的异类。

他很有技巧地四处打听，了解到了伪装者的说法。然后，从“伪装者”这个陌生的词语出发，收集到了与伪装者有关的一切资料。蛟人中出现伪装者的概率虽然不高，但并非罕见，在很多广为流传的蛟人历史事件中，都暗藏伪装者的身影。

一百年前，出现了一个叫鸣沙蛇的伪装者。他精于情报工作，从最底层做起，一路做到顺平四爷的位置，是蛟人历史上第一个四爷，也是唯一的四爷，可谓是自立自强的典范。

有一次，阿飞问陌刀，管事到底有多大的权力。

陌刀回答：“大爷、二爷、三爷不管的事情，都归管事管。”

阿飞对这个答案并不满意，又问：“大爷、二爷、三爷，为啥没有四爷？”

“没有就是没有，历来如此。”

阿飞心思细腻。看出陌刀其实心知肚明，只是不想让阿飞知道而已。作为领袖，有自己的秘密，不能凡事都与别的蛟人分享，再亲密都不行，也不是什么难以理解的事情。阿飞自有办法打听。

根据《海底》的规定，蛟人确实只有龙头大爷、圣贤二爷和当家三爷，并没有顺平四爷。一百年前的龙头大爷专门为鸣沙蛇设立了顺平四爷的职位，以表彰鸣沙蛇在情报方面的卓越贡献。但那之后，鸣沙蛇就从历史记录中消失了，后来也不再设立顺平四爷一职。阿飞花了三倍的时间，终于从无数的碎片中，拼凑出鸣沙蛇就任顺平四爷之后的故事。鸣沙蛇利用职务之便，去过鲤鱼池禁区后，叛逃到了鲛人那边，以鲛人的身份加入写家族之中。后来，鸣沙蛇与写家族发生了激烈冲突，于是带领一部分信徒，从写家族中独立出来，创立了第七个鲛人家族——光写家族。

鸣沙蛇在鲤鱼池禁区里到底看到了什么？阿飞不禁感到深深地好奇，并将鸣沙蛇立为自己的榜样。他继续长大。当身体的变化无法遮掩时，他离开水下城市，去荒野独自生活，直到身体恢复正常形态。就是在独自生活时，他学会了控制自己的身体，在蛟人与鲛人的形态之间轻松转换。也有可能不是学会，而是他本来就会，只是之前不知道罢了。

当他以蛟人形态置身于蛟人之中时，他与他们从容地交往，仿佛是他们水乳交融的一员。与此同时，他又置意识于蛟人群体之外，用一双冷静到冷酷的眼睛观察着蛟人们的熙来攘往，好像他不是蛟人，而是完全不同的异类。

阿飞曾经多次试图潜入鲤鱼池，但都被千厮门弟兄阻止。他认识到，合法地进入鲤鱼池只有一个途径，那就是单刀会。只有单刀会，普通蛟人才有可能进入鲤鱼池。于是他开始策划，“无意中”认识朝天门管事陌刀。陌刀说他游动的姿势就像天上的鸟儿，于是给他取了一个新的名字：阿飞。

给中等和下等蛟人赐名本是上等蛟人的特权。对这个新名字，阿飞并不喜欢。直到有一天，陌刀带着他去海面。那是晚上，蛟人睡觉的时间。陌刀解释说，只有这个时候，才能去那上面。白天去的话，太阳当空照，光线太强，蛟人的眼睛受不了，会瞎掉。他们一前一后，远离朝天门，向着海面游去。

越往上游，光线越是浓烈，眼睛里的瞬膜开始抽搐。但那一蓬蓬光线，照射在陌刀的皮肤和鳞片上，令他熠熠生辉，也照射在阿飞身上，百转千回，变幻莫测。这无法言说的美，令他无比痴迷。

再往上游，就是海面了。这是阿飞第一次到海面。只见海面起起伏伏，一半碧绿，一半银白。高天之上，微云之中，悬挂着一轮金黄的圆月。陌刀痴痴地看着，阿飞也痴痴地看着。没有任何言语能够形容眼前的美景，能够形容这美景给阿飞所带来的触及灵魂最深处的震撼。

那次没有看到飞鸟，然而阿飞已经非常满足了。在那之后，他又去过很多次海面。有时和陌刀一起，更多的时候是独自一人。

晚上，蛟人们都在各自的房间沉睡。他们闭着眼睛，关上耳朵，像海草一般，竖直悬浮着。背鳍和尾巴，还有双臂，都会不时动一两下，以保持身体的姿势和位置不变。他们也会咂嘴，鳃裂随之开合。他们也会做梦，有的梦稀松平常，有的梦却比最久远的神话还要稀奇古怪。

阿飞离开他们，独自前往海面。四方上下，都是浩荡的海水，空无一人。或者说，整个扬子海，就只有他一个蛟人，以至于他产生了一种错觉，觉得这扬子海是他所独有的，他是这海中唯一的王。

在海面，他痴迷于光线的变幻，痴迷于月亮的圆缺，痴迷于每一朵云，每一阵风。第一次看见飞鸟从遥远的天际划过，他激动得流泪。从那以后，他忘记了自己原来的名字，在阿飞的面具下，继续自己的行动。

他甚至尝试过在白天去海面，但正如陌刀所说的那样，还没有到海面，他就被强烈得如一把把尖刀的太阳光给吓回来了。假如再待上几分钟，他多半会死掉。由此他得出一个结论：晚上的海面是天堂，而白天的海面是地狱。

当陌刀命令他变身，去鲛人那边打探情报时，他其实是非常愿意的。因为这是鸣沙蛇当年做过的事情啊。刺探情报只是最基本的工作，如果能挑拨鲛人内斗，削弱她们的实力，那当然是好上加好。

变身后潜伏进鲛人的任务进行得异常顺利。打听到海沫的存在，一手制造大剧院事件，把光写家族出卖给别甲家族，阿飞都干得如鱼得水，得心应手。

特别是屠灭光写家族这件事，让阿飞有一种无法言说的畅快感，堪比当年发现自己能在蛟人与鲛人之间变身。光写家族可是鸣沙蛇一手创立的，而今我一手将它毁灭，还让鲛人陷入不死不休的内战局面，还有比这更令人激动的事情吗？

别甲家族，向来有“鲛人中的蛟人”的称号。目睹别甲鲛人在洪崖洞对光写鲛人的大屠杀，阿飞算是真正理解了这句话的含义。她们体格强健，骁勇善战，杀起人来，毫不心慈手软，对蛟人是这样，对鲛人也是这样。在阿飞看来，黄别甲霸道，赤别甲蛮横，白别甲傲慢，但她们都爱杀戮。

阿飞庆幸大屠杀发生的时候，自己站在了别甲家族这一边，站在了别甲三姐妹的身边。出卖光写家族，他没有一点儿心理负担。我能够活下去，才是最重要的。

他记得，这是自己临行时，陌刀下的命令。“无论怎样，活着回来。”陌刀如是说。

活着才能去海面看月亮，看飞鸟和云。

给阿飞下命令的，还有冷开泰。

陌刀够聪明，却不知变通，坚决不为阿飞能够参加单刀会动用自己的权力。就是在这种情况下，冷开泰向阿飞摇起了尾巴。这在蛟人的语言里表示邀请合作。冷开泰给阿飞参加今年单刀会的资格，阿飞给冷开泰提供陌刀的情报。双方一拍即合。

对于背叛陌刀这件事情，阿飞并无多少愧疚。毕竟接触陌刀的目的很明确，就是为了鲤鱼池，而不是别的什么虚无缥缈的东西。

在洪崖洞大屠杀后，跟随别甲三姐妹回别甲家族领地龙头寺的路上，阿飞还是禁不住想：陌刀此时在哪里？他已经死了吗？

21

在蛟人之中，老飘的样貌非常独特，脑袋形似传说中的龙头，颌下胡须长而威武，背鳍长而宽，尾巴长而舒展，像凤凰的尾巴，又像是古代大将的战袍，游动时刚中带柔，煞是好看。他的体色混杂了黑色、黄色、红色和白色，随着他的游动，呈现出不同的颜色和光泽。

千厮门哨兵来报告，去唐家沱采集标本的龙麻子管事回来了，说是抓到了一条怪鱼。老飘正要离开实验室，六个蛟人抬着一条长长的怪鱼已经进来了。千厮门管事龙麻子在前边卖力地指挥。他白底红斑，红斑上又涂上一层墨染一般的黑纹，头部的斑纹上也有宛如星星的黑点，这正是他名字的来由。

老飘朝他们游过去。

那条奇怪的鱼身体又细又长，像一条银色的带子。身体最宽处两只手可以对握，但身长却有五六个蛟人手牵手那么长。全身没有一块鳞片，裸露的皮肤呈现出银色到银蓝色，还分布着斑点和波浪状的斑纹。

“这些斑纹一直都这样吗？”老飘问。

“抓它的时候，斑纹要鲜艳和明显得多。”龙麻子说。

老飘掀开那鱼凸出的嘴巴，里边没有牙齿，又摸摸它粉红色的背鳍。这背鳍前部呈丝状，就像蛟人的头发，后部连成细长的一片，一直延伸到尾部。他盯着它细小的眼睛，忽然明白了什么。“皇带鱼！”老飘惊恐地喊道。

“很厉害吗？”龙麻子问。

“只有一条？”

“我们看见了十几条，就抓住了这一条，”龙麻子说，“抓它的时候，它挣扎得特别厉害，好几次都差点儿让它逃掉了。”

“皇带鱼性情凶猛，又是吃肉的，厉害倒是厉害，但问题不在于皇带鱼本身，而在于皇带鱼是一种生活在大洋深处的鱼。它不应该出现在我们这里。”

“为啥子这么说？”

老飘郑重地挥一挥手，让蛟人们把皇带鱼送进他的实验室。

老飘看看龙麻子：“意味着大灾变又来了。”

“啊！”龙麻子的感慨带着意外与恐慌。

“上一次在我们这里发现皇带鱼之后，又发现了无数的深海动物，然后，扬子海出现了蛟人史上最大规模的水荒。”老飘解释说，“那一次水荒，所有的水生植物都死去，所有的水生动物都死去，就连悍不畏死的蛟人也死了三分之二，提前去了木阳城。”

“三分之二？”

“有的死于饥饿，有的死于鲛人之手，还有的——死于蛟人内部的派系斗争。为了争夺所剩无几的食物。一点点螺蛳肉，一点点河蚌肉，一点点金鱼藻，都能引发一场血腥至极的恶斗。我听说过更为可怕的事情，蛟人吃蛟人……那是蛟人史上最为黑暗的时期之一。”

说到这里，老飘停了下来，仿佛身心都沉没于那深深的黑暗之中，无法逃出。

“后来呢？”龙麻子问。

老飘没有马上回答。良久，他开口道：事实上，这样的黑暗时期，或者说水荒，每隔十几年就要来一次，频繁得让历史的记录者都感到厌烦。他研究过，隐隐约约觉得其中有什么规律，与被称为长江的水道有关，但又找不到确凿无疑的证据来证明。现在，看到皇带鱼，那种埋藏在心底的焦灼感重新溢出，占据了他的整副身心。他知道大灾变即将发生，曾经发生过的事情，将再一次当着他的面发生，而他无力阻止。

焦灼感与无力感轮番出动，撕扯和碾压着老飘本就不够坚强的神经。“龙麻子，你不知道，”老飘说，“蛟人原本有九个门，现在只剩六个门了，通远门、临江门、东水门这三个门都已经消失在历史的长河里。这一次，不知道哪些门会消失。”

龙麻子真心诚意地问："我们该怎么办？"

这是一个极其简单、答案却极其复杂的问题。老飘沉思良久，才说："龙麻子，你知道袍哥吗？"

"我只知道一点点。"这时，已经等得不耐烦的龙麻子在实验室里四处转悠，查看那些养殖箱里的动物和植物，说，"我不像二爷那样无所不知。"

"如果像我一样，生在悍不畏死的族群里，却身体孱弱，无法冲锋陷阵，获取战功，你要怎么在蛟人群里立足？我的做法是，把所有能找到的书看完，让自己的学识更渊博，渊博到看上去特别聪明，以至于别的蛟人无法取代的地步。"老飘自嘲道，"说回袍哥。龙麻子，你知道吗，我们就是袍哥。"

老飘介绍说：袍哥是陆生年代，发生战乱的时候，陆生老百姓自发组织的，保护自身及维持社会秩序的民间组织，是特定历史时期的产物。《海底》原本就是指导袍哥内部交流的小册子，龙头大爷、圣贤二爷、当家三爷，这些都是千年以前对袍哥领袖的称呼。蛟人的社会架构，只不过是对陆生时代袍哥组织的拙劣模仿。

"我们现在玩的这些，全是陆生人玩剩下的。"老飘感叹道，"虽然它所宣扬的忠肝与义胆对团结蛟人、令蛟人的水下生活更加顺利，确实有一定价值。"

龙麻子沉吟不语，似在理解老飘的话，又似陷入了迷惘之中。

"龙麻子，你知道老炮儿为什么把龙头大爷之位传给陌刀而不是冷开泰吗？"

"刀哥战功卓著，为人又耿直、仗义。"

"不，这只是一方面，甚至是微不足道的一方面。我和老炮儿交流过，冷开泰的能力极强，这毋庸置疑，但冷开泰的思想已经固化，认定的事情，不会再改了。陌刀不一样，陌刀还很年轻。"

"我一直觉得刀哥很厉害，是蛟人中的精英。"龙麻子说，"但有时候吧，我又觉得他不是我们中的一个。即使身处蛟人之中，他的心思也在别处。"

“袍哥原本就不是什么先进的社群模式。再加上如今……环境已经变了，时代已经变了，大灾变又来了，我们蛟人需要寻求更为合理的组织架构，与新环境和新时代相匹配的社会体系。”老飘对龙麻子语重心长地说，“鲛人也好，蛟人也罢，都需要靠某些方式组织起来。你要知道，单个的鲛人与蛟人在水下世界都是极其弱小的存在，跟小小的气泡差不多，一吹就没了。”

“二爷，你什么意思？”

“关于过去，大灾变之后，我们已经遗忘得太多太多。我们中的大多数都懵懵懂懂，对过去所知不多，对未来无力想象，我们所在乎的，就是眼前的那一丁点儿食物，那一丁点儿居所，还有那一年一度的单刀会。我时常想，我们所谓的水下文明，其实不过是陆生文明在大灾变摔成无数碎片后，再重新组装在了一起。这种想法，既让我深深地悲伤，又让我有些许的自豪，庆幸历尽千难万险，蛟人终究从大灾变中存活下来，并延续至今。”

“说点儿我懂得起的，二爷。”

龙麻子笃信《海底》，对蛟人忠心耿耿，毋庸置疑。然而，他确实不是讨论这些话题的理想对象。老飘叹息道：“如今，超级水荒又来了，蛟人还能存活吗？还能延续吗？以何种组织模式存活？以何种社会结构延续？这些问题，都要靠陌刀去解决，去回答。陌刀是老炮儿指定的龙头大爷，老炮儿的意思是，让陌刀去完成他没能完成的改造。这是陌刀的职责，也是你的历史使命。”

“我？”龙麻子把他的不可思议最大程度地表现了出来。

“重建蛟人的组织方式或者社会结构，只靠陌刀是不可能完成的。他需要你的支持。”

“二爷，不用你说，我一定给刀哥扎起。主要是刀哥这个人对了。人对了，什么都对；人不对，什么都不对。”龙麻子说，“那么，二爷，你呢？”

“混吃。”老飘说，“等死。”

“真够闲的。”龙麻子憨厚地笑着，“回头我找刀哥去，给他说这个事。不过我不保证能说得清楚啊。"

"你确实需要去找他。"老飘说,"陌刀已经失踪三天了。没人知道他去了哪里。"

22

滚滚波涛之下,海底幽暗深邃,但并不安静。

熙熙攘攘中,它们出现了。

它们怪模怪样。胸部以上是陆生人的模样,有头有脸,有瘦削的肩膀和纤细的手臂,但原本耳朵所在的位置,支棱出长长的须子,在海水里晃来晃去。胸部覆盖着几丁质的甲壳,一看就很坚固。胸部以下却无法简单地描述,有螃蟹一样的大螯,有龙虾一样的小螯,有很多条短小的游泳足和刀片状的步行足。螯和足多到数不清楚。身后还有一条令人难以理解的蜷曲的尾扇。

它们有数万之众,密密麻麻铺满海床,从这边的山岭,一直铺到那边的峡谷。它们呼吸所产生的气泡,喷泉一般缕缕上升,到了海面竟汇聚成声势惊人的白色浪花。

它们的个头比最强壮的蛟人还要大,身上沉重的、好些地方长着棘刺的铠甲保护着它们,也限制着它们,使得色彩斑斓的它们只能在起伏不定的海床上蹦跳着前进。

远远望去,就像海床忽然变成了活蹦乱跳的飞毯一样。

它们是逃难来的。在历时千年的深海大战中,这一次它们是战败的那一方。战败了就只好逃离,不然会被它们的敌人连根铲除,连一粒种子都不会留下。它们可怕的敌人,在它们身后紧追不舍。

即便是在逃难之中,远离自己的领地,它们依然保持着整个帝国的规范运转。

它们等级森严,而社会等级与它们的族裔密切相关。

魏斯曼处于第一等级。它们是帝国的贵族,是王者。魏斯曼只有数十个,却掌控着整个帝国。魏斯曼有蓝色、黄橘色和褐色,体形中等,有一对很长很长的触须,一对黑沉沉、硬邦邦的大螯。后背上显眼的红色线条，是它们的重要标志。

雷蒂斯处于第二等级，有数百个。它们是帝国的将军。有橄榄绿色、金黄色、鹅黄色、墨绿色、紫红色。头部触须又细又长，双螯短小而粗壮。很容易把雷蒂斯分辨出来，它们的头部有典型的“V”形墨斑，在帝国的话语里，那是胜利的标志。

萨特努和杜普拉处于帝国的第三等级，有数千个。它们从事着繁多的服务性工作。萨特努有红棕色或微蓝色，性情温和，双螯较为短小，触须很短；而杜普拉的触须较长，背部有一个明显的“U”形图案。曼宁也处于这个等级。曼宁多为黄橘色或蓝绿色，非常靓丽，关节处的颜色尤为浓厚。

第四等级只有克拉凯基。它们有着坚硬的外壳，色彩斑斓，但没有什么特色，头胸粗大，腹部短小而稍显扁平。克拉凯基数量最多，有数万个，居于帝国的最底层，从事着最为烦琐和沉重的工作。

魏斯曼在它们最中间，受到最为严密的保护。雷蒂斯在魏斯曼附近，随时听候魏斯曼的差遣。萨特努、杜普拉和曼宁在队伍中穿梭往来，一面监督克拉凯基，不准它们有任何的逾越，一面把第一、第二等级的命令准确无误地传递给数以万计的克拉凯基。

它们蹦跳着前进，同时发出“咔嗒咔嗒”的声音。

这声音，又细又碎，合起来竟有雷霆之势。

克拉凯基已经很久没有东西吃了。

一路走来，能吃的，都被它们吃了。当然，要等前面的等级吃饱，才能轮到克拉凯基。以前，它们还有残羹冷炙可以吃，但自从被莫名的潮汐带到这名为“长江”的水道之后，也不知道为什么，能吃的东西就越来越少——少到第三等级的萨特努、杜普拉和曼宁都经常饿肚子，更不要说克拉凯基了。

幸好，先遣队已经传来好消息。就在不算太远的前方，先遣队发现了一个内陆湖，那里的原住民将那湖称为“扬子海”。是的，那里有数万名朴实而孱弱的原住民，先遣队与原住民交过手，大获全胜；是的，原住民的养殖场养着数量庞大的螺蛳和河蚌，先遣队已经尝过，虽然味道不太好，但聊以果腹、解决温饱是没有问题的。最关键的是——先遣队汇报时把后边这句话做了最大限度的强调：扬子海远离太平洋，隐秘而安全，是帝国可以安营扎寨、休养生息、繁衍后代的好地方。

先遣队提供的这个好消息先是作为绝密情报，在数十个魏斯曼内部用魏斯曼才能听得懂的语言传递。经过一番讨论，魏斯曼决定把这份绝密情报作为好消息下发给帝国的每一个臣民。集体讨论，集体决策，充分发挥每一个魏斯曼的价值，充分实现每一个魏斯曼的权益，充分体现魏斯曼乃是帝国第一等级的权威，这是它们的组织架构之所以如此的根本性原因。

于是，魏斯曼分泌出一点点液体，科学上把这种液体叫作外激素，也叫信息素，包含了数十种结构并不复杂的化学物质。雷蒂斯嗅到了，理解了，把魏斯曼下发的好消息转变为自己的外激素，传递给第三等级的萨特努、杜普拉和曼宁。数以千计的萨特努、杜普拉、曼宁再把这个好消息下发给数以万计的克拉凯基。

于是，从魏斯曼到雷蒂斯，从萨特努、杜普拉、曼宁到克拉凯基，无不欢欣鼓舞，信心倍增。

在遥远的太平洋深处，它们曾经建立了疆域无比辽阔的帝国；帝国数百年的辉煌历史一直是它们力量与信心的源泉。这一次战败——不，它们从来不承认这是战败，它们不是败给了那些敌人，而是当无法战胜的瘟疫肆虐整个帝国，造成无法统计的死亡之后，那些色厉内荏的敌人乘虚而入，这才有了帝国大溃败与它们的大逃亡——它们一逃再逃，力量一点点削弱，信心一点点消失，绝望的情绪笼罩着它们的全部身心。

这个时候，扬子海和原住民的出现拯救了它们。

希望是这个世界最美好也是最稀缺的东西。此时此刻，它们重新拥有了希望，就仿佛重新拥有了帝国过去的荣光，同时拥有了帝国未来的无限荣耀。

从魏斯曼到克拉凯基都知道，只要有一个喘息的机会，一个有充足的食物、可以安全繁殖的地方，它们很快就可以卷土重来，再创帝国的辉煌。这是由它们异乎寻常的繁殖方式所决定的。这是敌人害怕它们的原因，也是数百年来帝国屹立不倒，即使倒下也很快复兴的最根本的原因。

它们忘记了辘辘的饥肠，被希望所支撑，继续蹦跳着行进。

前方，就是扬子海。

23

段楠挥了挥手，微笑着和程小葵一起消失在一片抖动的影像里。

海沫和陌刀的眼前出现了一个蓝白相间的巨大球体。蓝的是海，白的是云。当镜头拉近时，还能分辨出大片的沙漠、森林和山地。

还有阳光下的城市，高大雄伟，绚丽多彩。

海沫愿意用学到的一切美好的词语来形容它，但她太过震撼，无法开口，只能大张着嘴，无言地看着眼前这座比观音桥、比大剧院、比鲤鱼池加起来还要大得多得多的城市，比所有已知的水下城市加起来还要辉煌、还要壮丽、还要漂亮、还要伟大的城市。

“勒[①]逗[②]是重庆。”程小葵用重庆话说。

随着镜头的快速移动，重庆的高山和深谷在海沫眼前快速呈现。鳞次栉比的高楼，层层叠叠的公路，横跨长江与嘉陵江的大桥，熙熙攘攘的人流，天真无邪的笑脸，咕嘟嘟冒着热气的火锅，市井中一棵茂密的黄葛树，现代化建筑群里突现的寺庙的一角，或聚或散或覆盖或流淌的雾霭……

海沫看得目眩神迷。尤其是那镜头移动太快，让她产生了不是镜头在移动而是自己在移动的错觉。她不是害怕高速移动，她是游泳高手，甚至喜欢高速移动——这样在空中上下左右高速移动确实很像游泳。她害怕的是不受自己控制的高速移动。

幸好，海沫很快就适应了这种运动。

---

①勒：重庆方言，指“这”。

②逗：重庆方言，指“就”。

不就像在水流里游泳吗？顺势而游就行。

随后，镜头冲着一栋穹顶建筑飞掠而去。那建筑不是别的，正是璀璨如水晶宫殿的鲤鱼池。不过比海沫和陌刀见过的鲤鱼池更大更完整，没有南北区之分，就那么在灿烂的阳光下，巍然屹立，喜笑颜开。

镜头进入鲤鱼池内部，在楼层之间逡巡，最后定格在“重庆市鲤鱼池锦鲤繁育中心”的广告牌上。广告牌淡出画面，段楠显出身影：“告诉我们，你们是怎么描述陆生文明的毁灭的？”

“回祖师爷的话，二氧化碳、冰川融化，还有瘟疫与核战。”陌刀回答。当然，这些词语都是先前老飘告诉他的。

段楠点点头：“温室效应，是说由于大气层中超量二氧化碳的存在，使得太阳辐射到地球的能量，进得来出不去，因此地球大气温度会越来越高，高到毁灭陆生文明的地步。实际上，温室气体不仅仅指二氧化碳，还包括甲烷、氧化亚氮、氢氟碳化物、全氟碳化物及六氟化硫。后三类气体制造温室效应的能力比众所周知的二氧化碳强太多了。”

又是一连串的陌生词语。陌刀没有提问，只是默默地看着。

“温室效应导致的不仅仅是异常的高温，全球平均气温上升了七八度，也不仅仅导致冰川融化。这些仅仅是一系列深重灾难的开始。有些灾难，陆生人曾经预想过；而有的灾难，陆生人从未想到过。”段楠出现在画面的正中间，接着往下说，“冰川融化为淡水，大量淡水进入海洋，明显降低了海水的盐度。就这一转变，导致无数海底生灵无法适应环境的改变而大量死亡，整个海洋生态环境几近崩溃。海水总量在短时间内上升，沿海较低的大片区域被淹没，临近区域被海水入侵，不耐盐的农作物大量绝收、枯死，饥饿从滨海地区往内陆蔓延。而滨海地区是人类居住最为集中的地方。数以亿计的人被迫离开家园，向内陆迁徙，其过程漫长而痛苦。”

画面随着段楠的讲解剧烈变化着：晦暗动荡的海洋，海滩上迷路的长须鲸，枯萎的玉米地，艰难迁徙的人群……

陌刀并不真正理解他所看到的是什么，他莫名地兴奋，因为这些对他来说，都是传说里的事情，极其陌生而又浩瀚的知识。同时，他的心里又滋生出莫名的恐惧。

海沫的感受是一样的。

段楠隐去，程小葵的身影出现，接着讲道：

“事实上，全球性的连晴高温，只是气温异常上升的表现之一。突如其来的气温上升，改变了大气环流的规模与方向，进而改变了整个地球的气候。极地气候变温带针叶林气候，温带季风气候变热带雨林气候，热带草原气候变成热带超级沙漠气候，诸如此类。天气预报越来越困难，极端天气越来越频繁，影响的范围越来越宽广……

“全球性高温，冰川大规模融化，冻结在其中的史前病毒、细菌、真菌、立克次氏体等纷纷重现世间。连晴高温，抑制了一部分病原体的活动，却使得另一批耐热型病原体更加活跃。以霍乱为例：霍乱在人类历史上也曾作乱一时，杀了数以千万计的人。后来医学发展了，霍乱受到控制。霍乱弧菌原本生活在温度较高的浅海地区，但高温之下，霍乱弧菌得以跟着海流，逆着河道，去往中上游地区，由此造成超大范围的感染。若是平时，人类还可以凭借发达的医疗系统抵挡一阵，但这事正好发生在人类大规模向内陆和高原地区迁徙、医疗系统濒临崩溃之时。

“结果，人类社会崩溃，洪水泛滥，陆地沉没。陆生文明就此毁灭。”

24

“你什么意思？把海沫想得这么偏执？你是在暗示什么？”

“你什么意思？把陌刀想得这么愚蠢？你在暗戳戳地骂我吗？”

“这就是个小说，不用着急！”

“这就是个小说，你着什么急啊？”

“小说最能展示一个人的内心了。”

“我也是这样想的。”

冷饮店里，段楠和程小葵叹息一声，暗自抱怨对方不懂自己，旋即各自低头，掏出手机来玩。

“转发这条锦鲤，你将获得一年的好运。好漂亮的龙凤锦鲤。我现在最缺的，就是好运。赶紧转发。”

“迷信思想。”

“你不知道，这几天导师审我的博士论文，《孤雌生殖与孤雄生殖的文化意义》，审得我叫天天不应，叫地地不灵。这里不对，那里要改，这里啰里啰唆，那里逻辑不通，哎，摊上这么个油盐不进的老古董，我是倒了八辈子血霉。我现在特别需要好运气。”

“说到论文，唉，你至少已经写完了，我那一篇《逆转录转座子在新物种形成中的重要作用》卡得死死的，写不动了。为啥呢？因为来自各个实验室的数据不一样，我得一个一个地去核对。要是引用了错误的数据，整篇论文就只能全部报废。”

“那你还不转这条漂亮至极、还能给你带来好运的龙凤锦鲤？”

“我更喜欢秋翠。”

“转，还是不转？”

“转转转。”

“说真的，要不是论文的事情，我真不愿意跟你吵。”

“你以为我愿意跟你吵吗？论文让我烦死了。”

转发龙凤锦鲤之后，两人的心情都好多了。

“再来一杯？”

“算了吧，热量太高。”

“这样吧，我点一杯‘多肉葡萄’，我俩一块儿喝。”

“想点你就点。”

“还是算了。我们继续聊《鲤鱼池》吧。”

“正好，我想到一个点子。陆生人普遍拥有三种视锥细胞，能够直接看见红光、绿光和蓝光，而水生人的眼睛里有第四种视锥细胞，能够直接看见橙光。因此，水生人能够看到比陆生人丰富得多的色彩，并且在可见光之外，普遍能看到紫外线。想到我看不到那么丰富的色彩，我就嫉妒。”

“你要知道，设定要新颖，关键是设定要在故事里发挥作用。比如，看到紫外线。我觉得可以这样补充：每一个家族的鲛人在紫外光谱下都有自己独特的面部图案，一些奇妙的点状和弧状图案。鲛人的皮肤与鳞片变化极为丰富，很多时候都难以通过外观直接分辨她们来自哪个家族，而面部的紫外图案是分辨鲛人家族的最好方式。”

“气候变化是当下的热点新闻。把极端天气导致洪水泛滥、陆地沉没作为故事的起点，非常具有现实意义。”

“说到极端天气，这不是地球的常态吗?”

接下去，段楠和程小葵展开了激烈的争吵，唾沫四溅，火力全开。他们提到了5600万年前的古新世—始新世极热事件，全球平均温度在不到2万年的时间里飙升超过12摄氏度；提到了2.34亿年前的卡尼期洪积事件，当时下了200万年的暴雨，摧毁了此前的生态，为恐龙的崛起创造了条件；提到了雪球地球时期，从8亿年前到5.5亿年前，长达2.5亿年的时间里，地球平均气温降到零下50摄氏度，整个地球表面，从两极到赤道全部被冰雪覆盖，冰期与之相比，不值一提，而这种现象，在地球历史上至少出现过3次。

他们提到了石炭纪雨林崩溃事件，还提到了前后脚发生的峨眉山暗色岩事件和西伯利亚暗色岩事件，造成了二叠纪生物大灭绝。这次生物大灭绝是地球历史上规模最大的，70%的陆生脊椎生物灭绝，96%的海洋生物灭绝，全世界总共90%的物种灭绝。

说到这里，两人都不约而同地停了下来。

隔壁桌几个人聊天特别大声。他们在聊缙云山的山火，他们的朋友正在山上当志愿者。有一个戴眼镜的，用浓重的重庆口音说：“哪有烟锅巴杵不歇?”这话把山火比作烟锅巴（烟头），一踩就熄灭，夸张又趣味十足。“我们在这里悠闲地吃着东西，岁月静好，其实是有人替我们负重前行。”于是，他们相约，如果明天山火还不熄灭，就去报名当志愿者。其中一个光头男说：“袍哥人家，绝不拉稀摆带。”他说得甚是认真，表情又有几分滑稽。

因为刚好在《鲤鱼池》里引用了“绝不拉稀摆带”这句话，段楠和程小葵都不由得笑起来。紧张的气氛得以缓解。

“要不我们交换一下？”

“你来写海沫，我来写陌刀？”

“对。”

“可以试试。”

转·千岩万转路不定

25

在回观音桥的途中，海沫听到远处传来一阵陌生的划水声，习惯性地藏了起来。绯秋翠曾经教过她十种以上隐蔽自己的办法。“这是杀手必备的技能。”绯秋翠如是说。

顺着山谷游过来的是写家族的三个蛟人。为首的蛟人正是写家族族长白写，身后跟着黄写和绯写。

“见到别甲家族的鲛人，不要客气。”白写边游边说，“这一次，我们写鲛人一定要抓住难得的历史机遇，从秋翠家族手中，夺回属于写家族的荣耀。”

黄写和绯写齐声说“是”。

这句话勾起了海沫的兴趣，于是悄悄地跟在了她们身后。在秋翠家族执掌鲛人联盟之前，写家族才是第一鲛人家族，执掌鲛人大权长达五百年的时间。如今，秋翠家族遇到了麻烦，写家族是要趁机作乱吗？

前方山谷尽头，是一片茂密的藻林。写鲛人们在藻林前停下来。

“怎么还没有来？”黄写问。

“沉住气。”白写说，“会来的。”

藻林分开一条缝，一个鲛人探头探脑地游出来。她通体绯红，背部深黑色的斑纹分外显眼，正是别甲三姐妹中的赤别甲。

“怎么迟到了？”绯写问，带着审讯的口吻。

“安全第一。”赤别甲没好气地说。

白写冷哼一声，问道：“上次讨论的问题，可有答案？”

“我应邀而来，就已经是答案了。”赤别甲说，“像白别甲现在这么干，迟早把别甲家族的老底败光。我不知道为什么，她会对新来的阿飞言听计从，却对我真心诚意的忠告充耳不闻。我只好出来寻找出路。我没阿飞那么多的花花肠子，直说吧，为了别甲家族的未来，为了鲛人的未来，也是为了我自己，我愿意听从鲛人大巫罗白写的调遣。”

“甚好。”白写发自内心地赞许道，“葵神会保佑你，也会保佑所有崇信她的鲛人！”

赤别甲说：“大巫罗，还有一个鲛人，要我引荐给您。”

这是意外的惊喜，白写面露喜色，又很快抹掉，回到了先前的庄重肃穆。“是银鳞吧？”她眼珠子一转，得出一个结论。

“大巫罗厉害，未卜先知！”赤别甲击了一下掌，“你可以出来了。”

金银鳞家族的银鳞从藻林游了出来。海沫惊讶地发现，先前嚣张跋扈的银鳞，此时变得动作迟缓，呼吸沉重。她游到白写跟前，纳头便拜：“大巫罗救我！”

白写坦然接受了银鳞的跪拜：“金鳞一死，你独掌金银鳞家族，诸事繁杂，心力交瘁，却又重病来袭，你害怕步金鳞的后尘，是也不是？”

“正是如此。”银鳞说，“金银鳞家族中，病患众多，连我们驯养的电鳐也大半染病，动作迟缓，食欲不振，奄奄一息。”

“这都是秋翠家族执掌鲛人家族联盟后，不敬葵神，不拜葵神，不行葵神之道的恶果！”白写道，“秋翠家族崇尚武力，只会蛮干，葵神之道荒废已久。葵神终于震怒，降下这一场场灾祸。想要化解灾祸，唯一的办法就是重拾葵神之道，拜葵神，敬葵神，供奉葵神，诚心诚意，诚惶诚恐，方能挽狂澜于既倒，救鲛人于末世！”

黄写与绯写齐声道：“我等誓死追随大巫罗，行葵神之道！”

赤别甲与银鳞有样学样，也跟着说：“我等誓死追随大巫罗，行葵神之道！”

对于葵神之道，海沫知道得不多。

所谓葵神之道，指的是鲛人与葵神的交流。能与葵神交流的鲛人被称为巫罗。写家族宣称写鲛人是葵神制造的第一种鲛人，最为葵神所喜爱，因此被赋予与葵神直接交流的权利。写鲛人是天生的巫罗。在写家族统治鲛人的五百年里，各大家族的巫罗都是写鲛人。而巫罗与葵神交流的方式就是表演和祭祀。

花秋翠是秋翠家族的现任巫罗。海沫还是个孩子的时候，花秋翠到育婴堂来给孩子们上课，专门讲过写家族的巫罗们当年是怎么行葵神之道的。她的背鳞和腹部侧鳞之间有红色斑纹相连，看起来光鲜亮丽，非常漂亮。

“她们会把头发用草根盘起来，再在身上绘制出各种奇奇怪怪的图案。她们并不知道这些图案的真实含义，只是口口相传，身上绘制了这些图案，即能获得某种神秘的力量，是与葵神取得联系的便捷通道。”花秋翠说，“但我可以告诉你们，这些图案都来自陆生时代，有步枪、坦克、火箭炮、歼击机、轰炸机、巡洋舰、航空母舰、洲际导弹等等。”

“这些都是什么？”有小鲛人问。

“我也不知道。”花秋翠说。

“你不是无所不知的巫罗吗？”

“但我知道那个时候的拜神祭，巫罗们会表演各种节目，其中一部分我们现在还能在大剧院看到，有的节目则被禁止了。”

“为什么呢？”小海沫问。

“因为太黑暗、太残忍了。现在的鲛人，根本接受不了。”花秋翠欲言又止，停了片刻，又介绍道：“除了表演，拜神祭上还会给葵神献上各种珍贵的器物，玉器是不可或缺的。这玉器，其实是一种罕见的石头。从石头到玉器，往往需要一个心灵手巧的鲛人磨制几十年的时间。在这几十年时间里，这个鲛人别的什么都不干，就是磨制那玉器。而几十年，很可能是这个鲛人的一辈子。”

当时小海沫还无法理解什么叫一辈子，只觉得几十年时间磨制一件玉器是一件不可思议的事情——好像做了很多，又好像什么也没做。

“这些玉器，流传到现在，都是价值连城的宝贝。”花秋翠说。然后她开始讲带着猎奇和血腥味道的“鱼牲”。

“鱼牲特别讲究。青鱼、草鱼、鲢鱼和鳙鱼，四种，一种都不能少。鲫鱼和鲤鱼，黄鳝和泥鳅，都是杂鱼，上不得祭坛。必须挑选个头最大，形象最好，一块鳞片都没有脱落的。生病的坚决不能要。鱼牲由各大家族选送，大巫罗再从中挑选，优中选优，最后出现在拜神祭祭坛上，肯定是最优秀的。在当时，鱼牲被大巫罗选中，是一个家族的无上荣耀。拜神祭的时候，青、草、鲢、鳙，四种鱼会被装进一个精致的箱子，由气球送到海面上去。葵神在天上。如果所献鱼牲令她满意，她就会更加保佑鲛人；反过来，葵神就会降下灾祸，惩罚不诚心的鲛人。”

“可是，葵神不是大慈大悲的吗？”另一个小鲛人问。

花秋翠耸耸肩，道：“鱼牲只是平常，如果出了特别大的灾祸，葵神震怒到极点，就得用人牲才能安抚了。”

“人牲又是什么？”小海沫敏锐地抓住了关键词。

就像那个经典的“我从哪里来”的问题一样，花秋翠没有回答这个问题。长大后，海沫听到了更多关于“人牲”的故事，这才知道当初花秋翠为什么不当着众多小鲛人的面回答了。

因为太黑暗、太残忍了。现在的鲛人，根本接受不了。

正因为如此，五百年前，写家族的统治被推翻后，它们所宣扬和执行的葵神之道就被废止了。如今，鲛人还说“葵神保佑”，不过是历史的残留。

眼下，白写反复提要复兴葵神之道，是要复辟啊！

“黄写听令，吾命汝为别甲家族之巫罗，别甲家族之祭祀、祭仪、祭典等事宜，皆由汝主持与施行。”白写以一种特殊的腔调吟诵道。接下去，她又任命绯写为金银鳞家族的巫罗。“黄写与绯写，你们切记，唯有尊贵的写鲛人能与葵神交流，其余声称能与葵神交流的，皆是谎言。”

这话既是说给黄写和绯写听的，也是说给赤别甲和银鳞听的。海沫意识到，白写正在以各种方式，向眼前这些鲛人灌输写鲛人尊贵无比、可靠无比的观点。而自己之所以能意识到这一点，是因为自己不久之前见过程小葵的数字分身。

海沫发现，在见过本尊之后，就很难再称其为“葵神”了。

白写、赤别甲、银鳞等鲛人诸事已了，分头离开，回到各自的家族。

海沫也无暇多想，默默计算了一下路线，向着观音桥的方向游去。

26

离开鲤鱼池后，陌刀决定先回朝天门。他一边游，一边回忆先前在鲤鱼池的见闻，每一个细节都令他无比震撼。

从鲤鱼池到朝天门，距离不算近，陌刀又选择了一条最为隐蔽的路线，路程又增加了不少。即便如此，当他看到朝天门那片熟悉的帆船造型的建筑时，他还是觉得时间过得好快。

哨兵发现了陌刀，赶紧游过来迎接。“刀爷，二爷在里边等您呢。”哨兵报告，“二爷说有非常重要的事情要跟您讲，都等了两天了。”

陌刀还沉浸在回忆之中，他需要时间来消化在鲤鱼池所见识的一切。等他游进朝天门，到了讲茶大堂，看见老飘，这才从回忆中抽离出来。

“刀娃儿，你回来了！”老飘说，“担心死我了！”

愕然之中，陌刀忙不迭地向二爷点头致敬。

“这几天你上哪儿去了？到处都找不到你，谁都不知道你的行踪。”老飘问，“有传言说你被那个叫海沫的鲛人杀手杀死了。”

“不是海沫，是冷开泰，”陌刀说，“冷开泰带闷墩儿和离魂伏击了我。”

“啊，冷开泰还真干得出来！”

“我重伤了闷墩儿，杀死了离魂，逃出了伏击圈！”

“难怪金紫门管事忽然就换成了离魄！”

“有阿飞的消息吗？”陌刀说，“我派阿飞去鲛人那边潜伏。我怀疑是他出卖了我，我去伏击海沫的时间和地点，是他提供给我的。我就是在那里遭到了伏击，还杀错了鲛人。”

“阿飞是伪装者吗？跟鸣沙蛇一样？”老飘摇头，“我不知道阿飞的消息。”

“储奇门又是怎么一回事？冷开泰说，储奇门被灭门了。”

老飘回答：“我去看过，储奇门是真惨，全门上下近两千蛟人，无论老幼，无一幸免。”

“谁干的？鲛人吗？我记得当时幺师带着储奇门弟兄去袭击丹顶家族，而丹顶家族擅长制毒和放毒。幺师他们是被毒死的吗？”

“不是。幺师带队袭击丹顶家族后，在往回游的路上，遭到了袭击，随后储奇门遭到了毁灭性打击。我怀疑是袭击者跟踪少数幸存者，来到储奇门。袭击者仿佛跟储奇门有深仇大恨。那些蛟人的尸体没有一个是完好的，几乎都被撕成了碎片。另外，我怀疑，还有一部分储奇门弟兄并没有被杀死，而是被掳走了。”

陌刀想象了一下那个画面：“到底是谁干的？”

“不是鲛人，她们没有那个战斗力。”老飘说，“而且，这并不是最重要的事情。眼下最重要的事情是水荒，而且是超级水荒，我说过，超级水荒就要来了。你要相信我。”

“我知道，二爷，我相信您。我来想办法。”陌刀安慰老飘，“对了，三爷知道水荒将要发生吗？”

“知道，我对你说的话，全部都告诉过他。”

“噢，他什么态度？”

“无所谓。冷开泰说，既然水荒无法阻止，就任它发生好了。历史上又不是没有发生过。在他看来，水荒甚至是一件好事。”

“什么？”

“水荒会杀死很多蛟人，食物的消耗也会相应减少。水荒发生的时候，食物是水下世界最重要的东西。说起来你可能不信，巧妙地借助水荒，比如控制为数不多的食物，不但可以使他的地位更为稳固，甚至可以帮助他获得从未获得过的领导地位。你没有经历过水荒，你不知道，为了一口吃的，蛟人可以卑微、容忍或者残忍到什么程度。”

“不，我信，我信冷开泰干得出来。”陌刀道，“二爷说过，老炮儿之所以去强袭鲛人的观音桥，就是为了应对水荒。那么，除了这个，还有别的办法吗？”

老飘说：“老炮儿的做法，正是蛟人千百年来应对水荒一贯的做法。至于别的办法，眼下我能想到的，就只有迁徙。”

“迁徙？离开这里，去扬子海的别处，寻找新的家园？”

“是的。”

“但……但去哪里呢？”

“东边？沿着长江水道去往东海？还是往北边，去扬子海的深处？”老飘双手一摊，露出极为真诚的笑容，“我并不知道去哪一个方向铁定能找到新的家园。”

迁徙，意味着要放弃朝天门，放弃鲤鱼池，放弃蛟人现在所拥有的一切，去往一个完全陌生的地方，面对完全未知的危险……陌刀迷惘起来，一时之间不知如何决断。是的，就算是危险，扬子海这边的危险都是已知的，可以预见甚至提前规避的。然而一旦迁徙，这一切的一切，都将失去……即刻派探险小队出去寻找，等找到了适合的居所再迁徙也不迟。无疑，这是最保险的办法。

斥候来报，千厮门管事龙麻子来了。

“刀哥！刀哥！可想死我啦！”龙麻子一见陌刀，就扑上去拥抱，“一失踪就失踪五天。怎么，去了一趟木阳城，木阳城不要你呀？还是你在木阳城大杀四方，杀回来啦？”

“我失踪了五天吗？”陌刀无比惊讶。他算了一下，从进入鲤鱼池禁区到出来，最多只有一天时间，甚至只有几个小时。怎么可能“失踪”五天？

“真是五天。我都记着呢。”龙麻子扳起手指数道，“一二三四五，刚好五天。”

陌刀望向老飘，二爷肯定比龙麻子靠谱。二爷给他亮了一下手掌，比画了一个“五”。陌刀震惊了。但他没有把自己的震惊说出来。“龙麻子，你怎么知道我回来了呢？”他松开抱住龙麻子的手，问，“我才刚刚回到朝天门。”

“我不是来找你的，我是来找二爷的。”龙麻子说，“三爷率领大军杀过来了。”

“什么？”老飘惊呼道。

龙麻子说：“在巡逻的路上，我听到一个消息。三爷发出了最新的调令，金紫门、南纪门和太平门三大门到朝天门集结，由离魄、闷墩儿和牛耳大黄三位管事亲自带队，总数有六千人之多。调令里说，征伐对象为朝天门。二爷不在朝天门嘛，我就赶紧过来了。”

“冷开泰这是要干什么？”老飘问。

“趁我不在，对付朝天门，要么降服，要么消灭。冷开泰想把浑水派连根铲除啊。”陌刀毅然决然地说，“打仗，不打则已，既然要打，就打大的——全面战争。把所有的斥候都放出去，我要知道冷开泰大军的每一个动向。龙麻子，召集你的千厮门弟兄，到朝天门来，我们浑水派，一起在朝天门迎战清水派，如何？”

27

海沫回来的消息由护卫传到内堂，花秋翠亲自出来迎接。“你到哪里去了？为什么失踪了好几天？”花秋翠劈头就问，“族长等你等了好久。”

“我听说族长病了，严重吗？”

“非常严重。”

海沫惊呼一声，风风火火地向内堂快速游去。花秋翠在她身后嚷嚷：“族长在大剧院让大口鲇咬成了赤皮病，梅花丹顶来过了，也没有治好！”一听花秋翠这样说，海沫游得更快了。她记得光写家族对大剧院的骚扰，这里边可有她的策划。还有阿飞怎么会到别甲家族？在她进入鲤鱼池禁区后，外边发生了些什么？

绯秋翠不在内堂，海沫扑了一个空，她的心也变得空落落的。

花秋翠从她后边赶来：“族长去育婴堂了。”

“育婴堂怎么啦？”

育婴堂非常重要。每一个鲛人家族都有自己的育婴堂，从鲤鱼池带回的鲛人婴儿会按照体色、鳞片等分配到各个家族的育婴堂，按照各自家族的需求进行抚养和教育。育婴堂关乎一个鲛人家族的未来。

“红头白嘴病。”花秋翠说。

“啊！”海沫感叹道。

这是一种只有小鲛人才会得的病，是绝症，无药可医。

这时，身后传来一阵骚动，黄秋翠扶着绯秋翠进到内堂。曾经的秋翠家族第一战士此时虚弱得连独立游水都办不到。海沫上前帮忙，托住绯秋翠的手臂。那手臂松弛，毫无力气。海沫担心自己多用一点儿力，就会把绯秋翠的手臂给掰下来。

“族长，怎么啦？”海沫问。

“都怪红头白嘴病。”黄秋翠说，“刚开始的时候，只死了两三个小鲛人，第二天便增加到七八个，到了第三天，死亡数量就超过了十五个。我在育婴堂工作了三十多年，第一次见到红头白嘴病发病如此之快，如此之猛。”

花秋翠说：“黄秋翠，族长本就病重！”

黄秋翠辩解道：“我劝她不要去的，族长非要亲自去看……”

“闭嘴。”绯秋翠闭着眼睛，气若游丝，发出的命令还是得到了执行。“你回来了，海沫，正好。”

“大剧院的事情，我……”

“不重要。”

“我妈妈……”

“我知道了。我已经命人将她安葬，回头叫花秋翠带你去祭扫。”

说起祭扫，海沫立刻想到了写家族。“族长，我有很重要的事情要向您汇报。”

“很重要?”

“事关秋翠家族。”

然后，海沫将她偷听到的写家族与别甲家族、金银鳞家族勾结在一起的事情一五一十地讲了出来。

“赤别甲是别甲三姐妹中最蛮横的那一个，没想到她会在这个时候投靠写家族。”绯秋翠感叹道，“观音桥遭蛟人偷袭，损失惨重，我重病将死，秋翠家族陷入前所未有的危机，也确实是写家族复辟、重掌大权的好时机。”

海沫说：“我去杀了白写。”

“不要鲁莽行事，这事儿需要从长计议，急不得。”绯秋翠喘息着说，“海沫，我赐你五色秋翠之名，可好?”

这不是赐名的事情，而是要海沫加入秋翠家族。因为特殊的出生方式，海沫从小就被剥夺了以家族之姓命名的权利。为此，她不知道经受了多少轻视与侮辱。此时此刻，族长赐名，言下之意如此明显，海沫赶紧拜服：“谢族长赐名，不过，我还是喜欢现在的名字。”

“五色秋翠乃是狩猎队队长，主管秋翠家族的军事。”

海沫犹豫了。一直以来，她都想取得绯秋翠的认可。赐名是认可，主管家族军事，是更大的认可。但这就是我所追求的吗?“我知道，我知道。”海沫说，“但……”

海沫没有来得及把话说完，绯秋翠就浑身抽搐，一大摊浑浊的液体从她后背的鳃裂涌出。

“族长!”海沫的“但”字变成一阵深深的担忧。

“也罢。我不强求，你愿意叫什么名字就叫什么名字吧。海沫，海沫，珍珠秋翠取的，这名字挺好的。”绯秋翠握住了海沫的手，说，“花秋翠，黄秋翠，你们过来，做一个见证。”

花秋翠与黄秋翠闻言，皆是一震，意识到一件大事即将发生：“族长，我们在。”

绯秋翠说：“在我死后，由海沫担任秋翠家族族长。”

“族长!”花秋翠与黄秋翠同时喊道。

“趁我现在还清醒，把我的意思记录下来。花秋翠，你来记录，一字不多；黄秋翠，你来监督，一字不少。”

花秋翠和黄秋翠答应着，找到纸和笔。

海沫说：“族长，我何德何能……”这事确实超出了她的想象。

“不要拒绝我，海沫，”绯秋翠说，“听我把话说完。”

“族长，您说。”

“先前我还在想，让海沫在五色秋翠的岗位上历练几年，但现在，我恐怕没有那么多时间了。”绯秋翠对黄秋翠和花秋翠说，又对海沫说，“杀死珍珠秋翠的陌刀，是蛟人新任龙头大爷。想要杀死陌刀，为你妈妈报仇，靠你单枪匹马是不可能的，你必须接任秋翠家族族长，继而担任鲛人家族联盟盟主，这才有可能。”

“可是……”

“我知道你在担心什么。”绯秋翠说，“你担心秋翠鲛人不服你。花秋翠，黄秋翠，你们发誓，在我死后，要像辅佐我一样，辅佐海沫，不可轻慢她，不可辜负她，更不可背叛她。”

花秋翠和黄秋翠郑重地宣誓。她们辅佐绯秋翠长达十年，对绯秋翠的忠心毋庸置疑。

“我相信你们，说过的誓言一定会遵守，”绯秋翠说，“你们可以离开了，把海沫继任族长的消息通知给每一个秋翠鲛人。”

待花秋翠和黄秋翠离开，绯秋翠又对海沫说：“你知道秋翠家族为什么能够取代写家族，在五百年的时间里，成为鲛人家族联盟盟主吗？因为秋翠家族掌握一门诀窍。个人的战斗力始终是有限的，而很多鲛人聚在一起，也只是散沙一盘，不但不能形成战斗力，甚至可能成为比敌人更可怕与可恨的累赘。要将鲛人以一定的方式组织起来，令行禁止，才可能形成超出一般的战斗力。”

海沫点头。她上过战场，与悍不畏死的蛟人对抗过，见识过蛟人的进攻型战阵，明白绯秋翠说的是什么意思。小时候，那些欺负她的同龄人只是仗着人多而已。等她学会了功夫，就再也无惧面对面的单挑；再等她学会了“拉一派，打一派”之后，那帮乌合之众，就成了流沙，再也不是她的对手。

等等……学会了？功夫是跟绯秋翠学的，而“拉一派，打一派”是跟谁学的？珍珠秋翠！海沫蓦地想起，确实是珍珠秋翠告诉她的，面对人数众多的强敌，正面对抗不行，就要着手瓦解敌人的内部。“一个群体，不可能没有矛盾。有矛盾，利用矛盾；没有矛盾，制造矛盾。”珍珠秋翠当时说，“总之，要让他们狗咬狗，而你在一旁，坐收渔翁之利。”

绯秋翠又说：“海沫，告诉你一个只有族长才知道的秘密。在五百年前，秋翠家族得到了几本陆生时代的兵法书，当时的族长大受启发，结合自己的水下实战经验，撰写了第一本《秋翠兵法》。此后的历任族长，都在《秋翠兵法》上加入了自己的使用心得，《秋翠兵法》由此进一步完善。得《秋翠兵法》之利，秋翠家族才逐渐战胜写家族、别甲家族、金银鳞家族，成为鲛人第一家族。”

她说着，从隐秘之处取出一本薄薄的书，递给海沫。“藏好，不要让别的鲛人看见，这是秋翠家族的命根子。你要好好读，好好学，好好用。秋翠家族就交给你了。”

海沫翻开《秋翠兵法》第一页，第一句话赫然写着：“兵者，国之大事，死生之地，存亡之道，不可不察也……”她又想起，自己能认字，也是得益于珍珠秋翠。“珍珠秋翠是不是看过这本书？”她问。

“没有。我只是给她讲过书上的内容。”绯秋翠喘息了一阵，接着说，“从现在开始，你不要做一名杀手，而要钻研如何做一名合格的族长。不，还不够，当此之时，合格是不够的，要优秀。优秀还不够。族长之位我可以传给你，盟主之位，却需要你自己去争取。同时，想要打败野心勃勃、妄图复辟的写家族，中兴秋翠家族，你还要成为鲛人中的战神！”

海沫狠狠地点了点头。

28

清水派对朝天门的进攻持续了三天。冷开泰体弱，只能拎着老炮儿送他的鲸骨枪在后方坐镇指挥，带队冲锋的，是南纪门、金紫门和太平门以及三大管事。

第一天南纪门主攻。管事闷墩儿进攻的方式就像他的名字一样沉闷。点齐队伍，两千鲛人弟兄，从所有方向进攻朝天门。失败一次，来第二次；再失败，来第三次；第三次失败，就再擂起战鼓，组织所有还能战斗的南纪门弟兄，发起第四次进攻。没有任何的花架子，或者说没有任何战略战术，只是一味地吟诵着战歌进攻，一波接一波、无惧生死的进攻，让朝天门的守卫者喘不过气来，然后物理防线与心理防线一起崩溃。

陌刀很庆幸，被清水派大军重重包围的时候，自己身处朝天门。这是因为鲛人崇尚武力，他们的水下城市全部按照防御外敌大规模入侵的军事标准建成，朝天门是其中最典型的代表。包括老炮儿在内的历任朝天门管事都对朝天门进行过建设，而朝天门本身是龙头大爷的驻地，是鲛人不折不扣的京畿重地。陌刀担任朝天门管事的这几年里，朝天门的军事化建设从没有停过。其规模之大，范围之广，能力之强，在鲛人城市中是数一数二的。

它甚至能主动进攻。

除了本身登峰造极的防御措施，朝天门能挡住清水派大军的大举进攻，还多亏了朝天门众多鲛人弟兄的舍身付出。

陌刀向来重视朝天门蛟人的军事训练。他的个人战斗素质极佳，做事公平，讲义气，有担当，赏罚分明，弟兄们都服他。朝天门可上阵杀敌的蛟人弟兄多达三千，是六大门中最多的，而且朝天门还有其他门没有的斥候，专门用来打探、收集和分析情报。因此在冷开泰大军到来之前，朝天门已经做好了防御准备。

还有龙麻子。

事实上，龙麻子和闷墩儿有很多相似之处，平时都寡言少语，对《海底》所讲的事情，都深信不疑，对蛟人的忠肝义胆比幺师和牛耳大黄不知道要高出多少倍，打起仗来悍不畏死，极为神勇。因此，这两个蛟人管事在战场上相遇，注定是一场不死不休的恶战。

后来的事实证明，这个说法是非常正确的。

闷墩儿舞动着手里的两把钉锤，带队冲杀。他命令南纪门弟兄吹起蛟歌，在歌声里呼喊着陌刀的名字，要与陌刀进行一对一的生死决战。蛟歌里满是对陌刀的侮辱和嘲笑。

龙麻子一手持鱼鳞盾牌，一手持双股钢叉，带着六个千厮门亲兵迎击，一心一意寻找闷墩儿的踪迹。陌刀告诉过他，对方人数占优，所以要“擒贼先擒王”。

斥候发现了闷墩儿的所在，龙麻子在一处金鱼藻的丛林边找到了他。这场预料中的恶战持续的时间很短，闷墩儿的钉锤击碎了龙麻子的鱼鳞盾牌，而龙麻子用双股钢叉刺中了闷墩儿的喉咙。结果闷墩儿当场去了木阳城，受伤的龙麻子被蛟人弟兄紧急送回朝天门救治，侥幸活了下来。

闷墩儿一死，南纪门群龙无首，只能撤退。

第二天金紫门主攻。管事离魄天生残疾，没有左臂，原本不可能活下来，但他不但活下来了，在离魂死于陌刀之手后，还由巡风一跃而成为金紫门管事，心性之坚韧可见一斑。

离魄吸取了闷墩儿的教训，结合自身的优点，规划出一套组合进攻法。巡风铁肩奉命率领三百名蛟人佯攻朝天门西大门。“三百名蛟人，要打出三千名蛟人的气势来。”离魄命令道。巡风铁臂奉命率领两百蛟人督战："有退缩怯战者，杀无赦。"剩下了一千五百名金紫门蛟人，作为主力，进攻朝天门东大门。离魄又从一千五百名蛟人中，遴选出五百名作为敢死队，由自己亲自率领，去强行突破朝天门的外围防线。

离魄身先士卒，第一个冲进朝天门东大门。

陌刀率领五百名蛟人弟兄在大门迎战离魄。朝天门蛟人与金紫门蛟人宛如相向而行的巨浪，一遇到就激起不可计数的红色浪花。陌刀与离魄在一条长长的甬道里相遇。陌刀用骨矛，离魄用削短了的燧石枪，双方展开激战，长达十分钟。最终，陌刀凭借体力优势与卓越的格斗技巧，在骨矛碎裂之后，用匕首杀死了悍勇至极的离魄。

与闷墩儿一死，南纪门弟兄即刻溃败而逃完全不同，离魄一死，金紫门弟兄的攻势更加猛烈。巡风铁臂把督战队交给一个得力手下，自己亲率金紫门弟兄，继续全力以赴，猛攻朝天门东大门。巡风铁肩继续冲击朝天门西大门，拿佯攻当主攻，竟然早于主力，攻下了朝天门西大门。

朝天门腹背受敌，危在旦夕。

陌刀无暇分身，老飘亲自出马，率一支三百名蛟人弟兄队伍反击，夺回了南大门。

铁肩退出西大门，收拢残部，再次吹着蛟歌，攻下西大门。

一天之内，西大门七次易手。每一次都死伤无数。

北大门的攻防之战更加惨烈。数百蛟人的尸体，有金紫门的，也有朝天门的，四处悬浮着。活着的蛟人在尸体的森林里反复冲杀，直到自己也变成森林的一部分。

数不尽的鲜血早已浸染了北大门的每一个角落。

蛟人们在黏稠的血水里游动，只要感觉到任何活物靠近，就用手中的兵器疯狂地攻击。

陌刀受了好几处伤，但他最担心的是，跟着他冲杀的蛟人弟兄越来越少。每一次冲锋，每一次被围，每一次突袭，都会有朝天门蛟人在他身边喷涌着鲜血死去。

长时间的鏖战，他也越来越力不从心。

朝天门的陷落，是迟早的事情。

所幸夜晚来临。

与陆地相比，水下的昼夜之分并不明显。在一直处于黑暗之中的水底深处，根本就无法依靠光线的变化来判断现在是白天还是黑夜。然而，千万年来，在陆地上形成的生物节律，还是制约着这些重返水下的陆生人后裔。他们在一些时间内活动，精力充沛，好像可以一直活蹦乱跳下去；在另一些时间里，昏昏欲睡，要是不睡，连小命都可能丢掉。显然，前者对应着白天，后者对应着黑夜。蛟人不知道为什么，只是按照千万年来的本能行事。

夜晚一到，金紫门就停止了进攻，回到营地休息，朝天门也因此得到了喘息的机会。

这样的夜晚，只适合游到海面去欣赏美景，然而……现实却是如此残酷。打扫战场的间隙，陌刀忙里偷闲，望向上方。层层水体之上，月亮、云朵和飞鸟在召唤着他。他叹了一口气，继续忙碌。

29

从花秋翠嘴里，海沫知道了她在鲤鱼池禁区时鲛人发生的事情：金鳞病逝，银鳞掌权；别甲家族在洪崖洞屠灭了光写家族；绯秋翠病重，秋翠家族岌岌可危；现在，写家族又借机生事，金银鳞家族和别甲家族都已被她们纳入麾下。真是多事之秋。“也不知道其他家族的想法是什么。”花秋翠说。

海沫跟花秋翠和黄秋翠一起分析眼下的时局：衣家族负责守卫鲤鱼池，向来不参与鲛人的政治事务；丹顶家族对秋翠家族的支持是不容置疑的；而光写家族……“已经不用考虑她们了。”黄秋翠如是评价，“都灭族了。”

海沫不这样想，她抽了个时间专程去找光写家族族长楼兰。

楼兰身上的伤好了一大半，勉强能游，精神头还不错。海沫问完她的伤情，就问出了那个盘桓在心底很久的问题：“阿飞是怎么一回事？”

楼兰告诉海沫，阿飞是突然出现的。当时，楼兰带着光写家族的部分姐妹在金银鳞家族的领地三亚湾演出，临场缺人，阿飞主动申请顶替，使那场话剧得以完成。“现在想来，所谓临场缺人，很可能是阿飞布置的，但那个时候，我们没有怀疑。”楼兰说。阿飞面容与身材俱佳，台词与唱腔也俱佳。演出结束后，她又主动提出，想要加入光写家族。这事儿对光写家族而言是常有的，所以没有引起任何的怀疑和警惕。楼兰解释说：“因为外界对光写家族一边流浪一边演出的生活方式，有很多浪漫的传说，所以经常有年轻的鲛人脱离原来的家族，乐呵呵地加入到光写家族。这也是光写家族招其他家族嫉恨的重要原因。”

“真有那么浪漫？”海沫问。

楼兰耸耸肩：“浪不浪漫，你亲自来体验一两个月就知道了。”

显然，让光写家族活在浪漫的传说里，对光写家族是有利的。她们才不会主动宣传自己过得有多苦。“继续说阿飞。”海沫道，“她到底是怎样一个人？”

“阿飞有一种难以描述的艺术气质，能言善辩，却又不咄咄逼人，说的话，总是能说到你的心坎里去。”楼兰说，“现在想来，这就是伪装者的本事之一。”

楼兰给海沫解释了伪装者的意思，又顺带讲了鸣沙蛇对蛟人的背叛，讲了光写家族从写家族分裂出来的历史，听得海沫大为惊叹。*鸣沙蛇也去过鲤鱼池禁区，是不是也见过段楠和程小葵？段楠和程小葵又给鸣沙蛇讲过些什么呢？跟我们听到的一样吗？*

“换作是别的鲛人，一定认为你在撒谎，你在胡编乱造，”海沫说，“但我知道，你没有，你说的每句话、每个字都是真的。”

海沫的肯定，让楼兰颇为感动。

海沫又说：“阿飞是伪装者，原本是蛟人，变作了鲛人，到我们这边来潜伏——故事就讲得通了。之前我一直不明白，阿飞为什么要这样做，现在我明白了。她唆使光写家族破坏家族联盟会议，又把光写家族的信息出卖给别甲家族，然后撺掇别甲家族对抗秋翠家族，坏事做尽，目的就是破坏鲛人的团结啊！”

楼兰点头说：“阿飞太坏了。”

海沫进一步分析：鲛人家族相对独立，每一个家族都有自己的生存之道，关起门来过自己的小日子毫无问题。问题是水下世界除了鲛人，还有蛟人。蛟人的存在，使鲛人小国寡民的梦想不可能实现。她们必须联合起来，才能有效抵御蛟人的一次又一次进攻。这就是鲛人家族联盟得以存在的根本性原因。“鲛人必须团结起来！”最后海沫强调道。

楼兰感叹于海沫年纪轻轻，就有如此深刻的认识。海沫却不以为然，因为这些话其实都是绯秋翠说过的。这个时候，海沫忽然明白过来，绯秋翠教给自己的，除了如何精准狠地杀死敌人，还有各大家族的优缺点，还有如何在各大家族之间拉拢、打击与平衡。“拉一派，打一派”，是这样的。难道那个时候绯秋翠就存了把族长之位传给我的心？海沫不由得警醒起来：我一定不要辜负族长的信任与重托。

海沫对楼兰说：“写家族野心勃勃，想要挑战秋翠家族，造成鲛人的内乱。我不会让这样的事情发生。”

楼兰道：“海沫，我要提醒你，别甲家族骁勇善战，但并不可怕，你比她们更骁勇善战，打败她们并不难；可怕的是写家族，请你记住这个乍一听有些荒谬的事实。写家族虽然已经没落，但她们仍然拥有蛊惑人心的力量。当她们高高举起巫罗的大旗，号召复兴葵神之道，一定会有一大批鲛人誓死跟随，尤其是在这样一个混乱昏聩的时候。而你，海沫，你没有这样的力量。你的功夫再高强，也无法应对这种力量。”

“楼兰族长，你说得很对。我需要你的帮助。”海沫说，“不妨告诉楼兰族长，我去过鲤鱼池，在那里，我见到了葵神，真正的葵神。”

海沫告诉楼兰，她在禁区里变成了用两条腿走路的陆生人，见到了自称是程小葵的葵神。“葵神是陆生人，这是我事先没有想到的事情。但这又是多么理所当然呀!”海沫感叹道。

海沫说，葵神展示了千年之前鲤鱼池的景象，就像光写家族一直宣传的那样，陆生时代并不黑暗、恐怖，并不原始、落后，恰恰相反，陆生时代是一个伟大的时代。海沫说，当时，鲤鱼池的景象迅速坍塌，取而代之的，是从月球之外回望地球的场景。海沫不知道那是地球，是程小葵告诉她的。“她就像是我的姐姐，亲切又不失严厉，还非常漂亮。”海沫说，“她还告诉我，她不是神，虽然我们以神之名来称呼她，但这并非她之所愿。”

“什么？葵神说她不是神？”

“她说她是科学家，研究基因驱动技术。”

“基因驱动，这个词在《葵神颂》的唱段里有。但科学家是什么？”

“我也不知道，她只是反复强调，她不是神，”海沫说，“接下去的内容更加震撼。”

在虚拟空间里，程小葵叹息着对海沫说：“高温之下，微生物重组的可能性更高，原本罕见的杂交体或突变体纷纷出场。各种瘟疫，此起彼伏，不但对人类社会造成了沉重打击，对动物界、植物界、真菌界也造成了不同程度的影响，甚至对于普通人来说非常陌生的原生生物界、古细菌界和真细菌界也受到了影响。大批植物死去，大量动物死去，数不胜数的微生物湮灭凋亡。简而言之，整个地球的生态系统都遭到重创，旧的秩序已经失去，新的秩序尚未建立。在失去与建立之间的浩劫中，所有的生命都在挣扎求存。包括陆生人。

“有的国家建造逃生飞船，想去月球甚至火星殖民；有的国家在高原上建造可容纳数万人的末日基地；有的国家将整座海岛底部凿空，改造为海上浮城；有的国家大肆修建海底穹顶城市，计划用数年的时间里把总人口的一半搬到海底……然而，这些计划，林林总总，要么可以拯救的人数太少，要么技术还不成熟，要么耗费的时间太过漫长，最后大多归于失败。

“正是在这种情况下，基因驱动技术出现了。

“说来也巧，先前讲到，极端天气导致微生物重组的可能性更高，多种全新的瘟疫肆虐一时。其中，有一种原本只在鱼类中传染的病毒，突变之后，竟能在人类中快速传播。因为最早是从锦鲤身上提取到的这种病毒样本，所以被命名为锦鲤病毒。研究发现，锦鲤病毒有一种神奇的特性，致死率不高，但传染力超强，并且与一般病毒只会聚集在某个器官或组织不同，锦鲤病毒在进入血液系统后，很快会感染身体的每一个细胞。立刻就有敏锐的科学家意识到，锦鲤病毒在基因驱动技术方面的用处不可限量，或许能够拯救洪水泛滥中挣扎求存的人类。

“这个敏锐的科学家就是我，程小葵。

“基因编辑技术只能针对精子和卵子，后来扩大到受精卵，受精卵发育为成熟的个体，那得等上好几年，甚至是好几十年，才知道当初的基因编辑是否真的有效。这种基因编辑的结果还不能遗传，即使有效，每一代人都需要重新编辑。而基因驱动技术的优势在于，它能以修改后的锦鲤病毒为载体，将基因编辑的指令发送到每一个细胞里，让这些细胞按照指令发生相应的变化。无数的细胞发生指定变化，合起来就是组织和器官的结构和功能发生变化，最后整个人都会发生脱胎换骨的变化。

“简单地说，基因驱动技术就是通过注射锦鲤针剂，用鳃叶替换肺叶，尾巴替换双腿，后背长出鱼鳍和鳃裂，最终将陆生人变成人与锦鲤的基因混血后裔——水生人，在最短时间里适应水下世界的生活。

“基因驱动技术不是什么新技术，只是因为涉及古老的伦理和道德，这项技术原本是被禁止的。走在大街上，你要是告诉别人，你在研究如何把人改造成鱼，不会被人打死，也会被人笑死。但当洪水泛滥、病毒肆虐、陆地即将沉没之时，平时不敢触碰的禁忌，也有了触碰的环境与勇气。

“重庆市鲤鱼池锦鲤繁育中心，进来的时候你肯定看到了，正是我工作的部门。一开始，它就是一个非法的基因研究公司，打着培养新品种锦鲤的幌子，研究如何将陆生人改造成水生人的绝密技术。后来，全球局势进一步恶化，它就从地下转为半地下，甚至完全公开了。毕竟，末日飞船票价昂贵，不是人人都能支付，而基因驱动技术，却只需要舍弃对伦理和道德的执念，再冒一个小小的风险，打上一针就可以了。”

海沫叹息道：“程小葵提到了逆转录转座子，提到了水平基因转移，提到了一种叫作锦鲤的漂亮水生动物，也提到了为什么注射锦鲤针剂陆生人就能变成水生人，可惜我没有听懂，甚至强行记都记不住。”

“葵神用基因驱动技术创造了鲛人？”楼兰还是有些不解，“如此说来，蛟人也是葵神制造的吗？他们不是一直说他们是祖师爷段楠创造的吗？”

对于后边这个问题，海沫置若罔闻，因为一旦回答，就需要提到陌刀，提到段楠，提到自己经历的一系列事情。*我没有说谎，我只是没有说出全部的真相。*她这样想着，对楼兰说：“重庆市鲤鱼池锦鲤繁育中心是一家极大的公司，程小葵是其中一个部门的主要负责人。这不是重点。重点是，我会全力保住光写家族。我相信，光写家族散落在各个家族领地的族员还有不少吧。”

“洪崖洞大屠杀后，光写家族还有少数幸存者。”

“召集她们，叫她们集中到观音桥。我需要你把我刚才说的内容，编成民谣，写成儿歌，排演成舞剧、话剧和歌剧，四处传唱。我要让每一个鲛人都知道这些不可辩驳的事实，而不是经过写家族加工的神话。我要用这些民谣、儿歌和各种剧，击败写家族。”

楼兰点点头。她的选择并不多。

海沫说：“记住了，我要的是这种。”她把那首育婴堂孃孃教的歌谣又念了一遍：

陆生人没有尾巴，用两条古怪的腿走路，可笑。

陆生人没有鳞片，日常穿着累赘的衣物遮掩身体，可笑。

陆生人不会游泳，进到水里会很快被淹死，可笑。

陆生人要把食物用一种叫作火的东西煮熟了才能吃，否则就会生病，可笑。

陆生人骄傲自大，贪得无厌，小肚鸡肠，蛮横无理，自私自利，色欲熏天，好吃懒做，把自己的文明弄没了，最可笑。

这一次，她念得极为严肃，半点笑意都没有。

30

第三天太平门主攻。管事牛耳大黄做事向来重视仪式感，又善于精打细算。前两天的进攻，他一直在旁围观。轮到太平门主攻的时候，牛耳大黄命令太平门的两千弟兄在朝天门外列阵。每一个太平门蛟人都带着大小不一的旗帜。一个小时后，列阵方才完毕。不管从哪个方向看，太平门蛟人的阵列都横平竖直，整齐划一，说明他们训练有素，加上各种旗帜在水流里飘飘摇摇，任谁看了都会赞一声“好看”。

进攻终于开始了。牛耳大黄采取化整为零的战术，将太平门的弟兄划分为四十人一支小队，轮流进攻。进攻之前，每支小队需吟诵《海底》名句，而且每次进攻，只持续三十分钟，不管战况是输是赢还是胶着状态，绝不恋战，通通撤回来休整，换下一支小队吟诵《海底》名句后再发起进攻。牛耳大黄的四个亲信——高君、能臣、大佐和公使负责领诵，每一个都对《海底》熟稔无比，倒背如流。

对于这样的打法，牛耳大黄给冷开泰的解释是：“此乃轮战，又叫蚕食。《海底》里有介绍。用小队袭扰，反复出击，是为了消耗朝天门蛟人的有生力量。经过前两日的鏖战，朝天门蛟人本已死伤惨重，数量大减。我相信，再这么打下去，不出三日，陌刀就再也没有蛟人可用。除了举手投降，他没有别的选择。”

《海底》里真有这种说法？冷开泰有疑问，却没有说出口，只是后悔，没有在第一天就安排太平门进攻。闷墩儿太可惜了，主动请缨，结果……

经过两日的鏖战，朝天门蛟人死伤过半，本已无力再战。太平门的这种打法却给他们继续作战的信心。老飘分析道：“牛耳大黄是想保存实力呢。南纪门和金紫门的损失他是看见的，他可舍不得拿自己的家底为冷开泰的事业作贡献。”

如此这般小打小闹，折腾了大半天，双方都没有什么战果。当千厮门一千五百名全副武装的弟兄出现在远处的山岭时，牛耳大黄一边痛骂龙麻子违反规定，准许千厮门的弟兄参与蛟人内战，一边毫不犹豫地命令太平门的弟兄们赶紧退出战场。

毕竟，奉命镇守鲤鱼池的千厮门弟兄，手里有鱼鳞盾牌和双股钢叉，那是陆生时代留下来的金属兵器。

不久，斥候传来一个消息，冷开泰率领残部，退回了金紫门。朝天门保卫战自此结束，在这场惨烈的蛟人内战中，浑水派暂时胜出。

黄昏时分，陌刀命蛟人弟兄打扫战场，清点各种损失，然后叫上龙麻子去到讲茶大堂找老飘，商议接下来的事情。

三个蛟人都受了不同程度的伤。

寒暄几句后，陌刀说：“此战虽胜利，但整个战局不容乐观。清水派中，太平门的损失不大，金紫门和南纪门的残部也有一战之力。反倒是我们这边，朝天门战损超过三分之二，只有千厮门实力尚存。”

陌刀对老飘说：“二爷有什么建议？”

“不能再打下去了。”老飘说。

“不能再打下去了。”龙麻子接着说，“三天后就是单刀会，再打下去，今年的单刀会就没法过了。而且，我必须带着千厮门弟兄回鲤鱼池了。那里才是我驻守的地方。”

“是的，浑水派和清水派不能再打下去了。”陌刀说，“去通知三爷，我要亲自去和他谈判。什么都可以谈，要《海底》，我拿出来便是，只要单刀会能够照常举行。”

单刀会有着千年的历史，已经形成了一个巨大的文化习惯；如期举办单刀会，是所有蛟人的共识。同时，陌刀有一种奇怪的感觉，尽管离开鲤鱼池不算太久，但在内心深处，他是那样渴望回到鲤鱼池。

难道我们做这一切，都是为了去鲤鱼池？

31

绯秋翠死的时候，没有一个鲛人在她身边。为她收敛尸身时，海沫觉得她死得很安详。在长时间的病痛折磨下，死，对绯秋翠来说，是一个巨大的解脱。

海沫已经遵照绯秋翠的命令，去看过珍珠秋翠的坟了。按照秋翠家族的规定，只有少数为家族作出卓越贡献的鲛人才有资格埋进秋翠家族的坟场。珍珠秋翠能埋进那片水下丘陵，是族长绯秋翠特别照顾了。

距离珍珠秋翠的坟不远的地方，绯秋翠的坟已经提前挖好，只等绯秋翠去世，再等花秋翠搞完冗长的葬礼，把她的尸身放进去，绯秋翠的一生就算结束了。

这是一种奇怪的感觉，人还没有死，坟却已经挖好，仿佛一切早已注定，不能有分毫更改。海沫试着想象自己躺进坟里的情形，太冷，太可怕，太难以想象，于是她选择了放弃。

其间，写家族派来一个鲛人，要来主持绯秋翠的葬礼。“复兴葵神之道，从葬礼开始。”她大大咧咧地说，“能与葵神交流的，唯有写鲛人。”海沫没有犹豫，没有给她更多的宣传葵神之道的机会，手起刀落，将她杀死。“没有葵神，”海沫冷冷地说，“最新的那一首歌谣，你没有听过吗？”

花秋翠和黄秋翠在一旁看得目瞪口呆。

“写家族野心勃勃，”巫罗花秋翠说，“但族长没必要亲自动手。”

“是啊是啊，”育婴堂堂主黄秋翠说，“历来族长的葬礼都不只是简单的葬礼，而是调整与各大家族关系的绝佳机会。各大家族派谁来吊唁，有哪些流程，谁先谁后，都是有讲究、有规矩的。”

“该有新规矩了。”海沫说。

登上族长之位，海沫却没有自动获得担任族长所需的智慧和能力。在很长一段时间里，她都认为自己是杀手，而绯秋翠也是按照杀手的标准来教导她的。这一长期的认知形成了一种巨大的惯性，甚至固化为一种思维模式。杀手的思维模式成就了她，使她看准时机，一举击杀蛟人的龙头大爷；也限制了她，使她在成为族长之后，依然按照杀手的思维模式思考和做事。

《秋翠兵法》她已经看完，只看懂了一部分，还有一部分介于懂与不懂之间，而不懂的部分占了多数。

在海沫的命令下，绯秋翠的葬礼被简化成三个步骤。“我们有更重要的事情要做。”海沫说，带着不容置疑的口吻。

没有别的家族参与绯秋翠的葬礼，连丹顶家族都没有派信使过来。奉命守卫鲤鱼池的衣家族只派了信使送来族长葡萄衣的口信，表示哀悼，并告诉秋翠家族新任族长：做事切忌操之过急。

绯秋翠下葬后，海沫漂浮在两座新坟之间。一边是珍珠秋翠，一边是绯秋翠，她们都不会再对海沫说什么了。强烈的孤独感从天而降，击中了她。有那么几分钟，她又变回那个无助的小海沫，被同龄的鲛人欺负后不敢回家，只能背着所有鲛人痛哭流涕。然而，珍珠秋翠和绯秋翠已然死去，化作坟堆里冰冷的尸身，而她，海沫如今已是秋翠家族族长，没有资格再放纵自己的感情了。

即使在她内心深处，还是那个渴望得到关爱的小孩。

海沫止住眼泪，再一次看看珍珠秋翠和绯秋翠的坟，自言自语道：“鲛人是没有妈妈的。我有，而且有两个妈妈，一个是生我的珍珠秋翠，一个是教我功夫的绯秋翠。我是一千年来，第一个由妈妈孕育而生的鲛人。我是如此独特，如此不普通，如此与众不同。这不是什么错误，而应该是我的骄傲。谢谢你们。”

葬礼之后，海沫做的第一件事，就是派花秋翠带上一队秋翠战士去别甲家族。“告诉赤别甲，把伪装者阿飞送到秋翠家族来，我有很多问题想问她。”海沫说，“作为交换，我愿意承认她的族长之位。当然，前提是她也要承认我的鲛人家族联盟盟主之位。”

从绯秋翠去世到葬礼期间，赤别甲发起了家族政变，杀死了黄别甲和白别甲，自封为别甲家族唯一的族长，而来自写家族的黄写成为别甲家族巫罗。赤别甲的手段过于毒辣狠厉，为防止本族中有野心家起而效尤，鲛人各大家族，除写家族和金银鳞家族外，均不约而同地拒绝承认赤别甲的族长之位。

花秋翠出发后，海沫着手盘点秋翠家族的人员和物资。她不无惊讶地发现，绯秋翠留给她的，是一个不小的烂摊子。育婴堂的红头白嘴病还没有得到有效控制，饥荒就已经在整个家族迅速蔓延，而观音桥保卫战损失的战士没有得到补充，能上阵杀敌的，不到一千，甚至手弩厂也停止了工作，战士们没有弩箭可以补充。

“为什么？”海沫问。没有鲛人能回答这个问题。她们只知道，养殖的螺蛳和河蚌大量死去，种植的藻类大量死去，饥饿的工人和战士一样无心工作，去野外捕鱼的狩猎队经常空手而归。“已经扩大了狩猎范围，可往常密密麻麻的鱼群，都不知道去哪里了。”

这样的回答，显然不能令任何人满意。

一团糟中，楼兰送回来一个好消息。一个光写鲛人在三亚湾，也就是金银鳞家族的领地，无意中发现传闻已经病逝的金鳞还活着，只是被囚禁起来了。楼兰与金鳞取得了联系，然后联合家族里支持金鳞的势力，杀死了谋逆的银鳞。金鳞重新执掌金银鳞家族大权。

“光写家族与金银鳞家族向来交好。要知道，光写家族驯养鳄雀鳝的本事，可是从金银鳞家族那儿学来的。”楼兰对海沫说，“经此一役，光写家族算是报答了金银鳞家族的恩情。”

海沫对楼兰表示感谢，楼兰却说：“你以为只有你是妈妈孕育出来的吗？不，我也是。我们是一类人。”

但接下来，就全是坏消息了。

花秋翠回到观音桥时，浑身是伤，已经奄奄一息了。她告诉海沫，赤别甲答应了族长提出的条件，阿飞由她带回来。然而，在回观音桥的路上，经过一条狭窄的河谷时，她们遭到了袭击，秋翠家族的姐妹全部力战而死，她是唯一逃出来的。

“谁干的？别甲家族吗？”

花秋翠喘息着，说不出话来。她的胸腹上，不规则的伤口深可见骨。

“是蛟人吗？”

花秋翠摇头。“怪物，”她说，“从来没有见过。它们身形佝偻，背上长着可怕的大螯，上下开合，特别残忍，能把鲛人夹成两半，就像是……就像是……”花秋翠没能把话说完，头一歪，死了。

“阿飞呢？”海沫追问，却没有得到花秋翠的回答。

就在这时，外面传来惊天动地的呐喊声：“海侵啦！海侵啦！海侵啦！”

32

老飘觉得自己有无限多的话想对陌刀说，这肯定是老了的标志。但陌刀忙得没有时间听他啰唆。

起初，冷开泰是不准备谈判的。他在金紫门的讲茶大堂，宣布自己为“舵把子”，并举行了空前盛大的加冕仪式。冷开泰相信，他手里还有足够的兵力，对浑水派还有压倒性的优势，足以赢得第二次蛟人内战的胜利。

至于加冕时有没有手持《海底》，冷开泰并不在乎。

每每想到这里，老飘就觉得荒谬：之所以蛟人会有浑水派与清水派之分，是因为对《海底》有不同的理解。清水派认为必须照着《海底》的规定来，而浑水派认为，世事变迁，应该根据实际情况对《海底》的规定进行一定程度的修改——至少大家都承认《海底》无比尊贵的地位。然而，现在蛟人内战打起来，所有的蛟人都主动或者被动地卷进这一场血肉旋涡中，不知怎么的，这个起因就被有意无意地忽视了。

冷开泰还是清水派的领袖呢，居然在加冕时没有手持《海底》，真是荒谬。

更荒谬的是，超级水荒已经来了，然而似乎没有蛟人在意。

大家都发现食物越来越少，患病的蛟人越来越多，都抱怨，都着急，都恐慌，但只要老飘一提超级水荒，他们就瞪大眼睛说："这不可能！别在这儿耸人听闻了，二爷。"

仿佛只要不承认，超级水荒就不存在。

老飘也有自己的烦心事。他从陌刀口中得知，陌刀在鲤鱼池北区入口杀死了一个鲛人，名字叫珍珠秋翠。"是误杀。"陌刀说，"我以为她是杀死老炮儿的海沫，哪知道海沫是她女儿。她们母女长得可真像啊！"见老飘不言语，陌刀又补充说："海沫现在是秋翠家族族长，鲛人家族联盟盟主，也是我没有想到的。她的功夫真是了得。"

"刀娃儿！你说什么？海沫是珍珠秋翠的女儿？"老飘颤抖着声音问。

陌刀回答："一开始我也不相信。蛟人和鲛人的婴孩都是从鲤鱼池出来的。但海沫亲口告诉我，珍珠秋翠生下了她，她是一千年里，第一个有妈妈的鲛人。她还说，老炮儿是她爸爸，而她亲手杀死了他。蛟人和鲛人都是没有爸爸妈妈的。二爷，你知道这是怎么一回事吗？"

"我不知道。"老飘愣怔了片刻，又惊醒一般问，"你亲耳听她说的？"

陌刀假装没有听见老飘的问题，翻身游走。

谁都有自己的秘密，包括老飘。

陌刀的那一个疑问，老飘是知道答案的。

老飘年轻的时候做过不少荒唐事。那时他叫凤飘飘，做起事来向来是率性而为。大家都喊他飘哥。飘哥自认越过电子围栏，去鲤鱼池北区，鲛人所在的那一边，遇见珍珠秋翠不算是荒唐事。荒唐的是，飘哥一时兴起，说自己是炮哥。后来，飘哥也问过自己为什么要假冒炮哥，当时没有准确的答案——现在也没有准确的答案。也许就是纯粹的恶作剧，也有可能是因为我嫉妒炮哥的显赫名声。但不管怎么样，结果都是我以炮哥之名，与珍珠秋翠交往了一段时间，老飘暗自想。

后来，因为种种原因，蛟人炮哥与鲛人珍珠秋翠断绝了来往。那段经历，老飘偶尔想起，只觉得甜蜜又荒唐。如今忽然知道珍珠秋翠怀过孩子，还生下来了，荒唐感顿时加了百倍、千倍。

海沫，大海的泡沫。他默念着这个陌生的名字。我当时根本不知道你的存在，否则……然而仔细回忆，确实有蛛丝马迹可以证明珍珠秋翠怀了孩子。我，我太粗心了……内疚感又加了千倍、万倍。如今，珍珠秋翠死于陌刀之手，海沫还在，又是族长，又是盟主。我，我，我能怎么做？

太平门传回牛耳大黄的话，清水派与浑水派他两不相帮，“龙头大爷”陌刀与“舵把子”冷开泰他都不承认，但如果两派要谈判，他愿意居中斡旋。“为了蛟人。”他说。

随后，冷开泰主动要求与陌刀进行谈判。

后来老飘才知道，一头半死不活的蓝鲸掉落到朝天门。冷开泰命蛟人上前捕杀，在付出了数十名蛟人弟兄的性命之后，浑身腐烂的蓝鲸终于死去。实际上，根本用不着蛟人动手，已经奄奄一息的蓝鲸最多再挣扎一两天自己就会死去。然而，冷开泰受不了它散发的恶臭，所以选择了主动出击。老飘猜想，实际情况应该是，冷开泰不是受不了蓝鲸的恶臭，而是因为昔日老炮儿曾经率领蛟人弟兄捕杀过一头长须鲸，他想用同样的办法来证明自己的能力。同时，他要用这样的方法测试蛟人的忠心程度。冷开泰成功了，蛟人们个个奋勇争先；也失败了，很多英勇的蛟人死在了这场意义不大的测试之中。据斥候报告，在蓝鲸死后，冷开泰命蛟人清理掉所有的腐肉，抽取出肋骨，准备做成鲸骨枪，然而，这头蓝鲸的肋骨变得柔软无比，一碰就碎成粉末，随着水流漂走。见到这样诡异的景象，冷开泰在腐肉与恶臭中沉默半晌，然后下令，通知陌刀，他已经做好了谈判的准备。“为了蛟人。”他说。

浑水派和清水派开始谈判，而且进展顺利。双方的目标很快变得一致，不管怎样，先过单刀会。其他的，全部等单刀会结束之后再来解决。

而那头半死不活的蓝鲸，不过是一场更大的灾难的序幕。

33

“发生了什么事?”海沫问。

黄秋翠跌跌撞撞地游进来，惊慌失措地报告:“族长，海侵啦!”

“什么叫海侵?”

“出去看看就知道了。”

海沫跟在黄秋翠身后，游出了观音桥迷宫一般的地下深宫。那里已经聚集了很多秋翠战士，她们抬头仰望着什么。鲛人那么多，却没有喧哗之声。顺着她们的视线，海沫看见观音桥上方，流动着一条由无数动物和植物组成的巨大河流。

那河流自东向西，浩浩荡荡地流动着。西边看不到头，东边看不到尾。

组成河流的动物和植物，都奇形怪状，极为陌生。海沫叫不出任何一种动植物的名字来，只依稀分辨出有大得出奇的鱼和虾，纠结缠绕在一起的水草和海藻，还有长得像带子一样的鱼，以及数不清有多少触手的乌贼和章鱼。

而且，它们都死了。

这是一条尸河。

有的刚死不久，被水一冲，好像马上就会活过来；有的死了一段时间，浑身肿胀，本就古怪的身形更加古怪了；有的已经死了很久，腐烂的肢体散落得到处都是，肢体与肢体又以不可思议的方式组合在一起，变得更加不可名状了。

尸河不止一条，流经观音桥上方的，只是其中一条。同样的尸河，从朝天门上方流过，陌刀惊诧莫名；从蚂蝗梁流过，梅花丹顶痛哭流涕；从鲤鱼池上方流过，老飘连声哀叹；从大剧院流过，白写张皇失措……

尸河流经之处，留下无数残肢断体和无法形容的腐臭。

所有的海底城市都淹没在这无可排解的腐臭里，宛如沉浸在无可逃遁的噩梦里。

仿佛整个扬子海早已死去，如今只是把多年前的腐烂、朽坏与恶臭从最幽暗的深处吐了出来。

黄秋翠告诉海沫：鲛人原本有十三个家族，但包括黄金家族、红白家族、花纹皮光家族在内的六个家族早已彻底消失了，就因为海侵。什么是海侵呢？在遥远的东边，有鲛人从未去过的深海。每隔数年，深海便会涌动，逆着长江水道，向着扬子海侵袭而来。一路裹挟着泥沙和死尸，所到之处，生灵涂炭，万物遭殃。这便是海侵。“鲛人婴儿突发的瘟疫，还有养殖场里的死亡，都是因为海侵。”黄秋翠总结说，“我活了很久了，也见过几次海侵，但数这一次规模最大。”

*深海？那是什么？*海沫想象不出。提到深海，她只能想到无边无际又透着无限诡异的黑暗。*是无数尸河的叠加吗？*

“海侵意味着什么？”海沫问。黄秋翠的回答简单而直接：“大灾难，史无前例的大灾难。关系到鲛人的生死存亡。”

很多秋翠鲛人向尸河跪下，祈求葵神保佑。“不准跪！”海沫怒斥。她们张皇失措地跑开，在海沫看不到的地方，继续诚心诚意地祈求。海沫下令禁止，谁再祭拜葵神就处罚甚至处死谁，被黄秋翠竭力阻止了。“她们只是害怕，”黄秋翠说，“她们不像族长，有一颗强大的心。她们需要在这个乱世之中找到某种支撑她们活下去的精神力量。秋翠鲛人如此，别甲鲛人、金银鳞鲛人、光写鲛人、丹顶鲛人，哪一个不是这样？”

海沫无奈。她再厉害，也不可能把参与祭拜的鲛人全部杀死吧！

参与祭拜的秋翠鲛人分作了两派：一派认为就这样祭拜，诚心诚意，只要人数足够多，葵神一定能听到我们的心声；另一派则认为，我们不是巫罗，我们的祷告葵神听不见，所以必须去写家族请一个巫罗回来，带领我们祭拜。两派争执不下，几乎打起来。

愤怒与忧心中，海沫问黄秋翠："当初秋翠家族是怎样打败写家族、建立起属于自己的时代的？"

黄秋翠告诉海沫：从水下纪元开始，鲛人就遇到了一系列的灾难。小灾难层出不穷，大灾难隔三差五来一回。写家族的巫罗们应对灾难的唯一办法就是祭祀。小灾难就用小祭祀。大灾难就用大祭祀，灾难层出不穷，就不停地祭祀。最初还有效，但五百年前，扬子海遭遇了一连串灾祸。祭祀从一年一度，改为半年一度，再改成每月一次。然而，不管怎么祭祀，灾难还是频频降临，不由鲛人不对祭祀效果产生怀疑。更何况，以祭祀为由，写家族频繁向各大家族索取祭品，鱼牲、玉器、谷物，诸如此类，烦不胜烦。

祭祀仍在继续，灾难仍在继续。然后写家族的大巫罗提出了一个可怕的方案：用人牲代替鱼牲，要各大家族进献族内的鲛人，用于祭祀。各大家族虽不乐意，但架不住巫罗们的连恐吓带利诱，最终还是献出了各自家族的鲛人。那一次献祭之后，效果奇佳，正在发生的海侵居然停止了。于是，此后祭祀使用人牲便成为惯例。

海沫好奇地问："鱼牲怎么祭祀，我知道。人牲呢？"

"和鱼牲一样。"黄秋翠继续讲，"在祭祀的时候，把人牲绑在一个大气球下边；等巫罗念完祭语，砍断绳子，让大气球把人牲带到海面；葵神在天上，献祭就完成了。"

*那不是要被活活晒死吗？*海沫没有去过海面，但从小就听珍珠秋翠还有育婴堂的嬢嬢讲，不要去海面，那是葵神的禁区，是鲛人的死地。"上去就只有一个死字。"她们反复强调。但，在这种描述里，葵神似乎指的是太阳，而不是程小葵。什么时候程小葵变成太阳的呢？

“后来呢？”海沫烦躁地问，“秋翠家族到底是怎样打败写家族的？”

“后来，灾难频仍，祭祀也越发频繁，写家族索要人牲的数量也越来越多。秋翠家族提出用俘虏的蛟人来做人牲，被大巫罗拒绝。双方一度发生激烈的冲突。随后，大巫罗告诉各大家族，葵神给她托梦，用普通鲛人献祭已经不能令葵神满意，得用鲛人贵族，才能显出鲛人献祭的诚心。秋翠家族第一个被葵神选中。大巫罗要秋翠家族献出族长作为那一年的人牲。秋翠家族自是不肯。于是，支持秋翠家族的为一派，支持写家族的为另一派，规模空前的鲛人内战全面爆发。

“此战打了足足五年，秋翠家族最终胜出。写家族迅速衰落，从全族巫罗、执掌鲛人生杀大权的第一家族，蜕化为一个以表演为生的小家族。葵神之道也被废止，直到今天。”

这都是五百年前的事情了。对于改变今天的局面，又有什么启发呢？海沫看着横过上方的尸河，看着那些除了祈祷什么也不会做的秋翠鲛人，愈加焦躁。在这种情况下，程小葵会怎么做呢？

一想到程小葵，海沫心底忽然生出一种想法。上一次，在虚拟空间里，程小葵讲了很多。她知道了很多此前不知道的事情，回答了很多此前疑惑不解的问题，但又生发出很多新的问题。她迫切地想要再见程小葵一面，向她寻求这些问题的答案。

思虑良久，海沫下定决心，对黄秋翠说：“去通知白写，我任命她为鲛人大巫罗。今年的拜神祭由她全权负责。拜神祭是鲛人的大事。我们终归还是要去鲤鱼池的。”

不知道为什么，在做出这个决定之后，海沫竟有三分兴奋，三分期待，三分感叹以及一分意料之外的如释重负。

仿佛她一直等待着自己做出这样的决定。

34

怪物抓住阿飞的时候，阿飞以为自己死定了。

本来一切都很顺利。别甲家族的老大白别甲待她如姐妹，甚至比赤别甲和黄别甲还要亲。她为别甲家族立下了大功，在她的帮助下，别甲家族在洪崖洞歼灭了她们一直痛恨的光写家族。

阿飞并不知道别甲家族对光写家族的痛恨从何而来。别甲家族对光写家族大开杀戮的时候，她就在旁边看着。她看见别甲三姐妹动手时，连婴孩都没有放过，这股狠劲儿，连身为蛟人的她都自愧不如。后来，阿飞假装无意中问起其中的缘由，白别甲轻描淡写地回答，是写家族族长白写请别甲家族干的，而写家族对于背叛了自己的光写家族的仇恨是有目共睹的。

自那以后，阿飞就留在了白别甲身边。谁知，白别甲对阿飞的宠爱，引发了赤别甲的叛乱。白别甲和黄别甲被杀，来自写家族的黄写被任命为别甲家族的巫罗，而阿飞也被赤别甲抓了起来。对此，阿飞没什么可抱怨的。

再后来，一队秋翠鲛人奉命将阿飞押送回秋翠家族受审。这是在执行秋翠家族新任族长海沫的命令。海沫能当上族长，阿飞很吃惊。作为一个杀手，海沫是合格的，然而当族长……她那智商够用吗？绯秋翠是不是生病生糊涂了？在去往观音桥的途中，阿飞这样胡思乱想着。然后，在一处水流湍急的地方，他们遭遇了怪物的袭击。

怪物们巧妙地，或者说，狡猾地借助湍急的水流，隐蔽接近，随即发动突然袭击。它们有着人的脑袋，有着恐怖至极的大螯。它们以奇怪的姿势跃出，大螯一开一合，就有一个秋翠鲛人丧命。秋翠鲛人的手弩对它们没有形成任何威胁。它们的铠甲坚硬无比。它们的动作迅猛而直接。一半秋翠鲛人死去，一半秋翠鲛人被俘。

俘虏中包括阿飞。

她和其他秋翠鲛人被一张大大的渔网拖着，拖向未知之处。

阿飞最后看见的画面，是一群怪物疯狂地撕咬和吞噬秋翠鲛人的尸体。

阿飞曾经以为自己是蛟人中的异类，但与自己相比，那些怪物才是真正的异类。

它们胸部往上和蛟人相似，或者说，是陆生人曾有的模样，脑袋、脖子和胳膊，一应俱全。只是耳廓长出了长长的须子。脖子以下被包裹在坚硬的甲壳之下，样子难以描述，因为它们的手和脚太多太多。

醒着的时候，它们总是处于活动中，手不停、脚不住，根本数不清有多少手、多少脚。在睡着之后，阿飞才能数出来。它们膨大的胸部两侧，分别有一对夸张的大螯，两对细长的小螯，两对刀片一样的步行足。胸部往下，是环节状的腹部，下面藏着五对小团扇一样的游泳足。再往后，是弯曲的尾扇。

阿飞知道有一种动物也是这个样子，所以她把它们叫作“螯虾人”。

那些怪物，那些张牙舞爪的螯虾人整天咔嗒咔嗒，但它们其实不会说话。它们的嘴里有鲨鱼一般锋利的牙齿，舌头却短到可以忽略不计。它们的声带已经严重退化，发不出可以表达意思的声音来。它们发出的咔嗒咔嗒声，是大螯闭合的声音，是大螯敲击小螯的声音，是小螯敲击腹部甲壳的声音，是分节的几丁质外壳相互摩擦发出的声音。这些在其他生命听来千篇一律的声音，在螯虾人的耳朵里其实有着巨大的区别，以至于相互组合，能够表达极为复杂的意思。

幸而阿飞的听觉极为灵敏，渐渐地从咔嗒咔嗒声中，分辨出萨特努、杜普拉，分辨出雷蒂斯、魏斯曼，分辨出曼宁，分辨出克拉凯基，然后从这些词语出发，她渐渐能听懂螯虾人在说什么了。尽管还很粗糙、浅显——或者螯虾人的语言本就粗糙和浅显，而阿飞有着无可比拟的语言天赋——总之，阿飞能听懂了。

渐渐地，阿飞也能从纷繁复杂的螯虾人中，区分出不同的族裔来。

魏斯曼是第一等级；雷蒂斯是第二等级；萨特努、杜普拉和曼宁是第三等级，克拉凯基是第四等级。因为曼宁常在雷蒂斯乃至魏斯曼身边出没，阿飞刚开始还拿不准它们所处的等级。但看过太多曼宁的悲惨遭遇后，阿飞断定曼宁处于螯虾人社会的第三等级，只高于第四等级的克拉凯基。

阿飞观察着，学习着，理解着。

阿飞清醒地意识到，现在自己所经历的事情，必定载入鲛人与蛟人的史册，载入扬子海的史册。

是比鸣沙蛇游走于蛟人与鲛人之间，在两边都取得重大成就，高一千倍的成就。

螯虾人有两套语言，这是阿飞事先没有想到的。

一套语言为魏斯曼专用，除了那几十个魏斯曼，没有别的螯虾人使用。从螯虾人不同等级的交流情况来看，雷蒂斯能听懂魏斯曼语，一部分曼宁也能听懂，可阿飞从没有见过哪一个雷蒂斯和曼宁说过魏斯曼语。后来，经历过几次冲突，阿飞才明白，雷蒂斯和曼宁不是不会魏斯曼语，而是不能使用魏斯曼语。原因显而易见，魏斯曼语为魏斯曼专用，螯虾人的其他等级，皆不得僭越，违者处以肉泥之刑。

第二套语言则是螯虾语，为第二、第三、第四等级的螯虾人共同使用。阿飞确实有着惊人的语言天赋，很快就掌握了大部分螯虾语。

螯虾人的营地叫作唐家沱。说是营地，其实非常勉强。在阿飞看来，那就是一个巨大的水下洞穴。居住环境如此简陋，但螯虾社会的高等级还是保持了足够的特权与尊严。而第四等级的克拉凯基则为它们的特权与尊严付出了自己的一切。

当然，阿飞不觉得自己有资格去怜悯克拉凯基。因为螯虾社会有比克拉凯基更低的存在，那就是俘虏。有蛟人，也有鲛人，都被水草围栏圈着，吃着最差的食物苟延残喘。阿飞就是俘虏中的一个。

陌刀希望我能飞上天，我却落到了现在这个下场。这就是背叛陌刀的代价吗？阿飞苦笑，并不认为这个结论是正确的。随后，她开始尝试与螯虾人中的精英交流。她没有螯虾人那样的发音器官，她尽可能地用嘴、手和肚子模拟出螯虾人的咔嗒声。说来也不意外，在光写家族生活的那一段日子，她跟着光写鲛人学会了不少用身体器官发声的技巧，如今居然在一个完全不同的场合派上了用场。

两个萨特努似乎被阿飞所吸引，一蹦一跳地游向她所在的围栏。阿飞“说”得更加起劲儿。接下来发生了极为残忍的一幕，让阿飞的计划落空。萨特努捉住了围栏里的四个秋翠鲛人，当场杀死了她们，然后把她们的尸体拖出围栏。一群克拉凯基蜂拥而至，当着围栏里众多鲛人和蛟人的面，疯狂地大快朵颐。这就解释了为什么会有俘虏的存在，对螯虾人而言，被俘虏的蛟人和鲛人就像养殖场里的螺蛳和河蚌一样。

这件事让俘虏们非常崩溃。痛定思痛后，阿飞决定加快自己的计划。为了证明自己的与众不同，她甚至不惜冒着巨大的风险，当着鲛人的面，变成了蛟人。

他/她成功了。

一个曼宁注意到了阿飞的表演。不久，一个雷蒂斯过来看他，命令两个杜普拉仔仔细细地检查了他的身体。随后他得以单独关押。又过了一段时间，一个魏斯曼来到围栏边，端详了好一阵。阿飞拍击尾巴，向它致敬。魏斯曼非常满意，于是叫来那一个曼宁，训练他“说”更多的螯虾语。不用说，魏斯曼语除外。

有老师的指导，阿飞的螯虾语突飞猛进。

同时，曼宁也试图学习阿飞的蛟语，并对扬子海的故事非常感兴趣。阿飞给它讲了蛟人与鲛人的千年战争，讲了拜神祭与单刀会。他在蛟人中长大，又在鲛人中生活过，对双方都有充分的了解。他又有表演天赋，即使很枯燥的内容，也能以很浅显的方式表现出来。对曼宁来说，这一点是非常必要的。

作为回报，阿飞吃得更好，甚至可以离开围栏，在水下洞穴的公共场所自由活动。

阿飞的目的肯定不是在螯虾社会里往上爬。但接下来具体做什么，他还没有想好。

这天晚上，阿飞被那个曼宁用大螯叫醒。水下洞穴里一片忙碌，所有螯虾人整装待发，全部都进入了战斗状态，每一个都张牙舞爪。

螯虾军团出发了。十几个雷蒂斯组成的精锐小队在最前面开路，一大帮萨特努和杜普拉簇拥并护卫着数十个魏斯曼，数百个曼宁在四周警戒并将魏斯曼的命令传达给每一个螯虾人，数量最多的克拉凯基排成整齐的队伍在海底的山峦、丘陵与河谷间行进，浩浩荡荡，声势空前。

阿飞跟着螯虾人军团游动。翻山越岭，也不知游了多久，终于抵达了目的地。

远远望去，在那浑浊不堪的海水里，有一处水晶宫一般的存在，璀璨明亮。那是鲤鱼池，阿飞曾经最想去的地方。

也是他第一次发现自己是伪装者的地方。

35

“我饿了。”

“我也是。”

“先商量好吃什么，再出去。不然，又要在大街上找。”

火锅首先被排除了，因为太热，而且两个人吃火锅，总觉得不对劲儿。然后过桥米线和烧烤也被排除了。接下来，程小葵提议吃日料，但段楠不喜欢。段楠想吃泰餐，又被程小葵否定了。商量来商量去，最后他俩终于妥协，达成一致意见：去吃串串香。

重庆的本地美食大多与火锅有关，不是火锅的儿子，就是火锅的孙子，而串串香，辈分比较高，算是火锅的弟弟，有“小火锅”的美誉。串串香的锅底跟火锅相同，食材也完全相同，最大的不同在于，串串香的食材被切成小份，串在竹签上，再放进锅里边煮边吃。

两人出了奶茶店，直奔鲤鱼池42号艺术公园的另一侧，那里有一家名气颇大的串串香。进了店，找到空位，服务生过来问：“要什么锅底？有红汤、清汤、白汤、海鲜汤。”他俩一齐回答：“红汤，微辣。”在锅底上来之前，他俩去冷柜里挑选自己中意的串串。程小葵端了一堆黄腊丁、鱿鱼、鹌鹑蛋、毛肚和豆腐皮，段楠则选中了黄喉、肫肝、鸭肠、鸡心、土豆、藕片、豌豆尖。这就是串串香的魅力之一，可以自行挑选。

回到桌边，火已经点燃，锅底还没有烧开。两人一起动手，把一部分耐煮的食材放进锅里，在等待锅底烧开的时间里，继续闲聊《鲤鱼池》。

“你说，水生人是吃熟食，还是生食？”

“水下没法燃起火堆，热泉也不行，会把自己煮熟。”

“所以，水生人就只能吃生食？好遗憾，水生人吃不了火锅，连串串香都吃不了。”

“也许，水生人会发明别的什么方法，把食物弄熟。我们都知道，跟生食相比，熟食的优点可太多了。”

“在水下，阳光也是个奢侈品。”

“对。你说得很对。”

他们不约而同地抬起头，越过热闹非凡的人群，将视线投向窗外。太阳早就不知所终，也没有见到月亮和星星，天光很亮，一片薄薄的云温柔地飘在半空。照亮薄云的，是重庆城璀璨的灯火。

在水下，会是另外一幅景象吧。

水下几米，阳光还能穿透，将一切照得如水晶般透明；水下几十米，阳光变得无力，看什么都像是隔着浓稠无比的雾；再往下，水下几百米，阳光已经消失，四周比最深的夜还要黑，说什么伸手不见五指，根本不是夸张而是实情。但这还不是深海，深海呀，要到水下几千米。在那样的深度，再大的眼睛也不好使。有些动物学会了自己发光，而更多的动物则强化了别的感官来洞察周围的情况，并据此调整自己的行为，捕获猎物、逃避敌害、繁殖自身……

“你说的是深海，水生人生活的地方还到不了几千米的深度吧。”

“对，对。你说得没错。不过，我也有一个疑问。由始至终，锦鲤都是一种人工选育出来的观赏宠物，野外生存能力几乎为零。离开了人，基本等于死亡。那为什么还要把锦鲤的基因注入人体，将人改造成水生人呢？”

“确实，锦鲤是鲤鱼的分支，人工选育出的观赏种。但千万不要低估它的野外生存能力。”

程小葵扳着手指数道：“鲤鱼有着非常强悍的环境容忍能力；不挑食，从浮游动物到水生植物，逮到啥就吃啥；繁殖能力超强，一条雌鲤鱼一次能产卵30万粒；小鲤鱼有许多捕食者，但当它们成年，就几乎没有捕食者能欺负它们了。”

“这个事情我知道。在北美，亚洲鲤鱼还成了最可怕的入侵物种之一。”

“亚洲鲤鱼其实是好几种鲤科鱼类的统称。说起来，我们吃的鲤鱼其实都是未成年的，在野外，活到二三十岁的鲤鱼，能长到一米多长，一百多公斤重。水开了，真香啊。”

“再等一会儿，等熟透了再吃。”

“以为我傻呀？”

两人盯着红汤里翻滚着的液体。

“知道韦伯氏器吗？这是一种由四对小骨组成的结构，为鲤鱼所特有。它位于鳔与内耳之间，能将放大后的声波传到内耳，从而使鲤鱼能听到的声音范围更广，也更敏锐，很容易就能发现潜伏的敌害。锦鲤是鲤鱼的一种，你还担心锦鲤的野外生存能力吗？”

“《侏罗纪公园》里边有一句名言：生命自会找到出路。然而，对生物演化史了解得越多，你越会明白，这句话只说出了一部分真相。找到出路的生命，只是一部分。更多的生命，没有找到出路，就这么无声无息地消失在时间扬起的烟尘里。有一项研究证明，地球上存在过的生物物种，绝大多数都灭绝了，现存的，只是曾经存在过的生物物种的十分之一。”

“大自然并不大慈大悲。”

“我还是觉得，选取别的动物，比如海豚，更容易。海豚和人，同属哺乳纲，改造起来相对容易。而锦鲤，是鱼，从人到鱼，跨纲了。”

“人和鱼同属于脊椎动物亚门，也不算隔得太远。我们和锦鲤有共同的祖先，可以追溯到奥陶纪，甚至更早的寒武纪。只是后来，我们的祖先登上了陆地，而锦鲤的祖先继续生活在水里，走上了各自的演化之路。”

“你说的是自然演化，而锦鲤是人工选育的结果。出于选育优良品种的目的，我们对锦鲤基因的了解远远超过别的动物。当然，说一千道一万，最关键的原因只有一个：我喜欢。我喜欢锦鲤。你不喜欢吗？”

“当然喜欢。”

“千金难买喜欢。更何况，都出现螯虾人了，从脊椎动物跨到无脊椎动物了。我不知道你还在纠结啥？”

“也是。应该熟了，可以吃了。”

段楠和程小葵从热气腾腾的锅里，各自抽取自己喜欢的串串，专心致志地吃起来。

合·得合而欲多者危

36

水下纪元996年，盛夏时节，蛟人的单刀会与鲛人的拜神祭正式举行。

从上方看，鲤鱼池是一座特别巨大的穹顶建筑。这穹顶历经千年，虽有破损，整体框架还巍然屹立，不曾倒下。中间一道无形的水墙，也就是电子围栏，将鲤鱼池分成南区和北区。北区是鲛人的，衣家族奉命守卫，是鲛人拜神祭的举办地；南区是蛟人的，由千厮门管事龙麻子率领千厮门的蛟人弟兄镇守，是蛟人单刀会的举办地。

今年的拜神祭与单刀会因为种种原因，均晚于往年，在夏至过后三天才开幕，但终归得以举行，也算是一大堆令人头疼的烂事中的一件大喜事。

作为蛟人的当家三爷，单刀会总指挥，冷开泰捏着老炮儿送给他的鲸骨枪，硬挺着身子，矗立在鲤鱼池南区拱门外。门楣上两条抽象的锦鲤头尾相连，似在无尽地追逐。冷开泰看着不同肤色不同鳞片不同门的蛟人排着整齐的队伍，按照他列出的目录，一个个游入鲤鱼池，前所未有的自豪感油然而生。

金紫门新任管事铁肩和巡风铁膀负责清点人数，目录上的名单有四千之多。铁肩估算了一下，蛟人总数在十万左右，这四千，真是蛟人的精华。

太平门管事牛耳大黄带着四个巡风和一千太平门蛟人列队而来，浩浩荡荡。千斯门管事龙麻子和他的弟兄带着鱼鳞盾牌和双股钢叉，他们负责守卫，在鲤鱼池有携带武器的特权。南纪门在闷墩儿死后，由铁膀代管，加上储奇门的幸存者，总人数不到四百，士气明显低落。金紫门的队伍最为庞大，竟占到了总数的一半。谁都知道为什么，可谁都不敢多说，金紫门弟兄们脸上洋溢着的光芒恐怕连太阳都要自愧不如。六百朝天门弟兄在陌刀的带领下，踩着最后一分钟，准时进入鲤鱼池，倒也不卑不亢。

鲤鱼池北区拱门外，白写盛装打扮。写家族全体鲛人一齐出动，参与到拜神祭的每一个环节之中。她们很久没有这么忙碌过了。各大家族的鲛人从她们跟前游过，都带着崇拜的眼神。这使白写体验到了祖上的荣光。

最先到场的是金银鳞家族，金鳞大病初愈，精神头倒还不错。金银鳞鲛人舞动长鞭，驱赶着数十条活蹦乱跳的电鳐，令人瞩目。赤别甲带领的别甲鲛人全副武装，浩大的声势会让人以为整个鲤鱼池都是她们的。赤别甲身边，新任巫罗黄写格外兴奋。丹顶家族和光写家族先后到场，她们人数不多，跟别甲家族相比，甚至可以说寥寥无几，躲在无人关注的角落里，默默观察。衣家族的鲛人们在葡萄衣的带领下，手持长剑，四处巡游，维持秩序，看上去英姿飒爽。秋翠家族出现的时候，队列整齐，吸引了众人的目光。但没有见到秋翠家族新任族长海沫，领队是育婴堂堂主黄秋翠。这引发了一些毫无根据的猜测。

白写不在乎。代表七大家族十万鲛人的四千鲛人已经到场，接下来，就要看她惊心动魄的表演了。

陌刀已经辞去“龙头大爷”一职，承认冷开泰“舵把子”的地位，连《海底》一书都交了出去。这是清水派与浑水派谈判的结果之一。“这不叫让步，这是必要的妥协。”老炮儿说过，老飘也这样评价陌刀的做法。朝天门弟兄们在为接下来的单刀会比赛做准备，陌刀无所事事，或者说，心中有事，意兴阑珊地四处游动。不知不觉中，他游到分隔鲤鱼池南区与北区的电子围栏附近。

在这个距离上，还不会被电子围栏用“电”攻击。望着影影绰绰、若有若无的电子围栏，陌刀发了一阵呆。*鲤鱼池为什么要有南区和北区之分？这电子围栏到底是谁安装的？仅仅是为了把蛟人与鲛人隔开吗？有什么特殊的意义？*

这些问题都没有答案。

在安全距离之外，他贴着电子围栏底部游了一段距离，豁然看见电子围栏底部出现了一个灰色的旋涡。不，那不是旋涡，而是一个窟窿。透过它，陌刀能看到两根严重锈蚀的支架。这似乎就是陌刀一直在寻找的东西。他毫不犹豫地游过窟窿，进入北区……

不对，这里不是北区，而是介于南区与北区之间的空隙。

而且，这里，他曾经来过。上次……远远地，陌刀看到一个模糊的身影。一种莫名的熟悉感让他迎了上去。“是鲛人海沫吗？我是陌刀。”他主动发问，“你也是来找虚拟空间的吗？”

海沫比陌刀警惕：“你找到了？”

“没有，我刚到，还没有来得及找。”

海沫盯着陌刀的脸，想要确认他说的是真是假，还要遏制住自己想要杀死陌刀的冲动。就是这个蛟人，杀死了珍珠秋翠，她的妈妈。

陌刀抽出了金属匕首。

海沫后退几尺："你想干什么？"

陌刀说："你用这把匕首杀死了老炮儿；后来，我又用这把匕首杀死了珍珠秋翠。现在，我把这把匕首还给你，希望你收好，不要引发蛟人与鲛人的全面战争。"

"谁怕谁呀！"海沫说，但她还是把匕首收了起来。因为到这里，她有更为重要的事情要做。何况，外边正在搞拜神祭呢。"你找你的，我找我的。"她克制住杀手的本能，恶狠狠地说。

他们在南区和北区之间的空隙来回游动，哪里都没有虚拟空间的入口。这里的空间并不大，他们很快找了个遍，还是没有找到。

"那个虚拟空间的入口关闭了？"

"应该是。"

"我们上次来的时候，入口是怎么开启的？"

"我不知道。"

"我也不知道。"

相同的感受让陌刀与海沫绷紧的情绪松弛下来。

陌刀与海沫之间，唯一的共同经历就是上一次，误打误撞进入鲤鱼池禁区，见到了段楠与程小葵的数字分身。现在，他们见到彼此，瞬间想起的，就是那件事情。

当时，陌刀误杀了珍珠秋翠，海沫一路紧追不舍，两个水生人都是功夫高手，一个为妈妈珍珠秋翠报仇，一个要为龙头大爷老炮儿雪恨，打杀起来自是拳拳到肉，招招致命。

直到进入鲤鱼池禁区里的虚拟空间，他们褪去尾巴，化作两脚行走的陆生人，这强烈无比的震撼才使得他们的生死搏杀暂时停了下来。

"要不这样，你在前面逃，我在后边追？"海沫建议。

"重演当时的情景？"陌刀明白了。

不得不说，这是一个重返虚拟空间的好办法。

他们尝试了五次。陌刀在前，海沫在后，尽可能地重演当时的情形，从路线到速度再到角度，甚至情绪。他们时而分开，时而紧贴，用一切手段攻击对方。他们游动着，翻滚着，相互推开又急速簇拥在一起，就像是爱恨交织、分合纠缠的痴男怨女。第五次，他们游回鲤鱼池北区，从窟窿的另一边重新追杀了一次。直到这时他们才意识到当时是在激烈的追杀中，穿过电子围栏的窟窿，误打误撞进入了南区与北区之间的空隙。

然而虚拟空间的入口还是紧紧关闭着，不曾为他们重新开启。

“我们根本不知道入口在哪里，更不知道它为何而开。”

“我们不知道的事情还有很多。”

“离开这里后，我反复回忆，在鲤鱼池禁区里到底发生了什么。有些记忆已经模糊，有些事情我记得非常清楚。要说懂，确实有太多的地方不懂。”

“最奇怪的是，我明明记得进入虚拟空间的时间并不长，就是进去听程小葵和段楠讲了一个长长的故事。然而，他们告诉我，我失踪了五天，他们都以为我已经死了。”

“她们也说我失踪了五天。可我们不可能在那个虚拟空间里待了五天。”

放弃了寻找入口的陌刀和海沫同时陷入了回忆。当时，葵神与祖师爷的数字分身对他们说了很多很多的话，新鲜又陌生，令他们无比兴奋又无比困惑。

“如果再次进入虚拟空间，你会问些什么？”海沫自问自答，“我想问葵神为什么只在鲤鱼池能够开启生命的本能，生命的本能到底指的是什么，你知道这些问题的答案吗？”

陌刀耸耸肩，既不肯定，也不否定。因为他知道一部分答案，但肯定不是答案的全部，最关键的是，他不知道该怎么向海沫描述。

他参加过两次单刀会。他记得鲤鱼池的讲茶大堂跟别处不同。墙壁甚是高大，入口却极小，仅容一个蛟人游过。陌刀跟在前面一个蛟人的身后游进了那道狭窄的门。前面那蛟人尾巴一甩，消失在一片浓稠的紫色里。陌刀在浓稠得化不开的紫色液体里继续游动，带着惶恐，带着兴奋，身体一阵阵触电般的战栗。与海水不同，那紫色液体像半凝固半融解的岩石，游过之后，会留下一个肉眼可见的窟窿。四周的紫色液体会慢悠悠地聚拢来，填补上那个窟窿。陌刀记得自己抓过一把紫色液体，黏稠而湿滑，但还没递到眼前，它就如泡沫一样消散了。陌刀看不到其他蛟人，仿佛整个世界就只有他。

再往后的记忆就变得模糊了。他依稀记得身体不可遏制地猛烈抖动，有什么液体倾泻而出，巨大的无以复加的快感将他紧紧包裹。他愿意沉浸在这种愉悦里直到永远……然后就是讲茶大堂的出口。他游了出去。

后来陌刀问过其他进过鲤鱼池讲茶大堂的蛟人，过程和体验大差不差。他们都记得很多无关紧要的细节，偏偏最重要的部分谁也说不清楚——在紫色液体里到底发生了什么？然而，随着时间的流逝，多数蛟人不再提起鲤鱼池，把鲤鱼池忘得一干二净，一门心思地做着眼前的事情。直到下一年夏天，下一次单刀会的到来，鲤鱼池的话题才会再一次回到蛟人群体里。

陌刀看着海沫。海沫胸前和后背上有着和珍珠秋翠几乎一模一样的斑点，而且——陌刀也不得不承认——这些珍珠一样的斑点使海沫比别的鲛人漂亮多了。一种难以言表的情愫在他体内滋生。他转过头去，望向上方，两堵电子围栏在遥远的上方合并为一条影影绰绰的线。

“你们有拜神祭，进入鲤鱼池之后，”陌刀问，“你们会做些什么呢？”

“我还没有去过拜神祭。”海沫说，“黄秋翠告诉我，有资格进入拜神祭的鲛人事先会准备一颗小鹅卵石，在上面写上自己的名字。在一系列表演和祭祀之后，小鹅卵石会被投到一个很大的箱子里。巫罗蒙上眼睛，游进箱子里，随便拿出小鹅卵石。拿到谁的鹅卵石，谁就有资格进入下一环节。她们把这叫作‘神选’。然后，鲛人会进入一个紫色的房间。但黄秋翠不肯告诉我那房间里到底发生了什么。

我很好奇。回头我也去参加，鹅卵石已经准备好了，我亲自去看看那个房间。”

紫色房间？一个念头在陌刀心中隐隐形成，令他不安。难道……

“呵，我干吗要跟你说这些。”海沫沉默片刻，又按捺不住好奇心，问，“如果再见到你们那个祖师爷，你会问什么？”

“鲛人和蛟人，读着同样的字，说着同样的话，说明我们同源同宗，可为什么蛟鲛两族会彼此隔阂千年、互相仇恨千年呢？”陌刀说，“我还想问祖师爷，为什么要把蛟人设计成纯男性的社会，把鲛人设计成纯女性的社会，又让蛟人和鲛人成为世仇？这有什么意义吗？”

“这也是我想知道的。陆生人有男女之分，鲛人对应的是陆生人的女性，而蛟人则对应的是陆生人的男性。阿飞是伪装者，能主动将自己从男性蛟人变成女性鲛人。一个合理的猜测，阿飞也能主动将自己从女性鲛人变成男性蛟人。最根本的原因还是鲛人和蛟人原本属于同一个族群。傻瓜都能看出来，纯男性的族群与纯女性的族群，都有问题，可为什么还要这样设计？”

“承认自己的族群有问题，真不是件容易的事情。老飘说，蛟人是袍哥制，鲛人是家族制，都是在陆生时代出现过，又被淘汰了的制度。段楠和程小葵为什么要把我们安排成这个样子呢？一定有某种合理的解释，可惜——”

“现在想来，不但如何进入虚拟空间是一个谜，就连如何离开，也是一个谜。我好像睡了一觉，醒来之后就发现自己不在虚拟空间里了，而是来到了鲤鱼池外的一片水草丛林里。”

“我也是这样。”

“原来不是我一个人。那之后，我反复琢磨程小葵和段楠说过的话。他俩说了洪水泛滥、陆地沉没的原因和大致经过，还重点介绍了基因驱动技术，将陆生人用锦鲤病毒改造成水生人的全过程。然而水生人下水之后呢？有一段巨大的空白。不可能那么顺利，肯定发生了很多事情。我有一种感觉，这段空白，和我们今天变成这个样子，息息相关。可惜现在找不到虚拟空间的入口。这些问题大概就只有靠我们自己去解决了。”

“是的。是这样的。”陌刀继续说，“我在想，即使我们再次进入虚拟空间，见到他们，问出了我们的问题，他们的回答能令我们满意吗？最关键的是，我们能听懂吗？”

海沫老老实实地摇头。

37

虚拟空间里，段楠和程小葵自顾自地讲着，讲得格外动情，格外精彩，讲到激动之处，不由得手为之舞，足为之蹈，声调也提高了十度。但数字分身旋即发现，自己讲得热闹，可谓是纵横铺排，汪洋恣肆，却没人听自己的，眉头很自然地紧锁了起来。

陌刀和海沫听得极为认真。他和她屏息凝神，关注着数字分身的一举一动，一言一语，甚至一颦一蹙，一呼一吸。然而，他和她的人生阅历与知识储备，不足以明白数字分身所陈述的全部内容。

陌刀抢了一个空当，插话道：“海底在上，您说的这些，到底是什么意思？”

海沫说：“葵神保佑，陆生文明的覆灭，不是因为陆生人做错了很多事吗？”

段楠与程小葵对望一眼，四周的画面瞬间静止，并呈现出一种冻结在万年冰川里的效果。

“果然。”段楠说。

“果然。”程小葵说。

段楠和程小葵望着对方，齐声叹息道：“果然，他们听不懂。”

一阵说不上多耀眼的光闪过，他们的容颜刹那间变老，从二十出头，青春靓丽，变成九十多岁的模样，憔悴不堪。岁月隆隆碾过，在他们的身体上留下了痕迹。

陌刀和海沫还处于冰冻模式中。段楠和程小葵开始回忆，开始盘点，开始用有限的算力进行思考。

还在读大学的时候，段楠和程小葵就是一对情侣。后来发生了很多事情，他俩分开了。段楠报考了国家基因实验室，研究之外，与官僚主义搏斗；程小葵去了民营基因公司，研究之外，同资本主义奋战。时间如无常的潮水，将他俩一会儿推开，一会儿又推在一起。分分合合，合合分分；谁错谁对，谁对谁错，早已经无法说清楚。

在洪水泛滥、陆地即将沉没的前夕，事情又起了巨大的变化。

大灾当前，人心惶惶。重庆市鲤鱼池锦鲤繁育中心资金链断裂，正在秘密研发的基因驱动技术遇到瓶颈，又被无意中曝光，繁育中心和负责人程小葵被推到了舆论的风口浪尖上。段楠注意到了繁育中心的存在，一番打听后，极力促成了国家基因实验室与重庆市鲤鱼池锦鲤繁育中心的深度合作。因为国家基因实验室也在研究基因驱动技术，双方一拍即合。注入资金和技术后，重庆市鲤鱼池锦鲤繁育中心得以稳定地运转。

这时，段楠和程小葵都快五十岁了，在各自的领域都有一番成就，感情生活却各种不如意。再次相遇时，他俩不无惊讶地发现，对方都是单身，似乎在等待什么。而且，在基因驱动技术上，两人遇到的瓶颈居然是互补的。段楠遇到的问题，程小葵研究的锦鲤病毒正好可以解答；程小葵遇到的问题，用段楠发明的基因编辑法正好可以解决。所以，在陆生文明最后的动荡日子里，他俩一起完成了一件伟大的事情。

不，不是一件，而是两件。

程小葵设计出了鲛人，段楠设计出了蛟人。两套方案送到繁育中心高层，经过评审专家组反复讨论，两套方案不相上下，最终的决定是：两套方案同时进行。“跟建设末日基地相比，建设基因驱动针剂生产线的资金不值一提。这肯定是挽救人类文明最便宜的方案了。”中心主任对段楠和程小葵说，“资金已经到位，两位放心去干吧。”

那个时候，各国的航天发射场都被不能逃生的人所占领，雪水淹没了高原地区的末日基地，海底城市建了一小半就承受不住海水的巨大压力而尽数坍塌，海岛改造成的浮城因为动力不足被台风掀了个底朝天……原本不被看好的水生人方案成了最后的希望，就像是溺水之人抓住最后一根稻草不肯放手一样。

段楠说："既然无法改变整个地球的大气候，那就退而求其次，改变自己好了。"

程小葵说："终归是要活下去，不管以哪一种形态，不是吗？"

二期实验有五千名志愿者参加，三期实验则有两万名。成功率从40%提高到70%。失败者被淘汰，成功者开始水下生活。叶状鳃的工作效率极高，这使得水下生活变得相对容易。

眼见着实验就要进入四期，最大规模的洪水来了。这滔滔洪水，从东海而来，沿着长江，一路直上，横冲直撞，所经之地，无论是城市还是乡村，无论是平原还是山地，尽为海底。

重庆也不能例外。

繁育中心计划整体转移到青藏高原，但在那之前，洪水已经来了。转移失败。而段楠和程小葵决定留下来，跟水生人一起，把没有完成的实验做完。

条件极其艰苦，环境极其恶劣，新的问题层出不穷，段楠和程小葵疲于奔命。不管是什么样的问题都会汇总到他俩面前；每天一睁眼，就有无数的问题等待着他俩解决。

最大的问题在于繁殖。

在失去了基因驱动针剂生产线之后，水生人必须靠自己来繁殖。在原先的计划中，水生人用锦鲤的方式来繁殖自身。锦鲤在夏天繁殖，一条雌锦鲤一次能产三十万粒卵，一个夏天，一条雌锦鲤可产下一百万粒卵。这个繁殖速度过于夸张，夸张到可怕。所以，水生人将产卵量缩减到了百分之一。

当时，水生人总数在一万多一点儿，单就数量而言，是一个微不足道的族群；又身处危机四伏的洪水之中，随时可能灭族。不说失去现代医疗体系的支撑，各种来源不明的瘟疫和疾病会带来极高的死亡率，仅仅是水忽然间变淡（雪山融解来的）或者变咸（东海入侵来的），就会一次性杀死好多水生人。

然而一旦适应了水下生活，水生人便发现，这是一个远比陆地更为辽阔的世界，而水生人的数量实在是太少了。于是，水生人开启了疯狂繁殖的模式。

最初是好事。真的。很多生物在大灾大难中，会选择不繁殖或者延迟繁殖，但水生人不一样。快速增长的人口极大地拓展了水生人的生存空间，各种形式的灾难再也不能一次性灭绝水生人。在段楠和程小葵的视野之内与视野之外，水生人都蓬勃发展、日益兴盛起来。

十几年时间转眼即逝，陆地与海洋的角斗终于分出了胜负。海洋胜出，而陆地则淹没在了万顷碧涛之下。陆生文明彻底结束，海生文明在陆生文明的灰烬里，开始复兴。他们把自己生活的地方叫作扬子海，把已经年迈的段楠和程小葵称为“神”。

随后，水生人之间展开了空前的血战。

这是因为，在海陆之争结束后，水生人一如既往地疯狂繁殖，却忽视了死亡率已经降低的事实。水生人人口总数迅速超过五百万，在极短的时间里消耗了扬子海的天然资源。水生人以各种理由，自行分成大大小小的各种群体，为了争夺最后一丁点儿资源而疯狂厮杀。鲜血染红了整片扬子海。

段楠与程小葵无力阻止血战的发生。所有的一切都超出了他们的预期。他俩完全失去了对水生人的控制。

因为，人口总量猛增的同时，教育却没有跟上。多数水生人婴儿都没有受过像样的家庭教育或者社会教育。他们都在无人照管的情况下，自行野蛮生长，长成了只知道填饱肚子、不知道任何规则的野兽。

直到这个时候，段楠和程小葵才明白，个体的生育，族群的繁衍，文明的赓续，是联系在一起的三件事。

段楠和程小葵焦灼万分，但也无可奈何。

经过一番艰难的思考，他俩决定为水生人方案打一个巨大的补丁。

他俩利用残存的设备，对繁育中心进行了一番改造。

改造结束的时候，段楠和程小葵已经油尽灯枯，遂决定将自己的意识扫描后复制到鲤鱼池主控电脑的虚拟空间里。“这样，当水生人有什么问题时，可以向我们的数字分身求助。”他俩互相说，然后悄然离开，不知所终。

大洪水发生的时候，数字分身技术也在快速发展中。这也是应对末日危机的方案之一。好多人渴望把自己的意识扫描后复制到电脑里，摒弃肉身，实现数字永生。“只要服务器还在，意识就在，哪怕是洪水滔天、陆地沉没、太阳爆炸！”当时的广告这样说。

但广告就是广告，夸张是其本性。数字分身技术本身不是很成熟，段楠和程小葵的数字分身复制到虚拟空间后，就没有正常工作过几回。

历经数年，水生人的血战也告一段落。人口锐减的同时，两个超大族群在血战中形成，而新的生存危机又出现了。不知道为什么，水生人无法繁衍了。两个族群的领袖先后找到段楠和程小葵，向“神”寻求帮助。段楠和程小葵的数字分身将他们带到后来被水生人称为“鲤鱼池”的地方，告诉他们：“这就是我们为你们提供的解决方案。你们接受还是不接受？”答案可想而知。

也许是恶作剧，也是单纯是系统出了错，“神”分别赐给了两个水生人领袖一人一本书。

一个领袖得到了《海底》，后来他所在的族群演化为蛟人；一个领袖得到了《锦鲤宝典》，后来她所在的族群演化为鲛人。

单刀会与拜神祭的雏形，也是在那个时候出现的。

鲤鱼池的存在，一方面是辅助蛟鲛两族的繁殖，一方面是控制蛟鲛两族的数量。不能繁殖与超量繁殖，都是问题。有计划的繁殖，才是文明。

再后来，数字分身所在的虚拟空间能量不足，自动关闭。蛟鲛两族前来求助，得不到回应，很快就失去了耐心，将段楠和程小葵的故事另起炉灶，变作蛟人和鲛人各自传说的一部分。

直到千年之后，海沫与陌刀的到来，才再度唤醒了段楠和程小葵的数字分身。此刻，两个数字分身看着眼前处于冰冻模式的两个水生人，继续讨论。这些讨论，有时像是对话，有时又像是一个人的独白。

“我是蛟人之父。”

“我是鲛人之母。”

“但是有什么用呢？”

“没什么用。”

“鲤鱼池就是繁育中心。这里有各种内外激素。”

“这里有各种内外激素。繁育中心就是鲤鱼池。”

“我记得产卵繁殖之外，还有5%的水生人可以卵胎生。”

“有吗？我不记得了。”

“也许是，也许不是。我也记不清楚了。”

“演化的图景其实异常复杂。它不是一条从甲到乙再到丙的直线，不是一张四通八达的蜘蛛网，也不是一棵枝繁叶茂的参天大树，在我看来，演化更像是一条平原之上流淌的大河。”

“雪山上的源头模糊不清，很难判断哪里是唯一的起点。没有一条主河道，平原上，数条河道相互交叉，彼此承接，像网，又与网不同。有的河道，流着流着就消失了；有的河道马上要消失了，又峰回路转，绝处逢生，流出一片新的天地；有的河道起初很窄，却处处有来水，越流越宽。”

“我们智人是地球众多生命之河中的一条，一路流淌下来，遭遇过多次大灾变，其中好几次都险些消失，不复存在。然而，兜兜转转，智人终究出现了智慧的萌芽，于跌跌撞撞中走上了文明之路。”

“你知道碳中和吗？你知道碳达峰吗？你知道我们曾经在沙漠里种树吗？你知道我们为了对抗气候变化都做过了哪些事情吗？”

“我知道，我记得。”

“我们努力了，我们失败了；我们失败了，我们努力了，然后有了蛟人和鲛人。”

它们沉默了。

能量不足，资源不足，它们只是程序残片，早就不能正常工作了。所以，它们根本不知道它们已经断断续续思考了五天，就像是一位耄耋老人，时而清醒，时而沉睡，时而絮絮叨叨，时而默不作声。

“我们总想着控制他们。”

“以父之名，以母之名，以神之名。”

“要相信他们，相信他们自己会找到出路。”

“我们总妄想着能为他们提供一切的答案。”

“我们早就不能为他们提供答案了。”

“该放手了。”

虚拟空间亮了几下，鲤鱼池的街景闪烁了几下，然后能量耗尽，彻底昏暗下来。

38

没能重回虚拟空间，海沫沮丧地游回鲤鱼池北区。她有太多的问题想要向程小葵请教，但现在……她怅然若失，神思恍惚，以至于自己被几个别甲鲛人包围了也没有注意到。

赤别甲一声令下，别甲鲛人一拥而上，用一张渔网擒住了海沫。海沫抽出匕首，拼命去割渔网，却被赤别甲抓住机会，夺走了匕首。海沫恨得用手和牙齿去对付渔网，可惜无济于事。

海沫被赤别甲送到北区拜神祭祭坛附近。

高高的、形如金字塔的建筑四周，别甲鲛人、秋翠鲛人、丹顶鲛人、金银鳞鲛人、衣鲛人按照家族各自排列整齐，梅花丹顶、银鳞、葡萄衣等族长浮在最前面。单就数量而言，七大家族中，来得最多的是别甲家族。除了在本家族列队的，还有在四处巡逻、维持秩序的。到处都有别甲鲛人凶悍的身影。海沫估计别甲鲛人至少来了两千名。看来，白写对别甲家族的支持予以了最大限度的回报。

写家族才是真正意义上的倾巢出动。从少年到成年到老年，写鲛人均打扮成古老的巫罗模样，头发全部盘起来，脸上和身体的各个部位，统统绘制着包括坦克、火箭炮、歼击机、轰炸机、巡洋舰、航空母舰、洲际导弹在内的奇怪图案。

巫罗们站在鲛人家族队伍的前面，与各大家族族长并列，俨然各个家族的精神领袖。她们异常激动，面色潮红，鳃裂不停地翕动着，尾巴不由自主地颤抖着。对于能重新当上巫罗，重现写家族的荣光，她们无比骄傲。

海沫看见黄秋翠飘浮在秋翠家族前面，对自己的被俘与到来视而不见。黄秋翠身边，挺立着一个打扮成巫罗的写鲛人，神采奕奕。她的胸前，描绘着空间站的图案。

金字塔顶，白写的打扮最为夸张。浓墨重彩之下，只剩下一双眼睛还能分辨出她是写家族族长、鲛人家族联盟最大的巫罗。她悬浮在金字塔顶端的平台上，正向着四周的鲛人侃侃而谈：

“拜神祭本是极为严肃、庄重与神圣的族之大事，秋翠家族执掌鲛人家族联盟以来，轻视葵神，藐视葵神，将拜神祭搞成了嘻嘻哈哈的娱乐活动，成何体统！而今，我白写要将这颠倒的一切矫正过来，鲛人必须重回葵神之道。葵神之道，是大道，是正道，是天地永生不灭之道，是古往今来一切智慧之道。”

巫罗们领颂，在场的数千鲛人齐声颂道：“葵神葵神，赐我以命；无以为报，万物可祭！”

这几句唱词出自《葵神颂》。海沫曾经在大剧院听过，当时觉得有几分好笑，现在听来，却有几分毛骨悚然。她四处张望，瞥见在一块巨大的岩石底下，光写家族的五十多名成员在这个不引人注目的角落里默默浮游着。她们都是洪崖洞大屠杀的幸存者。在她们前面，漂浮着一个巫罗。那巫罗与别的巫罗有所不同，因为她正是光写家族现任族长楼兰。

楼兰身边有一个奇怪的老鲛人，那是谁呢？

颂念三遍之后，白写继续讲道："矫枉必须过正，方显我葵神的大德大能。小灾小祭，大灾大祭，而今鲛人所面对的灾祸，前所未有，是以，所献祭之物，也必须前所未有。"

海沫可不蠢，立刻听出白写所要献祭的是谁来。

"海沫，乃是千年以来，第一个父精母血所生，是异端，是另类，是不折不扣的怪物。秋翠家族前任族长绯秋翠临死失智，竟任命其为秋翠家族族长，是为大谬。"白写加重了说话的力度，"在此，我白写，鲛人大巫罗，向葵神献上海沫，以平抑葵神之怒，停下大海之侵的惩罚。"

赤别甲手一挥，海沫被别甲鲛人从渔网里拖出来，推推搡搡着，送到一个木头架子下方。别甲鲛人用水草编织的绳子把海沫牢牢地绑在了木头架子上。她们的力气大得惊人，海沫再怎么反抗也没有用。

木头架子后方，斜放着另一个更大的木头架子，里边锁着一个巨大的气球。看到这些，海沫一下子想起花秋翠讲过的"人牲"。这气球的底端与绑住海沫的木头架子连在一起，只要打开那个大的木头架子，气球就会带着小的木头架子和海沫，一起飞快地向着海面升去。达到海面后，木头架子将会漂浮在海面之上，让海沫暴露在阳光与热浪之中，无比痛苦地死去。

海沫可不甘心接受这样的命运。"听我讲！"海沫喊道，"我见过葵神！真正的葵神！你们见过吗？白写也没有见过，所以，她要杀了我灭口！"

"胡说八道！"白写命令道，"赤别甲，动手！"

"大家知道鲤鱼池是怎么来的吗？为什么会有拜神祭？衣家族到底在守护什么？葡萄衣，你不想知道我在禁区里见到了什么吗？"海沫继续喊叫，"白写就是个大骗子！她什么都没有告诉你们，嘴里全是谎话！"

"赤别甲，还在犹豫什么！"白写问。

"慢。"衣家族族长葡萄衣喝道，"让海沫把话说完，我想听。我想知道鲤鱼池禁区里到底有什么。”

衣家族在鲛人家族中的地位非同一般。她们奉葵神之命守护鲤鱼池，守护了一千年。她们还全部装备了金属做的兵器和铠甲。要不是衣家族有不得介入鲛人家族政治事务的古训，盟主之位，还真不知道是谁的。所以，听葡萄衣这么一说，就连大巫罗白写也不由得犹豫了。

“秋翠家族想听。”黄秋翠说。

“丹顶家族想听。”梅花丹顶道。

“金银鳞家族想听。”金鳞说。

“我们都想听。”楼兰高亢而富有魅力的声音从角落里传来。

机会难得，有无数的话想要从海沫的嘴里喷涌而出，但在这种场合，白写，尤其是身边蠢蠢欲动的赤别甲，会给海沫发表长篇大论的时间吗？不会的。而且，故事里还涉及一系列的前因后果，涉及鲛人的世仇——蛟人。所以，海沫忍住把一切原原本本再讲述一遍的冲动，而是诵念了一首歌谣：

水生人没有衣服，赤身裸体，用鳞片遮掩皮肤，可笑。

水生人不会走路，上到陆地很快被晒死，可笑。

起初只有海沫在诵念，楼兰跟着诵念，然后所有的光写鲛人一齐跟着诵念。光写鲛人都是练习过的，集体诵念起来，歌声在祭坛四周来回荡漾，极富感染力。

水生人不会把食物用一种叫作火的东西煮熟了吃，吃生的食物让水生人容易生病，可笑。

这首歌本就是楼兰根据海沫告诉她的内容编写的，俏皮有趣，通俗易懂，已经在鲛人之中流传了一段时间。所以，有不少鲛人都跟着诵念，有在心里诵念的，也有诵念出声的。秋翠鲛人中参与诵念者最多。当衣家族中也有鲛人诵念时，葡萄衣回首瞄了一眼，并没有出言制止。

> 水生人骄傲自大，贪得无厌，小肚鸡肠，蛮横无理，自私自利，色欲熏天，好吃懒做，快要把自己的文明弄没了，还在拼命嘲笑陆生人，最可笑。

大巫罗白写道："可笑！以为诵念一首歌谣就可以推翻千年的葵神之道？没用的。赤别甲！"

"住手！"楼兰身边的那一个奇怪的鲛人忽然喊叫起来。那声音也很奇怪，苍老而有力，但那绝不是一个鲛人该有的声音。那是蛟人的。鲛人中混入了一个蛟人。这让在场的鲛人一片哗然。那蛟人卸去了他的伪装，露出长须飘飘的真面目。"我乃凤飘飘，蛟人的圣贤二爷，"老飘吼道，"再不住手我就叫蛟人把你们都灭了！"

"楼兰真该死，居然和蛟人勾结在一起！迟早杀了她！"赤别甲恶狠狠地对海沫说，"别指望她们能救你，我不会给她们机会的。"说着，赤别甲用金属匕首砍断了固定住大木头架子的绳子。大木头架子裂开，放出那个巨大的气球。气球立刻向上飞升，带着小木头架子，还有小木头架子上被牢牢绑住的海沫。

"救族长！"黄秋翠一声令下，带头砍杀了身边的巫罗，然后向飞速上升的海沫冲去。秋翠鲛人纷纷拿出手弩和蚌刀，跟别甲鲛人和写鲛人战在一起。楼兰呼啸几声，几只鳄雀鳝从鲤鱼池外冲进祭坛，四处游动，数量虽然不算特别多，但制造混乱却是足够了。金银鳞鲛人竭力控制躁动不安的电鳐，可它们还是像野狗一般窜来窜去。葡萄衣拔出金属长剑，大声喝止，可惜对战双方没有一个肯听她的。衣鲛人都拔出金属兵器，但向谁进攻呢？葡萄衣一时之间难以抉择。

海沫被气球拽着，迅速上升，很快从穹顶的一个大窟窿穿了出去。在她眼里，昏暗如同恶魔一般从四面八方侵袭过来，而明亮如珍珠的鲤鱼池则变得越来越小。

她向着海面升去，去面对灼热的太阳和海面异乎寻常的热浪，去面对自己的死亡。

39

陌刀回到鲤鱼池南区，回到蛟人之中。单刀会正在冷开泰的组织下，如火如荼地进行。现场一共分成二十个场地，进行着各种比赛。有比速度的短距离游泳，有比耐力的长距离游泳，有单纯比力量的举重，也有比敏捷和智慧的穿花绕树——从一个极为复杂多变的迷宫里快速逃脱。

陌刀一边游一边欣赏。

不得不说，每种比赛都是力与美的结合。

依靠当年战功的积分，有资格进入鲤鱼池参加一年一度单刀会的蛟人，还必须通过参加单刀会比赛，赚取积分。只有积分排行榜上前四百名的蛟人，才有资格进入鲤鱼池的讲茶大堂。想到前几天，清水派和浑水派还在朝天门打得血流成河，尸横遍野，如今却在同一个穹顶之下比赛，不得不感慨万分。还是比赛好啊！陌刀感慨，不用流血。

太平门管事牛耳大黄过来，以最正式的礼节拜见龙头大爷。“我已经不是龙头大爷了。”陌刀闪到一边，摆摆手说。

牛耳大黄一本正经地回答：“朝天门保卫战之后，我就认刀爷。”

这人明明是在揶揄，却把揶揄说得这么有仪式感。陌刀见和他说不到一块儿去，转换了话题：“看见二爷了吗？”

“没有。我没有见着二爷。二爷喜欢逍遥，说不定又到哪儿逍遥去了。”

陌刀又问：“现在排行榜上第一名是谁？”

“第一名是金紫门管事铁肩，千厮门管事龙麻子暂时排在第三。要是刀爷上场，第一保证是您的。”牛耳大黄说。

铁肩的功夫确实了得，排行第一并不意外。陌刀笑了笑，说：

“我不想参加。”

牛耳大黄急了：“为什么呀？您必须参加！”

陌刀四处张望。现场有四千蛟人，最后四百蛟人胜出，而鲤鱼池外，至少有十万蛟人连进入比赛场地围观的资格都没有——身体里的某个器官不明所以地抽动了几下。在来鲤鱼池之前，他已经下定决心，不参加比赛，不去讲茶大堂。但这几下抽动，加上周围热烈的气氛，让他忽然之间改变了想法：我要参加比赛，然后去讲茶大堂……

这就是启动了生命的本能？

八角笼那边的呐喊声引起了陌刀的注意。

“铁肩和龙麻子在打。”牛耳大黄说。

他耸耸背鳍，游了过去。

牛耳大黄略微犹豫了一下，也跟着陌刀游过去。

那八角笼用金属丝编织而成，用一条绳子系在穹顶之上。参赛者游进八角笼，然后笼门关上，直到决出胜负，笼门才会再一次打开。八角笼旁边的观众是所有比赛场地中最多的。他们一群群聚集着，从四面八方、不同角度观看比赛，同时为自己的支持者呐喊助威。

正在对决的是金紫门管事铁肩和千厮门管事龙麻子。龙麻子保持着他一贯的作战风格，狠厉、直接，没有任何花架子，所有进攻的目的都是杀死对手。反观铁肩，则不急不躁，稳扎稳打。

龙麻子连番进攻，均没有取得预期效果，体力却下降了不少，不由得心浮气躁。再次进攻时，不但绵软无力，而且毫无章法，被铁肩抓住机会，轻易击退。

太平门蛟人欢呼雀跃，纷纷表示：浑水派的战斗力，就这么渣？诶，真就这么渣！四面八方又传出新的呐喊声：杀了他！杀了他！为离魂报仇！为离魄报仇！离魂、离魄是清水派的英雄！

陌刀皱了皱眉头，四处张望。喊打喊杀的蛟人大抵出自金紫门。金紫门的前前任管事离魂，在鲤鱼池北区外的伏击战中死于陌刀之手，前任管事离魄在朝天门保卫战中死于龙麻子之手。难怪他们要这么喊！陌刀皱眉的原因是，虽然历史上单刀会八角笼比赛确实死过参赛者，但那多半是因为失手……金紫门现在这种喊法，是要再度挑起浑水派与清水派之战啊。

“最初为什么有浑水派？为什么有清水派？你们还记得吗？我们现在所做的事情，跟我们是浑水派还是清水派，还有多少关系？”在结束跟冷开泰的谈判之后，老飘这样对陌刀说。说这话的时候，他们正在讨论“冷开泰没有拿着《海底》登上舵把子之位，手里有《海底》的陌刀却自愿放弃了龙头大爷之位”对蛟人意味着什么这个话题。

当时陌刀不明白老飘为什么要这么说，此刻他忽然明白了：自己能放下浑水派与清水派之争，但别的蛟人可不一定也能啊；当他在思考一些深奥玄妙的问题时，有的蛟人却只想着如何有效地砍掉他的脑袋。

陌刀感觉到有目光注视着自己，回望过去，正好看见太平门管事牛耳大黄一脸诡异的笑容。那笑容的意思是……陌刀忽然想起先前斥候报告的一个新情报：“舵把子”冷开泰同意太平门接管原先储奇门的领地。我怎么把如此重要的消息忽视了？牛耳大黄得了储奇门的领地，必定会为冷开泰做点儿什么吧！

陌刀转回头，看见铁肩一反常态，主动出击，将龙麻子打得节节败退，连先前在朝天门之战受的伤都裂开了。

八角笼外，千厮门蛟人齐齐发出不满的哀鸣。

铁肩继续追击，龙麻子只能勉强招架，毫无抵抗之力。再这么下去，龙麻子死定了。陌刀急得分开众蛟人，挤到八角笼边上，扒着金属丝喊：“振作起来！不要放弃！我们还要去扬子海深处冒险呢！”

龙麻子吐出几个血泡，更多的血泡从他后背的鳃裂汩汩流出。他的生命力也随之流逝。他冲陌刀笑了笑，憨厚的脸没来得及展现第二次笑，就被铁肩蛮横地拖走。接下来发生的事情，可以用“匪夷所思”来形容。在所有蛟人都以为龙麻子死定了的时候，他却爆发出骇人的力量。当铁肩准备下重手，捣毁龙麻子后背上的鳃裂时——蛟人的致命弱点——奄奄一息的龙麻子忽然奋起反击。铁肩撕碎了龙麻子的背鳍，而龙麻子却已经翻转到他身后，双手用力，锤进了铁肩脆弱的鳃裂。

铁肩不甘地哀号着，在无限的痛苦中死去，去了传说中的木阳城。

鲜血染红了八角笼。这突然的变故让现场变得安静。“金紫门的弟兄，你们还能忍吗?”太平门管事牛耳大黄喊道，“为铁肩管事报仇啊!”

随即，“为离魂管事报仇!”“为离魄管事报仇!”“为铁肩管事报仇”的喊声此起彼伏，最后只剩下“报仇”两个字在现场回荡。金紫门蛟人纷纷拿起藏好的骨矛，率先向身边的千斯门蛟人动手，然后太平门蛟人也加入围攻千斯门蛟人的行列。

40

前方光线越来越亮，气球拖拽着木头架子终于来到海面。

波涛涌动中，木头架子翻了一个身，将海沫翻离海水，来到空气里，直面太阳的照射。

海水还没有从海沫的皮肤和鳞片上流尽，痛苦就开始从身体的每一个部位传来。

在此之前，海沫没有到过海面。她所有关于海面的认知，都来自鲛人的传说。“海面是太阳直射之下，焚风肆虐的地狱，”她们说，“你会干枯而死，焦渴而死，在火辣辣中脱水而死。”

此刻，正值一天的中午，太阳最为猛烈的时候。只需要几分钟的时间，海沫就会死去。但这短暂的几分钟，又被痛苦拉长成了无限。她睁不开眼睛，浑身刺痛，每一个器官都想逃离。就连头发也在迅速干枯。

无限的痛苦中，海沫听到一个声音，那个蛟人苍老的声音。她迷迷糊糊，一时之间竟不知道这声音是现实，还是幻觉。那声音呼唤着她的名字，是那么亲切：“海沫，海沫。”她感觉到有一双手在给她松绑，被牢牢固定住的身体开始能活动了。

难道这是幻觉？

然而那声音不再有力却是事实，因为他言语中带着遏制不住的颤抖：“我错过了你的婴孩，错过了你的少年，也将错过你的成年！真是遗憾啊！”

海沫不明白这个年迈的、自称是圣贤二爷的蛟人这话是什么意思。疑惑中，绑住她的绳子都被解开。她还不能动弹，而那蛟人用力将什么东西塞进她的手里，又将她推下木头架子，推进了海里。

海水给了她最甜蜜的滋润。澎湃的生命力几乎在一瞬间回到了她体内。她下潜数米，又游回海面，看见老蛟人趴在木头架子上，已经死去。他身上有多处新鲜的伤痕，显然是先前在鲤鱼池的混战中留下的。海沫不知道他是怎么从海底游到这海面的。一定很困难吧？然而，她根本不认识他，不知道一个蛟人为什么会这样拼死来救她。

她手里攥着金属匕首，正是先前赤别甲从她手里夺去的那一把。老蛟人又是怎么从赤别甲那里抢回来、塞到她手里的呢？

阳光依然炽烈。海沫松开木头架子，任由海浪将木头架子和老蛟人带走，自己则反身向下，向着深深的海底游去。

那里，还有太多的事情等着海沫去做。

水流涌动。海沫划动双臂，摆动尾巴，用尽全力，向鲤鱼池所在之处游去。

远远地，能看见鲤鱼池了。

鲤鱼池周边的幽暗里，似乎隐藏着什么可怕的东西。

但她还来不及仔细分辨，就看见将鲤鱼池分隔为南北两区的电子围栏像泡沫那样碎裂开来。

41

不能让千斯门孤军作战，陌刀没有别的选择，抖动鳃裂，吹起了蛟歌，命令朝天门蛟人也加入了战团。实际上，根本不用陌刀下令，因为朝天门蛟人已经受到了来自金紫门和太平门的联合进攻，他们不得不反击。

陌刀将龙麻子从八角笼中拽出来。

“还能打吗?”陌刀问。

“没问题。”龙麻子答。

与此同时，“为闷墩儿管事报仇!”南纪门蛟人大喊。“为储奇门报仇! 为幺师管事报仇!”储奇门的幸存者大喊，“消灭朝天门! 杀了陌刀! 杀了浑水派!”

所有在场的蛟人，不管是哪一个门，不管是哪一个派，都主动或者被动地加入了这场前所未有的大混战。他们两眼滴血，浑身潮红，有兵器的用兵器，没有兵器的用手、牙齿和尾巴攻击另一派的蛟人。混战在鲤鱼池南区的每一个角落展开。骨矛刺出，蚌刀砍下。兴奋的蛟歌与死亡的哀鸣混杂在一起。鲜血汩汩流出，将整个鲤鱼池南区染成一片通红。

冷开泰在一众蛟人的护卫下，向着这边冲杀过来。他手中的鲸骨枪势大力沉，挥舞起来极为费劲儿，但杀伤力极大，刺中就死，磕着也伤。

陌刀抢了一根骨矛，低吼一声，将朝天门斥候小队召集到身边，迎着冷开泰的队伍狂奔而去。“《海底》我不是已经给你了吗?”他愤怒地喊道。

“陌刀，你太天真了。你还不明白吗?”冷开泰说，“只要你还在，朝天门还在，我这舵把子之位，就坐不稳当。”

那么，就是不死不休咯! 陌刀不再犹豫，使出浑身解数，杀死每一个靠近的清水派蛟人。他久经战阵，左冲，右突，上挡，下架，懂得充分利用水流，制造杀敌的机会。他不是独自战斗，斥候小队在他身边，结成战斗队形，彼此护卫，交替进攻。他们在浑水派与清水派的混战中，宛如一股势不可当的逆流，杀出了一条通向冷开泰的血路。

另一边，龙麻子组织千厮门弟兄迎战。数量上，千厮门弟兄吃了亏，但千厮门弟兄有鱼鳞盾牌和双股钢叉，对战骨矛和蚌刀还是占优势的。因此，双方打了一个平局，谁也无法在短时间内获胜。

陌刀已经冲到冷开泰跟前。两个金紫门蛟人挡住了他的去路，他手起矛落，刺死了他直面冷开泰的最后阻碍。“擒贼先擒王”，陌刀的目的再明白不过了。冷开泰也不畏惧，扬手就是一枪，奋力刺出。陌刀避开枪头，贴着枪身，尾巴一甩，旋转身体，欺近冷开泰，手中骨矛朝着冷开泰的面门刺下。

说时迟，那时快，冷开泰往旁边一闪，那骨矛就刺在他的肩膀上。冷开泰负痛，双手一松，鲸骨枪跌落。但在落进淤泥之前，已经被陌刀一把抓住，枪身一挺，枪尖儿直抵冷开泰的喉咙。

“这是老炮儿的！你不配用它！”陌刀说，“叫他们住手！”

“杀了我！”冷开泰瞪大了眼睛，不肯认输。

就在这时，上方突然传来奇怪的碎裂之声。陌刀和许多机敏的蛟人齐齐抬头，看见早就破烂不堪的穹顶彻底碎裂了。也许是蛟人的混战引发的，也许只是因为碎裂的时间到了，鲤鱼池屹立千年的穹顶出现了大得不可思议的裂缝，起初只有一两条，紧接着更多的裂缝出现。穹顶裂成大小不一的无数块，被水流一冲，向着不同的方向，沿着不同的轨迹，漂啊漂地落下来。

碎裂的不只是玻璃穹顶，还有分隔鲤鱼池南区与北区的电子围栏。那不知道是什么材料制成的电子围栏也一点点地坍塌，一点点地碎裂，然后加速，直到整个电子围栏都变成遍布海底的碎屑。于是，一千年来，南区的蛟人与北区的鲛人，第一次在鲤鱼池里见面了。

两边都在打仗。玻璃穹顶与电子围栏的垮塌，让蛟人与鲛人都大吃一惊，震撼之下，竟全都停止了厮杀，望向彼此，面面相觑。

他们/她们想不明白。

她们/他们无法接受这个现实。

直到海沫从上方游下来，方才打破这诡异至极的局面。

“是鲛人！”

“是蛟人！”

“蛟鲛是世仇，杀了她们！”

“鲛蛟是世仇，杀了他们！”

于是，双方都有了新的作战目标，先前的内战转眼就被抛弃。

黄秋翠、白写、金鳞、楼兰、梅花丹顶率领各自的姐妹向着蛟人所在的鲤鱼池南区冲去。

龙麻子、牛耳大黄、铁膀、冷开泰率领各自的弟兄向着鲛人所在的鲤鱼池北区冲去。

鲛人和蛟人，就像两股无可匹敌的潮水，在原先电子围栏所在的地方相遇，撞击出无数的血花。

四千蛟人与四千鲛人鏖战在一起。有时像密集的沙丁鱼群，疯狂地舞动着，一会儿向东，一会儿向西；有时像血与肉形成的旋涡，无数的生命在里边旋转，死尸与活人都在里边旋转。

蛟歌与鲛歌此起彼伏。

在一片混乱与喧嚣中，只有陌刀和海沫注意到了一条特别的身影从远处的山脊不要命地游过来。那条身影所激发的情绪，让他俩同时确认，那是阿飞，那个臭名昭著、恶贯满盈、死有余辜的阿飞。

但阿飞现在的状态异乎寻常。

他/她边游边吼叫。

陌刀和海沫身处不同的位置，都听不见阿飞的吼叫，都只看见他/她大张着嘴，发出的所有声音都被周遭的喧嚣给淹没了。

然后，陌刀和海沫同时看见，在阿飞身后，灰暗的山脊之中，出现了一条起伏不定的线。那线迅速扩大，颜色越来越斑斓，形状越来越复杂。那不是线，而是滚滚向前的浪，那浪由不计其数的螯、不计其数的腿、不计其数的长须子组成。

那是由无数不可名状的怪物组成的正在冲锋的军队！

它们贴着海底，一边发出咔嗒咔嗒的怪声，一边浩浩荡荡地向着鲤鱼池冲来！

42

当蛟人和鲛人各自开打时，螯虾人就像受了刺激一般，摩拳擦掌、蠢蠢欲动。这两个词语对鲛人和蛟人来说是形容词，对螯虾人而言，却是最为真实的写照。

阿飞感受到身前身后螯虾人的兴奋越来越浓烈。它们的长须子胡乱地摇晃，一对大螯和两对小螯开开合合，两对刀片状步行足不停地原地蹬踏，五对游泳足互相摩擦，几丁质的尾扇彼此碰撞，甚至藏在胸甲之下的丝状鳃也不时显露出来，呈现出一幅异常兴奋又异常混乱的诡异画面。

从曼宁到萨特努到杜普拉再到克拉凯基，就连雷蒂斯和魏斯曼，螯虾帝国的每一个等级都是这样。

那就是鲤鱼池？先前一直和阿飞交流的曼宁这样问他。茫然与恐慌中，阿飞点了点头。他不是傻瓜，螯虾人来鲤鱼池，肯定不是来旅游的。螯虾人会干些什么，他很清楚。但就算他否认这是鲤鱼池，又有什么用呢？

阿飞被螯虾人重重包围。他嗅到一丝丝若有若无的异味，但并不知道这异味代表着什么。这异味越来越浓烈，浓烈得阿飞头晕目眩。他意识到所谓的异味，是螯虾人身体散发出来的。也许是魏斯曼或者是雷蒂斯那个等级的螯虾人率先发出，传递开来，然后所有的螯虾人都齐齐散发出那种说不清道不明的味道。身边的那个曼宁也不例外。它们通通蛰伏下去，收了大螯小螯，收了长须子和扇状尾巴，蛰伏到水草丛里，蛰伏到岩石缝里，蛰伏到淤泥里。刚才还喧嚣沸腾如火山即将爆发的四野骤然间安静下来，仿佛那数万螯虾人不存在一般。

发生了什么？阿飞不明白。

这时，鲤鱼池上方的穹顶和电子围栏尽数垮塌。数千蛟人与鲛人鏖战在一起。

环顾四周，螯虾人依然蛰伏着，它们在等待最佳的时机。当鲛人和蛟人鏖战良久，决出胜负之时，败者不必说，即便是赢家也损兵折将，实力大减，螯虾人再出击，摘取胜利的果实简直易如反掌。

阿飞也知道，这是自己逃生的最后机会。他长长的尾巴奋力甩动，从蛰伏的螯虾人中鱼跃而起，先向上，再沿着一条斜线，向着混战中的鲤鱼池俯冲过去。他一边俯冲，一边大喊："螯虾人来袭！螯虾人来袭！螯虾人来袭！"

四周依旧深陷黑暗之中，鲤鱼池是唯一的光亮。

阿飞仿佛是受了那光亮蛊惑的飞蛾，不要命地向鲤鱼池飞去。

蛰伏中的数万螯虾人反应迟缓。几个最高等级的魏斯曼先释放出某种螯虾人特有的外激素给雷蒂斯，收到命令的数十雷蒂斯又向担任了中层职务的曼宁、萨特努和杜普拉释放出准许进攻的外激素，数百个曼宁、萨特努和杜普拉穿行在螯虾人军团之中，再释放出数量更多、种类也更复杂的外激素，然后螯虾帝国数量最多的克拉凯基们才从蛰伏状态清醒过来，然后重新兴奋起来，再一次进入进攻状态。于是，在阿飞出逃的五分钟后，螯虾人军团向鲤鱼池发起了地毯式冲锋。

蛰伏时仿佛死去一般；一旦冲锋，螯虾人又展现出骇人的活力。

阿飞在前，螯虾人在后。它们漫山遍野，如五彩斑斓的潮水一般淹没了鲤鱼池四周的山岭、丘陵和沟壑。从上方看，仿佛是阿飞在带领着螯虾人进攻鲤鱼池。

与鲤鱼池的距离迅速拉近，阿飞一头冲进了鲤鱼池里。三个鲛人和两个蛟人正在捉对厮杀，阿飞从他们头顶掠过。他们浑然不觉。然后，螯虾人就到了，转瞬间就将那几个鲛人和蛟人杀死。

螯虾人没有兵器，一对大螯和两对小螯就是它们最称手的兵器。它们用尾扇拨水，用五对游泳足调整方向，两对刀片状步行足与之配合，从怪异的角度，用不可思议的方式发起进攻。

不管是悍不畏死的蛟人，还是骁勇善战的鲛人，都没有见过这种作战方式。事发突然，蛟人和鲛人还来不及组织有效的防御，就被螯虾人全线突破。

蚌刀太短，砍不到螯虾人的身体，就被螯虾人的小螯挡住；骨矛够长，但即使侥幸突破大螯和小螯的防御，也不够锋利，根本刺不穿它们的铠甲。鲸骨枪倒是能突破螯虾人的一切防御，但数量太少，只有少数领袖使用，对整个战局没有多大的影响。

秋翠鲛人的手弩取得了一些战果，射中了一些螯虾人的胸膛。但螯虾人推进的速度太快，往往在秋翠鲛人装填第二支弩箭时，身上还插着弩箭的螯虾人就已经蹦跳到秋翠鲛人跟前，大螯一开一合，把她们一分为二。

螯虾人似乎不知道什么叫疼痛，更不知道什么叫死亡。即使砍掉它们的螯肢或者长须子，也丝毫不影响它们继续冲杀。同伴的死亡对它们也没有丝毫影响。踩着同伴的尸体继续冲杀，对它们来说是家常便饭。

数千鲛人和蛟人被潮水一般冲来的螯虾人分割成无数的小群，然后一个小群一个小群地被螯虾人杀死。有的成为螯虾人的俘虏，一部分螯虾人专门做这个事情，用渔网把俘虏送到后方。

陌刀身边的斥候只剩下几个。他手中的鲸骨枪，也渐渐无力起来。到处都是螯虾人跃动的身影，杀了一个又来三个，杀了三个，又来九个，源源不断。而训练有素的斥候，死一个少一个。

冷开泰死于螯虾人的第一次冲锋。

当螯虾人出现时，陌刀对他说："我有情报证明，就是它们灭了储奇门。"冷开泰睁大了眼睛："不可能！一定是你！是你干的！"见他固执己见，不肯承认自己犯下了不可饶恕的重大错误，陌刀也不想再劝说，收了鲸骨枪，转身离开。

"你不杀我？"冷开泰问，难以理解。

"我为什么要杀你？"陌刀反问。

后来，螯虾人攻到近旁。冷开泰捡了一把蚌刀，向螯虾人发起了自杀式攻击。他如愿以偿，死于螯虾人的大螯之下。

“千厮门管事在那边。”有眼尖的斥候报告。

“往那边冲。”陌刀命令，“继续吹蛟歌，叫朝天门弟兄往这边集中。”

一群千厮门蛟人一手持鱼鳞盾牌，一手持双股钢叉，将受伤的龙麻子护卫在一个房间里。

陌刀带着斥候杀出了螯虾人的包围圈，来到千厮门弟兄所在之地。朝天门斥候主动加入到护卫之中，陌刀进屋去看龙麻子。在屋门口，陌刀愣住了，因为门边的广告牌上赫然写着“重庆市鲤鱼池锦鲤繁育中心”，跟他在虚拟空间里看到的一模一样。

“还撑得住吗？”陌刀问。

“死不了。”龙麻子乐呵呵地说，“那到底是什么怪物呀？好像很能打的样子。”

“要是二爷在这里就好了。”陌刀说，“二爷知道一切。”

“也不知道二爷去哪里了。”

陌刀说：“二爷不在，我们就只有靠自己了。”

43

在鲤鱼池的另一边，海沫已经和秋翠鲛人会合。手弩和蚌刀的作用有限，就连海沫的匕首也用处不大。幸而衣鲛人的金属长剑对那些可怕的怪物造成了极大的威胁。两个家族合兵一处，再加上光写家族的幸存者，秋翠鲛人负责远程，衣鲛人负责近战，她们这边才得以在一处半坍塌的大厅暂时稳住了阵脚。

黄秋翠受了伤，海沫替她简单包扎。这时，楼兰从外边游过来，对海沫说：“我抓住阿飞了，那个蛟人伪装者。”

“别着急杀他，我有很多问题想问。”海沫急忙说。她知道，楼兰恼恨阿飞泄露光写家族的秘密，被别甲家族盯上，造成了洪崖洞大屠杀。

楼兰控制着自己的怒气：“没杀，给盟主留着呢。他说他有很多话想对盟主说。”

“你不能杀我。”见到海沫的第一面，阿飞这样说。

海沫只冷冷地看着阿飞，熟悉又陌生。认识阿飞的时候，阿飞是鲛人的模样，而现在阿飞是蛟人的模样。细节上有不同，但总体上相似，所以看上去有种似是而非的感觉。

“我会螯虾语。只有我会。我知道它们很多的秘密。这些秘密可以帮助你们打败它们。螯虾人这个名字是我取的。”

海沫明白楼兰为什么不杀阿飞了。

阿飞又指了指鲤鱼池南区：“我是蛟人龙头大爷陌刀派来的，我和陌刀关系非同一般。我可以促成鲛人与蛟人的合作，共同对抗螯虾人。海沫，你很聪明，你应该知道，仅仅靠鲛人的力量，无法渡过眼下的难关。”

陌刀这个名字让海沫心念微动。

“不能再犹豫了。”阿飞急切地说，“再拖延下去，鲛人就没了。”

海沫思忖了其中的利弊，觉得这里边既有危险，又有机会。最大的危险就是眼前这个可男可女的家伙没有说真话，刚才所说的这一切都是他为了保命而编造的假话。而机会确实转瞬即逝……“去找陌刀，”海沫命令道，“带我去。”

黄秋翠疑惑地问：“这个蛟人，信得过吗？”

海沫回答：“情况紧急，又没有别的办法。暂且相信他。我会盯着他，一有风吹草动，我就杀了他。”

鲛人找到了陌刀藏身的地方。当看到“重庆市鲤鱼池锦鲤繁育中心”的广告牌时，海沫刹那间有种进入虚拟空间的感觉，一时之间，竟不知道哪一边才是真实的。

当斥候向陌刀报告鲛人到来的信息，提到了海沫和阿飞的名字时，陌刀还是微微吃了一惊。“叫她们进来。”陌刀命令。

海沫在前，阿飞和黄秋翠紧随其后，游进了房间。

寒暄完毕，阿飞提供了第一份情报：“它们的游泳能力不行。”

这就是螯虾人喜欢潜伏、喜欢突袭的原因。它们不是不会游泳，而是相比之下，它们更擅长在起伏不平的海底奔跑和跳跃。一身坚实厚重的甲壳保护了它们，也限制了它们的游泳技术。

以鲛人和蛟人的游泳能力而言，同时从鲤鱼池冲出，是可以逃出大部分的。然而，逃走是最好的选择吗？

海沫与陌刀对望一眼。显然不是。

“鲤鱼池既是蛟人的繁育中心，也是鲛人的繁育中心。没有鲤鱼池，就没有蛟人和鲛人的下一代，没有蛟人和鲛人的未来。”陌刀说，“这里，就是最核心的区域。”

海沫说：“我明白，别拿我当傻瓜。我知道的不比你少。”

“明白就好，我们必须守住鲤鱼池，绝对不能放弃。”

“你是说我们？”海沫指了指陌刀，又指了指自己。

“还有所有的蛟人和鲛人。再这么各自为战，大家都会死。”

“大敌当前，我们必须摒弃前嫌，携手应敌。”

“胸甲之下是它们的丝状鳃，那里是它们的致命弱点。”阿飞抓住机会提供了第二份情报。

陌刀命令在这里的蛟人吹起蛟歌，召唤蛟人到此集合：“朝天门蛟人、太平门蛟人、金紫门蛟人、储奇门蛟人、千厮门蛟人、南纪门蛟人，这里需要每一个蛟人弟兄。”

海沫命令在这里的鲛人吹起鲛歌，召唤鲛人到此集合：“秋翠家族、别甲家族、丹顶家族、金银鳞家族、衣家族、写家族、光写家族，这里需要每一个鲛人姐妹。”

陌刀说：“斥候听令，去找到太平门管事牛耳大黄，告诉他，冷开泰已经去了木阳城，我在这里，想要储奇门没有问题，甚至南纪门都可以，但现在，他必须带着太平门的所有弟兄过来，听我，听我这个龙头大爷的指挥。”

海沫说：“信使听令，去找赤别甲，告诉她，赤别甲发动叛乱，夺取了别甲家族族长之位，是为家族联盟所不允许的。想要获得鲛人家族联盟的认可，赤别甲必须带上别甲家族的所有姐妹，过来，来这里，听我这个盟主的指挥。”

陌刀说："斥候听令，去找金紫门巡风铁膀，告诉他，铁肩已去木阳城，想要继任金紫门管事，带着他的弟兄，到这里来，为蛟人的生死存亡而战。"

海沫说："信使听令，去找写家族族长白写，对她说，我可以原谅她把我当祭品的行为，只要她带上所有写家族的巫罗前来作战，我不追究她的罪行。"

两人一齐说："蛟人/鲛人必须团结起来，保卫鲤鱼池，打败螯虾人。"

44

蛟歌短促而厚重，鲛歌清冽而悠远。当繁育中心的蛟人和鲛人吹起各自的歌，竟互不影响，甚至相得益彰，彼此都有提高的感觉。

那些被螯虾人分割包围的蛟人和鲛人听到了集合的蛟歌和鲛歌，精神为之一振，也开合着背鳍两侧的鳃裂跟着吹起来。于是，以重庆市鲤鱼池锦鲤繁育中心为中心，蛟歌和鲛歌向着四面八方扩散到鲤鱼池的每一个角落。

尽管还身处螯虾人的层层包围之中，蛟人们和鲛人们都像看到了胜利的曙光，兴奋异常。从螯虾人的突袭开始，不管是蛟人还是鲛人都陷入了无助的恐慌之中。打又打不赢，逃又逃不掉，身边的弟兄姐妹越来越少，而那些多手多脚的怪物却越杀越多，死亡随时可能降临到自己身上。绝望之中忽然听到召唤，知道自己不是孤军作战，知道龙头大爷/家族盟主还在，看到了缥缥缈缈的希望——希望是这个世界最美好也最稀缺的东西——是一件多么令人兴奋的事情啊！

是以，整个鲤鱼池的战局为之一变，鲛人和蛟人从被分割的小群，纷纷杀出一条血路。每一条血路，都通向繁育中心。

在重庆市鲤鱼池锦鲤繁育中心里，龙麻子和黄秋翠都被派出去巩固防御，就剩下海沫和陌刀，还有阿飞。

海沫游到陌刀身边，轻声道："给你说一件事，先前鲛人拜神祭的时候，一个自称是圣贤二爷老飘的蛟人，救了我。”

“二爷在哪里？”

“他死了，按照你们的说法，是去了木阳城。”

陌刀心中刺痛，那个蛟人中最聪明的、无所不知的圣贤二爷，竟然已经去了！“我知道为什么。”陌刀强忍悲伤，对海沫说。有些事情，必须让海沫知道：“你是他和珍珠秋翠的孩子。”

“不是……我妈说，我是老炮儿的孩子！”海沫震惊。

“那个时候，老飘冒用了老炮儿的名字。”

“我不明白……”

“老飘担心你，怕你因为杀了老炮儿而一辈子活在弑父的阴影里。”

“我才不会——杀了老炮儿，我不知道多高兴！”

“炮爷对我恩重如山。”

海沫咂咂嘴，忍住了准备说出口的话。有些事情，她已经放下；有些情愫，正在悄然涌起。但不管如何，打赢眼下的鲤鱼池保卫战才是最重要的。

金鳞带着金银鳞鲛人，驱赶着电鳐来了。

铁膀带着金紫门弟兄来了。

梅花丹顶带着丹顶家族的姐妹来了。

牛耳大黄带着太平门弟兄来了。

葡萄衣带着衣家族的姐妹来了。

陌刀出去迎接蛟人的到来，海沫也出去了。

海沫左看看右看看，看见了几个化装成巫罗的写鲛人，但没有看到大巫罗。她问：“白写呢？”

楼兰在她身后回答：“白写死了，我杀的。”

显然，白写雇佣别甲家族屠戮了光写家族，楼兰一直伺机报仇，先前的混战中，楼兰抓住了机会。而写家族与光写家族的恩怨情仇，从鸣沙蛇讲起，也是一言难尽。

海沫转身，对楼兰说：“也罢。我曾经说过，要把写家族和光写家族合并，由你担任族长，这事现在可以提前了。新家族的名字由你自己决定。”

楼兰道：“就叫光写家族吧。”

海沫说：“如你所愿。接下来，凝聚鲛人精神力量的事情，就靠你了。”

楼兰果断地回答：“葵神保佑！”

又有一部分蛟人和鲛人陆陆续续来到这里，多数都带着伤，轻重不一。越来越多的水生人来到繁育中心，使得这里变得非常拥挤，于是陌刀安排铁膀带领金紫门弟兄去扩大繁育中心的防御范围。

铁膀什么也没有说，径直走了出去。

螯虾人那边，几个魏斯曼首领也向雷蒂斯发出新的指令，减缓进攻的节奏，扩大包围圈，所有力量，曼宁、萨特努和杜普拉，还有数量最多的克拉凯基，都向繁育中心聚集。在先前的进攻中，一部分狩猎对象四散而逃，从上方游走的，占了很大一部分，如今却聚集在同一个地方，这给了它们聚而歼之的机会。在它们的认知里，只有狩猎对象，没有蛟人和鲛人之分。

别甲家族还是没有消息，海沫决定不等了。她和陌刀商量后，分别向鲛人和蛟人的领袖们讲述了眼下的危局、鲤鱼池的重要地位，以及保卫战必须获胜的决心和信念。

“不再有蛟人与鲛人之分，不再有门派之分、家族之分。我们都是鲤鱼池的孩子。”陌刀说。

“蛟人和鲛人将编在一起，集体作战。”海沫说。

“攻击它们的丝状鳃，那是它们的弱点。把这个消息告诉每一个鲛人姐妹，每一个蛟人弟兄。”陌刀说。

海沫反复读过《秋翠兵法》。那书佶屈聱牙，读完她只明白了一件事情，就是作战不是简单地把很多战士集中在一起冲杀，而是要根据各自所长，有序地组织起来。然而，在她布置完成之前，螯虾人已经发起了全面的进攻。从上方看，螯虾人色彩斑斓的包围圈突然向内收紧，像一堵由无数手、螯和脚组成的墙碾压过来。

按照之前的分工，陌刀提起鲸骨枪，率领朝天门弟兄，与龙麻子还有千厮门弟兄并肩站在最前面，迎战螯虾人的攻击。另一个方向，铁膀率领的金紫门以及数量不多的南纪门、储奇门弟兄负责防守。他们共同组成第一层防御圈。

海沫在后方游动，负责总指挥：黄秋翠把所有秋翠鲛人分成四个战斗群，作为第二层，用弩箭越过第一层防御圈，射击螯虾人的胸部；葡萄衣带领衣鲛人在金紫门身后策应；金鳞带领金银鳞鲛人指挥电鳐在朝天门后方策应；梅花丹顶和她的丹顶鲛人在繁育中心旁边提供紧急救治；光写家族在各个群体之间传递消息，鳄雀鳝是她们最好的信使。

“我呢？”牛耳大黄问。眼见着别人都有事情，牛耳大黄也不由得着急起来。

“太平门管事是吧，做总预备队。这场保卫战要打很久，不能把所有的实力一下子甩出去。”海沫说，“牛耳大黄，把太平门弟兄每四十人编为一支战术小队，听候命令，随时出击。这是你擅长的。”

“你怎么知道？”

“陌刀告诉我的。”

螯虾人的第一波攻击如同潮水拍击在礁石上，在溅起无数水花之后，迅速退却，留下了无数螯虾人的尸体。蛟人和鲛人也有死伤，但联合作战，令这种死伤跟先前相比，减少了很多。因此，蛟鲛两族的信心大增。

趁螯虾人退却的间隙，陌刀回到繁育中心，逮住阿飞，问：“我看螯虾人进退有据，它们的指挥体系是怎样的？”

“螯虾帝国等级森严。”阿飞向陌刀介绍了魏斯曼、雷蒂斯、曼宁、萨特努、杜普拉、克拉凯基。

海沫在一旁问：“我看上去，它们都长一个样啊。”

“区别很大的，看大螯，看长须子，看个头，看条纹的颜色。”阿飞说。

海沫见阿飞故意卖关子，说：“关于螯虾人，还有什么秘密，一次性说完。”

“说完了好被你们杀掉？我还想去海面看月亮和飞鸟呢。”

“狡猾的伪装者。”

陌刀也说：“你出卖我的事情我还没有跟你算账呢。”

就在这时，螯虾人的第二波攻击开始了。这一次，螯虾人改变了战术，一方面继续先前的正面进攻，保持对狩猎对象的压力；另一方面，一部分克拉凯基由萨特努和杜普拉率领，奋力摆动游泳足，游到鲤鱼池上方，然后团成一个球，炮弹一般落向繁育中心所在的区域。

位于第二梯队的秋翠鲛人是螯虾人的重点攻击对象。她们的手弩，对没有远程攻击手段的螯虾人造成了极大的威胁。落到秋翠鲛人身边的螯虾人立刻对秋翠鲛人展开屠杀。秋翠鲛人死伤惨重。在衣鲛人反身去救秋翠鲛人之后，正面的防御阵线又出现了缝隙。螯虾人趁机突破，陌刀、龙麻子和铁膀拼死抵挡，防御阵线也节节败退。葡萄衣不幸战死。海沫紧急安排太平门的四支战术小队驰援，由能臣和公使带队。他们出去了就再也没有回来。

陌刀见状，奋起神威，连杀几个克拉凯基，可也无济于事。这时他注意到前面那一堆克拉凯基的后方，有一个模样特别的螯虾人，好像是阿飞说过的雷蒂斯，螯虾人中的将军。擒贼先擒王，陌刀立刻将鲸骨枪一挥，不顾一切地冲杀过去。十几个克拉凯基自动过来护卫。陌刀连刺带捅，势大力沉的鲸骨枪仿佛是他手臂的延长，连杀十几个克拉凯基，直杀到雷蒂斯跟前。这个雷蒂斯也是神勇，大螯、小螯上下格挡，竟挡住了陌刀的连续进攻。但最终还是被鲸骨枪刺穿了胸甲，陌刀将隐藏在胸甲之下的丝状鳃捣得稀烂。

这个雷蒂斯浑身抽搐，所有的手脚颤动不止，人形脑袋也在脖子上反复扭动，最后喷吐出姜黄色的液体，不甘心地死去。

45

在繁育中心里，一个衣鲛人突破螯虾人的包围圈，将葡萄衣的金属长剑献给海沫。“这是族长的遗命。”她说。海沫接过长剑，心中慨叹。在很久以前（真的是很久以前吗?），在大剧院门前，葡萄衣曾经对海沫说：“等我死了，就把这剑送给你。”没想到竟一语成谶。想到葡萄衣一直以来对自己的照顾和支持，海沫不由得泣涕涟涟。

在螯虾人的包围中，陌刀以为雷蒂斯的死会是一个阶段的结束，事实上恰恰相反，这个雷蒂斯一死，周围的螯虾人全都疯了。它们不要命地冲过来，甚至不用大螯进攻，而是单纯地想用层层叠叠的身体，将他活活挤死。如果说，此前的战斗中，螯虾人还有几分智慧可言，此时的进攻，已然没有任何理智可言。

陌刀没有见过这样的打法，只能快速后撤。他向上鱼跃，跃出螯虾人的包围圈，想借助自己高超的游泳本领，逃回繁育中心。但下方的螯虾人发了狠，拼命晃动短小的游泳足，硬扛着坚实的甲壳往上游，同时上方原本准备进攻繁育中心的螯虾人也发现了他。上下夹击，陌刀陷入了螯虾人的重重包围之中。

海沫在下方繁育中心里看见了，一手抄起金属长剑，一手持手弩，喝令一队太平门蛟人拿上骨矛跟着自己出击。金属长剑的优势很明显，锋利无比，螯虾人的大螯也好，胸甲也罢，通通都是无用的摆设。海沫在螯虾人中冲杀，如入无人之境。但她冲到陌刀身边时，跟着她出击的太平门蛟人已经全部战死。

陌刀也不多话，与海沫配合作战，鲸骨枪与金属长剑，各展其长。螯虾人无法近身，然而，两人也陷入包围之中，无法脱身，并且力气渐渐用尽。

“快回去!”梅花丹顶的声音传来。

只见梅花丹顶带着六名丹顶鲛人，冲到螯虾人上方，一边游动一边抛撒一种紫莹莹的粉末。那粉末遇水就溶，向着下方的螯虾人飘去。吸入紫色粉末的螯虾人头昏脑胀，纷纷向下坠落。海沫赶紧招呼陌刀，趁机冲出螯虾人的包围圈，回到了繁育中心。

“那是丹顶家族的毒吗?”陌刀问。

“不是毒，”海沫回答，“就是一种麻醉剂，做手术用的。”

螯虾人的攻击暂停下来。海沫和陌刀各自清点：除葡萄衣之外，黄秋翠也死于螯虾人的奇袭；龙麻子重伤，无法再战；蛟人和鲛人总数折损近一半，加起来不足两千。此外，弩箭消耗殆尽，电鳐损失大半，清洁鱼和鳄雀鳝所剩无几。悲哀的气氛再一次笼罩着整个繁育中心。

“能赢吗？”牛耳大黄问。

没人回答他的问题。

沉默良久，陌刀说：“我有一个疑问。先前我杀死了一个雷蒂斯，螯虾人不但没有退却，反而发了疯一般向我进攻，毫无理智。而且，不管我冲到哪里，哪里的螯虾人就发了疯似的攻击我，即使它们完全不知道是我杀了那个雷蒂斯。”

一直在角落里默不作声的阿飞开口说：“刀哥，那是因为你被标记了。”

“什么意思？”陌刀问。

“我说过，螯虾人的社会等级森严，而螯虾人森严的社会等级靠外激素来维持。上一个阶层的外激素，对下一个阶层有着绝对的控制力。我猜，那个雷蒂斯临死前一定在你身上留下了什么外激素，将你标记为所有螯虾人的敌人，这才有了你所说的现象。”

陌刀想起那个雷蒂斯临死前吐出的姜黄色液体，明白阿飞说的意思了。“那个什么外激素，不会一直存在吧？”陌刀说。

“会消散的。”阿飞说，“先前我在螯虾人那边的时候，看见它们……我想到打败螯虾人的办法了。”

46

阿飞说出了他的计划。这个计划大胆、离奇、荒谬，然而又有那么一点点的合理性，有那么一点点成功的可能性。在场的众位水生人听罢都不轻易作声。

“能赢吗？”牛耳大黄又问。见无人回答，便自顾自地继续说：

“不能赢，那我走了。”他对身边的高君和大佐说：“去，叫弟兄们集合，我们回太平门。”

“且慢！”陌刀出言阻止，“牛耳大黄，你可以走，太平门必须留下！”

太平门蛟人至少还有八百，他们一走，总数直接减少一半，战斗力至少下降三分之二。而且，他们的离去，对整个鲤鱼池士气的打击将会是最为沉重也最致命的。

“鲤鱼池是守不住的，这么浅显的结论，难道你们看不出来？”牛耳大黄双手一摊，表示不能理解。

“牛耳大黄，我听说《海底》你倒背如流，对《海底》的理解甚至超过圣贤二爷。《海底》的每一个字，都在教你忠义，对蛟人尽忠，对弟兄尽义。”龙麻子骂道，“然而，关键时刻，你却只想着夹着尾巴临阵脱逃？我瞧不起你！”

“激将法对我没用。”牛耳大黄说，“我们走。”

陌刀手持鲸骨枪拦住了牛耳大黄的去路，海沫在他附近盯着。

“怎么，想杀我？”牛耳大黄凶巴巴地问。

“大敌当前，乱我军心；临阵脱逃，不忠不义。该杀。”

陌刀一边厉声说道，一边果断刺出鲸骨枪。每说一句，刺出一枪。牛耳大黄避开了第一、二、三枪，但没能避开陌刀连续刺来的第四枪。说到“该杀”时，陌刀拔出了刺入牛耳大黄胸膛的鲸骨枪，然后看着他捂住冒血的伤口痛苦地死去。

“杀得好。”龙麻子吐着血泡说。

陌刀忽然将鲸骨枪横过来，双手用力一掰。这鲸骨枪本就磨损很大，哪里经得起陌刀这么一掰？立刻被掰成两半。“此鲸骨枪本为炮爷磨制，是用来消灭蛟人的敌人的。”陌刀对太平门巡风高君和大佐说，“如今我用它杀死了蛟人弟兄，虽是不得已而为之，但终究是违背了炮爷的本意。在此我陌刀立下誓言，必定带领众位蛟人弟兄打败鳌虾人，取得鲤鱼池保卫战的胜利，不然，就有如此枪。”

高君和大佐面面相觑。

陌刀又拱手说道："单刀盛会喜洋洋，龙兄龙弟聚一堂。龙头大爷开金口，桃园结义万古扬。"

高君拱手道："能臣与公使已经去了木阳城，我断无独活的道理。"

大佐说："荩忠山下路，一带明澄水。我亦如此。"

两人齐齐拱手："海底在上，太平门愿意誓死追随龙头大爷，战斗到底。"

随后，繁育中心对阿飞的计划进行了激烈的讨论，提出了好几条切实可行的修改意见，进一步提高了计划的成功率。接下来，是组建突击队。经过一番争吵，楼兰、龙麻子和梅花丹顶留守繁育中心，主动出击，吸引鳌虾人的注意力；陌刀、海沫、金鳞、铁膀和阿飞则伺机而动。

"为什么要我去？"阿飞问，"我又不会打仗。"

"你出的主意。"海沫说。

"早知道就不出这个馊主意了。"阿飞嘟囔着。

"这主意确实够馊。"海沫说，"但要不是你出了这馊主意，我就把你当初出卖我的账一剑剑算清楚。"

"算账怎么能用剑呢？哎呀，不说了，去就去。"

龙麻子把自己的鱼鳞盾牌和双股钢叉交给陌刀："真不要我？也不要千厮门弟兄跟着？"

"这次行动，人越少越好。"陌刀说，"放心吧，相信我，一定会成功的。"

"我相信你，比相信我还要相信。"龙麻子说，"刀哥，我等你。"

陌刀对铁膀说："怎么样？有信心吗？"

铁膀晃了晃黑龙一样闪闪发亮的身体，上面的红色花纹像罂粟花一样漂亮。"还能怎么样？我就是个做事的。"铁膀说，"要打就打，要死便死，绝不拉稀摆带。"

在楼兰指挥蛟人和鲛人联军发起第一次反冲锋的时候，突击队悄悄出发了。

被包围的一方，主动跳出自己的防御阵地，向包围的一方发起冲锋，往往会有奇迹一般的战果。这是一般情况；但如果对手是螯虾人军团，恐怕就是另外一回事了。海沫游在突击队的最后，回望鲤鱼池繁育中心，看见一队队鲛蛟联军冲出防御圈，主动向螯虾人阵地发起进攻时，这样想。

前头带路的阿飞。在墙壁坍塌的一角掀开了一个洞，介绍说，这是鲤鱼池的排水管道，非常复杂，其中一条通到很远的地方，远到螯虾人军团的后方。

“这排水管道，我游过。”阿飞说。

“怎么?”铁膀问。

阿飞耸耸肩：“小时候我通过南区类似的排水管道进过鲤鱼池，想进来瞧瞧这个禁区里到底有什么。”

“结果呢?”

“成功了，也可以说，成功了一半。我进来了，转悠了一圈，还没有发现什么新鲜玩意儿，就被守卫给逮住了。”阿飞说，“后来，我再想通过排水管道，却发现入口已经被堵死了。”

“走吧。”陌刀拍了拍阿飞的肩膀，跟在铁膀的后边游进了排水管道。然后是两只无比机敏的电鳐，金鳞拎着鞭子在后边指引着方向。“还不走?”海沫看看阿飞，又看看手里的金属长剑。阿飞无可奈何地游进了他所畏惧的那个黑暗而狭窄的排水管道里。

繁育中心里，一个愤怒的光写鲛人向楼兰报告了一个消息。楼兰思索片刻，给这个光写鲛人下了一道命令。光写鲛人更加愤怒，楼兰尽力安抚她。光写鲛人匆匆离去，脸上依然带着恨意。楼兰还是不放心，于是把任务交给梅花丹顶和龙麻子。“从大局出发，我必须亲自去。”楼兰说，“这里就只能交给你们了。”

楼兰带着所剩无几的光写鲛人和三条鳄雀鳝离开了繁育中心。

排水管道黑暗又狭窄，不但曲曲折折，还有数之不尽的岔道。要不是有阿飞指路，即使游进了排水管道，也找不到某一个特定的出口。这和观音桥地下深宫是一个道理。

陌刀在前，打开了出口。他甩甩健硕的尾巴，游了出去。突击队鱼贯而出。这里是一处古河道的内侧。在突击队与鲤鱼池之间，是漫山遍野、数不胜数、喧嚣沸腾的螯虾人军团。

它们正在组织对繁育中心的新一波进攻。

“还需要再一次说明突击行动的步骤吗？”陌刀心下着急。

突击队众人都摇头。于是大家悄然出发了，逐渐靠近螯虾人军团的后方。从后面看，螯虾人的样貌依然显得怪异，尤其是那尾扇，要多别扭就多别扭。不管是鲛人还是蛟人，尾巴是竖立的，还是平直的，至少都是流线型的，便于游泳。而螯虾人的尾扇，偏偏向前方卷曲，好像故意长成不擅长游泳的样子。

阿飞说过，魏斯曼是螯虾人的第一等级，也是最高等级，对第二、第三、第四等级拥有生杀予夺的权力。它们数量不多，体形中等，颜色多变，包括钴蓝色、黄橘色和茶褐色，有一对很长的触须，一双黑沉沉的大螯，身上还有显眼的红色线条。

“我怎么看不出？”金鳞问。

“看见了你就知道了。”阿飞回答，“运气不错，那边就有一个。”

隔着浑浊不堪的水体，突击队看到一大群克拉凯基簇拥着一个钴蓝色的魏斯曼，旁边还有一个雷蒂斯和两个曼宁。不能不说，魏斯曼非常重视自己的保卫工作。

“头疼。”阿飞说。再一次觉得自己出了一个馊主意。就凭跟前的五个人和三只电鳐——尽管都很优秀——能完成活捉魏斯曼的任务吗？

繁育中心附近，螯虾人的进攻又开始了。龙麻子拖着伤痕累累的身体，四处游动，竭尽全力地应对螯虾人。战场冲杀，龙麻子是一把好手，振臂高呼“弟兄们，跟我冲呀”，是他的拿手好戏。但说到战场指挥，他却只会一招，那就是哪边的防线出现漏洞，就派出预备队顶上去。战事惨烈，敌人凶猛。没用多久，预备队就用光了。高君战死，大佐战死。于是，他决定亲自上阵。

另一边，楼兰于乱军丛中，找到了一个巨大的地下洞穴。那是陆生时代地铁九号线的隧道，非常隐蔽。要不是有鳄雀鳝带路，楼兰怎么也找不到别甲家族的藏身之所。

隧道里，几乎没有战损的一千五百名别甲鲛人列队站立。

楼兰还没有来得及开口，就被赤别甲噎了回去。“我知道你想说什么，楼兰。”赤别甲说，“对你那一套虚伪的说辞，我已经烦透了。”

“白写已死，写家族已经完了。”楼兰说，“现在写家族已经并入了光写家族。”

在赤别甲身后，别甲家族巫罗黄写正盯着楼兰看。“我杀了你!”黄写怒喝。

“闭嘴。”赤别甲发出惊天动地的喊叫，“就不能安静点儿!”

47

再难不也得去？突击队简单地分了一下工。陌刀和海沫在前突击，他们的兵器对螯虾人的威胁甚大。然后是铁膀，他腰间绑着梅花丹顶给他的皮囊，计划中，他将发挥关键性的作用。金鳞在后，用鞭子小心地安抚着躁动的电鳐，不让它们胡乱放电，现在还不到时候。阿飞想留在原地，看看四周黑压压的一片，自己孤零零的一个，赶紧追上突击队，跟电鳐游在了一起。

螯虾人的注意力都在前方。当突击队以迅雷之势冲进螯虾人军团中时，它们只慌乱了片刻，就组织起了有效的防御。因为它们很清楚要护卫的是什么。

陌刀一手持鱼鳞盾牌，一手握双股钢叉。鱼鳞盾牌帮他挡住了大螯和小螯的进攻，而双股钢叉则刺中了无数螯虾人的手、脚和脑袋。

在绯秋翠的倾心指导下，海沫的剑术自是了得，一把长剑使得出神入化。加上她非同寻常的游泳技术，在螯虾人军团中，如入无人之境。

陌刀与海沫突破了由克拉凯基的身体组成的防御墙，直面那个钻蓝色的魏斯曼。雷蒂斯和两个曼宁出击，堵截陌刀与海沫。在海沫刺死一个曼宁的同时，铁膀出手了。按照最初的计划，在陌刀与海沫引走护卫之后，他快速冲过克拉凯基，游到魏斯曼的斜上方，将皮囊里的紫色粉末抛撒到魏斯曼的身前。

铁膀成功了。魏斯曼的胸甲想要闭上，却已经来不及了，由丹顶家族精心熬制的紫色粉末随着水流，进了它的丝状鳃。

铁膀又失败了。因为在铁膀突袭之前，魏斯曼黑沉沉的大螯已然举起，螯口大开；在姜黄色粉末进入丝状鳃之后，药效发挥作用之前，那大螯猛力一闭，将铁膀拦腰夹断。

鲜血从断口处汩汩而出，宛如喷泉。

在繁育中心里，冲动的龙麻子被梅花丹顶拦住。“要相信他们。”她说，“相信他们的计划一定能够成功。”

九号线隧道里，楼兰对赤别甲说：“不需要你现在就率领别甲家长的姐妹们出去打生打死，你只需要等待，我们只需要等待，等待一个奇迹的发生。”

鲤鱼池外围，陌刀与海沫各自击退雷蒂斯和曼宁，一上一下，游到了魏斯曼身边。麻醉剂的药效已经发作，魏斯曼努力睁开眼睛，可它的眼睛和大螯、小螯一样，不由自主地闭上。

“该我们了。”金鳞对阿飞说。她把长鞭抡圆了一挥，“啪”，水花四溅。两只电鳐乖乖地游到了昏睡中的魏斯曼身边。阿飞戴上了先前金鳞给他的橡胶手套，游到魏斯曼的上方，跟它脸对脸。

单独看螯虾人的脸，造型上跟水生人相差不大。

“我准备好了。”阿飞控制住内心的恐慌。呜沙蛇，保佑我！

螯虾人，不论是第四等级的克拉凯基，还是第三等级的曼宁，抑或是第二等级的雷蒂斯，眼见着第一等级的魏斯曼被狩猎对象生擒活捉，一时之间竟不知道该如何是好。它们早就习惯于听从魏斯曼的命令，没有独立思考的能力。所以，它们只是从各个方向包围了突击队和被突击队控制的魏斯曼，却没有进一步的行动，不敢远离，也不敢靠近。

它们等待着来自魏斯曼的命令。

陌刀和海沫各自拿着兵器，与螯虾人对峙。

两只电鳐同时施展放电绝技，肉眼看不见的电流击打在魏斯曼和阿飞的身上。一下，两下，三下。魏斯曼缓缓睁开眼睛，迷迷糊糊中，正好看见阿飞那张俊俏的脸，听见他咔嗒咔嗒地用魏斯曼的专用语言说："蛰伏！蛰伏！蛰伏！"

它一时恍恍惚惚，不知身在何处。但不管怎样，"蛰伏"是没有错的。螯虾人最擅长蛰伏了。"蛰伏！蛰伏！蛰伏！"先蛰伏，再出击，冲呀！杀呀！想怎样就怎样！它这样想着，也这样做了，浑身微微颤抖，释放出某种外激素。

这外激素只有一点点，但影响的范围却极大。

雷蒂斯嗅到了，高举的大螯立刻低下，释放出自己的外激素。它脸上带着迷惘，因为它看见魏斯曼被狩猎对象所劫持，本该拼死营救，为何发出的是"蛰伏"的命令？它不明白。但螯虾人的本能促使它在迷惘中也不折不扣地执行来自魏斯曼的命令。

曼宁同时嗅到了来自魏斯曼和雷蒂斯的外激素。双重刺激不容它有任何的犹豫，曼宁一边飞快地游走，一边分泌出专属外激素。

曼宁的游走，最大限度地把它的外激素散布在克拉凯基的头顶。克拉凯基相互提醒，收拢了大螯和小螯，原地蛰伏起来。同时，这个曼宁把来自魏斯曼和雷蒂斯的命令传递给了遇到的每一个曼宁、萨特努和杜普拉。于是，更多的曼宁、萨特努和杜普拉开始它们的忙碌。

一传十，十传百，百传千，千传万，没有花多长时间，鲤鱼池这一侧的螯虾人全部进入了蛰伏状态。

陌刀和海沫齐齐望向鲤鱼池，目之所及，先前还躁动不安的螯虾人此刻都已经偃旗息鼓，仿佛不存在一般。

在繁育中心里，龙麻子操起双股钢叉，大喊："海底在上，蛟人弟兄们，鲛人姐妹们，跟我冲呀！"

跟在他身后冲锋的水生人不足八百，却冲出了八千人的气势。

九号线隧道里，赤别甲对楼兰说：“这就是你说的奇迹？”

楼兰回答：“是的。这就是我说的奇迹。”

黄写说：“葵神保佑！这是葵神降下的奇迹！”

“不是葵神，是海沫她们创造的奇迹！”楼兰说，“赤别甲，难道你想浪费这大好的机会？”

“我又不是傻瓜。”赤别甲说着，转向身后，对整齐排列的别甲鲛人命令道，“姐妹们，轮到我们上场了，全体都有——出击！”

48

一半螯虾人在蛰伏中被杀死。另一半螯虾人在被魏斯曼唤醒后，在闹哄哄的咔嗒咔嗒声中，撤离了鲤鱼池。

鲤鱼池保卫战，以水生人的胜利告终。

但这是一场惨胜。鲛人折损大半，蛟人亦伤亡惨重。打扫战场时，几乎找不到一具完整的尸体。鲜血和哀伤弥漫在整个鲤鱼池。

突击队回到繁育中心，各自忙碌。

龙麻子用绳子绑了一个螯虾人，向陌刀游过来。“抓了一个活的。”他向陌刀报告，“好不容易才抓到。”

陌刀打量一番，说：“这是一只魏斯曼。”

这只魏斯曼手脚不停，没有一刻安宁。螯肢相互摩擦、敲击、碰撞，发出不明意义的咔嗒咔嗒声。

海沫注意到这边的螯虾人俘虏，从远处游过来，问：“它这是在说话？”

一旁的阿飞回答：“是的。我说过了，我懂它们的语言。”

“伪装者，用不着强调你在语言方面的天赋，”海沫说，“我只需要你告诉我，告诉我们，此时此刻，它在说什么？”

“它在诅咒你们，非常恶毒的诅咒。”阿飞说，“诅咒你们死于疾病之下，葬于锤头鲨之腹。”

海沫思忖片刻，道：“审讯它的时候我要在场。我要审讯它。”

一间审讯室被清理出来，魏斯曼和阿飞先后进了审讯室。

当陌刀与海沫在审讯室门口再一次相遇时，他俩对望一眼，又快速地避开，仿佛对方的眼睛是世界上最可怕的东西。

在来审讯室之前，龙麻子拦住了陌刀。

“刀哥，你会杀死她吗，那个鲛人新领袖？”龙麻子说，“她的能力你已经看到了，让她活着回去，鲛人肯定会进一步壮大。还有，不要忘了，她杀死了老炮儿。按照蛟人的规矩，你必须为老炮儿报仇，才能真正当上龙头大爷。你下定决心了吗？”

几乎是同时，楼兰拦住了海沫，对她殷殷叮嘱。

“海沫，这是杀死那个蛟人龙头大爷的最佳时机。”楼兰说，“我接触过陌刀，此蛟人担任蛟人的龙头大爷，必定成为鲛人的心腹大患。还有，我没记错的话，正是他，在鲤鱼池外，杀死了你妈妈珍珠秋翠。无论是为了鲛人，还是为了你自己，你都必须杀死陌刀。”

审讯室里，陌刀上前，双手擒住魏斯曼的大螯，用力捏住。“告诉它，站好了，不要乱动，手和脚，还有这长须子。”陌刀说，“再乱动，我就把这些手和脚一根一根折断，把这长须子一根一根拔掉。如实翻译，一个字都不要漏。”

阿飞照着翻译，还把语气加重了几分。对于魏斯曼语，他掌握得不如螯虾语，但他相信魏斯曼懂得自己要表达的意思。

这只魏斯曼还不老实。

海沫掏出了匕首，在手上把玩。“我不会和它讲道理，我讨厌讲道理。”她说，“我只会把这匕首刺进它的肚子，把它的肠肠肚肚都掏出来，让它亲眼看看是什么颜色。”

魏斯曼看着海沫手里的匕首，停止了聒噪。

陌刀松开手：“问它，它们是谁，从哪里来？”

海沫追问：“还有，为什么毫无理由地袭击我们？”

魏斯曼刚开始还不肯说，但说到螯虾帝国的光辉历史时，它抑制不住自己的骄傲情绪，将一切和盘托出。阿飞将魏斯曼语翻译为水生人的语言。起初还磕磕绊绊，不懂的地方就略过不提或胡编一下，有时也一时兴起，加上自己的理解和想象。于是，一幅陌生而浩荡的历史画卷在审讯室里展开。

魏斯曼告诉他们，在极为遥远而神秘的太平洋深处，惨烈无比的海底世界大战已经持续了一千年之久——久得让所有海底文明都忘记了大战因何而起。参与这场海底世界大战的势力多种多样，最著名的有虎鲸人、鱿鱼人、锤头鲨人、海豚人、螯虾人、蛇颈龙人等等。各方势力相互仇恨，实力此消彼长。任何一支势力的崛起，都伴随着血腥至极的屠杀；任何一支势力的衰落，都伴随着无数生命的陨落。这一次，轮到螯虾人倒了血霉。它们的迅速崛起引发了其他几族的联合进攻。在付出了极为惨重的代价之后，螯虾人不得不放弃经营多年的深海巢穴，向着完全陌生的海域迁徙。联军没有放过它们，在它们身前身后围追堵截。眼见着覆灭在即，螯虾人发现了长江水道，潮汐将它们推送了几千公里远，最终来到了扬子海。

刚开始的时候，陌刀和海沫还不时提问，引导魏斯曼讲述螯虾帝国的兴衰。在魏斯曼的讲述中，有太多陌生的词语。后来，他俩都沉默了，审讯室里，只剩下魏斯曼的咔嗒咔嗒声和阿飞声情并茂的讲述声。

陌刀和海沫同时意识到：螯虾人是深海大战的失败者，但它们在深海大战中锤炼出来的战斗力与残忍冷酷的秉性，对水生人而言，还是近乎无敌的存在。

当魏斯曼详细描述那些深海族裔时，陌刀和海沫心中均生出一股莫名的熟悉感，不由得对望一眼。魏斯曼所描述的虎鲸人、鱿鱼人、锤头鲨人、海豚人、蛇颈龙人等等，难道也是基因驱动技术的产物？

“问它，对基因驱动技术知道多少？”陌刀和海沫几乎同时问道。

阿飞翻译了，魏斯曼回答了。是的，它知道基因驱动技术，它知道是基因驱动技术制造了它们，它知道是不同大陆上的陆生人制造了不同的深海族裔。除了刚才提到的这些，还有一些说也不敢说、想也不敢想的深海族群：鲎人、海蝎人、蝠鲼人、鮟鱇人、七鳃鳗人、管水母人……

陌刀和海沫同时想到：世界上不是只有段楠和程小葵会使用基因驱动技术。当基因驱动技术开始成熟进而普及的时候，谁都可以使用它，谁都可以成为“神”。尤其是在出现冰川融解、陆地沉没、文明毁灭这样的大灾变时。“既然无法改变整个地球的大气候，那就退而求其次，改变自己好了。”段楠和程小葵如是说，“终归是要活下去的，不管以哪一种形态，不是吗？”

陌刀和海沫同时意识到，不管是鲛人还是蛟人，都忘了对于更为辽阔的世界而言，扬子海也只是一个小小的鲤鱼池。在漫长时光里，在极遥远极遥远的异域，别的人类后裔也在茁壮成长。他们在鲛人与蛟人看不见的地方，积蓄着力量，统一着思想，扩张着地盘，然后势力不可避免地来到了扬子海这里。

海沫问：“你刚才说，在螯虾人身后，深海联军紧追不舍？”

答案是肯定的。魏斯曼咔嗒咔嗒地说，螯虾帝国扩张时发动了无数次战役，攻城略地，死伤无数。现在螯虾人遭遇厉瘟，实力大减，那些虎鲸人、鱿鱼人、锤头鲨人、海豚人、蛇颈龙人、鲎人、海蝎人、蝠鲼人、鮟鱇人、七鳃鳗人、管水母人等等就联合起来对付螯虾人。螯虾人丢城失地，死伤无数。“是的，他们就在我们身后，紧追不舍。他们发誓要把我们赶尽杀绝，绝不给我们东山再起的机会。”阿飞用唱腔说，“只要给螯虾人一点点机会，孤雌生殖的螯虾人就会卷土重来！”

“问它，扬子海的城市那么多，为什么单单进攻鲤鱼池？”海沫问，“它们是怎么知道鲤鱼池的？我想问的是，它们怎么知道鲤鱼池如此重要，无论是对鲛人还是蛟人而言？”

阿飞略略迟疑了一下，将前面一部分选择性地翻译成了魏斯曼语。这只魏斯曼咔嗒咔嗒地回答，阿飞再小心翼翼地翻译成水生人的语言：“螯虾帝国大举迁徙时，都会派出无数支先遣队到前方进行调查。其中一支先遣队发现了扬子海，还有这里的原住民。在螯虾帝国大部队抵达之前，先遣队已经调查出鲤鱼池乃是原住民的繁殖场所。”

听阿飞讲到这里，陌刀不由得想起自己曾经想过的，带队去扬子海深处探险的事情。

“魏斯曼之所以做出全力攻打鲤鱼池的决定，是因为：第一，螯虾帝国需要安全的繁殖场所；第二，螯虾帝国需要稳定的食物来源。而占领鲤鱼池，消灭正在鲤鱼池聚集的原住民，上述两个目标就能同时达成。”

“什么意思？让它说清楚一点儿。”陌刀问。

阿飞屏息凝神。魏斯曼的咔嗒咔嗒声里，洋溢着独属于螯虾人的骄傲之情。“能参与繁殖的，肯定是原住民的精英。消灭了你们，原住民就失去了抵抗的力量与意志。”说到这里，阿飞也不由得打了一个寒战，“而鲤鱼池又是原住民唯一的繁殖场所，剩下的原住民不敢远离，也不敢反抗。想要族群继续繁衍生息，就得听螯虾帝国的。”

“什么叫稳定的食物来源？”海沫不解地问。

这一次，阿飞直接回答了：“它们吃蛟人，也吃鲛人。它们说的稳定的食物来源，指的是水生人。”

饶是身经百战，海沫和陌刀也不禁心冷胆寒，均想：这些螯虾人，看它们的谋划，条条框框，严丝合缝，很有智慧的样子。做起事情来，怎么又如此残酷？又暗自感叹：幸好，先前拼死抵抗了，保住了鲤鱼池，否则，后果真是不堪设想。

“问它，袭击储奇门的，是不是它们的先遣队？”陌刀问。

在得到肯定的答复之后，就再没有什么可问的了。押走了魏斯曼和阿飞，审讯室里只剩下陌刀和海沫。一种诡异的气氛在审讯室弥漫、沉积、发酵。良久，静默到极点的审讯室里才传出新的声音。

“不管我们的祖先做错了什么，还是做对了什么，他们做出了他们的选择。对于他们的选择，我们没法干预，没法评价。你说是吧？”

“有一点毋庸置疑，程小葵和段楠，他们当年的选择，造就了我们的今天。”

“我们，鲛人和蛟人，蛟人和鲛人，一路磕磕绊绊，一路跌跌撞撞，走到了今天。”

“现在，又到了要做出选择的时候。”

陌刀心中一动，想到了龙麻子的吩咐，没有龙麻子的支持，陌刀不会有今时今日的地位，他必须重视；海沫转念一想，忆起了楼兰的叮嘱，楼兰的意见代表了很大一部分鲛人的意见，她不能不重视。

两人不约而同地想到，现在正是杀死对方的最好时机。一旦错过……他俩无意中对望一眼，突然之间明白了对方的想法与自己一模一样，不由自主地瑟缩了一下。

离别时龙麻子说：“关键时刻，刀哥你可不要拉稀摆带。海底在上！我们事先说好，别怪我到时候翻脸无情。”

楼兰在虚空中说：“我们都是异类，我们所拥有的一切，全部是靠我们自己的努力争取来的。松一松手，就可能全部失去。”

陌刀和海沫又同时想到：水荒正在加剧，海侵又来了；蛟人内战与鲛人内战尚未结束，螯虾人的袭击又来了；螯虾人的威胁尚未完全解除，深海联军又即将到来……

然而——

龙麻子说：“二爷让我转告你，这话他也跟你说过。蛟人是袍哥组织，这种古老的组织形式早就该淘汰了。而改造蛟人的任务就交给你了。不成为名正言顺的龙头大爷，你如何改造蛟人？”

楼兰说：“此役别甲家族的损失几乎可以忽略不计，并且获得了极高的声望，以赤别甲的野心与狂妄，迟早成为鲛人的一大祸害。你不当鲛人家族联盟盟主，谁来保护鲛人？”

龙麻子语重心长地说：“还有水荒。”

楼兰忽闪着眼睛，说：“还有海侵。”

陌刀与海沫对望一眼：

“想要继续走下去，鲛人和蛟人就不能再像以前那样杀伐不止。”

“我们必须放下堆积千年的仇恨，齐心协力，团结一致，共抗入侵，走向我们共同的未来。”

但是——

“我们，还有未来吗？”

49

串串香又麻又辣，吃得两人汗水直冒。但两人都没有抱怨。这是他俩共同的选择。顾客很多，周围甚是喧闹。他俩靠得很近，才能听见对方说了什么。

“我看到一个说法，今年会是未来五十年里最冷的一年。”

“意思是说，气候一定会越来越热？”

“我希望这是谣言。”

“我也希望，希望我们刚才编的故事不会变成真的。”

“你是说我俩分分合合、聚聚散散那一部分吗？”

“包括那一部分。但现在，我更想说的是极端天气。”

“从地质史角度讲，我们现在正处于间冰期。第四纪大冰期从300万年前开始，到1万年前结束，那时的年平均气温比现在低10℃到15℃，冰川覆盖的范围比现在大得多。”

“我知道你想说什么。1万年前，我们的智人祖先正处在第四纪大冰期结束后的泥泞里，开始了原始农业和定居生活——这是现代人类文明崛起的重要节点。因此，所谓人类文明只是两次大冰期之间的产物。对于这个结论，我既心酸又骄傲，因为人类文明既渺小又伟大，而大自然，既美丽温柔又残酷暴虐。”

“甚至有科学家认为，第四纪大冰期并没有结束，现在的气候也比历史上很多时期要寒冷，下一次小冰期随时可能回来。未来地球会变暖还是变冷，还是未知数。”

“你想说什么？小说就是小说吗？”

“如果把小说视作一种思想实验，也能提供一些参考吧。”

“也许能，也许不能。这取决于是谁在看这小说。”

吃过串串香，两人又闲逛了一阵。时间已经很晚，他们决定回家。这时，鲤鱼池42号艺术公园里依然人潮涌动，熙熙攘攘。冰蓝色的灯光照在他们青春的脸庞与新潮的衣装上，五彩斑斓，宛如一个分外悠长又光怪陆离的水下之梦。

“世界原本就是海洋的，重归于海洋，这是否是某种超越一般感知的大循环？海洋是一切的归宿吗？海洋孕育了最初的生命，所有的陆生生物都曾经生活在海洋里，都是海洋的子嗣，海洋的后裔，现在又回到海洋，这是否是一种必然？”

所有的问题都没有确切的答案。

他俩走到鲤鱼池42号艺术公园门口，在满是各种锦鲤的鲤鱼池旁边，相互挥了挥手，各自离开，走向各自确定或者不确定的未来。

龙头寺

如果有来生，要做一棵树，
站成永恒。没有悲欢的姿势，
一半在尘土里安详，一半在风里飞扬；
一半洒落荫凉，一半沐浴阳光。
非常沉默，非常骄傲。从不依靠，从不寻找。

——三毛《如果有来生》

第一章　我和春天有个约会

1

老人们都说，刚刚过去的这个冬天，没有冬味。气象专家在媒体上解释，之所以出现前所未有的暖冬，一是因为厄尔尼诺现象史无前例地连续两次叠加出现，二是北冰洋发生了一种新型气候振荡。因此，今年的春天比往年来得更早，更猛，也更短暂，这才三月初，重庆已经热得像夏天。大街小巷、男女老少都是能穿多少穿多少，见面就说这天气鬼迷日眼[①]的，是要热死几个人在这春天里。

3月4日上午，挂着“重庆市风景园林科学研究院”牌子的皮卡车在渝北区龙头寺路行驶。同重庆的很多街道一样，这条街两边种满了高大的正在落叶的黄葛树。时间上是春天，天气上是夏天，但黄葛树落下的叶子纷纷扬扬，又让人仿佛置身于秋天。

“那里，看见了吗？那就是龙头寺！”坐在后排的小蒲叫着，伸手到陈懋跟前比画着。

①鬼迷日眼：重庆方言，指奇怪、怪异。

此时皮卡车在山顶，从陈懋的角度望出去，只见一片飞檐翘角的黄色建筑出现在斜下方的山头上，在满目的绿色之中，分外抢眼。

“坐稳了。”老林说着，一打方向盘，皮卡车以极快的速度离开龙头寺路，进入一条倾斜向下的支路。支路很窄，坡度很大，老林并没有减速，而是一路狂奔，开到支路尽头，又一轰油门，穿过“龙头寺”大门，往上开到停车场停下，整个过程一气呵成。

“不愧为老司机。”小蒲由衷地赞道。

“你们去，”老林说，“我在车上抽会儿烟。”

陈懋和小蒲下了皮卡车，理延法师过来，带他们去看龙头寺大门附近骤然枯死的黄葛树。

那棵黄葛树前天还好端端的，昨天早上忽然就枝叶落尽，完全枯死。事情太过蹊跷，有人猜是被人倒了浓硫酸，因此报警。警察过来看了看，说不出个所以然来，就找到了市园林科研院，于是老林、陈懋和小蒲就在这个热气蒸腾的上午，开了一个小时的车，从位于九龙坡区白市驿的总部来到了渝北区的龙头寺。

陈懋围着那棵黄葛树转了两圈，一言不发。已经很难把它再称为黄葛树了，说是黄葛树的尸体都很勉强。跟理延拿出的它生前的照片一比较，那种死亡后的惨烈与悲凉感就更强烈了。它曾经指向天空的枝干全都不见了，只剩下近两米高的树桩。就连树桩也处于收缩状态，昔日狰狞的板根与块根像蛇蜕一样干瘪，毫无生气。

陈懋见过的枯死的树不在少数，但枯成这个样子的他真没有见过。把浓硫酸浇到树根上，确实会造成整棵树的死亡，然而需要多少浓硫酸才能把一棵两人合抱的黄葛树腐蚀成这个样子？

“真是一夜之间？”陈懋小心翼翼地问。

“出家人不打诳语。”理延口宣佛号，那眼神却很凶悍，仿佛陈懋要是再问，定会伸手打他的脑袋。

陈懋叫小蒲去皮卡车上搬来诊断仪。

他们先在高度萎缩的黄葛树树桩上钉了一圈用于感应电流的钉子，又用线缆连接上了“弹性波树木断层画像诊断仪”，再输入由小蒲提供的测量点的数量、树木的周长等信息，最后启动诊断仪。经过几分钟的调试与分析，这棵黄葛树的断层扫描图像就出现在了显示屏上。

小蒲指着显示屏，不无戏谑地说：“死透了。这个样子要是不死，就没天理了。”

“怎么说呢？这图案看上去就像这棵黄葛树已经死了一百年了。为什么会这样？”陈懋陷入了沉思。

这时，后面有香客聒噪起来。

“发生了什么？”理延瞪大了眼睛，“何事喧哗？”

龙头寺有三进大殿，侧面有通道相连。理延在前，陈懋和小蒲在后，三人赶到喧哗所在的第一进与第二进大殿之间的院坝。香客们聚集在那里，对着地面指指点点，议论纷纷，惊讶之情溢于言表。理延从人缝中挤进去，陈懋跟着，先是听见小蒲的惊呼，然后看见令人惊讶的一幕：水泥地面完全裂开，仿佛被挖掘机仔仔细细挖过，而罪魁祸首显然是那棵年轻的黄葛树：只见它的根从每一条裂缝中倔强地挺出，仿佛从地底下汹涌而出的一群蛇，将直径七八米范围的水泥地全部顶开。

理延面露不可思议的神色：“天亮时我来过这里，当时不是这个样子。水泥地还是完好的，这棵黄葛树也没有现在这么粗！”

从天亮到现在，最多三个小时。三个小时，黄葛树能有这样的生长速度？都说黄葛树生命力强，它的根经常把坚硬的岩石撑破。然而，三个小时？这远远超出了黄葛树的生长速度。陈懋默默地看着这棵生机勃发的黄葛树，它的每一片叶子，每一根枝条，乃至悬垂如胡须的每一条气生根，无不在向这个世界得意地宣告：我在生长，我要长大！

一树生，一树死。为什么会这样？又意味着什么？

“施主，可有解释？”理延回过头来问。

“没有。”陈懋迟疑着，只是有一些想法，但并没有把“Mycorrhizal network（菌根网络）”之名说出口。

“保保神保佑。”理延念道。

周围的香客跟着诵念：“保保神保佑。”

陈懋有些诧异，然后才后知后觉地发现，那棵疯长的黄葛树下方，立着一人高的神龛，供奉着一尊不大的黑不溜秋的神像。神像前的碑文刻着“保保神”之名。

陈懋不由得“哦”了一声。

这一天是3月4日，后来被普遍认为是这场灾难开始的第一天。

2

重庆市风景园林科学研究院，简称“市园林科研院”，总部位于重庆市九龙坡区白市驿镇。下设2室3科1部4所1公司，共11个，陈懋隶属于其中的植物保护所，简称“植保所”。

回总部后，陈懋向植保所杨所长汇报情况。

诊断仪分析，那棵死掉的黄葛树的营养物质在短时间内全部流失。陈懋切换了PPT。“接下来我们又用‘树木雷达检测系统’对异常生长的黄葛树根系进行了反复扫描，拿到了最为翔实的树木根系数据。”

“直接说结果。”杨所长不耐烦了。

陈懋说：“这棵黄葛树的根系特别发达，远远超出了正常值。如图所示，它的根延伸到了一百五十米之外。可以说，整个龙头寺的地下，都是它的势力范围。”

“确实很大。但……你想说什么？”

“两棵黄葛树，一棵暴死，一棵疯长，两者之间是不是有什么联系？雷达的显示结果还是太粗糙了，需要碳同位素进行更深入的研究。”陈懋生硬地说，“请所长批准。”

“先不忙，等明天把人事工作会开了再说。”说罢，杨所长示意陈懋离开，他还有更重要的事要忙。

次日上午10点，会议准时召开。院长主持，书记发表重要讲话，随后宣布人事任免。有人高升，有人平调，有人原地不动。有人暗自欣喜，有人满脸桃花，有人阴云密布。一个叫李刚的人被任命为植保所副所长。这个李刚挂在植保所已经两年多了，除了杨所长，没人见过他。

不过呢，这些事情跟陈懋没什么关系。

会议结束，陈懋回到植保所大办公室，正好听见柳姐姐霹雳般的声音响起："啥子欸？房子让黄葛树拱塌了？"

被黄葛树拱塌的房子位于沙坪坝区土湾街道。柳姐姐打听清楚了，自告奋勇地去事发现场查看，顺便回了趟在沙坪坝区的家。

又过了一天，柳姐姐向杨所长汇报完，才到大办公室分享她查看的结果。"没得啥子的。有一棵黄葛树进了屋，从一楼进去，穿过二楼，从三楼的窗户伸了出来。"柳姐姐用标准的渝普说，"它继续长，房子遭不住，就垮了。"

"屋里没有住人吗？"小蒲问。

"要是住了人，还能让黄葛树长那么久？你是不是傻哟？那边是老厂区，早就不住人了。"柳姐姐非常不客气地说，"不过幸好没有住人，房子垮了，没有伤到人。只把旁边的居民吓坏了。我给他们说，莫慌，看到黄葛树长出来了，赶紧砍了就是。他们是少见多怪，不晓得黄葛树有多能长，能把岩石都拱穿。"

最后这句话陈懋是赞同的。

一番感慨后，植保所大办公室6个人，各忙各的。柳姐姐把土湾的现场照片发给阿桑，让她写一篇文章发到官网上；老林说是去大棚那边看看山茶花，实际上是去抽烟，因为阿桑不准他在办公室里吞云吐雾；阿桑在抱怨天气热得太快，与春天的约会，还没有开始，就已经结束；陈懋在电脑上敲下一篇论文的标题，觉得非常不满意，又全部删掉，然而面对闪烁的屏幕，一时之间他又想不到更好的标题，于是把先前的标题又打了上去……

这时理延法师打来电话，询问结果，陈懋这才想起龙头寺和那两棵一生一死的黄葛树。

3

耐不住陈懋的软磨硬泡，杨所长终于同意他继续调查“龙头寺黄葛树异常死亡与生长之谜”。于是，3月7日，陈懋带了新设备，第二次去往龙头寺。还是老林开车，小蒲这次没来，所里负责宣传的阿桑也跟着来了。她对陈懋说的一树生、一树死，还有菌根网络感兴趣，想到龙头寺看看有没有新闻可以写。

一路上，老林不住地讲他当年飙车的事迹，阿桑有礼貌地回应，配合老林回忆他年轻时的英雄壮举，而陈懋默默地看着窗外的风景。

车轮滚过，卷起一张张黄透了的黄葛树叶，在半空中打着旋儿，短暂地体验做黄蝴蝶的感觉。步行道上，黄葛树叶密集地铺展着，如同满地的黄纸。穿着红色马甲的清洁工费力地挥动着扫把，在她刚刚扫过的路段，黄葛树又飘来刚刚落下的比巴掌还大的叶子。

陈懋想，黄葛树这个“黄”字，大概指的就是它在春天落下的黄得澄澈与纯粹的叶子吧。

龙头寺到了。

那棵异常生长的黄葛树连同保保神的神龛被警戒线围着，似乎比昨天又粗壮了一些。在陈懋他们忙碌的时候，不少香客过来看热闹。理延安排了两名义工维持秩序。今天的实验是向黄葛树树干注入放射性碳同位素，然后利用同位素质谱仪和液体闪烁计数器来追踪碳同位素的流向，进而绘制出更加详细的黄葛树根系地图。碳同位素注射完，在等待检测结果的时候，老林说要找地方抽烟，离开了；阿桑也说四处转转，拍拍照，发新闻可能用得上；只有陈懋一个人在原处等待。

因此，陈懋成了第一个看到龙头寺地下世界盛况的人。

在等待的间隙，陈懋研读了一阵保保神的碑文，再转去看显示器，经过电脑处理的龙头寺地下世界的画面出来了。

碳同位素没有停留在黄葛树的树干之中，而是通过维管系统移动到根尖，再转移到与根尖交织的某种细长的丝状物中。那丝状物连接着另一棵树的根。于是，碳同位素流过丝状物，进入另一棵树的根尖，继而进入它的维管系统。

那丝状物实际上是某种真菌菌丝。碳同位素所流经的路线，表明在龙头寺的下面，真菌菌丝将不同树的根——包括黄葛树和大雄宝殿前的菩提树——连接在一起，构成了一个叫作“菌根网络”的互利共生组织。

陈懋这几年对菌根网络特别感兴趣。

真菌不含叶绿素，不能进行光合作用，于是它们便从植物光合作用合成的葡萄糖中汲取糖分。反过来，植物不会分泌生物酶，它们通过真菌从土壤中获取磷和氮，还有水分。

真菌与树根相互交织，彼此深入对方，组建起菌根网络。

每一片树林下方，都有与之匹配的菌根网络，或大或小。通过菌根网络，糖、磷、氮可以由一片森林的不同树木共享。一棵将死的树会把自己的养分通过网络散布出去，贡献给集体；一棵生病的树则能从邻居那里获取更多的资源支持，从而活下来。陈懋怀疑，不，他几乎认定，这就是两棵黄葛树一死一生的原因：暴死的那棵黄葛树在极短的时间内将自己的全部营养物质散布出去，而疯长的那棵黄葛树在极短的时间里获得了超多的营养物质。

陈懋又去皮卡车那里拿来设备，准备采集真菌的样本，以便确认它的具体种类。能组建菌根网络的真菌种类极多，每一种都有自己的特点。

陈懋正忙活着，阿桑突然出现在他身旁。“瞧我发现了什么。”她把手机里的照片展示给陈懋看。在龙头寺的某个阴暗的角落里，生长着一丛奇怪的植物。十几根直立着，像是豆芽，又比豆芽更高大；颜色纯白，带点儿微光，有一种妖艳的感觉；顶端弯曲膨大，好像是花，又好像是果，从某些角度看，还像是人的眼睛。

阿桑主动说：“这是冥界之花。”

4

龙头寺发现冥界之花的消息不胫而走，在网上掀起了一场舆论风波。有的说冥界之花有剧毒，是死亡之花，一点点就能毒死一城的人；有的说冥界之花是牢底坐穿花，属于国家一级保护植物，摘一朵就得被判重刑；有的说冥界之花是幽灵草，生长在去往阴间的黄泉路边，凡间的人看见了它，说明这个人就要死了；有的说冥界之花是仙药，可以“生死人而肉白骨”，有起死回生的功效；还有的说，冥界之花盛开，代表大灾大难即将降临世间，预示着“有饭无人吃，有衣无人穿，有路无人走，有屋无人住，有田无人耕”的景象将在大地上普遍出现。

这些网络上的消息是小蒲告诉陈懋的。听小蒲的语气，他对这些神神叨叨的说法非常感兴趣。

“网上那些胡说八道你也信？”陈懋问小蒲，“什么冥界之花，水晶兰而已。”

水晶兰是一种多年生草本植物，名字里有个兰，其实不是兰花，属于杜鹃花目鹿蹄草科水晶兰亚科。它缺少叶绿素，无法进行光合作用，靠寄生在真菌身上为生，属于“菌异养植物”。它一般生长在高海拔地区，常见于冷凉潮湿的针阔叶混合林间。花期8到9月，果期9到11月，三月份在重庆主城区出现，确实罕见，也确实奇怪，但也就这样了：它既没有剧毒，也不能起死回生，更不能预见大灾难即将发生。

无知的人最喜欢传播这种花里胡哨的东西。陈懋暗忖，这些人啊，对谣言没有一点儿抵抗力，对真相没有一点儿追求。

然而，这一波谣言的源头正是阿桑发表在市园林科研院官网上的文章。也许是巧合，那篇文章被市内一家大型网络媒体看到，改了个题目叫《罕见！龙头寺惊现“幽冥之花”》进行转载，瞬间引起了全网的关注，也引起了领导的重视，责令阿桑写文章回应。面对汹汹舆情，阿桑耸耸肩，说：“我有什么办法，说水晶兰是冥界之花的又不是我。我写得规规矩矩的，谁叫他们拿去瞎改！现在好了，我还得写文章去辟谣！你知道最烦的是什么吗？那帮疯狗竟跑到龙头寺去找冥界之花，搞现场直播，找不到了就来骂我搞虚假宣传！”

“正儿八百[①]的科普文不看，变成谣言就跟疯狗一样去追。都这样。”老林说，“黄葛精的故事听说过吗？比你这个夸张多了，还一堆人信呢！”

于是，老林就把黄葛精的故事又讲了一遍。

5

大概每一个重庆人都有与黄葛树相关的故事吧。

作为土生土长的重庆人，陈懋也有与黄葛树的故事。

陈懋出生在重庆市璧山区云雾山中的大沟村。村口屹立着一棵黄葛树，不知道多少年了，有说五百年的，也有说一千年的。起码，爷爷的爷爷活着的时候，那棵黄葛树就屹立在那儿。

有一天晚上，响起了一声炸雷，惊天动地，明晃晃一道之字形闪电从天而降，劈中了黄葛树。只见金光一闪，黄葛树从中间裂为两半，一条巨蛇从中腾空而起，翻转着身子，腾入附近的河水之中。

爷爷说，当时河面一片漆黑，洪水汹涌咆哮，两只发亮的紫红色灯笼在洪水之中载浮载沉，时隐时现，闪烁着慢慢消失。

那灯笼正是巨蛇异常明亮的眼睛。

爷爷说，闪电击中黄葛树是他亲眼所见，当时他比正在听故事的陈懋还要小。这是上天在斩杀作恶多端的巨蛇，还是修炼千年的巨蛇欲渡劫后化为世人敬仰的神龙？不同的人有不同的说法，就看你相信哪一个了。爷爷说，但那一年的洪水特别凶猛，大沟村三分之二的土地被淹没，数十人死亡，这是真的。

“那巨蛇是遭到斩杀，还是化龙成功呢？”小陈懋问。

爷爷笑眯眯地说：“我哪知道。”

---

①正儿八百：重庆方言，指正经、正当。

唯有被雷劈断的黄葛树，只剩一根三米多高的树桩默默地杵在原处。小陈懋和黑狗、胖娃儿、何幺妹一起玩耍的时候，并没有注意到那根焦黑的朽坏的树桩有什么特别。直到有一年春天，7岁或者8岁的陈懋冒着蒙蒙细雨去爷爷家，路过树桩，惊讶地发现树桩顶上竟然长出了几株黄葛树的幼苗。嫩绿青葱，于斜风细雨中，于焦黑朽坏的树桩中，格外惹眼。

很久以后，陈懋都还记得自己当时的感受，满是欣喜，满是敬意。老师讲过的旺盛的生命力，此时此刻真真切切地展现在少年陈懋面前，令他激动不已。

此后，那几株黄葛树幼苗在陈懋的注视下，越长越快，越长越大。到陈懋小学毕业，去红石镇上的红石初中读书时，黄葛树幼苗已经长到了七八米高，枝干也有手臂粗细。它们生长在老黄葛树的树桩之上，远远看去，就像是一棵树。

关于幼苗的来历，一种说法是老树桩自己长出来的，所谓老树发新枝，越发越精神；另一种说法是，春天里，有鸟儿把其他黄葛树的种子排泄到了老树桩顶端，条件正好，于是种子就把老树桩当成了成长的乐土。但不管是哪一种，赞一句黄葛树生命力强盛总是没错的。从小学到初中，陈懋写过很多次那一棵死而复活的黄葛树，以不同方式——写人、记事、写景、状物——写了一遍又一遍，每一遍都能获得语文老师的赞誉，无一例外。

直到陈懋考上璧山高中。

陈懋是大沟村第一个考上璧山高中的人。

村民们都爱夸陈懋聪明。夸得多了陈懋自己也这样认为，然而考上璧山高中，见识到了别处来的同学有多聪明，他才明白自己是怎样的一只井底之蛙。经历的失败与嘲笑多了，陈懋也就变得沉默。城里也有黄葛树。但这些移植到县城的黄葛树和陈懋一样，断掉了与大山、与森林的联系，被钢筋、水泥、沥青、砖头、塑料、玻璃所包围，所束缚，所隔离，只是孤立的没有灵魂的存在。因此，陈懋不再写黄葛树，甚至拒绝关注黄葛树，见到黄葛树也视而不见。

后来，陈懋考上了西南大学，是红石镇第一个考上大学的人。在西南大学植物学毕业后，几经辗转，考进市园林科研院植保所，发现自己拿到的第一个课题是“如何保护黄葛古树”，黄葛树这才再次进入他的生活，并且成为他工作的主要部分。

想到自己小时候的经历，不得不说是一种奇妙的缘分吧。

6

电话响起，送来一个好消息。陈懋在龙头寺采回来的真菌样本，经过金凤实验室GDE公司的鉴定，确认为蜜环菌属蜜环菌。这是一种很常见的菌根真菌，所产蘑菇叫榛蘑，颜色类似于蜂蜜，味道也特别鲜美，深受食客的欢迎。问题是，蜜环菌并非黄葛树的菌根真菌，现在两者合作了，当中一定发生了什么，可以写论文了。

进一步的基因测序发现蜜环菌基因组里多了一些DNA片段，而这些片段与黄葛树的内生真菌高度相似。正是这些DNA片段，使得蜜环菌打破界限，拥有了与黄葛树组建菌根网络的能力。

内生真菌生活在健康植物的各种组织和器官内部，与植物是互惠共生关系。其类群非常丰富，每种植物至少含有一种内生真菌。那黄葛树内生真菌的DNA片段是怎么“跑”到蜜环菌基因组里的呢？

叶子提供了一个解释：“HGT。”

陈懋问：“什么意思？全称是什么？”

叶子毕业于同济大学生物信息学，比小蒲还早两年进入植保所。她回答道：“Horizontal Gene Transfer，水平基因转移。”见陈懋还是不解，叶子很贴心地解释：“在具有生殖隔离的不同物种之间，或单个细胞的叶绿体、线粒体等细胞器之间发生的基因转移过程，叫HGT。与VGT，Vertical Gene Transfer，基因垂直转移相对，后者是指生物由其祖先继承遗传物质的过程。”

“我怎么不知道？”在叶子面前，陈懋毫不掩饰自己的无知。

“不知道很正常。隔行如隔山嘛。更何况基因领域是近些年发展最快的科研领域之一，每天都有大事发生。”叶子如此安慰陈懋，

“像我，对这个领域非常感兴趣，两天不看，就会发现自己错过了好多新闻，甚至于产生自己与世界严重脱节的想法。”

叶子的说法勾起了陈懋的好奇心，他立刻开始学习HGT。仿佛心上有个缺，唯有用相关知识填补，不然会一直心痒难耐。陈懋自认这是他的一大优点。不说成为这个领域的专家，至少得知道叶子说的是什么意思吧。

7

手机振动起来，小蒲接听电话。几句“哦，是我，好久不见，挺想念大家的”之后，便是长时间的沉默。对方在絮絮叨叨地说着什么，陈懋听不清楚。小蒲“嗯”了两声，连声说“我不知道”“我不清楚”“我不了解”“我没有去过”，随即迅速挂掉了电话。见柳姐姐射来探寻的目光，小蒲主动解释：“我大学同学，多久没联系了，专程打电话来问变异黄葛树的事情，我可是严格遵照杨所长的命令，什么都没有说。”

“少发牢骚多做事。”柳姐姐说完，埋头干她的事情。

小蒲这才松了一口气，旋即凑到陈懋跟前，压低声音问：“我也没发牢骚啊。”

陈懋说：“柳姐姐说你发牢骚了，你就发牢骚了。”

小蒲撇撇嘴：“懋哥，没见你发过牢骚啊？”

陈懋淡淡地说：“你发的牢骚，我曾经都发过，除了让自己心情更糟糕之外，没用。不过，发牢骚是好事。能发牢骚，尤其是花样翻新的牢骚，说明你还年轻，对生活还有指望，还有期待——期待它明天会更好。牢骚都不发了，说明人老了，没有啥追求了。比如说我。”

小蒲疑惑地说：“懋哥才多大呀？”

陈懋嘴角掠过一丝不易察觉的苦笑，说：“人老不老，不看年纪，看心态。”

陈懋现年三十岁。

三十岁，是个非常尴尬的年纪。经历了现实的毒打，不再像学生时代那样对一切都有玫瑰色的幻想；也没有成熟到世故，什么都看透，什么都不在乎的程度。在天真与世故之间，陈懋选择了沉默。

小学的时候盼着读初中，去镇上就好了，不用走那么远的山路；读了初中又盼着读高中，去县城就好了，不用跟那帮不爱读书只会捣乱的学渣打交道；读了高中，尝到题海的辛苦，来自大人的"考上大学就好了"的说法又在耳边不断萦绕；真读了大学，发现大学也就那样，有时忙得飞起，有时闲得发愁，远没有想象中那样美好；如今已经在市园林科研院植物保护所工作了五六年，小学、初中、高中、大学，都已经远去，只留下些许记忆在脑海深处盘桓，而在植保所的工作嘛，就是一场可怕的升级游戏。

从研究实习员（初级）到助理研究员（中级），从副研究员（副高级）到研究员（正高级），堪比攀登珠穆朗玛峰，每一步都是那么艰难，需要消耗漫长的时间、巨大的精力以及无数杯浓郁纯黑的咖啡！

假如陈懋能把关于黄葛树与蜜环菌组建菌根网络、实现最大限度互利共生的论文写完，发表在国际顶级期刊上，今年考核就能优秀，明年职称就能从助理研究员升级为副研究员，再过个十年八年——运气好的话——就能升级为研究员。

妈妈常说，人皮子难背。以前不明白是什么意思，现在真的理解了。假如小蒲是我的过去，那老林和杨所长就是我的未来，这一眼可以望见的未来啊！一想到这些，陈懋思绪纷繁杂乱，情绪低落，论文更写不下去了。

"小蒲，刚才你说什么变异黄葛树?"阿桑问道。

小蒲回答："我那个同学说，他们那边都在传，黄葛树变异了，长得比以前快多了。这是不可能的事情。黄葛树又不是竹子，还能一天长三尺？哎，再这么下去，黄葛树没有变异，我先变异了。"

后来，陈懋回忆，这是整件事中，植保所犯的第一个错误。

我们都太沉迷于自己的小世界，忽视了外部世界正在发生着巨大的且不可逆转的变化。

8

土湾黄葛树拱塌楼房事件发生一个星期后，重庆各个地方的黄葛树均出现了异常现象。在江津，行将就木的百年黄葛树忽然焕发出青春，一夜之间长出了满树的绿叶，令人惊叹，又令人诧异；在荣昌，一大片本来活得好好的黄葛树连同附近所有的树忽然全部枯萎，风化，干瘪成一排排树桩，仿佛浓硫酸从天而降；在北碚，整条街道的路面连同附近的墙体均出现了巨大的裂缝，罪魁祸首自然是突然长大了数倍的黄葛树树根。同样的事情，也发生在巴南，发生在武隆，发生在黔江，发生在开州，发生在云阳，发生在城口，发生在涪陵……只是规模有大有小，影响也或大或小。

就在人们议论纷纷，不知道黄葛树究竟发生了什么的时候，垫江发生了一起黄葛树杀人事件。根据事后调查，县政府广场上的几棵黄葛树一夜之间同时暴长数米，将附近的居民楼拱塌，造成5死11伤。因为这件事，一句话开始在网上疯传：重庆真是魔幻，轻轨会穿楼，老鼠会说话，现在连他妈的黄葛树也能杀人！

而这仅仅是开始。

疯长的黄葛树，枝干往天上延伸，根系往地下蜿蜒。地下电缆被黄葛树破坏造成大面积停电，地铁隧道突现黄葛树树根造成地铁大规模停运，高速公路突然出现了黄葛树的枝条导致大规模封路……

守护了重庆多少年的黄葛树怎么忽然间变成了祸害？一个问题尚未解决，新的问题又出现了，而且规模越来越大。由于黄葛树的疯长，断水、断电、断网络、断交通越来越频繁，数百万人的日常生活出现问题。消防队、医院和交管部门等单位根本忙不过来。牢骚变成不满，不满变成抱怨，抱怨变成愤怒，愤怒变成仇恨，一部分仇恨给到了有关部门，一部分仇恨给到了变异黄葛树。

植保所的工作也异常忙碌起来。

阿桑说她当初进植保所是因为植保所工作清闲，现在才知道，只有对植保所工作一无所知的人才会这样说。自从黄葛树变异事件爆发以来，植保所上上下下都忙得飞起。

9

四月上旬的一天，陈懋外出查看了一处变异黄葛树的现场，回到大办公室，正巧听见杨所长在讲一个笑话。他说有个近视眼，路过一棵黄葛树，从树上掉下来一个红包，正好砸到他的头上。近视眼非常高兴，以为捡到钱了。打开一看，那红包其实是一张折起来的红纸条，上面写着“小儿夜哭，请君诵读；小儿夜尿，读了莫笑”。杨所长讲了一半，自己先忍不住“扑哧”一声笑出来。杨所长是个严肃的人，难得讲笑话。既然所长讲了笑话，大家也就不能不给面子，跟着哄堂大笑起来。一时之间，植保所洋溢着快活的气氛。讲完，笑完，杨所长总结道：“有些农村地区，两三岁的小孩晚上整夜整夜地哭，还要流屎流尿，就写这样一句话到红纸上，再贴到黄葛树上，路过的人读了，小孩就乖乖睡觉，不会流屎流尿了。这是封建迷信，要不得，我们要相信科学。”

杨所长这总结，还不如不总结。陈懋腹诽着，走向自己的工位。今天这事儿透着古怪，杨所长平时不到大办公室的，他喜欢待在自己的所长办公室。专程过来讲笑话么？这也不是他的风格啊。果然，还没等陈懋坐稳，杨所长就严肃起来：“大家安静，我宣布一个上级的决定。综合各方面信息，基于眼下严峻的形势，上级决定：植保所即日起搬到龙头寺办公。文件待会儿我发到咱们的微信群里，按照保密规定，不得外传，自己看完就完了。请大家提前做好准备。院长说了，院里的十辆公务车任由我们调遣；院长还说了，这是给植保所立功的机会，大家要抓住。”

这个决定如此突然，办公室的几个人全都呆住了。等杨所长离开，大家才化冻一般活跃起来。

“全部？包括李副所长吗？”小蒲讥讽道。

现在搬迁，这个决定科学吗？陈懋想。

柳姐姐明确提出了反对意见。“去那边上班，太麻烦了。”发了一通牢骚后，柳姐姐去怂恿阿桑：“你搞宣传的，跟领导关系好，你去跟领导说，就在白市驿上班，莫搬到龙头寺去。”

阿桑翻了个白眼，说：“话不是这样说。什么叫我跟领导关系好？我要是能做领导的主，我还坐在这里干吗。还是柳姐姐说话管用，你去跟领导说，领导肯定同意。你可是所有人的姐姐呀。”

老林说：“做一天和尚撞一天钟，以前大家在白市驿撞，现在跑到龙头寺——真正的寺庙——去撞，有什么不一样吗？”

柳姐姐不客气地说：“那是你，你要退休了，已经评了高级研究员了，当然这样说。可我呢？我们呢？大家都是普通人，莫跟我说无私奉献。谁愿奉献谁去。”

后来柳姐姐没忍住，快步进了所长办公室。具体说了什么，没有第三者知道。但出来之后，柳姐姐不再反对搬到龙头寺了。“你们的柳姐姐啊，比你们想象的更圆滑。”老林背着柳姐姐对办公室的其他人说。阿桑发出会心一笑，仿佛洞悉一切，陈懋则无动于衷。单位里这些狗屁倒灶的事儿，他真是烦透了。

没想到杨所长打电话来，要陈懋去他办公室一趟。一见面杨所长就开门见山地问：“听说你在写一篇论文？”

陈懋悚然，宛如考试作弊被监考老师当场逮住。“在……在写了，”陈懋喃喃道，“关于那个……菌根网络的，黄葛树跟蜜环菌。”

杨所长点点头：“很新颖，有前途。找到发表平台没有？没有的话我可以帮你找。小陈啊，你现在是我们所的中坚力量，要加油哟。千万不要像老林那样‘躺平’，要学就学柳姐姐那样雷厉风行，说干就干。”

陈懋更加悚然，只能点头，连点了三次。

“个人问题还没有解决？”杨所长继续问。

啊，自从工作以来，陈懋听到最多的问题包括但不限于：课题通过了吗？项目申请了吗？基金批准了吗？论文发表了吗？职称评定了吗？房子买了吗？车子学了吗？个人问题解决了吗？陈懋打心眼里承认，每一个问题都那么优雅且致命。

幸好杨所长没有等待陈懋的回答，而是继续提问："咱们所搬到龙头寺，你没有意见吧？"很明显，这才是杨所长找他谈话的关键，其他都是弯弯绕，属于领导艺术。

陈懋如蒙大赦，坐直身体，语气异常坚定地说："没有，没有任何问题。坚决支持上级的英明决定。我确信，我们一定能够打败变异黄葛树。"

于是，植保所从白市驿搬到了龙头寺。十辆公务车，跑了二十几趟，才算把植保所的仪器和装备都搬了过去。重庆新闻进行了报道，杨所长和阿桑接受了记者的专访，该报道同步放到市园林科研院的官网上，浏览量仅次于龙头寺发现水晶兰或者冥界之花那一篇。

按照杨所长的说法，搬迁是上级的决定。而按照老林从他的关系网打听到的消息，此次颇有表演气质的搬迁，是杨所长向上级建议的，说目前人心惶惶，必须有安抚人心的措施，而植保所虽然不是重庆市内对黄葛树最有研究的机构，但在这个风口浪尖上，必须有所作为，凸显植保所的作用，发挥植保所的价值。搬到龙头寺，目的是就地研究，查出黄葛树变异的原因，从源头上，从根本上解决变异黄葛树的问题，而作为最早发现变异黄葛树的地方，龙头寺必定是整个事件的起点，有着别处无法取代的价值和意义。

10

令陈懋没有想到的是，植保所搬到龙头寺还与自己有间接的关系。在那之前的某一天，陈懋跟小蒲在走廊上聊变异黄葛树。小蒲奇怪于变异黄葛树分布范围之广，从渝西到渝东南再到渝东北，哪儿都有，好像这些黄葛树同时接到了通知，咱们变异吧，就一起变异了。陈懋信口道："还真有这个可能。别看这些黄葛树在地上是一棵一棵独立的，在地下，蜜环菌已经用数不尽的菌丝将它们连接起来，编织成一个复杂而高效的菌根网络。物质在里边流转，信息在里边传递。等于是互联网加上物流网。群树生，群树死，是菌根网络在背后组织运作。啊，龙头寺，很可能是这一切开始的地方。”杨所长正巧路过，听见了这话，非常感兴趣，追问了几句。陈懋见了领导，就跟老鼠见了猫一样，心生恐惧，话也说不清楚了，只是说这是自己新论文的内容，并一再强调：不是什么定论，只是一种假设。杨所长打着哈哈，鼓励陈懋早点儿把论文写完，然后转身离去。

当阿桑把这些告诉陈懋时，陈懋没有一丝一毫的高兴。不过，能够深入研究菌根网络，也算是万千坏消息中为数不多的好消息吧。

那棵疯长的黄葛树在植保所搬到龙头寺之前就已经被理延法师雇人砍掉了，只剩下深埋土里的根，跟那棵暴死的黄葛树一样，失去了进一步研究的价值。

幸而，搬到龙头寺后，植保所的研究设备更新换代了。以前，好几款非常重要的设备，比如智能孢子捕捉系统，又比如正倒置一体化全自动荧光显微镜，还比如基因组光学图谱工作站，因为过于昂贵，怎么申请都申请不下来，现在，多亏了变异黄葛树，院长开了绿色通道，一口气全部批准。杨所长还专门指派小蒲和叶子协助陈懋。

设备到位，资金到位，人员到位，那就开始研究吧。

研究可是陈懋喜欢的事情。

他们搜集了上千份土壤和树根样本，将它们捣成糊状，以提取其中的脂质或DNA。因为是在城里，这事儿可比在野外麻烦多了。

叶子在花盆里用不同的菌根真菌培养起数十株植物，测量它们叶片的形状和大小。这些花盆摆在弥勒殿里，在弥勒佛、韦驮、四大天王与哼哈二将的护卫下，长得比别处更加茂盛。

他们给黄葛树和银杏树以及别的行道树注入化学标记物，追踪它们从根部到土壤里的轨迹，以估测有多少标记物传送到树木的真菌同伴那里。

小蒲和叶子用昂贵的机器敲开、搅拌、照射上千个样品，将试管里的东西处理成一串串数字和一行行文字。在好几个星期的时间里，陈懋透过显微镜观察植物根系样品，沉浸在那些菌丝和植物细胞交合不清的景观之中，乐此不疲。

借助电脑，他们绘制出龙头寺下方的菌根网络地图，发现这张菌根网络的菌丝最远延伸到11公里外，超过美国俄勒冈州的那株外号Humongous Fungus（巨型真菌）的奥氏蜜环菌，成世界第一了。值得上新闻，但也就这样了，远没有达到陈懋想象中遍及重庆地底下的程度。

11

不久之后，菌根网络的研究被迫停了下来，因为变异黄葛树越来越多，植保所的任务变成了如何快速有效地对付变异黄葛树。其中所长领衔的一个任务是编写《变异黄葛树识别手册》，然后通过各种渠道，发放到每一个市民的手里，教他们识别哪些黄葛树变异了，可以砍掉，哪些没有，不必砍掉。在植保所搬迁的过程中，市民们已经开始自发地砍伐疯长的黄葛树。起初只是少部分市民参与，不久，越来越多的市民加入进来，很快出现了扩大化的趋势，把变异的没变异的黄葛树统统砍掉。不说别的，仅仅是“变异”两个字，就足以让人抓狂，恨不得把它们统统消灭。一时之间，重庆处处都有砍黄葛树的场景，那些活了几十年与几百年的黄葛树，几分钟就被砍倒了，没有人心疼，没有人着急。有的地方，黄葛树过于密集，人们砍不过来，就一把火烧掉，整个山头噼里啪啦地燃起大火，把半边天空都照得通红，绚丽至极。编写与发放《变异黄葛树识别手册》，就是为了解决这个具体的问题。

阿桑按照杨所长的要求，为手册编了通俗易懂的口诀，用“望、闻、问、切”四诊法来识别变异黄葛树。阿桑私下里发牢骚说：“我本是文艺女青年，没想到现在写起了口水谣。”老林天不亮就去大雄宝殿跪拜，说些佛祖保佑的话，小蒲嘲笑他搞封建迷信他也不在意。小蒲到处跟人说：“我们所该改名字了，改名叫植物破坏所，植破所，怎么样？听着就很霸气。”柳姐姐的工作热情空前高涨，令陈懋疑惑，当初反对搬迁最激烈的那个柳姐姐又是谁呢？说起来，如果只是编写手册，在白市驿也一样可以完成，何苦千里迢迢搬到龙头寺来呢？陈懋想不明白。当然，陈懋想不明白的事情多了去了，也不在乎多这一件。

黄葛树变异包含两个方面：一个是疯长，在很短的时间里，黄葛树的根、茎、叶暴涨30%以上，由此造成了极大的破坏；一个是暴死，也是在很短的时间里，黄葛树毫无缘由地突然死亡。疯长与暴死早期还局限于少数黄葛树，但很快成片成片地出现。城里和乡下都陆续出现。这个社区的黄葛树疯长，那个社区的黄葛树暴死。两个社区有时近，有时远，个中关系令人捉摸不透。研究者提出了好几个假说，有说是因为气候反常的，有说是因为环境污染的，不一而足。陈懋提出的菌根网络也是其中之一，有专家认可，也有专家认为是无稽之谈，因为根本就不存在遍及整个重庆地底下的超大型菌根网络。

现在最大的问题是变异黄葛树会“传染”。小叶榕、银杏树、蓝花楹、木芙蓉、天竺葵、香樟树、悬铃木等重庆常见的城市行道树也陆续出现变异现象，并且开始有泛滥之势。乔木之后，灌木也出现了相同的问题。

12

龙头寺主殿共三进，从前往后，分别是观音殿、大雄宝殿和弥勒殿。主殿左侧是藏经楼，右侧是罗汉堂和居士楼。实际上，藏经楼和罗汉堂都是空壳，里边没有东西。植保所搬进来，各种设备放在藏经楼，居士楼成了临时住处，而罗汉堂则被改造成了大办公室。

于是，在一众和尚、义工、香客之中，出现的植保所工作人员，是那样的突兀与生疏。

来龙头寺的香客众多。空气中时时刻刻弥漫着香烛纸钱的味道。陈懋问身穿红色马甲的龙头寺义工以前是不是这样。义工热情地说：“以前香客没有这么多，来也是拜佛祖拜菩萨，很少拜保保神。但现在，因为变异黄葛树的缘故，来拜保保神的特别多。”

保保神的神龛两侧，分别刻着一句话：躬身一揖吉祥至，从此百年逆障轻。保保神的造型是蹲坐的人形狮子，还披着缀满金线的袈裟。按照碑文上的说法，川渝地区有为孩子拜保保（干爹、义父）的习俗，所拜对象有神，有人，还有上了年纪的老黄葛树，而保保神则是守卫黄葛树的狮子。

陈懋看看保保神，又看看神龛后边那个挖黄葛树剩下的坑，再看看四周燃着的香烛，烧过的纸钱，还有跪拜的香客，荒谬感油然而生。保保神连身后的黄葛树都没有保住，它还能保住什么呢?

在观音殿，老林拜了送子观音，又拜千手观音，紧接着又拜了明目观音。这举动招致了小蒲的强烈反对。

“我不相信，有一种神秘的我不能理解的力量，能够干预甚至操纵我的命运。”小蒲说，“你好歹是科学家，植物学家也是科学家，是吧？怎么会求神拜佛呢?”

“你还年轻，你当然可以不信，甚至嗤之以鼻，说是封建迷信。”老林说得唾沫星子四溅，把每一个字都发成重音，“然而，等你老了，从小蒲变成大蒲再变成老蒲，经历多了，发现有很多事情无法改变、无法解释的时候，你会开始怀疑年轻时的信仰。随着你的脑力和体力下降，方方面面你都开始力不从心，尤其是你生病了，这肿瘤那癌症，躺在床上，求生不得、求死不能的时候，你会渴望神佛真的存在。”

陈懋在一旁听见了，不由得想：这么说的话，如果一个人，年轻的时候不信神佛，年老了面对生活的种种折磨，依然不信神佛，不信那些五迷三道的事情，岂不是真正的英雄?

“你现在不就像你故事里的小孩?”小蒲翻着白眼说，“因为向黄葛树撒过尿害怕黄葛精来报复你，而惶恐不安，不得不求助神佛帮助嘛。”

黄葛精的故事老林讲了没有十次也有八次。大体上剧情是这样的：某个村里的一个男孩，突然变得神叨叨的，吃不下，睡不着，时而呆若木鸡，时而仰天对着空气狂笑。家里人带他到医院里去检查，查来查去也没有查出结果，于是找到村里的算命先生。算命先生问过之后，欣然一笑，已是心中有数。他如此这般叮咛一番后，给了这家人一根针，告诉他们如果晚上有人找男孩，就让男孩悄悄把针穿在对方的衣襟上。结果，第二天早上，这家人在自家门前的黄葛树上发现了那一根针。

“这棵黄葛树上为什么会有针？它为什么会变成人？大半夜的找男孩干什么？村民们又会怎么处理这棵黄葛树？”老林说他小时候听了这个故事，心里充满问题与害怕，害怕总有一天，家门口那棵黄葛树会幻化成黄葛精，悄悄接近他。因为那个男孩曾经向黄葛树撒尿，而他也干过同样的事情。

“这不是为了叫小孩子不要向黄葛树撒尿而编出来的故事吗？”陈懋当时如是说。

“当时小，我不知道啊。”老林感叹一句，接着说：“不久之后，隔壁村死了一个小孩，说是被黄葛精害死的，因为他拿刀去砍一棵大黄葛树，砍了三刀，流出了好多白色的血。树老成精，黄葛树就化身为黄葛精，进行报复。我们信了，所有人都信了。在很长一段时间里，我们不敢爬黄葛树，更不敢向黄葛树撒尿。有一种说法是，走过黄葛树的阴影，就等于踩了黄葛树，就会被黄葛精摄走魂魄，以至于远远地看见黄葛树，都觉得阴森恐怖，担心它随时会猛扑过来。而镇上的黄葛树是如此之多，每一个方向都能看到，所以呢，那段时间是我这辈子过得最惶恐不安的日子。”

现在小蒲拿这话来堵老林的嘴，而且确实和眼下人们对变异黄葛树的态度和做法高度相同，但老林自然不肯认输，抻着一张老脸，说：“你崽儿，说话不知轻重，早晚要吃大亏。”说罢，气呼呼地一甩衣袖快步离开。看着老林的背影，小蒲啐了一口，道：“就知道教训人，倚老卖老。”陈懋想劝解两句，嘴唇翕动着，最后说出口的话是：“天气热，事情多，压力大，大家都心浮气躁，彼此少说两句。”

13

市委市政府召开了紧急会议，研究了变异黄葛树的问题，成立了指挥部，发布了一系列应急措施。更多的资源加入进来。高分卫星绘制的热点地图标出了变异黄葛树集中的地方，而无人机的航拍则补齐了卫星地图没有涉及的细节和暗处。再按图索骥，组织街道干部、事业单位人员和各种志愿者去砍伐变异黄葛树。有的地方出动了消防队。同时，市政府下发了制止砍伐行为扩大化的文件到各个街道社区，要求学习并严格落实。上上下下动员起来，心往一处想，劲儿往一处使。于是，日子一天天过去，形势一天天好转，笑容又回到了人们脸上。

“树嘛，即使变异了，又能有多难对付呢？”小蒲亲自砍倒一棵百年黄葛树时如是说，“它又不会从土里跳出来追我，不是吗？”

说罢，小蒲又使劲儿砍了一刀。

一刀又一刀。

陈懋站在街边，看他们砍黄葛树，说：“小蒲很兴奋呀。”

“小蒲喜欢的是具体的事情，具体的目标，一件一件去做，一个一个去完成。爱如此，恨也如此。”老林在一旁如此评价道，“所以，面对黄葛树变异这样不可控制的、难以理解的事情时，他无所适从，以至于异常愤怒，但你要他去砍一棵变异的黄葛树时，他高高兴兴地就去了。他没有找到他自己。”

三个月后，指挥部下文，解除了针对变异黄葛树的应急措施，并对整个事件中表现突出的单位和个人进行了表彰。表彰大会上宣布：已经变异的黄葛树被尽数消灭，现有黄葛树已经停止变异。市园林科研院植保所赫然在表彰名单上，现场领奖时，杨所长脸上的笑容满得都要溢出来了。

中国政府救灾，说世界第二，没有谁敢说自己是世界第一。

然而，胜利只是暂时的，或者说，是阶段性的。更大的灾难已经在地底下蛰伏，等待时机成熟，就破土而出，为祸我们这个本就满目疮痍的世间。

记忆碎片之一

你可知道，黄葛树的繁殖宛如一部扣人心弦的传奇大戏，每一秒都充满了令人惊叹的情节？

每年的8月至11月，黄葛树的树干上会悄然长出密密麻麻的樱桃大小的东西，看上去很像果实，重庆人称“黄葛子”。可别小瞧黄葛子，它实际上是花与果的奇妙融合体。

黄葛子前期为花，不过是隐头花序，花轴肥大而凹陷，雄花、雌花和瘿花都生长在内壁上，外面看着跟果实一样。正如你所想，无花果也是如此。事实上，无花果树是桑科榕属的模式种，而黄葛树也是榕属的成员，有很多共同的特征。

黄葛子内，雌花率先绽放，通过一条狭窄的通道，向外释放出一种独特的挥发性气味。雌性榕小蜂仅有1至3毫米长，闻到气味便会钻进通道。因为通道过于狭窄，雌蜂往往会把翅膀挤掉。一旦雌蜂进入，通道便会迅速关闭，确保每一颗黄葛子内仅有一只雌蜂。

随后雌蜂径直朝着黄葛子底部的瘿花花丛爬去。瘿花是由雌花特化而来的中性花，没有繁殖能力，但其柱头的长度恰好与雌蜂的产卵器相当。雌蜂在瘿花的子房内小心翼翼地产卵，与此同时，将随身携带的花粉留在附近柱头较高的数十朵雌花上，就这样完成了至关重要的传粉。

产完卵，雌蜂耗尽精力，即刻死去。它的尸体会被黄葛子分解为营养物质，再被吸收掉，也算是一次慷慨奉献。

随着时间的推移，瘿花子房内的卵开始孵化，幼虫破壳而出。它们以瘿花子房内的营养物质为食，茁壮成长。在经历了一段时间的发育后，幼虫在瘿花子房内悄然化蛹。与此同时，那些被成功传粉的雌花也逐渐发育成一颗颗种子，一天比一天成熟。

终于，蛹发育成熟，成虫即将迎来新的生命阶段。这时，最令人意想不到的一幕发生了。雌蜂在产卵时，会先产下少数的雄卵，后产下大量的雌卵，所以率先羽化的一定是数只雄蜂。这些雄蜂一羽化，便迫不及待地咬开附近雌蜂的蛹壳，找到尚未羽化的雌蜂进行交配。

你吃惊了吗？是的，这一行为，如果从人类的伦理道德视角来看，实在是难以理解，毕竟同一颗黄葛子内的榕小蜂都是“一母同胞”的兄弟姐妹。然而，在自然界的法则中，它们遵循着自身独特的生存逻辑行事。人类能不能理解，对它们来说，无关紧要。

这场交配会持续好几个小时，直到这颗黄葛子里的所有雌蜂都成功受孕，才宣告结束。紧接着，雄蜂们找到先前那条暂时封闭的通道，齐心协力将其打开。但当雄蜂们钻出黄葛子时，迎接它们的不是自由，而是死亡。因为在出口，早有蚂蚁等天敌悄然潜伏。

几乎是同时，数十到数百只已经受孕的雌蜂，奋力钻入雄蜂们用生命打通的通道。此刻，位于通道出口附近的雄花恰好成熟，雌蜂路过时，身上自然沾满了花粉。出了黄葛子，雌蜂们便张开翅膀，踏上了寻找合适的黄葛子的征程。

然后重复上述过程。

时间极紧，任务极重。只有极少数幸运的雌蜂能够完成整个繁殖过程，即使没有完成，它们也会在两天内死掉。

当榕小蜂们全部离开后，黄葛子由花变果，进入最后的成熟阶段。它的外表逐渐由翠绿转变为鲜艳的红色或者紫红色，吸引众多鸟雀前来啄食。黄葛子内的种子，便由此进入它们的肚子。鸟雀的肠胃无法消化这些种子，于是，这些种子随着鸟粪排泄到远处，在合适的时间发芽。别的动物，包括人，也会取食黄葛子。

就这样，黄葛树，在榕小蜂的帮助下，完成了一次大规模的繁殖。

其实，不只是黄葛树，黄葛树属于桑科榕属，而榕属的所有榕树都与榕小蜂有这样的互惠共生关系。黄葛树是雌雄同株的，与榕小蜂的联系还相对简单；雌雄异株的榕树，与榕小蜂的互动复杂到需要画图表来帮助理解。

你或许要问：为什么榕树与榕小蜂的繁殖如此复杂？任何一步出了岔子都会导致繁殖失败。又或许要问：如此精妙而复杂的繁殖过程是谁设计的呢？

这两个问题的答案是同一个：最初，榕小蜂与榕树之间是寄生与反寄生的关系。在漫长的岁月里，双方不断磨合，不断博弈，无论是形态结构、化学信号、生活发育等各个方面都“协同演化”，最终形成了今天这种高度匹配且专一的共生关系。

研究表明，榕树与榕小蜂之间的共生关系已经在地球上延续了大约7500万年。榕树有800多种，会传粉的榕小蜂有350多种。有的榕小蜂只为一种榕树授粉，专一性极强；有的榕树则可以协助几种榕小蜂繁殖，是热热闹闹的一大家子。时至今日，榕树与榕小蜂都活得好好的，足见这种共生关系的成熟与高效。

然而，我猜你依然会唏嘘：成年雄性榕小蜂的一生，仅仅几个小时，并且都是在封闭且黑暗的榕果里度过，从未见过阳光，也未曾感受过雨露。除了交配，似乎再无其他经历。这样的生命，有何意义？

然而，正是这种极端的生存方式，让它们和榕树在漫长的岁月中成功地繁衍至今。不得不说，这是大自然创造的演化奇迹。人类的那一点儿唏嘘在演化奇迹面前又算得了什么？在生命的舞台上，每一种生物都以其独特的方式诠释着生命的意义，哪怕是最微小的生命，也蕴含着无尽的力量和奥秘。

你说是吗？

第二章　夏天的风

14

表彰大会后，植保所的人都在猜什么时候从龙头寺搬回白市驿。毕竟在龙头寺工作，总是不伦不类的，即便民宗委不管，即便法师们没有意见。但这样的命令一直没有下来。

先是杨所长外出到英国开会一个月。领导不在，搬家这种大事没人做主，自然无法进行。

至于小事嘛，杨所长离开后，所里跟他在的时候一个样。“说明大家对于什么时候干什么，已经是心中有数，都是些优秀的员工。”老林如此评价，“同时也说明，杨所长才是植保所里那个可有可无的人。”

不承想，杨所长从英国回来的时候，带来了一个全新的研究项目，而因为这个研究项目，断了植保所的人回白市驿的念头。

原来，刚搬到龙头寺那会儿，小蒲查到一个资料，说抗日战争时期，重庆是战时首都，国民党政治部曾在龙头寺办公，为躲避日军飞机的轰炸，在寺庙下方修了C形防空洞。人称“飞机洞”，能容纳两三百人躲避日军飞机轰炸。不过，小蒲山上山下找了个遍，也没有找到飞机洞，问旁边的居民，也都说自己是新来的，听说过飞机洞，但都不知道具体位置。

后来，处理龙头寺附近的一棵疯长的黄葛树时，小蒲终于找到了传说中的飞机洞。洞里到处都是纵横交错的蜜环菌与黄葛树庞大根系的混合体。随后，小蒲发现，在那一堆比蜘蛛网复杂千百倍的菌根网络中，悬垂着一个直径两米的球状物。那是什么？小蒲说不出来。杨所长见了，却无比激动。还能是什么？指着球状物伸向四面八方、伸进岩石和土壤的数百条菌丝和菌索，杨所长对所有人大声说："那是菌脑，菌根网络的大脑啊。"

于是，杨所长趁着去英国开会的间隙，于百忙之中，想方设法搞到了一台真菌计算机。这台真菌计算机用菌丝体充当导体和电子元件，还处于研究状态，并非已经上市的产品。据说，除了人脉，花费的经费也十分惊人。回国后，杨所长组建了菌脑研究小组，自任组长，植保所所有成员自动成为组员。编制项目申请书，向上级申请基金支持的同时，所里先垫钱将飞机洞改造成了菌脑研究基地。

"我的英国朋友告诉我，真菌的菌丝体有电活动，会产生像电位尖峰一样的肌动蛋白电位。"杨所长这样解释道，"真菌的菌丝体间传递的节律电脉冲，其振幅、频率和持续时间各不相同。通过与人类语言相关的模式进行数学比较，我的英国朋友相信，这些脉冲构成了真菌语言的基础。所以，这是一个诺贝尔奖级别的机会。"杨所长前所未有地严肃，"把真菌计算机与菌脑连接起来，进行真菌语言与人类语言的相互翻译，我们将与菌根网络直接对话，实现人类与真菌的历史性跨界联系。"

这肯定不是一件容易的事情。杨所长看着诸位组员，郑重地一一点头："想要取得实验的成功，我认为我们要统一思想，提高认识，明确任务，增强责任，加强领导，精心组织，大力宣传，发动群众，齐抓共管，各负其责，突出重点，狠抓落实……"

"抓死角，抓典型，抓反复，而且还要反复抓，一抓到底，常抓不懈。"小蒲后来在罗汉堂里模仿杨所长拿腔拿调地讲话，逗得众人哈哈大笑。

不过这样一来，植保所肯定不能搬回白市驿了。

然而正如老林所说，在哪儿上班不是上班呢？"只要工资照发。"他一边说，一边找地方抽烟。离退休的日子越来越近，老林的心情也越发地好。

表彰大会之后，疯长与暴死的黄葛树也还会时不时地出现，只是不如之前成规模了，而且大家似乎也渐渐习惯了，远不像刚开始那会儿那么恐惧。黄葛树的变异已经如它在春天落叶一般成了日常生活的一部分。

陈懋也日渐习惯了在龙头寺上班。

站在龙头寺，眼望四周。一面背靠大山，大山上还有林立的高楼，仰之弥高，人有身处井中之感。另外三面临空，远远望去也是浩瀚蓝天下，高楼林立，车轮滚滚，满满的人间烟火气息。龙头寺所在的山头，植被繁茂，各种鸟儿飞进飞出，叽叽喳喳，煞是热闹。陈懋竟有几分喜欢。因为这景象与他小时候在云雾山上所见，有几分神似。虽然还是失眠，但比一开始好多了。有什么事情是时间不能解决的呢？是的，那篇论文还没有开始写，思路有了，只是缺少细节与理论支持，需要更多的研究，而现在的研究重点是菌脑，对菌根网络的研究完全停了下来，所以论文没有写，不也是很正常的事情吗？

正如杨所长所说，研究肯定不是一件容易的事情。研究菌脑的项目倒是批下来了，但菌脑研究本身，其实一直没有什么值得记录的进展。与菌脑连接之后，真菌计算机就没有正常工作过几回。“毕竟是原型机，”老林如此吐槽，“不能正常工作也很正常。”

有一次，老林问陈懋怎么看待杨所长的菌脑研究。

“想听实话吗？”陈懋说。

“不想听实话我干吗问你。”老林笑得很叵测。

“真菌没有肠胃，却可以分解消化几乎一切有机物；没有腺体，却可以制造出自然界最复杂的化合物；没有神经和大脑，却可以交流信息，并完成极其复杂的生命活动。”陈懋对老林没什么戒心，一股脑地把实话说了出来，“它们不需要大脑，也没有大脑。认为真菌或者菌根网络有人类这样的大脑，是非常错误的想法。从错误的想法出发，是不可能得到正确结果的。”

“杨所长问过你吗？”老林问。

“问过了。”

“你照实说了？”

“和刚才的说法一模一样。可惜，杨所长不相信我说的，坚定地相信，那就是菌脑，整个龙头寺方圆1公里的菌根网络均要听它的指挥。真菌计算机能将真菌的语言翻译成我们能懂的话，实现人类与真菌的无障碍交流。”

“大多数真菌没有电兴奋性，只有少数菌丝体表现出电兴奋性，其中并不包括蜜环菌。”老林说，“杨所长提过的电脉冲只是真菌细胞内部的随机过程，根本不代表任何形式的通信或者语言。”

“杨所长也问过你吗？”

“没有。他大概认为，我一个快退休的人了，没什么好问的。”

15

冬天过去，春天又来了。在重庆的各个角落，黄葛树幼苗又长了出来，很多是从去年春天被砍掉的黄葛树的树根长出来的，大有“野火烧不尽，春风吹又生”之感。

砍树容易挖根难，在黄葛树上表现得尤为突出。

面对在春风里摇曳生姿的黄葛树幼苗，陈懋怦然心动。

有时候很难把眼前这些细小的幼苗跟数人才能合抱的参天大树联系起来。然而事实就是这样，只是要经历数十年岁月的锤炼……

陡然间，陈懋想起一件事，急匆匆找到杨所长，对他说：“去年春天，变异黄葛树停止变异，表面上是我们的功劳，我们砍砍砍，把变异黄葛树以及其他树全部砍倒，其中误砍的，也不在少数。但真正的原因，很可能是菌根网络依据某种算法，自己决定的。它们决定停止变异，已经变异的，全部去死。”

“你知道你在说什么吗？”杨所长说。

“菌根网络没有一个控制一切的菌脑，但当菌根网络连接在一起的时候，有某种算法甚至智慧在其中涌现。”

“谁说菌脑不存在？”杨所长着急了，“我只是还没有找到和它们交流的正确方法……”

陈懋被一股莫名的激情支撑着，打断了杨所长的话：“去年发生的黄葛树变异，今年可能再次发生！而且程度更高，范围更大，造成的灾祸更严重！我们必须提前做准备。”

说到灾祸，杨所长不敢大意，于是同意陈懋暂时离开菌脑项目，去研究黄葛树与菌根网络。

陈懋和叶子是主力，有时加上老林和小蒲，四处去看，去登记新生黄葛树幼苗的数量和分布，用碳同位素配合各种更先进的仪器绘制菌根网络的分布情况。前前后后忙碌了一个月，动用了他们能动用的一切资源，脚步遍及重庆市渝北区周边的江北区、南岸区等五六个区县。结果越来越多，也越来越令他们吃惊。

以龙头寺为中心，这张菌根网络已经扩展到100公里之外。这个区域内，去年春天砍掉的黄葛树剩下的树根全都成了这张菌根网络的一部分。一部分成了养料，在地底下默默消失；另一部分长出了幼苗，在春风里摇曳生姿。同时，区域内的11000棵黄葛树及数量略少的其他乔木也都接入了这张菌根网络。

“毫无疑问，不管是哪一个数字，都是世界纪录，堪称‘菌根网络之王’。”陈懋面对电脑绘制出的菌根网络地图感叹道。

叶子说：“我记得去年是11公里。”

“也许是因为当时我们的研究有问题，方法不对，或者是设备不行，所以没有调查出龙头寺菌根网络的真实范围。植保所——确切地说是所有科研机构——都缺少对地下世界进行有效研究的手段和设备。”陈懋试图给出了一个解释，“在人类面前，地下世界坚守着它的秘密。而且，去年在龙头寺发生的事情，很可能不是整件事的开始，只是凑巧被我们发现并记录的一起。”

“很有可能。”叶子肯定了陈懋的猜测，并提出了自己的猜测，“还有一种可能，菌根网络之王并不是去年我们发现的那张网的扩展，而是地底下原本就存在的不同大小的数个菌根网络，被蜜环菌连接在了一起。”

“从区县内部的局域网变成了跨区县的市域网？”陈懋琢磨了一阵子，“叶子，聪明，你这个猜测的可能性更大。”

“生命自有出路。”叶子目光灼灼，幽幽地说。

16

陈懋和叶子把菌根网络之王的发现报告给杨所长。杨所长建议不要用“菌根网络之王”这样奇怪的名字，用“木维网”或者“树联网”就挺好。最好加上重庆，指向明确，一听就知道是哪里的。而且比“龙头寺树联网”“渝北区树联网”大气得多。“‘重庆树联网’，挺好，挺好。我那个菌脑，也该改名叫‘重庆菌脑’，是重庆树联网的控制中心。”

“不，我想叫它‘巨混沌’。”陈懋说。

杨所长愣了片刻，然后说：“也行，很有中国神话特色。”然后杨所长让他们继续关注，但要把重点放在黄葛树上。一旦发现黄葛树变异，立刻上报。

奇怪的是，今年黄葛树一直老老实实的，没有疯长，也没有暴死。去年黄葛树变异造成的灾祸仿佛是一场梦，在醒来的清晨里，只剩下依稀难辨的痕迹。

时间很快进入五月份，夏天来了，“天气异常炎热”成为最热门的话题。

夏天成了超级夏天，每天的最高气温都在40摄氏度以上。从农村到乡镇再到城市，全闹起了水荒。几千亩农田干了，稻谷播种不下去；几百条江河枯了，鱼虾遭了灭顶之灾；几十座水库的储水量降到历史最低点，所有居民的饮水都出现困难；无数山头由绿变黄，旱死的树木不计其数，大片死亡的竹子照片在网上广泛传播……

气象学家说，这是厄尔尼诺惹的祸。不是这样的，环保人士声嘶力竭地喊：真正的罪魁祸首是人类，正是人类排放的超量温室气体，导致了越来越严重的温室效应，使得全球气温在短时间内急剧上升，极端天气在世界各地频繁出现。

与此同时，有天文爱好者爆料，说用自家的望远镜发现月球上有五座死火山出现了喷发迹象。月球上的那些环形山，绝大多数是死火山，总数在一万座以上。联系到最近的异常高温，一个新的说法在网络上流传：这些月球火山的喷发物和地球磁场相互作用，发生电离，形成数量惊人的高能带电粒子，被称为月球风。少部分月球风飞向太空，大部分月球风沿着磁力线高速进入地球的南北两极，与地球大气层中的原子发生碰撞，由此产生比之前强烈数百倍的极光，同时释放出数百倍的热量。

月球风，就是现在地球表面异常高温的罪魁祸首。

这种说法，吸引了很大一部分网民热情地传播。他们坚定地相信，这就是被政府掩盖的真相。另一部分人则认为该说法满是术语，看似科学，其实既无理论，又无事实，是彻头彻尾的谣言。

“你相信哪一种？”在小蒲把月球风的说法在罗汉堂里宣讲一番后，柳姐姐问。

小蒲回答：“我相信，没有天灾，都是人祸。”

普通人才不管是什么原因造成的干旱，他们只知道，要雨，要雨，要雨。人工降雨的准备工作早就做好了，最新型人工降雨火箭弹齐刷刷地对准了蔚蓝的天空。只是，现代科技还不能无中生有，凭空降下一场足以缓解旱情的豪雨来。可惜，“望人间三尺甘霖，看一片闲云起处”，老天爷愣是不肯恩赐。五月下旬，先后进行了三次人工降雨，结果三次加起来不足5毫米，还不如一场大点儿的露水……降雨过后，温还是那样高，水还是那样荒，除了人更窝火，什么都没有改变。

7月3日，凌晨一点，雨来了。

暴雨。

一下就是十个小时。

龙头寺和重庆的大部分地区一样，在暴雨中战栗，如汪洋中一艘小小的船。

上午10点，雨停了，太阳出来了，高挂在万里碧空之上，照得大地亮堂堂的、热腾腾的。

陈懋与叶子走出龙头寺，抬头望天，颇有劫后余生之感。

次日，各种各样的蘑菇从重庆的各个角落争先恐后地冒了出来。林间，河边，草地，后花园，一丛丛，一簇簇，哪儿都有，给看见的人带来一阵惊喜，然后无一例外，都问出了那一系列的经典问题：有毒吗？能吃吗？好吃吗？有说颜色鲜艳的不能吃，有毒。马上有人反驳，蘑菇颜色鲜不鲜艳跟有没有毒没有关系，鲜艳的未必有毒，长得人畜无害的反倒可能有毒。有人提供了鉴别蘑菇能不能吃的土办法，将蘑菇与米同煮，如果米变了色，蘑菇就有毒，没变色就说明蘑菇能吃，但为什么会这样，谁也解释不清楚。“红伞伞，白杆杆，吃完一起躺板板……”这首儿歌从网上到网下，风靡一时，人人都在唱。政府下了文件，警告大家不要随便吃蘑菇。但很明显，这种程度的警告是无效的。即使新闻里报道了好几起蘑菇中毒事件，也没能阻止吃货们的饕餮行径。

17

7月4日午饭后，罗汉堂里几个人闲聊。话题从千奇百怪的蘑菇扯到了房子上，又从房子扯到了年轻人不结婚不生孩子的原因上。几种动物的婚配被拿来和人类比较，从鮟鱇鱼到榕小蜂再到裸鼹鼠，大家聊得不亦乐乎。

这时陈懋的手机响起，是杨所长打来的。

“我得到一个消息，”杨所长在手机那头说，“璧山区云雾山红石镇出了大灾祸。我记得你老家就在那里啊。”

“是是。”陈懋忙不迭地挂掉杨所长的电话，给妈妈拨打。但手机一直是忙音，无法拨通。陈懋的心纠结起来，如同被无数的巨手揉捏。

尽管经常回忆，实际上陈懋已经很久没有回老家了。和妈妈通电话，是陈懋跟老家联系的主要方式。爸爸去世后，妈妈一个人住在红石镇。陈懋想接妈妈到白市驿住，妈妈拒绝了。“连个闲聊的人都没有，一个人都认不到。”妈妈如是说，“也没有孙子带，我去你那里干吗？白吃白住吗？我在老家自己种地，上街卖菜，多好。”

陈懋不想回去，因为那个记忆里的老家，早已面目全非。

如今听着手机里“嘟嘟嘟”的忙音，陈懋恨不得插上翅膀，立刻飞回红石镇去看个究竟。

老林开植保所的皮卡车，将陈懋送回老家。“我不送你，难道你走着回去？”

一路上遭遇了多次堵车，有的桥梁垮塌，有的隧道淤塞，他们不得不放弃高速公路，在几乎被废弃的盘山公路上多开了几十公里的路。抵达云雾山时，却被解放军的哨卡拦住，说前方公路损毁，灾区已被封锁，禁止任何社会车辆进入。亮出植保所的证件也不管用，问灾区的情况，也是绝口不提。“那灾民呢？撤出来的群众呢？总有人逃出来吧？”哨兵说了一个地名，指了一个方向，陈懋指引老林开过去。

狗儿沟是一个较为平坦的山谷，立着“应急避难场所”的牌子，数十人正在忙着搭建帐篷，有本地人，也有解放军。陈懋下了车，跑向灾民。社区张书记认出了他，却没人知道陈懋妈妈现在是什么情况。在灾民混乱的描述中，陈懋惊讶地发现，造成灾难的不是之前的暴雨，而是一种奇怪的“竹笋”。下午两点左右，在很短的时间内，数以百计的巨大竹笋从地底下冒出来，水泥钢筋砖头都挡不住，把房子全部拱垮了。灾民们七嘴八舌地说，红石镇成了一片废墟，仿佛遭遇地震，没有一栋房子甚至一堵墙还直立着。

“莫慌。”老林对陈懋说。

陈懋怎么能不慌呢？

又有一批灾民被解放军送来。陈懋急忙过去询问，还是没人知道妈妈的下落。宛如有数万只蚂蚁在啃咬陈懋的心。他开始后悔没有强制要求妈妈去城里住，要是当时自己的决心再大一些，会不会……他不敢再细想。“我知道还有一条路，”陈懋对老林说，“就是有些危险。”

那不是路，而是挖掘机在林间用履带碾压、铲斗抓爬出来的防火通道。皮卡车在防火通道上时而跳跃，时而摇摆，发出怪异的响声，似乎随时会崩解。“我什么路没有开过?”老林叼着烟，若无其事地说，“只要这老皮卡扛得住，我就没有问题。”

从山脚到山腰再到山顶，皮卡车翻过了三四个山头，在暮色四合中，驶进了红石镇所在的山脊。然后陈懋和老林看到了他们这辈子都不可能忘记的场景。

有1500人居住的红石镇修建在一条山脊顶部略平的地方，中间一条公路穿过。正如灾民所说，多数房子已经垮塌，少数房子还坚挺着。在废墟中，矗立着这次灾难的罪魁祸首，一根根向着蓝灰色天空挺立的尖塔状的东西。它们非常密集，三五根聚在一起，矮的有两三米，高的有五六米。最为诡异的，是这些尖塔浑身布满一条条、一道道花纹，在夜色中发出幽蓝幽蓝的光。在幽幽的蓝光里，还有解放军带着搜救犬在废墟四处翻捡和搜寻。他们影影绰绰，宛如置身于幽冥世界。电筒光时不时地亮起，仿佛是这个幽冥世界的希望。

老林靠边停车，陈懋还没等车停稳就冲了出去，冲向家的位置。

解放军过来询问，老林回答：“我们是市园林科研院的，来研究这个——”他指向那些“竹笋”，“那是他的家。”

解放军说：“我们已经搜过了，搜了好几次。”

老林望向在废墟里忙碌的陈懋，说：“让他搜吧。”说完，老林掏出手机，拨打杨所长的电话，却不无意外地发现，无法拨通。

这是灾区，没有信号，很正常。

老林跑向陈懋，跟他一起在坍塌的房子里寻找。旁边的解放军叮嘱他们注意安全。房子不大，只有两层，坍塌后更显小了。一根巨大的竹笋从厨房底下钻出来，把整个房子硬生生地拱塌了，各种家具散落在四处。他们找了一阵子，没有任何收获。

“多半是跑出去了。”老林安慰道，拿出烟来递给陈懋。陈懋挥手拒绝了。他蹲下休息，手不受控制地颤抖。

“我读初中的时候，就在这里做作业。”陈懋指的是他蹲着的地方，“对我来说，做作业是一件非常快乐的事情。我在这里度过了无数快乐的时光。那边，那个被水泥板压着的地方，是我的房间。从大沟村搬到红石镇，我在这个房间里住了三年。现在那房间还保持着十几年前的模样，墙壁上贴满了我初中和高中得的奖状。都已经老化脱色了，我妈……那边，那幢垮了一半的房子，是何幺妹的家。以前我从下边这条小巷钻过去，到她家玩。她也经常跑到下边喊，‘黄国儿，我们一起去找黑狗和胖娃儿到学校打乒乓球吧’。再过去一点儿是她现在开的服装店。店面很小，生意也时好时坏，却是她心血的结晶。她老叫我去她店里买衣服，还要给我打五折呢。也不知道她……再过去，立着旗杆的地方，是红石初中，灾难发生的时候，正是上课时间，希望……”

陈懋难过得无法言语。

“这是什么东西?”老林把话题岔开。

陈懋知道老林是不想自己沉浸在悲伤的极端情绪里，于是强打精神，用科学家的眼光，去审视那根摧毁自己老家的尖塔或者竹笋。目测它直径1米，高6米，蜂蜜色的表面布满闪着蓝绿色荧光的花纹，在暗夜里格外显眼。

“没看错的话，这发光的是蜜环菌菌素。”陈懋得出了第一个结论，“这是蜜环菌长出的蘑菇。”

“可榛蘑不长这个样子。”老林不理解，“关键是榛蘑那么小，这玩意儿……”

“变异了。”陈懋已经进入了科学家的角色。

“起码是榛蘑的一万倍!”老林还是不能接受，“一个变异就能解释?”

“菌衣里边还包裹了其他东西。”陈懋说着，耸了耸鼻子，“你闻闻，有泥土，有木屑，有藻类，这是一个多种生命的混合体。老林，现在的关键不是这些蜜环菌怎么能长这么高，而是它们为什么要长这么高。你看那边，最高的那一根，起码有12米，当之无愧的世界第一高蘑菇。但问题是为什么?”

18

老林若有所思："为什么？"

"长这么高，一定有一个特别的目的。"陈懋说，"原因很简单，就是为了尽可能地把蜜环菌的孢子散播到更大范围的地方去。"

"你说得对。"老林同意陈懋的结论，又问，"孢子成熟需要多长时间？"

"正常情况是30个小时。"

"但很明显，现在不是正常情况。"

"必须把这个消息报上去。"

老林掏出手机来看，还是没有信号。他们又去找解放军，表明身份，说有重要事情要汇报。一个营长接见了他们，说信号的问题正在解决。老林和陈懋把蜜环菌孢子的事情讲了一遍，再三强调必须在变异的蜜环菌散播孢子之前，把所有的蜜环菌砍倒。否则，红石镇发生的灾难，将在所有孢子撒落的地方再次发生。

陈懋和老林耐着性子，等了二十分钟，一架长航时无人机出现在红石镇的夜空之中。这架无人机充当了临时的信号中继站，将这一片区域重新联入了通信网络。打通手机的那一刻，老林有种从冥界重回人间的感觉。

"这边的情况非常糟糕，杨所长，你不会相信我看见了什么。市里一定会抽调各个单位和部门的骨干，成立联合调查组，"老林对着手机说，"杨所长，请想尽一切办法，务必让我，还有陈懋，参加联合调查组。我们已经到现场了，他们没有理由拒绝。"

老林说完，点上了烟。杨所长在电话那头嘀咕着什么，陈懋听不见。老林忽然捏了手机，对陈懋说道："李刚会来，还是联合调查组组长。"

"李刚？哪个李刚？"迷迷糊糊中，陈懋觉得自己的脑子不够用了。在中国，叫李刚的，没有30万，也有20万。

"还能是哪个？"老林不屑地吐出烟圈，说，"不就是咱们所那个不存在的李副所长嘛。”

挂掉电话，老林说：“我们也去砍。”

战士们在营长的指挥下正在砍蘑菇。这些巨型蘑菇有一层坚硬的外壳，叫作菌衣，发光的菌素缠绕其上，布成花纹。幸好菌衣不算特别硬，用工兵铲就能砍开。里边很柔软，空隙很多，宛如多孔的蒸得熟透的面包，还散发着一种好闻的甜香。三五个战士围着，砍倒一朵巨型蘑菇，也需要10分钟。最麻烦的是菌素，它们韧性很强，很难砍断，因此，即使巨型蘑菇倒下了，菌素也藕断丝连，纠结缠绕在一起，并且继续发着幽蓝的光。

陈懋从一个战士手里借来工兵铲，也参与其中。砍着砍着，忽然蹲下身子，掀开半块砖头，看见倾斜的墙与地面的空隙，生长着一丛低矮的植物，晶莹透明，在蓝绿色的幽光里，显得那样诡异。

“这是什么花？”有战士问。

“水晶兰。”陈懋说。

“这里有，那里还有。”战士们纷纷说，“我先前就看见了，只是不晓得叫什么。还怪好看的。”

老林说：“我看它们更像烟斗。诶，不说不像，越说越像。”

陈懋道：“水晶兰的英文名Ghost Pipe，翻译过来就是鬼魂烟斗。”

这时，手机振动起来，陈懋接听，是社区张书记打来的：“好消息，你妈妈找到了，受了伤，刚刚被送到了安置点。”

陈懋赶紧说：“我马上过去，叫我妈不要着急。”

夜色浓重，皮卡车在防火隔离带上颠簸。陈懋紧紧抓住车窗上方的把手，在颠簸的车里努力稳住。

“你放心，佛祖会保佑我的，我最近烧了不少香。”老林如是说。

陈懋问：“你真信啊？”

老林说：“经历的事情多了，你就会明白，有些事情，不是科学能解释的。”

陈懋勉强冲老林露出一个笑脸，不再说话。他不在这种事情上与人争辩。

陈懋不习惯皮卡车的速度与摇摆，而老林乐在其中。陈懋自然而然地望向车窗外，黝黑的大山只剩剪影一样的轮廓，由近到远，清晰地分作如山水画那般的四层。一层比一层高远，一层比一层模糊。那个方向上的所有大山似乎都倒向同一个方向，噢，这就是“峰峦如聚”吗？陈懋这样想着，然后一抹耀眼的亮绿闪过天空。他扭头去看，忽然感觉皮卡车腾空而起，就像长了翅膀一般，旋即远处的山猛地往上抬高了七八厘米。他的心和身体一起往下沉，沉下斜坡，沉下山谷，沉入无边的黑暗。

19

陈懋昏迷了大概一分钟。醒来后，他发现自己头下脚上，倒躺在副驾驶的座位上。皮卡车四轮朝天，躺在山谷底部。

“老林，老林”。陈懋喊。

“我没事儿，没大事，”老林说，“你怎么样？”

陈懋答应着，松开安全带，勉强钻出破裂的车窗，跑到老林那一边。车门已经变形，无法打开。

“我腿让方向盘压住，动不了。”老林说。

陈懋一下子遭了慌，猛力拽车门。一次两次三次，七八次后，变形的车门竟然被他拽开了。

“好样的。”老林说，“再来试试座椅能不能往后移。”

陈懋探身进去，在座椅下方摸索，找到了一个把手，用力拉动，座椅幸运地移动了几厘米，使得被方向盘压住大腿的老林得以解脱。他以一个别扭的姿势伸出手臂，让陈懋把他拖出倒扣着的皮卡车。

没走两步，老林推开陈懋，自顾自地坐到一块岩石上。

陈懋掏出手机，给社区张书记打电话，说明了这边的情况，让他组织人手快点儿过来救人。挂了电话，陈懋坐到老林身边的岩石上，仰望天空，只见山谷黑沉沉的，两边都是大山，把天空夹成一道发光的缝隙。

“给。”老林递给陈懋一根香烟。他自己已经点着一根，叼在嘴里，火星子一闪一闪地，映照着他脸上的斑斑血迹。陈懋心中一紧，生平第一次接过老林的香烟，再让他给自己点着，又学着老林的样子，吸了一口气。烟气在喉咙和肺里打转，那滋味并不好受，但陈懋不在乎。

那香烟上有老林的血。

社区张书记来得很快，一同来的，除了解放军战士，还有三四个社区志愿者。他们用简易担架七手八脚地把老林抬走，那个时候老林已经说不出话来。

“你呢？”社区张书记问。

陈懋疑惑地反问：“我？”好一会儿才明白张书记那句话的意思。“我没事儿。”陈懋边说边审视车祸现场，奇怪于皮卡车从半坡翻下去，打了七八个滚，压倒了一排松树，最后倒扣在谷底的岩石上，自己却没有受一点儿伤。

张书记指着陈懋的后脑勺说：“谁说没有？这里全是血。”

陈懋下意识地反手去摸，立刻摸到了一道嘴唇一般的口子，疼得他“哎哟”一声，倒吸一口凉气。

“这里离狗儿沟很近，算你娃运气好，赶紧去清洗伤口再包扎，”张书记说，“希望那一位老同志也有好运气。”

佛祖保佑，陈懋心里暗忖。

跟着张书记，陈懋在凌晨一点来到狗儿沟。妈妈脚受了伤，刚包扎好，在帐篷里休息，听说儿子来了，挣扎着起来。何幺妹在一旁阻止她。陈懋紧跑几步，把妈妈挡回了帐篷，然后听妈妈絮絮叨叨地讲灾难的经过。

“那个时候，我在何幺妹的服装店闲聊，房子突然垮了，把我和何幺妹压倒了。我还以为是地震，心想重庆也会地震啦？我的脚就是那个时候受的伤。何幺妹精灵，用脚踢开了一扇窗子，我们才从废墟里爬出来，看见是竹笋一样的东西把服装店拱垮了，整个红石镇都被拱垮了。到处都没得人，电话也打不通。我想到青龙湖那边去看看。要不是何幺妹一路照顾，我肯定活不到现在。还不感谢人家何幺妹？在青龙湖那边也没有见到人。天黑了，我们又累又饿。幸好遇到巡山的解放军，才送到狗儿沟这边。”

陈懋忙不迭地说：“感谢何幺妹，感谢解放军。”

20

天刚蒙蒙亮，远处传来螺旋桨搅动空气的声音。不一会儿，两架直升机贴着山脊飞了过来，降落在那边平地上临时开辟的停机坪。从两架直升机上下来十多个人，与当地领导和解放军首长简单碰头后，分成几组赶往不同的地方。其中两人直奔狗儿沟的“应急避难场所”，找灾民进行灾情调查，另有七人在社区张书记的带领下，步行通过防火隔离带，翻过几座大山，来到被巨型蘑菇摧毁的红石镇灾难现场。

这时的红石镇与昨晚相比已经有了很大的不同。经过解放军战士一夜的努力，所有的巨型蘑菇都被砍倒，以各种姿势瘫倒在废墟里，散发着一种因为太过浓烈而显得很臭的香气。

陈懋脑袋上缠着绷带，在废墟的一角，仔细查看那一丛水晶兰。浑身晶莹剔透的水晶兰，这时已经枯萎，变成墨一般的黑色。

他还记得水晶兰盛开的样子。在透明花瓣的包裹下，淡黄色的花蕊若隐若现。那淡黄色，如同清晨透过薄雾洒下的第一缕阳光，温暖而柔和。

生前和死后，对比过于鲜明而惨烈。

远远地，张书记喊陈懋的名字，说联合调查组的专家找他。

“你是陈懋？”眼前这人中等身材，下颌较尖，眼睛深邃而坚毅，浓密的倒八字眉，增添了几分英武与冷峻。没等陈懋回答，那人已经自我介绍起来：“我是李刚。”他的声音冷硬，似乎不带一丁点儿感情。

植保所一共8个人，实际上班的却只有7个人。因为有一个神秘人物，名字在植保所挂着，还担任了副所长的职务，但从来没有在植保所上过班。杨所长可能是所里唯一见过他的人。偶尔有人提到这个不存在的副所长，杨所长就是一脸不屑，却又扭扭捏捏，不肯明说。在柳姐姐与阿桑的联合逼问下，大家才打听到一些支离破碎、也说不上算不算准确的消息：这个叫李刚的，是院长亲自招进来的；家里超级有钱，本人是表观遗传学方面的天才，就读于国内最顶尖的大学；还在读大学的时候就开了自己的公司，研发什么基因驱动，公司在重庆西部科学城那边的金凤实验室。

“市里成立了联合调查组，我报了名。我们连夜在科学会堂集合，天没亮就乘坐直升机过来了。”叶子站在李刚身边，举止局促而又有些许慌乱，“你没事儿吧？”

“我没事儿。小蒲呢？他怎么没来。”

“他去垫江了。”

叶子还要说，却被李刚打断：“有什么需要向我汇报的？”

“昨晚，老林开车翻到山下了，正在医院急救。”

“这事儿我已经知道了。”李刚的语气又冷又硬，让人听了很不舒服，“说点儿我不知道的。”

陈懋一时语塞。

同行的专家中，有人放飞了四轴无人机。它在夏日清晨的阳光里，掠过红石镇的上空，将整个红石镇灾后的画面传到接收设备上。从画面上看，巨型蘑菇爆发的范围比红石镇要广，附近的一条从青龙湖流出的小溪连同两侧的树林都有巨型蘑菇从地底下喷薄而出。

“这就对了，说明巨型蘑菇不是冲人类聚居区来的。它只是在这里爆发，波及人类。”李刚看着画面，得出这样的结论。

*这叫什么话？什么叫波及人类？*陈懋还没有来得及问，李刚的质问已经如暴风骤雨般袭来：“为什么要砍倒巨型蘑菇？你不知道这是破坏现场吗？”

陈懋嘴唇翕动两下，说：“蜜环菌长这么高，是为了最大限度地散播蜜环菌孢子。一旦蜜环菌的孢子成熟，它们会向着天空喷撒无数的孢子，就像巨型喷泉一样。这些孢子会进入云层，被风送往四面八方，送往离这里几十、几百、几千公里之外的地方，再随着雨降落到地面。孢子的生命力极强，落到哪里，便到哪里生长。眼前红石镇的惨剧会一而再、再而三地发生。”

“已经发生了。”李刚以公事公办的语气说，“被巨型蘑菇摧毁的地方，不只是这里。到目前为止，已经接到垫江、梁平、开州、綦江、潼南、城口等区县的9起报告。璧山只是报告得最早的。”

“9起？”陈懋的震惊溢于言表，“必须在孢子成熟之前，把那些巨型蘑菇全部砍倒！”

“需要研究。”李刚以不容置疑的口吻说，“你这个结论，需要研究。”

“还有什么好研究的！”陈懋喊道。

李刚从陈懋身边走过，去看其他专家采集各种标本，当他不存在。

陈懋当场僵立，在这个夏日的早晨，宛如被冻结在冰里的鱼，唯一能动弹的牙齿“咯吱咯吱”地响。

这时，社区张书记捏着手机走到他面前：“陈懋，一个坏消息。医院刚打来电话，说那位老同志，抢救无效，已经去世了。”

“啊……”，陈懋的脑袋嗡嗡作响，宛如过载而发热的电脑一般，因惊愕而咧开的嘴久久合不拢。

佛祖没有保佑老林。

然后，一冷一热之间，一句话在他脑子里反复回响：

“前后之际，前际无去，今际无住，后际无来。”

21

狗儿沟应急避难场所里的人们脸上都挂着惊恐与无助，他们或坐或站，眼神中透露出对未来的迷茫。陈懋深吸一口气，迈步走进帐篷，目光在人群中扫过，最终落在了一位抱着孩子的年轻母亲身上。她的脸上满是泪水，怀里的孩子却还在懵懂地四处张望。

“陈博士，您能告诉我们，这到底是怎么回事吗？那尖塔样的东西到底是什么？”一位中年男子站起身，声音中带着几分急切与期待。

“我不是博士……”陈懋习惯性地纠正。他考上大学后，红石镇的人都喜欢叫他博士；在他们的认知里，博士是学识最高也最权威的人。

一个十二三岁的学生抢道：“我在一本科普书上见过，好像叫原什么藻？”

“原杉藻。”

“对对对，原杉藻，我想起来了，泥盆纪的原杉藻。陈博士，会不会是原杉藻穿越到了现在？”学生这样问。

众人的目光都集中到陈懋身上，期盼着他给出答案。博士嘛。陈懋摇了摇头：“不会的。原杉藻生活在4.2亿年前，直径一米，高七八米，样子确实跟摧毁红石镇的那个东西很像。但在泥盆纪的时候，地球环境剧变，维管植物崛起，原杉藻竞争不过，便灭绝了。原杉藻在地球上活了4000万年。某个物种的崛起与灭绝，在地质历史上很常见。摧毁红石镇的，不会是原杉藻，而是和原杉藻长得很像的变异蜜环菌。”

“真不是原杉藻穿越过来的？”

“真不是。与穿越相比，趋同演化的解释要简单很多。”

陈懋耐心地解释什么叫趋同演化，又介绍了蜜环菌。说这些的时候，他纷乱如洪水的心情渐渐平静。妈妈和何幺妹在人群里看着他，认真地听他讲。也许他们并没有完全听懂，但这些灾民因为信任他而从他的讲述里得到安慰却是真实的。他自己，也从中得到了安慰。所以，他也越讲越认真：

“你们只看见了它的瞬间大爆发，却不知道它在地底下已经积蓄了很久。我问过社区张书记了，他说最近一个月，红石镇附近有大片森林枯死，当时以为是连晴高温引起的，只是向上级报告了，也没有特别在意，以为下了雨，森林就会恢复过来。现在看来，那片死去的森林，正是成为了疯长的蜜环菌的原材料，而前两天的暴雨带来了过量雨水，正好提供了蜜环菌长成原杉藻或者巨型竹笋的能量基础。其实蘑菇由菌丝纠结缠绕在一起形成，它能快速吸收环境中的水分，让自己膨胀起来，这就是蘑菇总在雨后成批量出现的原因——而这膨胀，会产生惊人的爆破力。当然，蜜环菌长得如此之大，如此之快，爆破力如此之强，瞬间摧毁一座1500人的小镇，也确实令人惊叹。"

大家纷纷点头，然后问："那巨型蘑菇能吃吗？有毒吗？"

"是的，很多蘑菇都有毒，有的毒性强，有的毒性弱，有的当场死人，有的则能使人陷入深度幻觉。毒蘑菇品种多且成分复杂——这是它们保护自己的一种机制——但都要吃进肚子里，才可能中毒。至于巨型蘑菇，我不建议大家吃。最好不要吃。"

讲这些的时候，夏日的余晖在远处的山脊上闪耀。

22

失眠困扰着陈懋。眼睛闭得死死的，可在睡袋里翻来覆去，怎么也睡不着。*与其在那儿死挺着，不如起来走走。*陈懋打定主意，钻出睡袋，蹑手蹑脚出了帐篷。

酷暑未消，夜幕低垂，陈懋沿着一条小路向青龙湖走去。

在临近青龙湖的地方，他看见叶子在缓步前行。

"陈懋。"她这样叫他，声音里有掩饰不住的惊喜。

叶子是植保所里比陈懋还没有存在感的人。她个子小小，声音小小，打个喷嚏连鼻子尖的蚊子都吓不跑。每天准时上班，准时下班，从不迟到，从不早退，也从不议论同事的是与非。

"你是出来看星星的吗？"陈懋问。因为是没话找话，所以说起来有些磕磕巴巴，矫揉造作。

"你是吗？"叶子不答反问，"我不是。"

陈懋记得，小时候云雾村经常能看到星星，能轻松分辨出好几个星座。但后来……后来就几乎没看过了，尤其是到了城里。城里的灯光璀璨，如同冲天的火焰，杜绝了任何看到星空的可能性。陈懋不置可否地冲叶子笑笑，缓解自己的尴尬，旋即走到青龙湖边，站定。

叶子走到陈懋身边，仰着脖子望向夜空。“来了。”她轻声说。

只见深黑色的夜空中一道绿色的光带展开如巨大的幕布。它的边缘闪烁着柔和的光芒。紧接着，又有一抹紫色的光如精灵一般从光带中浮出，与绿色交相辉映，形成了一种梦幻般的色彩。

“那是……极光？”陈懋不敢相信自己的眼睛，“重庆这个纬度能看到极光？”

“你是有多长时间没有看过夜空了？”叶子说，“从去年春天开始，极光就频繁出现在各地的夜空了。”

“去年春天？”陈懋暗忖，那月球风的谣言就是真的了——至少部分是。

“真美呀。”叶子痴痴地说，眼神迷离。

陈懋望了一眼叶子，又把注意力集中到了夜空。昨晚瞥见的那一抹耀眼的亮绿，是否也是极光？老林是因为看了那一抹亮绿而坠下悬崖、丢了性命？最后扔掉烟头的时候，老林会想到些什么？

渐渐地，光带开始扩散，变得更加明亮，如同一片霍霍燃烧的火焰在天空中翻滚。它的形状不断变化，有时像飘逸的丝带，有时又像巨大的帷幕。随着时间的推移，极光的颜色越发丰富，红、蓝、黄、绿等各种颜色交织在一起，仿佛一场视觉盛宴。

两人默默地并排站着，看着极光，好像两棵安静的树。

23

良久，极光下去了。叶子问：“你有外号吗？”

“为啥问这个？”

“我想知道。”

陈懋迟疑了片刻，拿不定主意该不该说，最后还是点头说有。

活在世上的每一个人，名字之外大约还有一个名字，重庆人称之为“外号”，非常准确了。

外号有各种来历。

胖娃儿自然是因为他明显比同龄人胖两圈。不说胳膊和大腿，两个脸颊上的肉也会上下左右晃动。尤其是肚子，胖乎乎、圆滚滚的。人没到，肚子先到的事情经常发生。一想到胖娃儿，陈懋就想到他那胖得像西瓜的大肚子。也有人说胖娃儿小时候并不胖，让医生打激素针打胖的。对于这种说法，陈懋持怀疑态度。

黑狗又黑又瘦，有一次他偷了村东冯老头家的柑子，被罚关在家里不准出去。他在家里上蹿下跳，仿佛屁股长了刺，根本坐不住，最后从狗洞爬了出去，从此一钻成名。黑狗对这个明显带有贬义的外号并不排斥，相反，他很乐于向别人介绍自己的外号，并绘声绘色地讲述这个外号的来历，仿佛那是他人生的高光时刻。

成年以后，“黄国儿”这个外号的来历陈懋很少向人提起，尤其是上了高中之后。

村里不止那一棵江边死而复活的黄葛树，路边有，田里有，院子里有，甚至悬崖上也有。说黄葛树漫山遍野，到处都是，并不是夸张。最小的黄葛树只有拇指粗细，稍大一些跟手臂差不多，再大一些就可以与人的腰身比赛了。更大的，也就是年龄在百岁以上的，则有独木成林的奇观，树干需要几人才能合抱。而百岁以上的黄葛树上往往悬挂了红色布条，越老的黄葛树上的红色布条越多。这是因为，村里的人相信，树老成精，倘若谁家的小孩有个三灾六病，过继给黄葛树，给黄葛树当干儿子，黄葛树就会保佑他平平安安、健健康康、顺顺利利，无灾无病过一生。陈懋小时候生过一次大病，几天几夜高烧不退。大沟村医疗店的医生束手无策，药也吃了，针也打了，水也输了，就是不见好。于是在爷爷的建议下，家里举行了一场仪式，让陈懋拜村东头那棵被闪电劈断又死而复活的黄葛树为“保保”。把红色布条挂到黄葛树上的那一刻，陈懋自动获得一个新名字——黄国儿。

对于这个新名字，陈懋也曾经很困惑。胖娃儿的这个“儿”字，是儿化韵，不需要发出来；黄国儿的这个“儿”字，却是要发音的，而且是重音。一个不发，一个发，为什么？难道仅仅是后者要强调是“黄国树的儿子”？

病情稍微好转，陈懋就拖着软绵绵的身子，来到那棵黄葛树下，傻愣愣地观察，观察已经开始褪色的红布条，观察树下的香烛纸钱，观察那棵成为他保保的黄葛树。之前他曾经无数次在它下面玩耍，也曾经顺着树干爬上去看黑狗说的蛇窝，三个男孩子也曾经避开何幺妹一起向它撒尿，不觉得它有什么特别。而今这棵树成了他的保保，他的干爹，他的义父，他成了这棵树的干儿子，他与这棵黄葛树之间，冥冥之中仿佛建立起了某种看不见摸不着却实实在在的联系。陈懋拿指尖去轻轻触摸它被风雨摧残过的外皮，又把耳朵贴上去，隐隐约约中听见某种液体流动的声音，于是他第一次意识到，它也是有生命的呀！沧桑的、悠远的，同时又激昂的、澎湃的生命。正是它，保佑了自己。虽然说不清到底发生了什么，大病未愈的陈懋接受了“黄国儿”这个外号。

“好有意思。”叶子听完陈懋的讲述，歪着脑袋，吐了吐舌头，做出这样一个评价，“记得龙头寺有一个保保神，像个狮子。它保佑黄葛树，也会保佑你吧？”

陈懋想说，与老林说的正好相反，越长大他越不相信那些神神道道的东西。要是满天神佛存在，且大慈大悲，世间就不会这么糟糕了……但他没有把这话说出来。因为当他望向叶子时，发现叶子的神情和动作俏皮中带着可爱，与往日有些不同。陈懋看得有些痴了。

“怎么，我鼻子上有花？”叶子问。

“不是。”陈懋连忙否定，“极光映照在你脸上，漂亮极了。”

叶子追问：“是极光漂亮，还是我漂亮？”

陈懋回答：“都漂亮。”

叶子轻哼了一声：“没诚意。”

沉默片刻后，叶子两手对握，拢在胸前：“有一个问题一直想问你。你相信爱情吗？”

“我相信爱情。”

叶子几乎是原地跳了起来，抢道：“真是太好了，我也相信。”

陈懋看着叶子欢呼雀跃的样子，把后边的半句话强行咽了回去：我相信爱情，但我不相信爱情会发生在我身上。

24

巨型蘑菇事件最初只报告了璧山、綦江、垫江、涪陵、云阳等9起，后来又新增北碚、巫溪、城口等4起，共发生了13起。其中8起发生在居民区，造成了一千两百余人的伤亡，经济损失初步估计20亿。另外5起发生在丘陵、森林和草场，没有人员伤亡。

一份资料送到了陈懋及所有工作人员面前。彼时，陈懋正在红石镇的废墟上。夏日炎炎，被砍倒的巨型蘑菇已经开始萎缩、腐烂，发出令人窒息的臭味。即使戴着口罩，也无法阻止那臭味进入口鼻。

综合多方资料，这13起巨型蘑菇事件中，云阳那起造成的伤亡最大，而涪陵那起巨型蘑菇凸出地面的面积最大。就发生的时间而言，13起事件均发生在7月4日下午，璧山是第一起，下午2点4分，最晚是武隆，傍晚7点53分。一位中科院院士在主席台上汇报：把事件发生的地点和时间标记出来，用电脑进行了反复分析，没有发现什么规律，似乎整个过程是随机的，也没有发现彼此之间有什么联系。它们虽然是同一个时间段长出来的，却是在独立的情况下各自完成的。

对后边这个结论，陈懋是持怀疑态度的。一连串的问题在陈懋心底跳荡：13起相距遥远的巨型蘑菇事件之间是否真的没有联系？它们为什么会以这样的方式发生？巨混沌在其中扮演了什么样的角色？巨型蘑菇事件还会不会再次发生？

最后这个问题是眼下最为关键的问题。市政府下发文件，要求加强监控，无人机群加高分卫星在天上，摄像头加人员巡逻，力争覆盖全市每一个角落。首先是杜绝此类事件的再次发生，其次是一旦发生则第一时间抢险救灾，务必把损失降到最低。

令陈懋欣慰的是，前一天李刚听从了他的建议，向上级提出砍倒巨型蘑菇的议案，经应急指挥小组同意，13处巨型蘑菇在最短的时间内都被砍倒了。

小蒲给陈懋打来电话，描述了他在垫江一个镇上的见闻：

“去年砍黄葛树，今年砍蜜环菌，年年砍，连连砍，也是够了。懋哥，你不知道，现在我多么希望老林说的是真的呀！如果真的是黄葛树成精，或者是蜜环菌变成怪头怪脑的蘑菇人，也比现在的境况要好。那样的话，我可以拿刀砍它们，拿电锯锯它们，拿机枪射它们，把它们打得七零八落。哪怕它们无比凶猛，悍不畏死，数量再多，怎么打都打不完，我用火烧，用水淹，用炸弹炸，大不了同归于尽、壮烈牺牲嘛。但现在这个样子，孢子满天飞，我能做些什么？什么都做不了。”

“什么孢子满天飞？”陈懋疑惑地问。

“你还不知道吗？这边已经开始盛传孢子会毒死人，不毒死人，也会让人在幻觉中狂欢而死，不死也会把人变成半人半蘑菇的热衷于追着人咬的丧尸。”

谣言又跑到真相前面了。陈懋去找李刚，建议针对孢子恐慌提前进行辟谣。任何一场灾祸，都不可避免地有谣言与之伴生。“我们不能等着谣言流传开了再去辟谣，得有提前量，得有前瞻性，得预防性辟谣。”这一回，李刚没有拒绝。

于是，各种专家纷纷亮相媒体，有的发文章，有的接受采访，有的发短视频，进行如下科普：

正常情况下，地球上的真菌每年会产生大约5000万吨的孢子，是空气中活性颗粒的主要来源。是的，你的每一次呼吸，都有大量孢子进出。就连云层中也有不可计数的孢子，能作为凝结核，促进雨滴和冰晶的形成。所谓的孢子大爆发，并不是事实。因为科学家的敏锐，在孢子成熟之前，及时砍倒所有巨型蘑菇，使得巨型蘑菇没有来得及向天空喷射孢子。来自智能孢子捕捉系统的结果显示，重庆各地空气中孢子密度并没有明显上升，更没有多到足以改变该地区生态环境的程度。

这些说法，相信的人更加相信，不相信的人更加不相信，对立的情绪愈发激烈。但显而易见，辟谣在前，那些与孢子有关的谣言传播度远没有以前来得宽泛与凶狠了。

25

叶子发了一篇网文给陈懋看：

七八米高的蜜环菌向着天空，喷撒出数以亿计的孢子，似一群恐怖至极的幽灵，无声无息地随风飘浮，然后纷纷扬扬地撒落到任何一个你能想象得到的地方。

阳台，车辆，河道。

超市，医院，学校。

阳光下，月光里，雨水中。

一场无声的入侵正在你看不见的地方悄然进行。

菌丝如同贪婪的触手，迅速蔓延至城市的每一个角落。原本坚固的房屋在它们的挤压下，如同脆弱的纸片，纷纷坍塌。墙壁被菌丝穿透，留下一个个触目惊心的孔洞；屋顶被巨大的蘑菇伞盖顶开，砖块散落一地。街道上，蘑菇们肆意生长，将水泥路面顶起，形成一道道崎岖不平的隆起，汽车被掀翻在路边，车身被菌丝缠绕，仿佛被牢牢束缚的猎物。

同样的事情也会发生在人身上。

孢子们带着未知的恐惧，从鼻腔、口腔，还有眼睛和耳朵，从任何一个孔窍钻进任何一个人——包括你——的身体。那些孢子，就像邪恶的种子，在你身体里扎根、蔓延。你仿佛能感觉到它们在体内肆意生长，如盘根错节的藤蔓，攀附在器官上，侵蚀着组织。起初，只是皮肤上泛起淡淡的红斑，随后，红斑迅速蔓延、溃烂，你的身体以肉眼可见的速度扭曲变形，骨骼咔咔作响，仿佛有什么东西在体内疯狂生长。你痛苦地挣扎、嘶吼，直至声音嘶哑，最终变成了一个人不人鬼不鬼的怪物，眼神中再也没有了往日的温情，只剩下对血肉的渴望……

面对蜜环菌孢子的入侵，你所在的城市也采取了一系列措施。然而，蜜环菌的顽强生命力使得这场入侵难以彻底遏制。

你只能戴上好几层口罩，行走在满是孢子的空气里，生怕那微小的幽灵乘虚而入。可即便如此，冰冷的恐惧仍如潮水般将你淹没，让你无法呼吸。在这孢子肆虐的世界里，人类的未来一片渺茫，而你，只能在这无尽的恐惧中，等待着未知的命运降临。

“很有感染力，很有煽动性。”陈懋如此评价，“很吓人，很适合网络传播。”

“你好像不喜欢上网呀？”叶子歪着脑袋在另一个帐篷里问。

“没一般人那么喜欢。”陈懋淡淡地说。

叶子意识到有问题，追问之下，陈懋才把真实的原因说出来。

好几年前，陈懋在微博上发表了支持转基因的观点，结果被人追着骂了一个星期。不问事实，不讲道理，不分是非，只有无穷无尽的谩骂、侮辱与暴戾。从那以后，他就对上网失去了兴趣。“人家上网发布谣言是专业的，我辟谣，是业余的，自然比不过。”陈懋如此自我解嘲。

“不上网，没烦恼，”叶子说，“我懂。”

听着后边两个字，陈懋怦然心动。

李刚专程来找陈懋，表扬他提出的建议，很有预见性，避免了事态的扩大，云云。但表扬的话从李刚嘴里说出来，也没有表扬的味儿。说敷衍吧，他又是那样认真，他甚至为当时没有立刻同意陈懋的说法而道歉。这对高傲的李刚而言，应该是非常难得的事情吧。

之后，陈懋得到了来自市政府的嘉奖。典礼庄严而隆重，多家媒体进行了深入报道。陈懋坚持把老林的名字加上，但能接受记者采访的，只有陈懋。陈懋反复向记者解释，为什么砍倒巨型蘑菇就能阻止孢子的大规模散播。陈懋并不喜欢面对镜头侃侃而谈。看见镜头他就本能地心跳加速，脸皮发紧。但杨所长告诉他，这是宣传的需要。想要平息社会上对孢子的恐惧，就必须有人站出来，用事实和数据，还有老百姓听得懂的话来告诉他们真相。陈懋照着做了。

“而孢子——可以理解为真菌用于繁殖的种子——是没有毒的。既没有能致幻的裸盖菇素和鹅膏蕈氨酸，也没有能致人死亡的环肽类毒素和胆碱能神经毒素。”陈懋对着镜头说，就像他在狗儿沟对着受灾的乡亲们说一样。

所幸，巨型蘑菇事件没有再发生。忧心忡忡监测了两个月，它就像黄葛树的变异或者夏天的风一样，说来就来，说走就走了。

对巨型蘑菇的DNA鉴定表明，这就是蜜环菌的变种，它们的基因组里塞满了HGT——水平基因转移——而来的片段，其中一部分是它们巨大化的基础。在陈懋的建议下，对13处巨型蘑菇爆发地进行了全面的检测，均发现了面积超大的菌根网络。但并没有与陈懋发现的巨混沌连接在一起。而且，13处蜜环菌新增的DNA片段还不一样，说明是各自独立进行的。那为什么这些蜜环菌会不约而同地巨大化呢？原因不得而知。

孢子谣言中想象的那些世界末日一般的大规模灾难并没有发生。皮肤过敏和哮喘的患者人数确实有明显上升，但也在可以控制的范围内。

当夏天结束，习习的秋风吹起时，生活似乎已经恢复正常。红石镇和其他被巨型蘑菇摧毁的地方，有的重建，有的整体搬迁。妈妈跟陈懋说，等新红石镇建好，她就回去住。死者已矣，而生者如斯。提起夏天对蘑菇和孢子的恐惧，大多数人都一笑置之，难以理解当时的情况。世界似乎恢复了正常。

可惜只是似乎。

记忆碎片之二

人们只知她叫“叶子”，却鲜有人知这只是外号，与她本名毫无关联。她既不姓叶，名字里也没有“叶”字。这个外号源于柳姐姐的一句调侃，说她身形瘦得像被风一吹就飘走的叶子。

植保所搬到龙头寺的第一天，叶子先到罗汉堂选的临窗工位，被柳姐姐以年纪大、身体不如年轻人为由强行霸占。柳姐姐还列举诸多理由，一副这工位非她莫属的架势。叶子心中烦闷，那是她精心挑选的位置。然而，因自身带有讨好型人格，她稍作挣扎便选择妥协，把工位让给了柳姐姐。

搬迁的忙碌告一段落，诸事渐稳。但叶子内心始终压着一块石头。正值春天，天气却热得像夏天，这让本就烦闷的她心情愈发沉重，便离开罗汉堂去散心。

此时的龙头寺，四下里寂静无声，不见一个人影，仿佛整个世界都只剩下她独自一人。这份宁静，宛如一泓清澈的湖水，让叶子那颗疲惫的心找到了栖息之所。学生时代背诵的几句诗涌上心头。她轻声吟诵，心情也慢慢平复。

拐个弯，她来到大雄宝殿前，看到栏杆上密密麻麻地挂着许愿牌，每一块许愿牌都用一根细细的红色丝线系着。她凑近细看，上面大多是常见愿望，如家人健康、自己平安、考上大学、事业有成、世界和平等。也有一些稍显特别的，有祝某某人所得皆所愿的，有祝自己早日忘记某某人的，希望自己在以后的生活里，更加坚强，不为鸡毛蒜皮的小事劳神费心，希望能用积极的心态面对未知的人与事，接受一切失与得，希望失眠到凌晨五点的事再也不会有……

叶子静静地看着这些许愿牌，眼眶变得湿润起来。这些简单质朴的愿望，之所以被人们写在许愿牌上，不正是因为它们在现实生活中难以实现吗?

叶子伸手从口袋里掏出一支笔和几张便利贴，脑海中闪过许多念头，可当笔尖触碰到便利贴的那一刻，她又犹豫了：那些藏在心底的话，真的要这样毫无保留地写出来吗？短暂的犹豫之后，叶子最终还是做出了决定。她轻轻转动手中的笔，在一张便利贴上写下了刚才在心中默念的那首诗。每一个字，都写得格外认真，一笔一画都带着此刻的心情与感悟。

叶子将写好的便利贴轻轻挂在栏杆上，随后迈着轻快的步伐，走下台阶。不经意间，目光瞥见了一旁花坛里有一团白莹莹的东西。

叶子的好奇心被瞬间勾起，她不由自主地走近花坛，小心翼翼地拨开花枝。眼前的景象，让她瞬间屏住了呼吸，心中满是惊叹。原来，在这花坛的角落里，生长着一丛水晶兰。

这丛水晶兰，大约有30厘米高，八九株相互簇拥在一起，形成了一个小小的群落。它们的茎秆笔直而纤细，没有一丝多余的分枝，通体呈现出一种晶莹剔透的洁白，仿佛是由最纯净、最无瑕的水晶精心雕琢而成的艺术品。在周围略显幽暗的环境中，它们散发着一种淡淡的、柔和的光泽，宛如夜空中闪烁的星辰，又似落入凡间的精灵。

她情不自禁地蹲下身子，将脸凑近水晶兰，更仔细地观察这些神奇的花朵。

它们的空灵、清幽与神秘，让叶子深深着迷。她的眼神中充满了惊叹与怜惜，仿佛看到了另一个自己。在这个喧嚣的世界里，水晶兰坚守着自己的一方天地，不被外界所干扰。而她，也在努力寻找着属于自己的宁静角落。

原来，“我见犹怜”说的就是此刻这般感受啊！叶子在心中默默地感叹道。她从未如此深刻地理解过这句话的含义，直到此刻，与水晶兰相遇的这一刻。

突然，从大雄宝殿那边传来一个声音。这个声音，打破了周围的宁静，也将叶子从沉思中唤醒。

有人在朗诵她写在便利贴上的诗：

如果有来生，要做一棵树，

站成永恒。没有悲欢的姿势，

一半在尘土里安详，一半在风里飞扬；

一半洒落荫凉，一半沐浴阳光。

非常沉默，非常骄傲。从不依靠，从不寻找。

听到诗的瞬间，叶子既庆幸没署名，又后悔没署名。隔着花坛和栅栏，叶子定睛一看，朗诵者正是陈懋。陈懋没注意到她，只是自言自语道："只有此生不开心，才会格外渴望来生吧。"

陈懋的话虽轻，却如惊雷般在叶子心中掀起波澜，让她的内心久久不能平静。

第三章　秋天的怀念

26

路过所长办公室，陈懋看见杨所长又在镜子前打理他所剩无几的头发。

四十八岁的杨所长早就秃顶了，只剩两侧和后脑勺上还有少许头发在做无谓的垂死挣扎。所谓的打理，只是一遍又一遍地把最后几十根稍长的头发梳到头顶与额头，勉为其难地遮盖住光秃秃的头皮。你说他不在乎，打理的时候又特别认真；说他在乎吧，又不肯去植发；哪怕是一不做二不休，把头发全部剃掉，彻底变成光头，也比现在这种介于半秃与全秃的巨混沌状态强。

老林仗着比杨所长早几年进入科研院，在植保所里资历最老，经常同杨所长开一些出格的玩笑。有一次，老林当众问杨所长为什么不干脆剃成"秃瓢"，那样就不用每天打理了。杨所长哀叹道：

“想当初我也是有一头浓密头发的少年；掉下的每一根头发都是我为了重庆植物保护事业作出重大贡献的证据啊。”其实还是没有正面回答老林的问题。瞧杨所长那别扭又憋屈的神情，陈懋猜：对杨所长来说，或许头发掉光了，就等于末日降临了吧。

“人家是老年痴呆，我这是中年痴呆，你这算什么？少年痴呆吗？”杨所长冲小蒲吼道。声音之大，宛如龙吟虎啸，从所长办公室传出来，整个龙头寺的山头都在颤抖。

“我冤啊，我明明什么都没有做，为什么要我遭受这些罪？”小蒲回到罗汉堂，哭天抢地，“不就是忘了给杨所长提交真菌计算机的文件，至于骂我三回吗？”

“你觉得冤枉，龙头寺也觉得冤枉。”陈懋模仿理延的声音说，“我啥子都没做，怎么就成灾难之源了呢？”

一会儿黄葛树变了异，一会儿蜜环菌发了疯，一会儿水晶兰成了精……这几年灾难密集得命名都出现了困难，也不知道是谁，最早将这一系列灾难称为“龙头寺之厄”，简称“龙厄”，但这一叫法，不胫而走，火爆全网，又从网上，落回到现实里，成了人人都说的最新流行语。

“龙厄背后一定有人在捣鬼，”小蒲咬牙切齿地说，“我会把他揪出来的。”

最新的龙厄是什么呢？难道是记忆消失？陈懋想。

同一件事，杨所长骂了小蒲三回，很可能是他忘记已经因为这件事骂过小蒲了。

阿桑是什么时候离开植保所的，大家众说纷纭。植保所搬到龙头寺之前，还是之后？谁都说不清楚。陈懋只记得，阿桑离开后，杨所长要自己承担宣传工作，去写植保所新闻和科普文章，给他增加了不少负担。后来，不记得是谁，无意中提起阿桑的现状，说她烫了大波浪，带着孩子走在大街上，陈懋才恍然想起所里还曾经有这样一个人。

“有些人吧，只是你生命里的过客。他从你的生命里匆匆走过，从此老死不相往来。”陈懋这样总结道，“而你，其实也是他生命里的匆匆过客。你们彼此互为过客。”

“但叶子肯定不是我生命中的过客。”

陈懋和叶子领了结婚证，办了简朴的结婚宴，主要由植保所的同事参加。这事儿说突然也不突然，说不突然也突然，有人说陈懋变了，但具体哪儿变了，又都说不出来，只好承认：谁都会变，陈懋也不例外。至于说这话的人是谁，陈懋不记得了。也许是杨所长，也许不是。

陈懋记得自己在结婚宴上，难得地讲了一个黄色笑话，说结婚嘛，就是男人想通了，女人想穿了，各取所需。台下哄堂大笑，陈懋却一点儿也没有笑，叶子使劲儿挠他的胳膊，他也没有回应。

后来叶子问过陈懋，为什么要那样说。

陈懋回答：“来的人喜欢听这些。”

叶子问：“你不喜欢吗？”说完又挠陈懋的脖颈。

叶子喜欢挠人，高兴的时候喜欢挠，不高兴的时候也喜欢挠，是陈懋结婚后才知道的。叶子个子小，手指却像猫爪，挠起人来特别疼，有时甚至会留下血痕。陈懋由着她挠，因为她只挠他。

27

“懋哥，好久不见。最近在忙啥？”

“瞎忙。也不知道在忙些啥。”

“是结了婚的缘故吧？理解，理解。”小蒲转而说道，“你知道吗？杨所长最近经常生气，最根本的原因是他主持研究的菌脑项目被证实失败。”

“这不是早就注定的事情吗？”陈懋如此说。

“你说了又不算。”小蒲告诉陈懋他知道的事情，“你在GDE忙碌的时候，来了一个姓萧的科技保险调查员，据说是李刚介绍来的。杨所长这个项目两年了，没有任何进展，上级已经不耐烦了，停了今年的资助，而所里和院里已经为这个项目垫付了不少。李刚说，科技保险是最新的保险项目，有国家金融监督管理总局的文件支持，倘若调查员认为项目可能成功，就可以投保，假如将来项目失败，也可以从保险公司获得赔偿。我觉得吧，杨所长多少有点儿死马当活马医的意思。谁知道，姓萧的调查员来飞机洞转了一圈，得出的结论却是这个项目必然失败，拒绝投保。作为飞机洞的发现者，我也陪着去了，亲眼见到杨所长脸色变得比猪肝还难看，而且还在那儿菌脑菌脑地说。萧调查员不客气地说，哪有菌脑，顶多是蜜环菌菌丝在发育的过程中形成的一个扭结，一个病变，一个肿瘤。他还郑重地建议杨所长去更新知识库，别用过时的知识和思维方式来搞现代的研究。”

“更新知识库？他真这样说？”

“我亲耳听见的，绝对不会错。也许，他真的认为杨所长是个机器人呢。”

“可是，有秃顶的机器人吗？”

陈懋说完，两个人一起捧腹大笑，好像这真是一件值得欣喜若狂的事情。“杨所长一定很难过吧。两年了，投入这么多资金和设备，得这么一个结果，”陈懋说，“换谁都会难过。”

“懋哥，你真是太善良了。”小蒲转而问道，“懋哥，你在GDE那边感觉怎么样？”

“还行吧。”

“跟杨所长相比，李所长怎么样？”小蒲追问，“我听说，李所长很冷漠，不近人情。”

“李刚确实不近人情，但规则很清楚，边界很清晰。杨所长经常讲所里要人性化管理，但你觉得真的落实了吗？他说的人性化，不就是他说了算嘛。”

“说得我也想借调到GDE公司了。”

陈懋笑笑，不说话。

去年蜜环菌事件解决后不久，李刚将陈懋和叶子从植保所借调到GDE公司。借调的意思是保留植保所的关系，到GDE公司工作，并且拿几倍于植保所工资的薪金。陈懋和叶子刚结婚，要买房，急需增加收入，所以两人一口答应了。假如有一天GDE公司破产了倒闭了关门大吉了，陈懋和叶子还能回到植保所上班。对这种可进可退的状态，向来稳重的陈懋甚是满意。

当初爸爸妈妈对陈懋最大的期待，就是读了大学去事业单位工作，旱涝保收。陈懋考进植保所，也算是完成了爸爸妈妈的意愿。当然，植保所工作的好与不好，陈懋是到了植保所之后才知道的。陈懋与叶子结婚，最高兴的自然是妈妈。不过新的烦恼也随之而来。“趁我手脚还灵活，赶紧把孩子生了，”妈妈如是说，“再过几年，我可带不动了。”每次妈妈哪壶不开提哪壶，陈懋要么装聋作哑，要么顾左右而言他。叶子也不愿意现在生，因为到GDE公司后，薪金涨了几倍，工作量也涨了好几倍，同时要应付的事情太多太多。房子还没有买，再添一个只会哇哇哭的孩子，那是万万不能的。

有一次工作的间隙，陈懋问李刚，开着自己的公司，为什么还要到植保所任职？按照李刚的性格，不应该这样。李刚回答说与性格无关。有些事情只能国营来做，比如植保所，而有些事情只能私企来做，比如GDE。

28

巨型蘑菇爆发后不久，关于月球风的消息开始在网络上大规模流传。

这次舆论的起点是一篇中科院高能物理所的论文。该论文长达10页，满是专业术语与英文缩写，满是数据、表格与柱状图，满是难以理解的注释，连附录都有3页。读过的人都说，该论文论述之绵密，论证之精细，堪称论文的典范，不由得感叹论文作者之专业。

重点在于，该论文是第一次以半官方的形式，证实来自月球的高能带电粒子潮（High Energy Charged Particle Storm）的存在。

自然，在网络上流传的，肯定不是该论文本身，而是该论文的截图以及对论文的非专业解读。

根据这些解读，以前，极光是由携带高能带电粒子的太阳风进入两极地区的大气层形成的。那个时候，高能带电粒子数量少，还没有到大气层底部就消耗完了，碰撞过程中释放的能量可以忽略不计。绚烂无比、变幻无穷的极光则是一道亮丽的风景。

但现在，进入大气层的高能带电粒子的数量是以前的数万倍，所释放的热量也是以前的数万倍，而持续喷发的月球火山则为此提供了源源不断的高能带电粒子。伴随着空前强烈的极光而来的，是两极地区的异常高温。

根据电脑模型，如果月球上的一万座火山全部喷发，最多十年时间，南北两极就将成为地球上最热的地方，赤道反而会成为最冷的地方。在这种温度下，地球上所有的冰川都将融化为水，海平面将上升数百米，大部分陆地将重新淹没在万顷碧涛之下，彻底变成水球。

在后续的传播中，该论文逐渐消失，有时仅仅是楔子，有时模糊为“科学家最新研究披露了一个可怕的真相”，而后边的部分则越来越具体，越来越可怕，人类的结局越来越悲惨：面对这种史诗级的灾难，我们很可能什么也做不了。我们能阻止月球火山喷发吗？我们能阻止月球风进入地球大气层吗？我们能阻止地球变得日益炎热吗？在这种情况下，我们自诩先进的科学技术，又能发挥多大的作用呢？

“说得好像月球上的一万座火山已经喷发了一样。”陈懋说。

说这话的时候，陈懋和叶子坐在楼顶看天上的极光。

看极光，就像看日出与日落，如今已经成了日常。有人很快厌倦，视而不见，有人则乐此不疲，天天看。叶子属于后者。不管多忙碌，一有空闲，叶子定会拉着陈懋去看极光。“真美呀，”叶子总是说，“我喜欢一切美的东西。”

在看极光的时候，叶子仿佛忘记了人间的一切烦忧。

但陈懋忘不了。

除了少数科学家，已经没人讨论前年的变异黄葛树了。去年的蜜环菌爆发也基本上没人提了。前年和去年，仿佛已经过去了很久，久得就像发生在上个世纪，甚至是一千年以前。

很难想象，有灾祸来自38万公里之外的月球。而且，不仅是天上，地下也潜藏着灾祸。“真是多灾多难的年月。”陈懋对叶子如是说，“天上的事情我管不着，地下的事情，我还可以努一把力。”

29

金凤实验室是重庆四大实验室之一，聚焦生命健康领域的突破与创新，下辖很多个单位、公司和研究所，李刚的GDE公司便是其中之一。

李刚成立GDE公司，是为了治疗罕见病。

公司的官网上写着：罕见病，并不罕见。我国罕见病患者有近2000万人，已知罕见病近7000种，其中80%的罕见病是遗传缺陷导致的。CMS（先天性肌无力综合征），MSUD（枫糖尿症），HD（亨廷顿舞蹈病），SMA（脊髓性肌萎缩症）等等，都是常见的罕见病。

“我见过一对患有CMS的兄弟。哥哥比弟弟大一岁半。读幼儿园的时候，哥哥开始发病，并日益严重。肌肉萎缩，无法行走，无法独立完成吃饭、穿衣、上厕所等日常小事。随后，弟弟也开始发病。一个家里，有一个CMS患者已经是灾难了，现在他们家有两个。关键是，他俩智力正常，清晰地知道自己有病，自己的病给自己和家庭带来了怎样的灾难。但无能为力。因为无药可治，即使有药，也不是他们这种家庭能够负担得起的。”

说这话的时候，李刚罕见地流露出一丝温情。

“我见过白化病患者。”陈懋说。

“仅有5%的罕见病具有切实的治疗措施，不到1%的有药可治，而且这些药通常奇贵无比，普遍是数十万甚至数百万一针的天价药。传统的基因编辑技术虽然在实验室中取得了不小的进展，但在临床应用中仍面临编辑精度不足、脱靶效应等严重问题。”李刚说道，“必须独辟蹊径，寻找新的治疗方式了，那便是GDE。”

李刚特别喜欢用缩写。似乎不用缩写，不足以展示他的专业。而别人能否听懂，不在他的考虑之中。陈懋不是这样的人。或者说，陈懋与李刚是两个世界的人。陈懋敏感且柔弱，李刚则冷峻且刚强。陈懋想要弄懂他不知道的知识，向学“生物信息学”的叶子求助，并买来专业书籍，一点一点搭建起关于GDE、HGT与TEs等新知识的框架与体系。

“HGT，Horizontal Gene Transfer，水平基因转移。在很多情况下，HGT能够促进新物种形成，因为它可以使一个新种群在短时间内，在遗传上与原始种群明显不同。在自然状态下，HGT包括Transformation、Conjugation、Transduction、GTA-Mediated Transduction四种主要方式。”

“转化、接合、转导，最后一个是……基因转移剂介导的转导。”陈懋努力跟上李刚的语速，并在笔记本上记写。

李刚说：“我所做的研究，是研究自然状态下HGT的过程，寻找其规律，进而探索实现人工HGT的可能性。经过一系列的研究，我发现TEs是实现人工HGT的最佳载体。”

陈懋继续记录：TEs，Transposable Elements，转座元件，也称为Jumping Genes（跳跃基因），是一类可以在基因组中从一处“转座”或“跳跃”到另一处的DNA序列。“浪漫一点儿的说法是，‘基因像流浪诗人，在不同生命间传唱’，”李刚如是说，“TEs在植物界、动物界和真菌界不同物种的基因组中广泛存在，并且种类繁多。TEs可以插入到基因的启动子区域或增强子区域，导致基因组的大规模结构变异，如缺失、重复、倒位和易位。这些变异有时对生物体有害，有时能帮助生物适应不同的生态位和环境压力。”

“现在我的记性远不如当学生的时候。”陈懋对李刚说，“不拿笔写下来，就算当时记得，第二天起床就忘得一干二净了。好像龙厄在我身上，特别明显。”

“传统的基因编辑是针对精子、卵子或者受精卵的，无法对成年细胞进行编辑。我所要做的，是找到合适的TEs，将特定基因片段组装为GDE，插入成年细胞的DNA里，然后由这一个或者一组成年细胞去主动‘感染’该个体的其他成年细胞，直至该个体全部成年细胞里的DNA都替换为新的版本。接下来，该个体将从整体上发生定向变异，向着我预设的方向演化，出现我所需要的性状。”

“Gene Drive Elements，基因驱动元件。”陈懋把这一个词语重复了一遍，脑子里想象着那样一个画面。但画面非常模糊，好多地方一掠而过，缺少足够的细节支撑，以至于显得不够真实。

“刚才所讲只是第一步。还有第二步，或者说GDE还有第二个作用。GDE能够在有性繁殖过程中‘驱动’特定基因的遗传。当携带GDE的个体与其他个体交配时，后代将更有可能继承这个GDE，从而在整个种群中快速传播。与传统的孟德尔遗传规律——通常为50%的遗传概率——相比之下，GDE可以使特定基因的遗传概率大幅提高，最高可接近100%。”

“这就是说，罕见病患者在治愈之后，还能生下健康的后代，且这种基因在人群中扩散，从此以后，都不会再有罕见病出现了。几近完美。”陈懋总结道，“那么，研究完成了吗？或者说，进行到了哪一步？”

“我理想中的成果是针剂，打一针，就能实现我刚才所设想的针剂。然而……”说到这里，李刚沉默了，似乎陷入了沉思。陈懋也不说话，望着前方，等待李刚给出他的回答。“HGT、TEs、GDE，这些只是最基础的概念，说着容易，研究起来无比困难，涉及成千上万的数据，每一步都像攀登珠穆朗玛峰。我和我的团队在黑暗的迷宫里毫无希望地摸索……”

李刚顿住了，似乎不愿意再想起那黑暗中的经历。

“我知道那种感觉。”陈懋说，“绝望，无助，自我怀疑，自我否定，如此循环往复，仿佛在流沙里不断陷落。”

“非常恰当的比喻。”李刚说，“就是这个样子。”

“不知道你有没有想过，除了治疗罕见病，GDE还有很多用途。”陈懋说，“比如，对付巨混沌。”

说这话的时候，是去年秋天榕小蜂与黄葛树协同繁殖的时候，人们的记忆力和想象力还没有大规模地消失。

30

去年夏天研究巨混沌时，它的菌根网络或者说势力范围还只有100公里；到今年3月份，已经覆盖了近7.6万平方公里，重庆38个区县均发现了巨混沌的踪迹。就在科学家的眼皮子底下，原先各自独立的数百个大小不一的菌根网络被快速生长的蜜环菌菌丝和菌索连接在了一起。换言之，它已经变成了陈懋最早想象的那样，或者跟杨所长最初命名的一样，遍布重庆的整个地下与地上世界，成了名副其实的重庆树联网。

有科学家测量了1万平方公里内它的重量，为16250吨。照此类推，可估算其总重为123500吨。也有科学家不认可这种简单的类推，他们估算出的数值是123500吨的3到10倍。

不管取哪一个数值，巨混沌都是这颗星球上有史以来最大的有机体，没有之一。

蜜环菌通过巨型蘑菇散播孢子进行扩张的行为被阻止了，但没能阻止菌丝和菌索在地底下的疯狂扩张。它们没有如一些廉价的科幻恐怖片那样，因为人类的干预而发起对人类的疯狂反击。它们只是按照自己的节奏做它们自己的事。

在巨混沌上，生长着数以十万计的黄葛树，有四五百年乃至千年的老树，也有茁壮成长的幼苗。小叶榕、银杏树、蓝花楹、木芙蓉、天竺葵、香樟树、悬铃木等乔木也大量地接入了巨混沌，数以万计。华木槿、九重葛、金叶女贞和重庆山茶等灌木也陆续加入进来，数量多得无法计算。富含能量的碳化合物、养料和水分，调控植物生长和发育的激素，在巨混沌内传送。研究表明，含有DNA的细胞核与包括病毒和RNA在内的其他遗传物质也能通过巨混沌在不同植物之间传递。

陈懋那篇关于巨混沌的论文几经修改，终于写完，并在杨所长的帮助下，发表在国际顶级期刊*Nature*上。杨所长客气地署了第二作者的名。论文发表后，陈懋由助理研究员升为副研究员，当然，离研究员的级别还有很长的路要走。对此，陈懋也不是太在意。但他在意的论文影响因子却一直上不去，好比一块石子丢进了大海里，只是溅起了几朵微不足道的小水花。李刚告诉他，这很正常。*Nature*每年要发多少论文？不是每篇论文都能引起轰动的。而且，关于巨混沌，还有很多没有研究透的地方。陈懋不得不承认李刚说的是事实。

现在接入巨混沌的植物已经很少出现疯长与暴亡的现象。它们变得非常安静，就像人们刻板印象中的植物一样。有人说，在巨混沌里，它们学会了彼此和平相处；也有人说，是巨混沌改变了核心算法，不再轻易使用“群树死，群树生”的招数。

至于巨混沌的核心算法到底是什么，那些复杂到难以想象的网络里边是否隐藏着我们无法理解的智慧，科学家们研究来研究去，提出一大堆没啥用的假说。其中的一些极端说法在网上大肆流传：一种说法是巨混沌是地球的免疫系统，要将人类这种病毒消灭干净；另一种说法是，这巨混沌是外星人进攻地球的生物武器，当它们完全占领了地球，将地球彻底改造为外星球的模样后，外星人就会降临。

最麻烦的是，经过小半年的发育，巨混沌的影响正在快速溢出。紧靠重庆的邻水率先发现了树联网的踪迹。紧接着泸州也报告，他们那边的黄葛树也出现了变异。另一个方向，距离更远的遂宁也发生了巨型蘑菇事件。科学家们想破脑袋也想不明白，这一切是怎么发生的。似乎在重庆发生过的事情，也会在别的地方复制、粘贴一般再次发生。

国内与国际相关领域顶级的科学家都被请到重庆来研究巨混沌。越研究越惊心，纷纷感叹生命之神奇，竟能突破物理学的重重限制，达到如此恐怖的地步。

二月初，重庆阴条岭、五里坡、金佛山、雪宝山等国家级自然保护区在天气正常的情况下，先后出现森林大面积死亡事件。这为科学家们敲响了警钟。在对巨混沌研究不够透彻的情况下，研究如何对付巨混沌成了迫在眉睫的事情。

31

与柳姐姐的骂相比，杨所长的骂根本算不了什么。

柳姐姐是植保所里第二年长的人，骂人堪称一绝。陈懋有幸见识过三四回柳姐姐火力全开的状态，用“青天轰霹雳，陆地起波涛”来形容，毫不夸张。只是这一次的对象是陈懋自己，那感受自是不一样。

柳姐姐用重庆话骂人，声音洪亮，中气十足，字字清晰，极具穿透力，宛如加特林机枪扫射。各种歇后语，各种顺口溜，各种普通话里没有的方言俚语，混合在一起，层出不穷，滔滔不绝，骂两个小时绝不重样。别说杨所长畏她如虎，就是院长见了她，也会规避三分。

年初，柳姐姐生了一场重病，住了一个月的院。别人去医院是让医生治病，柳姐姐去医院是给医生看病的。或许是几年前丈夫患癌症去世的缘故，她对死亡异常恐惧，对医院异常抗拒。她不相信医生，既不相信医生的品德，也不相信药品的效果，只相信依据自己活了几十年的经验所做的判断。医生说的每一句话她都要仔细盘问，确认没有陷阱；医生开的所有药品，她都要仔细审视，确认没有夹藏。她害怕疼痛，脑袋一点点儿疼痛就大呼小叫；吃了一次药，如果头疼没有立刻好转，就要痛骂医生用假药糊弄，赚黑心钱；头疼稍微好转，就又不肯按时按量服药，说害怕身体产生耐药性。医生护士都很头疼，暗地里模仿她说话的腔调：“我活了几十年了，我哪样没见过？哪样不晓得？你们莫想欺瞒我。”好不容易把柳姐姐哄出院，他们都长出了一口气，如同送瘟神一般。

回到植保所，柳姐姐把医院狠狠批判了一番，把自己狠狠表扬了一番，又将自己头疼一个月怎么治都没有治好的原因归结为感染了孢子。“肯定是那次去綦江惹起的。杨所长，以后不要安排我去；再安排我去，我就死在你面前。”柳姐姐如是说。杨所长也只能赔着笑脸，打着哈哈，不明确表态。柳姐姐还是不依不饶：“大家都是普通人，谁也不比谁高尚。危险的事情莫喊我去。”

面对柳姐姐如江河倾泻般的痛骂，陈懋感觉自己就像狂风暴雨下随时会折断的小树苗。原因很简单，当时陈懋正和小蒲讨论孢子的谣言，柳姐姐听见了，以为陈懋在暗戳戳地嘲讽她关于孢子导致她头疼一个月的说法不科学，于是对着陈懋火力全开。陈懋连个“冤”字都喊不出口，只好学杨所长的那一套：赔着笑脸，打着哈哈。

“柳姐姐什么都记得，”事后小蒲挤眉弄眼，嘲笑道，“龙厄在她身上不起作用啊。”

32

记忆逐渐消失，世界面目全非，这样的事情，其实也不是什么新鲜事，它一直在发生。

老林在梦里对陈懋说，2021年，吴孟达去世了。得知消息时，他呼吸骤停，心跳加速，惊愕得无法言语。其实之前也没有多喜欢吴孟达，他只是随着大流，看他参演过的电影和电视剧。但吴孟达的离去所带来的悲痛又是如此真实，尤其是看到有心人剪辑的吴孟达镜头集锦，看着吴孟达在嬉笑怒骂中容颜渐颓，老林哭得一塌糊涂。良久才明白过来，老林悲痛的，是因为他的人生充斥着无法控制的离去，充斥着不可避免的消失，充斥着无法逃避的死亡。

老林意识到，他所熟悉的那个世界正在一点点地消失，这个世界变得越来越陌生。一开始速度很慢很慢，然后逐渐加速。他说，那个独属于他的世界，是他从小到大，用了几十年的时间，逐渐建立起来的。这里边既有客观的物质世界，也有他对这个世界的主观认知。他的喜悦，他的烦恼，他的追求和梦想，他干过的那些傻事，喜欢过的人与错过的缘，喝过的那些酒，酒后的那些呓语与真言，都包裹在其中，不可或缺，而且一度非常稳固。

而现在，只剩下怀念。

“那个时候，我二十出头，刚刚学会开车，正是对开车、对速度最为痴迷的时候。别人开要一个小时的路程，我开，半个小时就到了。喝酒也是如此，来者不拒不是我的作风，拎着酒瓶子主动出击，见人就碰，才是我的真实写照。‘酒是粮食精，越喝越开心’，是我的口头禅。一人喝赢一桌人是常有的事。”说这话的时候，老林已经喝得七七八八了，满脸通红，满嘴溅珠，精神亢奋得像二十岁的小林附体。

“后来呢？”陈懋问。

“后来年纪大了嘛，后来有了老婆孩子了嘛……我不着急，慢慢开，总能开到的，不是吗？”老林说，“我着什么急？还有三个月，我就船靠码头车到站，光荣退休了。”

“以你的资历，退休了也会把你返聘回来，拿双份工资。”

“我才不愿意呢。我给你说，随着时间的流逝，我的那个世界就像沙滩上雕刻的城堡被细小的波浪侵蚀一样，沙粒开始掉落，城堡的一角倒下，大门先是被堵住然后坍塌，越来越看不出城堡的样子来。那城堡什么时候会彻底消失呢？”老林比画了一下波浪翻滚的样子，说，“等一个大浪冲来，唰，没了。”

陈懋闭紧了眼睛，不肯从过去、现在与未来交缠在一起的梦中醒来。但脑子里呀，已经不受控制地翻滚起来——仿佛脑子里有块黝黑而坚硬的千年礁石，记忆的大潮轰然而起，一次又一次地打在礁石上，撞出数不胜数的点点浪花。

陈懋翻过身，抱住叶子纤细的腰肢，让她如猫一般蜷缩在他身前。“假如记忆一定要消失，你希望最后记得的是什么？”他在她耳边低吟。

叶子想了想，说：

“以前我喜欢做的一件事，就是坐公交车。有时目的地明确，有时不明确，只是坐，想上就上，想下就下，途中上下，或者坐到终点站，都可以。你可以把这种行为称为流浪，在城市里流浪。

“公交车上有时挤满了乘客，被一群陌生人包围，我无比自在；有时只有我一个，享受两块钱包一辆车的高级待遇。你能在公交车上见到各式各样的人和事。你可以远远地看着，想象这些陌生的人是怎样的品格，有着怎样的人生经历。也可以什么都不想，只是看，只是听。

“记得有一次，上来两个白发苍苍的老婆婆，坐我前面的一个女孩子起身让座。一个老婆婆说：‘谢谢，只坐一站，不用。’另一个婆婆说：‘我们抓住扶手，没有问题。’司机问：‘扶好了吗？’两个婆婆齐声回答：‘走。’于是公交车开动，那场景无比温馨，我记忆犹新。

“假如只能保留一部分记忆，我愿意保留这样的记忆。

“假如所有的记忆都会消失，我愿意最后记住的画面，是跟你一起在云雾山青龙湖看极光，看绚烂至极的极光在你的头顶闪动，而你像个笨蛋一样傻笑。”

“我像笨蛋吗？”陈懋问，“有时候是挺像的。”

叶子转过身，与陈懋面对面，搂住他的脖颈。两具温热的身体纠缠如两根树藤。她轻言细语，念了一段诗：

> 如果有来生，要化成一阵风，
> 一瞬间也能成为永恒。
> 没有善感的情怀，没有多情的眼睛。
> 一半在雨里洒脱，
> 一半在春光里旅行；
> 寂寞了，孤自去远行，
> 把淡淡的思念统统带走，
> 从不思念、从不爱恋。

“我没有背错吧？”叶子问。

“我不知道。但，不重要了。”陈懋说。

“再这么下去，我们就只剩下对往日的怀念了。对吧？”

“再这么下去，我们连怀念都不能拥有了。必须得做点儿什么。”

“做点儿什么呢？”

“做点儿值得将来怀念的事情。”

33

毋庸置疑，对付巨混沌是一件极其困难的事情。

方法一是简单且粗暴的砍和挖。人力与机械相结合，发现一处，地面的部分砍掉，地下的部分挖开。相比之下，砍比较容易，而挖非常困难。于是发动群众，来一场消灭巨混沌的人民战争。所有的挖掘机都从工地转移到巨混沌集中的地方。从乡村到城区，重庆到处是忙碌的人群，到处是砍倒的大树，到处是新挖的坑道。大地被开膛破肚，又好像是被密集的炮弹炸过的前线阵地，情况非常惨烈。这样做的效果嘛，费时费力，且效果有限，对生态的破坏也是显而易见的事情。因此，很快停了下来。

办法二是喷杀真菌剂，几乎与第一个方法同步进行。经过数十年的发展，人类用于对付真菌的武器还不少，什么异菌脲、吡唑醚菌酯、咯菌腈，什么代森锰锌、苯醚甲环唑、咪鲜胺，什么三唑酮、甲基硫菌灵、甲基托布津，能用上的，全部用上。效果呢？效果是暂时的，在短时间内大量喷洒杀真菌剂确实能有效阻止蜜环菌的生长，减缓其入侵的速度，甚至使黄葛树与蜜环菌的联盟破裂，但药效一过，巨混沌很快就卷土重来。而且，大量使用杀真菌剂的副作用也越来越明显。于是，这个办法被禁止了。

那么，寻找新方法吧。一大批国际国内顶尖的专家从各个渠道被邀请到重庆，集思广益，共商对付巨混沌的计策。各种方案都被提了出来：有的提出用汞离子与蜜环菌细胞内的巯基酶结合，使其失活；有的计划用枯草芽孢杆菌产生的枯草菌素去破坏蜜环菌细胞壁的合成；有的打算大量繁殖阿米巴虫，让它们借助伪足包裹蜜环菌细胞，将其吞噬，从而消灭蜜环菌。

这些方案，要么效率太低，要么副作用太大，要么成本太高，要么难度太高，总之，有的停留在PPT阶段，有的连预研阶段都没有过就被叫停，有的研究刚开始很顺利后来却没有任何进展。

所以又出现了一些丧心病狂的说法。其中一个核爆重庆的建议影响甚广。该建议认为，要以壮士断腕的决心，用核弹轰炸重庆，好消灭可怕至极的巨混沌，以保卫中国与世界的未来。甚至要重庆人自己来，搞自爆。不这样做，重庆人就是毁灭华夏文明乃至人类文明的罪魁祸首。反对的声音也很强烈：这是得了失心疯吗？什么事情一炸了之，这是多么幼稚且可耻的想法啊！别忘了重庆还有三千两百万人呢！是轰炸之前搬迁到别的省份，还是不管不顾直接轰炸？三千两百万重庆人不是人吗？再说了，黄葛树与蜜环菌的生命力有多顽强，大家又不是不知道。它俩结成联盟，组建了地质史上前所未见的生命奇观，就算是核弹轰炸，也未必能彻底摧毁它们。说不定它们转瞬间就演化出将核辐射转化为能量的本领，大快朵颐后，在24个小时之内占领全世界。人类玩完了，世界就清静了。

“要不，我们也去找一堆泥土，捏成个人样，涂上油漆，放到神龛里，然后跪下求它灭了巨混沌？”

叶子愣了片刻，才意识到陈懋在说反话。

“求神，不如求己。”陈懋说。

34

当陈懋向李刚建议用GDE对付巨混沌时，起初李刚是拒绝的。“GDE成立数年来，仅仅在治疗白化病等少数罕见病上取得了一些说大不大说小不小的进展。在罕见病治疗上的投资还没有得到充分的回报，又要分出资源和精力去研究如何消灭巨混沌，不说能不能成功，即便成功也明显没有经济效益嘛，公司股东是不会同意的。再说，在治疗罕见病这个赛道上，不只是GDE一家在奋战，倘若GDE懈怠了，被其他公司抢了先，那GDE此前的所有努力都会付之东流。”

都说李刚是天才，但当陈懋看到这样的天才也会受制于股东，陈懋也就释然了。我不是什么天才，从来就不是，所以被一些东西所困扰，无法摆脱，不也是很正常的事情嘛。他这样想。

后来，陈懋与李刚谈到了治疗罕见病的初心，谈到了科学家的社会责任感……李刚转变了想法。“调整研究方向，这是大事，光说服我是不够的，得技术团队同意才行。”李刚对陈懋如是说。

因此，陈懋来到GDE的会议室，硬着头皮给GDE技术团队讲述了眼下的种种灾难：

“当记忆的消退触及与自我身份相关的部分，那种恐惧会变得更加深重。你的名字、你的经历、你的梦想，这些构成了‘你’的元素，开始在脑海中变得摇摇欲坠。你开始怀疑，没有了这些记忆，你还是原来的自己吗？”

李刚也坐在GDE技术团队中，不动声色地听着。陈懋自认不是搞讲座的材料，做不到深入浅出，做不到声情并茂，做不到……台下的多数人都在做自己的事情，没几个在听他的。但，似乎也没有别的办法。于是，陈懋继续干巴巴地讲：

“这还不是最可怕的。

“我们的记忆力变得更差，我们的逻辑思维和抽象思维都变得更差。我们的想象力也在退化。尤其是想象力，很多东西，我们已经想象不出了。我们的语言表达能力也在减退。很多时候，话到嘴边，就是不知道该如何说，说出口的也是千篇一律、异常简单的话。我们都在变得又蠢又笨。不知道大家有没有发现，身边的人，还有新闻上的那些人，都在变得极其幼稚，不愿意学习，不愿意深度思考，不愿意长大成人，只愿意沉浸在各种各样的游戏和玩具里，获取最简单的低层次的快乐，像个三岁小孩那样。

“最可怕的是，你觉得这是理所应当的，不觉得这有多可怕。”

台下还是没什么反应。

“你说的这些，是个人体验，还是有数据支撑？或者说，有没有什么过硬的证据?”有一个头发很长的人问。

陈懋愣住了。

李刚对待旁人像冬风那样冷漠乃至刺骨，但在他的技术团队面前，他又温和得像和煦的春风。他走进他们，就像一滴水融进浩瀚的大海里。他们都很年轻，像早晨八九点钟的太阳，有的刚毕业，有的还在攻读博士，都是国内顶尖的人才，个个朝气蓬勃，思想活跃，充满了好奇与对成功的渴望。“我喜欢跟聪明的年轻人在一起，”李刚曾经对陈懋说过，“这样，显得我也聪明，我也年轻。”

跟这帮人讲记忆力和想象力衰退？他们当然不能理解。

李刚在人群里说：“还有吗?”

陈懋咂咂嘴，生硬地把话题转向巨混沌，讲它的发现与骇人的规模，讲它已经造成的危害与将要带来的浩劫。

陈懋后来回忆，自己之所以能够说服李刚及技术团队，把研究方向从罕见病的治疗，转移到对付巨混沌，是因为提到了草本植物接入巨混沌的可能性：

“现在是树联网，接入的都是乔木和灌木，就庆幸吧，草本植物还暂时没有接入木维网。如果哪一天，草本植物接入了木维网，后果会如何，请尽情去想象。

“草本植物中包含了水稻、玉米、土豆、小麦等主粮，也包含了番茄、大豆、黄瓜、菠菜、豌豆、甜菜、胡萝卜等蔬菜。它们的稳定产出，是维系人类社会正常运转的关键性因素，没有之一。倘若草本植物也接入了巨混沌，变成重庆植联网，那草本植物的产量就不由人说了算了。它们的产量，会基于植联网的核心算法，可能疯涨，也可能暴亡。这样的事情，在乔木上已经发生过。各种水果，桃子、梨子、柑橘、橙子等等，以前用‘大小年’来解释的现象，现在看来，应该是跟菌根网络有莫大的关系。”

李刚表现出明显的兴趣，说：“你继续，我们听着。”

“按照现在的趋势，草本植物接入巨混沌的事情，随时可能发生。草本植物主要与丛枝菌根类真菌形成共生关系，而丛枝菌根类真菌属于子囊菌门，蜜环菌属于担子菌门，两者好比是脊索动物门的我们与软体动物门的章鱼，亲缘关系非常远。然而，自然界从来不在乎人类的物种分类体系，在演化正在加速的情况下，谁又能拍着胸脯保证草本植物一定不会或不能接入巨混沌呢？这是一颗不定时的超级炸弹，一旦爆炸，饥荒，动乱，战争，所有你能想象到的灾难都会发生。再想想，正在发生的记忆力与想象力的减退，留给我们的时间并不多。"

李刚沉默片刻，说："有方案吗？"

"有。"陈懋回答。

李刚的眼睛顿时一亮："说。"

在家里和叶子讨论要如何说服李刚时，叶子提出，像李刚这种人，讲道理是没有用的，需要用具体的方案才能打动。叶子发挥自己生物信息学的优势，首先确认主攻对象为蜜环菌，因为是疯长的蜜环菌将各地的菌根网络连接成巨混沌的。再确定整个方案基于真菌病毒（Mycovirus）。这类病毒专门寄生在真菌细胞内，在真菌细胞分裂时进行垂直传播，在真菌细胞融合时进行水平传播。最后，又经过一番艰苦的检索与对比，叶子从可以感染蜜环菌的数种真菌病毒中，筛选出AmMV1（蜜环菌线粒体病毒1）。这种病毒，属于Mitoviridae科Duamitovirus属，是前几年刚发现的唯一能感染蜜环菌的线粒体病毒。其基因组长度为4440个核苷酸，G+C含量为48%，是非常理想的基因编辑对象。

当陈懋说出AmMV1的名字时，李刚脸上的笑意已经挂不住了。等陈懋讲完，李刚掷地有声地说："时间有限，让我们现在就开始GDE-A项目的研究。"

很久以后，陈懋都记得自己当时的感受：当李刚说这话的时候，技术团队的所有人忽然间全都停住了各自的事情，望向李刚所在方向，仿佛那是引力最强大的所在。而李刚这么一说，就好像难题已经解决，胜利的曙光就在眼前。

35

很久以后，陈懋才知道，真正打动李刚的，不是草本植物接入巨混沌后可能造成的浩劫，更不是他的演讲，而是一个姓萧的科技保险调查员凑巧来到会议室，听到了他的讲座。姓萧的做了评估，确认陈懋的项目可行，愿意为这个项目担保，因此，李刚才毅然决然地做出了启动GDE-A项目的决定。

不久，市政府为对付巨混沌设立了专项资金，提前进场的GDE-A项目顺理成章地拿到了巨额资助。据悉，老萧提供的保险评估在其中发挥了关键性作用。

这时，陈懋和叶子已经从植保所加入了GDE技术团队。

用真菌病毒对付蜜环菌，似乎是很容易想到的事情。其实不然。这是因为，大多数真菌病毒的感染是隐性的，即感染后不引起明显的症状，只有部分真菌病毒可以导致寄主真菌的毒力衰退。

GDE技术团队要做的，是使用最新的基因编辑技术，将AmMV1改造为AmMV2，强化其对蜜环菌的影响，包括减缓蜜环菌的生长速度，降低蜜环菌的致病性，弱化蜜环菌的传播能力。第二步则是把AmMV2装载到李刚最新研制成功的TEs上，组合为GDE-A。

研究本身就是非常困难的事情，又叠加了记忆力与想象力双双减退、气候变化无常等不利因素，各种反反复复，磕磕绊绊，跌跌撞撞，时间过去了好几个月。到这一年秋天，GDE-A在实验室条件下终获成功。大规模实验随即提上议事日程。最终决定，实验时间是9月18日，实验地点是龙头寺飞机洞。

在GDE-A实验之前一个月，重庆刮了三天三夜的狂风。

不久，妈妈出事了。她出门买菜，忘了回家的路，恍恍惚惚中跌倒了，有人说是被黄葛树的树根绊倒的，也有人说不是，就是单纯的人老脚软，何况她的脚本来就有伤。妈妈从一处台阶上摔下去——这样的台阶在山城重庆随处可见——昏迷不醒，被路人送到医院，下午就过世了。她没有见到重建的红石镇，也没有见到孙子，就尘归尘，土归土了。“我妈常说，人皮子难背。”陈懋对叶子说，“现在，她不用背了。”

柳姐姐对GDE-A第一次大规模实验特别上心。把实验场地设在龙头寺飞机洞其实是柳姐姐的建议。“有现成的设备嘛。”柳姐姐对杨所长如是说。又对前来布置场地的陈懋和叶子说：“你们两口子做得对，巨混沌必须被消灭。”

陈懋说：“不可能杀死它，越了解它就越知道这不可能。”

柳姐姐不满意了，怒气冲冲地说：“必须消灭巨混沌，老百姓才有好日子过。巨混沌太坏了，太可怕了。”

随后柳姐姐又把这话重复了一遍。陈懋想要解释，但柳姐姐已经气呼呼地离开了。

小蒲这段时间异常兴奋。按照计划，要在实验开始前一个月，将龙头寺所在的山头与周边区域进行物理隔绝。所谓物理隔绝，是围绕龙头寺，挖一条深10米，宽1米的壕沟，确保这里的菌根网络从地下到地上，都与遍及重庆的巨混沌断开，成为龙头寺树联网。李刚解释，这是避免GDE-A外溢的措施。小蒲主动请缨，负责物理隔绝。物理隔绝涉及的工程量可不少，加上涉及房屋的拆迁、道路的阻断、人们的质疑，但小蒲都想办法克服了。他很喜欢做这样的具体的事情。“瞧瞧，我把龙头寺变成了一座牢不可破的孤岛，也算是为拯救全人类作出了独属于我的贡献。”小蒲骄傲地对陈懋展示他的成果，就像三岁小孩展示他的新玩具一样。工程还是小事情，拆迁才是大麻烦。那些老百姓根本不知道巨混沌是什么，更不要说要对付它会付出什么样的代价。他们只是一味地要拆迁补偿。“你不知道，跟他们理论，他们蛮不讲理的时候，我都想打人。”

飞机洞里也焕然一新。真菌计算机被清理到杂物室，新的设备搬进来，一一展开；线缆全部更换成大功率的，保证设备的供电；洞体进行了整体扩建，比以前大了一圈，走路的时候不用担心碰头了；地面铺设了水泥道，排水系统也更新了；加装了一套性能超强的空调系统，甚至新建了一个堪称豪华的主席台。总之，更舒适、更便捷、更现代化了。杨所长对此甚是满意，因为是他亲自设计并安排施工的。

36

9月18日，一切准备停当，第一次GDE-A实验正式开始。

现场工作人员有三十多个，市园林研究院的院长和书记亲自坐镇，金凤实验室管委会主任也到场支持。还有七八家市内外的大媒体。此外，数十家有关单位和公司在线上收看内部直播。杨所长原本想搞全网直播，被李刚一口否决了。

李刚走上主席台，对台下的领导以及线上的同行们说："首先，我们要明确一点，巨混沌已经形成，有太多的植物，主要是乔木和灌木，接入巨混沌中，不可能将巨混沌全部摧毁，摧毁巨混沌所造成的生态灾难是可以想见且不可接受的。我们已经错过在巨混沌形成初期阻止它的时机。现如今，我们所能做的，是通过基因驱动技术，将这张庞大得难以想象的大网，拆解成数张小网。这样，即使产生破坏性后果，其规模是可以控制的，其形式是可以预测的。"

这话原本也是陈懋想对柳姐姐说的，然而……陈懋站在工作人员之中，在飞机洞的人群中寻找柳姐姐，发现她坐在杨所长的身后，神情异常紧张。*不，那不是紧张，而是深入骨髓的恐惧。柳姐姐在恐惧什么？*

似乎是龙厄以来，柳姐姐就格外恐惧。陈懋问过她，一向天不怕地不怕的柳姐姐什么时候开始害怕的。柳姐姐回答说是从她家后院发现第一朵蘑菇开始的。"就是那种……你以为危险远在天边，突然之间就来到你眼皮子底下的感觉。"

"其实不是。"老林得知柳姐姐的回答后曾经这样分析，"你们柳姐姐一直活在巨大的恐惧里，生老病死，爱别离，怨憎会，求不得，桩桩件件都让她恐惧。她之所以那么强势，几乎与全世界为敌，其实是在竭尽全力掩盖她的恐惧。"

"那此时此刻，柳姐姐的恐惧已经掩盖不住了。"

“她焦躁不安，每一个毛孔都在诉说着她的恐惧。”

“她在恐惧什么？”

“柳姐姐好像有什么事。”叶子说。

陈懋还没有来得及回答，柳姐姐已经起身，分开众人，在院长和书记的注视下，来到陈懋跟前。“实验会成功的，对吗？”柳姐姐说，声音很响亮，甚至一度盖过了正在发言的李刚。

“会成功的。”叶子代陈懋回答。

柳姐姐不由得眉飞色舞，连脸颊都变得潮红：“消灭巨混沌，拯救全人类，加油！”说完，她又顶着众人的注视，挤回她自己的位置。

柳姐姐过来，根本就不是提问，而是来展示与推销她的答案的。李刚的滔滔不绝——他事先罕见地准备了演讲稿，而且让陈懋进行了通俗化修改——算是白讲了。陈懋无奈地意识到，自己无法与柳姐姐交流，她的知识和思想都停留在了三十或者四十年前，并拒绝更新。

“真希望我老了的时候，不要变得这样僵化又偏执。”陈懋说。

“其实我也很担心。”叶子说。

叶子是该方案的最早策划人，也在后期实验中，发挥了不可替代的作用。陈懋牵住叶子的手，努力露出微笑，说：“不用担心。就当是看自己的孩子去参加高考，考不考得好，是孩子自己的本事。”

“不会比喻就不要瞎比喻。”叶子揶揄道。

陈懋再次露出笑容，紧张感却自心底升起，不由得暗忖：不只是这一次实验，往更久远的未来想，当所有可能的方法都被穷尽后，我是否能坦然接受失败？

杨所长走上主席台，以表扬与自我表扬相结合的方式，介绍起龙厄以来植保所做了哪些事情。他提到了植保所整体搬到龙头寺办公的意义，提到了菌脑的发现，却对真菌计算机的事情只字不提。

时刻不忘广告。陈懋想，所长不愧为所长。

杨所长一挥手，一块遮蔽用的幕布拉开，露出主席台后方一个巨大的玻璃腔体。那个曾经被错误地叫作菌脑、现在还叫这个名字的直径两米的东西，此刻被包裹在玻璃腔体里，十几根导管从多个方向深深地扎入它体内，而它伸出的气生根与蜜环菌菌索交织在一起，也与方圆两千米的巨混沌联系在一起。

杨所长又一挥手，另一块幕布从天而降，上面显示着菌根网络结构图，密密麻麻的蓝色丝线彼此交织，相互渗透，分不清哪里是开始，哪里是结束。地下的部分至少是地上的五倍。杨所长说："我们在龙头寺各处安装了数百个探测器，还有测地雷达，能实时呈现龙头寺树联网的变化。"

这话引起了台下的议论。

对于这种戏剧性效果，杨所长很是满意。随后，杨所长盛情邀请几位在场的主要领导，上台启动第一次GDE-A实验。这是非常庄重严肃的时刻。

倒计时开始，全场人齐声喊道：五、四、三、二、一。领导们在喊"一"的时候，同时按下主席台上的一个大按钮。然后在众人焦灼的目光里，注射程序启动，微黄色的GDE-A顺着十几根导管，从不同角度缓慢而有力地注入菌脑。

领导们刚刚落座，幕布上的龙头寺树联网就开始起了变化。从其中一个标记为菌脑的点出发，一些丝线开始由蓝色变成红色，速度也由慢变快。大家的情绪也随之兴奋起来。

"这个主意是我出的。"小蒲炫耀地说。

叶子对陈懋说："小蒲也申请借调到GDE，但被李刚以专业不符，给拒绝了。"

陈懋问："小蒲是什么专业的？"

"风景园林。"

"那差距确实挺大的。"

"GDE-A的特点在于它的传染性。这点儿剂量的注射对于方圆一千米的龙头寺树联网来说，根本就微不足道。"李刚上台，继续充当主持人兼解说员，"但当GDE进入蜜环菌的细胞后，会将AmMV2

（A）准确地添加到它们的DNA中，AmMV2由此成为DNA的一部分。这样，不管今后这个细胞是分裂，还是融合，都能实现AmMV2的水平传播或者垂直传播。于是，一传十，十传百，百传千，千传万，万传千千万。整个过程是自适应、自驱动、自涌现的。然后，当携带有AmMV2的细胞成为蜜环菌的主体时，就是我们战胜龙头寺树联网之时。”

陈懋盯着幕布上的丝线，看它由蓝转红，一刻也不敢离开。

速度不算特别快，但肉眼可见地进行着。

网上看直播的人鼓噪起来，纷纷在直播间里刷弹幕，对实验成功表示祝贺。李刚是全场唯一稳得住的人。

就在这时，红色前进的速度开始减慢，徘徊不前，然后开始倒退。

“发生了什么？”

“加油啊！继续啊！”

“龙头寺树联网开始反击了？它有免疫系统！”

杨所长高喊：“注射，第二次注射，加大剂量！”

“实验失败了吗？”

陈懋循声望去，正好看见柳姐姐从座椅上起身，却脑袋一歪，直挺挺地倒在了纷乱熙攘的人群中。

记忆碎片之三

站在你眼前的，是历经5亿年演化而来的奇迹。

在生命的版图里，植物担当生产者，动物作为消费者，而真菌则扮演分解者的角色。它们在各自的生态位上恪尽职守，相互影响，从不同层面深度介入彼此的生存进程。

破土而出的蘑菇，学名子实体，是真菌抛撒孢子的繁殖器官，存在的时间极为短暂。在150万种真菌中，只有6000种会长出蘑菇，而真正构成真菌这一非凡生命本体的，是菌丝体。

6.35亿年前，真菌在干燥的陆地扎根立足。1亿年后，藻类登陆，真菌迅速与它们结成同盟，组建原始版的菌根网络。研究表明，菌根关系独立起源了至少60次，足以说明这种生存策略的必要性。又过了5000万年，植物的根才得以演化。从各方面看，根都像是对菌丝的粗糙模仿。

如今，植物的根虽比最初的版本更细、生长更快，且更具灵活性，但在探索土壤和高产方面，仍无法超越真菌。菌丝的直径是最细的根的1/50，但长度可达植物根的100倍以上。据估算，全球土壤表层10厘米内，菌丝总长度约为4.5×10^{17}公里，这大致相当于银河系宽度9.5×10^{17}公里的一半。

在菌根关系中，植物还是植物，真菌还是真菌，构成了一种非常不同的、更加开放而杂乱的共生关系。一株植物能同时与不同的真菌结合，一种真菌也能同时联手许多植物。植物和真菌相互发展出多种“特化”结构，这在单独的植物或真菌身上是看不到的。

能与植物合作形成菌根网络的真菌约有550种，蜜环菌便是其中最为常见的一种。

蜜环菌的菌丝交缠形成根状菌索，在地下，于土壤与岩石的缝隙间蜿蜒伸展，向各个可能的方向探寻。一旦寻得合适的树木，便会渗透到其根系，接着在树皮下散开，形成毡状白色细丝，深入树木体内。若未找到合适的对象，这些菌丝体可在土壤中休眠数十年，等待下一个目标出现。

黄葛树与蜜环菌原本没有合作关系，但这一次，它们达成最新协议，构建起全新的跨界联盟，不但延续了植物与真菌之间长达5亿年的合作，而且将面积达8万平方公里的重庆的地上与地下世界，整合为一个前所未有的庞大整体。

其名“巨混沌”。

巨混沌的形成，打破了物种间的界限，颠覆了生物进化模型，重塑了关于集体与个体的观念，还彻底革新了我们对时间和空间的认知。未来变得如同网络般向所有的方向无限延展。

对巨混沌了解得越多，引发我们思考的问题也就越多。惯常的思维模式成了我们理解巨混沌的拖累。我们需要一种全新的语言，来解读巨混沌。我们要充分发挥想象力，勇敢地让它冲击我们现有的认知边界，以开放包容的态度，允许巨混沌惊艳我们，困惑我们，进而启发我们的思维，开拓我们的未来。

第四章　大约在冬季

37

眼前所见，令陈懋想起自己做过的一个梦。

这里是涪陵区武陵山的一条山谷。几天前，有当地人报告，说在这里遭遇了不可思议的事情。高分卫星的图片也显示，这附近的三四条山岭和山谷都被异样的森林所覆盖。先期无人机的视频也显示，这片森林与众不同。这种与众不同如此明显，就像大地隆起的一个巨大的肿瘤，谁都能一眼就看出来。于是，市里组建了联合调查组，深入武陵山，进行实地调查。陈懋报名参加了。

这片森林笼罩在冬日的重重迷雾之中，因此被称为“迷雾森林”。

调查组先在迷雾森林周边做了一些粗浅的研究，又派机器狗进入迷雾森林。在信号消失以前，机器狗传回了几张模糊的照片与几秒钟晃动不已的视频。联合调查组最后决定，派调查员穿上环境服，步行进入。

“活着回来。”出发时联合调查队队长只有一句叮嘱。

进入迷雾森林并没有遇到什么阻碍，和进入别的森林没有什么两样。陈懋身穿鲜艳的橘红色环境服，呼吸面罩包裹住整个脑袋，与另外四名调查员组成探险小组，鱼贯而入。他们沿着一条村民踩出的羊肠小道，从山脊往山谷走。

很热，这是陈懋对迷雾森林的第一个印象。

还有雾。

雾越来越浓，渐渐有了形状，有了重量，仿佛行走在半凝固的果冻里。人走过时，会留下一个人形的缝隙，回头就能看见，再回头，那缝隙已经不像人了，因为近旁的雾正在缓慢但不可阻止地将那缝隙重新填满。这是一种奇妙的体验。陈懋在雾中走过无数次，在森林里走过无数次，在雾中的森林里走过无数次，但像这样的森林与雾，他还是第一次见到。

五个人彼此间相距两米，都不说话，沉默前行，好像一说话，就会招引出浓雾里长着尖牙利爪或者无数触手的怪物。

灌木在他们走过时发出哗哗的声响。

有鸟叫声自浓雾中传来，嘟嘟嘟，呜呜呜，有时缥缈，仿佛在天边，有时清脆，犹如在耳畔。你觉得很近，蹑手蹑脚过去，以为能看见那鸟的真身，那声音却戛然而止，令你莫名心惊。树丛里传来一阵振翅的声音，你失望地转身离开，那嘟嘟嘟、呜呜呜的声音却又在原处响起，诱惑着你。从始至终，你都没有见到鸟的全貌。

路边的景象愈发怪异。

他们随身携带的设备记录下了一切。

陈懋有些累了。持续的情绪紧张令人特别容易疲倦。看看时间，上午十点。也就是说，探险小组进入迷雾森林已经一个小时了。

走在最前面的调查员忽然发出一声惊呼，吓得人魂飞魄散，几欲转身就跑。幸好陈懋分辨出那惊呼更多的是惊喜，而不是看到可怕景象的惊恐。他趋步向前，站到那人身边，也发出一声惊呼。

只见前方山谷上方，浓雾出现了巨大的裂隙，一束束阳光从天顶直射而下，直观地展示着什么叫丁达尔效应。那些光束不再是无形无质的，而是化作一把把绚丽的光剑，在雾气上方舞出无数的剑花。从另一个角度看，又像是一条条清晰可见的光路，仿佛顺着它走，就可以直升最美好的天国。

裂隙下方的雾气依然很浓，但能见度明显上升。谷底有淙淙流淌的小溪，两岸都是高大的黄葛树，数以千计，密密麻麻，一棵挨着一棵，亲密无间。

不仅仅是黄葛树。

雾气之中，黄葛树隐隐发着幽蓝幽蓝的荧光。黄葛树是不会发光的，那发光的是……蜜环菌菌索。仔细看，黄葛树主干和侧枝上，都嵌着丝线般的蜜环菌菌索。就像是黄葛树的经脉涌现到树皮，又像是谁给黄葛树披上了一件会发光的锦斓袈裟。

行到近处，只见菌索如同灰白的绸缎，丝丝缕缕地缠绕在每一棵黄葛树树干上，顺着树枝蔓延生长，还挂着一颗颗晶莹剔透却散发着诡异蓝光的孢子囊，在幽暗中闪闪烁烁。

陈懋惊讶地发现，这一幕他在梦里见过。

在梦里，渝中半岛被一张由根须和菌索组成的巨网完全覆盖。

城市的居民们惊叹于这神奇的一幕。他们仰望着那张将天空也遮蔽了的巨网，心中有惊喜，也有敬畏。奇怪的是，却没有恐惧。

陈懋也是仰望者之一。

自龙厄发生以来，陈懋已经无数次梦见过这样的场景。

他在梦中仰望，亦如此时此刻的仰望。

抑或此时此刻才是梦，而重庆被黄葛树与蜜环菌的联盟完全占领才是现实？

一时之间，强烈到令人晕眩的恍惚感困扰着陈懋。

探险小组继续前行。他们还记得他们不是来旅游的，而是来完成任务的。他们用各种仪器，对周围环境进行检测，对各种生物进行采样。

温度、湿度、气压，一系列数据被报出并记录。25摄氏度，远远高于外界，是最适合蜜环菌生长的温度。“是怎么办到的？”一名队员自言自语道，“难道迷雾森林已经形成了自己的小气候？”

扒开一丛灌木，陈懋再一次与水晶兰相遇。它们在黄葛树遒劲的板根之间，柔弱却坚定地生长着。几只身材粗壮、体毛浓密、颜色混杂的熊蜂在水晶兰顶端的花朵上授粉。嗡嗡，嗡嗡，甚是忙碌。

现在并非水晶兰开花的季节，看起来它们都已经适应了这样的生活。

陈懋拿出捕虫网，捉了两只熊蜂做标本，又拿出镊子，将那一丛水晶兰从土里小心地挖出来，放进标本箱里。

做这一切的时候，黄葛树与蜜环菌的联合体在他们头顶上默默地看着，似乎对他们的到来有些厌烦，却没有采取什么行动，譬如将他们驱逐出去，甚至是……毫不客气地吞噬。

他们的探险持续到中午12点，这才按照计划，带上满满的数据、样本与问题，原路返回。

刚刚脱下橘红色的环境服，陈懋就接到了叶子的电话。

“小蒲……”叶子哽咽着。

“不要急，慢慢说。”陈懋安慰道。

叶子整理了一下情绪，在龙头寺罗汉堂说：“小蒲杀死了李刚！”

这消息，如晴天霹雳，将陈懋劈得魂飞魄散。

38

在认识叶子之前，陈懋觉得重庆宛如一头无比巨大的怪兽，那错综复杂的地铁线路，便是这头怪兽的肠道。每日乘坐地铁，不管是一号线还是三号线抑或是别的线，在这狭窄的空间中穿梭、奔波的人们，包括他自己，就犹如肠道里的寄生虫。这种想象未免过于悲惨，所以陈懋很少把这种想法说出来。他只是默默地看着他们。看他们怀揣着各自的梦想与希望，或是疲惫，或是急切，随着列车的前行与到站而进进出出，在这冰冷的肠道中，演绎着生活的酸甜苦辣，主动或被动地书写着属于他们自己的故事。

认识叶子之后，陈懋很少这样想了，甚至可以说，他改变了对重庆的看法。他开始觉得自己是这座大山与大河交融的城市的一员。他被重庆接纳了，或者说，他接纳了重庆。

就像那些移植到城里的黄葛树。

然而在涪陵区武陵山迷雾森林探险的时候，那种被孤立、被排斥的感觉又出现了。

回到家中，陈懋告诉叶子，行走在那片新鲜而奇异的迷雾森林里，生机勃勃，勃勃生机，是他反复想到的词语。随即，他意识到，自己并不属于这里。这跟小时候去森林里玩的感觉不一样。那个时候，森林时而静谧，时而喧闹，一切都很随和，一切都很亲密。哪怕有刺，哪怕有毒。但现在，他强烈地感觉到自己是一个异类，不属于这里。那里的每一片叶子，每一粒沙子，都在用响亮的声音告诉他：你不属于这里。

“为什么会这样？是因为我老了，还是因为这片森林？”

“这片森林是黄葛树和蜜环菌联手打造的城市。我——我们——无法融入其中。”

陈懋又给叶子讲了他的那一个关于巨混沌占领重庆的梦。

那个梦是从浓雾封锁重庆开始的。

在梦里，雾以一种惊人的速度蔓延，将整个重庆城笼罩其中。那雾浓稠得近乎实质，像是从宇宙深处倾泻而来的神秘物质，带着彻骨的寒意，迅速渗透进城市的每一个角落。长江与嘉陵江，这两条平日里充满活力的城市动脉，被浓雾完全吞噬。江水与雾气交融，泛起奇异的幽光，仿佛在这迷雾之下，隐藏着通往另一个时空的入口。江面上，偶尔有船只的轮廓在雾中若隐若现，像是迷失在异次元的孤舟。它们发出沉闷的汽笛声，在浓雾中扭曲、回荡，如同来自远古的神秘召唤。

“重庆是雾都嘛，”叶子说，“你这是把现实里看到的做进了梦里。”

陈懋感激地点点头。叶子总是能理解他，即使不能理解他，也不为难他，接受他。他继续讲：

然后一道奇异的光芒从黄葛树树干深处散发出来，那些原本沉睡的气生根开始以一种令人难以置信的速度生长，就像是无数条细长的触手，从树干的各个角落迅速向外延伸。与此同时，蜜环菌菌索散发着淡淡的蓝光，从地底下伸出，沿着树干往上攀缘，仿佛它们体内流淌着来自遥远星系的神秘能量。遇到气生根的时候，菌索便与它们纠缠、交合、融汇在一起，不再区分彼此。

这些气生根与菌索的联合体在空中舞动着，它们无视重力，以一种优雅而又狂野的姿态，不断延伸，占领一座又一座建筑。

这样的事情发生在朝天门、洪崖洞、解放碑，发生在李子坝、罗汉寺、白象居，也发生在大剧院、龙门浩、长嘉汇，发生在每一个生长着黄葛树的地方。

气生根与菌索的联合体在街道与建筑上空相遇，纠缠，你挽住我，我钩住你，编织出一张又一张网。

这些网持续不断地扩大，仿佛有无穷的能量在背后支撑。彼此相遇时，它们毫不犹豫地融合成更大的网。在极短的时间里，长江和嘉陵江，连同大半个渝中半岛以及江南、江北这些地区，都被这比任何蛛网都要复杂的、绚丽的、空前巨大的网所覆盖，所包裹，所连接……

陈懋继续讲他的梦，非常平静。

只要叶子在身边，他就不再焦虑，不再恐慌。

“有一点很奇怪，在梦里仰望黄葛树与蜜环菌在重庆的高楼大厦之间编织出无边无际的网时，我并不害怕，我身边的人也不害怕，我只感到惊奇。就像小时候我大病初愈，去看保保的感受。”

“黄国儿嘛，”叶子道，“我懂。”

39

关于黄国儿，陈懋曾经给叶子讲过自己的一个困惑，那就是中间那个国字。村民把那种树叫作“黄国树”，问题是教科书上写的是“黄葛树”，而在别的地方，他又见过“黄桷树”的写法。到底是黄葛树、黄国树还是黄桷树？直到他在西南大学读书，读过一系列相关文章，才得到这个问题确定无疑的答案。

正确的写法应该是黄葛树。据考证，“黄葛”一词最早出现在北魏郦道元的《水经注》里。到20世纪20年代，因为在重庆方言中，“葛”与“桷”发音相同，有人因音生文，把“黄葛树”写作了“黄桷树”，并一度被官方认可。因此，出现了黄葛树与黄桷树的混用，以至于到现在重庆还有几个地名叫黄桷什么的。

黄葛树这个“葛”字，原本指的是一种藤蔓缠绕树木生长进而将树木缠绕至死的草本植物。用“葛”来给黄葛树命名，描述的其实是黄葛树和其他榕树类似的绞杀现象。

至于黄国树，是黄葛树的错误写法。

陈懋认真地说：“如此一来，自己这个黄国树的干儿子岂不是错误的错误?”

“你怎么会是错误的错误呢?”叶子摇着头，轻轻柔柔的。“才不是呢。”

讲这话的时候，陈懋和叶子站在龙头寺保保神的神龛前，雾气在龙头寺四周弥漫，令龙头寺宛如仙境。神龛背后原本种着一棵腰身一样粗的黄葛树，后来因为疯长，被法师理延雇人砍掉了。保保神连自己身后的黄葛树都没有保住，这听上去多么像一则笑话。然而——陈懋眨着眼睛——第一次到龙头寺去看暴死与疯长的黄葛树已经是四年前的事情?陈懋不敢相信这个结论。就仿佛自己是从四年前一下子跳到了四年后的今天，中间的日子全部跳过。但这是不可能的事情啊。是记忆消退的缘故吗?他恐慌地检索自己的回忆，也能想起诸多细节，能够佐证自己是从那个时刻起，经历了无数的变故、一天一天地过来的。

真真是时光荏苒、流年似水、岁月如梭啊。

陈懋伸手揽住叶子的肩膀。那是他在这动荡不安的世界里，为数不多的慰藉与精神支柱。

叶子顺势靠住陈懋。她轻声念着神龛两侧的对联：“躬身一揖吉祥至，从此百年逆障轻。”

“要是鞠一躬就能解决问题，我鞠十躬。”

“我鞠一百躬。”

“这事儿也要比赛呀!”

“你会许什么愿?”

“永远和叶子在一起。”

叶子老家在成都，身形娇小玲珑，皮肤白皙得如同锦官城冬日的初雪。她的眼睛是最动人的，大而明亮，笑起来时弯成两道月牙；眼眸里闪烁着的光芒，恰似锦江河畔闪烁的霓虹灯光。她笑得不多，而一旦笑起来，整个世界仿佛都跟着明亮了起来。

现在，叶子听陈懋这样说，那明亮的笑容立刻浮上她白皙的脸庞。

“我深信，上天不给我的，无论我十指怎样紧扣，仍会漏走。”叶子说着，伸出小巧的手，如猫一般在陈懋胸前挠了好几下。“给我的，无论我怎么失手，都会拥有。你就是上天给我的。”

40

“我目睹了小蒲杀死李刚的全过程。”

当时，叶子跟着李刚从公司回到龙头寺，李刚找杨所长谈话，叶子去罗汉堂找同事叙旧。几年里，变化很大，老林、阿桑、柳姐姐都不在了，新来的四个研究生都是陌生的面孔，介绍过了名字和专业就不知道聊什么了。小蒲——现在他也算是植保所的老人了——聊起了他大学就读的专业。

小蒲毕业于“风景园林”专业。他考进大学时，风景园林是一级学科。读着读着，形势骤变，教育部一纸命令，风景园林从一级学科降级为二级学科。这种骤变，对小蒲和他的同学来说，不啻于末日降临。学了风景园林，会如何如何的许诺，如同酒后的呓语一般消散。小蒲说，他从来不觉得未来如此叵测，以至于深深地理解了什么叫惶惶不可终日。在“现在就撤”“等毕业了再撤”“五年后再撤”等议论中，小蒲和他的同学成了该校风景园林专业最后一届毕业生。小蒲说，他一遍又一遍地问自己，他什么都没有做错，为什么要经历这一切？到底是谁在幕后操纵这一切？谁是那个做出把风景园林从一级降成二级决定的人？要是他知道是谁，一定把他揪出来报仇雪恨。当时他焦虑得开始掉头发，要不是人年轻，掉得快，长得也快，恐怕现在已经是杨所长二号了。后来小蒲考进了重庆市风景园林科学研究院，是他们班唯一从事与风景园林专业有关工作的人，小蒲说，这种感觉，就像是经历了世界末日，而他是唯一的幸存者一样。

小蒲被这句话激起了强烈的情绪。他离开自己的工位，不可遏制地起身在办公室中间的过道一边来回踱步，一边疯了一般自言自语。

“风景园林这个专业，学的东西又多又杂，什么都要学，又什么都没有学精。本科生毕业实习要从头开始，研究生毕业一样要从底层做起。想报考公务员，人家的招聘专业里没有你。千辛万苦考进研究院，没两天就知道，当初在大学学的东西和工作需要严重脱节，等于又要新学很多东西。别人都觉得你的工作轻松，东跑跑，西逛逛，工资又多；只有你自己知道，其实研究院的日常工作又多又杂，工资低到连养活自己都很困难。唉，又开始掉头发了，迟早成为杨所长第二。”

“蒲哥，如果要你重新选择，你会选什么专业？”一个研究生怯生生地问。

“现在人工智能那么火爆，就业绝对不愁。发展得好，年入百万不是梦。”小蒲眼里放光，仿佛看到了百万年薪摆在面前，“要是我当初读人工智能，现在……”

就在这时，李刚出现在罗汉堂门前，小蒲看见他，眼里冒出欣喜的光。

“真的是欣喜，”叶子后来对警察说，“老友重逢的那种。”

“你继续说。”警察不动声色。

叶子说：“小蒲迎向李刚，动作很是夸张，仿佛要拥抱李刚。然而，一把短刀忽然出现在小蒲手里，我不知道小蒲先前把短刀藏在了哪里，那短刀是我们采集植物标本时用的。接下去，小蒲一刀捅进了李刚的心脏。动作很是熟练，仿佛练习了很久。李刚倒在血泊里，我试图帮李刚止血，但伤口太深，鲜血喷涌，我满手是黏稠的红色液体，不管怎样用力，也无法阻止鲜血从李刚的胸前涌出。”

叶子停下来，惶恐中无法言语。陈懋握住叶子的手，想要给叶子安慰，叶子却抽出手，继续讲：

“一个研究生打了急救电话，在救护车到来之前，李刚已经因失血过多去世。在整个过程中，小蒲都站在一旁，没有逃走，也没有干预我们的抢救，就像这件事跟他完全没有关系。”

“凶手跟死者平时关系怎么样？”警察这样问。

叶子想了想，说：“就普通的同事关系，不算特别好，也不算特别差。见面点头问好，背后……背后也没有说什么坏话。”

“就没有一点儿利益上的冲突？感情上的冲突？”

“没有。他们两个……如果一定要说有的话，就是去年小蒲想借调到GDE公司，被李刚拒绝了，说他专业不对口。但这事儿吧，按照我对小蒲的了解，不应该成为他杀死李刚的理由。”

“那么，你认为凶手为什么要杀死死者？”

“我不知道，我不晓得，这个问题得问小蒲自己。”

41

关于死亡，从爷爷到爸爸再到妈妈，34岁的陈懋见得不少了，但对老林之死印象最深刻。

前年或者更早些时候，半夜12点，皮卡车在山间的防火隔离带跳跃。“佛祖会保佑我的。”言犹在耳，皮卡车已经猛地腾空而起，翻滚几圈，落下山谷，重重地倒扣在坚硬的岩石上。陈懋把满脸是血的老林从皮卡车里拖出来，生平第一次也是最后一次接过老林递过来的香烟——香烟上还有殷红的血——点燃后跟说自己想睡一觉的老林聊起自己的童年和故乡。这些话，陈懋从未向任何人说过。

想回老家，可老家早就回不去了。跟陈懋一起在黄葛树下玩耍的小伙伴早已各奔东西，甚至阴阳两隔。

黑狗高中读了半年就放弃了，去南方某个大城市打工。据说开始还不错，不知怎么地，被一群穷凶极恶的人裹挟，在他们抢劫银行时，为他们开车。然后出了岔子，他们开了枪，杀了人，全部被警察抓住。开枪的死刑，负责开车的黑狗也被判了很多年。

胖娃儿初中没有毕业，就辍学在家，帮家里做农活。胖娃儿读书不得行，做农活倒是一把好手。然而有一天——当时陈懋还在读高二——邻居说胖娃儿偷了他们家的鸭子，唾沫飞溅中说了好多难听的话。胖娃儿笨嘴拙舌，辩论不过，一气之下，喝下半瓶农药自证清白。听到这个消息时已经是半年过后。陈懋不明白，那么大一个人，心理却是那么脆弱。是脆弱吗？一时之间，他找不到更准确的词语来形容，只觉得心里空落落的，仿佛少了很大一块无形无质但非常珍贵的东西。

何幺妹初中毕业后，先在亲戚开的服装店卖衣服，后来大着肚子嫁给了镇上的一个老板，开了自己的服装店。有一年夏天，陈懋回老家，无意中遇见了何幺妹，只见她背着孩子，肚子里还怀着一个，与陈懋记忆里的样子大相径庭，以至于他不敢上前相认。倒是何幺妹一眼就在人群里看到了他，如往日一般叫他“黄国儿”，叫他去她的服装店里买衣服，给他打五折。末了，来了一句：“还是你最好。”很久以后陈懋都还在琢磨，这句话到底是什么意思。是说陈懋人好，还是说陈懋的际遇最好，抑或是两者兼具？

陈懋读的村小，在云雾山深处，一个山谷的底部较为平坦的地方。那是真正的大山，山高，林密，坡陡，沟深，往任何一个方向看，都是连绵起伏的大山。从家到小学，山路曲折回环，起伏蜿蜒如羊肠，小陈懋要走一个多小时。因为青龙湖扩建，现在那所小学位于水下三十米，成了鱼、虾和螃蟹的乐园。

陈懋读的中学，在红石镇的南边，一条石板路将学校与小镇连接起来。现在学生人数大幅度减少，陈懋上一次回去的时候，每一个年级都只剩一个班，老师全不认识，教过他的老师有的调到县城了，有的退休了。“怪只怪修了高速公路，学生都跑了。”那个戴红袖章的门卫如是说，“也许下一学期这个学校啊……就会撤掉。”

从白市驿或者龙头寺出发，坐一个半小时的车就能回老家。但他很少回去，如果不是有事，比如有亲戚婚丧嫁娶必须跑一趟，他通常不会动回老家的念头。一方面，他越来越思念家乡，另一方面，家乡变得越来越陌生。家乡的人、事、景、物，早已不是他记忆中的模样。而他，也早已不是那个天真的懵懂少年。古人说，物是人非。现在，人不是，物也非。

七八年前，因为父亲去世，陈懋回了一趟云雾山上的大沟村。此时村子里的最后一位老人已经离开，村子完全废弃。走到哪里，都听不到狗叫。大部分房子都已经垮塌，不复最初的模样。各种植物——茅草、苍耳、葛藤——从废墟的空隙中疯狂长出。空气中散发着霉味，那是木材上生长的腐生菌发出的。陈懋路过胖娃儿家，忽然意识到胖娃儿已经离开这个世界十年了——恐怕早已经化为脓血与尘土回归大自然了吧！陈懋来到自己家，曾经住过的房子，只剩少许断壁残垣，在山岚中默默证明这里是他小时候住过的地方。

而村口河边那棵死而复生的黄葛树愈发健硕与苍翠，好像这世间的一切变迁都与它无关。

陈懋告诉叶子："我对老林说，我的老家早就回不去了，其实是想让老林保持清醒。老林却认了真，对我说，就为了保存我的记忆，让我有一个能回去的老家，我的老家就不发展了？我老家的人不配喝上干净的水，用上不会停的电，开车行驶在又平又直的高速公路上？我支支吾吾地说，我没有这个意思。记忆里红石镇确实停过很多次电，老一辈人的牙齿普遍不好，是因为喝了矿物质过多的山泉水，而且那些山路，晴天一身灰，雨天一身泥。老林说，我这就叫矫情，沉迷在自己的小小世界里，出不来。受了一些小小挫折，便看不到进步，便怨天怨地怨社会，而抱怨，是世界上最容易的事情。抱怨甚至会上瘾。后来，老林扔掉了烟头，不说话了。再后来，张书记带人过来，把老林送到了医院……"

"你已经从那个小小世界里走出来了，我懂。"叶子说，"要是没有走出来，你才不会说出来呢。"

"啊呀呀，真叫我感动。"陈懋动情地说，"你怎么就长成了我最爱的模样？每一句话都说到我的心尖尖上。”

42

陈懋向警方申请，成为李刚被谋杀案的科学顾问。考虑到案子涉及高深的专业知识，警方同意了。

小蒲的神情介于倨傲与淡然之间，对谋杀李刚一事供认不讳。“我也是这样想的，懋哥，你来最合适。你不来，我也会申请让你来。”小蒲在审讯室里见到陈懋如是说。陈懋没有说话，只是默默地坐到警察给他指定的位置。警察还没有问，小蒲已经迫不及待地开始了：“我是为了全人类而杀死李刚的。龙厄发生以来，死了成千上万的人，罪魁祸首正是李刚。对，龙头寺之厄不是天灾，而是人祸。”

负责这次询问的两个警察互望一眼，其中年纪大一点儿的问：“能说具体点儿吗？”

“前几年黄葛树成了精，还记得吗？后来蜜环菌发了疯，长成七八米高的尖塔，摧毁了无数的小镇，至今还有人生活在孢子的噩梦之中。连不起眼的水晶兰都变了异，成了冥界之花，为什么这样？跟李刚在GDE公司的邪恶研究有关。”

年轻的警察说：“GDE公司研究基因疗法治疗罕见病，这是多好的事啊。”

“治疗罕见病只是李刚的幌子，或者说，只是最初的目的，但后来发生的事情，远远超出了他的掌控。GDE，Gene Drive Elements，基因驱动元件，当我弄懂这三个字母的真正含义时，我全身的冷汗都出来了。”

陈懋眼皮跳了一跳。

“在一次公开的论坛上，李刚曾经这样对台下的观众讲：‘我曾经主观且不负责任地认为，世人对变异的恐惧，源于一种非理性的惯性。其实，对于我们树上的祖先而言，我们都算是不肖子孙。我们如今直立行走，身上无毛、无尾，还会用爪子在玻璃上划来划去，他们绝对不会承认我们是他们的后代。然而，若没有变异，我们既没有过去，也不会有现在，更不会有未来。’你们可以去查，类似推崇变异的言论，李刚在不同场合说过很多次。”

“跟这个案子有关系吗?”

“有，关系还很大。我还和他讨论过人性。”小蒲说，“通过讨论，我知道李刚这个家伙是没有人性的。”

“他怎么说?”

“‘我对抽象的人性不感兴趣。’李刚目光冷峻，缓缓开口，‘那些所谓的人性深刻论，不过强调的是人性的黑暗，把黑暗当作深刻，其实照见的是说这话的人的浅薄。而所谓的人性复杂，也不过是为罪行辩护的托词。说一句‘人性是复杂的’，仿佛就可将一切责任推诿。在我看来，根本就没有人性这种东西。所谓的人性，只是一些靠不住的鸡毛蒜皮。’”

这样的话，陈懋也听李刚讲过。在袒露自身观点方面，李刚向来无所顾忌，而不像陈懋这般遮遮掩掩。

两名警察再次对望一眼，年老的警察试探着问：“观念的不同，也不能成为你杀人的理由吧?”

“不是，我说这些，只是想证明李刚死有余辜。李刚这样的观念，导致他在研究GDE的过程中，无视法律、道德与伦理，一方面使得他的研究能够突飞猛进，另一方面也为他制造龙厄、祸害人世间埋下了深深的隐患。”小蒲异常平静地说，“这些年一系列的龙厄，都是GDE从实验室泄漏到自然界的结果。李刚，要为在龙厄中死去的所有人负责。李刚，他死有余辜。而我，为所有在龙厄中受到伤害的人报了仇，并拯救了全人类。”

43

“就因为我姓蒲，被人叫蒲公英。我不喜欢这个外号，我讨厌蒲公英。风一吹，蒲公英就四散飘落，落到哪里算哪里，命运全都掌握在别人手里。我不要做蒲公英。谁叫我蒲公英我就打谁。那些可恶的家伙呀，还是明里暗里地叫。我叫他们闭嘴，他们不闭，还喋喋不休，我真想拿一把刀，把他们的舌头全割下来。"

年轻的警察敲了敲桌子："注意控制情绪，这是审讯室，不是你表演的地方。"

"我之所以活得那么痛苦，是因为我的命运掌握在别人手里，就像蒲公英一样。没有一件事如我的意。你们都教导我，要活成自己想要的样子，要找到最真实的那个自己，现在我找到了，并且办到了，我把自己的命运牢牢地控制在了自己手里。整件事，我一个人策划，一个人执行，我惩罚了罪犯，我拯救了世界。我手起刀落，一刀毙命，不给他逃脱的机会，也不给我后悔的机会。"

"我可以提问吗？"陈懋问。

年老的警察回答："可以，跟案子有关就可以。我们这边也会详细记录。"

陈懋问："小蒲，你怎么确定龙厄是GDE泄露造成的？"

"懋哥，你参与过研究，GDE是什么，你应该比我更清楚。"小蒲回答，"还记得去年秋天失败的实验吗？当时，你们计划把基因驱动剂注射到飞机洞里的菌脑里。你们用物理隔绝的方式，将龙头寺一带的树联网从主网中分离出来，成为一片相对独立的实验区域。你们说，这样做的目的是避免基因驱动剂外溢。GDE，一传十，十传百，百传千，千传万，万传千千万，就像烈性病毒。我就是在那个时候开始怀疑，怀疑李刚是龙厄的罪魁祸首。"

"不，你说的这些，并不是你的发现。"陈懋说，"实际上，今年春天，就有关于李刚、GDE与龙厄的谣言在网上流传。"

陈懋几乎不上网，上网也只登录一些专业网站，对各种社交软件更是敬而远之。那些谣言他是听叶子说的。在谣言中，李刚被描写为一个极其邪恶与冷酷的人，说话做事从不在乎法律、伦理与道德。他完全无视规则，而科学技术如果没有法律伦理道德的约束将会非常可怕。没有约束的所谓科学研究，终将带来灾厄。谣言里说，李刚自诩为基因驱动的先驱，为所谓的个体健康编辑基因，迟早要造成整个人类的基因混乱，基因驱动技术可能产生的后果根本不在控制范围之内。这样的人只为一时之利、一己之利，如果国家不能有效制止，人类迟早自取灭亡。眼下发生的龙厄不过是大自然一次又一次苦口婆心的警告，云云。

科学不就是在不断的骂声和质疑中突破的吗？面对谣言，陈懋这样思考：他们没有质疑，只是把一系列不相干的事情，以捕风捉影的方式，想象成一个巨大的阴谋，去解释他们无法理解的事情。

“网上的那些胡说八道你也信？你动动脑子！在做道德判断之前，先做事实判断。先问有没有，再问对不对。”审讯室里，陈懋对小蒲说，“不得不告诉你，你，还有网上的那些人，把因果关系搞反了。”

“不可能。”小蒲很笃定。

GDE的理论太过超前，是一个全新的领域，既没有相关理论，也没有相关设备，一切都得从头开始。每一件事，每一个细节，每一个步骤，都得自己来。而且，所有的这些付出，并没有一个必定成功的结果，这就是创新难的原因。人们往往喜欢苹果砸脑袋的神话，却对日复一日、年复一年的勤勉与坚韧以及可能面临的失败无动于衷。李刚雄心勃勃，但GDE的研究长期没有进展。直到前年巨型蘑菇摧毁红石镇，我给李刚讲了黄葛树与蜜环菌同步出现的大规模变异，组建的前所未有的菌根网络。这些变异涉及HGT，无论是规模还是数量，都前所未有。李刚和他的团队研究它们，从中受到启发，找到了最为关键性的TEs，长期处于停滞状态的GDE才突飞猛进，从最初不切实际的构想，变成冷冰冰、赤裸裸、活生生的现实。

“照你的意思，自然变异在前，而GDE技术成熟在后？”小蒲断然否定，“不可能，这不可能。”

“黄葛树、蜜环菌与水晶兰的变异，是单纯的自然现象，是基因驱动技术取得最后成功的灵感来源，而不是你和网上那些阴谋论认为的那样，是基因驱动技术泄露的结果。”

“我不信，你骗我。”小蒲的偏执在此一目了然，“不成熟的基因驱动元件泄露出去，污染了基因池，导致了黄葛树、蜜环菌、水晶兰的变异。我惩罚了罪犯，我拯救了世界。”

如果李刚还活着，他会这样说：“随你的便。你相信也好，不相信也罢，跟我没有关系。我没打算为自己辩护。我所做的事情，没有几个人能够理解。”陈懋不是李刚，因此他实际上是这样说的：“老林曾经告诉我，小蒲你的爱与恨都针对具体的人和事。这也是当有线索指向李刚是龙厄的幕后黑手时，也不管这线索是真实的还是捕风捉影的甚至是恶意虚构的，你便毫不犹豫地将仇恨转移并集中到李刚身上的原因。”

“我惩罚了罪犯李刚，我拯救了世界。”小蒲喋喋不休地说，“就算龙厄不是GDE泄露造成的，GDE的本质也是邪恶的，它迟早会露出青面獠牙，造成堪比全面核战争的浩劫。李刚必须死。懋哥，陈懋，你难道没有想过，通过GDE，可以将人变成与任何一种动物、植物乃至真菌的嵌合体?”

44

除了重庆东南部的武陵山，重庆南部的大娄山和北部的大巴山都出现了大面积的迷雾森林，而主城四大山脉，缙云山、中梁山、铜锣山、明月山，也都出现了迷雾森林的踪迹。陈懋知道，看上去这些迷雾森林相隔遥远，但在地底下，它们是联系在一起的。它们是巨混沌结出的硕大无朋的“果实”。一个很简单的事实，武陵山长成迷雾森林的地方，正是前年巨型蘑菇爆发的地方。

陈懋收敛心神，继续在电脑前给武陵山迷雾森林联合调查组写报告：

水晶兰主要寄生对象为红菇目真菌，而蜜环菌属于伞菌目，因此水晶兰对蜜环菌的寄生，证明水晶兰也发生了程度不小的变异。

大约有10%的植物像水晶兰这样生活。至少46个独立的植物支系中，演化出了菌异养的生活方式。其中一部分像水晶兰一样，从不进行光合作用；另一部分，比如兰科的25000种兰花，在刚发芽时以菌异养的方式生活，成年后则进行光合作用。

像黄葛树与蜜环菌的合作共生，黄葛树与榕小蜂的协同繁殖，水晶兰对菌根网络的寄生以及依赖熊蜂来授粉等事例，都一再说明共生并非偶然，而是生命的基本特征。在漫长的进化中，生命找到了多种合作策略，通过资源共享、互相保护和协同作业，彼此依存，把地球上形形色色的生命连接起来，构成庞大而精妙的生命网络，推动生命作为一个整体不断地发展延续。

万物互联，交相共生。

我到底在写些什么？陈懋停下来，陷入了沉思。

纵观45亿年地质史，环境变化是必然的，而每一次环境剧变，对生命都是一场浩劫。所有的生命都在一次次浩劫中寻找出路，有的成功了，有的失败了。现在是不是又到了浩劫开启的时候？如果是，那这次的浩劫是什么？月球风加剧的全球高速变暖吗？黄葛树与蜜环菌结成菌根网络，黄葛树疯长与暴死，多地的蜜环菌不约而同地巨大化，水晶兰调换寄生对象，都是它们在这场浩劫到来之前寻找出路的种种尝试？而迷雾森林是不是它们找到的最终结果？

一个念头如闪电般在陈懋脑海里亮起：我是黄国儿，黄葛树庇护了小时候的我，难道现在变异的它又将和它的联盟一起庇护全人类？

旋即，陈懋又否定掉自己的想法：不对不对，我犯了拟人化的错误。黄葛树也好，蜜环菌也好，水晶兰也好，它们的变异与它们的联盟，都是为了它们自己能够继续在这个持续变化与动荡不安的世界继续生存下去，与我们无关。迷雾森林甚至有了独立的气候系统。当外边是滴水成冰的冬天时，迷雾森林里是生机盎然的最适宜黄葛树与蜜环菌生活的气候。

它们没有为了人类而变异和结盟这种主观想法。有这种主观想法的，应该是我们这些猿猴的后裔。我们要如何与它们结盟，如何成为它们那座城市、那个生态、那个系统的一部分，是我们接下来要深入思考并采取具体行动的问题。

巨混沌里接入的生命不断地与自己所处的环境相互作用，并优化当地的物理和化学条件，以最大程度地满足自身的需要。是的，不能只把巨混沌视为一种超级生命有机体，而是大气圈、生物圈、岩石圈等各个圈层的集合。

写到这里，陈懋不由得想到小蒲在审讯室里的那句反问：懋哥，你难道没有想过，通过GDE，可以将人变成与任何一种动物、植物乃至真菌的嵌合体？这个问题的答案陈懋其实是有的：想过。

45

GDE-A的第一次大规模实验在众目睽睽之下失败，对李刚的打击不可谓不小。他沉寂了一段时间，然后振作起来，重新投入工作之中。

“屡败屡战是科学家的基本素质。”李刚对技术团队解释，“再说了，失败的，不只是我们一家，其他七八种对付巨混沌的实验也失败了，足以说明巨混沌的强大。”

摆在李刚面前的有三条路：继续研究治疗罕见病的方法；继续研究对付巨混沌的办法；寻找新的研究方向。李刚没有犹豫，非常果决地选择了第三条路。

关于GDE-A的失败，李刚分析说：“我觉得，问题不是大家不够努力，而是不够聪明。也不是不够聪明，而是我们在这个特殊的时期，变得又蠢又笨。”

陈懋和叶子都坐在技术团队里，认真聆听李刚的讲话。

“你们觉得我们人的优势是什么？”李刚用手指着自己的脑袋，转了两圈，“是这里。我——我们——的优势或者与众不同之处，就在于这颗聪明的大脑。当人到30多岁时，神经元便开始失去一些连接分支，大脑开始萎缩。这是很正常的事情。然而现在，我得到一份研究结果，60%的大脑都开始萎缩，并且在所有年龄段都是平均分布的。萎缩得最快的部分是眶额皮层以及另一些在过去700万年间扩张最多的脑区。眶额皮层在这里，眼睛正后方，深度参与复杂决策的全部过程。”

“也就是说，变得蠢笨，不是个体的感受，而是统计学与脑神经学的事实。”陈懋不由得与叶子对望一眼。

“有人说，大脑萎缩是孢子入侵的后遗症，也有人认为跟日益强烈的月球风有关。暂且不管。”李刚说，“既然无法正面对付巨混沌，不如换一个方向去解决，使用GDE，促使萎缩的大脑皮层二次发育，变回原来的聪明，甚至于比原先更聪明。到那时，我们再来想办法对付巨混沌，可能就易如反掌了。”

这个提议再次得到了技术团队全体成员的一致同意。

接下来叶子作为GDE-A原始方案的发起人，进行了必要的反思。实验失败后，叶子一度陷入了深深的自责。叶子认为，GDE-A的失败，是因为没有充分考虑细胞分化的问题。经过多次传染后，GDE-A出现了明显的变异，忘记了自己最初的使命。因此，需要引入Embryology（胚胎学）的知识。

是这样的，叶子太聪明了。我怎么就没有想到呢？陈懋脑子动得飞快。以人为例，从一颗受精卵出发，分化成多种细胞，不同细胞组合在一起，成为不同的组织，不同的组织又组成不同的器官。整个过程极其复杂，又极其精妙，比任何神话都要神奇。组成我们身体的数十亿细胞是同一颗受精卵的后代，它们知道什么时候往哪个方向发育。如果将GDE往受精卵的方向进行改造……

“解决了这个难题，不但大脑萎缩的问题迎刃而解，罕见病的治疗也不在话下，就算是……”叶子忽然停住了，似乎被什么无法解开的难题难住了。

陈懋从叶子断开的地方接着往下说：“就算是把黄葛树的DNA片段注射到我身上，经过基因驱动，我就能长成半人半树的嵌合体？”

李刚愣住了，被这个问题完全迷住了。

陈懋也愣住了，他没有想到自己会问出这样一个幼稚但又石破天惊的问题。说这话完全是某种无意识的行为。

在场的所有人都愣住了。空气如同凝结一般。

“想都不要想。”李刚最先打破会议室的死寂，眼神冷峻，看着陈懋，“我们还是研究如何借助胚胎学的成果，对GDE进行改造，完成萎缩大脑的二次发育。时间有限，让我们现在就开始GDE-E项目的研究。”

GDE-E项目开始后，叶子的工作热情空前高涨。项目的进展比预期的还要顺利。仅仅一年的时间，就完成了95%的进度。只差最后一小步了。陈懋还记得叶子告诉自己这个消息的兴奋劲儿。但陈懋可没有那么兴奋，虽然他也在其中没日没夜地干过许多事情。当武陵山出现迷雾森林，市里组建联合调查队时，陈懋报名参加。谁承想他在迷雾森林里调查时，小蒲出人意料地杀死了李刚。

回忆到这里，陈懋不由得叹气，小蒲确实偏执与激进，甚至戾气十足，但杀人……他还是无法理解。小蒲认定李刚是龙厄的罪魁祸首，杀死李刚，一切问题就都解决了。就跟核爆重庆以摧毁巨混沌一样，是多么简单且粗暴的想法呀。实际上，这样做问题不但没有解决，反而更加复杂与困难。李刚已死，这是无可逆转的事实。现在的关键是接下来怎么办。

他在键盘上敲击，脑子和屏幕一样，一片空白。

他决定去龙头寺看看。

46

龙头寺的飞檐翘角斜在上方的绿色里，陈懋默默看了一阵子，独自走进飞机洞。GDE-A实验失败以后，这里被关闭了很久。陈懋开了灯，看着灯在各处一一亮起，照见飞机洞的幽静与潮湿。洞里的仪器设备和主席台还在，只是布满灰尘，空气中也是满满的灰尘。

那实验仿佛就在昨天，陈懋依稀看见忙碌的人群和因脑梗倒下的柳姐姐。

陈懋信步走到玻璃腔体前，那个被杨所长称为“菌脑”的东西在里边，沉默得像一块长满了藤蔓的石头。

“你好呀，老伙计。”

菌脑没有回话，一如既往地沉默。

陈懋冷笑，哼了一声。

他绕着菌脑转了两圈。四周的空气变得沉重而黏稠。阳光透过黄葛树稀疏的树叶，洒在地上，形成一片片斑驳的光影。这些光影在他眼前晃动，仿佛在嘲笑他的无能为力。他的心中充满了迷茫和不安，不知道接下来会发生什么。

黄葛树？飞机洞里哪有黄葛树？

陈懋悚然一惊，微微睁开眼睛，发现自己坐到了观众席的一把椅子上。*哦，我这是睡着了。也好，我已经48个小时——或者72个小时——没有睡觉了。*

他闭上眼睛，继续睡觉，继续做梦。

梦中高大而茂盛的黄葛树上拴着、系着、挂着一条条红丝带，非常醒目。这些红丝带是村民挂的，他们把黄葛树当成大慈大悲又大德大能的神灵——就好像黄葛树是如来佛祖或者观音菩萨或者任何一种愿意干预世俗世界的神灵——向黄葛树祈求平安、幸福、健康、长寿、成功、如意。风一吹，那些红丝带随风摇曳，如同潮水中的人群，摇啊摇，飘啊飘……

梦境毫无预兆地切换到下一个场景。黄葛树下的水泥坝子上搭着黑白相间的灵棚，一群面目模糊、动作迟缓的人，披着麻、戴着孝，在那儿不停地转着圈儿。陈懋对自己说，这是在做道场。头戴毗卢帽、身穿锦襴袈裟、手持九环锡杖、一副和尚打扮却自称是道士的人在前引导，一边走一边用尖厉得如同指甲刮过玻璃的声音诵念死者的祭文。死者的三亲六戚跟在他身后，麻木地哭，麻木地念，麻木地走和停。少年陈懋也在其中，因为死者是他爸爸。但同时，他又以成年陈懋的身份俯瞰整个场景，觉得这些吹吹打打，唱唱闹闹，哭哭啼啼，来来往往，看似庄严，其实透着强烈至极的滑稽与荒诞感。

这样的片段无穷无尽。下一个梦更加完整。

梦的开始，是陈懋答应胖娃儿要去他家做一件事。随即，陈懋跟着一群放学的孩子去胖娃儿的家。那是一条陌生的山路，陈懋以前从未走过，而陈懋是这群人里唯一的成年人。

走了一阵子后，陈懋问："胖娃儿的家在哪里啊？"一个孩子回答："在山的那边。"听到这个回答，陈懋心中产生了一种莫名的恐惧感，不想继续往前走了。

其实吧，胖娃儿说的那件事也不是必须今天完成的。于是陈懋告诉同行的孩子们："我今天不去了，我要往回走。"他们显得有些担心，怕陈懋找不到回去的路。陈懋安慰他们说："没有问题，来的时候怎么走，回去就怎么走。"

陈懋独自一个人往回走，四周愈发安静，只有自己的脚步声和呼吸声在耳边回荡。山势险峻，峰回路转，不知不觉中，陈懋突然发现自己来到了一个陌生的地方。环顾四周，这里的景色与之前走过的路径截然不同，陈懋心中不由得升起一股莫名的惊异：*难道我走错路了？*

正在陈懋感到困惑时，前方传来了汽车喇叭声。陈懋急忙跑过去，只见前方有一条山间公路，一辆公交车正停在站台上。陈懋刚跑到路边，那辆公交车发出一种怪叫，吭哧吭哧地往前开去。陈懋赶紧大喊："我要上车，我要上车！"幸好车上也有人帮陈懋喊，公交车"吭哧"一声停了下来。

陈懋从车前面跑过去，看见车牌上写着自己老家的名字，"红石镇"，正是他要去的地方。然而，售票员喊的、陈懋耳朵里听见的却依稀是另外一个地名。

红石镇不是已经毁灭了吗？

正在陈懋惶惑时，他已经鬼使神差般上了公交车。

刚一上车，骤然间一切都变了。这种感觉就像是电影里快速切换场景一样。陈懋突然发现自己并不是在公交车上，而是行走在一条柏油马路上，两边都是奇形怪状的黄葛树，天空蓝得透彻；下一秒，陈懋又置身于一条沙路上，细细的沙铺展开来，踩上去，一步一个脚印；下一秒，陈懋又来到一条鹅卵石路上，中间是大得一人抱不下的鹅卵石，旁边镶嵌着小的拳头大的鹅卵石；再下一秒，陈懋又看见路的尽头是一棵黄葛树，跟村口的那一棵“保保”一模一样，下边是枯死的树桩，上面是七八枝幼苗，幼苗中间盘踞着一条巨大的蛇或者龙，一道极亮的闪电当空劈下……

场景切换极其迅速，如透过万花筒看世界一般，轻轻一转，一切都变了。每一个场景的颜色都鲜艳，光线都明亮。陈懋心中没有焦虑，没有怀疑，没有恐惧，而是充满了深入骨髓的欢喜和愉悦。

*这种体验真奇妙，醒来之后，我要把这个梦讲给叶子听。*陈懋在梦里这样对自己说。

陈懋站起来——可能是在现实里也可能是在梦里——走到菌脑附近。“巨混沌，我要与你对话。”他言之谆谆地说，“你有智慧吗？你体内涌动着量子纠缠吗？你是地球生出的对付人类的免疫系统吗？你是外星人进攻地球的生化武器吗？抑或是纯粹自然的产物？”

那菌脑或者说巨混沌微不足道的一小部分继续保持沉默。

陈懋没有找到与巨混沌对话的方法，或者说，巨混沌知道他的存在，却不在乎他。

47

陈懋努力想象着巨混沌的模样，想象着这个超越日常经验与感官体验的存在。它大部分潜藏在肉眼看不见的地下，地下的部分是地上的十倍、百倍，迷雾森林只是极小的部分。它越过千山，穿过万水，把重庆的38个区县、8万平方公里的地域连接成一个板块。它像无数神经元连接而成的大脑，又像大地绵延数百公里的经脉与血管，以极其复杂的方式纠缠在一起，还像由星系、星系团和连接它们的暗物质纤维组成、纵横交错数百亿光年的宇宙网……

不，所有的类比都是瘸子。

巨混沌就是巨混沌，不是任何别的东西。

沉默良久，陈懋伸出手去，忽觉地底蜿蜒的无数菌丝与菌索如银河倒悬，蓝光流淌中，万亿生命在寂静中低语。

起初，陈懋什么都没听见。当他凝神倾听时，他听见混杂在一起的成千上万道声音：黄葛树的年轮里藏着明朝商队的驼铃，蜜环菌菌丝记录着飞机洞里恋人最后的喘息，甚至胖娃儿喝农药那晚的月光，都凝固在某片水晶兰的脉络里。自然记得所有人类遗忘的，而记得，意味着原谅还是永不原谅？

不重要了，原不原谅都不重要。那都是过去的事情了。

最重要的是现在，最重要的是行动。

其实我们早已经在不知不觉中开始行动了。如果说，巨混沌，是植物界和真菌界在浩劫到来前跨界携手找到的出路，那记忆力下降、想象力消失、变得又蠢又笨，会不会是我们人类的身体应对浩劫的一种适应性现象呢？

这个想法过于离经叛道，以至于在键盘上敲出这段话时，陈懋的手指跟他的心脏一起勃勃跳动。他猛力一回车，留出一大段空行，重新开始写。这些内容跟武陵山迷雾森林考察报告没有关系，但现在陈懋只想把脑子里跳动的这些话一股脑地写下来。仿佛不写出来，他会死掉似的。他必须赶在自己死掉之前，把这些想法写完：

我们的智慧——记忆力、想象力、逻辑思维等的总和——不是谁赐予的，而是在漫长的演化过程中，应对环境变化而形成的性状，跟鸟儿的翅膀一样。当环境发生剧烈的变化，智慧这种性状不再适应环境，甚至成为适应环境的拖累，曾经的优势变成今日之劣势的时候，人类的大脑也会如企鹅的翅膀一样，失去原有的功能，以另外一种方式，适应新的生存环境。

是的，对于生存来说，智慧不是必需的。当初生存需要智慧，智慧便应运而生，当将来生存不需要智慧的时候，智慧便会消失不见。至于需要或者不需要，由谁说了算？没有谁，没有上帝或者神佛，只有几条极其简单的演化规则。

生命自会寻找出路。这句话，不仅适用于动物界、植物界和真菌界，也适用于原核生物界、原生生物界、非细胞生物界乃至于非生物界。至于人类，也只是动物界的一员，一个根植于自然之中的后来者，自然逃不出自然规律的束缚。

倘若在别的时候，把人改造成异类，想一想都是错，但现在……浩劫在即，黄葛树与蜜环菌组成联盟已经找到了生存之道，而人类，想要继续生存在下去，就只有一个办法，接入巨混沌之中。

“GDE，是我们接入巨混沌的捷径。

“万物互联，交相共生。

“时间有限，让我们现在就开始GDE-G项目的研究。”

陈懋对菌脑，也对自己这样说。

48

12月27日上午，陈懋离开龙头寺去GDE公司找叶子。

寒风吹过，他裹紧了羽绒服，但耳朵疼得不行，望向天空，这才后知后觉地意识到下雪了。重庆也会下雪？他恍惚了。现在是什么季节？冬天吗？看样子大约是冬季。这鬼迷日眼的天气，不是说暖冬嘛。只能说，全球气候变得更加异常，极端天气变得更加普遍。留给我们的时间还有多少？

男女老少能穿多少穿多少，涌到街边看雪花纷纷扬扬。他们说啊唱啊跳啊，享受着最为简单的生理性快乐。

陈懋没有心情赏雪，招来一辆车，赶往金凤实验室。

看见陈懋进来，叶子扬了扬手里的单子，说：“水晶兰的最新基因组测序和重测序研究结果，说明水晶兰演化成这个样子，是大量HGT的结果。”

陈懋走到叶子跟前，看着她的眼睛，对她说：“叶子，你愿意像水晶兰那样生活吗？”

叶子不解：“什么？”

“你不是说，如果有来生，要做树，要做鸟，要做风吗？现在，不用来生，今生今世就给你一个改变的机会。你是选择成为黄葛树，还是蜜环菌，还是水晶兰？就当是一个思想实验吧。水晶兰是菌异养植物，将水晶兰的DNA片段，使用GDE，注入你体内，将你改造成菌异养动物，你愿意吗？”

“你怎么忽然间想起问这个？”

“人类正在变得又蠢又笨。在这种情况下，你有两个选择：不注射水晶兰针剂，保留人的形体继续活下去，但失去记忆，失去理性与情感，失去智慧，像无知无觉的动物那样活着；注射水晶兰针剂，变成菌异养动物，像水晶兰那样活着，失去人的形体，失去现有社会结构，但保存你现在的记忆。你要怎么选？”

叶子忽闪着她那双明亮的眼睛：“小蒲问的那个问题你有答案啦？”

“有些事情，条件已经成熟，没有李刚，也会有王刚、赵刚来完成；但有些事情，只有这一个李刚可以完成。但现在李刚死了，GDE群龙无首，濒于崩溃，而巨混沌的威胁还在，迷雾森林不断地拓展，迟早有一天会占领全重庆，人类还在日复一日地变蠢变笨，谁来继续他未竟的事业？没来别人，我来。你要和我一起吗？”

“李刚给你托孤了？”

“没有。”

“你了解李刚吗？”

“跟李刚没有关系，我自己做出的选择。”

“你真要从事那邪恶的研究？”

陈懋没有说话，但眼神异常坚定。

叶子叹了一口气，轻声细语地念道：

如果有来生，要做一只鸟，
飞越永恒，没有迷途的苦恼。
东方有火红的希望，
南方有温暖的巢床，

向西逐退残阳，向北唤醒芬芳。
如果有来生，
希望每次相遇，
都能化为永恒。

“你向来难以做出选择，一旦做出，又很难更改，我懂。”叶子说，眼里闪着亮晶晶的东西，仿佛是泪，“但我不要来生，我只要此生。GDE只能用于修复与治疗。我无法接受……自己变成怪物。”

陈懋紧紧抱住叶子，叶子紧紧抱住陈懋，就像两棵黄葛树。

他知道，他已经失去叶子了。

他将再次独自上路。

49

陈懋独自坐在GDE实验室里，周围是各种样本和实验仪器。他的手指轻轻滑过一本厚厚的研究笔记，上面密密麻麻记录着李刚多年来的研究成果和心得。实验室的灯光有些昏暗，在他脸上投下一片片阴影。窗外，夜色深沉，偶尔传来几声树枝折断的声音。雪仍在下。

陈懋搬离与叶子共同的家，住进GDE实验室已经好几天了。

他与叶子，就像两棵黄葛树，起初各自生长，一度相互靠近，甚至长在一起，却又在风雨之后，彼此分开，向着各自的天空，全力生长。

没有争吵。叶子比陈懋更果决。

植保所那边，陈懋辞职了。

“你要辞职?”在龙头寺罗汉堂，杨所长的质问来得有点儿突兀。

陈懋点头，并不做解释。理由已经写在辞职信上了，没有必要再重复。

“也好，也好，省得两边跑。”杨所长说罢，竟不再啰唆，微微晃动着身子，蹒跚而去。

陈懋目光追随杨所长的背影，这才后知后觉地发现，杨所长的头发已经落光了。以前总是嘲笑，说杨所长的头发落光了世界末日也就到了。那现在这句戏言，是否已经变成了冰寒刺骨的现实？

“对了，忘了说，植保所回白市驿的申请，上级已经批准了。”杨所长说，“只是跟你已经没有关系了。还有，叶子也辞职了。她说她要专心研究GDE-E，不能把未来交给你这个笨蛋。”

我是笨蛋吗？有时候有点儿。

斩断退路的结果并没有换来一帆风顺。

李刚死后，GDE公司陷入瘫痪。几个老员工极力维护，也无法阻止大部分员工离职。李刚在，李刚就是一面旗帜，能聚拢人心与资金。李刚一死，这面旗帜便倒了，人心思散，资金思退，看不到任何希望。像陈懋这种，这个时候全身心加入进来，逆大势而行，还野心勃勃地说要推动GDE-G研究的，不是太蠢，就是太笨。

陈懋以前学的是植物学，跟GDE的主研对象不说毫无关系，至少也相隔十万八千里。他以为凭着自己作为重庆人的坚韧、忠勇、开放与争先，可以闯出一条新路，水晶兰针剂研制出来，他甚至愿意当小白鼠，第一个注射，但事实给了他一记又一记响亮的耳光。

陈懋看不懂李刚的研究笔记。里边有太多的缩写和术语，其中一部分是他自创的，也有太多艰深的理论与跳跃性极强的想法。李刚向来不在乎别人能不能听懂他说的话，更何况是高度私人化的研究笔记呢？原来有一句话是这样说的：每一个字我都认识，但合起来是什么意思我就不知道了。到李刚的研究笔记这里，就得改成：不是每一个字我都认识，合起来的意思就更不知道了。

陈懋如此自嘲着，却忍不住绝望、无助、自我怀疑、自我否定，如此循环往复，仿佛在流沙里不断陷落。

浓稠的睡意袭来，陈懋趴在桌子上睡着了。

旋即被噩梦惊醒。

在梦里，陈懋的手电光扫过断壁残垣，突然定住——十几株水晶兰从经书残页中钻出，花瓣上还沾着《传心法要》和《无量寿经》

的碎屑。它们吮吸着龙头寺的香火余烬长大，根须缠满腐烂的蒲团，像一群自己超度自己的和尚。

老林最后吸了口烟，将烟头扔下时，想起三十年前那个暴雨夜，他开着偷来的摩托冲进盘山公路，后座女孩的尖叫混着引擎轰鸣刺穿雨幕。后视镜里，她的红围巾像团不会熄灭的火。烟头的火星划过黑暗，如万千极光一般，点亮过整片夜空，也点亮了叶子那张白皙的脸。

小蒲迎向李刚，脸上带着一丝勉强的笑容，但眼神中却充满了愤怒和仇恨。他的嘴角微微抽动，仿佛在压抑着内心的狂怒。他的手紧紧握住短刀，刀刃在阳光下闪着寒光。他深吸一口气，然后毫不犹豫地将刀捅进了李刚的心脏。

而那李刚的脸，分明与陈懋一模一样。

50

电话响起，是一个陌生的号码。接还是不接？犹豫中，陈懋的手指已经鬼使神差点了接听。“过来喝一杯咖啡？”一个陌生的声音说，“我是李刚的朋友。”这回陈懋没有犹豫，向着对方说的地点，立刻出发。

雪下得正紧，街道上已经积了厚厚的一层。

那是金凤实验室附近一家很不起眼的咖啡店，没几个顾客。陈懋曾经路过，却没有注意到它的存在。那个人在角落等他，看他进来就示意他过去。“什么事？”陈懋落座，打量着这人。仅仅看外貌，很难猜出这人的真实年龄。面色红润饱满，嘴角却有皱纹；头发又长又密，其中的根根白发却触目惊心。

“自我介绍一下，我姓萧，是个保险调查员，我的朋友都叫我老萧。”这人很主动，但又没有主动到叫人厌烦的地步，非常沉稳，“我的主要业务，是对单个科研项目的前景进行调研，评估其价值与成功的可能性，进而决定是否同意该项目在本公司的投保。”

“我听李刚说起过你。两次。”

“做噩梦呢?”

“生活艰难，连梦都是噩梦。”

“人在焦虑的时候特别容易做噩梦。”老萧说着，熟练地展开手里的三折叠手机，用一个金属支架撑到桌面上，“先看一个直播。”老萧做了一个请的动作。占据屏幕中心的是火箭发射架，画外音是倒计时：五、四、三、二、一，点火！一枚硕大的火箭喷出火花，向着黝黑的天空飞去，镜头切换，从不同角度展示这枚火箭的飞行姿态。

“长征九号重型火箭，在海南文昌发射。”老萧说，“这是中国第二次载人登月。三名航天员要在月球待六个月。”

这个新闻陈懋没有关注到。也就是说，在龙厄发生、灾难频仍的时候，航天人依然在默默工作，以至于能完成载人登月这样的大事。他们仿佛生活在另一个正常的世界。但想一想，又明白不可能。他们定然是克服了无数挫折、困难与危险，才得以完成。

这时服务员送来咖啡，老萧接过自己那一杯，狠狠喝了一口。“寒冬腊月，全靠咖啡续命。”他豪气地说。

陈懋接过自己的咖啡，浅浅吞了一小口，把冰冷的手指拢在温暖的咖啡杯上。

“我从一些隐秘的渠道，知道这次航天员去月球有隐秘任务。想知道是什么吗?”老萧自问自答，“他们是要去探查那五座喷发中的月球火山，并试图找到阻止火山继续喷发的办法。”

陈懋因为长期失眠而酸涩的眼睛陡然一亮：“会成功的，对吗?”

老萧笑眯眯地说：“我哪知道。”

陈懋不由得想起他爷爷。当时小陈懋问：“那巨蛇是遭到斩杀还是化龙成功了?”爷爷也是笑眯眯地这样回答。

老萧说：“你不会以为只有你知道危险的存在，只有你在想办法拯救人类吧?”

“我没有想过要拯救人类。”

“我有一个强烈的感觉，地球环境正在发生翻天覆地的变化，这变化是人力所无法阻止的。即使我们这次阻止了月球火山的喷发，扭转了地球气温继续升高的趋势，但也不能排除有别的无法阻止的环境剧变正在酝酿之中。无法阻止就只能去适应，主动去适应。这是我们作为人的一点点长处。”

“你看过我给武陵山联合调查组的报告？”陈懋反应过来。

老萧点头。“没错，现在最热门的是人工智能。当所有人的目光都被人工智能牢牢地吸引住，以为那就是必然到来的未来时，黄葛树、蜜环菌、水晶兰用它们悄无声息地变异，告诉世人，地球环境即将剧变，世界的未来将走向另外一条时间线。未来从来不是注定的轨道。在我看来，没有什么是不变的。连天上的恒星都会生病都会衰老，何况是未来？

“确实，我们都是在过去的基础上，想象与缔造未来。而未来如何，在过去往往会有征兆。当然，征兆这种事情，有时候就仅仅是征兆，世界潮起潮落，很快会把征兆抹掉，但这征兆也可能是唤起雪崩的那一声啼叫，只是轻轻的一嗓子，就见数不尽的积雪自山顶不受控制地轰然滑落，改变世间的一切。

“演化压力有大有小，演化速度有快有慢，现在正是演化压力巨大而演化速度开始加速的时候。

“我认为，眼下是自人类文明诞生以来万年未有之大变局。

“所谓大变局，就是未来越来越不确定。

“从某种程度上来说，这是好事情。一个注定的未来，与数个可能的未来，你更想要哪一个？

“倘若航天员去月球干预火山喷发的行动失败，更多的月球火山喷发，那地球的持续高温就是板上钉钉的事情，那基因驱动作为备用计划就可以派上大用场了。什么叫备用？可以不用，但不能没有。老话说得好，有备无患。你看火箭，好几十年前就开始研发，无数的成功与失败，无数人的青春与生命，如今需要它登场救命，它就能闪亮登场。不然，等发现月球火山影响了地球的气候，才从零开始研究怎么制造火箭吗？

"未来不确定。无数个未来都在向我们召唤，GDE——基因驱动元件——将使我们有应对任何一种未来的可能：洪水来了，变成人鱼，在万顷碧涛之下畅游；核战来了，变成老鼠，在地下深宫里酣睡；瘟疫来了，变成蝙蝠，在天空中与病毒共存。这些，都是GDE可能带给我们的未来。"

陈懋喝了一口热咖啡，缓了缓身体的寒意，说："我不是在做梦吧？"

老萧说："你认为是就是，认为不是就不是。"

陈懋抬头，扭了扭冻僵的脖子，问道："为什么是我？"

"你与李刚是同一块硬币的两面，只是李刚更显眼，而你更隐性，难以觉察而已。对科学的认可，对历史使命的认可，惊人的好奇心与想象力等等，都高度一致。"老萧神情凝重，专注地看着陈懋，"我将以科技保险调查员的身份，证实你的研究项目成功率极高，然后帮助你获得GDE公司的主导权与资金支持，你将能够继续研究GDE-G，直到彻底实现它。你准备好了吗？"

记忆碎片之四

"我怎么觉得那个和尚凶巴巴的，好像随时可能跳起来拿棍子打我，一点儿也不像传说中的那么慈眉善目？"第一次到龙头寺之后，小蒲满心疑惑地对陈懋说起对法师理延的印象。陈懋也有着同样的疑问。后来植保所搬到龙头寺后，陈懋闲暇之余仔细研究寺志，发现上面记载着龙头寺为临济正宗碧峰寺突空智板禅师流派，而临济正宗作为禅宗南宗五大流派之一，向来主张"当头棒喝"。陈懋不禁暗自思忖：理延那个看似凶神恶煞的样子，其实是对祖师爷独特教导方式的一种模仿？只不过，模仿得有些生硬罢了。

在大雄宝殿附近，立着一块颇为醒目的广告牌。上面赫然写着"本寺佛位属长期供奉"，还提及供奉功德金者，佛将"加持其全家福寿安康、财禄广进、平安顺利、福慧增长、早证菩提，超度先亡，减罪消业，往生西方”。

陈懋驻足观看许久，随后转头对小蒲说道：“他们所承诺的是不是太多了?”

小蒲问：“懋哥，你想要什么?”

陈懋没有回答这个问题。他没有这个问题的答案，即使有，他也不想告诉别人。

工位布置完毕，陈懋无所事事，独自到龙头寺各处去逛。他在大雄宝殿前的栏杆上发现了很多许愿牌，其中一块引起了他的注意，不由自主地念道：

如果有来生，要做一棵树，
站成永恒。没有悲欢的姿势，
一半在尘土里安详，一半在风里飞扬；
一半洒落荫凉，一半沐浴阳光。
非常沉默，非常骄傲。从不依靠，从不寻找。

念罢，陈懋瞥见不远处叶子的身影，心跳加速的同时自言自语道：“此生不开心的人，才会渴望来生吧。”

他没有在那里停留太久，怕被人——专指叶子——看穿自己的心事。不知不觉间，他来到大雄宝殿左手边的放生池前。此时，春日暖阳洒在放生池的水面上，数十尾锦鲤和金鱼在池子里缓缓游动，而理延法师立于池边。

陈懋正欲离开，法师已经向他施礼道：“施主可有疑问?”

陈懋进退不得，尴尬中只好张口问道：“龙头寺乃是佛门清净之地，为什么会同意植保所入驻，叨扰众位师父修行?”

“十方来，十方去，共成十方事；万人施，万人舍，同结万人缘。”理延法师道，“龙头寺始建于明正德十六年（公元1521年），其间几经风雨，终至全然损毁。2004年重建之时，景象颇为荒凉，除了40多尊佛像，便是由几根南竹撑起的一些石棉瓦勉强作为屋顶。

而那些佛像，还是附近村民在翻地时意外挖出来的。龙头寺能有今天这般模样，全靠各位居士的虔诚布施与悉心供奉。黄葛树遭厄，老百姓蒙难，龙头寺出一份力，乃是应当。施主明白否？”

这么说龙头寺也算“00”后了。而龙头寺这个名字却早已经溢出，成了街道、公园与车站的名字。如此看来，红尘纷纷扰扰，世事变化万千，龙头寺也算是相当稳固的存在了。陈懋暗忖，嘴上却说：“我明白了。这就是所谓出世吧。”

“出世，入世，皆为法。叨扰不也是修行的一部分？”理延道，“《传心法要》有云：无方所，无相貌，无得失。”

陈懋未必真的理解，但理延想答，那陈懋还真有问题想问：“我喜欢上了一个人，但我不敢说。”问完，他又觉得荒谬：感情问题向禁欲的法师求教？法师会不会跳起来打我？

理延却只淡淡一笑，道：“以心印心，心心不异。”

这话陈懋倒懂一些，其实法师要表达的意思跟陈懋理解的有很大的出入。陈懋接着说：“我之所以不敢说，乃是害怕得到了再失去。这样的事情，在我身上已经发生过好几次了。”

理延法师露出洞悉一切的笑容，道：“施主乃是善良之人，难断难舍，当明白‘前后之际，前际无去，今际无往，后际无来’的道理。”

陈懋静静聆听，心中若有所思，若有所感。

理延所言，陈懋并不完全明白。但他知道：世界从来都动荡不安，游走于确定与不确定之间。以开放的心态，接受确定的，也接受不确定的，这是一种巨大的智慧与勇敢。